重读经典

上、中古文学与文化论集

赵沛霖 著

中国社会科学出版社

图书在版编目(CIP)数据

重读经典：上、中古文学与文化论集／赵沛霖著．—北京：中国社会科学出版社，2017.4
ISBN 978 – 7 – 5161 – 8338 – 0

Ⅰ.①重… Ⅱ.①赵… Ⅲ.①中国文学—古典文学研究—上古—文集 ②中国文学—古典文学研究—中古—文集 Ⅳ.①I206.2 – 53

中国版本图书馆 CIP 数据核字(2016)第 123936 号

出 版 人	赵剑英
选题策划	刘　艳
责任编辑	刘　艳
责任校对	陈　晨
责任印制	戴　宽

出　版	中国社会科学出版社
社　址	北京鼓楼西大街甲 158 号
邮　编	100720
网　址	http://www.csspw.cn
发 行 部	010 – 84083685
门 市 部	010 – 84029450
经　销	新华书店及其他书店
印　刷	北京明恒达印务有限公司
装　订	廊坊市广阳区广增装订厂
版　次	2017 年 4 月第 1 版
印　次	2017 年 4 月第 1 次印刷
开　本	710×1000　1/16
印　张	36.5
插　页	3
字　数	619 千字
定　价	168.00 元

凡购买中国社会科学出版社图书，如有质量问题请与本社营销中心联系调换
电话：010 – 84083683
版权所有　侵权必究

赤心做人
俯首寫det

自勉 趙沛霖座書
乙未中秋秦澤沾

目 录

自序 …………………………………………………………………… (1)

文学经典的价值及其研究意义
　　——代前言 …………………………………………………… (1)

先秦文学与文化研究

一　神话传说和寓言

祖先崇拜与中国古代神话
　　——兼论中西神话不同历史命运的宗教思想根源 ………… (3)
论神话历史化及其对于我国文化发展的巨大影响 …………… (17)
中国神话的分类与《山海经》的文献价值 …………………… (30)
葛天氏八阕乐歌为秦民族史诗考 ……………………………… (45)
褒姒的神话传说及其文化思想价值 …………………………… (61)
试论中国寓言的起源 …………………………………………… (73)

二　《诗经》

《诗经》宴饮诗与礼乐文化 …………………………………… (87)
关于《诗经》农事诗的几个问题 ……………………………… (96)
《诗经》战争诗的历史真实性 ………………………………… (107)
关于《诗经》祭祀诗的几个问题 ……………………………… (115)

2　重读经典

《诗经》的人文精神及其现代价值 …………………………………（127）
试论"变雅"作者群的理想人格 ……………………………………（145）
《诗经》的文化批评研究 ……………………………………………（155）
海外《诗经》研究对我们的启示 ……………………………………（166）

三　《楚辞》

两种人生观的抉择
　　——关于《离骚》的中心主题和屈原精神 ……………………（177）
屈原悲剧结局的时代特征 ……………………………………………（187）
屈原在我国神话思想史上的地位和贡献 ……………………………（195）
《高唐赋》《神女赋》的神女形象和主题思想 ………………………（214）
附：《登徒子好色赋》等四篇辞赋赏析 ……………………………（227）

四　先秦诸子

试论孔子神话思想的内在矛盾 ………………………………………（239）
墨子与帝王天命神话 …………………………………………………（247）
试论庄子的宇宙观 ……………………………………………………（260）
庄子哲学观念的神话根源 ……………………………………………（279）
庄子自然观的历史进步性及其现代启示 ……………………………（290）

八代三朝文学与文化研究

司马迁与帝王天命神话的终结
　　——《高祖本纪》和《赵世家》的神话学审视 ………………（309）
关于八代三朝诗歌的几个问题 ………………………………………（320）
汉《郊祀歌·天马》与祥瑞观念、神仙思想 ………………………（338）
关于曹植诗歌创作的两个问题 ………………………………………（347）
论阮籍《咏怀诗》
　　——出世思想与《咏怀诗》发展的三个阶段 …………………（358）
郭璞《游仙诗》中的神仙世界与宗教存想 …………………………（371）

郭璞《游仙诗》是学道修仙历程的"自叙"
　　——试论《游仙诗》的主题及其思想特征 …………………（388）
陶渊明的诗歌创作与人生哲学 …………………………………（407）
封建时代女性视角下的爱情与婚姻
　　——南朝女诗人鲍令晖诗歌简论 ……………………………（417）
庾信山水诗的世俗化及其意义和影响 …………………………（427）
新旧两种观念交汇背景下的南朝爱情诗 ………………………（445）
不同民族文化融合背景下的北朝爱情诗 ………………………（452）

美学研究

原始宗教与人类早期审美意识
　　——与邓福星同志商榷 ………………………………………（463）
先秦时代"美"义的发展和演变 …………………………………（472）
南朝山水诗的美学特征及其贡献 ………………………………（482）

关于研究方法

20世纪《诗经》传注的现代性特征 ………………………………（497）
关于20世纪学术史的建构模式
　　——以20世纪《诗经》研究史为例 …………………………（511）
关于综合研究的几点体会 ………………………………………（521）
郭璞《游仙诗》研究历史的教训与启示 …………………………（528）
文化人类学：从学科到方法 ………………………………………（541）

后　记 ………………………………………………………………（547）

自　序

　　编选自己的学术论著，往往也是学者对于自己学术历程的系统回顾。说到学术历程，我常常会想起自己的中学时代。

　　从初中开始，我对中国古代历史、文学和西方文化，特别是西方历史、宗教、哲学和文学艺术便怀有浓厚兴趣。少年气盛，一心想考入理想的大学，将来在这方面有所作为。1957—1959年读高中时正值极"左"思潮泛滥，我的爱好和志趣与当时"轰轰烈烈"、"热火朝天"的形势格格不入而受到批判，愿望不得已而落空。后来，在中学工作期间，教育、教学任务虽然繁重，但并没有放弃学术追求。十分幸运，终于迎来了难得的机遇：1980年国家招考研究人员，通过全国统一考试合格得以顺利调入天津社会科学院，从此开始了研究生涯。

　　这一年我四十二岁，已经迈入了中年。机会来之不易，岁月匆匆苦短，紧迫感油然而生。从1978年开始发表学术论文到今年，在近四十年的时间里，除写了几本书之外，还发表了160余篇学术论文。研究范围主要集中在两个方面：1978年至2005年主要研究先秦文学与文化，2005年至今主要研究八代三朝文学与文化。尽管在这两个方面都还是比较努力的，然而最终成绩不过尔尔。"时过然后学，则勤苦而难成"，我的"半路出家"的经历恰好印证了《学记》中的这句古训。

　　回想起来，中学时代凭兴趣和爱好的阅读虽然不成系统，又很肤浅，但给我带来了莫大的快乐，并对后来的研究工作产生了深刻影响。就在对自己的学术研究工作的成败得失还没有完全理清之际，一个更为重要和迫切的问题逐渐浮出水面。

　　近一二十年来，文学理论界关于经典问题的讨论颇为热烈，并不断有论著面世，然而，就在同一时期，经典作品在广大读者，特别是青年读者那里却越来越不受待见,甚至于"死活读不下去"。事情的发展似乎真的印证了一位西方学者的论断:"现在对文学经典日益增长的兴趣是建立在人们对其作用和价值怀疑的基础上的。"① 在西方,随着进入后工业化社会和大众文化的兴起,电影、电视、动漫和摇滚乐以及网络游戏、手机碎片化阅读早已取代了但丁、莎士比亚、歌德、巴尔扎克和托尔斯泰,"如今每年进入耶鲁的学生中仅有少数人具有真正的读书激情"②,而文学经典"如今在普通读者的记忆中已经荡然无存了"③。以上两句话分别出自美国当代著名学者哈罗德·布鲁姆和莱斯利·菲德勒,此二人关于文学经典的观点尖锐对立,但他们对于文学经典在人们心目中的地位正在下降和动摇的认识却完全一致。这从一个侧面说明这种情况在西方有多么普遍和严重!如今,这种不重视和轻慢文学经典、怀疑甚至否定文学经典的情况逐渐成为一个世界性的普遍问题。

在西方,随着文学经典地位的降低,文学研究也受到后现代主义的猛烈冲击,被视为雕虫小技而边缘化。不止如此,除文学经典之外,其他经典如史学经典、哲学经典和宗教学经典等也都遭遇同样的命运。就这样,颠覆经典的"解构"行动已经成为一种波及广泛的浪潮。与此同时,自16世纪近代科学诞生以来即占有崇高地位的人文科学也受到前所未有的削弱,显露出式微势头,特别是从20世纪中期以来的六、七十年间,人文科学的地位在急剧下降,而自然科学的地位则迅速上升,甚至取代了人文精神而成为人们思想观念的领航者,并最终导致价值系统的严重危机。这一系列变化的直接后果就是现代人的精神空虚,物欲膨胀、享乐至上、消极颓废和心理失调:焦虑、惶恐、缺乏归属感。

以上所说西方社会由于人文精神缺失而导致的精神危机,我国也程度不同地存在,有些甚至有过之而无不及。西方的这段历史是我们最好的前车之鉴。

那么,文学经典究竟有没有价值,如果有的话,其价值究竟是什么?

---

① [荷]杜卫·佛克马:《所有的经典都是平等的,但有一些比其它更平等》,李会芳译,陶东风主编:《文学经典的建构、解构和重写》,北京大学出版社2007年版,第17页。

② [美]哈罗德·布鲁姆:《西方正典·哀伤的结语》,江宁康译,译林出版社2011年版,第430页。

③ [美]莱斯利·菲德勒:《文学是什么?高雅文化与大众社会》,陆扬译,译林出版社2011年版,第90页。

为什么要阅读和研究文学经典？——现实向广大文学研究工作者提出了一个严峻的问题，等待我们去回答。

我对这个问题感兴趣虽然不能说与我国文学理论界对经典问题的讨论毫无关系，但主要原因却不在这里，而是出于一种"内在的要求"。

在编辑这本论文集的时候，我越发感到我所从事的研究工作的价值正是源自这些文学经典的价值，所以当文学经典"贬值"，其价值受到质疑的时候，自然也就牵动了我的心：从民族文化精神传统承传的角度看，否定文学经典的价值无异于斫伤民族文化精神传统之根；从个人的角度看，否定文学经典的价值也就否定了我的研究工作的意义并最终导致人生价值的虚无。所以，无论从民族整体的角度看还是从个人的角度看，这都是一个有必要严肃认真对待的重要问题。说来很惭愧，做了几十年的学术研究工作，整日忙忙碌碌，对于这个具有终极意义的问题竟没有认真深刻地思考过。所以，当这个问题提到面前时，一时间竟颇感茫然。希腊哲人苏格拉底说过，没有经过反省的生命是没有价值的生命；同样，没有经过反省的学术研究则是盲目的学术研究。既然如此，在编辑这本论文集，回顾学术历程的时候，实在有必要补上这一课。

就这样，结合自己几十年的研究工作，经过认真思考，对于这个问题总算有了一些初步的认识，随后根据这些认识写成并发表了《文学经典的价值及其研究意义》一文。我想，用这篇文章作为本书的前言，还是比较合适的。

事实说明，经典的"贬值"绝非孤立现象，而与整个社会的风气和人们的精神面貌、价值取向、道德水准以及心理状态密切相关。因此，要改变人文精神失落和经典"贬值"的状况，绝不是文学自身之事，而是一项与改造社会环境、净化社会风气，提振精神，重建道德和端正价值取向密切相关的综合性工程，需要全社会，特别是有关部门的协同努力。从某种意义上可以说，这项工程已经成为关系到民族前途和命运的当务之急。

在这项庞大的综合性工程中，古代文学研究工作者当仁不让地应当成为一个主要角色，其神圣的职责就是坚守人文精神家园，对文学经典做创造性阐释。

由于文学经典的人文精神内涵和人性光辉，使它包容着属于未来的积极思想成分，具有不可穷尽的可阐释性，所以，对于文学经典，不但要阐释其传统文化精神内涵，而且要把握它超越时空而生成的新的意义。这说明，对文学经典做创造性的阐释，就可以为当代的精神文明建设和文化创新提供有价值的思想。这不仅有助于民族文化精神传统在新的历史条件下得以继续承传和发展，而且有利于当代精神文明建设和文化创新。

每个时代都有自己对于文学经典的独特理解和阐释，由此所形成的文学经典的五彩缤纷的阐释史，乃是人类精神文明发展史上不可或缺的重要一环。作为文学研究工作者，能为守护中华民族的精神家园，培植民族文化精神传统的常青树尽绵薄之力，是我们义不容辞的神圣职责。

当然，这里所说的文学经典是指高尚心灵表达了人类共同崇高感情和时代最高真理并经过历史检验的具有"美学尊严"的作品①，绝不包括那些出于利益驱动人为制造的红极一时的假货，而这种假货，古今都并非鲜见。

所以我坚信，文学经典遭遇冷落和慢待，有关的研究陷入低迷，只是历史的特殊瞬间，而不可能成为常态。在今后的一段时间内，古代文学研究的队伍和规模也许会进一步"减肥"，在学术王国中的"权重"也许会进一步下降，但这些变化都是时代前进过程中古代文学研究自身的适应性调整。通过调整，与以前的广种薄收的粗放式研究相比，今后的研究可能趋于"少而精"，而绝不会衰微和凋谢。因为人类在走向更高形态文明的过程中，离不开人文精神的支撑，而且文明的程度越高，这种支撑越显得重要。这直接决定了文学经典必然青春常在，永远活在人们心中，创造性阐释也因此而获得永恒的生命。从这个角度看，对于文学经典和有关阐释的前途、命运我还是比较乐观的，并以这样的心态期待我这本书和学术同人论著的面世。

2015 年 11 月 25 日于天津

---

① "美学尊严"的概念出自［美］哈罗德·布鲁姆《西方正典——伟大作家和不朽作品》，江宁康译，译林出版社 2011 年版，第 29 页。

文学经典的价值及其研究意义
——代前言

文学经典的性质特征

经典是一个十分宽泛的概念，就人文学科的领域看：既有哲学经典、宗教经典，也有历史经典、文学经典。这些不同类别的经典各有其不同的内容、性质和特点，本文只就文学经典言说，这样做除便于结合我的研究对象，以避免空论之外，还与文学经典比其他经典的性质更为复杂和特殊有直接关系。

文学不同于科学，不是通过概念、判断和推理，而是通过艺术形象反映现实生活和人的内心世界，这决定了"文学意义以不确定性为特征，文学阐释也是仁者见仁，智者见智的问题"[①]。所以，面对同一部文学作品，不同的人由于身份和经历不同，可能会有完全不同的理解，与此相关的是文学作品所发挥的熏陶、感染乃至启发、教育作用当然也就因人而异。这些必然影响到对于文学经典的不同认识和理解，使文学经典问题复杂化。对此，只要看一看近年来关于文学经典的各种不同的定义和解说即可一目了然。

文学经典的建构需要外部要素和内部要素[②]，外部要素虽然也是必备的条件，但却带有很大的不确定性；内部要素则完全不同，作为文学经典

[①] 申丹：《叙事、文体与潜文本——重读英美经典短篇小说》，北京大学出版社2009年版，第11页。

[②] 外部要素主要是指意识形态和文化权力的变动、文学理论和文学批评的价值取向等，详童庆炳《文学经典建构诸因素及其关系》，童庆炳、陶东风主编：《文学经典的建构、解构和重构》，北京大学出版社2007年版，第80页。

必须具备的本质特征，内部要素容不得任何偶然性的存在。这说明，二者相比较，内部要素更为根本和不可或缺。

纵观古今中外的文学作品，可以知道，任何一部文学经典必须具备两个基本条件：其内容具有崇高而丰足的道德精神理想，其形式具有完美而独特的艺术审美特征。特别是前者，即崇高而丰足的道德精神理想的具体内涵对于决定文学经典的性质更是十分重要。就我国来说，我国古代有多种不同的道德精神理想，如儒家的道德精神理想、道家的道德精神理想和法家的道德精神理想等，文学经典作为古代特定历史环境中的产物，不可能完全摆脱这些道德精神理想的影响，而是程度不等地打上了它们的烙印。但是，我国古代文学经典的思想精华又绝不仅仅限于此，而是有其更为人性化的丰富而深刻的内涵。事实上，正是这些人性化的思想内涵才是构成我国古代文学经典内容的最为基本的部分。

关于文学经典的思想特征，法国艺术理论家丹纳结合欧洲的两部文学经典《神曲》和《浮士德》做了这样的论述：

> 近代两部巨大的史诗，《神曲》和《浮士德》，又是欧洲史上两个重要时期的缩影。一个指出中世纪的人生观，一个指出我们这个时代的人生观。两者都表现两个最高尚的心灵在各自的时代中所达到的最高的真理……许多完美的作品都表现一个时代一个种族的主要特征；一部分作品除了时代和种族以外，还表现几乎为人类各个集团所共有的感情与典型①。

丹纳指出了文学经典作品的两个最主要的思想特征：一个是最高尚的心灵达到了其时代的最高真理；另一个是表现了人类共同的感情与典型。前者是说文学作品中的思想达到了时代的最高真理，即反映了一个时代的最先进的思想，后者是说文学作品中表现了普遍的人性，即表现了人类共同的感情和心理。二者之间具有内在的联系："最高的真理"和"最先进的思想"之所以"最高"和"最先进"，其根本原因恰恰在于它们充分体现着人性的诉求，表现了人类共同的感情和心理以及共同的理想和愿望。这说明，丹纳关于文学经典思想特征的论述正是把人性的诉求和光辉作为

---

① ［法］丹纳：《艺术哲学》，傅雷译，人民文学出版社1963年版，第363—364页。

最高的价值取向，中外无数的文学经典都可以证明这一点。

对于文学经典来说，除了道德精神理想的崇高之外，表现这一道德精神理想的力度和广度同样重要，因为它直接决定着内容的丰富性和深刻性。这主要表现在文学描写和揭示的现实生活是否宽广和准确，内心世界是否隐微和深刻以及感情是否充实和厚重，只有足够宽广、准确，隐微、深刻和真实、厚重，才能以其潜在的多重不同内涵形成无限丰富的意义世界，从而使作品孕大含深。

所以，对于生活和自然的由衷热爱，对历史和文化的虔诚敬重，特别是对于人的生存状态和命运遭际的深切关注及其所表现的对生命的珍惜，对于真善美的追求和向往以彰显人性的美好，对于假恶丑的揭露和鞭挞以表现对于良心的拷问，等等，正是这一切构成了文学经典的不朽内涵。

再说形式要素：从我国古代文学经典的实际情况来看，艺术形式要素主要表现在两个方面：一是高扬审美理想；二是艺术表现方式具有开创性或独特性。前者要求思想境界的崇高和艺术趣味的高雅，体现着艺术作品的追求和品位；后者要求艺术表现方式的开拓和创新，使作品的内容得到完美而恰到好处的表现，从而与形式之间达到高度的统一。

综上所述，具有上述特征的内容与形式的完美统一是建构文学经典不可或缺的内部要素，而发自作者崇高心灵的强烈爱憎和美好愿望与理想使作品能够从时代最高真理和人性视角的高度直面人生，直指心灵。正是这一切最终决定了文学经典的不可同化的原创性、超越时空的永恒性和不可穷尽的可阐释性。

文学经典的价值和研究文学经典的意义

不言而喻，阅读和研究文学经典是因为文学经典具有重要的意义和价值，那么，文学经典究竟有什么意义和价值？研究文学经典究竟有什么用？

文学经典既无关根本的经国大略，也无关琐细的日常生活，既不能满足任何实际需要，也不能解决任何理论问题，似乎是没有任何用处，而只是用以点缀升平和附庸风雅的摆设。对于这种观点和认识，我想借用庄子的一句话来回答：庄子曾用"拙于用大"来评价惠子对于"大瓠"的态度和认识①。现在看来，这句话也可以说是对于"文学经典无用论"的最为恰当的写照。

关于阅读文学经典究竟有什么用的问题，可以分为两方面：对于普通读者来说一般是指其非专业目的，对于文学研究人员来说除此之外还有其专业性目的。

先说前者，即对于非专业的普通读者来说，阅读文学经典是因为"文学是一种与人生最密切相关的艺术"②，通过它可以加深认识生活，感受自然，关注社会，理解人性，反省自我；同时可以怡养和健全性情，丰富内心世界，多方面和谐地发展人性，形塑自己，从而使自己获得高尚的人格和理想的人生。这一点，对于另有其专业性目的的文学研究人员来说同样也是适用的。关于阅读文学经典对于非专业的普通读者的意义和用途，不是本文的论述目的，这里不再赘述。好在时下这方面的文章很多，我认为论述最为全面、深刻又比较具体的，当数朱光潜先生的《文学与人生》③一文，有兴趣的读者可以参看。

下面集中来谈专业人员研究文学经典的目的。专业研究者之所以研究文学经典，归根结底在于文学经典的以下两方面价值。

第一个方面，从根本上说，文学经典是民族文化精神的形象书写，集中体现着民族文化精神的价值取向，因此，对于民族文化精神传统的承传具有不可替代的作用。

关于文学经典与民族文化精神传统之间的关系，可以通过具体作品加以说明。

一般说来，一个民族的文化精神传统总有其漫长的形成和发展过程，而其胚胎的孕育则从一个民族跨入文明历史门槛的那一天起就已开始。从此以后，民族文化精神传统发展的不同历史阶段总会在文学经典中留下自己脚步的痕迹，文学经典因而也就成为民族文化精神传统的直接承载者。就我国来说，具有民族文化元典性质的上古神话和《诗经》与民族文化精神传统之间的关系尤其值得注意。

上古神话是中华民族原始先民的伟大创造，大体产生于我国原始社会

---

① 见《庄子·逍遥游》。
② 朱光潜：《谈文学》，北京大学出版社2013年版，第8页。
③ 见朱光潜《谈文学》第一谈。

末期至商周时代，它以幻想的形式和超自然的形象表现了人们积极进取的生活态度和坚苦卓绝的奋斗精神以及对于自然现象和社会现象的幼稚理解。比较而言，我国神话中的洪水神话、英雄神话和部族战争神话等表现现实严峻斗争的神话不但数量较多，而且述说比较充分；而创世神话和文化发明神话等追溯事物起源的神话以及关于自然神祇的神话不但数量较少，而且述说也比较简单①。这种明显差别，突出反映了我国文化精神的价值取向：更加注重对生存具有直接和决定意义的实际践行和奋斗精神，而疏于与生存没有直接关系，且富于思辨特征的追溯事物的起源和对自然本体的思考。对于生存的关注，就是对于人的生存状态和命运的关注，显然，这已经明显显露出我国文化人文精神的发展趋向。

神话时代以后不久，另一部民族文化元典《诗经》正式诞生。《诗经》大体上产生于西周初期至春秋时代，真实地再现了自公元前11世纪至公元前6世纪中华民族的历史经历，生动反映了中华民族的集体生命和伟大精神。神话中人文精神的萌芽在《诗经》中得到了进一步的发展，鲜明的人文精神因而成为《诗经》在思想上的最大特点：《诗经》不但深刻表现了人文精神的核心价值观，而且生动表现了这一价值观的不同侧面：人文精神在《大雅》《小雅》和《国风》中都有所体现：《大雅》主要体现在以"敬德"、"保民"为主要内容的政治理想方面；《小雅》主要体现在对和谐人际关系的追求方面；《国风》主要体现在以争取生存权为中心的生活理想方面。无论是政治理想、生活理想还是对"和谐"人际关系的追求，中心都围绕着民生境遇和人的生存状态，体现着对于人及其命运的终极关怀。

关于文学经典，特别是民族文化元典对于正确认识民族文化精神的特点及其在民族文化传统形成过程中的重要作用，法国艺术理论家丹纳也有精辟的论述：

> ……必须看了原始思想的胚胎，才能在已经发展完全的思想中辨别出思想的特点；原始时期的特征在一切特征中最有意义；根据语言

---

① 由于我国古代盛行祖先崇拜，决定了部族起源神话不但数量较多，而且有些神话述说也比较具体。这类神话与创世神话、文化发明神话虽然都属于追溯事物起源的神话，但在思想性质上彼此完全不同。

的结构和神话的种类，可以窥见宗教、哲学、社会、艺术的将来的形式，正如根据胚胎上子叶的有无和数目，可以猜到植物所隶属的部门和那个部门的主要特征……最稳定的特征占据最高最重要的地位；而特征的所以更稳定，是因为更接近本质……①

这段话中有些观点并不完全正确，这里暂且不论，就其正确部分而言，它十分敏锐地指出了一个民族的早期文学艺术（如神话和早期诗歌等）在其民族文化发展中的地位以及对于即将形成的民族文化特征和民族文化传统所起的奠基作用。神话等早期文学艺术之所以具有这样的性质与特征，是因为它没有任何虚伪和矫饰，而完全是以童年纯真的"原生态"把这个民族文化传统的价值取向和本质特征充分表现出来。正是因为如此，上古神话和《诗经》等民族文化元典所体现的人文精神传统也就成为民族文化发展的不朽源头。

《诗经》以后，从《楚辞》到《汉乐府》民歌、三曹、建安七子、阮籍、陶渊明、左思、刘琨、鲍令晖，直到《古诗为焦仲卿妻》和南北朝乐府民歌等历代文学经典，尽管程度不同地受到儒家、道家和法家思想的影响和制约，但都不能掩盖其具有时代高度，并闪烁着人性光辉的道德精神理想，即以人文精神为内涵和最高价值标准的道德精神理想。

所谓人文精神用简单的话来说，就是"人当是人"②，把人当作人，也就是充分理解人、尊重人和爱护人。人文精神是我国文化精神传统的核心价值取向，在文化精神传统中占有十分重要的地位，并产生了深远的影响。上古神话和《诗经》产生的原始社会末期至春秋时代，中华民族尚处于童年时代；而这个时期从民族文化发展的历程看，正是民族文化精神核心的形成时期。这清楚地表明上古神话和《诗经》为中华民族文化精神传统的奠基和建构做出了十分重要的贡献。

无数事实证明，文化精神传统是一种代际相传的特定的权威形式，一经确立便成为一种制约和影响人们的巨大的无形力量："范围着人们的思想方法，支配着人们的行为习俗，控制着人们的情感抒发，左右着人们的

---

① ［法］丹纳：《艺术哲学》，第357页。
② 唐君毅：《人文精神之重建·自序》，广西师范大学出版社2005年版，第4页。

审美兴趣，规定着人们的价值取向，悬置着人们的终极关怀（灵魂归宿）。"① 从这个意义上可以说，上古神话、《诗经》和其他民族文化元典（如《易经》等）所高扬的人文精神在一定程度上塑造了中华民族的灵魂和人格，集中表现了中华民族文化精神的价值取向。

我国古代文化思想的发展也完全证明了这一点，以人文精神来定义我国古代文学经典的精神内涵和最高价值标准，不但完全符合作品内容实际和文化历史背景，而且也完全符合我国文化价值系统发展的实际。

文学经典与民族文化精神传统之间的这种关系，具有世界的共通性，不但中国文学是如此，其他民族的文学也是如此。例如，俄国著名文学家陀思妥耶夫斯基在评论普希金作品时曾说：他的作品"洋溢着俄罗斯精神，随处跳动着俄罗斯的脉搏"②，在他看来，"俄罗斯人不懂得普希金，就没有权利称作俄罗斯人"③。显然，这里的"俄罗斯精神"、"俄罗斯的脉搏"正是就俄罗斯的文化精神传统而言。

正因为如此，一部文学作品能不能进入民族经典的圣殿，在正常的情况下根本不可能决定于某个人或某些人，而只能任凭历史的选择。而历史似乎更钟爱传统，即总是选择那些最能体现民族文化精神传统，也就是最能体现深藏于民族心灵深处的理想精神的文学作品。换言之，文学经典之所以成为文学经典，根本原因在于它以民族文化精神为灵魂。

第二个方面，文学经典的价值还在于它所体现的艺术精神和艺术成就。

文学经典为我国文学的具有民族特色的审美理想和审美特征的形成奠基了坚实的基础，从而对我国文学的发展做出了开创性的贡献。例如，我国诗歌在作品的构成模式、艺术形式的根本特点、物象摄取的意向以及作品的格调等基本艺术特质，一无例外都发端于先秦诗歌。

众所周知，我国诗歌（指抒情诗）不同于西方诗歌的一个根本特点在于不做抽象的抒情，而多采取托物寄兴，借具体物象以抒情的方法，王

---

① 庞朴：《文化传统与传统文化》，《中国社会科学季刊》1993年第4期。
② [俄] 陀思妥耶夫斯基：《普希金、莱蒙托夫与涅克拉索夫》，《读书与识字》，白春仁等译，金城出版社2012年版，第208页。
③ 同上书，第205页。

国维曾用"一切景语,皆情语"①来概括这一特点。这一根本特点的形成绝非偶然,其原因可以追溯到"三百篇"及以前的时代。我们知道,《诗经》中的某些原始兴象,其实质就是建立在宗教观念基础上的观念内容与物象之间的习惯性联想,由这种习惯性联想发展而来的一般的规范化的艺术形式,即朱熹所谓的"先言他物以引起所咏之词",就是"兴"。这说明,《诗经》中广泛应用的兴的艺术表现方法,就不是抽象抒情,而是借"他物"完成这一过程。兴的出现是我国诗歌艺术史上的一次意义重大的飞跃,对我国诗歌艺术的发展起了决定性的作用:我国诗歌通过外物写情志,以景语写情语的构成模式和方法都与兴的深刻影响密不可分。在我国诗歌中,物、我之间,情、景之间已经完全契合交融,浑然圆成:诗中的物象处处浸染着浓重的主观色彩,完全被感情化了;而诗中的情则融入物象中,完全被物象化了,从而形成主客观统一、物我相谐、情景相生的诗歌艺术形象。基于这种情况,黄宗羲说:"凡景物相感,以彼言此,皆谓之兴。后世咏怀、游览、咏物之类是也。"②这是对于我国诗歌抒情方式特点与兴之间关系的明确肯定。

除此之外,《诗经》所开创的重章叠句的复沓结构以及生动、丰富而富于音乐美和表现力的语言等都为我国诗歌艺术的长足发展打下了坚实的基础。

《楚辞》的开创性也十分突出。虽有以《诗经》为代表且影响广泛的四言诗在前,但《楚辞》并没有因袭这种诗体,而是独创骚体,另外开辟出一片新天地:正是《楚辞》以其不同于北方诗歌的一系列优长和特点在我国诗歌史上创立了蔚为大观的骚体诗,形成了具有鲜明个性化特征的叙述和抒情方式。除此之外,《楚辞》在诗歌艺术上的另一重大贡献在于,它不但创造了完整的艺术象征方法,而且将这一方法推向极致。《楚辞》中大量的象征性物象不是孤立地存在,而是彼此之间密切联系,共同形成了一个宏大的艺术象征体系:"《离骚》之文,依《诗》取兴,引类譬喻,故善鸟香草,以配忠贞;恶禽臭物,以比谗佞;灵修美人,以媲

---

① 原话为:"昔人论诗词,有景语、情语之别。不知一切景语,皆情语也。"见王国维《人间词话删稿》,《蕙风词话 人间词话》,人民文学出版社1960年版,第225页。

② (明末清初)黄宗羲:《汪扶晨诗序》,《南雷文定》耕余楼本第四集第一卷。

于君；宓妃佚女，以譬贤臣；虬龙鸾凤，以托君子；飘风云霓，以为小人。"① 这突出表现在《离骚》特别是对儒家人生态度深刻体验的第二大段（即"上征求女"部分）和对道家人生态度深刻体验的第三大段（即"远逝自疏"部分）中。从此以后，艺术象征方法完全走向成熟，极大地提高了诗歌艺术表现力。

再看八代三朝文学对推动我国文学发展方面所起的巨大作用。让我们以山水诗的发展为例说明这一问题。

南朝诗人在山水诗创作方面取得了巨大成就，不但在文学史上第一次充分展示了多种不同形态的自然美，而且解决了山水诗创作的一系列重要问题，创造出很多符合美学规律和具有鲜明民族特征的抒写模式、方法和原则，例如：多种多样的符合审美规律的视点移动模式和自然景观的安排方法；利用远近、明暗、高低、疏密等诸多对立因素，形成空间、自然物象之间的均衡与和谐，巧妙体现大自然的内在律动；注意自然山水面貌的时间性特征；不但精心刻画自然山水的外在美，而且更着力于把握其内在意蕴和神韵，达到形与神的统一；等等。从而为我国山水诗高扬审美理想，形成鲜明的民族特色奠定了坚实基础，并为山水诗创作的繁荣和唐代我国山水诗创作的第一个艺术高峰的到来创造了必要的条件。

八代三朝是一个富于创新精神的时期，在这段时期内，有些诗体和诗歌形式走向成熟，如骚体诗、五言诗和长篇叙事诗等。汉代之前，与抒情诗相比，我国的叙事诗显得相对落后，而这个时期出现的《木兰诗》和《孔雀东南飞》则标志着叙事诗已经完全走向成熟，并取得了杰出的艺术成就；阮籍通过由八十二首诗组成的《咏怀诗》，创造了抒情性组诗，这一形式的最大特点和优长是集抒情、议论和叙述于一体，可随性所至，尽情挥洒，连续抒写，因而成为一种后代经常采用的艺术形式。再看诗歌类型的创新：这个时期新创造的诗歌类型有写给亲友，向亲友倾述内心情怀的赠答诗，通过历史人物和事件抒发情志的咏史诗，描写神仙世界以寄托主观情怀的游仙诗，以及玄言诗、宫体诗、闺怨诗、悼亡诗和边塞诗，等等。在其他文体方面，赋体中的体物大赋和抒情小赋等也都是这个时期首创。

---

① （汉）王逸：《楚辞章句·离骚序》，（宋）洪兴祖：《楚辞补注》，中华书局1983年版，第2—3页。

诗体的创新和多样化反映着对于形式审美追求的深化，诗歌类型的增加说明诗歌反映生活范围的扩大，与此相应的是艺术表现方法的创新和走向完美，而这一切都是文学艺术深入发展的集中表现。

总而言之，先秦八代三朝文学的艺术精神和艺术成就及其所体现的原创性特征，不但使中华民族文学艺术以其鲜明的民族特色在世界上独树一帜，为人类的文学艺术园地增添了灿烂辉煌，而且使我们充分感受到中华民族文学经典的"美学尊严"①。

最后还应当指出：民族文化精神传统除反映在文学经典中以外，还表现在其他方面，诸如哲学思想、宗教观念、伦理道德、审美兴趣和风俗习惯等。就对于认识、理解和借鉴民族文化传统来说，与抽象的哲学思想、宗教观念、伦理道德等各种意识形态相比，文学经典具有不可比拟的优越性。这主要决定于文学作品的特殊本质，即当代德国著名哲学家伽达默尔所说的"同时性"特征：文学作品作为审美对象与我们发生审美关系只能在文学作品所营造的"现场"时空，这个现场时空与我们之间不存在任何距离："无论这作品产生在什么时代或什么地方，审美经验都是此时此刻的经验，消除了时空的距离。在直接的艺术鉴赏中，我们的兴趣不是历史的，而是审美的，是此时此刻的体验。"② 所以，古老的文化传统，千百年前的历史场景和人物，在文学作品中都已经不是木乃伊，而变成了"活的文化"，因而会给人带来更加强烈的冲击和震撼：不但启迪人的思想，而且激发人的感情，触动人的心灵。总之，正是文学作品的这种"同时性"特征，加之其反映现实生活的广泛性和揭示内心世界的深刻性以及内容涵盖各种意识形态的丰富性，最终决定了它在民族文化传统传承过程中起到了更为突出的作用。

当然，我们强调文学作品这一特殊的"活的文化"对继承民族文化传统的重要作用，并不意味着否认古代宗教、哲学、伦理、道德和历史文化的可资借鉴的积极价值，事实上，这些东西同样也是值得珍惜的宝贵的文化遗产。

认识到我国古代文学经典所蕴含的价值，也就是明确了文学经典是我

---

① 哈罗德·布鲁姆认为"美学尊严是经典作品的一个清晰标志"，见《西方正典——伟大作家和不朽作品》，江宁康译，译林出版社2011年版，第29页。

② 张隆溪：《文化、传统与现代阐释》，《走出文化的封闭圈》，生活·读书·新知三联书店2004年版，第15页。

国民族文化精神传统的承载物，那么，研究文学经典的目的也就清楚了：我国古代的文学经典，特别是民族文化元典具有为民族文化精神传统奠基的原创性和开放性，其核心价值观是一种充分体现人类文明，具有人性光辉的崇高精神，即人文精神包容着大量的属于未来的积极成分。阐释文学经典不但要阐释文学经典所蕴含的传统文化精神，而且要把握文学经典超越时空而不断生成和涌现的新的意义，也就是对传统做创造性的转化以回答时代提出的新问题。就是说，对于文学经典，只要经过认真发掘，运用现代意识加以阐释，就能为当代社会提供大量的有价值的思想，这不仅使民族文化精神传统在新的历史条件下得以继续传承和发展，而且对于我们的当代精神文明建设和文化创造，特别是弘扬人文精神，彰显价值理性，端正价值取向，都具有重要作用，而这正是文学经典的现代价值。这充分说明：正是在对文学经典的阐释中传统文化精神才得以被确认并得到承传和发展。

对于当代中国来说，继承民族文化精神传统是一个具有强烈现实意义并且历久弥新的话题，这是因为"持续近一个世纪的反传统，已使中国的文化结构支离破碎，人伦关系受到毁坏，但中国式的现代秩序一直未能建立；社会行为失范造成的无序，已使得只讲批判不考虑建设的'批判理论'，成为社会发展的大忌；而激进的道德谴责，也就可能被社会各种因素利用，造成违反批判者初衷的社会效应"[①]。对此我们这一代中国人具有切身的体会：我们不但亲历了以彻底砸烂文化传统而"求变"、"求新"的"十年动乱"，并且至今仍在吞咽其苦果。古今中外的无数事实充分证明任何一个民族的文化建设都离不开文化传统，新文化的建设只有在文化传统的基础上才能成为现实。这说明，在文化重建中继承民族文化精神传统不是消极的延续传统，而是发展传统，具有创新的意义。

就文学艺术发展自身来看，如前所说，文学经典对我国文学发展做出了开创性的贡献，为我国文学的具有民族特色的审美理想和审美特征的形成奠定了坚实的基础，因而成为深刻影响我国文学发展的重要原因。认真总结文学经典的艺术精神和艺术成就及其所体现的创新、开拓和探索精神，是丰富人们精神生活、提升精神境界以及繁荣和发展文学艺术事业的一项不可或缺的重要工作。这是因为文学经典不但为文学创作提供了最高

---

① 吴炫：《中国当代思想批判》，学林出版社2001年版，第36页。

典范和宝贵借鉴，更为重要的是，为中华民族净化心灵，提升道德情操，培养审美情趣和艺术修养提供了最好的教材。

如何阐释文学经典

对于当今的绝大多数普通读者而言，如果没有古今学者的介入，很多古代的文学经典不过是沉睡、冰冷的文字记录，而根本不可能被唤醒，因而也不可能走进读者的视野，成为全民族共同的精神财富。就是说，文学经典虽有实实在在的文本存在，但那只是一种潜在性的存在，而不是现实性的存在。要把潜在性的存在变成现实性的存在就需要学者对于文学经典的创造性阐释。

一般来说，阐释包括文学经典在内的经典著作主要有三种形式[①]：一是学术性的论述，即恢复事物本来面貌，并论证其意义和价值的学术研究；二是批评性的反省，如鲁迅关于古代经典的某些言说；三是思辨性的重构，即从哲学高度对于经典的概括。其中，学术性研究是批评性反省和思辨性重构的基础，由此不难看出学术性研究在承传民族文化传统和民族文化重建中的重要作用。正是因为如此，每个时代都要对于经典进行学术研究，提出对于经典的独特理解和阐释，由此所形成的五彩缤纷的经典作品阐释史乃是人类精神文明发展史上不可或缺的重要一环。处于由传统向现代转型时代条件下的我们这一代学人有责任以阐释文学经典来回应时代的期许。要做好这项工作，就应当与时俱进，勇于创新，赋予文学经典阐释以现代的学术品格。

关于文学阐释，我们这一代学人经历了正反两个完全不同的阶段。前一阶段走了很大的弯路，反思这段历史，总结经验教训十分必要。

20世纪五六十年代机械唯物论和庸俗社会学盛行，文学被当作阶级斗争的工具和政治传声筒，文学研究被纳入和限制在意识形态化的政治框架中，并以为"中心任务"服务的政治标准作为衡量文学作品的唯一标准。在这个框架和标准的"规范"下文学中的一切本质因素和美好的东西，诸如人性的光辉、崇高的思想、高尚的情怀以及复杂感情、微妙心理、深邃意境、鲜明性格、艺术魅力和审美趣味等统统被放逐，文学研究

[①] 参阅刘再复、林岗《传统与中国人·牛津版前言》，中信出版社2010年版，第20页。

因而只剩下给艺术形象贴政治标签和印证某些神圣教条，最终走入了死胡同。

新时期以来随着我国社会的进步，思想上的拨乱反正以及各种现代思想理论的引进，人们对于这段历史做了一定的反思，并取得了比较重要的成果，为后来的研究工作创造了必要的理论前提。

首先，是文学观念的巨大进步：随着理论领域中人的地位和价值的提升，人的主体性和生命尊严得到了空前的重视，文学研究随之走出了意识形态化的误区而复归其"人学"本位；随着文学观念的变化，文学研究的重心也发生了历史性的转移：从意识形态说教束缚下解放出来的文学研究直面文学作品中的各种各样的人生，把揭示人的感情世界和心灵历程作为自己的最基本的任务。

其次，对文学内容的认识发生了重要变化：文学虽以"人学"为本位，把揭示人的感情世界和心灵历程作为自己的基本任务，但是文学内容却不是单一的，而是涵盖了多种不同的层面：既有社会层面和历史层面，又有文化层面和心理层面。正是多种不同层面内容的综合，决定了文学内容的多元性和复杂性特征。

文学观念和对文学内容认识的变化，必然导致文学研究方法的更新，正如巴赫金所说："……文学是一种极其复杂和多面的现象……因此采用各种不同的方法就是理所当然的，甚至是完全必要的，只要这些方法是严肃认真的，并且能揭示出新研究的文学现象的某种新东西，有助于对它的更加深刻的理解。"① 在我国，在文学研究发生上述变化的基础上，随着20世纪80年代"文化热"的兴起，一种新的研究模式应运而生，即文化意识和文学的文化研究模式的建立。所谓文学的文化研究模式就是从文化的视角切入，从文化的心理层面，即价值观念、思维方式、审美趣味、道德精神、宗教情结和民族性格等和有关的观念、制度、风俗、习尚与文学关系的角度研究文学；在此基础上，有的学者在运用传统的研究方法的同时还采用了以大文化为背景、多学科交叉的综合研究方法。这种研究方法与巴赫金所提出的整体诗学、综合研究有很多相通之处，因此，可以从他的有关论述中得到某些启示。

---

① ［俄］巴赫金：《答〈新世界〉编辑部问》，晓河译，《巴赫金全集》第4卷，河北教育出版社1998年版，第365—366页。

从此以后，学者们往往把文学的文化研究方法、综合研究方法与其他研究方法结合起来，极大地丰富和发展了研究方法。

以上所述文学观念、研究方法的变化，是文学研究随着时代不断前进的历史性成果，这些成果程度不等地含有现代性特征，有利于多层面、多角度和多种手段并用地展开研究，从而拓宽古代文学研究空间，促进文学经典阐释的深化。在具体研究工作中特别应注意以下几点：

首先，对于文学经典的阐释，既要将它放到具体的历史语境中，又要具有时代思想的高度，力争历史性与现代性相统一。

要把文学经典真正放回到它产生的具体历史语境，必须做好作品产生的"生态环境"的文化还原工作。作品的历史语境虽然并非没有政治、经济因素在起作用，但对文学作品产生直接影响的却不是政治、经济，而是文化，因此，必须彻底搞清其时其地文化的本来面貌，从而恢复和重构作品产生的"生态环境"。只有这样，才能在作品与它所产生的具体环境、背景的统一中，发现作品与其时其地文化之间的内在联系，进而把握作品的性质、内涵及其意义和价值。

但是，如果仅仅做到了这一点，而缺乏具有时代高度的现代思想观念的照射，那么，这样的研究必然带有很大的局限性，因而很难达到通彻澄明，真正有所发现：不但无法正确认识作品的性质和内涵，而且文化还原也不可能真正完成。

现代性的重要特征之一就是坚持开放性和与时俱进，富于反思精神和创新精神，这就要求我们不仅善于反思历史和现状，总结历史经验教训，明确前进方向，而且善于广泛吸纳和包容古今中外的各种学说、观点和研究方法的精华，博采众长，这样才有可能达到时代的高度。

在这方面，苏联文学理论家巴赫金的诗学理论，特别是整体诗学和综合方法对于当代中国学者具有特殊的意义，因为他的文学理论和关于文学内容多元性和复杂性思想不仅具有现代学术品格和特征，而且是直接针对20世纪二三十年代大肆泛滥的机械唯物论和庸俗社会学而发。这一点对于具有相似经历的我们这一代学人来说，同样具有很强的针对性，因而尤其值得借鉴。

其次，阐释文学经典要充分尊重文学艺术的审美特征。

巴赫金曾指出在运用整体诗学、综合方法研究文学时，应当充分尊重文学艺术的审美特征。

通过感性形象的方式反映生活，是文学艺术审美特征的集中表现。文学所表现的崇高思想、复杂感情以及现实生活、内心世界等，一句话，文学作品的全部丰富内容和思想，都只能是通过这种富于艺术审美特征的特殊方式才得以实现。因此，阅读和把握文学作品不能简单地等同于把握科学，不能从抽象的理性出发，而应当以对于具体形象的感受和体验为基础，这说明这是一种"认知和审美的经验，是建立在内在听觉和活力充沛的心灵之上的"①，因此，把握文学作品首先要深入到作品所再现的生活情境和人物（或抒情主人公，下同）内心去感受和体验，并在此基础上理解作品。应当特别注意的是：在感受和体验过程中不但要排除抽象的概念和教条，而且要超越个人的爱好、意向和各种各样的利益诉求，"批评家……应当丢开自己的气质，倾向，党派，利益"②，只有这样，才能提高艺术感觉的敏感性和纯度，并深刻、真切感受和体验作者所提供的文学世界，特别是人物和抒情主人公内在精神的丰富性，进而对作品的意义、价值做出正确的判断和评价。

由于文学作品的种类和体裁的不同，例如，叙事性作品和抒情性作品具有不同的具体形式和审美特征，因而对于它们的感受和体验也有所不同。

对于以完整的故事情节和人物形象反映生活的叙事性作品，如叙事诗和小说的感受和体验，主要是深入到作品中的人物及其具体历史环境中和主人公一起生活，共同经历事变，处理人际关系，并承受主人公环境所带来的影响和命运所决定的一切，进而把握其独特的心理活动、精神世界和性格特征。如果在把握人物同时，进而深入考察影响和决定他们具有如此心理活动、精神世界和性格特征的各种原因，也就是在人物与环境的统一中内外兼顾地去把握文学经典中的人物形象，那么，在人物形象站立起来的同时③，它所反映的现实生活的本质特征也会清楚地呈现出来。在此基础上，才有可能正确把握作品的思想内容和艺术特征。

由于抒情性作品，如抒情诗是通过抒情主人公所抒发的思想感情，而不是通过具体的故事情节和人物形象反映生活，因而读者感受和体验的内容和过程也有所不同：对于抒情诗的感受和理解应当深入到作品所建构的

---

① ［美］哈罗德·布鲁姆：《西方正典——伟大作家和不朽作品》，江宁康译，译林出版社 2011 年版，中文版序言第 1 页。
② ［法］丹纳：《艺术哲学》，第 345 页。
③ 参阅丹纳关于感受和体验文学作品的分析，见《艺术哲学》第五编第一章第三个问题。

具体环境和情景中，设身处地地与抒情主人公一起去感受和体验，并共同经历喜怒哀乐。对于抒情性作品欣赏和理解过程的心理活动及其特征，有的学者做过具体分析，指出"体验是指作者创作时的心灵活动状态。读者对作品要一步一步地追到作者这种心灵活动状态，才算真正说得上是欣赏"①，这说明对于读者和研究者来说，这是一种紧随作者的"追体验"的过程。

还有，从美学思想和审美理想的高度认识文学经典的艺术成就。

文学经典不是理论著作，一般情况下不会做美学理论的宣示，但其艺术成就的取得离不开一定的美学思想和审美理想的指导却是不争的事实，因此，如果从美学思想和审美理想的角度来总结艺术特点和艺术成就，也许更能抓住问题的本质，看清历代文学之间的继承关系。

例如，《楚辞》与《诗经》之间在形式与内容关系处理方面的继承关系。

《诗经》对于人物的描写，从美学的角度看特别重视以下两点：一是道德精神的内在美，例如，描写普通人多表现他们对于友谊的珍重和对爱情的专一以及勤劳俭朴、不畏强暴的性格特征，以凸显其心灵的美好；二是把外在的威仪和容止作为崇高道德的依托，强调二者之间的适应与和谐，所谓"追琢其章，金玉其相"（《诗经·大雅·棫朴》）说的正是内在的金相玉质与外在华美相表里，形式与内容相统一。这一美学思想到《楚辞》时代有了进一步的发展，屈原不但创造了"内美"一词以突出道德精神内在美的重要性和普遍性，而且通过对于自己的描写明确肯定了形式与内容相统一这一美学思想："纷吾既有此内美兮，又重之以修能。"（《楚辞·离骚》）而这一美学思想正是屈原创作所遵循的美学思想原则。

还有一些问题，例如，陶渊明诗歌的艺术风格特点和成就，如果不从美学思想和审美理想的角度考察，很难揭示其本质特征。我们知道，前人将陶诗的艺术风格归结为"平淡"。按一般的理解，"平淡"是说平淡无奇，淡乎寡味，明显具有贬斥意味。但是，作为陶诗的艺术风格却完全相反，而属于一种特定的审美范畴，既是指平凡而普遍的农村田园景象的朴素自然之美，又是指"超越尘世的物欲追求和扰攘纷争而与无限自由宁

---

① 徐复观：《中国文学欣赏的一个基点》，《中国学术精神》，华东师范大学出版社 2004 年版，第 193 页。

静的人格本体相合一的境界"①，因此也是人与自然和谐相处的美妙境界，更是获得精神自由和心灵超越的人生境界。而陶渊明理想的生活方式恰恰正是在这样的环境中躬耕自食其力②，在他看来，只有这样的生活方式才能保持自己的道德尊严和人格独立，从而实现自己的人生价值。显然，在这样的语境中，陶诗不但真正达到了艺术与哲学的交融，而且达到了独特的审美体验与个性化话语的交融。正是这一切构成了陶诗"平淡"艺术风格的丰富内涵，并在平淡无奇中蕴含着感人至深的艺术魅力。

又如，前面提到的正确认识南朝山水诗的美学特征，有助于更具体而准确地把握南朝山水诗的艺术成就和在文学史上的巨大贡献③。

阐释文学经典应当具备的条件

最后，再说一说文学经典的阐释者应当具备的主观条件。

第一，除了全面系统阅读文学经典并夯实相关的基础之外，还必须有充分的理论和知识准备，特别是掌握相关科学的最新研究成果。

古代文学研究，特别是先秦和八代三朝文学研究涉及范围十分广泛，绝非仅仅掌握一般历史文化、文学史知识以及文字、训诂和章句之学所能胜任，而必须根据文学的实际情况和特点，广泛掌握所涉及的重要理论和知识，其中，任何一方面理论和知识的缺位，都必然造成研究的盲区。例如，要认识我国古代神话的基本特点和神话发展史上的一些重要变化，如神话历史化，如果知识的疆界限于神话和历史本身，那么，在这个领域可谓寸步难行，还必须具备关于上古时期哲学、宗教、政治的知识和理论才可能有所发现和创新，这是因为在当时人们的心目中，它不是作为神话，而是作为宗教和哲学思想而存在；又如，要正确认识《诗经》祭祀诗，除有关的文学、历史知识外，还必须把握宗教祭祀，特别是祭祀祖先与作为周代统治思想核心的天命观念之间的关系；要正确认识屈原精神和品格的基本内涵和特点，除有关的文学、历史知识外，还必须把握先秦时期实践理性精神和儒、道两家截然对立的人生态度的特点；要正确认识阮籍、

---

① 李泽厚、刘纲纪：《中国美学史》第2卷，中国社会科学出版社1987年版，第394页。
② 陶渊明理想的生活方式是在普通的田园中隐居和躬耕，二者缺一不可，详本书《陶渊明的诗歌创作与人生哲学》。
③ 详本书《南朝山水诗的美学特征及其贡献》。

陶渊明的生活、思想和诗歌特点，除有关的文学、历史知识外，还必须把握魏晋玄学和这两位诗人对于生命价值、人生意义以及相关的人生哲学的探索；要正确认识庾信山水诗的特点和他对于我国山水诗艺术发展的巨大贡献，除有关的文学、历史知识外，还必须掌握他对于玄学自然观的态度和山水美学，特别是他的世俗情怀与对山水自然审美观照之间的关系；要正确认识郭璞《游仙诗》的主题及其对于我国诗歌艺术发展的巨大贡献，除有关的文学、历史知识外，还必须掌握魏晋道教史和神仙道教的宗教生活，特别是方术修炼以及道教信徒修炼时的精神、心理活动和状态，等等①。可以看出，古代文学研究涉及方方面面的知识和理论，范围十分广泛。其中很多属于社会科学和人文科学，而这些科学在现代历史条件下发展很快，取得了很多重要成果，有些还达到了该学科的前沿。对于古代文学经典研究来说，及时掌握和汲取这些具有现代理论品格的最新成果，可以为我们提供锐利的思想武器，促进文学经典阐释向纵深发展。

　　古代文学研究者要充实和提高自己的理论认识水平，除广泛学习针对各种具体问题的有关学科和理论之外，还有必要从一般认识和方法论的角度，亦即哲学的高度来提高理论修养和认识。在有关的各种哲学理论中，我认为与古代文学研究之间关系最为切近的当数由德国著名哲学家伽达默尔于20世纪60年代创立的基于生存论的哲学诠释学。我国古代也有诠释学，而且起源很早，从对儒家经典的注释即已开始，并形成了悠久的历史传统。与我国的以还原事物本来面貌为目的的传统诠释学不同，哲学诠释学更看重经典的当下意义："经典的重要性并不在于它属于过去，而在于它作为持续有意义的存在对我们言说，我们解释经典就是应对经典的言说，重新回答经典向我们提出的问题。"② 我们理解、阐释经典就是与经典对话，是历史与当下的沟通。这涉及理解的本质："理解不是一种单纯重构过程，而始终是一种创造过程。"③ 可以看出，尽管哲学诠释学过分强调读者和诠释者的作用，甚至认为它超过作者和文本的意义，因而难免某些主观主义的偏向，但它主张经典属于未来，理解和阐释具有创造的性质，因而强调阐释经典面向现在，等等，所有这些对于我们重读和阐释经

---

　　① 与以上各例有关的论文，本书都已收录，请参阅。
　　② 洪汉鼎：《诠释学与人文社会科学》丛书《总序》，上海译文出版社2002年版，第2页。
　　③ 同上。

典无疑具有重要的启发意义。

"经典中的什么资源被重新发掘出来,很大程度取决于'背景'召唤什么样的'历史记忆'"①,这正是经典解读和阐释具有时代性的重要原因。

第二,正确运用思维方法,使思维具有创造性。

思维按性质和特征可以分为多种,如以是否遵循学科传统为标准,可以分为收敛式思维和散发式思维;以是否能够推进认识进步,增加新知识为标准,可以分为再生式思维和创造性思维;等等。对于科学研究来说,创造性思维最为重要;思维是否具有创造性,是直接决定能否创新,达到研究目的的最重要的因素之一。阐释文学经典,回答时代向经典提出的问题,并做到发前人所未发,是一项具有探索性特征的研究工作,当然只能是运用创造性思维才能完成。要真正做到使思维具有创造性,应注意以下几点。

首先,根据研究任务每个阶段的不同性质选择不同的思维方法。

从整体上看,一个课题任务的完成,往往是多种思维方法并用的结果。凡是做过研究工作的人都知道,研究工作可以分为不同阶段:从搜集资料、获得信息,发现问题的苗头,到把问题明确化并正式提出;从分析资料,深入思考,形成关于局部问题的推理链条,到从整体和全局的角度提出完整的新观点;从对新观点的必要说明解释,到最后总结其意义和价值;等等。其中每一个阶段的研究任务,总有最适合于它的思维方法。例如,古代文学研究中常见的注疏、考证、解释、说明、分析、综合、归纳、演绎、比较、类比、假设、求证,乃至宏观与微观结合,历史与逻辑统一以及文化批评模式和综合研究方法,等等。应当根据每个阶段不同研究任务的性质特点,选择最适合的方法,这样才有可能达到事半功倍的效果。充分发挥每一种方法的特长和优势,集多种优势于一体,可能激发思维飞跃,产生创新效应。

其次,要注意发扬思维的个性特征。

人文社会科学研究中的创造性思维主要是指提出新思想、新观点和新理论以解决问题的思维活动过程。由于创造性思维具有一定的偶然性,因而很容易被误解并被赋予浓重的神秘特征。事实上,创造性思维并不神

---

① 葛兆光:《中国经典十种·序言》,中华书局2008年版,第3页。

秘，但却具有鲜明的个性特征。所谓个性特征是指个人的稳定性心理特征，即个人的爱好、兴趣和行为方式习惯的总和。无数的事实说明，任何一项运用创造性思维所完成的科学研究任务，不但以充分的准备和长期的艰苦探索为基础，而且大多与研究者的爱好、兴趣相一致。正是从这类事实中，人们充分认识到创造性思维的鲜明的个性特征。应当说明的是，具有创新思维的研究者，其爱好、兴趣往往具有共同的特征：兴趣广泛，勤于思考，思维敏感，善于发现和提出问题，并爱好探索，锲而不舍。而这正是献身科学事业的学者应当具备的基本素质。

认识到创造性思维的个性特征和研究者应当具备的素质，那么，要取得思维的创造性效应，就应当在平时努力锻炼，注意培养自己的兴趣、爱好和锲而不舍的探索精神，并且选择最感兴趣和通过努力能够完全胜任的选题，这样，就能使自己的学术个性得以发展，并促进研究任务的完成。

此外，要使思维具有创造性特征还应当注意慎重运用类比方法。

类比推理方法是从个别到个别的推理方法，是基于事物之间的某些相似性而做的推理，与另外两种常用的推理方法，即归纳、演绎推理方法相比，类比推理的创造性最大而可靠性最小。与受一般原理限制的演绎法和受事物数量限制的归纳法不同，类比法由于从个别到个别而不受这种限制，因而更容易使认识产生创造性的飞跃，形成新的观点和认识，但也正是由于不受这种限制而很可能使推理陷于荒谬。在这里，优点也正是它的缺点，因此，在运用这种方法时要特别慎重。一般情况下，不是孤立地运用这种方法，而是在运用这种方法的同时验之以其他方法，即包括类比法在内的多种推理方法的综合运用。这样，既利用其创造性大之长，又避免其可靠性小之短；否则，就会适得其反，使所谓的"创新"流于荒谬：从先秦文学研究的实践看，特别是在神话、《诗经》和《楚辞》研究中，由于使用类比法不当而造成的错误，数量不在少数，教训是十分深刻的。

最后，汲取前人研究古代文学的教训和启示，少走或不走弯路。

为了做好文学经典阐释，在继承前人研究优秀传统和成果的同时，还应当重视吸取前人留下的教训和启示。只有这样，才能认清前人失误的真正原因，避免重犯。从前人的研究实践看，其中特别重要的教训和启示有两条：一是传统思维定式严重削弱了实事求是的研究精神和对材料的敏感性；二是对古人观点和见解缺乏批判精神和理性分析而导致问题意识和创新精神的丧失。这两个问题曾长期束缚人们的思维，使某些领域的研究停滞不前。古代文学研究史上这样的事例很多，笔者就郭璞《游仙诗》研究史总结过这方面的教训和启示①，请参阅，这里不再重复。

刊于《北京大学学报》2014年第5期，
《高等学校文科学术文摘》2014年第6期发表详细摘要，
人大复印报刊资料《中国古代、近代文学研究》2015年第2期全文转载。

---

① 详本书《郭璞〈游仙诗〉研究历史的教训和启示》。

先秦文学与文化研究

一　神话传说和寓言

祖先崇拜与中国古代神话
——兼论中西神话不同历史命运的宗教思想根源

神话与原始宗教之间的联系十分密切,即使那些反对在二者之间画等号的学者也不否认这一点。这是因为"宗教在它的整个历史过程中始终不可分解地与神话的成分相联系并且渗透了神话的内容。另一方面,神话甚至在其最原始最粗糙的形式中,也包含了一些在某种意义上已经预示了较高较晚的宗教理想的主旨。神话从一开始起就是潜在的宗教"①。对神话学而言,宗教无疑是研究一个民族神话的重要思想线索。在世界各民族中,产生时间较早而又最为普遍的宗教观念是万物有灵论。原始人认为,一切能够生长和活动的事物,如人和各种动植物、日月、风雨、江海湖泊等都由神秘的精灵主宰着,这就是万物有灵论。这种理论的提出者英国人类学家爱德华·泰勒认为,"关于人类灵魂的概念所依据的这种理论,是一般关于精灵和神的一切概念的源泉和基础",这种精灵具有"上升到神的阶段的能力"②。由于这种观念赋予万物以神秘的性质,因而成为一切神话产生的基原。事实上,各个民族中的原始诸神,如天帝、地神、海神、火神、星神、农神、药神、刑神以及图腾神、道路神、时间神等的产生和形成,都经历了这种"精灵"的阶段。至于此后神话的进一步发展,不同的民族由于历史、地理环境的不同,又各有自己的特点,就是说,不同民族神话诸神产生的具体途径及其性质特点和发展道路彼此之间又有区别。

在一个民族神话的进一步发展中具有怎样的特点与作为它产生的宗教

---

① [德]恩·卡西尔:《人论》,甘阳译,上海译文出版社1985年版,第112页。
② [英]爱德华·泰勒:《原始文化》,连树声译,广西大学出版社2005年版,第599页。

观念基础之间的关系甚为密切。就我国来看，影响我国神话产生和发展的宗教观念有很多，但就影响的深刻、广泛和巨大程度而言，可以肯定，任何一种宗教观念也不能与祖先崇拜相比拟。这是因为祖先崇拜在我国获得了充分的发展，在古代的各种宗教形态中占有极为重要的地位。我国神话的产生和发展及其历史命运、神话的具体内容和特点无不与祖先崇拜的宗教观念密切相关。

所谓祖先崇拜是指对祖先亡灵的崇拜，在本质上是一种以血缘关系为基础，受血缘观念支配的宗教意识和有关活动。祖先亡灵也是鬼魂，只不过不是一般的鬼魂，而是与生者具有血缘关系的特殊鬼魂。所以，在宗教发展形态的系属上，祖先崇拜不过是鬼魂崇拜的一种特殊形式。原始时代的祖先崇拜具有某些英雄崇拜的特征：氏族和部族祖先不但是这个集群的元父，而且也是这个集群事业的开拓者和奠基者。因为他们有功于民，便受到人们的崇拜并被神化而逐渐升华为神。甲骨文中"祖"和"示"都寓有神意即可证明这一点①。

祖先崇拜是在原始社会图腾崇拜基础上产生的宗教观念。由图腾崇拜到祖先崇拜是原始社会氏族成员观念意识的重要发展，反映着崇拜对象由自然（主要是动物、植物）向人自身的转化，因而也是人们认识人与人之间关系这一重要范畴的开始。十分明显，在人与人之间的各种关系中，最早为人所重视和理解的一种关系恰恰就是人与祖先的关系。尽管这种认识以宗教的形式即人与神的关系形式出现，但在人类认识发展史上仍然具有重要意义。

产生于原始社会的祖先崇拜，不但没有随着原始社会的灭亡而消失，反而在奴隶制社会中得到了进一步的发展和完善。这是因为我国奴隶制社会属于宗法奴隶制，整个社会是由无数以亲族血缘关系为基础的宗族集团按宗法制度组成，即是说原始社会氏族组织的基本结构在奴隶制社会中并没有完全消失，而是广泛地保存着。这种社会组织结构的一致性，决定了这两种社会形态之间在很多方面存在着继承关系，祖先崇拜因而也获得了进一步的发展。

祖先崇拜在我国的充分发展，得到了中外学者的一致肯定。德·格鲁特在《中国人的宗教》一书中特别论述了祖先是中国人家族的权威和保

---

① 参阅郭沫若《释祖妣》，《甲骨文字研究》，科学出版社1962年版，第36—51页。

护神，并认为对祖先的崇拜是中国人宗教和社会生活的核心的核心。恩·卡西尔在《人论》中也指出："中国是标准的祖先崇拜的国家，在那里我们可以研究祖先崇拜的一切基本特征和一切特殊含义。"[①] 这些论断可以帮助我们认识祖先崇拜在我国古代宗教中所占的特殊重要地位。在这样一个"标准的祖先崇拜的国家"内，在祖先崇拜获得了如此高度发展的条件下，神话渗进它的内容、打上它的烙印并在发展过程中受到它的深刻影响和制约是必然的。应当指出的是，这种影响和制约，无论是积极方面还是消极方面，都带有根本的性质。

祖先崇拜与我国神话之间的关系，最重要的问题之一是神祇及其故事的来源，这实际上涉及神话学领域中的一个十分重要的问题，即神话起源论问题。

迄今为止，我国学术界对于神话的发展做了很多研究，而对于神话的来源即神话起源问题却很少有人问津，所以对这个问题基本上还是停留在神话与历史关系的一般认识上（如认为神话具有历史的面影等），而没有进行深入具体的考察，诸如众多神祇从何而来，它们与当时盛行的宗教观念有什么关系，这种关系对于神话面貌和发展有什么影响，等等。这些问题不解决，将严重阻碍我国神话研究的深入发展。

祖先崇拜的重要特点在于，它的崇拜对象即氏族和部族祖先既是超现实的神祇，又是曾经存在过的历史人物（即上古时代那些没有名号的祖先）；既是虚幻的，又是真实的；既是当时人们精神的主宰，又是推动历史前进的力量。而动植物崇拜和天体崇拜等宗教则不同，其崇拜对象纯然是自然客体本身，完全属于自然范畴，一般说来与历史没有直接关系。所以，与这些以自然客体为崇拜对象的宗教形式相比，只有祖先崇拜真正涉及历史领域，并使历史渗入了宗教，成为宗教观念内容的组成部分和根据，同时也使历史与神话之间产生了超越一般意义的密切联系。正是这种特殊关系构成了历史向神话演化的直接原因。

神话学理论证明，原始时代初民的宗教观念和对于周围世界的认识，不是表现为抽象的思维，而主要是表现在他们所创造的具体神祇上。在宗教和神话发展史上，几乎各种不同的宗教形式都有其相应的伟大神祇诞生。这些不同的神祇，各有不同的特征和产生途径以及不同的历史遭遇和

---

① ［德］恩·卡西尔：《人论》，第109页。

命运。就我国而言，很多神祇及其神话的产生都与祖先崇拜有关，其中有很多神祇都是由被神化的祖先转化而来，是祖先崇拜的产物。正是在这个意义上可以说，没有祖先崇拜就不可能有今天我们所见到的如此规模的神话及其总体格局。

由于缺乏文字记载，要想全部了解哪些神祇及其神话是由哪位祖先转化而来已经根本不可能。但是，按照现存文献提供的线索，根据宗教学和神话学的有关理论，搞清部分问题的大致脉络还是可能的。在这方面，一些地方性和某一部族的神祇由于其性质比较明确和单纯，为我们的研究提供了很大的方便。

宗教和神话发展的历史说明，地方性和某一部族的神祇的产生在时间上总是早于统一的天神和其他在当时具有全民族意义的神祇。当然，这种地方性和部族的神祇并非凭空产生，而是地方人间力量被神化的结果。地方性和部族神祇在神的王国中其力量所及恰恰与地上的权力统辖范围相一致。恩格斯指出："在每一个民族中形成的神，都是民族的神，这些神的王国不越出它们所守护的民族领域，在这个界限以外，就由别的神无可争辩地统治了。"① "神的王国"不越界正是"人的王国"有其一定的地理范围的反映。原始社会的部族和氏族是一个自我封闭的整体，它也只能在自我封闭的状态中才能存在。一旦这种封闭状态被打破，其性质也将发生根本的变化。正是在这种特殊的社会历史背景下，才有可能发生恩格斯所说的那种"神的王国"互不越界的情况。

如前所说，天上某方的天神不过是地上某方人间力量的曲折反映。事实上，在原始时代这样的人间力量只能是某一地域的氏族和部族，而不可能是（也不存在）其他什么力量。由于氏族和部族的祖先同时也是这个集群事业的奠基者和开拓者，在集群中享有最高的声望并且成为这个集群的代表和象征，因而被神化的也只能是氏族和部族的祖先，而不可能是其他什么人。所以，天上的神祇是由地上某方的人间力量转化而来，实际往往是由某一地域的氏族和部族的祖先转化而来。

例如，商民族的始祖契、周民族的始祖后稷和秦民族的始祖伯益都有一个从祖先向神祇的转化过程。先说商民族的始祖契：契为有娀氏之女简

---

① ［德］恩格斯：《路德维希·费尔巴哈和德国古典哲学的终结》，《马克思恩格斯选集》第 4 卷，人民出版社 1972 年版，第 250 页。

狄吞玄鸟卵所生，由于他在舜时的司徒任上"敬敷五教……功业著于百姓，百姓以平"，后又"佐禹治水有功"（《史记·殷本纪》），为商的立国建立了巨大功勋，被后代子孙奉为"玄王"，所谓"天命玄鸟，降而生商"（《诗经·商颂·玄鸟》），"有娀方将，帝立子生商。玄王桓拨，受小国是达，受大国是达……"（《诗经·商颂·长发》），可以看出，在子孙后代的心目中契已经成为一个充满神秘色彩的半人半神式的人物。再说周民族的始祖后稷：后稷名弃，为有邰氏姜嫄履神迹有孕而生，后稷幼而神异，虽多次遭弃皆化险为夷，其母以为神才正式收养。"及为成人，遂好农耕，相地之宜，宜谷者稼穑焉，民皆法则之。帝尧闻之，举弃为农师，天下得其利，有功。"（《史记·周本纪》）据此传说后稷为农业的发明者，为周民族的发展和周王朝的建立打下了坚实的基础。由于"文武之功起于后稷，故推以配天"，即周人祭天以后稷配祭，《诗经·周颂·思文》写的就是此事。"人鬼天神同时并祀，是其人必已被视为天神或天神之子，即所谓天子。"① 后稷确是因对民族事业发展的卓越贡献而被奉为神、农神。最后说秦民族的始祖伯益：伯益又名益、柏翳、大费，为帝颛顼后裔女修之孙：女修吞玄鸟卵生大业，伯益为大业之子（大业之妻少典之子女华所生）。伯益除辅佐大禹治水之外，最大的功绩和特殊本领在于调训禽兽，相传他"知禽兽"（《汉书·地理志》）"综声于鸟语"，因此而成为虞舜的虞官，负责管理山泽禽兽，并取得突出成绩。据传说他是畜牧业的发明者，这与考古学材料证明的我国畜牧业就是从这个时期正式开始的观点恰好一致。

总而言之，商、周和秦三个民族的祖先都是因为对民族事业发展的巨大贡献而被奉为神祇。

以上论述了由某一地域的氏族和部族的始祖转化来的神祇，此外，在神话的进一步发展中转化为神祇的还有祖先的某些子孙，因为民族始祖毕竟只有一个，相对于初民对于神的越来越多的"需要"来说，实在显得"供不应求"。于是一批新的神祇便从祖先的子孙中脱颖而出。《淮南子·天文训》：

东方木也，其帝太昊，其佐句芒，执规而治春……南方火也，其

---

① 陈子展：《诗经直解》下册，复旦大学出版社1983年版，第1085页。

帝炎帝，其佐朱明，执衡而治夏……中央土也，其帝黄帝，其佐后土，执绳而制四方……西方金也，其帝少昊，其佐蓐收，执矩而治秋……北方水也，其帝颛顼，其佐玄冥，执权而治冬。

这段文字中涉及很多神，这里只将世系清楚的几位神祇如句芒、朱明（即祝融）、蓐收和玄冥做简要说明：先说句芒，据《山海经·大荒东经》，句芒是东海之外鸟王国开创者少昊氏的后裔，后为东方之神，东方之帝太昊的辅佐。再说朱明，朱明即祝融，据《山海经·海内经》朱明本是炎帝后裔（一说黄帝后裔）："炎帝之妻……生炎居，炎居生节并，节并生戏器，戏器生祝融。"祝融后为南方之神，又是火神。再说蓐收，蓐收名该，是少昊之子，后来演化为西方之神，辅佐少昊，又是刑戮之神，因在西方，又是司日入之神。最后说玄冥，玄冥又称禺京、禺彊，据《山海经·大荒东经》玄冥为黄帝后裔："黄帝生禺虢，禺虢生禺京。"后演化为北方之神，辅佐颛顼，又是海神。可以看出，中国神话中的火神、刑戮之神、司日落之神、海神，以及南、北、西、东四方神祇等，都是由民族或部族祖先的后裔演化而来。

综上所述，我国神话中很多神祇的产生都与祖先崇拜有直接关系。神话中的诸神祇与民族或部族祖先及其后裔之间的这种衍生关系，除以上所说的神话诸例之外，还可以从宗教学和神话学理论得到证明："在原始文化之后，或者在其末期，族父……显然是侵占了至上神的地位；有时这种取而代之的方式是友谊的。"① 这里的至上神是指某一地域的至上神，即某一方的天帝，如前面说的南、北、西、东四方神祇等，而不同于阶级社会中出现的那种作为世界、人类的创造者和天地万物最高主宰的上帝。各个地域出现不同的天神，以至众多天神并立，正是原始时代氏族、部族林立，并且彼此隔绝，没有往来和交流的社会状况的反映。

这些神祇各司其职，总体来看管辖的范围很宽，从金、木、水、火、土等基本元素到万事万物，从天上到人间，无不包括在内。所有这一切职能归根到底都是民族或部族祖先及其后裔的杰出本领在幻想中的升华，体现着先民控制大自然的强烈愿望。可以设想，如果没有祖先崇拜，就不会

---

① ［德］W. 施密特：《原始宗教与神话》，萧师毅等译，上海文艺出版社据辅仁书局1948年版影印，第94页。

有被神化的祖先及其转化来的光怪陆离的神祇,整个中国神话也就不会有如此丰富的内容和强大的阵容。这说明,作为神话产生的观念基础,祖先崇拜对于中国神话的基本面目和特征以及总体格局的形成,具有决定性的意义和影响。正是因为这样,有的神话宗教学者,才认为神话是祖先崇拜的产物,是上古时代那些对民族发展做出重要贡献的祖先的神奇故事①。

以上论述了祖先崇拜与中国神话诸神祇的产生和发展之间的关系,但这只是问题的一个方面,即积极影响方面;另一方面,祖先崇拜对于中国神话的发展也产生了严重的消极作用,特别是伦理道德观念融入祖先崇拜以后,这种作用越来越突出,甚至成为神话发展的桎梏。

大体来说,其消极作用主要表现为以下三个方面:

一、祖先崇拜是神话历史化的观念基础和内在原因。

众所周知,把神话解释或还原为历史的神话历史化思潮是中国神话发展历史过程中的一场巨大"劫难":无数神话被人为扭曲,内在结构被空前破坏,非经验、非理性的神话变成了以体现某种神圣伦理原则和历史因果关系为归宿的往事。就是说,不但神话的数量大为减少,神话故事变得残缺不全,而且性质也发生了根本改变。相应地,我国古史传说的上限却不断向前延伸,其领域在不断扩大。中国神话的这种历史命运在世界神话发展史上是十分罕见的。

如前所说,在神的来源上,中国神话中的很多神祇都是由民族或部族祖先及其后裔转化而来,也就是将人神化的结果,这根本上决定了从这些神祇诞生的那一天起就带着人的胎记:不管这些神在神话中被赋予怎样的神奇本领和威力,创造了怎样超凡入圣的业绩和功勋,却始终未能彻底摆脱人的性质和特征。所谓人的胎记和因素主要是指这样两点:一是人的形貌。从祖先及其后裔转来的诸神,虽然有些变得形貌怪异,有的甚至人兽同构,但从总体上看,其主流仍以人的形貌为主,这可以从黄帝、炎帝、尧、舜、禹、颛顼、帝喾乃至其他诸多神祇的形象得到证明。更为重要的是,这些由祖先转化来的神祇不但具有人的形貌,而且具有人的精神和品德,其中不少甚至盛德感天,成为道德的楷模。黄帝、炎帝以及尧舜禹这些圣明之君自不必说,就是一般的尊神也多按道德规范行事,如东方天帝之佐句芒就是如此,他曾为秦穆公"赐寿十有九年"(《墨子·明鬼》),

---

① 例如,赫伯特·斯宾塞就这样认为,见其《社会学原理》一书。

其原因不是什么别的，而是因为秦穆公有明德。其行为动机早已超越了一般神祇，而完全符合社会伦理道德和因果关系，具有明显的道德化特征。又如南方天帝之佐祝融这种特征更为突出，他不但帮助有盛德的黄帝攻打炎帝和蚩尤，而且帮助圣王汤王和武王推翻了暴虐无道的桀、纣。这种是非分明、惩恶扬善的义举完全符合理性判断和道德原则，而与不受时空限制、不受道德约束和礼俗左右的神话特征彻底相违背。因为不管这种道德和礼俗被古代圣贤赋予怎样神圣或神秘的意义，毕竟体现着经验可以证明的理性精神，属于人间历史的范畴，因而成为拉近神与人之间、神话与历史之间距离，最终导致神话历史化的内在根据。

有些民族的神话，其神祇并非由民族或部族祖先转化而来，而另有其他来源。看一看这些神祇后来的命运，或许有助于我们认识祖先崇拜与神话历史化之间的关系。

在有些民族那里，祖先崇拜的宗教观念没有获得充分发展，但却盛行自然崇拜，其神祇一般不是祖先崇拜的产物，而是自然崇拜的结果。原始初民不能正确认识山河、草木、日月、星辰、风雨、雷电等各种各样的自然现象，而赋予它们以种种超现实的神秘特征，并将它们作为有生命、有意志的伟大力量加以崇拜。当然，他们对于客观世界的这种"改造"和"加工"只能在幻想中实现，由此而形成了"用想象和借助想象以征服自然力"[①]的神话。这些由于自然崇拜而产生的神祇与在祖先崇拜基础上形成的神祇不同，它们天生地具有自然物象本身的某些特征。如埃及神话中，何露斯神具有鹰的形象，安努毕斯神具有豺狼的形象，索赫梅特神具有雄狮的形象。在这些神话和宗教中"超自然物还没有彻底脱离自然物，没有变成'纯粹的'精神本质"[②]，而具有自然物的某些形象特征。同样，也是在自然崇拜观念基础上形成的希腊和北欧神话中的神祇，虽然具有了人的形象，但仍然保持着自然原质的某些性质特征，即是说，他们虽然失去了自然物的外在形象，但却保留着自然物的内在精神。例如，北欧神话中的雷神蔽尔是雷的人格化，他发起脾气来如同烈火一般可怕；而黑暗之神作为黑暗现象的人格化，不但双目失明，而且性格忧郁阴沉；相

[①] [德]马克思：《政治经济学批判》，《马克思恩格斯选集》第2卷，第113页。
[②] [俄]乌格里诺维奇：《艺术与宗教》，王先睿等译，生活·读书·新知三联书店1987年版，第110页。

反,他的兄弟光明之神巴尔特尔作为光明的人格化,其性格则开朗天真;农神佛赖则是五谷生长不能离开的阳光雨露的人格化,他是一只浑身长满金毛的野猪,这些金毛恰恰象征着太阳的光芒和成熟的五谷;火神洛克是灶火(不同于天火的雷)的人格化,火能造福于人,也能为害于人,所以洛克也就善恶兼行,成为神、魔的合体。在希腊神话中,宙斯成为雷电与最高权力的化身和象征,阿波罗成为太阳与战争的化身和象征,波塞冬成为沧海的化身和象征,雅典娜成为丰产与智慧的化身和象征……他们虽然已经完全人格化,但从其性格和气质上还能使人明显感到他们作为自然界和社会生活中某些事物和现象的象征性的替身和代表的性质。

作为原始宗教的两种形式,祖先崇拜和自然崇拜都是原始初民造神的观念基础和形成神话的内在原因。由于产生的观念基础不同,中国神话与希腊、北欧神话的神祇具有完全不同的性质:前者即中国神话具有明显的人文特征,而后者即希腊、北欧神话则具有自然神特征。这样看来,英国历史学者科林伍德所说的神话"与人类的活动完全无关。人的因素完全被摈除了,故事中的人物仅仅是神"①,明显是更多地偏重于希腊、北欧神话和自然神祇,而不适合于中国神话中那众多由祖先转化来的神祇。因为在这些神祇身上,"人的因素"不但没有"完全被摈除",相反却十分明显地存在着。对于这样的神话来说,在适宜的社会历史条件下被历史化,也就是神话演化为历史、神演化为人,应当说是水到渠成的事情。而对于缺少"人的因素",自然物性质特征比较明显的神话来说,要把它改变成为符合伦理道德和社会因果关系的历史传说,相对来说则比较困难。正是在这个意义上,可以说祖先崇拜是后来出现的神话历史化思潮的重要观念基础,而自然崇拜则是希腊、北欧神话未被历史化的内在原因。所以,从某种意义上,不妨说中西两种神话的不同历史命运早在它们的孕育过程中就已经被内在地决定了。

二、以血缘关系为基础的祖先崇拜具有世俗文化特征和思想上的排他性,因而成为以博大胸怀和进取精神为特征的神话发展的严重障碍。

祖先崇拜的对象尽管具有超现实的神威,但无论如何也摆脱不掉与后代的血统联系,所以,作为氏族子孙后代的保护神,他与后代的关系除了

---

① [英]科林伍德:《历史的观念》,何兆武等译,中国社会科学出版社1986年版,第16页。

宗教神秘特征之外，还包括着伦理道德的现实内容。这种情况随着伦理道德的发展而越来越明显，特别是进入奴隶制社会以后，祖先崇拜的人文内容益发增强，表现出更为强烈的世俗文化的特征。

春秋时代孔子的思想在这方面颇具代表性，他针对他的学生宰我关于"三年之丧，期已久矣"（《论语·阳货》）的疑问发表的见解很值得注意："子生三年，然后免于父母之怀。夫三年之丧，天下之通丧也，予也有三年之爱于其父母乎！"这里孔子为体现着对于祖先（包括父母）怀念和尊敬的"三年之丧"的辩护，既不是出于宗教感情，也不是关于祖先的传统宗教观念，而是出于一种伦理实用目的，即亲族内的现实利益关系以及以此为基础的感情、心理平衡。这样的目的体现着摆脱了宗教巫术观念束缚的新的价值观念和实践理性精神，闪烁着新时代的光芒，具有鲜明的世俗文化特征，而与崇信超自然的神奇力量的传统宗教观念在本质上明显不同。

在我国关于祖先的神话中，只有始祖诞生的神话故事才真正富有神话特征，如商人始祖契、周人始祖后稷、秦人始祖伯益的诞生都充满了怪诞神奇的色彩，是理性和经验难以解释的，而其他祖先，如商的先公昭明、相土、昌若、王亥、王恒、上甲和成汤，周的先公不窋、鞠陶、公刘、庆节、皇仆、亶父和季历，秦的先公大廉、孟戏、费昌、蜚廉、恶来、女防、非子、衡父和造父等，据丁山氏考证也多是神话人物：夏、商、周、秦"诸朝的立国以前的先公、先王名号，也何尝不是宗教神话多于真实的史实"①！但是，与佐禹治水有功的契、伯益和"三弃三收"的后稷相比，他们很少神异色彩，因而很少有神话流传下来。其原因之一即在于对这些祖先的崇拜，除了宗教动机之外，还掺杂越来越多的世俗动机和现实的社会政治、伦理道德内容。

作为传统宗教，祖先崇拜在加强氏族和家族成员的凝聚力，强化氏族和家族观念，维系其成员之间的团结方面曾经起过巨大的作用。进入奴隶制时代以后，祖先崇拜对于巩固统治阶级地位，维护等级秩序的重要性，也是其他宗教难以比拟的。与此相关的是，祖先崇拜在文化上完全趋于保守和自我封闭，其固有的家族至上观念和思想文化方面的排他性逐渐显露出来，因而成为一种巨大的惰性力量。这使它根本不能容纳文化异己，很

---

① 丁山：《中国古代宗教与神话考》，龙门联合书局1961年版，第549页。

难吸收先进和新生的东西,并始终处于文化上的自我满足和陶醉状态。夏、商、周、秦各有自己的祖先崇拜和家族至上观念,在文化上各有自己的特点。各朝的国事也就是家事,治家亦即治国,二者纠缠在一起而很难分开。各朝之间在文化上虽有所继承和损易,但在涉及祖先和根本的文化制度方面则彼此水火不能相容。一旦推翻旧王朝,即"革命创制,改正易服,变置社稷"(《尚书·汤誓传》),前朝文化统统废除殆尽,一切都要重新开始。即使是做社主的木料,各朝也完全不同:"夏后氏以松,殷人以柏,周人以栗"(《论语·八佾》),由此不难想见各朝在文化上的相斥情况。这样文化背景和环境对于孕育各朝自己固有的文化当然十分有利,但对于需要以开放精神和博大胸怀,并要历经数代人长期不间断的努力才能完成的那些事业,如神话的创作、发展和最终完成,无疑是严重的障碍。神话本身的固有特点,即它所蕴含的深厚的文化内容、所体现的认识高度、改造世界的热情和进取精神,从根本上决定了它必须超越家族和种姓乃至不同的时代,在广阔的历史的背景上和原始开放的文化环境中,才有可能真正完成。世界一些著名的神话都是如此,如希腊神话渊源于迈锡尼时代,中经荷马时代的不断丰富加工,直到赫西俄德才最后成熟。在我国由于盛行祖先崇拜和家族观念至上,夏商周秦各有自己的神话,它们分别属于不同的祖先和家族,各自"都有民族种姓做它的背景"①,因而基本上是处于彼此隔绝、各自独立的状态,而难以形成继承和发展的系列。前一代的神话(也就是另一个民族的神话)在后一个朝代那里得不到重视和继续加工的机会,而只能沦为"半成品",在这种情况下,自然难免散佚而变得残缺不全。例如,殷人始祖契的诞生和其他种种灵异,本来极富于神话特征,但周人代商建立新王朝以后,根本没有对它继续进行加工和充实,而是将它弃置一旁,另搞自己祖先后稷的神话,并用后稷的种种灵异作为自己统治合乎天意的证明。显然,在周人看来,如果宣扬已经被推翻的殷人的神话及其祖先的神异,那无异于在政治上自己给自己拆台。同样,鲧、禹诞生和治水的神话没有发展成为像有些民族那样的英雄神话,也是由于同样的原因。总之,狭隘的祖先崇拜和家族政治利益限制了文化上的宽容和开放,首当其冲的正是神话。后来,由于历史的发展,原先的政治利害冲突虽已不复存在,但神话的厄运并没有得到扭转,因为

---

① 《顾颉刚古史论文集》第 2 册,中华书局 1988 年版,第 117 页。

早在此之前，神话历史化思潮已经开始，那残存的神话碎片未及得到进一步加工，便一个一个地被化作历史传说，成为似曾发生过的往事，从而永远错过了加工和发展神话的宝贵的历史时机。

与此相关的是，祖先崇拜和家族至上观念极大地限制了人们的目光，使人们过多地集注于本族系，而对族系以外的广大世界缺乏关注，反映在神话上，则是关于始祖诞生和家族的神话多，并由于这些家族神祇分别属于不同的族系而无法形成统一的神话，这不但使我国神话缺乏统一有序的神系，而且极大地限制了关于世界和人类起源的创世神话的发展。

三、祖先崇拜扼杀了神话，却孕育出具有政治效用的宗庙文学。

从我国历史和文学发展的具体情况看，应当说殷周时代是对原始神话进行充实加工的最合适的历史时期，然而十分遗憾，这个时期在这方面并没有更多建树，却产生了与神话相背离的宗庙文学，例如，西周时期《诗经》中的部分祭祀诗就属于这类作品。所谓祭祀诗是指在各种各样的宗教祭祀活动中咏唱的赞颂神灵和祖先，祈福禳灾的诗歌。一般说来，祭祀的对象多是祖先崇拜的对象。

本来，原始时代祭祀的对象很多，"凡禘、郊、祖、宗、报，此五者，国之典祀也。加之以社稷山川之神，皆有功烈于民者也；及前哲令德之人，所以为明质；及天之三辰，民所以瞻仰也；及地之五行，所以生殖也；及九州名山川泽，所以出财用也。非是，不在祀典"（《国语·鲁语上》）。这里所列的社稷山川之神、前哲令德之人、天之三辰、地之五行、名山川泽等都属于祭祀对象，一般说来，在祭祀它们时都要咏唱相应的祭祀诗。《楚辞·九歌》即可证明这一点：其祭祀和咏唱的对象，天神、地祇和人鬼皆有，如东皇太一、云中君、"二湘"、"二司命"、东君（即日神）、河伯、山鬼以及国殇等。与《九歌》祭祀诗的丰富多彩相比，《诗经》中的祭祀诗未免显得单调，其中大多数诗篇都是写祭祀祖先，如《周颂》中的《清庙》《维天之命》《维清》《昊天有成命》《执竞》《思文》等①。造成这种祭祀祖先奇多现象的最主要原因就是如前所说的祖先崇拜和家族至上观念的盛行。正是这种敬天尊祖、祭祀祖先的诗歌构成了我国宗庙文学最早的也是最重要的组成部分。

一般说来，神话对神祇的形象和性格多作直接具体的描述，神话世界

---

① 详赵沛霖《关于〈诗经〉祭祀诗祭祀对象的两个问题》，《学术研究》2002年第5期。

因而益发色彩斑斓，而作为宗庙文学的祭祀诗则完全不同，它完全流于抽象、虚幻和不可捉摸，明显地显示出宗教神秘的特征。例如《昊天有成命》是祭祀周成王所咏唱的祭祀诗，它完全避开了对神灵形象的直接描写，而只表现抽象的思想观念，以抽象神灵的神秘观念取代具体的形象正是宗庙文学的典型手法。清代学者王夫之对此有过深刻的论述，他认为《诗经》祭祀诗不是直接描写神祇，而是将神"拟诸天"，使神的形象像天一样的"清也，虚也，一也，大也"（王夫之《诗广传》卷五），从而使创业祖先的形象完全失去了生前叱咤风云、生龙活虎的特征。王夫之把《诗经》祭祀诗所表现的这种抽象神灵的形象称之为"无形之象"①，这种"无形之象"无形、无色、无声，没有具体形象，但其神秘性却超越了具体形象，从而也就完全失去了神话的基本特征。

周人把神灵抽象化、观念化自有其现实的政治目的。周人认为，神的具体形象不但无助于祭祀的进行，有时却成为上通神明的障碍，而没有具体形象的神灵反而更便于心灵与神明相交通。这种虚幻、抽象的神灵如同高深莫测的上天一样，比具体的形象更加神秘和不可捉摸，因而也才能够更有力地发挥其作用。

与神话中那些形象具体的神祇对人的作用和影响完全不同，宗教性的抽象神灵带给人的是精神威压和心理震慑，引发人们对祖先神灵的敬畏之感和惕怵之心。所谓"祭之日：入室，僾然必有见乎其位；周还出户，肃然必有闻乎其容声；出户而听，忾然必有闻乎其叹息之声"（《礼记·祭义》），这说明，在这样的神灵面前人们常常是战战兢兢，如履薄冰，早已失去了精神"自由"，而只能沦为匍匐于其脚下的奴隶。在这种情况下，哪里还能激起创造的热情，展开想象的翅膀，塑造神灵的形象？所以，在这类宗教祭祀诗中，根本不可能像神话那样把自己对于世界的幼稚认识和天真幻想通过神灵的形象反映出来，文学因而也必然失去生命力，而沦为为统治阶级狭隘利益服务的死气沉沉的政治附庸。而这正是一切宗庙文学的基本特征。

不难看出，宗教和神话虽然都以对于超自然力量的信仰为前提，并且共生于混沌统一的原始文化的母体中，具有天然的联系，但是，随着时代的发展二者逐渐分道扬镳：宗教作为统治阶级的统治工具，早已变成离不

---

① 参阅本书《关于〈诗经〉祭祀诗的几个问题》有关"无形之象"的论述。

开自由想象和激越感情的神话的窒息力量，而神话作为人类童年的美妙回忆却永远保持着其独特的艺术魅力。

原刊于《天津社会科学》1992年第6期，
人大复印报刊资料《无神论宗教》1993年第2期全文转载。

论神话历史化及其对于我国文化发展的巨大影响

一 作为宗教观念和哲学思想而存在的神话

就对神话和神话思想发展的深刻而巨大的影响而言，可以肯定地说，我国神话思想史上任何一种思潮都不能与神话历史化相比拟。然而，中国神话思想史上的这个头等重要的大事在漫长的历史时期内始终没有引起人们的注意，直到"五四"以后才被作为一个重要问题正式提出。从"五四"至今的八十年来，神话历史化的研究取得了一定的进展，为我们正确认识它创造了条件，是很值得珍惜的。但是，毋庸讳言，在这方面也有明显的不足，主要表现在满足于一般证明神话历史化现象的存在，而缺乏全面、系统的考察。

神话历史化，从今天神话学的角度审视，无疑是一个纯粹的学术问题，是与政治、宗教、哲学有别的另一个范畴。然而，这种区别主要是我们后代人的分割，在神话历史化出现的那个时代①，它们彼此之间却根本没有什么界限。特别是在考察这种思潮产生的原因时，就更是如此。

神话虽然自洪荒的上古就已产生，但是真正被作为神话看待却是很久以后的事情。在此之前，神话一直处于"名不正则言不顺"的地位，其本质一直未被正确认识。例如，对于原始人来说，神话乃是"在荒古的时候发生过的实事……野蛮人看神话，就等于忠实的基督徒看创世

---

① 神话历史化萌发于殷代，而集中发展则是西周时期，详赵沛霖《先秦神话思想史论》，学苑出版社2006年版，第一编第三章第二节《神话历史化的时期》。

纪……"① 十分明显，神话不被看作想象的产物和虚幻的东西，而被当作真实的故事这样一种荒谬的认识，其根据不是经验，更不是科学，而仅仅是信仰，即以对于超自然的神灵崇拜为基础的信仰。这种信仰不是别的，恰恰是人类最早的宗教观念，即原始宗教观念。与原始时代相比，殷周时代对于神话的认识虽不能说没有任何变化，但是，由于人们的精神世界仍然被有神论的宗教世界观统治着，因此，对于神话的本质也就没有并且也根本不可能有正确的认识。在这一点上殷周时代与原始时代基本是一致的。

神话既是作为宗教观念和哲学（神学）思想而存在，那么它的历史化作为一种社会思潮所反映的也就只能是当时宗教观念和哲学思想自身的变革，因此，要正确认识它的本质和产生的原因，自然也就应当把它放在意识形态的整体格局，从社会宗教和哲学思想发展中加以把握。这就是说，今天作为神话学研究对象的神话历史化在当时并非一般的学术问题，更不是什么神话学问题，而是具有一定现实性的思想文化问题，是宗教、哲学自身发展的必然结果。如果从一种社会思潮与其时代社会环境之间的关系来看，神话历史化与包括宗教观念、哲学思想在内的各种因素共同构成的文化背景之间，并不存在什么界限和距离；恰恰相反，它本身即是这种文化背景的重要组成部分。正因为如此，我国上古时代的一些文化现象都深受它的影响，并在不同程度上可以从它那里得到说明。

二 诸神的伦理道德化

现在让我们来具体考察殷周之际宗教观念和哲学思想的发展变化是如何最终导致神话历史化思潮的产生和发展的。

众所周知，殷周时期主要有三种宗教观念比较盛行：一种是祖先崇拜观念②，祖先神的宗教观念在当时人们的精神世界中占有重要地位；一种是万物有灵论，即万物皆神观念，这种宗教观念认为，一切能够生长和活

---

① ［英］马林诺夫斯基：《巫术科学宗教与神话》，李安宅译，中国民间文艺出版社1986年版，第85页。

② 殷周时期盛行的祖先崇拜观念也是神话历史化的重要原因之一，由于这一问题涉及内容较多，比较复杂，已有专文《祖先崇拜与中国古代神话》论述，这篇文章本书已收，请参阅。本文专论造成神话历史化的其他原因，对这一问题不再涉及。

动的事物都由神秘的精灵主宰着，由于这种观念赋予万物以神秘的性质，因而成为一切神话产生的基原，这一点已经为著名的英国人类学家爱·泰勒充分肯定；除上述两种宗教观念之外，还有一种是宇宙至上神观念，即上帝观念，这就是殷商时期的"帝"和周代的"天"、"天帝"。按这种观念，上帝是高居于一切神灵之上具有无上权威的最高神。实质上它是进入阶级社会以后统驭万民的最高王权的曲折反映，在王权产生之前的原始社会中并不存在这种最高神。

上述宗教观念虽然都在殷周时期盛行，但它们起源的时间彼此并不相同：其中万物有灵论和祖先崇拜都产生于原始社会，而上帝观念的出现则是进入阶级社会以后的事情。进入阶级社会以后，由于至高无上的上帝观念的存在，使那些源自原始社会的宗教观念，如万物有灵论和祖先崇拜观念以及以它们为基础而产生的诸神，其性质都在悄悄地起变化①。

本来，原始神话中的诸神凭着他们超自然的本领和神威，可以"随心所欲"，"为所欲为"，天生地享有"绝对"的自由和"无上"的权力，并因此而构成无数荒诞离奇而又威武雄壮的故事（即神话），进入阶级社会上帝出现以后，特别是在商周时代上帝权威不断膨胀的情况下，他们昔日的自由受到了越来越大的限制，权力被逐渐削弱。不管他们原来的本领多高强，这时都已沦为上帝的臣属而俯首听命。

例如，神话中民族始祖的诞生，常常是图腾神的恩赐，而图腾神这样做完全是根据上帝的旨意，如商民族始祖的诞生就是"天命玄鸟，降而生商"（《诗经·商颂·玄鸟》）的结果。又如，帝王天命神话中诸神参战的故事，其中某些神祇参加讨伐夏桀和殷纣的壮举，完全是受上帝的驱使②。这一切都说明，自从上帝出现以后诸神虽仍具有某些灵性和神威，但已程度不同地失去了往昔的自主和独立的品格，而越来越依附于上帝。正是在这个前提下，当殷周交替时期由于社会政治的巨大变革而导致上帝观念发生变化时，自然也就影响到作为属臣的诸神，甚至改变了他们的历史命运。

周人灭商入主中原以后，为了巩固其统治采取了一系列措施，其中重

---

① 万物有灵论和祖先崇拜观念是我国原始神话诸神产生的观念基础，关于原始诸神的产生与万物有灵论、祖先崇拜之间的关系，详本书《祖先崇拜与中国古代神话》。
② 详本书《墨子与帝王天命神话》。

要内容之一就是在继承殷人宗教观念的基础上，提出了一套比较完整的天命转移论。他们发展了关于上帝的宗教观念，赋予它很多新的内容，从而使他们的上帝与殷人的上帝之间在性质上具有明显的不同。殷人的上帝关注人间的一切，事无巨细都同样关注，所以殷人多在一些具体的问题上，如求雨、牲畜繁衍等祈求上帝的保佑。周人的上帝则有所不同，他似乎更加关注重大社会政治事务。周人特别强调"皇天既付中国民越厥疆土于先王"（《尚书·梓材》），认为臣民和疆土都是上帝的赐予，统治天下则是上帝的重托，君主的权力体现着上帝的意志。周人就这样把他们巩固统治的主观要求说成是神的意志，力图证明君主权力的合理性，同时又将它神秘化。另一方面，殷人的上帝对下民只尽其保佑的天职，而不管其道德行为如何。周人的上帝恰好相反，他是具有理性的最高主宰，他关心下民，但选择庇护对象十分严格：通过道德仲裁把统治天下的权力赐予有德行的帝王，使他们成为上帝的儿子——天子。正是基于这样的宗教观念，周人特别强调敬德保民，祈天之惠。

应当指出，在周人看来道德规范和礼乐制度不是社会实践的产物，而属于超越现实的先验性范畴，其根源则在于天。因此，敬德行善，遵循礼乐制度就是顺从天意，必然受到上帝的保佑；反之，违背礼乐制度就是违背天意，必然受到上帝的惩罚。在这方面，"皇天无私，唯德是辅"，对下民是绝对"公平"的。

总之，在周人的观念中上帝已经与道德紧密地结合起来，他不只是道德的仲裁者和惩恶扬善的实施者，更重要的还在于他是人间一切道德的根源和立法者。正是由于这种仲裁与立法兼具、神性与理性相融，以及对天下统治权归属的特别关注，才使他与殷人的上帝区别开来。即是说，殷人的上帝和周人的上帝虽然都是有意志的人格神和宇宙的最高主宰，但在实践其意志时二者却有不同：与殷人上帝行为的盲目性相比，周人上帝行为则具有某种目的性，因而它又成为永恒的公平、正义的化身。同时，在此基础上天也增加了新的内容：除了原有的宇宙最高主宰的人格神的意义之外，又具有了道德义理的意义①。从周人宗教信仰方面看，既然道德义理已经成为上帝的本质内容之一，那么，把对上帝的崇信与对道德的追求结合起来，也就成为必然的趋势。

---

① 参阅任继愈主编《中国哲学发展史》（先秦），人民出版社1983年版，第113页。

宗教作为一种颠倒了的世界观，尽管其本质十分荒谬，但像任何其他思想体系一样，它也严格要求自身的统一，否则它就无法作为一种系统思想而存在。既然上帝已经成为伦理道德的根源，那么，作为上帝属神的其他神祇只有与这个宇宙的最高主宰协调一致，也与道德结缘才能继续"生存"。中国的原始诸神就这样不由自主地被赋予道德意义，走上了道德化并最终导致历史化的道路。

　　首先，从这时起诸神的行为虽不能说完全杜绝了逾闲荡检，但按道德原则和世情常理去做符合社会因果联系的事却也是无可否认的事实。在这方面现存的神话保留了不少痕迹，例如，《墨子·明鬼》所记秦穆公之所以被赐寿十九年，是因为图腾神认为他有"明德"①，这与"皇天无亲，惟德是辅"的天命论思想是完全一致的。图腾神既以道德为标准来衡量人事，他本身也就不可避免地被赋予道德意义。同样，前边所提到的商民族始祖诞生的神话"天命玄鸟，降而生商"也是如此。《吕氏春秋·音初》关于这段神话有较具体的记载，清楚地说明图腾神与上帝的关系以及他们的道德意义。

　　图腾神的这种具有道德意义的行为，自然使神界与人间相沟通，宗教与道德相融合，并导致这样一种结果：那出现在人间事变中的图腾神逐渐被看作天对人的启示，即"天垂象"和"天启"，并最终演变成为物占的征验，预示着一个国家、民族及至个人的兴亡、安危和祸福。

　　在原始图腾神被赋予道德意义的同时，其他原始神祇也与道德发生了联系，由于这些神祇不具备民族祖先神和保护神的性质，他们与道德内容的联系也与图腾神不相同：不是作为道德的象征，而主要是按照已经神秘化的道德规范来约束自己的行为。例如，鲧禹治水的神话就明显地表现出这种倾向："鲧窃帝之息壤，以堙洪水，不待帝命，帝令祝融杀鲧于羽郊。"（《山海经·海内经》）鲧被帝杀戮的主要原因，不是治水失败，而是盗窃息壤，冒犯了上帝的尊严。《墨子·尚贤中》"昔日伯鲧，帝之元子，废帝之德庸，既乃刑之于羽之郊"可证。这说明鲧不过是神界为了维护其最高权威的牺牲品。禹继父业治水，吸取了他的教训，也许是出于维护上帝的尊严，也许是出于治水方法的改进，放弃堵塞而采用了疏导的

---

①　关于秦穆公有"明德"而被图腾神赐寿十九年事，详本书《祖先崇拜与中国古代神话》。

方法。大禹治水，数过家门而不入；同时赏罚分明："爵有德，封有功"（《越绝书》），严惩懈怠者。经过如此数年的努力，终于治服洪水，他因而也成为人们心中的英雄，其神话也被赋予英雄神话的某些特征。可以看出，禹的行为像鲧的遭遇一样，都隐含着一定的伦理道德因素和社会因果关系，并对自己的行为负社会道德的责任。不管这种伦理道德怎样被神化，终究是人间的东西，而不属于神话世界。正因为这样，鲧、禹父子才逐渐走出神界而迈向历史的领域。

同样，黄帝、炎帝、颛顼、少昊、尧、舜等神（人）的某些神话故事也有这种合乎道德原则和社会因果关系的特征。

从此以后，人们对于这些神祇的性质和功过，除了根据他们的神系和在神界中的作为进行衡量之外，往往还以人间的道德标准加以评价，这些神祇的形象正是通过这种双重标准的衡量而逐渐在人们心目中固定下来。这就是说，伦理道德因素已经成为构成这些神祇形象的不可或缺的组成部分。原始诸神既与伦理道德结缘，受着道德规范的约束，从而也就进一步失去了原来为所欲为的自由。因为伦理道德像历史因果关系一样，总是体现着经验可以证明的理性精神，而与非经验性、非理性的神话相背离。因此可以说，正是伦理道德化成为诸神走出神话世界步入人间的通行证。诸神一旦涉足人间，便再也不能完全重返天国，至多只能是一半在天上，一半在地上，成为半人半神式的人或神。也就是说，从此以后他们开始了一种新的命运。

三 历史意识的关键作用

十分明显，神话的伦理道德化拉近了它与人间的距离，是其历史化过程中关键的一步。但是，这样的神话毕竟只是具有某些人间因素的神话，而不是历史传说。要真正完成神话向历史的转化还需要一个重要的条件，即历史意识的参与。就是说，已经被伦理道德化的神话在特定的时代条件下，只有经过具有宗教特征的历史意识的作用才有可能完成向历史传说的转化。

历史意识是人们对于古往今来的历史流程所持的态度、观点和认识，是人类精神领域的重要范畴之一。它从人类开始回忆自己昨天的那个时刻起就萌发了，但是形成对于历史发展的一定观点和态度则是很久以后的事情。正像每个民族都有自己的地理空间一样，每个民族也都有自己的时间历程，即生存和发展的历史，并在这个过程中逐渐形成了该民族对于其社会环境认识的一般社会意识和政治意识。由于社会政治的现实性和功利性，一般说来有关的意识也总是比较敏感而强烈的；历史意识则不同，它是关于"昨天"的意识，与现实的利害关系有一定的距离，因而不同民族的历史意识不一定都像社会政治意识那样敏感和强烈，并且具有不同的具体特征。就周人来说，其宗教意识稍逊于殷人，但历史意识却远远超过殷人。这当然不是偶然的，而有其内在原因：首先，在宗教信仰方面，周人的祖先观念极强，盛行祖先崇拜，这只要看一看《诗经·周颂》中的祭祀诗绝大部分都是祭祀祖先的事实就可以得到证明。周人极力追思祖先及其时代，使"过去"在精神和心理上占有重要的地位。其次，周人对历史抱有强烈的功利态度，力图用历史来为他们的统治和政治措施提供根据，为现实的利益服务（详后）。这两个原因是古希腊和后来的欧洲所不具备的，因而他们也就不可能具有周人那样的历史意识。中西之间在历史意识方面的这种不同，正是它们的文化和价值观念差异的深层表现，是十分值得注意的。通过横向的文化比较可以知道，周人历史意识的发达及其对神话发展所产生的深刻影响，在世界上是无与伦比的。

周人十分重视历史，入主中原之后在国家机构设置中，不但史官的数量众多，而且地位重要。据《周礼》记载，仅王室掌管国家各种文书政令的就有五种史官：大史、小史、内史、外史和御史。除此之外，还有各种辅助人员。由周代史官的数量和建制不难看出周人为了认识历史所付出的努力。如果不是自觉地把历史作为重要的认识对象，没有明确的历史观念，这是很难想象的。事实上，周人十分注意吸取历史经验教训，借鉴往事，更新现实。他们以殷人为反面教员时时刻刻警惕自己，念念于敬德保民，祈求上帝恩赐而永有天下。除此之外，他们还特别注意用历史来为自己的举动辩解。周人从实用动机出发，认为历史对他们十分有用，所以，从最高统治者周天子到一般的贵族，无不把历史作为必修课。

周人以史为鉴不断调整政治措施，检点个人行为的大量事实，充分说明他们强调人事的主动自觉精神，重视人的创造活动对历史发展的影响。与消极静观、无所作为的宗教意识和殷人的历史观念相比，无疑这是一种历史性的进步。可惜这种进步因素在周人历史观的总体中只占很次要的地位，并不能从根本上决定其性质。从前面论述可知，在周人的世界观中神的意志仍占据支配地位，认为宇宙和和历史变化如商代夏、周代商无不由上帝主宰；上帝是包括道德和礼制在内的万物之源和历史发展的动力。在周人那里，历史既然与上帝、天命联系在一起，宗教神学因而也就成为当时包括历史观念在内的一切社会意识形态的出发点，天命论则成为说明论证现实和历史的根据。在这个意义上可以说，他们的历史观念不过是宗教观念的组成部分，是宗教观念的具体化：人间的事变不过是宗教观念的证实，人的所为不过是天意的实现。既然历史与宗教一致，人与天相通，那么人就要按上帝的意志行事，对上帝负责，有些人因而被奉为神（或死后被奉为神）；而神也必须面对下界，不但要遵循人间的伦理原则和因果关系，而且可以直接参与人间的历史事变。在神意历史观的支配下，周人的精神世界中再一次复现了类似原始时代"民神杂糅，不可方物"（《国语·楚语下》）的神秘境界。一些神既是神祇又是人王，天上有他们的神位，人间有他们的帝业，并以超自然的神威演出了无数人间戏剧。可见，正是凭借神意历史观所接通的天人之间的无形大道，那些已经被伦理道德化的天上诸神不但得以纷纷降临人间，而且直接进入社会范畴，成为传说中的历史人物。

　　神话历史化作为商周时代宗教哲学思想和历史观念自身发展的必然结果，是一种不可逆转的社会思潮。它随着历史的前进而不断发展并持续了相当长的时间，直至社会发生重大变革，作为统治思想的天命论开始动摇的春秋时代才最终结束。春秋时期，一些先进的思想家对上帝、天、天命提出怀疑，而特别强调民心和人事的历史作用，表现出具有新时代特征的思想倾向，这就是与传统的宗教巫术观念相对立，把理性引入现实生活的实践理性精神。当用这种新的精神来观察神话时，人们意外地发现那曾经令人崇拜的神的世界原来竟充满怪诞荒谬而与经验常理相背离，于是对它提出怀疑和批判以及从社会常理出发的各种解释，神话中的种种荒诞离奇的因素因而逐渐被剔除，而符合社会因果关系的成分则不断增加，就这样，神话变得越来越雅驯。这无疑进一步促进了神话向历史的转化。

　　世界历史说明，任何一个历史意识强的民族，对上溯自己民族的历史都怀有浓厚的兴趣，以自己民族的悠久历史和历史上无数神奇的英雄而自豪，并力图在对历史的陈述中体现自己的思想观点，为现实的需要服务。所以，那些已经被伦理道德化的虚幻神话故事，对于历史意识强烈的周人来说无疑是用以上溯历史、追踪先人业绩的最为宝贵的材料。经过周人基于历史意识的理解和处理,这些零散的神话系统化,荒诞的故事雅驯化,就这样,中国上古时代庞大的历史传说系列经过数代人的刻意经营终于完成了。

可以看出,周人从他们的与宗教观念相结合的历史意识和神意历史观出发来理解历史,在人和神之间建立起神秘的联系,因而也就十分自然地打破了人与神之间、历史与神话之间的界限,并直接导致历史起源于神话的认识。事实上,对于历史与神话的关系,不仅是周人有这种认识,世界上一切在宗教观念支配下的古代民族都是如此①。在各民族的历史上,在文明的时期来临之前都有一个神话时代,历史总是与神话时代相衔接。正如恩斯特·卡西尔所说,当一个民族"不再被封闭在直接欲望和需要的狭窄圈子内而开始追问事物的起源时,他所能发现的还仅仅是一种神话式的起源而非历史的起源。为了理解世界——物理的世界和社会的世界——他不得不把它反映在神话时代的往事上"②。不过,这种认识在不同的民族那里却有不同的特点和表现形式。在我国古代的周人那里,这种认识主要不是通过理论和逻辑形式反映出来,而是通过神话学的实际操作即神话的历史化以及基于历史意识对于神话的历史解释而体现出来。神话的历史化不是停留在认识上而是将它直接付诸实践:改变神话的性质和结构,使之直接转化为历史。不难看出,与其他民族仅仅从历史学的角度解释神话相比,我国的神话历史化显然更加彻底。

总之,以实践操作为特征的神话历史化的社会思潮在我国特定的社会历史背景下得到了充分的发展。作为殷周时期哲学和宗教观念自身发展的必然结果,它包含着丰富而深刻的内容:神话历史化的发生以天命论的神意史观诞生为契机,而它的发展则以这种历史观的动摇而宣告完成——神话历史化的全部过程恰恰与天命论特别是神意史观的产生和发展相始终。

四 神话历史化对我国文化发展的巨大影响

由于神话历史化思潮本身涵括着丰富而深刻的宗教哲学内容,并且是构成时代文化背景的重要组成部分,因而它成为那个历史时期上层建筑中

---

① 参阅[意]维柯《新科学》第四卷《引论》,朱光潜译,人民文学出版社1986年版。
② [德]恩斯特·卡西尔:《人论》,甘阳译,上海译文出版社1985年版,第219页。

起重要作用的基本"构件"。我国上古时期的很多重要文化现象都与神话历史化有着密切的关系,可以从它那里得到不同程度的解释和说明,其中对于历史观念、哲学思想、政治伦理以及文学观点和神话学思想的影响尤其突出。

先说神话历史化对于历史观念的影响。

大体说来,我国古代的历史观念有相互对立的两种倾向:一种具有唯物主义的倾向,一种具有唯心主义的倾向;问题的核心是对天人关系的认识。两种历史观和天人关系主张完全相反,水火不容,而神话历史化的出现为后者,即历史观念的唯心主义倾向制造和提供了根据,壮大了它的阵营。例如,它把超自然的神祇改造成为富于人伦色彩,行为符合社会因果关系,与上天相通的神异人物(或神祇)。这些人物(神祇)既属于人间又属于天上,既属于历史又属于神话,成为特殊的超人或具有人性的神祇。有关他们的种种神奇故事多是天命论的形象演示,用以证明上帝的存在和帝王统治的神圣。所以从表面看,神话历史化是把神话故事变成为历史传说,向上追溯我国古史,实质上则是神意史观的形象的神学论证,从而赋予历史发展以某些神学目的论的性质。

再说对于政治、哲学和诗歌艺术理论的影响。

神话伦理道德化和历史化的思潮极大地提高了伦理道德的价值,进一步加强了周初以来的重德倾向,这一点对我国思想文化的发展产生了极为重要的影响。本来,周初提倡重德主要集中在统治阶级上层,特别是天子和诸侯的范围内,强调敬德行善,祈求上帝保佑使国祚久长。而神话的伦理道德化和历史化思潮不仅扩大了重德的范围,更为重要的是增加了重德的内涵。从此以后,重德再也不是仅仅局限在少数上层人物之内,同时也不仅仅表现在个人的品德修养的道德实践上,而是广泛地渗透到意识形态的各个领域,如政治、哲学、诗歌艺术理论等,使它们程度不等地出现了伦理道德化的倾向。

关于政治的伦理道德化倾向。政治的伦理道德化在儒家学说中表现得十分明显。在儒家看来,只有把政治统治和社会秩序建立在伦理道德的基础上,才真正符合人性和仁爱精神,才能保证国家的长治久安,因此,儒家理想中的政治秩序也就先天地具有伦理道德色彩。儒家力图通过政治的伦理道德化赋予统治制度以抽象的人性特征和仁爱精神,从而把强制性的社会约束变成人的主动的内在欲求,使阶级之间的对立和压迫关系变成人伦道德关系，从而麻痹人们的阶级意识。

关于哲学的伦理道德化倾向。大约从东周时期起，哲学也开始与伦理道德结缘。本来我国古代有用以说明宇宙物质构成和万物化生的阴阳五行说，这本是一种具有唯物主义和辩证法精神的哲学思想，而与政治、伦理道德没有任何联系。至战国时期驺衍（以及汉代的刘歆）才把它们联系起来，将五种自然物质相生相克的属性附会到社会政治和历史发展上，用以说明王朝兴废的根据，形成了"五德终始"的循环论，"驺衍睹有国者益淫侈，不能尚德，若《大雅》整之于身，施及黎庶矣。乃深观阴阳消息而作怪迂之变，《终始》《大圣》之篇十余万言"（《史记·孟子荀卿列传》）。驺衍针对统治阶级不能尚德提出的"五德终始"说，其目的在于以五行相胜的事物转化的角度，强调有国者必须有盛德，告诫他们不要淫侈丧德。可以看出，邹衍就五行相胜与王朝更迭的某些相似之处，所做出的哲学推测尽管不无现实意义，但却完全是唯心主义的推衍。至于汉代董仲舒在五德终始说的基础上提出的"三统"、"三正"说，则连这点积极的现实意义也消失殆尽，而完全成为封建纲常的神学论证了。

关于文学理论的伦理道德化和历史化。

在这方面表现最突出的是诗歌理论。儒家诗论将"三百篇"奉为经典，从封建义理和狭隘的功利主义出发理解诗歌作品，使之伦理道德化和历史化。为此他们大肆凭空臆测，穿凿附会，得出了与作品内容毫不相关的稀奇古怪的结论。这种将"三百篇"历史化的解诗方法极大地歪曲了作品，使人们只"知《诗》之为经，而不知《诗》之为诗"，严重地障碍《诗经》研究的深入发展，其影响是非常恶劣的。

最后让我们回到神话学本身，看一看神话历史化对我国神话和神话思想的影响。

今天当我们抛开宗教信仰和宗教观念，从现代科学认识的高度来审视古代关于神话历史化的认识，可以发现它们虽不具备科学的系统性和概括性，不具备理论形态，但却蕴含着丰富的神话学观点和见解，其中不乏潜理论因素（既有正确成分，也有荒谬成分）。正是这些因素构成我国古代神话思想史的重要组成部分。春秋以后各个历史时期的神话思想，也多是以这种形式出现。

由于"神话的所有基本主旨都是人的社会生活的投影"①，是对社会的"真实的叙述"和对现实的"诗性"的解释，所以尽管神话荒诞不经，虚幻迷离，但仍不失为宗教观念支配下先民对于往昔的朦胧回忆，因而具有某些历史的面影。这说明，神话作为一种综合文化，除了包含有宗教、哲学、艺术乃至科学之外，更包括历史的因素。正因为这样，历史也就成为人们理解神话的一个最早重要视角。而神话历史化更把超现实的神话与真实的历史联系起来，为理解神话提出了历史的指归和历史"还原"，为认识神话的"历史性"起到突出的作用。所以，如果不考虑神话历史化对神话原有形态的破坏和对神话性质的改变，而只着眼它所体现的对于神话的历史本质的认识，亦即不计它的"实践"后果，而只着眼于它在认识神话方面的贡献，那么，应当说在我国神话思想史的早期发展阶段，它所体现的认识神话的视角和途径以及对于神话所作的历史性的理解，还是有其价值的。事实上，神话历史化也因此在人类认识神话的历程中占有一定的地位。

以上也可以说是神话历史化对我国神话思想发展所产生的积极影响，除此之外，它的消极影响更为突出。

由于神话内容的特殊性和复杂性，在很长的历史时期内人们对于这个自己智慧的创造物根本不能理解，而崇信实践理性精神的古代中国学者更为之感到困惑。在这种情况下，他们只能求助于神话历史化所体现的历史意识和理性诠释，力图寻找神话光怪陆离外衣下的历史踪影，做出合乎逻辑和历史因果关系的解释。无论是将神话直接改变为历史，还是保留神话片断而将它解释为历史，神话历史化都使原始神话遭到了"一种新的力量、一种纯粹伦理力量的攻击并且被战胜"②。所以这样的"改变"和"解释"虽然于理可通，但对于非经验、非理性的神话来说恰恰是一场严重的灾难：因为正是这种"改变"和"解释"，我国原始神话的厄运开始了：它们或被无情地肢解和窜改，或被肆意地摧残和扭曲，以致流传下来的神话多是残篇断简，更多的则早已散佚无踪，最终铸成我国文化史上的千古憾事。

前边说过，神话历史化为人们理解神话提出了历史的指归，有利于人

---

① ［德］恩斯特·卡西尔：《人论》，第101页。
② 同上书，第127页。

们从历史的角度认识神话，这仅是问题的一个方面，除此之外，更有阻碍人们正确理解神话的一面。例如，有些神话的内容不便于历史化，即不便于改造为历史或做出符合伦理道德和历史因果关系的解释，这样的神话则另有一番遭遇——多被斥为"梦幻"和"神怪不经之说"，更有甚者，朱熹不但斥神话为荒谬，而且找出了原因：神话是人们"口耳相传，失其本指，而好怪之人，耻其谬误，遂乃增饰附会"① 的结果。在他看来，神话简直就是好事之人的胡编乱造，与痴人说梦无异。朱熹的见解在中国神话思想史上绝非个别，它的出现也绝非偶然：在神话历史化所诱发的对神话只能作历史的理解，亦即只能做"考信求实"的探究已经成为一种思维定式的情况下，对于一些神话做出如此荒谬的结论，也就是势所必然了。这恰好从一个侧面证明在认识神话本质的漫长历程中，神话历史化所起的消极作用。

附：孔子与神话历史化的关系

一种颇为流行的观点认为：孔子是神话历史化的始作俑者。从本文的论述可以知道这种观点是完全错误的：神话历史化作为一种文化思潮是当时宗教观念和哲学思想自身发展变化的结果，这一变化发端于殷商，盛行于西周，至春秋时代而结束，前后经历了数百年的时间。如此一场旷日持久、影响深远的文化思潮绝不是一个人，哪怕是孔子这样的"圣人"所能独立完成的。虽然如此，但孔子与神话历史化之间却有着不可分割的关系，并对扩大其影响起了十分重要的作用：孔子生于春秋时代末期，恰值神话历史化思潮刚刚完成，他是我国历史上第一个发现并充分肯定神话历史化的思想家。神话历史化对我国思想文化发展的影响之所以如此巨大与孔子的这一发现和肯定有直接关系。关于孔子与神话历史化的关系，特别是他发现和肯定神话历史化的有关情况，另有专文论述，请参阅②，这里不再重复。

原刊于《南开学报》1994 年第 2 期，
人大复印报刊资料《中国古代近代文学研究》1994 年第 5 期全文转载。

---

① （宋）朱熹：《楚辞辩证》上，《楚辞集注》，上海古籍出版社 1979 年版，第 179—180 页。

② 详赵沛霖《孔子发现和肯定神话历史化的重大意义》，《贵州社会科学》1995 年第 3 期。

中国神话的分类与《山海经》的文献价值

《山海经》作为我国上古时代的一部"百科全书",内容十分广泛,举凡宗教、神话、历史、传说、民俗、礼仪、天文、地理、动物、植物、矿产、医药等无不涉及,其价值和意义当然也是多方面的,特别是对于了解当时的历史观念、地理观念、民俗、礼仪、神话及有关的宗教神话思想和思维方式,更是有其不可替代的重要作用。本文的目的是将《山海经》作为神话文献,从神话学的角度考察其神话资料价值,具体说来,也就是考察它所保存的神话资料的具体内容、性质和特点及其在我国神话殿堂整体格局中的地位和作用,从而对其神话学的文献价值做出实事求是的评判。

要搞清这个问题,首先要把握中国上古神话的全貌。可是,有关论著在谈到上古神话时,不是概括性的说明就是举要式的介绍,很少从神话分类学上做全景式鸟瞰。其结果往往是只见树木不见森林,难以做全面、系统的把握,这对于中国神话研究当然是很不利的。这种情况的出现,或许是由于我国神话记录零乱驳杂,没有保存神话的专书,难以类归;或许是由于传统思维方式的影响,习惯于对事物进行"散点透视",不注重"一以贯之"的系统分析;抑或是由于产生于西方的神话分类理论适用于西方神话而与中国神话相龃龉,而中国又缺乏有关的系统理论。……学术研究上的不足平时往往不太容易感觉到,当我们要在上古神话的整体格局中寻找《山海经》的坐标,进而对它的文献价值做出评判时,问题便显得十分突出了。

一

根据神话分类的一般理论和笔者的研究,对神话大体上可以按以下四种方式分类:

1. 按历史形态:可以把神话分为原始社会神话(即原始神话)、奴隶制社会神话(即帝王天命神话)和封建社会神话①;

2. 按功能:可以把神话分为祭祀礼仪神话、解释性神话、巫术神话和物占神话;

3. 按性质:可以把神话分为原生态神话、次生态神话和再生态神话;

4. 按内容:可以把神话分为创世神话、洪水神话、英雄神话等。

由于神话"是人类心理在最基层水平上的象征和形象的表现"②,所以它的人类共通性和民族差异性都非常明显:一方面,由于神话时代作为人类的童年是每一个民族的必经历史阶段,神话反映着人类共同的心理历程,并"提供了一个超越语言、精神、文化、传统以及宗教的联络媒介"③,记录了人类共同的特点,因而具有人类的共通性。另一方面,由于自然环境、历史文化背景和具体发展道路的差异,不同民族的神话又各不相同,即使是相同题材的神话,也各有其特殊性,并最终形成了神话的民族性特征。

对神话分类来说,神话的人类共通性和民族性具有不同的意义和作用:前三种分类方式即按历史形态、功能和性质进行分类,神话的民族性特征并不显得特别重要,而第四种分类方式即按内容分类,情况正好相反,民族特征起着很突出的作用。这是因为神话的内容与民族精神、民族性格和民族的文化心理之间具有直接的内在联系,只有充分考虑这种联系,才能使按内容分类具有坚实的基础,否则只能是悬在半空,从根本上失去科学根据。

英国著名的宗教学家斯宾塞在《神话学绪论》中将神话分为二十一类:创造神话、人类起源神话、洪水神话、报答神话、惩罚神话、太阳神

---

① 关于帝王天命神话,详本书《墨子与帝王天命神话》。

② [美]大卫·A. 李明:《神话的意义》,《中国神话》第一集,阎云翔译,中国民间文艺出版社1987年版,第363页。

③ [美]戴维·利明等:《神话学》,李培茱等译,上海人民出版社1990年版,第105页。

话、月亮神话、英雄神话、野兽神话、习俗或祭礼的解释神话、对阴曹地府历险的神话、神的诞生神话、火的神话、星辰神话、死亡神话、向死者供祭食物的神话、禁忌神话、化身神话、善恶两元论神话、生活用具起源神话、灵魂神话，等等。这个总览世界各民族神话按内容所作的分类，是针对世界各民族神话总体而言，显然不能把它简单拿来套在中国上古神话身上。这不仅是因为有些类别为中国上古神话所无，也不仅是因为它过于烦琐，同时又有疏漏，更为重要的原因是它不符合中国历史和中国文化精神，不符合中国神话的实际。在对英雄、英雄神话的分类和定义上，这个问题表现得尤其突出。

西方神话学学者，如埃里奇·纽曼认为，神话中最早出现的是创世神话，这是神话发展的第一个阶段。在这个阶段，"自我意识的萌芽最终还只是它自身的表现"①，"自我处在初生而尚未成熟的状态之中……"②。这个时期，世界对于他们来说，还是"一个由无意识占支配地位的世界"③。英雄神话的产生是神话发展的第二个阶段，在这个阶段，"自我意识和人类世界才成为他们自身并成为和他们的尊严相等的意识……其主要标志就是人类自我意识对混沌状态的分离和觉醒"。所以，"在英雄神话中，世界作为宇宙的中心，而人则处于世界的中心"④，这就是说，英雄神话的产生，不但标志着人已经意识到自己的存在，把自己与客观世界完全分离开来，而且在观念上反映着人取代了神的地位而成为世界的中心。

可以看出，有些西方神话学理论对于神话的分类，主要不是根据神话的内容，而是根据神话所体现的人类意识和精神的成长历程，也就是根据神话所蕴含的哲学观念的发展。这种植根于以希腊神话为代表的西方神话和历史文化土壤中的西方神话学理论，未必适用于中国神话。因为以希腊为代表的西方神话与中国神话产生的宗教观念根源不同，文化土壤不同，内容和特征也不同。

产生于自然崇拜观念基础上的希腊神话，其新神、旧神之间不但界限清楚，而且由于自然崇拜观念的统一性（相对于祖先崇拜所崇拜的祖先

---

① 详朱狄《原始文化研究》第753页对埃里奇·纽曼《意识起源的历史》一书有关部分的评述。
② 同上。
③ 同上。
④ 同上。

各不相同而言），具有一个内在统一的普遍神系以及处于神系统治地位的主神。具有内在统一性和系统性的神话便于容纳和展示系统的东西，所以，人类意识和精神的发展历程能够在其中比较清晰地反映出来。正因为如此，古希腊神话在被哲学家、思想家批判、扬弃之后，才能被古希腊哲学吸收，成为古希腊精神的原型。

与希腊神话不同，主要是产生于祖先崇拜观念基础上的中国神话，不但新神、旧神之间的界限不清楚，而且由于祖先崇拜所崇拜的对象不同（不同部族崇拜的祖先不同）①，所以始终没有形成一个内在统一的普遍神系以及处于核心地位上的主神。

中华民族形成和发展的历史道路与古希腊根本不同。夏、商、周三个王朝的前身分别是以原始氏族血缘关系为基础的夏部族、商部族和周部族。他们各自生息、发展于一隅，后来才先后入主中原，成为天下的共主。地位虽然变了，但是，在统治阶级内部仍然保持着原先的那种血缘亲族关系，所以，夏、商、周三朝都有国家政权与家族统治相重合的特征：家事即国事、治家即治国。不同血缘、不同祖先的夏、商、周三朝不但在政治上相互排斥，而且在文化上也难以相容。祖先崇拜和部族文化的排他性严重地抑制了我国神话发展和提高，使之得不到像希腊神话那样被反复加工的机会②；同时，由于每个部族各搞自己的一套神话，并按自己祖先神话的世系编排诸神的世系和辈分，因而最终未能形成各部族统一的神话和相应的神系，以及贯穿全部神话并统率众神的主神。其结果，一些神的神格和辈分混乱，诸神之间关系多有歧异也就是必然的了。后来，这些神话未及被进一步加工和系统化，神话历史化的风暴袭来，使那些具有超自然神奇能力的神祇，逐渐演变成体现历史因果关系的先王和圣哲。诸神既然已经被从天上请到地上，定格于人间，那么，渊源于原始时代的神话的发展也只能就此停止，中国上古神话因而也就仍然保持着未经系统整理的散乱状态。

一个民族的意识和精神发展历程不能系统地体现在"没有统一组织起来"的诸神身上，所以，尽管中国神话中的每个神祇也像希腊诸神一

---

① 关于希腊神话和中国神话产生的不同宗教观念基础，详本书《祖先崇拜与中国古代神话》。

② 详本书《祖先崇拜与中国古代神话》。

样，蕴含着一定的文化观念内容，但是，要从中国神话诸神中寻绎它的发展和演变，也就是寻绎中国哲学精神的早期发展历程，却是很困难的。在体现意识和精神成长的历程方面，既然中国神话与希腊神话根本不同，那么，当然也就不能用对希腊神话的分类标准，即神话所体现的人类意识和精神成长的历程来衡量中国神话，作为中国神话的分类根据。

对中国神话分类，必须充分考虑中华民族早期发展的历史道路和文化背景以及由此决定的中国神话的本质特征。只有从中国神话的具体实际和特殊性出发，才有可能对中国神话做出科学的分类。为此，我们不采取以神话所体现的意识和精神成长历程为根据的西方神话分类原则，而把神话的主要内容、基本精神和内在结构及其特征作为中国神话分类的主要根据。

这样，我们对于英雄神话中英雄的理解，就不必局限在半神半人或得到神支持的人的范围内，而把创造了英雄业绩的神也视为英雄。这样理解英雄，除了前边说的原因之外，还可以从英雄这一概念自身发展的过程找到根据。"英雄"即希腊文 Hero，意思是统治者、主人。神话中的英雄最初是指一些杰出人物，如祖先、领袖和勇士的灵魂，他们虽然已死，但对生者仍产生影响。这说明，英雄从开始阶段就是超验和神秘的。后来，英雄的范围不断扩大，还包括了某些自然神、传说中的某些人物和精灵以及人神结合的后裔，即半人半神或得到神力帮助的非凡的人。所以，在古希腊，"英雄被认为是处于神与人之间的中介者，凡人的保护者，灾害和祸患的防御者，苦难的救助者。他们是人们的恩人，是妖怪和大盗的歼灭者，是同仇恨人类的恶魔作战的斗士"[①]。"英雄"概念的发展说明，神、半神半人、传说人物以及杰出人物的灵魂，只要是能够同邪恶势力进行斗争，给人们以保护的，都可以被称为英雄，而不是把他们排除在外。换言之，衡量是不是英雄的标准，不是看他的身分（神或是人），而是看他的业绩（详后）。这一点对我们认识中国的英雄神话和英雄颇有启发。

二

我们把中国上古神话按内容分为以下七类：创世神话、洪水神话、民

---

① ［俄］鲍特文尼克等：《神话辞典》，商务印书馆1985年版，第330页。

族起源神话、文化起源神话、英雄神话、部族战争神话和自然神话等。这七类神话虽不能说把中国上古神话包容净尽、毫无遗漏，但概括了其主要内容却是毫无疑问的。所以，正确把握了这七类神话，也就大致认识了中国上古神话的全貌和整体格局，并可以对《山海经》在中国上古神话宝库中的地位和价值做出比较具体、准确的判断。比如我们常说《山海经》保存的神话最丰富，七类神话是否都是这样还是有所差别？说《山海经》保存的神话最富于原始特征，七类神话是否都如此，还是只有一部分是如此？除此之外，《山海经》还有什么文献价值？只有对这些问题一一考察清楚，对《山海经》的神话学文献价值才能做出正确的回答。

1. 洪水神话

一般说来，洪水神话是指人类诞生之后不久遇到重大的洪水灾难，人类如何躲避和战胜洪水的神话。不受洪水侵害，人类才得以生存和延续，所以洪水神话往往具有救世的意义。作为人类幼年时期重大灾难的朦胧回忆的洪水神话，具有真实的背景和根据，并且是各民族神话中普遍存在的现象。中国的洪水神话主要是指鲧、禹治水的神话。与一般的洪水神话相比，除了背景后移（即不是人类诞生不久）之外，其他没有什么不同①。

记载鲧、禹治水的古籍很多，秦代以后自不必说，先秦古籍中，除《山海经》之外，还有《诗经》《尚书》《论语》《左传》《国语》《楚辞》《墨子》《孟子》《韩非子》《荀子》和《吕氏春秋》等，同一神话见于如此多的古籍是比较罕见的。在诸多古籍中，若就神话保存的全面、具体和具有原始性来看，哪一种古籍也不能与《山海经》相比肩。

《山海经》中关于鲧、禹治水的神话共有十余则，诸如鲧、禹的世系，洪水泛滥，鲧窃息壤，触犯上帝被杀，鲧腹生禹，禹继承父志继续治水以及重整山河、均定九州、杀相柳、逐共工、征三苗，等等，举凡鲧、禹治水的神话皆备于此。上述典籍除《楚辞》《吕氏春秋》之外，其所记鲧、禹治水神话皆不出《山海经》所记范围。

《楚辞·天问》曾就鲧、禹治水提问："鸱龟曳衔，鲧何听焉？河海应龙，何尽何历？"这一内容确为《山海经》所未有，但可惜它只是就神话提问，而不是具体记录神话故事。《吕氏春秋》中有几篇也提供了新的内容：一是《行论》所记鲧因为没有被封为三公而迁怒于尧，最后被

---

① 有的学者把鲧、禹治水神话归入英雄神话。

"殛之于羽山";二是《知分》所记禹省南方"黄龙负舟";三是《求人》所记禹至东西南北四方遍求贤人。这些内容皆不见于《山海经》。但是，一则这些材料数量不多；二则这些内容对于治水主题来讲，多属枝蔓，其资料价值远不能与《山海经》同日而语。

《山海经》所记鲧、禹神话不但覆盖面广，比较完备，更为重要的是富于神话的荒诞神奇特征。这样的例证很多，限于篇幅仅以禹杀相繇为例，《大荒北经》：

> 共工之臣名曰相繇，九首蛇身，自环，食于九土。其所歍所尼，即为源泽，不辛乃苦，百兽莫能处。禹湮洪水，杀相繇，其血腥臭，不可生谷，其地多水，不可居也。禹湮之，三仞三沮，乃以为池，群帝因是以为台，在昆仑之北。

其中，相繇形象的怪异、源泽形成原因的奇特以及它的巨大危害，都有鲜明的非经验、非理性的神话特征。像这样一则相对完整和集中又跌宕多姿的治水神话在其他典籍中是难以找到的。如果对照《尚书》《国语》《左传》《论语》中鲧、禹治水神话被加入过多的后代思想成分而变得雅驯化和历史化的情况，就越发觉得《山海经》神话的朴野、荒诞、幼稚之可贵。这说明，较少地受到后代思想的窜扰，较多地保持了上古神话的原始风貌，正是作为神话学文献的《山海经》的突出优长。

2. 英雄神话

如前所说，英雄神话是神话分类中的一个复杂问题，中外学者的认识颇不一致，关键是对英雄的理解。如果我们从中国历史文化和中国上古神话的具体特点出发，同时参照西方神话中英雄和英雄神话内涵的演变过程，那么，可以这样认为，中国上古神话中的英雄主要是指那些为了达到崇高的目的，而以超凡的魄力和勇敢以及顽强不屈的精神克服艰难险阻，创造辉煌业绩的神或半人半神。由于他们面对的困难（或敌人）十分巨大，往往要付出沉重的代价，甚至牺牲，所以，他们的斗争过程充满了悲壮气氛，并赋予中国英雄神话以某些悲剧性色彩。

夸父逐日是一则著名的英雄神话，见于《山海经·大荒北经》和

《海外北经》，除此之外，未见于其他先秦典籍①。汉代以后，《列子·汤问》《淮南子》有所涉及，但不仅记录时间较晚，文字也较简略，内容皆不出《山海经》所记范围，所以在文献价值上根本不能与《山海经》同日而语。

精卫填海也是一则著名的英雄神话，见于《山海经·北次三经》。除此之外不见于其他先秦典籍。汉代以后，有的著作（如《述异记》）据传闻踵事增华，故事虽有发展，但却失去了原始神话的特征。

后羿射日和剪除诸怪的神话见于《山海经·海内经》《海外南经》和《大荒南经》，此外还见于《楚辞·天问》。《天问》是提问体，涉及的故事大体不出《山海经》的范围。《山海经》不但记录了后羿射日的功绩，而且提供了十日的来历：羲和生十日。以这个奇异神话故事作为后羿射日的背景，英雄神话显得更加绚丽多彩。

《淮南子·本经》所载后羿的神话内容完整而丰富，汉代以后广为流传，影响很大。其实，不过是在《山海经》的基础上进一步加工充实而已。

3. 部族战争神话

部族战争神话是指以原始社会末期部族之间残酷而激烈的战争为背景的神话，由于背景具体而明确，所以与历史传说的关系也就更为密切和复杂：我国社会由母系氏族制进入父系氏族制以后，曾发生多次大规模的部族战争，如黄帝与四方部族的战争，黄帝与三苗、蚩尤、共工、炎帝之间的战争以及舜、禹与三苗、共工之间的战争，等等。这些战争对各部族的发展及它们之间的关系产生了重要影响，给人们留下了深刻的印象。

人类文化史已经证明，人们在回忆自己民族历史的时候，总是要追溯到神话王国，在人们的观念中，人类历史总是从神话王国走来。所以，当人们试图描绘早期历史时，没有例外地"首先是用神话概念描绘"②。当人们第一次描绘作为早期历史重要组成部分的部族战争时，总是不约而同地创造了神话。

我国先秦典籍中保存上古部族战争记录的主要有：《尚书》《墨子》《战国策》《荀子》《韩非子》《吕氏春秋》和《山海经》等。其中《山

---

① 有个别典籍曾提到夸父（如《吕氏春秋·求人》有云"夸父之野"），但没有神话故事。
② [德] 雅斯贝斯：《历史的起源和目标》，魏楚雄等译，华夏出版社1989年版，第3页。

海经》的记录最为具体充分和富于神话色彩。

《山海经·大荒北经》：

> 有系昆之山者，有共工之台，射者不敢北向。有人衣青衣，名曰黄帝女魃。蚩尤作兵伐黄帝，黄帝乃令应龙攻之冀州之野。应龙畜水。蚩尤请风伯雨师，纵大风雨。黄帝乃下天女曰魃，雨止，遂杀蚩尤。

《山海经·大荒东经》：

> 大荒东北隅中有山，名曰凶犁土丘。应龙处南极，杀蚩尤与夸父，不得复上，故下数旱。旱而为应龙之状，乃得大雨。

这里叙述黄帝与蚩尤的战争，不是刀、石、弓箭，人与人厮杀，而是"怪力乱神"出征：蚩尤请风伯雨师纵大风雨，黄帝出女魃止风雨，令应龙蓄水，最终制服了蚩尤。这段神话以奇特幻想的形式写部族战争，虽不见兵卒，却极有气势，色彩浓烈地把残酷激烈的战争反映出来。这一点，只要与其他文献做一对比，就会看得更加清楚。

更为重要的是，秦汉以后的记载出于正统观念，极力褒扬黄帝，贬抑蚩尤，距离原始神话的本来面貌越来越远。例如："黄帝之初，有蚩尤兄弟七十二人，铜头铁额，食沙石，制五兵之气，变化云雾。""蚩尤出自羊水，八肱八趾疏首……""蚩尤惟始作乱，延及于平民，罔不寇贼，鸱义奸宄，夺攘矫虔……"①"昔黄帝除蚩尤及四方群凶，并诸妖魅，填川满谷，积血成渊，聚骨如岳……"（《拾遗记·高辛》）可以看出，部族战争的神话已明显呈现出道德化的倾向：黄帝代表善良和正义，形象越来越崇高和完美，蚩尤则成了邪恶的化身，形象越来越丑恶和可憎。在这里，人间的伦理道德原则已经取代了奇异的幻想，理性和经验驱逐了荒诞不经，与此同时神话也失去了天真烂熳的宝贵气质。

《山海经》对于洪水神话、英雄神话和部族战争神话的记录大致如上

---

① 以上均引自袁珂、周明《中国神话资料萃编》，四川省社会科学院出版社1985年版，第52页。

所述，而对于另外几类神话即创世神话、民族起源神话和文化起源神话的记录情况则完全是另外一个样子。

1. 创世神话

创世神话是回答世界如何起源、人怎样诞生的神话，由于神话的内容追溯世界的形成，因而创世神话又称天地开辟神话。创世神话是世界各民族神话中的一个普遍主题，各民族几乎都有创世神话，但发展是否充分、记录是否具体却很不一致。我国的创世神话不但记录十分简略，而且出现得很晚。现在所知的最早的记录出于三国时代徐整的《五运历年纪》。在此之前，《淮南子·览冥训》关于女娲有这样的记载："女娲炼五色石以补苍天，断鳌足以立四极，杀黑龙以济冀州，积芦灰以止淫水。"使濒于毁灭的世界得到拯救，说明女娲确有某些再造世界的功绩。另外，女娲与伏羲成婚，衍生人类，成为人类的源头。这些已经具有创世神话的因素和成分，但还不能说是完整的创世神话。《山海经》中也没有关于创世神话的直接记录，只有关于女娲的一条资料与创世神话有一定关系。《山海经·大荒西经》：

> 有神十人，名曰女娲之肠，化为神，处栗广之野，横道而处。

可见，这里的女娲已经具有创世所必需的本领——化生化育。如果说，汉代以后女娲的神话具有某些创世神话的因素和特征的话，那么，《山海经》关于女娲的记录则已显露其端倪。

2. 部族起源神话

部族起源神话是指部族始祖诞生、奠定部族基业和部族发展壮大历史的神话。由于夏、商、周三朝和秦王朝都是在部族的基础上发展起来，所以，部族起源神话在我国比较发达，并且在文化发展史上具有特殊的意义。这些部族分别起源于不同的地域，各有不同的宗教信仰（指崇拜不同的祖先和图腾）和文化背景，经历了不同的发展道路，因而形成了不同的文化传统，那充满了神圣含义的部族起源神话就是重要表现之一。这些神话神化了自己的部族和祖先，起着加强部族凝聚力和向心力的作用，因而为各朝所重视。

保存部族起源神话最多的典籍是《诗经》《吕氏春秋》和《史记》。相比之下，《山海经》保存的这类神话不但数量很少，而且内容也很单薄。如关于商部族、秦部族起源的神话在《山海经》中找不到任何踪影，关于周部族起源的神话虽有涉及，但却没有任何故事情节。书中提到后稷共七处，除一两处提到后稷的世系和始耕作、播百谷之外，其余都是写后稷死后潜入大泽和埋葬的处所，根本没有形成神话故事。

3. 文化起源神话

文化起源神话又称发明神话，是初民以原始思维对他们祖先的文化创造所做的解释。文化发明创造是人类生存发展的基本手段，因而也是一切民族的必然经历，相应地反映这一重要历史活动的文化起源神话也像创世神话、洪水神话一样，成为各民族神话中普遍存在的神话。原始初民对于自己须臾不能离开的武器、生产工具以及建筑、畜牧、种植等产生强烈的好奇心，在追寻它们的来源时，把本来是自己祖先在实践斗争中的发明创造归之为神和神人（文化超人）的功劳和恩赐。正是在这种神秘观念的基础上，每一种文化创造往往都会衍生出神奇的故事，形成了文化起源神话。

中国古代关于文化起源神话的记录还是不少的。"奚仲作车，仓颉作书，后稷作稼，皋陶作刑，昆吾作陶，夏鲧作城……"（《吕氏春秋·审分览》）此外，还有伏羲氏发明八卦、神农氏发明医药、燧人氏发明用火、嫘祖发明丝织，等等，其中不少发明都有相应的神话。记录文化起源神话的古籍很多，其中主要有《诗经》《尚书》《世本》《吕氏春秋》以及《淮南子》《拾遗记》《列仙传》，等等。相比而言，《山海经》记录的文化发明神话却很少，比较突出的只有弓矢的发明。《海内经》：

少皞生般，般是始为弓矢。
帝俊赐羿彤弓素矰，以扶下国，羿是始去恤下地之百艰。

两种说法不同，当是根据不同传闻记录的结果。

关于文化起源神话，除弓矢发明神话之外，《山海经》没有提供更多的有价值的资料。

从上古神话的分类及《山海经》对每一类神话的记录和保存情况可以看出，号称中国古代最重要的神话学文献《山海经》，对上古神话的记录和保存情况很不一致：对洪水神话、英雄神话和部族战争神话的记录和保存不但数量多，叙述充分具体，而且较少遭到人为的扭曲，因而能够较多地保持神话的本来面貌。通过它们，我们还能看到我国古代神话丰富的内容、博大的襟怀和绚丽多姿的形式，感受到原始神话的朴野、粗放风貌和神秘特征。正因为如此，《山海经》赢得了不朽的价值和在中国古代神话文献中的崇高地位。对于创世神话、部族起源神话和文化发明神话，《山海经》的记录和保存较少，也较零散，其价值远逊于前几类神话。虽然如此，它的一些片言只语的记录，也成为后来某些重要神话的滥觞。所以，从发展的角度看，其价值也是不可忽略的。

这里还有一个问题值得注意：如果我们把《山海经》记录较少的神话与记录较多的神话加以比较，就会发现它们各有相同的思想特征：前者都是追溯事物的起源，创世神话述说世界的起源，部族起源神话述说部族的起源，文化起源神话述说人类创造物（包括物质产品和精神产品）的起源；述说对象虽不相同，但追溯起源却是一致的。后者都是表现严峻的斗争：洪水神话表现与洪水的斗争，英雄神话表现与太阳、大海以及邪恶势力的斗争，部族战争神话表现部族之间的斗争；斗争对象虽然不同，但表现的斗争精神却是完全一致的。两相对比，不难看出，《山海经》已经明显地显示了中国文化精神的取向：对于富于思辨意义的事物起源追溯较少，对于富于实践特征的奋斗以求生存关注较多。这种强烈反差的实质和原因及其所反映的民族文化精神，是一个有重要价值的研究课题。

三

以上我们说了七类神话中的六类，此外，还有一种神话，即自然神话。自然神话是指那些关于自然神祇（如河神、海神、山神、火神等）和怪异禽兽的神话。《山海经》中的自然神话主要保存在关于神话世界空间的文字记录中。

在《祖先崇拜与中国古代神话》一文中指出，由于祖先崇拜的影响，我国神话中存在自然神祇少而非自然神祇多的情况。不过，值得特别注意的是，正是这为数不多的自然神祇反映了神话体系中的一个十分重要的方面，即神话世界空间的构成及其大致轮廓。缺少了这一个方面，无论神话怎样丰富，神祇怎样众多和成系统，严格说来神话世界都不能说是完整的。

《山海经》记录的一些神祇，如祝融、蓐收、禹京、句芒就具有标示神话世界空间的意义。《海外南经》中的海外南方，其空间由祝融守护：

> 南方祝融，兽身人面，乘两龙。

《海外西经》中的海外西方，其空间由蓐收守护：

> 西方蓐收，左耳有蛇，乘两龙。

《海外北经》中的海外北方，其空间由禺京（彊）守护：

> 北方禺彊，人面鸟身，耳两青蛇，践两青蛇。

《海外东经》中的海外东方，其空间由句芒守护：

> 东方句芒，鸟身人面，乘两龙。

上述南、西、北、东四方的四位神祇，祝融是火神；蓐收是刑戮之神，据《西次三经》，蓐收又是司日入之神；禺彊与其父禺號是海神，据《大荒东经》，禺彊是北海之神，禺號是东海之神；句芒是东方的图腾神。

这四位神祇所在的海外，相对于海内而言。《尔雅·释地》："九夷、八狄、七戎、六蛮谓之四海。"可见，"海"就是相对于中原地区的四方边缘地带，"海外"则是边缘地区之外的更为遥远的地方。祝融、蓐收、禺彊、句芒分别处于海外四方的最远处，也就是当时人们观念中世界的尽头。所以，神话世界空间就是分别处于四方的四位神祇之间的广大空间，也就是由四位神祇共同镇守的空间。可见，神话世界空间就这样笼罩于神的威力之下，充满了神秘而威严的特征。神话中那斑驳陆离的诸神和不可胜数的"国"就存在于这样一个空间里。

《山海经》所写的神话世界空间图式对于认识我国神话世界空间及有关的观念具有重要意义。神话作为人类想象的产物，它所体现的空间观念当然也是人类空间意识的反映。发展心理学认为，人类空间意识的基础是方位观念，而方位观念的发展实际经历了由二方位观念到四方位观念的发展过程。民族学的材料证明，世界各民族无不是首先认识东西，然后才认识南北，由此逐渐产生了四方位的观念。祝融、蓐收、禺彊、句芒这南西北东四位神祇的存在，在最低程度上说明《山海经》中的神话世界已经具备了四个方位，产生了四方位观念，即是说，它已超越了方位观念发展的低级阶段而有了新的发展。神话世界空间的扩大标志着神话世界的广大和内容的丰富。

同样重要的是，《山海经》所提供的神话世界空间图式告诉我们，我国上古神话的空间观念已经不再是与时间观念结合，即空间观念已经摆脱了对于时间观念的依附而取得了独立。有的学者认为，我国原始神话中空间观念与时间观念是密切结合的，形成了时空混同观念："在'月令'图式中，时间却是与空间结合的。东方与春季相结合，由木主持；南方与夏季相结合，由火主持；西方与秋季相结合，由金主持；北方与冬季相结合，由水主持。土兼管中央与四季。"① 对于神话中这种时空观念混同，有两种不同的认识：一种观点认为，时空观念混同是原始时空观念的反映，其特点是蒙昧与混沌；另一种观点认为，真正理解时空的相互依存关系的是近代物理学对于时空关系的最新认识，因而"月令图式"具有某种超前智慧的观念意识。《山海经》所提供的神话世界空间图式（姑且名之为"《山海经》图式"）说明，神话时代的空间及其观念并不完全像"月令图式"表示的那样，都是时空观念混同，而是除了"月令图式"之外，还有一种与之完全不同的"《山海经》图式"，即时间、空间及有关的观念互不依附，彼此完全独立。这说明上述关于神话空间及其观念的那两种认识似有必要加以重新考虑和修正。

《山海经》所提供的神话空间图式及其所反映的观念具有十分珍贵的文献价值：不但使难以想象的神话世界空间变得可以理解，从而为认识神话的时空背景提供了根据，而且为研究空间意识的发展提供了宝贵资料。

除以上所述外，《山海经》还具有巨大的潜在的神话学价值，这主要体现在它所保存的大量的原始物占中②。

物占是以物象作为善恶凶吉征兆，推究神的意志的术数，原始物占是物占的一种。在《山海经》的物占中，作为征验和预兆的物象一般多是

---

① 金春峰："月令"图式与中国古代思维方式的特点及其对科学、哲学的影响》，《中国文化与中国哲学》，东方出版社1986年版，第129页。
② 《山海经》中的原始物占很多，现仅举一例以见一斑："有鸟焉，其状如枭，人面四目而有耳……见则天下大旱。"（《南山经》）

具有某些原始文化特征的动物（包括怪异动物），为了与一般的物占相区别，可以把《山海经》中的这些物占称作原始物占。本文开头部分说过，按功能分类，有一类神话叫物占神话。物占神话就是故事中隐含着物占的神话，而原始物占就是从这种神话发展而来①。

物占神话以神的启示的形式对事物的发展前景向人们提出预见性警示，极大地满足了人们预知事物发展结果的需要。为了更好地发挥其警示和预知的功能，原始初民对其中的故事成分进行了不自觉的压缩、简化乃至摒弃，从而使神话故事的成分越来越少，而物占成分越来越突出，直至最终完成由物占神话向物占的蜕变。

据此，我们可以推知，现存的原始物占，特别是《山海经》中那些以怪异动物为物象的原始物占，本来都是具有特定文化背景的物占神话，只是由于向着实用化方向的发展演变，才使它们从想象奇特、绚丽多姿的神话故事变成了抽象、枯燥而又神秘的物占。这就是说，原来我国古代的神话要比现在我们所知道的多得多，内容也要丰富得多。面对神秘物占的空壳，我们有理由做这样的推断，就像在千年干尸面前想象他生前生龙活虎的风采一样。十分明显，根据原始物占所提供的线索去追寻和发掘那已经消失的古老的神话，是神话学中的一个全新的课题，也是一个难度很大而又有重要意义的课题。

原刊于《文艺研究》1997 年第 1 期，
人大复印报刊资料《中国古代近代文学研究》1997 年第 5 期全文转载。
中国社会科学网 2016 年 4 月 26 日神话专版全文转载。

---

① 关于物占神话，请参阅赵沛霖《物占神话与中国神话的实用化》，《社会科学战线》1996 年第 2 期。

葛天氏八阕乐歌为秦民族史诗考

葛天氏八阕乐歌始见于《吕氏春秋·古乐》：

> 昔葛天氏之乐，三人操牛尾，投足以歌八阕：一曰载民，二曰玄鸟，三曰遂草木，四曰奋五谷，五曰敬天常，六曰达帝功，七曰依地德，八曰总禽兽之极。

这是一则引起人们广泛注意的重要资料。我国出版的文学史、艺术史以及有关的文艺理论论著，在说明文学艺术的起源和诗歌、音乐、舞蹈的关系时，对它无不加以引用，并作一些泛泛的说明。例如有的学者说："这八阕可能是传说中最古的一套乐曲……是反映原始社会已经进入以农业为主的时代的人们的生产斗争，同时也反映了人们迷信神权的意识。"[①]但"八阕"乐歌的主题究竟是什么？它反映了怎样的社会生活？每一阕的具体内容是什么？它们之间有什么联系？它是上古哪个民族的诗歌？它所反映的思想观念与原始时代是否完全相符合？等等。这些问题不只对于这则资料本身，而且对于我国上古诗歌，特别是原始诗歌的研究都有一定意义。如果考虑到我国原始诗歌发掘得很少，研究又很不够的情况，那么，对于这些问题做出正确回答，就尤其有必要了。

不可否认，正确回答上述问题有一定的困难：一，每阕寥寥二三字，其准确意义难以把握；二，更为重要的是，"八阕"以原始诗歌的形式反映一个民族创业的历史，而其中却掺杂了不少后代的思想观念，从而使诗

---

① 高亨：《文史述林》，中华书局1980年版，第44—45页。

歌的思想内容复杂起来。因此，必须把其中的原始诗歌成分和后代思想观念加以澄清、析别，搞清二者的关系，才有可能认识它的本来面貌。这涉及"八阕"的时代问题，这个问题另有专文论述①。

现在，让我们根据它的简短的文字所显露的蛛丝马迹，从字句的释义入手，结合有关神话和历史传说予以疏解，必要时还要从思想发展史、宗教发展史的角度加以论证。

一 关于"载民"

"载"是开初或初始的意思。"载"与"哉"通。《尔雅·释诂》："哉，始也。"是载亦始义。《孟子·滕文公下》："汤始征，自葛载。"赵岐注云："载，始也。言汤初征自葛始也。"《孟子·梁惠王下》记此事作"汤一征，自葛始"，是"载"、"始"二字互通。"民"是人的意思，"厥初生民，时维姜嫄"（《诗·大雅·生民》）。《集传》："民，人也，谓周人也。"可见，"载民"即初始之民，也就是初始之人的意思，相当于《生民》中的"厥初生民"之义。《生民》是记叙周民族开国历史的诗歌，它从姜嫄感上帝灵迹而生后稷述起，表现了对于祖先的崇拜。

原始民族中盛行祖先崇拜。民族始祖多是英雄和领袖，具有超人的本领和才能，对于本民族做出过光辉的业绩和贡献，他的灵魂则是子孙后代的保护神。周民族的始祖后稷是一位具有神灵的伟大的农业发明家和英雄。"弃（即后稷——引者）为儿时，屹如巨人之志。其游戏，好种树麻、菽，麻、菽美。及为成人，遂好耕种，相地之宜，宜谷者稼穑焉，民皆法则之。帝尧闻之，举弃为农师，天下得其利，有功。"（《史记·周本纪》）统观"八阕"，结合有关的神话和传说，可以知道"载民"所指的这位祖先也是一位伟大的英雄和领袖，那么，他究竟是谁？有什么超人的本领和才能？"八阕"本身已经提供了可靠的根据（详后）。

对于祖先的崇拜除了需要鬼魂观念之外，还要有血统亲缘的观念，因此可以肯定祖先崇拜一定是产生于鬼魂崇拜和血统亲缘观念出现之后。一般说来，原始民族祭祀祖先往往有固定的仪式，并通过集体歌唱、跳舞取悦于祖先的神灵。"八阕"乐歌就是如此：很多人操着牛尾奏乐、唱歌、

---

① 详赵沛霖《关于葛天氏八阕乐歌的时代性问题》，《松辽学刊》1985年第4期。

跳舞，其隆重、热烈程度是可以想象的。司马相如《上林赋》对葛天氏之乐做了这样的描写："听葛天氏之歌，千人唱，万人合，山陵为之震动，州谷为之荡波……"其中难免铺张之词，但其浩大的声势还是可供参考的。

二 关于"玄鸟"和"总禽兽之极"

我国古代玄鸟的神话主要与两个民族——殷民族和秦民族——的祖先有直接关系。

玄鸟与殷民族始祖的关系在《吕氏春秋·音初》《史记·殷本纪》中都有记载。《史记·殷本纪》：

> 殷契母曰简狄，有娀氏之女，为帝喾次妃。三人行浴，见玄鸟堕其卵，简狄取吞之，因孕生契。契长而佐禹治水有功。帝舜乃命契曰："百姓不亲，五品不训，汝为司徒而敬敷五教，五教在宽。"封于商，赐姓子氏。

玄鸟与秦民族始祖的关系见《史记·秦本纪》：

> 秦之先，帝颛顼之苗裔孙曰女修。女修织，玄鸟陨卵，女修吞之，生子大业。大业取少典之子曰女华。女华生大费，与禹平水土。已成，帝赐玄圭。禹受曰："非予能成，亦大费为辅。"……是为柏翳。舜赐姓嬴氏。

简狄吞玄鸟卵而生契，契为商民族的始祖；女修吞玄鸟卵而生大业，大业之子为大费，大费即柏翳，亦作伯益。伯益始有姓，故被奉为秦民族的始祖。

殷、秦两个民族都以玄鸟为祖先神，那么，"八阕"所咏的"玄鸟"究竟是殷民族的祖先神还是秦民族的祖先神呢？歌唱这"八阕"乐歌的究竟是原始殷民族还是原始秦民族？这个原始民族追怀和崇拜的祖先究竟是契还是伯益？显然，这是决定"八阕"性质的关键性问题。

我认为"八阕"中的玄鸟不是商民族的祖先神，而是秦民族的祖先神，歌唱"八阕"乐歌的不是商民族而是秦民族，他们所追怀和崇拜的始祖不是契而是伯益。根据如下：

首先，从这位始祖的身份和超人的本领与功绩来看。

"八阕"之八云："总禽兽之极。"《说文》云："总，聚束也。"王注云："谓聚而束之也。"故束发曰"总"；"总角之宴，言笑晏晏"（《诗·卫·氓》）和"百里赋纳总"（《尚书·禹贡》）中的"总"即束义的具体应用。聚束可引申为统管、主持和指挥之义，如总戎、总兵。极者，穷尽也："是故君子无所不用其极。"（《礼记·大学》）所以，"总禽兽之极"是驯服和总管一切禽兽之意。那么，殷民族的始祖契和秦民族的始祖伯益，哪一位具有这样的本领和功绩呢？据《国语·鲁语上》："契为司徒而民辑。"《礼记·祭法》："契为司徒而民成。""司徒"金文作"嗣土"，即司土。司土是原始社会管理土地的官。土地是农业的根本，契管理土地，可见与管理和驯养禽兽没有直接关系。

再看秦民族的始祖伯益。据记载，伯益的超人本领恰恰在于管理禽兽方面："伯益知禽兽"（《汉书·地理志》），"综声于鸟语"（《后汉书·蔡邕传》）。又据《史记·秦本纪》：伯益"佐舜调驯鸟兽，鸟兽多驯服……舜赐姓嬴氏"。关于他的神通与功绩，有些古籍说得更为具体：

> 当尧之时，天下犹未平，洪水横流，泛滥于天下……舜使益掌火，益烈山泽而焚之，禽兽逃匿……（《孟子·滕文公上》）

> 帝（舜）曰："俞，咨益，汝作朕虞。"益拜稽首，让于朱（即豹——引者）、虎、熊、罴……（《尚书·舜典》）

虞是负责山泽禽兽之官。伯益"知禽兽"，通鸟语，他做帝舜的虞是完全称职的。可见那个能够驯服和总管一切禽兽的正是伯益。这样看来，"总禽兽之极"不正是他的神职吗？这说明，"八阕"之一所咏的"载民"——民族的始祖——不是被赐子姓的契而是被赐嬴姓的伯益；其二所咏的"玄鸟"不是殷民族的图腾而是秦民族的图腾。

"八阕"中的玄鸟是秦民族的图腾还可以从其他材料中得到进一步的证明。我们知道，在原始民族的心目中，图腾同时也是自己民族的保护神，《墨子·明鬼》："秦穆公当昼日中，处乎庙，有神入门而左，鸟身、素服三绝，面状正方。（秦）穆公见之，乃恐惧奔。神曰：'无惧！帝享女明德，使予锡汝寿十年有九……'穆公再拜稽首曰：'敢问神名？'曰：'予为句芒。'"① 句芒即玄鸟，它赐福寿给秦民族的后代子孙，正是图腾神兼保护神的宗教观念的反映。

作为秦民族始祖的伯益，生于大禹时代，正是我国原始社会末期。据考古学材料，我国的畜牧业就是从这个时期正式开始的。伯益"总禽兽之极"的神话传说反映出他就是我国畜牧业的发明者。"在原始人的观念中，神并非一种抽象的概念，一种幻想的东西，而是一种用某种劳动工具武装着的十分现实的人物。神是某种手艺的能手，是人们的教师和同事。神是劳动成绩的艺术概括。"② "八阕"中特别歌颂他，正是他的伟大的发明和功绩受到人们崇敬的反映。

原始殷民族和原始秦民族都以玄鸟为图腾，两个民族的关系是亲近的。而不同图腾的部族则有时发生战争。原始夏人以龙为图腾③。伯益助禹治水有功，禹死后，益与夏人的矛盾立即激化："益干启位，启杀之。"（《竹书纪年》）"启与友党攻益而夺之天下。"（《战国策·燕策》）益的子孙却与商联合起来："费昌当夏桀之时，去夏归商，为汤御，以败桀于鸣条。大廉玄孙曰孟戏，中衍、鸟身人言。帝太戊闻而卜之使御，吉，遂致使御而妻之。自太戊以下，中衍之后，遂世有功，以佐殷国，故嬴姓多显，遂为诸侯。"（《史记·秦本纪》）同图腾的秦、商两个民族联合起来，终于打败了异图腾的夏桀的统治。秦与夏、商这三个民族的先民之间自有一番亲疏离合关系，搞清"八阕"的性质，对于认识我国上古民族关系的历史也有一定意义。

总之，"八阕"中的"玄鸟"一阕是秦民族对于他们的图腾神的颂歌。

三 关于"达帝功"

《释名》："达，彻也。"《说文》："彻，通也。"通，据《易·系辞》：

---

① "秦穆公"一作"郑穆公"，据孙诒让说改，见《墨子间诂》。
② ［俄］高尔基：《文学论文选》，孟昌等译，人民文学出版社 1959 年版，第 322 页。
③ 参阅闻一多《神话与诗》，古籍出版社 1956 年版，第 34—36 页。

"往来不穷谓之通。"

《说文》："功，以劳定国也。"可见，"功"是关系到国家兴亡安危的大事，并非一般的功劳。"夫圣王之制祀也……以劳定国则祀之"（《国语·鲁语上》），"以劳定国"而有功者在上古是被奉为神明的。"不见其事而见其功，夫视之为神。"（《荀子·天论》）"神之定国"，凡人是无从了解的。

帝作为神，其义有二：一是上帝，主宰宇宙的至上神；二是一般的尊神，如五方帝。其实五方帝也是上帝，只不过是地方的上帝而已。原始社会由于生产力极为落后，人们的目光局限于很小的范围，除了自己的生活圈，对广大世界毫不了解，因而认为本民族的神就是整个世界的神。后来，随着生产力的提高和实践范围的不断扩大，人们逐渐认识到本民族以外的世界。于是，世界的最高神——上帝——出现了，而原来的本民族的帝则相应地降为一般尊神。"达帝功"的帝只是一个民族的帝，显然不是指上帝，而是地方性的尊神。

那么，这个帝究竟是谁呢？《史记·封禅书》："秦襄公既侯，居西陲，自以为主少昊之神，作西畤，祠白帝。"可见，秦民族的帝就是少昊。但必须证明"达帝功"的"帝"就是少昊，而不是其他尊神，才能与前面关于"八阕"性质的认识相一致。实际上，"八阕"本身已经提供了证明这一问题的线索，这要从帝、少昊帝及其使者说起。

关于帝及其使者的记载可以一直追溯到卜辞——"于帝使凤"，说明殷商时代就有凤即玄鸟充当帝使的神话。《荀子·解蔽》引逸诗："凤凰秋秋，其翼若干，其声若箫，有凤有凰，乐帝之心。"看来，帝与其使者玄鸟的关系是很和谐的。那么，究竟是哪位帝与玄鸟有这种主使关系呢？《礼记·月令》的记载明确回答了这一问题：玄鸟为"帝少昊司命之官"。又《淮南子·天文训》：

东方木也，其帝太昊，其佐句芒，执规而治春①。

---

① 句芒又为木神。玄鸟与木神都有春神的意义，参阅丁山《中国古代宗教与神话考》，龙门联合书局1961年版，第49—50页。

《拾遗记》：

> 及皇娥生少昊，号曰穷桑氏，一号金天氏。时有五凤，随方之色，集于帝庭，因曰凤鸟氏。

少昊出于太昊，都以玄鸟为其使者。少昊一诞生，就有玄鸟来充当使者，也许正是因袭太昊而来。玄鸟是秦民族的图腾神，图腾神而为少昊的使者，那么，其后代当然要奉少昊为帝了。

"八阕"中在"达帝功"之前有一阕曰"玄鸟"，玄鸟与帝之间的内在联系不就是以上述神话传说为基础吗？或者说上述神话传说不就是这种内在联系的注解吗？此"帝"既然与玄鸟有这种联系，不就有力地证明他就是少昊吗？"达帝功"者，达少昊帝之功也。称自己民族的帝，是不必称其名的。

"八阕"中"帝"与"玄鸟"的这种关系还可以从少昊与伯益的关系得到具体的解释。

前面说过，"以劳定国"谓之功。那么，少昊定的是什么国呢？《左传·昭公十七年》：

> 少昊挚之立也，凤鸟适至，故纪于鸟，为鸟师而鸟名……玄鸟氏，司分者也。

又据《山海经·大荒东经》：

> 东海之外大壑，少昊之国。

少昊氏在东海之外建立了鸟国，他是鸟国之首领，其属下百官皆以鸟为名，除上文所引的玄鸟之外，还有凤鸟、青鸟、丹鸟、雎鸠、鸤鸠、爽鸠等。秦民族的始祖伯益，又称益，益同嗌，籀文作张口分尾的燕子形象。伯益通鸟兽，不正是鸟国首领少昊部下的一个属官吗？我们不妨再作大胆推论，他就是那个"司分者"的玄鸟氏。"始祖之名仍然是一种图腾……团的图腾起源及始祖由来，似乎只是一个。"① 在原始民族的心目中，始祖与图腾崇拜对象往往是一而二、二而一的东西。

少昊帝的鸟国本在东方，他是东方之帝，后来他又成为西方之帝，"西方金也，其帝少昊"（《淮南子·天文训》）。秦民族本是东方的民族，后来迁居西方。神话中的少昊与历史上的秦民族"不约而同"地都从东向西迁徙，难道是偶然的巧合吗？秦人西迁，带走了他们地上的一切，同时也带走了他们的天上的尊神——少昊帝因而也就不得不驾临新土了。

根据以上对"达帝功"三字的考证与解释，可以知道这一阕原来是秦民族歌颂他们的尊神少昊：我们的少昊帝神通广大，功劳至大至极啊！

四 关于"遂草木"和"奋五谷"

原始社会生产力的发展十分缓慢，直到原始社会末期，我国中原地带仍是一片洪荒世界。"上古之世，人民少而禽兽众，人民不胜禽兽虫蛇……民食果蓏蚌蛤，腥臊恶臭，而伤害腹胃，民多疾病。"（《韩非子·五蠹》）人们过着狩猎和采集的生活。随着社会的发展，出现了人类历史上第一次大分工——畜牧业从狩猎中产生；接着是第二次大分工——农业从采集业中产生。这两次重要分工的完成，极大地促进了社会生产力的发展。"遂草木"、"奋五谷"就是这一现实的真实反映。

"遂草木"的"遂"："牺牲不略则牛羊遂。"（《国语·齐语》）"气衰则生物不遂。"（《礼记·乐记》）"禽兽成群，草木遂长。"（《庄子·马蹄》）"遂"经常与草木、牲畜和禽兽连用，表示发育和成长之意。有时可与"育"字通用。《文选》引"八阕""遂草木"作"育草木"可证。"遂草木"意即草木发育生长繁茂。

前面说过，畜牧业产生于原始社会末期，随着原始社会的解体和奴隶制的出现，畜牧业逐渐发展起来。畜牧业的出现和发展，迫切需要刍秣，人们对于草木的生长和繁茂当然也就更为关心了，"厥民因鸟兽希革"（《尚书·虞书》），这种植根于经济因素的心理变化，正是从伯益发明畜牧业才开始的，以畜牧业的发明者伯益为祖先的秦民族的这种心理更为强

---

① ［法］杜尔干：《宗教生活的简单形式》，转引自李玄伯《中国古代社会新研》，开明书店1947年版，第33—34页。

烈。这样看来,"遂草木"不正是秦民族心理和感情的真实表现吗?

再说"奋五谷"。从种植的出现到"五谷"概念的产生经历了漫长的岁月,"五谷"观念的出现是农业高度发展的结果①。"奋",《说文》段注"大飞也",意即振翅疾飞,故"奋"与"飞"经常连用,《诗·邶·柏舟》:"静言思之,不能奋飞。"此处的"奋"是强力奋进之意,从振翅疾飞引申而来;强力奋进于五谷,就是为五谷而强力奋作。"奋"字用得极为尽情达意,准确地反映了当时的情况:

首先,它体现了当时人们对于农业劳作特点的认识。在采集和狩猎活动中,供人们采集的果实和狩猎对象,在一定地区的一定时间内其数量是一定的,这给获取食物带来了极大的限制。"没有什么人类的努力,可以增加这些食物来源。尽管那些魔术家可以那么说,其实如果把技术改进到或是把狩猎和采集加紧到超过某一点以上,结果定会使猎物灭绝,来源绝对减缩。而实际上,狩猎人口对于任其支配的畜源,是显得十分合适的。耕种马上打破了这么安排的界限。要增多食物的来源,只须多播些种子,多把些土地来耕种②。显然,比起采集和狩猎,农业更需要发挥人的主观能动性。一个"奋"字充分表现了人们对于种植和获取更多食物的殷切期待。

从事原始种植极为艰苦,在"洪水横流,泛滥于天下,草木畅茂,禽兽繁殖"(《孟子·滕文公上》)的环境中,再加上生产工具简陋,技术低劣,向土地索要食物,其困难是可以想象的。而且,原始农业除了一般的水旱虫灾以外,禽兽也是庄稼的严重威胁,"禽兽多则伤五谷,因习兵事,又不空设,故因以捕禽兽……为田除害"(《公羊传·桓公四年解诂》)。"孟夏之月……驱兽毋害五谷。"(《礼记·月令》)如果考虑到直到殷商时期王畿内还多禽兽,王可就近狩猎,就可以想见,驱灭禽兽,为田防护,在初期农业中是多么重要的事情。"襢裼暴虎,献于公所。将叔无狃,戒其伤汝。"(《诗·郑·大叔于田》)搏虎英雄,受到人们如此热烈的赞许和关爱。与禽兽搏斗经常会有牺牲,如此看来,"奋五谷"的"奋"是饱含着英勇无畏的精神的。

---

① 我国古代对于谷类的称呼,先是"百谷",后是"九谷"、"六谷",最后才是"五谷"。直到今天,仍以"五谷"最为常见。"五谷"是农业发展起来以后才出现的概念,不可能是原始社会的语言。

② [苏联]柴尔德:《远古文化史》,周进楷译,群联出版社1954年版,第63页。

五 关于"敬天常"和"依地德"

"天常"和"地德"都不是原始社会的概念:"天常"是春秋时期以后的概念,"德"的出现是在殷末以后,"地德"就更晚了。在这里作者不过是借时语写古事。现分别就这些概念及其所指以及有关的时代性问题论述如下。

先说"敬天常"。

"天常"是由"天"和"常"的概念发展而来。"天"的本义是"大",也用以指上帝,其意义很清楚,无须再作解释。关于"常",据《韩非子·解老》:

> 夫物之一存一亡,乍死乍生,初盛而后衰者不可谓"常"。唯夫与天地之剖判也俱生,至天地之消散也不死不衰者谓"常"。

可见"常"就是道。道是老子哲学中的最高范畴,具有本质、规律的意义。荀子把"天"与"常"联系起来:"天行有常,不为尧存,不为桀亡。应之以治则吉,应之以乱则凶。"(荀子《天论》)这可以说是"天常"概念的胚胎了。《吕氏春秋·大乐》对"天常"作了明确解释:

> 太一出两仪,两仪出阴阳。阴阳变化,一上一下,合而成章。浑浑沌沌,离则复合,合则复离,是谓"天常"。

《大乐》接着指出了"天常"的具体表现:

> 日月星辰,或疾或徐;日月不同,以尽其行。四时代兴,或暑或寒,或短或长,或柔或刚。

可见"天常"是由太一而生的阴阳二者的生生不息的无穷变化。荀子发展了这一思想,强调发挥人的主观能动作用,利用"天常"以成人事,形成了初步的人可以胜天的思想:"从天而思之,孰与制天命而用之;望时而待之,孰与应时而使之。"(荀子《天论》)这在实际上否定了至高人格神的天。

"天常"产生于春秋战国时期,是我国思想史上闪烁着唯物主义光辉的先进思想,是新兴地主阶级的思想武器,反映着他们改造社会的要求和进取精神,具有一定的历史进步意义。"天常"的时代性和阶级性是十分明显的。

再从宗教思想的发展来看:原始初民崇拜的对象,起初总是那些与他们生存密切相关的具体事物,而不会是那些抽象的事物。就天体崇拜来说,开始时总是崇拜日月星辰等天体,而绝不是那虚无缥缈的"天"。正如开始他们总是崇拜江河、湖泊、海洋和池塘等,奉它们为神,而不是崇拜一般的水,奉一般的水为神一样①。像"天常"这样高度概括抽象而内涵又很复杂的思想,不只原始社会没有它得以产生的土壤,而且也是当时人们思维能力所达不到的。尽管宗教是对于客观世界的歪曲反映,但是它本身却不能不遵循人类认识发展的一般规律:由个别到一般,由具体到抽象。所以,从原始宗教的实际出发,"敬天常"应当是指对那些与生产、生活密切相关的各种自然现象,如寒来暑往、潮涨潮落、阴晴圆缺、风云变幻等的信仰和崇拜。

再说"依地德"。

什么叫"地德"?"地"何能而有德?《礼记·郊特牲》:

> 社,所以神地之道也。地载万物,天垂象。取材于地,取法于天;是以尊天而亲地也。

《正义》解释这段话说:"地载万物者,释地所得神之由也。地之为德以载万物为用故也。"又据《礼记·孔子闲居》:"天无私覆,地无私载。"地于万物,公正无私,无厚无薄,一律负载。这是"地德"的内容之一。

《周易正义·坤》解释"至哉坤元,万物资生"时说:"'至哉坤元'者,叹美坤德……地能生养至极,与天同也……'万物资生'者,言万物资地而生……有此生长之德,合会无疆。"可见,"地德"的内容之二是"生长之德",即生长万物、恩养众生之德。

---

① 所谓水神,一般是指河神、海神等。

"地德"这一概念秦汉载籍多有记载,如《国语·鲁语》:"是故天子大采朝日,与三公、九卿祖识地德。"又《淮南子·俶真》:"含哺而游,鼓腹而熙,交被天和,食于地德。"显然,这些都是用"地德"之第二义,即生养万物之恩德。在这个意义上,有人径将"地德"解为五谷①,则是择其要而言之了。

"八阕"所咏的"地德"实际是原始社会土地崇拜的表现,是就"地德"的两方面内容而言:大地无边无际,负载万物,初民对它充满了神秘感。种植出现以后,土地成为人们重要的生产资料,由于生存进一步依赖它而更加崇拜它。土地崇拜的观念在加深,有关的崇拜仪式也随之不断增加。祭祀土地之神有时要用血祭:"以血祭祭社稷,五祀五岳。"(《周礼·大宗伯》)"血祭,盖以血滴于地,如郁鬯之灌地也。"(金鹗《求古录·燔柴瘗埋考》)血祭有时用牲血,有时用人血:"邾娄人执鄫子,用之。恶乎用之?用之社也。其用之社奈何?盖叩其鼻,以血社也。"(《公羊传·僖公十九年》)有时还要杀人用人祭,"自言能治田土,不能治田土者,杀其身以衅其血"(《管子·揆度》)。人们不惜以血和生命来祭祀土地,充分说明人们对于土地的依赖和崇拜有多么深刻和强烈!"依地德"不正是这种观念的反映吗?

总之,"敬天常"、"依地德"是原始宗教信仰的重要内容②。在人类历史上,自从种植出现以后,人们便把自己的生死祸福进一步交给了自然界,从而更加深了对于大自然的依赖,自然崇拜因而得到进一步的发展,有关的宗教仪式也不断增添。初民深信:"耕种之事非利用厚生的技艺所能尽,必兼营事神求福的宗教焉;从破土起,至收藏止,步步离不开宗教的仪节。"③"敬天常"和"依地德"就是这种浓重的自然崇拜观念和繁多的有关宗教仪节的概括。

---

① 例如,刘文典就将"地德"解为五谷,见《淮南鸿烈集解》上册,中华书局1989年版,第49页。

② 在此段之前原有一段,以甲骨文中的"德"字说明"地德"不是原始社会的语言,因电子版无法书写而删掉。特此说明。

③ [美]摩耳:《宗教的出生与长成》,江绍原译,上海商务印书馆1926年版,第51—52页。

六 "八阕"乐歌的构成和主题思想

以上我们对"八阕"的内容逐条进行了考证和疏解,论证了"载民"就是初民、初人,即一个民族的始祖;这个始祖乃是伯益,是女修吞玄鸟卵而生,后被赐嬴姓;玄鸟是这个民族的图腾;这个民族所崇拜的帝是先在东方建国,后移居西方的少昊。在原始社会,图腾与始祖是一个民族的代表和标志,因此,可以肯定这个民族不是其他民族,而是秦民族;"八阕"乐歌不是其他民族的诗歌,而是秦民族的诗歌。

在搞清"八阕"具体内容的基础上,可以对"八阕"做段落划分。为了方便起见,我们将"八阕"的顺序做了调整。全诗可以分为三部分。

第一部分包括三阕:第一阕"载民"、第二阕"玄鸟"和第八阕"总禽兽之极",这部分写秦民族的伟大始祖伯益和图腾神玄鸟:伯益具有超人的神奇本领——"总禽兽之极",是能通兽语,调养禽兽的畜牧业的发明家。人们无限追怀和崇拜这位功勋卓著的伟大英雄。

第二部分包括两阕:第三阕"遂草木"和第四阕"奋五谷",这部分写秦民族艰苦创业的奋斗过程:由于饲养牲畜的需要,秦民族迫切期待草木发育成长;为了五谷丰收,秦民族更是不辞辛劳,奋力耕种,表现出英勇无畏、坚苦卓绝的奋斗精神。

第三部分包括三阕:第五阕"敬天常"、第六阕"达帝功"和第七阕"依地德",这部分写秦民族的宗教活动和仪节:天体崇拜、土地崇拜以及对于少昊帝的歌颂与崇拜。秦民族把他们取得的业绩归因于天地的恩赐和少昊帝的功绩[①]。

明确了"八阕"的内容构成和段落划分,其主题思想和史诗性质也就清楚了:葛天氏八阕乐歌是一首具有史诗性质和特征的乐歌(详后),它以原始诗歌的形式记叙和讴歌了秦民族祖先的神异不凡、超人本领及其对于民族事业开创和发展的伟大贡献,反映了秦民族英勇无畏、坚苦卓绝的奋斗过程和伟大精神以及对于天地神灵和祖先神的无限追怀和崇拜。

---

① 我们将"八阕"按内容分为这样三部分,打破了原来的排列顺序,其实变动的主要是把第八阕"总禽兽之极"提到第三阕"遂草木"之前。这样,"八阕"乐歌的脉络就比较明晰了。

七　从与《生民》的比较看"八阕"的史诗性质及其意义价值

现在让我们从与《生民》比较的角度来看"八阕",这样其"史诗"的性质会看得更加清楚:如果说《诗经·商颂·玄鸟》是记叙商民族创业的史诗,《诗经·大雅·生民》是记叙周民族创业的史诗,那么,葛天氏"八阕"乐歌则是记叙秦民族创业的史诗。

由于《玄鸟》一诗叙事描写不充分,不便进行比较,我们集中将"八阕"乐歌与《生民》进行比较。《生民》也是由八章组成,按内容也可分成三部分。现列表对比如下:

内容提要	"八阕"	《生民》
第一部分: 民族始祖诞生的不凡和始祖超人的神奇本领	载民; 玄鸟; 总禽兽之极	一章 履神迹而孕; 二章 后稷诞生的不凡; 三章 被弃而不死; 四章 擅长种植的天生禀赋
第二部分: 业绩的开创和伟大的贡献	遂草木; 奋五谷	五章 有功于农艺,收获嘉谷; 六章(同上)
第三部分: 宗教崇拜和对于帝的歌颂	敬天常; 依地德; 达帝功	七章 祭祀上帝,祈求丰年; 八章 讴歌天恩祖德

可以看出,作为史诗,"八阕"乐歌与《生民》之间无论在内容构成、篇章结构上,还是在通篇的脉络发展上都相一致:首先,两首诗歌都由八阕或八章构成,并且都可分为三部分;其次,三部分的内容基本一致,内容走向完全相同:第一部分都是从民族祖先的诞生写起,接着写祖先的神异和超人的本领;第二部分都是写民族业绩的开创和伟大贡献;第三部分都是写宗教活动和对上帝、祖先的崇拜与感恩。全诗脉络清楚,首尾完整,结构严谨。在这方面,尽管"八阕"乐歌一阕只有一句[①],篇幅非常短小,但同样也具备这样的特点。

[①] 有些原始诗歌的歌词只有一句,以无限反复的形式咏唱,详赵沛霖《"燕燕往飞"是一首完整的原始诗歌》,《学术研究》1983年第6期。

再看二者的不同点：除了在繁与简、叙述和描写的详略具有明显的差别之外，更重要的在于它们各有鲜明的思想特点，而这些特点恰恰与它们产生的不同历史背景和具体环境密切相关，这说明这些特点正是它们各自的时代特征。

我们知道，《生民》大致作于西周初期，当时周人的统治刚刚建立，迫切需要从政治、思想等各方面巩固和加强自己的统治。在政治措施方面，周公制礼作乐的传说虽不尽可信，但是，以礼乐为工具来维护统治却完全是事实。在思想方面，周人提出了尊天敬祖，顺承天意，代天统治下民的思想。如此神化上天、神化祖先（不只是始祖）正是为了神化自己，给自己的统治披上神圣的灵光。这样看来，周人在《生民》中神化祖先和自己的统治，赋予祖先和自己的统治以神异的色彩，并虔诚地祭祀上帝和祖先的神灵也就绝非偶然。正是因为如此，我们读《生民》在被奇异的神话打动的同时，还会深深感受到弥漫于字里行间宗教香火的浓烈氛围。

"八阕"乐歌也比较复杂，但却完全是另一种性质。按说，"八阕"乐歌作为原始史诗其思想观念应当很单纯，但实际情况并非如此："八阕"乐歌中除了原始社会的思想因素之外，还由于后人以时语写古事，亦即以后代的概念如"天常"、"地德"等记录原始社会的宗教祭祀活动，如天体崇拜、土地崇拜等，从而使阶级社会的思想观念与原始诗歌的性质和形式存在着明显的矛盾，"八阕"乐歌因而也就呈现出一种特殊的复杂状态。

当然，指出"八阕"乐歌中的非原始诗歌的思想因素，并不意味着否定它的原始诗歌性质。事实上，原始时代的诗歌经过后人的文字记录，很少有不掺入后代思想意识的。这里强调"八阕"中那些非原始社会因素，只是说把它作为一首原始诗歌加以引用时，特别应当注意它的后代的思想成分，否则将给文学史以及有关研究工作带来混乱。

"八阕"乐歌虽然十分简单，但恢复其原始诗歌的本来面貌，正确认识其内容和价值却具有重要的意义。首先，从世界文学的范围看，众所周知，真正的原始诗歌存留下来的可谓凤毛麟角，以致很多西方学者不得不通过当代原始民族诗歌的"活化石"进行研究，而"八阕"乐歌以历史本真的存在呈现在我们面前，使我们有可能穿越数千年的时空亲临原始诗歌现场，直接感受和认识原始诗歌的特点，其价值是难以估量的。其次，

"八阕"乐歌填补了我国文学史上的空白,丰富了我国的文学遗产,特别是它以原始诗歌的形式简要记叙了一个民族业绩开创和发展的历史,为我国文学史上绝无仅有。然而,在"八阕"乐歌的本来面貌被恢复之前,这样一首宝贵的诗歌竟只能被当作证明诗、歌、舞三位一体的材料,实在是可惜。最后,从史诗的角度看,其意义和价值也十分突出。我们知道,学术界曾广泛流行这样一种观点,认为我国叙事诗不发达,史诗更少。揭示"八阕"乐歌本来面目,说明我国文学在原始诗歌发展阶段就已经有叙事诗,并且史诗也见雏形,而"三百篇"中的《生民》等史诗与"八阕"乐歌之间在内容构成、篇章结构和通篇走势方面的一致性,说明它们之间的继承关系,这对于研究我国史诗和上古诗歌的发展必将提供新的重要线索。

  本文写于1979年11月至1980年夏,1980年夏秋之际投寄《中国社会科学》,当年年底该刊来函称本文有一定学术价值,但论题偏窄,更适合古代文学研究的刊物,为此已将本文推荐给《文学遗产》。后刊于《文学遗产》增刊第十七辑,中华书局1991年版。

褒姒的神话传说及其文化思想价值

负有"祸水"罪名的褒姒是真实的历史人物,围绕着她有一则充满了偶然事件和意外巧合,并深刻反映命运观念的神话传说。无论是就故事情节的离奇曲折看,还是就思想内涵的丰富深刻看,这则神话传说都是我国古代神话中罕见的。据《国语·郑语》:

> 宣王之时,有童谣曰:"檿弧箕服,实亡周国。"于是宣王闻之。有夫妇鬻是器者,王使执而戮之。府之小妾生女,而非王子也,惧而弃之。此人也,收以奔褒。天之命此久矣,其又何可为乎?训语有之曰:夏之衰也,褒人之神化为二龙以同于王庭,而言曰:"余褒之二君也。"夏后卜杀之与去之与止之,莫吉。卜请其漦而藏之,吉。乃布币焉,而策告之。龙亡而漦在,椟而藏之,传郊之,及殷周莫之发也。及厉王之末,发而观之,漦流于庭,不可除也。王使妇人不帏而噪之,化为玄鼋,以入于王府。府之童妾,未及齓而遭之,既笄而孕,当宣王时而生。不夫而育,故惧而弃之。为弧服者,方戮在路,夫妇哀其夜号也,而取之以逸,逃于褒。褒人褒姁有狱,而以为入于王。王遂置之,而嬖是女也,使至于为后,而生伯服。天之生此久矣,其为毒也大矣,将使侯淫德而加之焉。毒之酋腊者,其杀也滋速。申、缯、西戎方强,王室方骚,将以纵欲,不亦难乎!王欲杀太子以成伯服,必求之申,申人弗畀,必伐之。若伐申,而缯与西戎会以伐周,周不守矣……凡周存亡,不三稔矣。

为了正确认识这个神话传说,先解决一些具体问题,然后再分析其内涵和文化思想价值。

一　关于褒姒身世的几个问题

（一）"夏之衰也，褒人之神化为二龙以同于王庭，而言曰：'余褒之二君也。'"

这句话反映了征兆的宗教观念意识。夏朝衰落，为什么要以"褒人之神化为二龙以同于王庭"作为征兆？其中包括两个问题：一、夏人与褒人是什么关系？二、夏人、褒人与龙又是什么关系？

先说夏人与褒人的关系：《史记·夏本纪》："太史公曰：禹为姒姓，其后分封，用国为姓，故有夏后氏、有扈氏、有男氏、斟寻氏、彤城氏、褒氏……"又据《国语·晋语·武公》"周幽王伐有褒"韦昭注："有褒，姒姓之国。"可知褒人不但是夏的属国，而且与夏同姓。就是说，褒人与夏人本为同族，具有共同的祖先，只是所属国别不同而已。

再说夏人、褒人与龙的关系：关于夏人与龙的关系，闻一多先生早有论证："龙是原始夏人的图腾。"①闻氏的这一结论得到很多学者的肯定，迄今几成定论。龙既是夏人的图腾，当然也就是与它同祖、同族的褒人的图腾。这样看来，"褒人之神化为二龙"正是夏人与褒人的共同的图腾神的显现。

图腾神作为一个民族兴衰的征兆在古代文献中屡见不鲜。如"禹平天下，二龙降之。"（《瑞应图》残卷引《括地志》）"黄帝将亡，则黄龙坠。"（《开元占经·龙鱼出蛇占篇》引《春秋合诚图》）所谓"国之将兴，神明降之，监其德也；将亡，神又降之，观其恶也。"（《左传·庄公三十二年》）国之将兴、将亡都有神（龙）降，区别即看它降在什么地方："龙以飞翔显见为瑞，今则潜伏幽处，非休祥也。"（《晋书·五行志》）褒人之神化龙之后，"同于王庭"，亦属"潜伏幽处"，当然是作为"夏之衰"的凶兆无疑了。

龙是夏人和褒人的共同图腾，这里却特别提出是褒人之君所化，就是为了说明后面褒姒的出生与褒人图腾之间的关系以及后来她偶然得褒姓的前世渊源。（详后）

（二）"夏后卜杀之与去之与止之，莫告；卜请其漦而藏之，吉。"

通过征兆夏后既然已经知道自己的王朝即将灭亡，当然就要尽力想办

---

① 闻一多：《神话与诗》，古籍出版社1956年版，第69页。

法避免厄运的降临，他想出几种办法（杀之、去之与止之）问卜于神，求神明示。为什么杀之、去之与止之都不能消除灾祸，只有"卜请其漦而藏之"才吉？

《国语》韦昭注："漦，龙所吐沫，龙之精气也。"历代各家注释和古今辞书皆从此说，无疑义①。如前所说，二龙"同于王庭"是预示夏朝衰落的凶兆，用杀之、去之和止之的办法阻止厄运降临，神都"莫告"。神没有回应就说明这些办法都不足以阻止厄运降临，而只有"卜请其漦而藏之"才符合神意，也就是只有这种办法才能改变或推迟厄运的降临，故曰吉。这个神意就是后面所说的"天之命此久矣……将使候淫德而加之焉"，就是说，神主张等待，等待一个有败行劣德的君王出现，把灾难加给他。将龙漦藏起来，是表示既承认了这个凶兆（即没有违背神的意志），又会使预定的不幸结局得以推迟。将来谁打开龙漦，放出精气，灾难就会降临在谁的头上。这样的结局，对于夏后来说当然是吉。

（三）"及厉王之末，发而观之，漦流于庭，不可除也。王使妇人不帏而噪之。"

"漦流于庭，不可除也"，祸水外流，必有灾难降临，"王使妇人不帏而噪之"正是采取的消除灾难的手段。韦昭注："裳正幅曰帏。""不帏"即没有正幅，亦即下身裸露。噪即大喊大叫，狂呼乱叫。这里有两个问题：一是消除灾异为什么要大喊大叫，一是消除灾异为什么妇人要裸露下体？

人类学材料证明，消除灾异，驱除邪魔的方法多种多样，其中最重要、最普遍的就是狂呼乱叫。著名英国人类学家弗雷泽考察了数十个当代的原始民族，记述了他们的驱邪方法，不同的民族使用的方法不尽相同，如敲鼓、敲打器皿、鸣枪、吹号、抡棍棒、放火、划船（送邪魔），等等，但不管使用什么方法，都要同时伴以狂呼乱叫。狂呼乱叫是消除灾异、驱除邪魔的必不可少的基本方法，世界各个民族都是如此②。所以，这里让妇人"噪之"就是为了驱除邪魔，不让邪魔为害。

为什么要"妇人不帏"，即为什么让妇人裸体？弗雷泽在《金枝》中

---

① 袁珂认为漦是龙的精液，见《古神话选释》，人民文学出版社1979年版，第459页。可惜，袁珂先生只是提出新说，而没有说明根据。这里暂从韦说。

② 参阅［英］弗雷泽《金枝》第五十六章《公众驱邪》、第五十七章《公众的替罪者》，中国民间文艺出版社1987年版。

还以大量的材料证明,原始民族最惧怕月经和月经期的妇女,例如,澳大利亚土著认为带月经的妇女是人间很多灾难的原因。因此,他们最忌讳遇到和接触经血和带月经的妇女,任何男人如果遇到这样的妇女就要死亡,她所接触的物品就要毁坏,如她走进烟叶地里,烟叶就要害病,走进稻田,稻子就要遭殃,牛走过滴有经血的地上,牛就要死亡①。月经既然是灾难的根源,因此,很多民族都利用它来对付敌人和邪魔。例如,古希腊人就是如此:他们认为,把经血浸过的破布"摊开挂在门柱上,则可把一切恶魔挡在门外"②。以带月经的妇女来驱除敌人和邪魔正是由此而形成的一种宗教习俗。"妇人不帏",裸体面对妖异,用月经把灾难和妖异赶跑,正是这种习俗的表现。

(四)"……化为玄鼋,以入于王府。府之童妾未及龀而遭之,既笄而孕,当宣王时而生。"

从前边的引文可以知道,这个由童妾遇玄鼋而出生的婴儿就是后来的褒姒,为了搞清褒姒身世的前世渊源,首先要搞清玄鼋是什么。自韦昭将玄鼋解为蜥蜴以来,古今各家多从之,几成定论。事实上,这个说法是完全错误的。在这里,玄鼋不是指蜥蜴而是指龟鳖一类的动物。首先,鼋在古代文献中多是龟鳖之意。《楚辞·九歌·河伯》:"乘白鼋兮从文鱼",白鼋与文鱼皆鱼属,与蜥蜴毫无关系。《吕氏春秋·音律》:"令渔师伐蛟取鼋,升龟取鼍。"鼋与龟、鼍、蛟并列,皆鱼属,根本不可能是蜥蜴。又《拾遗记·夏禹》:"济巨海则鼋鼍而为梁",也是如此。

再从神话动物的变化看。在褒姒的神话传说中,玄鼋是由龙(通过龙漦)变化而来。这个化生并非偶见,是神话中一种比较普遍的现象。《淮南子·地形训》:"介潭生先龙,先龙生玄鼋,玄鼋生灵龟,灵龟生庶龟,凡介者生于庶龟。"龙通过龙漦变为玄鼋正是"先龙生玄鼋"的具体表现。据《初学记》引《洛书》:"灵龟者,玄文五色,神灵之精也。"庶龟即一般的龟,灵龟、庶龟皆为龟,玄鼋当然也只能是龟,而不可能是蜥蜴。

又,玄鼋又称天鼋,《礼记·春官》:"龟人掌六龟之属,各有名物,天龟曰灵属……"

---

① 参阅 [英] 弗雷泽《金枝》,徐育新等译,第810、858、859、856页。
② [德] 利奇德:《古希腊风化史》,杜之等译,辽宁教育出版社2000年版,第405页。

注云："属言非一也，色谓天龟玄……"天龟又可称为玄龟。据此玄鼋也可称为天鼋。而天鼋恰恰是"龟中之王"①。

如前所说，夏人和褒人都以龙为图腾，而龙又化生为玄鼋（玄龟），所以，玄鼋也是夏人和褒人的图腾。"龟蛇本为水中主宰，在古代华夏族处于水患的时节，以龟蛇为图腾是很自然的。夏代祖先鲧禹都和水族动物有关，所以我们认为，天鼋作为族徽实来自夏……"② 可见，我们的推论与学术界的认识恰好一致。

玄鼋既是夏人和褒人的图腾，那么，玄鼋"入于王府。府之童妾，未及龀而遭之，既笄而孕，当宣王时而生"，正是原始社会图腾生子观念的反映。众所周知，原始先民不知道生育子女与男女交媾之间的关系，而认为是图腾神灵进入妇女体内的结果。图腾崇拜是盛行于原始社会末期的原始宗教，到宣王时代早已成为遥远的历史，但是，它的影响却没有随着图腾崇拜时代的结束而消失，而是作为一种传统观念继续活在人们心中。在这段神话传说中，褒姒的出生正是由这种观念推衍而来。至此，褒姒出生的渊源和身世也就清楚了：原来她是玄鼋入体而生，是褒人的后代。这就说明了她长大以后获得褒姓的前世渊源。这样看来，把玄鼋解释为蜥蜴不但缺乏文献的根据，而且也与历史和宗教发展的实际相抵牾。

二 天命和褒姒的命运

据《国语·郑语》记载，上面所引关于褒姒的神话传说是在西周末年周太史史伯与郑桓公的一次对话中讲述的。由于周幽王倒行逆施，多行不义，造成阶级矛盾和民族矛盾空前激化。"山雨欲来风满楼"，当朝有识之士无不预感到战乱在即，大难临头。"郑桓公问于史伯曰：'王室多故，余惧及焉，其何所可以逃死？'"史伯正是在回答这个事关国家兴亡、个人安危的重大问题时，讲了这则故事。

特别应当指出的是，史伯讲述这则故事是在郑桓公被封为司徒的当年，即幽王八年（公元前 774 年），下距幽王被杀，西周灭亡（公元前 771 年）还有三年，正是褒姒受宠之时。故事讲了褒姒的来历和归宿，也

---

① 杨向奎：《宗周社会与礼乐文明》，人民出版社 1997 年版，第 20 页。
② 同上。

预言了西周的结局："凡周存亡,不三稔矣。"可以看出,于西周灭亡前夕讲述的这则神话传说也是对于形势发展所做的预言。史伯之所以敢于如此肯定地预言未来形势的发展,是他自以为认识了天命及其所决定的命运的必然性。而这正是贯穿褒姒神话传说始终的思想观念。

殷周时代的天命观念认为,作为宇宙最高主宰上帝意志体现的天命,主要针对的不是天上的神事,而是地上的人事。在褒姒的神话传说故事中,天命对国家命运大事的决定是很具体的,即不但决定了西周灭亡的历史结局,而且对灭亡的过程也做了具体安排:上帝为了惩罚倒行逆施,荒淫误国的幽王,灭亡西周,决定将一个妖女即人兽交合而生的褒姒加在他的头上,使他们共同上演一出亡国的历史悲剧。"天之生此久矣,其为毒也大矣,将使候淫德而加之焉"说的就是这一点。这种情况与只是"规定着世界的秩序,但不决定世界中的具体事件"①的西方古代天命观念是完全不同的。天命既然已经决定了"有关国家命运的大事",同时也就决定了从属于这个历史事变的褒姒的具体经历,亦即决定了她的命运。

神话传说中的褒姒的历史可以分为出生之前和出生之后两个阶段:

先说出生之前:褒姒出生于西周末年的宣王时代,但是,她的身世渊源却可以一直追溯到一千多年前的夏朝末年。起因于一千年前,却生当幽王同时,是由于一系列非常巧合的偶然事件所致:一是夏后占卜,只有留下龙漦才吉,从而使龙漦得以保存下来;二是龙漦保存千年无人敢动,不先不后恰恰由厉王打开;三是龙漦化为玄鼋恰好遇到宫中童妾,使之怀孕。可以看出,这些情况都是随机性很强的偶然事件,其中只要有一个没有按时发生,也不会导致天命所设定的结局,即不会导致褒姒于宣王时出生。

这种情况在褒姒出生以后的经历中表现得更加突出。褒姒出生以后即被弃,跟着又被人拾起,拾她的人不是别人,恰好是褒人,此其一;这个褒人因被通缉又恰好要逃回褒国,这样,褒姒才又被带回她的祖宗之国——褒国,此其二;因她在褒国长大,褒人姒姓,前冠国名,因称褒姒,她本来就是褒人的后代,偶然得名褒姒,正是本姓复归,此其三;本来褒姒可以就这样在褒国生活下去,如果真是这样,她也就无缘侍奉幽王了,谁知恰好这时褒人的君王"有狱",为了赎罪而将褒姒送给幽王,此

---

① 赵敦华:《基督教哲学1500年》,人民出版社1994年版,第193页。

其四。这样几经周折，本来生于周王宫中的褒姒又回到了原地，并最终成为王后而受到幽王的宠幸。

可以看出，褒姒的生活经历前后变化很大——从宫中小妾的私生女到最终登上与她有天壤之遥的王后的宝座，这样离奇的事情最终能够实现，是诸多偶然事件和意外巧合共同导致的结果。应当说，褒姒出生经历的时间很长，意外的偶然事件和变化很多，经历十分曲折，但不管意外事件怎么多，曲折怎么大，事情始终都是朝着既定的方向发展，表现出命运的必然性就是通过人的自由行动和偶然事件为自己开辟道路，直至达到最后的结局，任何力量都无法改变——命运之帆就这样把褒姒送到幽王身边，使她和幽王最终与西周同归于尽。古希腊哲人说："命运就是必然性。"① 中国古代哲人说："莫之致而至者，命也。"（《孟子·万章上》）褒姒的神话传说把这个带有哲学思辨性质的问题的特征表现得可谓淋漓尽致。

三 褒姒和宣王对命运的不同态度

从对命运的态度上，这则神话传说主要写了褒姒和宣王两个人。

关于褒姒对命运的态度：

褒姒的神话传说叙述了她的出身和主要经历，可以看出，在她的一生中，在人生的各个转折当口，如被带到褒国，被赐褒姓，被作为礼物（实际是作为奴隶）送给幽王，被置于后宫，直至被推翻，在残酷的命运面前，她不但没有任何反抗，而且也根本没有表达任何个人意志，作过任何选择，而只是服服帖帖地接受命运的安排。故事突出了她的一生经历及其与幽王同归于尽的最后结局是她命运的必然归宿和上帝对她的惩罚。

宣王对于命运的态度与褒姒不同。宣王由于没有褒姒那样的"原罪"，又是上帝在人间的代理人，因此，他在命运面前不是逆来顺受，而是力图以自己的作为改变既定命运的安排，在一定程度上表现出对于命运的对抗。

"檿弧箕服，实亡周国"，是宣王统治时期流行的童谣。当时人们相信，童谣预示神意和事物发展的结局是很灵验的，所以，当"有夫妇鬻

---

① 北京大学哲学系外国哲学史教研室：《古希腊罗马哲学》，生活·读书·新知三联书店1957年版，第17页。

是器者"真的出现时他便认为预言即将实现，周朝即将灭亡。他虽然知道这是神意，是既定的命运，但是，他没有坐以待毙，而是力图以自己的努力去改变命运："王使执而戮之。"他认为把这个不祥之兆除掉就可以摆脱不幸的命运。尽管最后没有捕捉到这个"鬻是器者"夫妇，但他的行动说明他在命运面前没有完全顺从。他对抗命运的另一个突出表现是对于新生婴儿（即后来的褒姒）的处理："……府之童妾，未及龀而遭之，既笄而孕，当宣王时而生。不夫而育，故惧而弃之。""不夫而育"，妖怪出生，也是灾祸的预兆，所以引起宣王的恐惧。特别是在"鬻是器者"夫妇出现预示周王朝即将灭亡的情况下，这个妖怪婴儿的凶兆意义就更加突出。神谕（也就是命运预示）虽然已经十分明显，但宣王还是努力有所作为，他当机立断，把这个婴儿抛弃宫外，以阻止厄运的降临。他在命运面前所表现出来的这种自由意志，与褒姒在命运面前茫然顺从走向毁灭形成了鲜明的对比。十分明显，他与命运的对抗完全是出于私利，即维护自家王朝的统治，缺乏崇高正义的光辉。

　　不过，宣王对抗命运的努力往往事与愿违，不但未能阻止灾难的降临，反而推动了事物朝着命定的方向发展，并最终促进了悲剧的完成：他把新生婴儿抛到宫外本是欲置之死地，但实际上却是挽救了她。可以设想，像这样一个"不夫而孕"，被视为妖怪的婴儿在宫内很难活下去，抛到宫外，被人拾起，倒活了下来。他逮捕"鬻是器者"夫妇，目的是想杀死他们，结果恰好相反，逼使他们逃往褒国，同时也把褒姒带到褒国。试想，如果当初不去逮捕他们，他们也就不会逃往褒国，褒姒自然也不可能回到褒国。这样，褒姒也就不可能成其为褒姒，以后的事情也就不会发生。果真如此，历史就会完全是另外一种样子。事实上，他的努力并没有改变周朝走向灭亡的历史命运，在他之后，幽王的亡国悲剧还是按照上帝的安排发生了。这一切都说明，在命运的必然性面前，即使是天下至尊的周天子也无能为力。人的自由意志与命运相对抗，不但不能取得胜利，而且会遭到命运的无情嘲弄。

　　宣王和褒姒在命运面前的不同态度和作为，说明那个时代即使是在宗教世界里，也"根本没有在神面前人人平等的思想"①。当然，在神面前的这种不平等正是现实不平等的反映。

---

① 张世英：《天人之际》，人民出版社 1995 年版，第 85 页。

四 深刻的思想内涵和独特的文化价值

综上所述，关于褒姒的神话传说是在天命观念支配下，通过想象而演义成的一则神话故事，说明褒姒与腐朽黑暗的西周王朝同归于尽是上帝意志的体现，是任何力量都不能改变的。上帝惩罚昏聩而残暴的幽王，使之迅速灭亡，符合历史发展的方向，反映了人们的意志和要求，表达了人们的感情和愿望，具有一定的积极意义和历史进步性。这当然是就这则神话传说的客观意义而言。如果就创作意图看，作者为了维护反动的贵族统治，使其天下长治久安，不惜极力宣扬天命、命运等唯心主义思想观念，以毒化人们的思想，麻痹人们的斗志，其影响是十分恶劣而严重的。

尽管如此，这则神话传说深刻而独特的思想内涵及其文化价值还是值得注意的：

第一，它十分深刻地揭示了殷周时代命运观念的本质及其与天命的关系。

我国古代的命运观念受着天命的制约，与天命观念相一致，所以个体生命的历程在开始之前就已经被神所决定，人生历程不过是实践神的既定安排而已。这种由神的意志所决定的个体生命的经历和结局，对于个体来说，就是他的所谓命运。

天作为宇宙的最高主宰，不但决定人间的一切，而且也是人间道德的终极根源和是非善恶的最高标准，因而与天命相一致的命运必然也要符合惩恶扬善的正义原则，而具有明显的伦理化倾向。正是因为如此，命运观念在人们精神世界中的权威性大大增强：命运与人相比，不但在力量上是强者，是不可战胜的，而且还代表了善良和正义，在道德精神上也是强者，同样也是不可战胜的。由于把力量与道德精神集于一身，具有双重"优势"，因而极大地增强了它的权威性和神圣性（不单单是神秘性）。而人在命运面前却处于双重"劣势"：不但在力量上是弱者，而且在道德上由于善良和正义不在自己一边而得不到任何精神的支持，因而只能俯首听命，根本不可能有什么作为。于是，命运的必然性便沿着天命所决定的方向发展，直至达到既定的结局，人间没有任何力量可以和它相抗衡。如果说，褒姒的经历和结局说明命运的必然性不受任何偶然和意外事件的干扰，那么，宣王的所作所为则说明这种必然性也不因任何权势和尊贵而改变,从而在更深一层的意义上表现了命运的不可逆转的必然性特征。

这则神话传说把命运这个带有哲学思辨性质的问题表现得如此充分而深刻,以至可以说它在一定程度上反映了那个时代对于宇宙和人生奥秘的探索以及思维所达到的高度。

第二,褒姒的神话传说从一个特殊的角度反映了我国古代命运观念的残酷性。

一般说来,命运的必然性是与自由意志相对而言,在命运面前具有自由意志,敢于自主选择生活道路,与命运相抗争,体现着人的尊严和价值,因此,自由意志和自主精神在一定程度上可以作为衡量这种尊严和价值的尺度。至于与命运抗争的结果是否成功则是另一回事。可悲的是,褒姒在命运面前,不是说在多大程度上表现了自由意志和自主精神,而是根本就没有自由意志和自主精神。(事实上,是根本不给她这种意志和精神,详后。)就是说,天命不只是决定了她的命运,还剥夺了她的自由意志,根本不给她在命运面前自由选择的权利,而只让她俯首听命,在上帝安排好的命运轨道上生活,直到生命结束。由于根本没有自由意志和个人选择,因而也就谈不上个人的尊严和价值。这种情况从她一出生就是如此,即从她作为人的那一天起,她的自由意志和人格尊严就被扼杀了。因此,与一般的独立人格相反,她的出生不是开始"获得自己本身",而恰恰意味着"丧失自己本身"。可见,就对自由意志、人的价值和尊严的否定上,中国古代的命运观念比西方更加彻底,因而也更加残酷。西方,如古希腊的命运观念,也强调命运的必然性,但同时赋予人以自由意志和与命运抗争的权利①。

由此不难看出,本则神话传说在思想上的一个突出特点,恰恰在于是从人的价值和人格尊严的层面上暴露天命、命运观念否定自由意志、扼杀人性的残酷和荒谬,这远比从一般的意义上,如揭示命运观念宣扬消极无为、安分守己等,要深刻得多。

第三,由于褒姒的神话传说以重大的历史事变为背景,并从宗教神学的视角诠释了王朝更迭的"内在"原因,从而使它在对天命、命运问题的回答中间接地反映了对于历史进程和人生意义的理解。

---

① 关于古代中西方命运观念的同异,详赵沛霖《两种不同的命运观——褒姒神话传说和俄狄浦斯神话传说的比较研究》,《暨南学报》2008 年第 3 期。

西周王朝的灭亡和褒姒的经历既然在夏朝末年就已经由上帝安排好，所谓"数定于夏商以前，祸应于昭穆之后"（贺宽《饮骚·天问》），说明上帝对历史发展和王朝兴衰以及有关人物命运有着长期、统一的安排，全部历史都贯穿着上帝的总体意图。按照这种神学历史观，"历史就不仅仅是上帝的启示，而且也是上帝的实在；上帝不仅'有'历史，而且他就是历史"①。既然历史发展的具体过程和结局之所以这样而不是那样完全取决于上帝，体现着上帝的目的，因而历史也就成为上帝所写的剧本。同时，由于天命不但决定了历史的进程，还决定了从属于这个进程的个人的命运，因此人的生存"仅仅是作为完成上帝的目的的一种手段"②。按这样的观念，人必须按照上帝的意志而生活，人生的最高价值就是当好神的工具和奴仆，为实现上帝的目的而尽力。这样的人生固然充满了宗教的"神圣"和"崇高"，但实际上却是否定人的价值，漠视人生的自觉和幸福，因而也是人生的最大的悲剧。

第四，顺便说一下这则神话传说对于中国神话发展史和神话理论的意义。

一般说来，神话传说多是关于遥远过去的神奇故事，自古流传至今。这则神话则不同，它不是遥远往昔的故事，而是当时正在发生的事变的反映，是关于现实的神话，即"现实性的神话"。这种神话产生于现实斗争中，并为现实斗争服务，具有强烈的倾向性。它把史实与虚构、理性与荒诞、平凡与神奇诸多矛盾因素有机地结合起来，形成了超然物外的神话的"另类"。神话性质的复杂性和种类的多样性在这里得到了生动的证明。这说明，褒姒神话传说的出现在我国神话发展史上具有重要意义和价值。

第五，应当说明的是，这则神话传说思想性质十分复杂。

褒姒在神话传说中是"非类妄交"（王充《论衡·奇怪》）而生的妖怪，天生属于邪恶；按照传统观念，妖怪的出现是不祥之兆，小则破财伤身，大则国破家亡，因而受到人们的厌恶和憎恨，这本无可厚非。问题是把这样一个为害天下的妖怪无端地与一个无辜的女子联系起来，进而把祸国殃民的罪行统统加在她身上，使之成为邪恶和祸害的化身，背上万古骂名，显然是十分不公正的。这种"女人亡国论"的观点，目的在于为

---

① [德] 恩斯特·卡西尔：《国家的神话》，范进等译，华夏出版社1990年版，第310页。
② [英] 柯林武德：《历史的观念》，何兆武等译，中国社会出版社1986年版，第54页。

最高统治者开脱罪行，表现出对妇女的强烈偏见和仇恨，是一种极为腐朽、荒谬的观点。其次，这则神话传说中所表现的命运的残酷性和必然性完全是由褒姒这样一个十分特殊的人物来承载，而褒姒是一个被历史所唾弃，丝毫引不起人们同情的"祸水"。这样或许可以模糊人们对于命运残酷性的认识，从而有助于作者达到他的意图。

原刊于《上海师范大学学报》2008年第4期。

试论中国寓言的起源

中国寓言起源于新旧两个时代思想观念的冲突，是新时代思想观念战胜旧时代思想观念的"战利品"，这个起源的具体过程蕴含着丰富而深刻的思想内容，具有鲜明的时代特征。

熟悉我国寓言文学史的人都知道，我国寓言文学的发展具有这样一个显著的特点，即寓言文学在春秋末期一经诞生①，随即就出现了一个创作高潮——战国时代寓言文学创作的高潮。由于二者相继而至，在时间上距离很近，所以在战国时期的很多寓言中仍然保留着寓言起源的明显痕迹与特点。这为我们从发生学的观点研究寓言的起源提供了极大的方便。

与那些经过不自觉的艺术加工而形成的神话和原始诗歌相比，寓言文学是一种自觉的有目的的艺术创作，在历史上显然是后起的。正如有些学者指出的：寓言孕育在古代神话中，在虚妄怪诞的神话故事中寓藏着或寄托着人们对生活的认识和感受，因此，先秦诸子往往直接采用神话略加剪裁构成他们的寓言②。指出寓言的诞生与神话有直接关系，对于认识寓言起源的神话根源是很有意义的。但是，由于论题性质和任务的限制，有关论著都未能就寓言的起源与神话的关系进行全面、系统的考察和具体的科学论证，比如承认寓言的起源与神话有密切关系当然没有错，但寓言究竟是怎样从神话转化来的？为什么会出现这种转化，促使这种转化的动力和原因是什么，它又是在怎样的历史背景下完成的？转化的具体方式如何，其思想基础又是什么？不止如此，更为重要的是这些问题都不单纯是抽象

---

① 一般认为我国寓言产生于春秋末期，详刘城淮《我国最早的书面寓言》（《活页文史丛刊》48—6）；陈蒲清、曹日升《试论中国古代寓言的发展及其特色》，《求索》1981年第4期。

② 详杨公骥《中国文学》，陈伯吹《寓言选·序言》和朱靖华《先秦寓言选释·前言》等。

的理论问题，而必须结合具体事例加以说明和论证，才有可能真正揭示寓言起源的真相。回避了这些问题，根本不可能把寓言起源的本质搞清楚。

　　大致说来，神话转化为寓言有两种基本方式：一种是直接移植，这类寓言由神话直接移植而来，因而继承了神话的形式及其所体现的某些思想观念，如《愚公移山》等，这类寓言的数量比较少；另一种寓言是对神话改造的结果，这类寓言仅仅继承了神话的形式，而彻底否定了作为神话思想基础的传统宗教巫术观念，如《画蛇添足》《鲁侯养鸟》和《叶公好龙》① 等，这类寓言的数量比较多。事实说明，一方面由于寓言与神话在形式上具有某些共同的性质与特点，所以它们之间才可能有直接的继承关系；另一方面由于寓言与神话在思想观念上的相互背离，所以孕育于神话中的寓言才有可能从神话中独立出来并发展成为一种新的文学体裁。形式一旦取得独立，就要按其自身的规律发展，开始其新的历程。鉴于《愚公移山》这类从神话直接移植而来的寓言，其起源的问题比较明显，容易理解，并且已为论者多次指出，本文不再重复；而《画蛇添足》《鲁侯养鸟》和《叶公好龙》等寓言起源于对传统宗教巫术观念的否定，问题比较复杂，又未曾被人注意，所以本文将集中考察这个问题。

　　寓言总要有所劝喻或讽刺。在前面说的那种仅仅继承了神话形式，而彻底否定了其思想观念的寓言中，有一部分寓言所劝喻或讽刺的正是那些具有传统宗教观念特征的神话式的思维方式和行为心理。从神话和传统宗教观念的角度看，这些思维方式和行为心理是虔诚和合宜的，但是，到了战国时代，由于历史的发展这些思维方式和行为心理早已丧失了其存在的基础，在摆脱了传统宗教巫术观念束缚的人们看来，它们与现实生活完全不谐调而显得荒诞和可笑。时代的前进，使一些事物走向了反面：虔诚变成了愚昧，合宜变成了乖谬。《画蛇添足》《鲁侯养鸟》和《叶公好龙》等寓言所嘲讽的对象，诸如泥古不化，因循守旧，无中生有，疑神疑鬼，言行不一，自欺欺人以及不顾客观规律，凭主观一意孤行等，恰恰都属于这种情况。这些寓言不只脍炙人口，意味深长，更为重要的是在它们身上仍保留着明显起源于神话的痕迹。如果我们注意到这些寓言产生的特定时

---

① 《画蛇添足》和《鲁侯养鸟》出于先秦时代（详后），而《叶公好龙》出于西汉刘向《新序》，虽不属于先秦时代，但所述却是先秦时期的故事，并具有寓言起源的痕迹，故将这则寓言一并论述。

代以及这个时代具有新思想观念的人们是如何看待那些传统的思维方式和行为心理的话,那么,就有可能通过这些寓言看清其起源的本质过程,亦即寓言与神话关系的来龙去脉。

先说《画蛇添足》。

寓言《画蛇添足》出于《战国策·齐策二·昭阳为楚伐魏》,此节文字如下:

> 昭阳为楚伐魏,覆军杀将,得八城,移兵而攻齐。陈轸为齐王使,见昭阳,再拜贺战胜,起而问:"楚之法,覆军杀将,其官爵何也?"昭阳曰:"官为上柱国,爵为上执珪。"陈轸曰:"异贵于此者何也?"曰:"唯令尹耳。"陈轸曰:"令尹贵矣!王非置两令尹也,臣窃为公譬可也。楚有祠者,赐其舍人卮酒。舍人相谓曰:'数人饮之不足,一人饮之有余。请画地为蛇,先成者饮酒。'一人蛇先成,引酒且饮之,乃左手持卮,右手画蛇,曰:'吾能为之足。'未成,一人之蛇成,夺其卮曰:'蛇固无足,子安能为之足?'遂饮其酒。为蛇足者,终亡其酒。今君相楚而攻魏,破军杀将,得八城,不弱兵,欲攻齐,齐畏公甚,公以是为名居足矣,官之上非可重也。战无不胜而不知止者,身且死,爵且后归,犹为蛇足也。"昭阳以为然,解军而去①。

画蛇添足,多此一举。故事讽刺了那些故意卖弄而弄巧成拙的人,说明越出真理一步就会变成谬误。这段文字将深刻的道理寓于浅显的故事中,给人以深刻的教益和启示,是一则优秀的寓言。

蛇本无足,是人所共知的常识,那个舍人却偏要画,自然是荒唐可笑的。不只是今天我们觉得可笑,寓言所说的战国时代就已如此。人们觉得它可笑,正是从实践理性的观点看待它的结果。但是,如果我们将背景推向往昔,那么就会知道,为蛇添足并非可笑,而是一种具有神秘观念意义的行为,并且有其深刻的社会历史根源。

原来,为蛇添足,使其为龙,在古代是十分普遍的事情。这一点可以从战国时代以前的文字、绘画和雕塑得到充分的证明。甲骨文中有些从龙

---

① 《战国策》,上海古籍出版社1985年版,第355—356页。

的字,其中"龙"就是蛇添一足。殷周青铜器中著名的夔龙纹,夔就是龙,龙的形象正是一条腿,即一足之蛇。《韩非子·外储说左下》记载了鲁哀公问孔子夔一足是否有其事,孔子予以否定,从中可以看出确有为蛇添一足的传说。新中国成立之前在长沙发现的楚墓帛画,画龙凤相斗的图景(一说不是相斗,而是向上奋飞),其中龙的形象清清楚楚正是蛇添一足。开始添一足,继而添四足,称为蛟龙。看来龙的形象有一个越来越神奇的变化过程。寓言中的那个舍人究竟为蛇添了几足,作者没有明言,我们也不得而知。我们举这些例子,并非为那个舍人为蛇添足的荒唐行为辩解,而只是说从比较广阔的背景上看,那不是他的创造,在他之前很多人已经反复这样做过了。

我国原始社会末期盛行图腾崇拜,其中作为图腾的龙的形象最为神奇,威力也最强大。龙之为物实际并不存在,是宗教观念支配下想象的产物:它以蛇为主兼融其他禽兽的特征而成。事实上,龙的出现正是不同的图腾部族逐渐融合的结果,是我国原始社会末期各部族逐渐走向统一的历史进程的反映。图腾崇拜是初民的一种重要的宗教信仰,他们认为图腾崇拜对象是自己的祖先神兼保护神,有了他的保护,部族才能兴盛和繁衍,才能逢凶化吉,诸事顺利,对于图腾的虔诚和崇信因而成了他们的精神支柱和精神寄托。为了表达这种信仰和感情,除了有关的祭祀和祈祷之外,舞蹈(图腾舞蹈)、咏唱(图腾诗歌)和绘画、雕塑(图腾绘画和图腾雕塑)也经常加以运用。这些宗教活动由于年深日久的重复而对初民的精神和心理产生了极为深刻的影响,以致在图腾崇拜由于时代的前进而变成历史的陈迹以后,它并没有随之消失,而是作为一种传统的精神力量继续影响甚至左右人们的行为和心理。前边所举的夔龙纹和长沙楚墓帛画都是突出的表现。同样,从这种观点来看,那个舍人为蛇添足难道是偶然的吗?难道与朦胧的历史往事毫无关系吗?

值得注意的是,故事发生在楚国,为蛇添足的舍人是楚人,而楚之先民正是以龙为图腾,这一点已为很多事实所证明。又据《史记·楚世家》:"楚之先祖出自帝颛顼高阳。……高阳生称,称生卷章,卷章生重黎。重黎为帝喾高辛居火正,甚有功,能光融天下,帝喾命曰祝融。"[1]祝融即烛龙,在神话传说中他的形象就是龙或与龙相关。他是楚人的一位

---

[1] 《史记·楚世家》第五册,中华书局1982年版,第1689页。

祖先，按图腾崇拜的宗教观念，祖先往往具有图腾的形象。这样看来，那个舍人为蛇添足成龙，或许与此不无关系。

再看讲这则故事的陈轸。陈轸，《战国策》说他是"夏人"，非常笼统；《史记》比较慎重，对此付之阙如。看来他的祖籍已不可考。不过我们从这两部史书中可以知道他长期仕楚、秦，有时也仕齐。除了《画蛇添足》以外，他还讲过两则寓言：《楚人有两妻者》和《两虎相斗》。前一则像《画蛇添足》一样，也是楚国的故事。可见，他对楚国的历史和文化很熟悉。他在寓言的开头点明楚国，或许可以说明这些寓言出自楚国的民间，他根据自己的需要而加以引用。这说明这些寓言或许有其更为浓重的传统背景和有关的观念因素。

总之，如果从传统的观点去看，为蛇添足的行为自有其深刻的社会历史根源，是特定历史背景上的一种"合乎情理"的行为；而离开那特定的历史背景，从后来的非传统和非宗教的观点去看，它就成为荒唐可笑的弄巧成拙了。可见，这个故事之所以能够成为寓言，实际上正是在时过境迁之后，从后代去看往昔的结果，是现实的、理性的精神对于传统的宗教神话思维方式和行为心理的否定。就是说，这则寓言正是以否定的形式告诉我们寓言起源与传统宗教观念以及时代前进之间的关系。

再说《鲁侯养鸟》。《鲁侯养鸟》出于《庄子·至乐》：

> ……昔者海鸟止于鲁郊，鲁侯御而觞之于庙，奏九韶以为乐，具太牢以为膳。鸟乃眩视忧悲，不敢食一脔，不敢饮一杯，三日而死。此以己养养鸟也，非以鸟养养鸟也①。

鲁侯用供养人的方式来养鸟，不但没有将鸟养好，反而致鸟于死地，说明"凡事不寻求其客观规律，只按着个人意图去蛮干，虽有好心，必无善果，非碰得头破血流不可"②。像为蛇添足一样，鲁侯"以己养养鸟"也十分荒唐可笑；并且也是像《画蛇添足》一样，从传统的观点去看，鲁侯的行为心理也自有其传统根据，而这则寓言也是在时过境迁之后，以理性的观点对于往昔传统宗教观念影响下的思维方式和行为心理的嘲讽。

---

① 郭庆藩：《庄子集释》中册，中华书局2004年版，第621页。
② 朱靖华：《先秦寓言选释》，第72页。

那么，鲁侯"以己养养鸟"的行为究竟来源于什么传统宗教行为心理呢？也就是鲁侯的行为是在什么样的传统观念支配和影响下而做出的呢？我们肯定这一点的根据又是什么呢？

《庄子》中的这则寓言有所本，只是祭祀者不是鲁侯，而是臧文仲。《国语·鲁语上》：

> 海鸟曰爰居，止于鲁东门之外，三日，臧文仲使国人祭之。展禽曰："……今海鸟至，已不知而祀之，以为国典，难以为仁且智矣……今兹海其有灾乎？夫广川之鸟兽恒知避其灾也。是岁也，海多大风，冬煖。"①

此事又见《左传·文公二年》：

> 仲尼曰："臧文仲……作虚器，纵逆祀，祀爰居，三不知也。"②

"祀爰居"，杜预注云："海鸟曰爰居，止于鲁东门外，文仲以为神，命国人祀之。"又爰居，据《释文》：形似凤凰。而燕子（玄鸟）也叫凤鸟，所以，爰居实际上就是凤鸟，也就是燕子（玄鸟）一类的鸟。

上述史料只是说臧文仲以"国典"祀爰居，即以"国典"的礼节和仪式祭祀玄鸟，而没有具体说明究竟是什么礼节和仪式。其实这个问题庄子给出了答案：这里的国典正是《庄子》寓言中所说的"御而觞之于庙，奏九韶以为乐，具太牢以为膳"。

这样看来《庄子》中的这则寓言所记实有其事，并非子虚乌有。庄子这样做，即将臧文仲换成鲁侯，或许是出于他作"谬悠之说，荒唐之言，无端崖之辞"的需要，作为寓言以便嘲讽。这则寓言既然有其事实的根据，我们当然也就可以根据事实予以分析。

首先，臧文仲对于一个凤鸟之属的爰居为什么要以"国典"隆重祭祀呢？是偶然随兴所至，还是有其内在的原因？为了回答这个问题，让我们先来看一看臧文仲是怎样一个人。臧文仲即臧孙辰，是鲁孝公的后代，

---

① 《国语·鲁语上》，上海商务印书馆1935年版，第55—57页。
② 《左传·文公上》，《春秋左传集解》第2册，上海人民出版社1977年版，第429页。

他历庄、闵、僖、文四朝，是鲁国德高望重的老臣。他生于保存古代文化典籍最多的鲁国，出身于贵族，有很高的文化修养。生前就被时人尊为知礼：他不但深谙古代神鬼之说和传统的宗教礼仪，而且有时重演往昔某些具有宗教意义的故技。比如除了"祀爰居"之外，他还"作虚器"，并因而遭到孔子的非议："臧文仲居蔡，山节藻棁，何如其知也？"① 这里，他为一种叫"蔡"的大龟建造雕梁画栋的大屋，显然是出于一种传统观念的支配：原来"麟凤龟龙，谓之四灵"（《礼记》）；而大蔡正是神龟（详《淮南子·说山训》），可见龟，特别是那种叫"蔡"的大龟，昔时被认为是具有超自然力量的奇异动物。古人用它占卜，龟越大占卜越灵验，越能通神意。这说明"臧文仲居蔡"，并非炫耀其豪富，而是受传统宗教观念支配的结果。臧文仲在鲁国是一个很有影响的人物，直到他死后多年，其影响仍在。有时人们甚至用他的话作为立论的根据："臧文仲既没，其言立于后世，死犹不朽，是于时为贤也。"② 由此不难看出他对于时政和人心的影响。

可见，无论从臧文仲德高望重的地位和在当时的影响来看，还是从他的文化修养和所受的传统观念的影响来看，像他这样一个人绝不会毫无根据地去做某件事，"祀爰居"既不可能是无缘无故的随意为之，也不可能是个人的偶然兴趣，而一定有其深刻的原因。从前面所引的材料可以知道，当年气候反常，冬暖又多大风，很多人认为是灾难的预兆。而臧文仲以国典的隆重礼仪"祀爰居"，实际是受传统的图腾崇拜观念的影响，即按鸟图腾崇拜的宗教仪式"祀爰居"以祈求神灵降福禳灾。

如果对照鸟图腾崇拜的传统宗教礼仪，我们对这一点会更加深信不疑。

我国古代有很多以鸟为图腾崇拜对象的部族。《史记》有"鸟夷皮服"③ 的记载，所谓"鸟夷"就是指我国古代东部地区以鸟为图腾崇拜对象的部族。在诸多鸟图腾部族中，殷民族和秦民族是最强大和影响最大的两个民族。按神话传说，殷民族的始祖契为有娀氏之女简狄吞玄鸟卵怀孕而生，玄鸟遂成为殷民族的图腾崇拜对象，即殷民族的图腾神兼保护

---

① 《论语·公冶长》，《十三经注疏》下册，中华书局1980年版，第2474页。
② 《左传·襄公二十四年》，《春秋左传集解》第3册，第1011页。
③ 《史记·夏本纪》第1册，中华书局1982年版，第52页。

神。这一点在《诗经·商颂·玄鸟》《吕氏春秋·音初》和《史记·殷本纪》都有记载,兹不一一引述。由于玄鸟既是神又是祖先,部族成员与它有亲子关系,因而人们对它既虔敬又感到亲切。这种感情在图腾崇拜的宗教仪式中往往得到热烈而隆重的表现。《礼记·月令》:

> 孟春之月……其神句芒……立春之日,天子亲帅三公、九卿、诸侯、大夫以迎春于东郊①。
>
> 仲春之月……玄鸟至。至之日以太牢祠于高禖,天子亲往,后妃帅九嫔御②。

所谓"迎春",即"礼昊天勾芒之神也"(蔡邕《月令章句》)。勾芒即玄鸟,可见"礼昊天勾芒之神"就是春天玄鸟来的时候隆重祭祀玄鸟图腾。祭祀的时候,连天子、后妃都要亲往迎接,人们更是欣喜若狂,这不正是图腾崇拜的传统观念和礼俗的余绪吗?从这段显然渗入了后代阶级社会思想意识的文字中,不难想象原始社会图腾崇拜宗教仪式的情景。

简狄作为一个氏族的先妣,后来成为高禖,即专司爱情与婚姻的爱神。由于她吞食了玄鸟卵,与玄鸟结合,因而在神话和原始宗教中,她也像玄鸟一样地受到人们的崇拜和祭祀。有的学者据此认为"商祖玄鸟,因可定是勾芒的化身……高禖当然也是勾芒的语转"③。

如果将上述记载同《鲁侯养鸟》加以对照,可以发现二者之间具有很多共同点:一、二者所祭对象相同,如前所说爱居,属凤鸟,与玄鸟同类;二、鸟所止的地点都在"郊":一个是"鲁郊",一个是"东郊";三、祭祀场所相同:一个是"御而觞之于庙",一个是祭于"高禖"(庙);四、主祭者相同,或天子或诸侯;五、祭祀规格相同,都以最高礼仪祭祀:一个是"奏九韶,具太牢",一个是"以太牢"。从以上相同点,可以肯定寓言《鲁侯养鸟》所写的"以己养养鸟"的情形,绝非姑妄言之,而是有其原始社会宗教活动仪式的根据。就是说,臧文仲"祀爱居"实际上是按照传统鸟图腾崇拜的宗教仪式而进行的一场祭祀活动。

---

① 《礼记·月令》,《十三经注疏》上册,第 1352—1355 页。
② 同上书,第 1361 页。
③ 丁山:《中国古代宗教与神话考》,龙门联合书局 1961 年版,第 49 页。

在图腾崇拜早已丧失了其存在基础的春秋时代，作为一种传统的思想观念，它对于人们仍然具有如此巨大的影响。臧文仲"祀爰居"——《鲁侯养鸟》寓言之所本——正是这种影响的突出表现。这充分说明，原始社会的宗教观念和礼俗的影响是何等的根深蒂固！意识形态超越时代的延续性，使思想领域呈现出纷繁复杂的状态。

不过，图腾崇拜作为一种传统观念毕竟由于已经丧失了存在基础而正在逐渐走向消亡。在社会制度激烈变革的春秋时代，人们开始突破传统宗教巫术观念的束缚和影响，而逐渐走向现实，走向理性。他们用理性的精神去否定传统，否定神鬼，否定宗教和神话。在这种情况下，臧文仲、鲁侯仍然在旧观念的束缚下重演历史的故技，当然就显得滑稽可笑了。十分明显，如果从往昔的社会历史背景和传统观念出发来看臧文仲、鲁侯的行为，则不但完全合宜，而且是十分神圣，是一种有其深刻原因和历史必然性的行为。但是，如果从前进了的历史时代和新的思潮去看，那他们则是十足的傻瓜。就是说，鲁侯"以己养养鸟"而致鸟于死地，实际是新的时代精神对于传统观念的抨击和否定，也是传统观念及其思维方式和行为心理在新世界、新时代面前的破产。鲁侯"以己养养鸟"之所以由一种神圣的行为而变成寓言的题材其原因正在于此。

此外，寓言《叶公好龙》在性质上也是如此。

叶公是楚国人，曾做过楚国的令尹。如前所说，楚先民以龙为图腾，叶公"钩以写龙，凿以写龙，屋室雕文以写龙"，其实也是图腾崇拜宗教观念影响的表现，这与图腾部族成员在房屋、器皿、工具以及自己身上描绘图腾动物是完全一致的。图腾部族成员"借赖图腾保护之热望尤切，基此心理状态之要求，遂产生动物塑像的造型艺术"①，尤其是在祭祀图腾崇拜对象的场合，部族成员更是"惯用雕刻、图画以为布置"②。总之，在住地房屋、祭祀场所乃至工具、武器上描绘和雕刻图腾崇拜对象是图腾部族成员的一种十分普遍的行为。由此不难看出，像画蛇添足、鲁侯养鸟一样，叶公在他的屋宇、器物上画龙，本来也曾是具有神圣意义的行为，是无可非议的，只是由于时代的前进，才使它变成了嘲讽的对象。

同样，寓言《此河伯》（出于《韩非子·内储说上》）揭示"此河

---

① 岑家梧：《图腾艺术史》，学林出版社1986年版，第51页。
② 同上。

伯"不过是"大鱼动";《神丛》(出于《战国策·秦策》)写少年战胜树神;《泽神委蛇》(出于应劭《风俗通》)指出泽神不过是一条蛇;等等。这些寓言在思想性质上与《画蛇添足》等寓言完全一致,都是对于传统宗教巫术观念的彻底否定。

春秋战国时代是我国封建制取代奴隶制的时代,社会制度的变革,新兴地主阶级与奴隶主贵族阶级之间的斗争反映在思想领域,形成了新旧观念的激烈冲突,并促进了思想的解放:人们的思想正在从宗教巫术观念的束缚下解放出来而走向无神论和怀疑论,理性主义成为诸子百家的总的倾向和时代思想发展的潮流。与此相应的是,在文学、音乐、绘画、雕塑等艺术中,神秘的宗教灵光和支配人世命运的超现实力量正在慢慢消失,而人间情趣和实践理性特征则越来越明显。所谓实践理性就是"把理性引导贯彻在日常现实世间生活、伦常感情和政治观念中,而不作抽象的玄思"①。人们用实践理性思考现实和历史,提出新的思想,创造新的艺术,并深刻批判一切不符合实践理性精神的传统宗教巫术观念、意识形态以及以此为基础的行为心理和习俗。正如鲁迅在《中国小说史略》中所说,孔子"以修身齐家治国平天下等实用为教,不欲言鬼神,太古荒唐之说,俱为儒者所不道……"其他诸子对宗教神话也多从理性的观点去看待,不少神话因而被历史化,演变为史前的传说。再如屈原,在《天问》中对于很多神话提出了怀疑,充分表现出对于宗教巫术观念的否定和强烈的理性批判精神。同样,《画蛇添足》《鲁侯养鸟》《叶公好龙》等寓言也是如此,这些寓言把往昔那些以传统宗教神话观念为基础的思维方式和行为心理,如为蛇添足画龙、祭祀图腾神灵、刻画图腾形象等放在新的时代背景下,用实践理性精神予以彻底批判、否定和痛快淋漓的嘲讽,使宗教的荒谬、传统的乖违充分地暴露在人们的眼前,从而彻底否定了以有神论为基础的传统宗教世界观。可以看出,这些寓言中透露着理性批判的锋芒,洋溢着人间的现实的情趣,突出反映着从传统观念束缚下解放出来的人们所迈出的巨大步伐和批判理性所达到的空前深度。作为社会深刻变革和思想解放的产物,寓言的起源可以说是时代理性主义思潮的种子在文艺园地中开出的一朵奇葩,是理性战胜宗教、智慧战胜蒙昧、人战胜神的结

---

① 李泽厚:《美的历程》,文物出版社1981年版,第50页。

果，同时也是思想文化和文学艺术领域中蒙昧的宗教时代的结束和人的理性时代来临的标志。所以，与后代的寓言相比，这些寓言具有特殊的思想性质：它们既是寓言又不同于一般的寓言；说它是寓言，因为它具备了寓言的本质特征；说它不同于一般的寓言，因为作为理性精神对于传统观念的抨击和否定，它首先是时代思想发展历史的形象记录。

总而言之，从寓言与神话关系来看，寓言是对于神话的继承，又是对于它的否定。也就是说，寓言的起源既有其神话的根源，又是对于神话否定和改造的结果。不过这种否定和改造不是某个艺术天才的主观要求和愿望，而是时代精神的产物，是历史发展的必然。

原载《文艺研究》1984年第5期。本文是中国第一届寓言研讨会指定的大会发言稿，先后两次入选中国寓言研究会编辑的论文集。

先秦文学与文化研究

二 《诗经》

《诗经》宴饮诗与礼乐文化

《诗经》中的宴饮诗又称宴飨诗，一般是指那些专写君臣、亲朋欢聚宴饮的诗歌。《小雅·鹿鸣》《伐木》《鱼丽》《南有嘉鱼》《蓼萧》《湛露》《彤弓》《菁菁者莪》《頍弁》《鱼藻》《宾之初筵》《瓠叶》及《大雅·行苇》等均属这一类。《诗经》宴饮诗在数量上少于情诗、怨刺诗，与祭祀诗相近，而多于史诗、农事诗和战争诗。从性质上看，宴饮诗与我国古代文化的发展密切相关，具有重要的思想文化意义，完全可以与上述诸类别诗歌并列，而成为"三百篇"中十分重要的一类。

宴饮诗的作者多是宴饮的参加者，基本上都属于西周统治阶级。历代经学家从宴饮诗与上层统治集团密切相关的特点出发，从政治功利的角度将宴饮诗与政治教化诗视为一体而加以推崇。新中国成立后宴饮诗研究取得了一定的成绩，但也存在着明显的不足：主要是将宴饮诗与贵族生活联系起来而加以过分贬低甚至完全否定。上述两种截然相反的认识和评价，却有着共同的特点：都割断了宴饮诗与社会文化传统的联系，而与政治教化和贵族阶级的本质生硬地联系在一起。要正确认识和评价宴饮诗的思想内容、性质特征及其意义价值，就必须彻底摆脱这种把文学作为政治附庸的庸俗社会学倾向，而应当从文化的视角切入，将文学与时代文化联系起来，从价值观念、审美趣味、伦理道德、民族精神，以及有关的观念、制度和风俗习惯诸多方面进行考察，深入挖掘其具体内涵。我们知道，一定的文学总是属于一定的思想文化体系，正是这种思想文化体系成为文学的思想依托，构成了文学思想内涵的灵魂，诗情则附着在这个灵魂上，文学因而必然地具有这种思想文化的本质特征。在中国古代诸多的思想文化体系中，作为宴饮诗思想依托和思想内涵灵魂的正是当时盛行的礼乐文化精神：宴饮诗深深地植根于中国古代礼乐文化精神的土壤中，是礼乐文化精神的产物。

所谓礼乐文化是萌芽于原始社会,经过长期的历史发展至西周而成熟的一种系统性的文化形态,它包括建立在奴隶制等级制基础上的精神文化及其价值系统这样相互联系的两个层面,其核心则是礼乐,特别是礼。礼最初起源于氏族社会成员在生产、生活活动中逐渐形成的为大家所共同遵守的一些行为习惯和规范。由于人们内心世界深受原始宗教的控制和主宰,因而宗教祭祀中的种种节仪和习惯对于礼的形成起到了关键性作用。《说文》云:"礼,履也。所以事神致福也。从示从豊。""豊,行礼之器。"① 据王国维解释,"奉神人之事通谓之礼"(《观堂集林卷六·释礼》),因而最初事神的节仪和规范也就成为礼的最重要的组成部分。西周初年,出于巩固统治的需要,奴隶主贵族对于来源于原始社会的宗教节仪、行为习惯和规范加以改造和发展,使之制度化、条理化,成为维护奴隶制统治的重要制度和思想准则,这就是所谓的"周礼"。具体说来,周礼包括以下三个方面的内容:一、奴隶制度的等级制度和分封世袭制度;二、以奴隶主的血缘关系为基础的宗法制度;奴隶主贵族阶级根据这种制度调节其内部关系,维系内部团结,并根据宗族的亲疏关系进行权力和财产的再分配;三、体现上述两种制度的各种节仪和行为规范,如冠、婚、丧、祭、燕、射、朝、聘等,通过这些节文以明"君臣朝廷尊卑、贵贱之序,下及黎庶车舆、衣服、宫室、饮食、嫁、娶、丧、祭之分"(《史记·礼书》)。可以看出,礼的节文范围很广,几乎囊括和统摄了社会和个人生活中的所有活动。

乐是礼的辅助手段,与礼配合使用。它使人与人之间从感情上和谐、融洽,异中求同,从而调和人与人之间的关系。其特点在于潜移默化,在对人性情的陶冶中达到移风易俗,敦厚教化。

上述冠、婚、丧、祭、燕、射、朝、聘诸礼各有其重要内容和作用:

"人性有男女之情,妒忌之别,为制婚姻之礼;有交接长幼之序,为制乡饮之礼;有哀死思远之情,为制丧祭之礼;有尊尊敬上之心,为制朝觐之礼……故婚姻之礼废,则夫妇之道苦,而淫辟之罪多;乡饮之礼废,则长幼之序乱,而争斗之狱蕃;丧祭之礼废,则骨肉之恩薄,而背死忘先者众;朝聘之礼废,则君臣之位失,而侵陵之渐起。"(《汉书·礼乐志》)

---

① (汉)许慎:《说文解字》,中华书局 1963 年版,第 102 页。

不同的礼从不同的方面起着"安上治民"、"移风易俗"的作用,其中每一项对于统治阶级来说都是不可或缺的。但是,将这些礼仪节文形之于诗,并形成专门一类诗歌的,却只有祭祀和燕饮之礼,例如祭祀之于《诗经》中的祭祀诗,燕饮之礼之于《诗经》中的宴饮诗。除了这两类诗歌之外,《诗经》虽也有写婚、丧和朝聘、会同之礼的,但数量很少,根本不够形成专门一类诗歌的规模。

由于祭祀主要用以敬神祇和祖先的亡灵,而无论是神祇还是祖先亡灵都是后人的保护神,关系到部族、家族和个人的命运和福祉,因而形成专门一类赞美神灵、祖先,祈福禳灾的祭祀诗比较好理解,而以宴饮为表现对象并且也形成专门一类宴饮诗的问题,却是很值得思考:宴饮究竟有什么特征竟使周人对它那样感兴趣?

原来,宴饮之所以能在诗中得到充分的反映,并形成一类专门的诗歌,首先是因为宴饮与礼有着非同一般的关系。如前所说,宗教祭祀在礼的起源过程中起了决定性的作用,而祭祀离不开饮食,由此决定了礼的发展与饮食之间的密切关系。"夫礼之初,始诸饮食。其燔黍捭豚,汙尊而抔饮,蒉桴而土鼓,犹若可以致其敬于鬼神。"(《礼记·礼运》)原始氏族成员祭祀神祇和祖先亡灵,必陈饮食供神灵享用。这种陈供开始比较粗糙,后来为了表示虔诚,饮食越来越丰盛,方式越来越讲究,并且规格和仪式渐趋固定,久而久之形成了大家共同遵循的准则。其次,在举行各种礼仪时都离不开宴饮,无论是婚、冠、丧、祭还是朝聘、会同,或为了隆重,或为了虔敬,或为了尽欢,都要举行规模不等的各种宴饮,所谓"礼终而宴",正是说宴饮是各种礼的不可缺少的组成部分。不论礼仪多么完备,只要不备宴饮,也要落个"为礼而不终"。既然宴与礼具有这样的不解之缘,在频繁的宴饮中也就必然会促进礼的发展和完备。最后,礼乐精神在宴饮中比在其他一般场合更能得到充分的体现,尊卑、贵贱、长幼之序在宴饮中更能突出反映出来。比如在乡饮酒礼和飨礼中,如何"谋宾",如何"迎宾","献宾"时如何"酬"、"酢"和"献",以及不同身份和地位的人进退容止等都有十分详尽而具体的要求。这样的宴饮,"非专为饮食也,为行礼也"(凌廷堪《诗经释例·乡饮酒义》)。借宴饮而行礼,正说明对于展示礼乐精神是很少有什么活动可以取代宴饮的。

宴饮与礼乐之间的特殊关系从根本上决定了宴饮诗的性质及其与礼乐之间的内在联系,因而也决定了宴饮诗比起《诗经》中的婚礼诗、丧礼诗和风俗诗等，更能全面突出地反映礼乐文化的精神风貌。

作为文学作品，宴饮诗所写的宴饮经过概括和提炼，虽已不同于生活中的原貌，但由于这类诗歌常常采用直抒其情、直写其事的抒写方法，因而能够比较容易地反映出宴饮与礼乐文化精神的对应点。

周人重礼又重德，对他们来说二者是一致的：德是内在的要求，礼是外在的约束。礼体现着德，德规定着礼。"周之制度典章，实皆为道德而设。""周之制度典章，乃道德之器械。"（王国维《观堂集林卷十·殷周制度论》）一个人守礼即有德，有德必守礼。这种把德与礼相统一，把礼的外在强制性的规范变为人的主动性的内在欲求的机制，充分适应了宗法制度的要求。如前所说，周代奴隶制社会，上自天子下至庶人按等级制的阶梯构成了一个层层隶属的统治形态，它要求每一个人在各自的等级地位上，守其本分，尽其职责，因而对社会每一个成员都从内在和外在两个方面加以约束。这一特点反映在宴饮诗中，就是按礼的要求写宴饮，但强调和突出的却是德。例如《小雅·鹿鸣》本为宴群臣嘉宾而作，表现按礼待宾的殷勤厚意，而特别写出对于德的向往和赞美："人之好我，示我周行。""我有嘉宾，德音孔昭。"反映了好礼崇善、以德相勉的社会习尚。《小雅·湛露》写夜饮而突出赞美"令德"、"令仪"，即品德涵养、容止风度之美。《大雅·行苇》写祭毕宴父兄耆老和竞射，诗中洋溢着的和乐安详气氛，反映出作者对于谦恭、诚敬之德的肯定。此外还有更多的宴饮诗如《小雅·伐木》《鱼丽》《南有嘉鱼》《蓼萧》《彤弓》及《瓠叶》等，或写酒肴丰盛，或写款待盛情，其意皆不在酒肴和酬酢本身，而在表现宾主关系的和谐和气氛的融洽，其根本着眼点还在于德。可见，这些宴饮诗所歌颂的不仅是宴礼的外在的节文仪式，更重要的是人的内在道德风范和好礼从善的能动欲求。"先王之制礼乐也，非以极口腹耳目之欲也，将以教民平好恶，而反人道之正也。"（《礼记·乐记》）一言以蔽之，宴饮诗所突出表现和歌颂的正是这种"人道之正"，即宾主的人伦正道和精神之美。由于抓住了这个核心，礼乐文化精神在诗中得到了新的升华：诗中的人物是那样的温文尔雅，人与人之间的关系是那样的和谐融洽，一切矛盾转化了，一切对立消失了，人的内心与外表、心理与环境达到平衡；本来的森严等级早已沉浸在宁静与和平之中，从而把东方人际关系和特有的"人情味"表现得更加富有诗的魅力。当然，这一切与其说是奴隶主贵族的理想境界，不如说是对于现实的美化。

宴饮诗不但突出了礼乐文化的道德实质，而且活生生地展现了它的外在形式，为我们保留下礼的动态原貌。今天，如果我们将这些诗歌与有关典籍相对照，会发现二者完全一致，这是因为宴饮的程序和仪式，严格按照礼的要求和规范，而不是根据个人的意愿妄加改动。如前所说，《大雅·行苇》写祭毕宴父兄耆老与竞射，其二章写"洗爵奠斝"，三章写"序宾以贤"，诸程序与《礼记·射义》《仪礼·乡射》所记大体一致。区别仅仅在于："二礼"所记繁杂琐细，诗则画龙点睛。诗歌在它本身形式的制约下不失其忠于生活本来面貌的特点。又《小雅·彤弓》《瓠叶》各以三章分别写宴饮程序中的献、酬、酢，即乡饮酒礼和飨礼中"献宾之礼"中最重要的部分——"一献之礼"。诗中所写的"一献之礼"与《仪礼》《左传》《国语》所记宴饮一样，所突出的不是个人行止的随意性，而是各安其位的等级秩序和君臣父子的揖让节文，而这些不过是奴隶主阶级的礼乐体统的具体表现而已。此外，宴饮诗中的很多细节也都完全具有生活根据。《小雅·宾之初筵》有"既立之监，或佐之史"之句，"监"即酒监，专门监督贵族饮酒，以防过量。有关典籍确有这样的记载，可见诗歌出言有据。又《小雅·鹿鸣》"承筐是将"，指筐中酬币，"酬币，飨礼酬宾劝酒之币也"（《仪礼·聘礼》郑注），即宴饮劝酒时赠给宾客的礼品。每一酬都有币，如行九献之礼，则赠九次礼品。金文《效卣》："公东宫内乡（飨）于王，王锡公贝十朋。"五贝为一串，两串为一朋。《效卣》所说的酬币即赠钱一百贝。《左传》中有关酬币的记载更多，无不与《诗经》所写相表里。所以有些经学家，如马瑞辰径以《鹿鸣》作为"燕礼兼有酬币、侑币之证"（《毛诗传笺通释》），事实证明，这种方法是可靠的。

最后，从宴饮诗的写作目的来看，与礼乐文化精神也是完全一致的。宴饮诗的写作目的就作者的主观方面说来主要有二：一为观盛德，二为戒耽酒。所谓观盛德即饮酒观德：通过饮酒揖让酬酢观其从容守礼的道德风范。这一点宴饮诗本身即表现得十分清楚。《小雅·蓼萧》是一首燕君子之诗。第二章云："蓼彼萧斯，零露瀼瀼。既见君子，为龙为光。其德不爽，寿考不忘。"《集传》："龙，宠也。为龙为光，喜其德之词也……"明此诗为"喜其德"、赞美"其德不爽"而作。又《小雅·湛露》是欢燕君子，宾主互赞之诗。《集传》引曾氏说："前两章言'厌厌夜饮'，后两章言'令德'、'令仪'，虽过三爵，亦可谓不继以淫矣。"可见，诗人赞美和向往的不是权势、福禄，也不是阿谀奉承，而是饮而适量、揖让有节的酒德。又《小雅·鹿鸣》更为明显，孔子已经注意到这一点，《礼记·缁衣》记载了孔子对于此诗的评论："私惠不归德，君子不自留焉。《诗》云：'人之好我，示我周行。'"从孔子对于这两句诗的解释不难看出他对于全诗以及诗歌写作目的的认识：君子唯德是与，饮宴中亦念念不忘，而相示以德。

  关于戒耽酒，有人认为宴饮诗不但没有戒耽酒的意义，反而是鼓吹纵酒享乐，宣扬贵族阶级腐朽没落生活。这种认识缺乏充分的事实根据，不但不符合宴饮诗的实际，而且也有违于西周中期以前的社会状况和饮酒礼节。如前所说，多数宴饮诗所歌颂的不是花天酒地、纵情享乐的生活，而是谦恭揖让、从容守礼的道德风范，以及宾主之间和谐融洽的关系。对于纵酒失德和无节制的狂饮，一般说来，宴饮诗多是根据有关礼仪的规定予以揭露和告诫。《小雅·宾之初筵》对诸公醉后的丑态揭露得淋漓尽致，作者对于沉醉于享乐而有失体统的现象持有完全否定的态度是十分明显的，其写作目的在反对耽酒，维护礼仪，即诗中所说"饮酒孔嘉，维其令仪"，是十分明确的。又，西周统治阶级对于饮酒的态度也说明宴饮诗鼓吹纵酒享乐说的无稽。周初统治者曾严禁纵酒，他们认为殷纣王之所以有杀身亡国之祸，正是纵酒无度所致，这一点《尚书·酒诰》有明确记载。《酒诰》一说为周公诫康叔之词，希望康叔严厉戒酒，不要重蹈殷之覆辙："今惟殷坠厥命，我其可不大监，抚于时？"对纵酒者除前代百工稍有照顾外，其余皆严惩而不宽贷，"尽执拘以归于周，予其杀"。再看西周中期以前的饮酒礼节和习惯。如前所说，"礼之初，始诸饮食"。周人认为酒是上帝的恩赐，最初用于祭祀行礼，为神享用。后来为了表示对于宾客的敬重，才用以待宾。不过最初待宾用酒并不同于现在的直接饮下，而只是嗅酒气。"至敬不飨味，而贵气臭也。诸侯为宾，灌用郁鬯，灌用臭也。"（《礼记·郊特牲》）这说明飨礼和祭礼中用郁鬯（一种香酒）敬献宾客，实际只是嗅嗅而已。起初，这种敬献方式或许是效法以酒敬神，后来才渐渐改为啐或啑，"饮至齿不入口曰啑"（《尚书·顾命》郑玄注）。这种象征性的饮酒是但行其礼而不取其味，只是节文仪式而已。从《尚书》《左传》《国语》等典籍的有关记载可以知道，这种敬宾方式直到成康时代的一些重要典礼场合，如飨礼、乡饮酒礼等仍然保持着。正是这样特殊的饮酒方式，才有以下的种种说法："圣者务行礼……爵盈而不饮。"(《左传·昭公五年》)"一献之礼,宾主百拜,终日饮酒而不得醉焉。"(《礼记·乐记》)否则,这些说法是无法理解的。明确了周初以酒宴饮宾客的方式,就会知道它与周初严禁纵酒并不矛盾。在周人心目中,狂饮纵酒与以酒燕宾是根本不同的两回事。纵酒既为周初统治者所不容,并且只许啐、唪,那么,宴饮诗所写的宴饮自然也是啐、唪;在这种情况下,宴饮诗又怎么会像某些论者所断言的那样鼓吹纵酒享乐呢?可以看出,像这样脱离当时的具体历史背景和有关的生活习尚,以后代的眼光从字面上去理解作品,不但不能正确认识其思想内容,而且还歪曲了其写作目的。

总之,产生于周初奴隶主贵族生活中的宴饮诗,其目的在观盛德和戒眈酒,二者一正一反,都是为了维护礼乐文化的基本精神和道德风范,以巩固奴隶主阶级的统治秩序。不难看出,对于弘扬礼乐文化来说,宴饮诗比其他诗歌,如婚俗诗、祭祀诗等,会起到更大作用,其功利性特征也更为明显。

以上我们从文化的视角切入考察了宴饮诗的思想内容、性质特点及其与社会历史文化、风俗习尚的内在联系,不难看出,正是礼乐文化不但从内在(宗法等级观念、伦理、道德)和外在(礼仪、节文)这两个方面充实了宴饮诗的内容,决定了宴饮诗的思想性质和特征,而且也决定了它的社会价值和作用。所以,从思想性质上看,宴饮诗实际是体现着礼乐文化精神的日常生活(宴饮)的诗化,或者说是寓于日常生活(宴饮)中的诗意的礼乐化。正是因为如此,宴饮诗也就成为最富有上古中国文化特征和东方情调的诗歌种类之一。

为了进一步认识这一点,让我们把宴饮诗放到世界文学的范围内,在与其他古代民族文学的比较中做横向考察。

众所周知,上古世界各民族,如埃及、印度、中国、希腊、罗马等,在他们各自的文学宝库中,都有某些相同种类的诗歌,如史诗、情歌、祭祀诗、农事诗和牧歌等。这些作品在不同的民族那里,只有具体生活内容和民族形式、语言的差别,而在诗歌性质和体裁特征上则完全一致。这些具有世界共通性的诗歌,反映出这些民族在各自发展中所经历的社会历史进程和文化方面的某些共同的基本特点。上古各民族在彼此隔绝,没有相互交流和借鉴的情况下所创造的这些精神产品,正是人类文化心理趋同性的表现。这是问题的一个方面。另一方面,由于各民族所走的具体发展道路和社会生活内容的不同，以及由此所形成的民族文化心理结构的差别，不同民族的文学又各有其不同的内容和特点。上古时代很多民族在其文学发展的特定历史阶段上，都有一些不同于其他民族或者能够突出反映本民族精神风貌、文化心理特征的文学种类和体裁。从一定的意义上说，这类文学作品往往可以视为一个民族及其文化高度发展在文学上的标志。

古希腊最早的文学是荷马史诗，除了史诗之外，从公元前 7 世纪以后，随着私有制的出现和母系氏族社会向父系氏族社会的过渡，国家逐渐形成，人们的精神和心理也发生了重要变化：原来融合于原始群体中的个人开始意识到"自己"的存在，随着自我观念和自我意识的增强，"个性"也开始产生。"父权家族标志着人类发展的特殊时代，这时个别人的个性开始上升于氏族之上，而在早先却是湮没于氏族之中……"① 具有个性和自我观念的人在现实生活的激发下第一次萌发了抒发其主观情怀的要求，于是，抒情诗产生的主观心理条件开始成熟，并逐步代替了史诗，成为古希腊文学的重要形式。希腊抒情诗的类别主要有颂歌、情歌、哀歌、琴歌、田园诗和讽刺诗等，但却没有宴饮诗。古罗马诗歌的类别主要有颂歌、哀歌、情歌、酬友歌、农事诗和哲理诗等，也没有专门以宴饮为描写对象的宴饮诗。特别应当指出的是，古代希腊、罗马在民主军事制时期（即抒情诗产生的历史时期）都有"议事会"，并由此而发展为奴隶制时期的贵族元老院。国家重大的政治、军事举措都要通过它才能决定。而做出决定的具体地点不是在别处，恰恰是在宫廷餐桌上，并结合聚餐和宴饮进行。聚餐、宴饮具有某些政治色彩，这与我国西周时代在食案上朝会、聚同、"定兵谋"，在宴饮中大搞政治交易的情形颇为相似。但这种相似性反映在文学上却大为不同：周代的食案上产生了宴饮诗，而希腊、罗马的餐桌上却不是这样。这难道是偶然的吗？再看其他古国：古代印度诗歌汇集于《吠陀》中，主要有颂诗、祭祀诗、劳动歌、俗歌、农事诗、祷辞和咒语等。印度的宫廷宴饮也很多，但却没有宴饮诗。古代埃及以宗教诗为诗歌大宗，主要包括神话诗、颂诗、祷歌和咒语，这些诗作多收入《亡灵书》中。此外，古代埃及还有一些歌谣，如情歌、劳动歌、俗歌和宴饮诗。然而埃及的宴饮诗数量很少，主要是歌颂现世的欢乐，劝说人们

---

① ［德］马克思：《摩尔根〈古代社会〉一书摘要》，中国科学院历史研究所翻译组译，人民出版社 1965 年版，第 36 页。

摒弃对于冥世的幻想，它在埃及文学中的地位远不如《诗经》中的宴饮诗。

在简单鸟瞰古代世界各民族文学之后，似可断言，宴饮作为日常生活之事，在上古各民族中普遍存在，并在他们的文学作品中，例如在史诗中也不乏宴饮场面的描写；但是，专门以它作为咏唱对象，不但诗歌的数量多，而且形成一个重要诗歌类别的现象，却是其他任何民族都不能与中国相比拟的。这说明，正是上古中国发达的礼乐文化形成的特定文化背景决定了宴饮诗的产生和兴盛，并成为中国古代文学不同于其他民族文学的重要特征之一。

这样看来，富有上古中国文化特征，并为中国所独有的诗歌种类，既不是《诗经》中的爱情诗、怨刺诗和农事诗，也不是战争诗、祭祀诗和史诗，而恰恰是主要为上古中国所独有并充分反映上古中国文化特征，集中展示古代东方文明和贵族道德精神风貌的宴饮诗。

可见，无论是从中国文学、文化的范围说，还是从世界文学、文化的范围说，宴饮诗，这个曾经被我们长期贬低和否定的诗歌类别，实在值得我们刮目相看。

原刊于《天津师大学报》1989年第6期，
人大复印报刊资料《中国古代近代文学研究》1990年第4期全文转载。

关于《诗经》农事诗的几个问题

　　以农耕文化为背景的农事诗是《诗经》中的重要一类,是指那些描述农事以及与农事有关的政治、宗教活动和日常生活的诗歌。农事诗以其特有的内容有别于《诗经》中的其他诗歌,如爱情诗、战争诗、怨刺诗、宴饮诗、祭祀诗等,具有其特殊的意义和价值,历来受到重视,并成为《诗经》研究中的一个重要课题。一般认为《诗经》农事诗大体包括以下十篇作品:《周颂》中的《臣工》《噫嘻》《丰年》《载芟》《良耜》,《小雅》中的《楚茨》《信南山》《甫田》《大田》和《豳风》中的《七月》。封建时代的农事诗研究主要集中在农事诗与王业的关系、农事诗的题旨、农事诗与祀典及其主祭者和作者等问题上;"五四"以后直至80年代中期,除了针对历史上农事诗研究的封建主义思想倾向展开批判之外,还从历史社会学的观点对农事诗的题旨、思想特征和社会价值以及写作年代展开研究,并在一些问题上取得重要成果①。近些年来,农事诗研究的进展比较缓慢,没有什么突破,很多问题的研究仍然停留在80年代的水平上,特别是在对于农事诗的思想倾向、内容和艺术特点的认识上,更存在明显的偏颇。为了改变这种情况,推动农事诗研究的进展,本文试图从一个比较开放的视角和广阔的文化背景上,并在与多种意识形态的交叉联系中对一些问题展开论述。

　　为了论述的方便,根据各篇农事诗的不同思想内容和特点,把十篇农事诗分为两部分:《豳风·七月》为一部分,其他九篇为一部分。之所以把《七月》与其他九篇作品分开,是因为这篇号称"天下之至文"(姚际

---

① 关于农事诗的古今研究情况,详赵沛霖《诗经研究反思》,天津教育出版社1989年版,第97—114页。

恒《诗经通论·豳风·七月》）的作品主要是详明叙述一年四季的农事和农夫的生活，而基本上不涉及宗教观念和宗教生活，这与用于宗教祀典祈求神灵保佑的其他九篇诗歌，无论是在思想倾向、内容特点上，还是在艺术表现、语言风格上都大异其趣。传统的观点无视这种重要区别，单纯根据其涉及农事，便将它们等而视之，不利于研究的深化。为此，在"农事"的共同前提下，本文将它们"分而论之"，限于篇幅，本文暂不涉及《七月》，而专论其他九篇诗歌。

一 农事诗与周人的祖先崇拜

无论是《小雅》中的《楚茨》《节南山》《信南山》《甫田》和《大田》，还是《周颂》中的《臣工》《噫嘻》《载芟》和《良耜》，它们叙写农事都要述及与农事有关的祭祀，因此要正确认识农事诗，就必须首先了解农事与宗教的关系。

我们知道，原始社会的生产力十分落后，人们的认识能力受社会实践和科学发展水平的限制也非常低下，在这样的历史条件下，宗教观念必然成为原始文化的强大主导力量，人们的精神完全被神主宰着。宗教虽然是一种惰性的力量，但终究也要随着历史的发展而不断发生变化，其中对它的发展影响最大的是原始社会末期的两次社会生产大分工：第一次大分工是畜牧从狩猎中产生并分离出来；第二次大分工是农业从原始采集业中产生并分离出来。这两次社会大分工的完成，形成了人类至今仍赖以生存的畜牧业和农业，极大地促进了社会生产力的发展。其中第二次社会大分工及其结果即农业的出现，其意义更是重大，当这种社会基础性的变革影响到精神文化时，宗教自然首先不可避免地发生了变化。

农业的兴起使人类陷于深刻的矛盾中：一方面为了提高农牧业的产量，人们的主观意志空前地增强，并使自己越来越注意适应、利用和改造自然，从而使得作为大自然产物的人类开始成为自然界的异己力量；另一方面，由于在变幻莫测的大自然面前，农业收成难以预料，自己的命运难以把握，因而在心理上和精神上也越来越深刻地感到自己在自然伟力面前的渺小和无力，所以祈盼神灵保佑和赐予的心理更加迫切，从而在精神上更加深了对于神灵的依赖。人们主观意志的增强与对于神灵依赖的加深，这矛盾的两个方面的消长，从农业产生的那一天起，在很长的历史时期内一直左右着人类，并对包括我们所论述的农事诗在内的一切人类文化，深深地打上了它的各种形式的烙印。

与采集和畜牧不同，农业生产是一种带有十分强烈预期特征的系列环节的生产，作物的发芽、成长、壮大、开花和成熟、结果，每一个环节都必须跟随着相应的劳作：翻土、播种、耕耘、锄草、灭虫、收割、收藏，等等。缺少哪个环节，或是哪个环节没有做好，都要影响最后的收成。因此，人们无论对于哪个环节都总是投入全力，并抱以最大的希望，相应地对于神的祈盼也就更加强烈和殷切，而决定农事丰歉的有很多无法预料的因素，特别是无法抗拒的自然灾害，更使人充满恐惧。在生活上靠天吃饭，在精神上就一定要靠神支撑。所以祭祀求神也就贯穿于农业生产的每一个环节。"耕种之事非利用厚生的技艺所能焉，必兼营事神求福的宗教焉；从破土起，到收藏止，步步离不开宗教的仪节。"① 不过，与后代那些远离生产实践，只是作为寻求精神避风港的纯宗教活动有所不同，农事诗所写的事神祭祀由于与生产劳动密切结合而在客观上增强了人们战胜困难、夺取丰收的信心，从这个意义上可以说，这些宗教祭祀活动已经成为当时农业生产的不可或缺的补充手段。

周代的农业已不是原始农业，宗教也不是原始宗教，但由于当时与原始社会末期相去不远，宗教民俗文化的传承性，使原始社会的某些风习在后代的作品中往往还留有其踪影。《诗经》农事诗都不约而同地写到宗教祭祀并以此形成其重要特点，自有其深刻的历史文化原因，而绝非偶然。农事的各个环节离不开祭祀和各种各样的宗教仪节，可以说是世界各民族上古时期农业的普遍特点，但是，祭祀什么神，有什么样的宗教仪节却因民族而异，因不同的历史和文化背景而异。统观《诗经》农事诗，可以知道周人结合农事和有关的宗教仪节所涉及的神灵主要有：

1. 上帝、天：

> 明昭上帝，迄用康年。（《臣工》）
> 曾孙寿考，受天之祜。（《信南山》）
> 来方禋祀，以其骍黑，与其黍稷。（《大田》）

---

① ［美］摩耳：《宗教的出生和长成》，江绍原译，上海商务印书馆1926年版，第51—52页。

2. 社神和四方之神：

> 以我齐明，与我牺羊，以社以方。(《甫田》)

3. 田祖：

> 琴瑟击鼓，以御田祖。(《甫田》)
> 田祖有神，秉畀炎火。(《大田》)

4. 祖先神：

> 先祖是皇，神保是飨。(《楚茨》)
> 是剥是菹，献之皇祖……
> 祭以清酒，从以骍牡，享于祖考……
> 祀事孔明，先祖是皇。(《信南山》)
> 为酒为醴，烝畀祖妣。(《丰年》)
> 为酒为醴，烝畀祖妣。(《载芟》)

可以看出，周人结合农事所祀神除上帝和天之外，还有以下神祇：

社神：社神即后土之神，也就是土地之神。祭祀土地之神是土地崇拜的表现，"至哉坤元，万物资生"(《周易·坤》)。大地无边无际，万物赖以化生，初民感到奇异和神秘，崇拜之情油然而生。种植出现以后，土地成为必要的生产资料，人们的生活更加依赖于它，从而也就更加崇拜它。周人依靠农业发展壮大，对土地的崇拜更为突出，祭祀社神，祈求社神的保佑当然也就更加殷切。

四方：四方即四方之神，东西南北都有神灵，各司一方，他们都是土神在四方的代表，虔诚祭祀他们也就是理所当然的了。我们透过周人远祭四方之神可以想象周人土地的辽阔以及在此基础上产生的广阔的空间意识。

田祖和祖先神：据《山海经·海内经》："稷之孙，曰叔均，是始作牛耕。"田祖是周民族始祖神后稷之孙，牛耕的发明者。又据《山海经·大荒西经》："叔均是代其父及稷播百谷，始作耕"，他又是后稷弟弟的儿子,也是一位农神。两种说法不同,但都可以说明,田祖像后稷一样也是一位主司农事的祖先神。

这样看来,周人在农事中所祀神灵除名义上的上帝以外,实际上只有两大类:一类是土神,另一类是祖先神。如前所说,祭祀土神是土地崇拜的表现。那么,农事活动中为什么要祭祀祖先神呢?原来中国古代盛行祖先崇拜,这是一种以血缘关系为基础、受血缘关系支配的宗教意识和有关活动。氏族的祖先往往都是氏族事业的奠基者和开拓者,有大功于氏族,因而受到后人的崇拜,并被神化而逐渐成为神。祖先崇拜在商、周两代获得了高度发展,在周人心目中,祖先神的神格很高,甚至非常接近上帝,"文王陟降,在帝左右"(《大雅·文王》),可以享受上帝的"待遇":周人祭祀上帝往往以祖先神相配祭:"思文后稷,克配彼天。立我烝民,莫非尔极。"周人希望从祖先神那里能够得到从上帝那里所能得到的一切。

从周人与农业的关系看:与其他民族的祖先相比,周人的祖先与农业之间的关系更为密切,对于农业发展的贡献更为巨大,其中多人因此而成为农神或复兴农业的功臣。例如,生而灵异的后稷是农业的发明者,在他的教导下,周人学会了种植,从此农业发展起来,后稷因而被奉为神。如前所说,田祖是周民族的祖先,同时也是一位对农业发展卓有贡献的农神。除此以外,周人祖先中的古公亶父、公刘、文王等也都对农业的发展、开创周人的事业做出过重要贡献。要想农业顺利获得丰收,当然要祈求主司之神即农神的保佑和赐福,而这些农神不是外族的神,恰恰是自己的祖先神。正是祖先神与农神叠合的宗教文化传统,使周人的后代子孙对祖先神有着更强烈的祈盼和更加殷勤的祭祀。

二 从比较的角度看农事诗的性质

考察了农事所祀诸神和周人的宗教观念及其历史文化根源,现在来看农事诗的性质特征。为了正确把握这个问题,可以把它和先秦时代与祭祀有关的诗歌做一个简单的比较。除农事诗之外,先秦时期写祭祀的诗歌主要还有两类:一是《诗经》中的祭祀诗,二是《楚辞》中的《九歌》。

这两类诗歌的性质和面貌完全不同，可以说代表了祭祀诗的不同特点①。把农事诗与这两类诗歌分别进行比较，可谓"左右逢源"，双重参照。

首先，三者的祭祀对象明显不同：《九歌》所写的祭祀是民间的祭祀，也不是专祭某一神，而是天神、地祇和人鬼皆有，如上帝、太阳神、云神、司命之神、湘水之神、河神、山鬼和国殇等。《诗经》祭祀诗，除少数几篇是祭祀上帝、山川和后稷之外，大多数诗篇都是祭祀文王、武王和成王的。祭祀这几位先王，主要是用以宣扬尊天敬祖，神化自己的统治，具有明显的"功利性"②特征，与祭祀民族始祖后稷和田祖不可同日而语。对照《诗经》祭祀诗和《楚辞》中的《九歌》，便可清楚看出这些农事诗的特征：它的祭祀对象除上帝以外主要是社神和农神兼祖先神，既没有《九歌》诸神的多种多样，又与《诗经》祭祀诗主要祭祀文王、武王和成王等晚近祖先明显不同。农事诗所祭诸神，无论是社神还是农神，都与农事直接有关，而其他诸多神灵一概不在祭祀之列。由此可以看出，农事诗有其专有的祭祀对象，体现着其明确的目的性。

其次，诗中神的形象各不相同，诗歌思想性质和内容也不相同。众所周知，《九歌》诸神的形象写得有声有色、有血有肉，不但有外在行为，而且有丰富的内心活动，富于鲜明的个性特征；农事诗所祀诸神则明显不具备这种神话式的神灵形象特征。其实，无论是后稷、田祖还是司土地之神都有超凡本领和神异威力，关于他们有很多神奇的故事，然而诗中对这些根本不做任何描写，因而其面貌和性格也就不可能给人留下具体的印象。而祭祀诗所祭神灵的形象更为虚无缥缈，王夫之称之为"无形之象"③。祭祀诗这样描写神灵当然有其目的：不描写外在形象特征，没有外在形象的隔膜，心灵才能与意念中的神相合，从而达到心与神相通的境界。至于农事诗不去描写神的具体形象和神奇故事，主要是为了突出描写农事进程、人与人之间的伦常关系以及对于农事的态度和功利诉求，等等。总而言之，尽管三者都写祭祀或用于祭祀，但它们的性质与特征各不相同：如果说《九歌》富于想象的神话特征，祭祀诗富于神秘的宗教特征，那么，农事诗就其主要倾向而言，则可说是富于人间情趣的世俗

---

① 关于《楚辞·九歌》的性质历来有不同说法，如民间祭祀诗（民间祭歌）、楚郊祀歌和楚娱神歌以及从祭祀角度写的神话抒情诗等。说法尽管不同，但都肯定它与宗教祭祀有关。
② 参阅赵沛霖《关于诗经祭祀诗祭祀对象的两个问题》，《学术研究》2002 年第 5 期。
③ 参阅本书《试论〈诗经〉祭祀诗》关于"无形之象"的论述。

特征。

　　再从祭祀者心境和人神关系看：《九歌》所写的祭祀，"作歌乐鼓舞以乐诸神"（王逸《楚辞章句·九歌》），人与神相互杂糅，相互狎戏，充满了欢乐同庆的气氛，彼此之间没有什么对立和距离。《诗经》祭祀诗则不同，其神灵高高在上，充满居高临下的威严和神秘，而祭祀者作为渺小的生灵只能诚惶诚恐地匍匐于神灵脚下，对神敬而远之，畏而求之，"我其夙夜，畏天之威"（《诗经·周颂·我将》），正是这种人神关系的写照。农事诗中祭祀者的心境和人神关系既不同于《九歌》，也不同于《诗经》祭祀诗，而另有一番情景：人神之间虽不像《九歌》那样亲密无间，但也不像《诗经》祭祀诗那样截然对立。其诸神虽缺乏《九歌》诸神的平易近人，但也不失其某些人情味，例如：

>　　神嗜饮食，卜尔百福……
>　　神具醉止，皇尸载起，
>　　鼓钟送尸，神保聿归。（《楚茨》）
>　　琴瑟击鼓，以御田祖。（《甫田》）

　　神不但有嗜欲和酒食之好，而且还醉醺醺的；田祖为了保障农事顺利和丰收，在农夫的一片欢欣鼓舞中来到人间，其仪态行止颇有亲切意味，绝不像祭祀诗诸神那样的令人望而生畏，敬而远之。所以，就整个诗篇的基调来看，如果说祭祀诗充满了神秘，那么农事诗则洋溢着欢乐；如果说祭祀诗弥漫着肃穆，那么农事诗则显露出活泼；如果说祭祀诗令人生畏，那么农事诗则祥和可亲。有的学者说这几篇诗歌"词气和平，称述详雅"（朱熹《辩说》），确是中肯之论。

　　综上所述，农事诗既不像《九歌》那样通过具体描写神的形象而向神话倾斜，也不像《诗经》祭祀诗那样通过宣扬神的威力向宗教靠拢，而是将它的着眼点放在人间和现世以及建立在农事顺利基础上的对美好未来的憧憬，所以，尽管农事诗也有不少篇幅写到神和宗教，但其性质却是世俗的和人间的，而与祭祀诗根本不同。

三　农事诗的内容及其特点

如前所说，周民族依靠农业而不断发展壮大，与此同时，周民族对农业的发展也做出了巨大的贡献，他们在农业方面有诸多发明。不仅如此，在周民族发展过程中多次遇到挫折也都是依靠农业而使国家重新得以振兴。正是基于这样的经历，周民族对于作为立国之本和民族生存生命线的农业怀有特殊深厚的感情也就完全可以理解了。从这样的民族历史文化背景来看周人的农事诗，也许能够更清楚地理解这些作品的特点。

大体说来，《诗经》农事诗在思想内容方面具有以下显著特点：

第一，写农事而突出了祭祀的殷勤和虔诚。

前面说过，农事的每一个环节都离不开宗教祭祀和节仪，在周人看来这是决定能否取得丰收的关键，因此，他们对于神灵充满了敬畏，并无限虔诚地祭祀，例如：

> 济济跄跄，絜尔牛羊，以往烝尝。
> 或剥或亨，或肆或将。
> 祝祭于祊，祀事孔明。
> 先祖是皇，神保是飨，孝孙有庆。
> 报以介福，万寿无疆！
> 执爨踖踖，为俎孔硕，或燔或炙。
> 君妇莫莫，为豆孔庶。(《楚茨》)

> 祭以清酒，从以骍牡，享于祖考。
> 执其鸾刀，以启其毛，取其血膋。
> 是烝是享，苾苾芬芬，祀事孔明。(《信南山》)

从描述祭祀用心的殷勤、祭品制作的精细、数量的丰盛、品质的洁美、陈列的整齐、仪节的周到等一系列"细节"，无不说明周人祭祀态度的虔诚和祈盼的殷切。对神如此至精至诚，目的就是要求得神的保佑，使农事顺利、作物丰收，从而得到更多的福禄寿考。祭祀的这种功利目的在诗中被反复强调，例如，《楚茨》中几乎每章的最后都有"报以介福，万寿无疆"之类的祈祷，这些诗句因而也成为诗中最为响亮的"口号"。除此之外，其他几篇农事诗也都有类似的描写，这充分说明周人祭祀神灵的强烈的功利目的。

第二，详尽而具体地叙述了从春种到秋收每一个农事环节，再现了农事的完整过程，叙述中流露出发现的喜悦和民族自豪感。

前面说过，农事与采集和渔猎不同，不可能一次完成，而必须经历由春到秋的漫长时间和多种不同农事环节的相互配合，才能最终收获、入仓，达到农业生产的目的。这些具体的农事环节在诗中有十分具体的表现，例如，《大田》和《载芟》都详细而具体地记叙了从准备工具开始，经松土、耕耘、播种、萌芽、生长、锄草、灭虫、结实，直到丰收、收藏等农事的各个环节，如此把农作物生长的不同阶段与相应的农事劳作结合起来，并严格按其实际顺序有条不紊地加以叙述，从而完整有序地再现了农事的全部过程。除这两首诗之外，在《信南山》《甫田》和《良耜》诸诗中对农事过程也有详略不等的记叙。这些如同流水账般的普通常识，对于后人来说既没有隽永的诗味，也没有深刻的内涵，但在诗人写来却是那样的津津有味、兴趣盎然，这当然不是没有原因的：原来，在农业生产刚刚获得全面发展的周初时代，那些平平常常的农事环节对于周人来说是全新的事物，其中凝聚着他们先人的心血和智慧，因而他们才会不厌其烦地把这些农事环节完整有序地记录下来。这说明，如此历数全部过程的各个环节，绝不是古人啰嗦和乏味，实在是发现兴趣的使然和喜悦心情的自然流露，更是对于民族历代祖先取得光辉成就的骄傲和自豪。

此外，这种感情还通过对于农业丰收景象的描写直接表现出来，《甫田》："曾孙之稼，如茨如梁。曾孙之庾，如坻如京。乃求千斯仓，乃求万斯箱。"仅仅几个简单但却形象生动的比喻便使周人的内心情怀跃然纸上。

第三，写农事的同时，还重点写了人事，突出了各种不同的人际关系，表现出人际关系的和谐。例如写宾主关系，突出了彼此"相敬如宾"。

　　　　君妇莫莫，为豆孔庶。
　　　　为宾为客，献酬交错。
　　　　礼仪卒度，笑语卒获。(《楚茨》)

写同族关系，突出了亲密无间：

诸父兄弟，备言燕私。
乐具入奏，以绥后禄。
尔殽既将，莫怨具庆。
既醉既饱，小大稽首。(同上)

写上下关系，突出了融洽有礼：

曾孙来止，以其妇子。
馌彼南亩，田畯至喜。
攘其左右，尝其旨否。
禾易长亩，终善且有。
曾孙不怒，农夫克敏……
黍稷稻粱，农夫之庆。(《甫田》)

载芟载柞，其耕泽泽。
千耦其耘，徂隰徂畛。
侯主、侯伯，侯亚、侯旅，侯强、侯以。
有嗿其馌，思媚其妇，有依其士。(《载芟》)

可以看出，农事祭祀请来嘉宾，宾主之间觥筹交错，一片欢声笑语而不失礼仪，充分表现出宾主之间真诚敬重的相互关系；家族燕私之间，无论长幼老少更是沉浸在欢乐之中，表现出同族之间亲切温馨的脉脉之情；上下之间无论是作为主人的曾孙和侯主、侯伯、侯亚、侯旅，还是作为管理田间的小吏乃至成群劳作的农夫，都相处以礼，齐心合力致力于农事，并一同为丰收欢庆。在西周初期的社会中，这三种关系即宾主关系、亲族关系和上下关系，基本上代表了主要的人际关系，可见农事诗写农事而特别强调人际关系的和谐和美满。

西周初期的农业社会属于生产力上升的历史时期，其生产关系还能唤起人们劳动的积极性，所以在农事诗中尚能看到人们对于农事倾注的巨大热情。同时,上层社会如诗中的曾孙、侯主、侯伯乃至田畯,对于农夫的压迫和剥削也不像后来那样严苛和残酷,这说明当时的阶级矛盾还未尖锐化而处于一种比较缓和的状态。正是在这样的前提下,人性的淳朴,人与人之间关系的和谐才有可能存在。这说明,农事诗写农事而着重表现人际关系的和谐美好状态,尽管其中不无夸张的成分,但还是在一定程度上反映了当时社会的某些真实面貌。

第四,热情讴歌了开发自然的进取精神。

随着第二次社会生产大分工的完成和农业的出现,人们为了开发自然,提高农业产量,主观能动性空前地增强,农事诗从一个特殊的视角表现了这一点。《周颂·噫嘻》:"噫嘻成王,既昭假尔。率时农夫,播厥百谷。骏发尔私,终三十里。亦服尔耕,十千维耦。"周代实行奴隶制土地所有制,土地为国家所有(所谓"普天之下,莫非王土"),生产时周天子往往亲躬督率,劳动者集体共同耕耘,由此而决定了西周初期特有的开发自然的景象:为了获得作物的丰收,千百人浩浩荡荡来到辽阔的田野,一起"播厥百谷",齐心合力经营农事。诗歌通过寥寥几句简单的描写不但再现了雄伟壮观的劳动场面,而且巧妙而生动地表现了使人的主观能动性和巨大潜力得以发挥的农业生产的特点及其所焕发出的开发自然的进取精神。

原刊于《中州学刊》1998 年第 3 期,
本文系作者与韩国圆光大学李宇正教授合作。

《诗经》战争诗的历史真实性

以战争为题材的战争诗是《诗经》诗歌中的重要一类，同时也是《诗经》中艺术成就最高的诗歌类别之一。

《诗经》战争诗按战争的范围和性质可以分为两类：一类是反映周天子对外战争的诗歌，如《小雅》中的《采薇》《出车》《六月》《采芑》和《大雅》中的《江汉》《常武》等篇；另一类是反映诸侯对外战争的诗歌，如《秦风》中的《小戎》《无衣》等篇。这两类诗歌作品无论在内容、性质上，还是在艺术风格上都不相同。为了集中起见，本文专论前者，即反映周天子对外战争的六篇诗歌。本文将从历史真实性这一视角来看《诗经》战争诗所取得的艺术成就。

这六篇战争诗反映的都是周宣王时代的战争，按战争发生的地域和战争对象可以分为两部分：一是反映周王朝与西北戎狄战争的诗歌，包括《采薇》《出车》和《六月》；二是反映周王朝与东南荆蛮和徐淮战争的诗歌，包括《采芑》《江汉》和《常武》。这两部分诗歌，无论在基调上还是在思想感情上都有十分明显的区别。

反映西北部战争的诗歌，特别是《采薇》和《出车》，首先打动我们的是那抑郁沉痛的悲剧气氛和情绪，正是这种气氛和情绪构成了这几篇诗歌的共同基调，包含着十分丰富的社会内容，反映了时代生活本质的某些侧面。

《采薇》写的是士卒出征狎狁胜利归来，一般说来描写征人凯旋归来与家人团聚的题材应当充满欢乐和喜悦，可是实际恰恰相反：诗中不见任何欢乐和喜悦，却充满了忧愁和哀伤，这种情绪在诗歌的末章达到了高潮：

> 昔我往矣，杨柳依依。今我来思，雨雪霏霏。
> 行道迟迟，载渴载饥。我心伤悲，莫知我哀。

《出车》也是描写打败狎狁入侵，班师回朝，同样也充满了这样的情绪。都是写凯旋，却不见一丝欢乐和喜悦，这种反常的情况是很值得思索的。崔述说过："今玩其词，但有伤感之情，绝无慰藉之语。非惟不似盛世之音，亦无一言及天子之命者，正与《史》、《汉》之言相符。"（《丰镐考信录》）崔述注意到《采薇》等诗"非盛世之音"，即这些诗篇之所以充满悲伤抑郁的情绪，完全有其时代、社会的原因和背景，这是很有见地的。

除了抑郁沉痛的悲剧气氛之外，《采薇》《出车》和《六月》这三篇诗歌在思想感情上还有另一个显著的特点：通篇充满了对国家和民族生死存亡的忧患意识。这种在民族生存、国家安全和人民生命财产受到外来威胁时所表现出来的忧患，是对于民族历史命运和前途的关切，反映出诗人心怀天下的崇高情怀。具体说来，主要表现在两个方面：

一、对于形势危急的紧迫感。

> 岂不日戒，狎狁孔棘。（《采薇》）
> 王事多难，维其棘矣。（《出车》）
> 狎狁孔炽，我是用急。（《六月》）

狎狁入侵，来势凶猛，很快就"侵镐及方，至于泾阳"（《六月》），敌人"深入为寇"（朱熹《诗集传》），形势异常紧张危急。按照当时的一般习惯，盛夏六月，不当出兵，但形势严峻，必须立即动员起来，紧急应战，只有这样或可扭转危难的局势。

二、肩负重任和责任感。

> 戎车既驾，四牡业业。岂敢定居，一月三捷。（《采薇》）
> 王事多难，不遑启居。岂不怀归，畏此简书。（《出车》）
> 王于出征，以匡王国。（《六月》）
> 共武之服，以定王国。（《六月》）

《采薇》的主人公是一位普通的下层士卒，表现的是下层士卒的强烈责任感；《出车》的主人公是一位奉命召集士卒的军官，表现的是普通军官的责任感；《六月》的主人公是全军的最高统帅，表现的是最高统帅的责任感。尽管由于身份和地位的差别，彼此之间有着完全不同的具体作为和表现，但都以大局为重，英勇赴难，表现出一种十分可贵的以天下为己任的担当意识。

另一部分战争诗，即反映周王朝与东南部荆蛮、徐淮之间战争的诗篇《采芑》《江汉》《常武》情况则完全不同。这三篇作品一扫《采薇》《出车》诸篇中的悲伤抑郁气氛，而呈现出完全不同的情调和面貌：《采芑》叙述并赞美方叔南征荆蛮取得的辉煌胜利；《江汉》叙述并赞美召虎奉宣王之命征伐淮夷取得的辉煌胜利；《常武》叙述并赞美宣王亲自出征征讨徐淮取得的辉煌胜利。三篇诗歌在思想感情方面具有以下共同的特点：

一、突出周王朝军队的威武气概和必胜信念。

这三篇作品不同程度地都写了周王朝大军威武雄壮的军容和英勇无畏的气魄，着力表现周王朝大军是一支战无不胜的强大力量：

薄言采芑，于彼新田，于此中乡。方叔莅止，其车三千，旂旐央央。方叔率止，约軝错衡，八鸾玱玱。服其命服，朱芾斯皇，有玱葱珩。（《采芑》）

江汉浮浮，武夫滔滔。匪安匪游，淮夷来求。既出我车，既设我旟。匪安匪舒，淮夷来铺。（《江汉》）

诗歌不只写军队的数量众多，更通过车马装饰的细节描绘表现出装备的精良、军纪的严整和士气的旺盛；《江汉》则直接从军队的数量、风貌上着手描写，有力表现出王师威武雄壮、战无不胜的英雄气概。

《常武》"正面写战争，扬兵威以证武功"[①]，第三、四章直接写两军战斗，王师与徐方军队形成了鲜明的对比：一方面是"王舒保作"，从容不迫，一方面是"徐方绎骚"，慌恐震惊；一方面是"王奋厥武，如震如怒"，一方面是"仍执丑虏"，土崩瓦解。说明王师出奇制胜，势所必然。第五章更把王师的神勇气概渲染得淋漓尽致：

---

① 程俊英、蒋见元：《诗经注析》下册，中华书局1991年版，第916页。

> 王旅啴啴，如飞如翰。如江如汉，如山之苞。如川之流，绵绵翼翼。不测不克，濯征徐国。（《常武》）

以江流的汹涌奔腾一往无前，高山的巍然屹立气吞万里，巧妙而形象有力地状写出王师所向披靡、势不可挡的雄伟气势和攻无不克、战无不胜的坚定信念。

二、重点描写了周王朝君臣的远大抱负和雄心壮志。

《江汉》叙写召虎奉宣王之命征伐淮夷，但重点不是写战争的经过，而是赞颂宣王和召虎安邦定国、经营四方的辉煌功业："江汉之浒，王命召虎。式辟四方，彻我疆土。匪疚匪棘，王国来极。于疆于理，至于南海。"召虎征伐淮夷取得胜利以后，便治理疆土，修整边界，并以周王朝的仁政治理征辟的土地。这些描写凸显宣王不是穷兵黩武征服天下的霸主，而是以德化安抚民心的明君；召虎也不是嗜武成性的武夫，更是善于治理疆土的文臣。为了实现"式辟四方"、"王国来极"的远大抱负，他们君臣一体，和衷共济。这不仅表现在宣王对召虎的册命上，更反映在召虎对宣王所抱的希望上。末章召虎对宣王册命的答谢可谓意味深长：

> 虎拜稽首，对扬王休。作召公考，天子万寿。明明天子，令闻不已。矢其文德，洽此四国。（《江汉》）

这个答谢既是颂扬，更是祈望："劝其君以文德，而不欲其极意于武功。"（朱熹《诗集传》）即希望宣王以"文德"协和四国，使天下归一，体现了崇高的政治理想。可以看出，在励精图治、振兴国家的根本大计上，可谓君臣共勉，相得益彰。

《采芑》一诗写其主帅方叔，反复强调"显允方叔"、"克壮其犹"，正是说他有宏大的谋划和抱负，在这方面与《江汉》的基本精神完全一致。

总而言之，反映周王朝与西北戎狄之间战争的《采薇》《出车》和《六月》等作品与反映周王朝和东南荆楚、徐淮战争的《采芑》《江汉》《常武》等作品在基调和思想感情上完全不同。《采薇》等三篇作品浸透着悲抑情绪和忧患意识，《采芑》等三篇作品则充满了必胜信念和远大抱负。同是战争诗，却有如此巨大的反差，其原因归根结底在于诗歌反映的对象，即西北战争与东南战争的不同，也就是说，造成巨大反差的主要原因在于历史和现实的不同。

现在让我们来看这两场战争的历史背景和具体情况。先说西北战争：周王朝与西北戎狄之间的战争，有其深刻的历史和地理原因。夏朝末期，周族先人避夏桀之乱而"自窜于戎狄之间"（《国语·周语》），开始了与戎狄交错相处的历史。在漫长的历史中，彼此之间虽有和解和相容，但纠纷和冲突也迄未间断，自建国前的公刘时代，经古公亶父、伯昌到建国后的穆王、懿王、厉王、宣王，直到西周末期申侯联合西戎杀幽王灭西周，可以说它们之间的战争贯穿了周人的全部历史。这种情况，先秦诸子和史书多有记载，《汉书·匈奴传》：

> 夏道衰，而公刘失其稷官，变于西戎，邑于豳。其后三百有余岁，戎狄攻太王亶父，亶父亡走于岐下。豳人悉从亶父而邑焉，作周。其后百有余岁，周西伯昌伐畎夷。后十有余年，武王伐纣而营雒邑，复居于酆镐，放逐戎夷泾、洛之北，以时入贡，名曰荒服。其后二百有余年，周道衰，而周穆王伐畎戎，得四白狼四白鹿以归。自是之后，荒服不至，于是作《吕刑》之辟。至穆王之孙懿王时，王室遂衰，戎狄交侵，暴虐中国。中国被其苦，诗人始作，疾而歌之，曰："靡室靡家，猃狁之故"；"岂不日戒，猃狁孔棘"。至懿王曾孙宣王，兴师命将以征伐之，诗人美其大功，曰："薄伐猃狁，至于太原"；"出车彭彭"，"城彼朔方"。是时四夷宾服，称为中兴。
>
> 至于幽王，用宠姬褒姒之故，与申侯有隙，申侯怒而与畎戎共攻杀幽王于丽山之下，遂取周之地，卤获而居于泾洛之间，侵暴中国。

可以看出，周人与戎狄之间在漫长历史岁月里的战争，周人是败多胜少：在夏、商至周穆王之前，周人与戎狄互有胜负，而自穆王之后则形势逆转，周人失败越来越多，直至最后被戎狄消灭。总之，"西周的末期数王，西北边患几乎未曾断绝"[①]，周人战败，戎狄入侵，灾难和痛苦随之而至。严重的灾难和巨大的痛苦引发了周人对国家民族命运的关切，忧患

---

① 许倬云：《西周史》，生活·读书·新知三联书店1994年版，第288页。

意识油然而生。这种经过漫长岁月所培植起来的忧患意识和感情由于具有深刻的历史根源而在人们心中深深扎根。宣王号称中兴之王，但是西北战绩的实际情况并不像一些史家所宣扬的那样辉煌，实际情况是宣王时周人与戎狄发生过两次大的战役，战略上采取的都是防御策略，"即使追奔逐北，也只是对于入侵的反击。'城彼太原'及'城彼朔方'，都是建筑北边的要塞，而猃狁入侵的地点，可以深入到泾洛之间，直逼西周的京畿"①。可见，宣王时期对西北戎狄的战争尽管取得了一些胜利，但来自戎狄的威胁并没有根本解除。这就是说，西北部乃至整个王朝仍然处于戎狄的威胁之下，人们还是生活在战争的巨大阴影之中。所以，人们也一如继往，始终处于悲抑之中，并充满了忧患。正是这种迫切的现实原因加上历史因素，内在地决定了战争诗的基调和思想感情。这充分说明，《采薇》《出车》诗中的悲抑情绪和忧患意识，归根结底还是历史和现实生活的反映。在这一点上，《诗经》比某些为宣王"中兴"唱赞歌的史家更为忠于现实。

与西北对戎狄的战争相比，在东南对荆楚、徐淮的战争则完全是另一种情形，当然，这也有其深刻的历史、地理原因。

前面说过，周族从起源、发展、强大直到建国的漫长历史时期始终与戎狄地域紧邻，彼此之间经常发生战争。而周族与东南的诸夷则部居悬绝，天各一方：周人在渭水、泾水一带，即今陕西南部地区，而东南诸夷则在淮河和汉水一带，即今河南、安徽、湖北部分地区。彼此之间风马牛不相及，根本无从发生战争。待到周人灭商入主中原，逐渐与诸夷有了接触的时候，周人早已经从蕞尔小邦变成泱泱大国了。这就是说，从周王朝与诸夷地域接壤的开始，就是以一个强大的天子之国虎视东南的面貌出现，这种形势同襁褓时期与戎狄之间的关系根本不可同日而语。

据《竹书纪年》记载，周人南征是从康王正式开始：康王十六年"锡齐侯伋命，王南巡狩至九江庐山"②。从这时起，铜器铭文中对历代周王南征的记载很多，这充分说明，周人把对东南诸夷的战争作为国家的一件大事，始终放在重要的地位上，否则，绝不会铸铭文记之。昭王更热衷

---

① 参阅王国维《观堂集林》第 2 册，中华书局 1959 年版，第 596—601 页；许倬云《西周史》，第 288—289 页。
② 方诗铭等：《古本竹书纪年辑证》，上海古籍出版社 1981 年版，第 243 页。

于南征,"昭王南巡狩不返,卒于江上"(《史记·周本纪》),虽然为征服诸夷付出了生命,但是从这时期起周天子却声威大振,诸夷开始臣服。铜器铭文记载,周天子讨伐了诸夷中的一个邦,结果有26个邦都来朝见。自此以后直到宣王时代,其间虽也曾发生战争,但基本上诸夷已成为周的属邦,称臣纳赋献贡。周中期以后,东南诸夷因而也成为周王朝财富的重要来源。由于这种政治和经济的原因,周王朝不时炫耀兵力,以保持它在诸夷中的宗主地位。

总而言之,与周王朝在西北部战争中失败多于胜利,经常处于被动防守的地位不同,"西周对南方,大体上采取积极的攻势。南方的战争,周人常是胜利者……"①

从周康王开始征讨东南诸夷至宣王时代历经了九代君王几百年的时间,在这段历史时期,由于周王朝对诸夷的战争多有胜利,彼此之间的宗主与臣属关系早已确立并一直延续下来,所以,在宣王时代的周朝君臣看来,这种关系是天经地义、自古而然,正是这种观念意识使他们在对诸夷的战争中往往充满必胜的信念。这说明,周宣王的军队南征诸夷,与西北战争双方的"平等"关系不同,是一场宗主对属邦的讨伐战争,周王朝的将士完全是以一种居高临下、志在必得的姿态出现。不仅如此,战争结束以后,双方的将士也不像西北战争中那样各自撤回,继续保持彼此对峙的局面。在东南,战争结束以后周王朝的将士还要继续留在"属地"宣扬周天子的"文德",以使诸夷彻底归服。这种在几百年间历史地形成的人们的当然"胜利者"的观念,显然对反映东南部战争的诗篇《采芑》《江汉》《常武》的创作产生了重要的影响。对于周王朝来说,东南部地区乃是实施其"文德"、武略,天下归一的要地,这几首诗中所突出的必胜信念和远大抱负正是这种特定历史背景的反映。

由于两场战争的历史背景与实际状况根本不同,决定了不同战争诗的不同基调和思想感情,诗歌思想内容与历史、现实之间的吻合一致,充分说明这些战争诗的高度历史真实性。这当然是诗歌作者忠于历史、忠于现实、忠于生活,按现实生活的本来面貌进行创作的结果。具体说来,反映西北战争的诗歌《采薇》《出车》和《六月》与反映东南战争的诗歌《采芑》《江汉》《常武》从历史和现实中汲取的东西各有侧重:前者更

---

① 许倬云:《西周史》,第201页。

多地汲取了西北地区普通士卒和民众对于长期战争及其所带来的痛苦的体验和感受,是对这些人内心世界的艺术概括;后者除了从历史和现实中汲取营养之外,更多地融合了周王朝上层统治者的观念意识,是历史、现实和上层阶级观念意识的艺术综合。

原刊于《天津师大学报》1999年第4期,
人大复印报刊资料《中国古代近代文学研究》1999年第11期全文转载。

关于《诗经》祭祀诗的几个问题

《诗经》祭祀诗以其独特的题材、鲜明的思想和浓郁的宗教气息以及丰富的文化价值迥别于其他诗歌而自成一类，并在"三百篇"中占有重要的地位。在数量上，祭祀诗的篇数固然比不上怨刺诗、情诗，但却远比农事诗、史诗、战争诗和宴饮诗多，因此说它是《诗经》中的一个大类，是丝毫也不为夸张的。这一点似乎与我们的印象大相径庭。如果不作统计，仅凭印象，祭祀诗的数量仿佛微乎其微。这种错觉的形成可能与新中国成立后的诸多选本对它从来不选，几部通行的文学史对它的意义、价值和在文学史上的地位很少提及有关。与祭祀诗的重要性相比，对它的研究显得非常不够，无论是古代还是近几十年都是如此。

鉴于此，本文试图在前人研究成果的基础上从当代的学术发展和认识高度出发，对《诗经》祭祀诗重新加以审视，提出一些个人看法与大家探讨。我认为，针对前人研究中存在的不足之处和制约研究深入发展的原因，特别需要注意以下几个问题。

《诗经》祭祀诗以及与祭祀活动有关的诗歌

研究祭祀诗，首先面对的是这样一个问题：《诗经》中有关祭祀的诗歌很多，除了祭祀诗之外，还有为数相当可观的诗歌涉及祭祀。这些诗歌虽然涉及祭祀，甚至与祭祀密切相关，但却不是祭祀诗。由于内容的相关和接近，给研究工作特别是作品分类带来不少困难。而作品的分类正是研究工作的起点，起点上出现差错，必然"失之毫厘，差之千里"。前人对二者之间的区别缺乏明确的认识，有意无意将二者等同视之，造成了一些混乱。学术研究史上的这种教训应当认真吸取。

为了更准确地把握研究对象，有必要对祭祀诗给予严格而科学的界定。

祭祀作为人神交通的手段，向来受到人们的重视并渗透至生产、生活、战争乃至节日庆典、婚丧嫁娶等活动中。事实上，在《诗经》时代，上述活动都有祭祀伴随，宗教祭祀已经成为这些活动不可或缺的组成部分。很显然，我们不能不加分析地把产生于上述活动中涉及宗教祭祀活动的诗歌都视为祭祀诗。这样会使祭祀诗泛滥得漫无边际，同时也模糊了各类诗歌的界限，不但会引起很多混乱，而且也贬低了"三百篇"丰富多彩的内容和巨大的文化价值，甚至直接影响到对"三百篇"的总体认识和评价①。

我认为，那些反映生产、生活、战争、节日庆典、婚丧嫁娶而附带涉及祭祀的诗歌，其中有些只是与祭祀活动有关，但并不是祭祀诗。至于这些诗歌究竟属于哪一类，则要看它主要反映的是什么活动，如以写战争为主则属于战争诗，以写农事为主则属于农事诗，这是从题材范围上去划分的。除此之外，祭祀诗同一般与祭祀有关的诗歌之间还有一些重要区别。

首先，从祭祀诗与祭祀的关系看：祭祀诗附属于宗教祭祀活动，是宗教祭祀活动的副产品，一般用于祭祀活动，在祭祀活动中演唱。离开了宗教祭祀活动，祭祀诗将无从产生，同时也派不上用场。其次，从祭祀者与祭祀对象之间的关系看：不管祭祀诗具体描写了什么，都要体现主祭者与神灵之间的沟通，表现面对在天之神灵所产生的宗教感情和经验。宗教是"人在孤单时候由于觉得他与任何他认为神圣的对象保持关系所发生的感情、行为和经验"②。有了这种感情和经验，人们便可"超越他们自身的境界，与真实的终极实在相联系，这种实在将使他们免遭日常生活中破坏性力量的打击"③。正是因为如此，诗中才充满了宗教的虔诚和神秘，对神灵（包括神祇和祖先的亡灵）由衷的礼赞和歌颂，所谓"美盛德之形容以其成功告于神明者也"（《诗·大序》），对神灵的赞美和歌颂是祭祀诗不可缺少的内容。最后，再从功利目的看：人们祭祀神灵归根到底是为

---

① 参阅赵沛霖《诗经研究反思》第一部分第一章，天津教育出版社1989年版，第27—46页。

② [美]詹姆斯：《宗教经验之种种》上册，蔡怡佳等译，商务印书馆1947年版，第30页。

③ [美]斯特伦：《宗教生活论》，徐钧尧等译，今日中国出版社1992年版，第4页。

了取悦神灵，使神灵能够满足自己的愿望和要求，因此，祈福禳灾，保佑吉祥顺利也就成为祭祀诗的重要内容。当然，这几点不能孤立地看，而应该结合起来综合考虑。

根据以上认识，结合学术界对祭祀诗的认定，我认为那种主张《诗经》祭祀诗包括农事诗和史诗的认识是不恰当的。这是因为它们的主要内容和表现重点不在于祭祀，而分别为农事活动和民族基业的创立，其感情、情调、气氛与祭祀诗也大异其趣，比如《周颂·思文》为祭上帝和后稷之诗，属于祭祀诗诸家向无疑义。而同样有祭祀上帝和后稷内容的《生民》却不属于祭祀诗，其重点在咏"史"，洋溢着追怀往事的情思，与《思文》对神性的张扬是完全不同的。同样，农事诗中确实有祭祀内容，但更多的却是写农事和人际关系："农事诗写农事而特别强调人际关系的和谐和美满，表现人伦的理想状态，正是其内容上的重要特点。"①至于农事诗的感情、情调和气氛也与祭祀诗根本不同。农事诗中的神"其仪态行止颇有亲切意味，绝不像祭祀诗诸神那样的令人望而生畏。所以，就整个诗篇的基调来看，如果说祭祀诗是庄严的，那么农事诗则是欢跃的；如果说祭祀诗是肃穆的，那么农事诗则是轻松的；如果说祭祀诗是敬畏的，那么农事诗则是祥和的"②。无视这些区别硬将它们合而为一，必然会妨碍研究的深化。

还有些诗歌从某些方面涉及祭祀，与祭祀有一定的联系，但从整体上看并不是祭祀诗。

如《大雅》中的《旱麓》《文王有声》《既醉》和《凫》，《周颂》中的《振鹭》《闵予小子》《敬之》和《桓》。如果着眼于与祭祀的联系，它们只能算是广义的祭祀诗，与严格意义上的祭祀诗即狭义的祭祀诗是有明显区别的。

这样看来，除去农事诗、史诗及广义的祭祀诗之外，《诗经》中的祭祀诗主要包括以下诗篇，即《周颂》中的《清庙》《维天之命》《维清》《烈文》《天作》《昊天有成命》《我将》《时迈》《执竞》《思文》《有瞽》《潜》《雝》《载见》《丝衣》《赉》和《般》等③。本文即以这些诗篇为

---

① 详本书《关于〈诗经〉农事诗的几个问题》。
② 同上。
③ 其中有几篇以描述虔诚的宗教情怀和与祭祀有关的音乐、乐器和祭品为主要内容，按其基本特征也被归入祭祀诗。

研究对象。

关于祭祀诗中祭祀对象的形象问题

一般说来,祭祀对象在祭祀者心目中总会有一个具体形象,祭祀者的宗教感情都寄托在这个具体形象身上,相应地反映祭祀活动的祭祀诗一般说来也应有具体的诗歌形象。这只要看一看《楚辞·九歌》就会一目了然:《九歌》是屈原在楚国民间祭祀歌舞的基础上加工整理而成的,其所祀诸神都有具体鲜明的形象:无论是东君、山鬼,还是"二司"、"二湘"都各以其独特的面貌呈现在人们面前。他们不但有形有神、有血有肉,而且有外在行为和丰富的内心活动。如同现实中的人一样,都是充满人间情趣的活生生的具体个性,而绝无任何抽象化、概念化的痕迹。按说《周颂》中祭祀诗所祀多为自己的祖先①,其形象应当更加鲜活具体、有血有肉、有形有神。然而,实际情况恰好相反,在诗中根本找不到祖先具体形象的踪影。例如,《维天之命》是祭文王之诗:

维天之命,于穆不已,於乎不显!文王之德之纯。假以溢我,我其收之。骏惠我文王,曾孙笃之。

全诗主要是颂扬文王,但却不见文王的具体形象。
《维清》也是祭文王之诗:

维清缉熙,文王之典。肇禋。迄用有成,维周之祯。

诗中也没有文王的具体形象。其他诗歌大抵也是如此。
《诗经》祭祀诗的这一情况是很值得注意的,它涉及《诗经》祭祀诗形象的特点问题。

原来,祭祀诗中没有祭祀对象的具体形象,并不意味着诗中没有"形象",只是这种"形象"与我们通常所说的具体的艺术形象不同,而

---

① 祭祀祖先的诗歌占《周颂》祭祀诗的百分之七十以上,详赵沛霖《关于诗经祭祀诗祭祀对象的两个问题》,《学术研究》2002 年第 5 期。

是另一种"形象",姑且称之为"无形之象"①。

所谓"无形之象"是一种没有具体外在特征的形象,是宗教观念支配下,对于神(人)的一种虚拟化的总体感觉;通过这种虚拟化的感觉,使人隐约感到它的存在。关于祭祀诗祭祀对象形象的这一特征,王夫之《诗广传》有一段精辟的论述:

> 故祀文王之诗,以文王之神写之,而文王之声容察矣。祀武王之诗,以武王之神写之,而武王之声容察矣。言之所撰,歌之所永,声之所宣,无非是也。文王之神:肃以清,如其学也;广以远,如其量也;舒以密,如其时也;故诵《清庙》、《我将》,文王立于前矣。武王之神:昌以开,如其时也;果以成,如其衷也;惠以盛,如其猷也;故诵《执竞》而武王立于前矣②。

这里除"声容察矣"云云有违诗意外,其他是完全符合诗歌形象的特征的。所谓文王之神"肃以清"、"广以远"、"舒以密",武王之神"昌以开"、"果以成"、"惠以盛",正是对文王、武王形象的总体感觉,是对形象的虚拟化把握。由于"无形之象"缺乏感性特征,所以,"视而不可见之色,听而不可闻之声,抟而不可得之象,霏微蜿蜒,漠而灵,虚而实,天之命也,人之神也"③。无形之象不具备"色"、"声"和"象",但"神"却是有的。前边说的"肃以清"云云,"昌以开"云云正是对"神"的感受。可见"无形之象"不以形存在,却是以"神"来支撑的。

对祭祀诗形象特征的这种理解,绝非王夫之一人。在王夫之之前有的学者也作过类似的分析。如王质认为祀文王的祭祀诗"一清一纯,则见文王气象",文王如"空虚澄霁",武王则"加之云雨"④。这些论述可帮助我们理解这一问题。

面对祖先神灵的"无形之象",祭祀者充满了虔诚、敬畏和由衷的赞美,并特别突出了以下两个方面的内容:

---

① 我国古代将形象分为三种类型:有形之象、无形之象和忘己之象(见《周易正义》卷七)。
② 王夫之:《诗广传》,中华书局1964年版,第154页。
③ 同上书,第150页。
④ 王质:《诗总闻》卷十九,《丛书集成初编》,商务印书馆1939年版。

一是祖先神灵的无形之象与上帝的关系：

按周人的天命观念，周王秉承上帝的意志统治万民，成为天下的共主。周王生前是上帝在人间的代理者；死后神灵升天，与上帝在一起，所以祭祀上帝往往以祖先配祭。所谓"文王在上，于昭于天……文王陟降，在帝左右"（《大雅·文王》），十分清楚地表现了文王神灵与上帝的关系。祭祀诗不但特别强调了这一点，而且又有所发展。如果说在《大雅·文王》中文王与上帝的关系虽很密切，但毕竟还是"在帝左右"——彼此的界限很清楚，而在祭祀诗中这种界限变得很模糊，二者大有融为一体之势。例如，《我将》是祀文王以配上帝之乐歌，诗中先说天（"维天其右之"），最后也说天（"畏天之威"），中间说文王（"仪式刑文王之典"），如此将上帝与文王交织为一，说天连及文王，说文王连及上帝，难分彼此，大有文王即天、天即文王之势。所谓"于天维庶其飨之，不敢加一词焉；于文王则言仪式其典，目靖四方。天不待赞，法文王所以法天也。卒章唯言畏天之威，而不及文王者，统于尊也。畏天，所以畏文王也。天与文王，一也"①。"天与文王，一也"，祭祀诗所要达到的正是这样的效果。此外，《昊天有成命》《赍》《般》等诗反复出现的昊天之命、时周之命也都反映了这种关系。

二是突出了祖先生前的功业和盛德：

祭祀祖先自然要缅怀祖先生前的功业和盛德，因此，对祖先神灵的无形之象歌功颂德也就成为这些祭祀诗的重要内容。只是这种歌功颂德与一般的赞美诗不同，多是从总体上把握，从大处着眼，而不斤斤于细枝末节和具体事项。这显然是出于与祖先神灵的"无形之象"协调一致的需要。

例如，《执竞》歌颂武王的功业：

> 执竞武王，无竞维烈。不显成康，上帝是皇。自彼成康，奄有四方，斤斤其明……

武王伐纣是一场轰轰烈烈的巨大的历史事变，可写的事情很多很多，

---

① （宋）吕东来：《吕氏家塾读诗记》卷二十八，《丛书集成初编》，商务印书馆1939年版。

但诗歌一概不涉及，而只是从总体上加以颂扬。《雝》祀文王，歌颂他的功德也是如此：

> 假哉皇考，绥予孝子。宣哲维人，文武维后。燕及皇天，克昌厥后。

歌颂文王为建立周王朝奠定了基础，只用"宣哲维人，文武维后"；歌颂他功高无比，开拓万世基业，只用"燕及皇天，克昌厥后"，从全诗来看显得十分得体。

如果把祭祀诗与《诗经》中其他写文王、武王、后稷的诗篇加以对比，那么祭祀诗的这一特点会显得更加突出。如前所说，《思文》与《大雅·生民》都是写后稷之诗，前者为祭祀诗，后者为史诗，诗体不同，歌功颂德的方式也完全不同。所谓"《生民》述事，故词详而文直；《思文》颂德，故语简而旨深。《雅》《颂》之体，其不同如此"（张所望《传说汇纂》）。二诗的区别不仅在《雅》《颂》之体，更重要的是祭祀诗对诗歌形象的要求。

总而言之，先王承受天命，代上帝行治的盛德茂行和丰功伟绩可写的东西很多，但祭祀不是简单的回忆，祭祀诗也不是写历史。面对祖先神灵，心与神交通之际，对祖先神灵的虚拟性的总体感觉伴随着庄严、肃穆而又神圣的情怀萦回心间，形成了祭祀者心目中祖先的"无形之象"。祭祀诗在把握总体的基础上从虚处着笔，而不涉及任何具体事项和外在的感性特征，正是保持了形象的内在统一性。

至于为什么不对祖先的形象作具体描绘，塑造一个有血有肉的具体形象，而只是提供出一个抽象的"无形之象"，这可能与祭祀的需要和目的有关。按宗教观念，人神本来生活在两个世界，平时没有什么联系，只有祭祀时才能实现人神交通。如果以具体的人的形象出现，那么，不管怎么神奇，人世的影子也很难抹掉，这样，人神交通将大打折扣。只有通过祭祀者虔诚的心灵对祖先形象不断过滤，淘汰掉各种具体特征而逐步虚拟化，直至最后成为某种抽象的观念，才更显得祖先的神圣和神奇不凡。所以祖先神灵如此空灵缥缈，不露痕迹，固然是宗教神秘本质的使然，但对祭祀者来说，也有其实际的需要：在祭祀者看来，具体的形象不但无助于祭祀的进行，有时反而成为上通神明的障碍，倒是虚清空灵、令人琢磨不透的无形之象更为神圣和神秘,因而更适合祭祀者的心理需要。

关于周天子内心世界

由于周天子人间至尊的特殊地位,一般的文学很难写到,即使偶然写到,也多流于浮光掠影,难以深入和具体,更不要说去揭示他内心隐微了。在《诗经》的全部作品中,只有以周天子为祭祀主体的祭祀诗能够做到这一点。在这方面,任何其他诗歌都无法与祭祀诗相比拟。所以,《诗经》祭祀诗的独特思想文化价值之一,正在于它真实具体地揭示了周代最高统治者的内心世界。

前人的大量研究成果证明,《诗经》祭祀诗中的祭祀主体一无例外地都是周天子,如武王、成王、康王(有时是他们率领家族和群臣),对于祭祀诗来说,祭祀主体也就是诗歌的抒情主人公。这就是说,这些祭祀诗的作者虽然不是周天子本人,但都是站在主祭者周天子的角度,抒发他的内心感情,即以周天子为抒情主人公却是毫无疑问的。祭祀诗所抒发的感情是人的宗教体验和感情,面对神灵,最讲虔诚和崇敬,无上庄严和神圣,毫无伪饰和遮掩,因此也就更能真实地反映人的最隐密的内心世界。

除了虔诚、崇敬之外,《诗经》祭祀诗揭示周天子内心世界还突出了以下两方面的内容:

一、敬畏惕厉和惴惴不安:

一般说来,宗教感情包括虔诚、战栗、恐惧和欣喜,是多种不同感情的交织。具体说来,由于祭祀主体境况的不同而有所不同和侧重。

按一般推想,周天子权势无极,万民所仰,内心应当充满欢乐和喜悦,然而,打开祭祀诗,情况恰好相反:

成王不敢康,夙夜基命宥密。　　(《昊天有成命》)
我其夙夜,畏天之威,于时保之。　　(《我将》)
文王既勤止,我应受之,敷时绎思,我徂维求定。　　(《赉》)

以上引诗中有些字句很值得玩味,"成王不敢康"的"康"即安乐也,联系下一句可以知道"不敢康"就是说日夜没有安乐。"畏天之威"的"畏",畏惧也。"文王即勤止"的"勤",忧勤也。将这些字句联系起来，不难想象周天子无日无夜、战战兢兢、如履薄冰、如临深渊的慎戒与忧虑。

对于刚刚获得统治权力的周天子来说，如何保有天命，如何代理上帝统治下民，做一个有德行、有作为的统治者，继承和保持文王、武王开创的基业，是梦牵魂绕的头等大事。周代统治者内心深处的这一隐秘，在面对神灵之际往往不自觉地流露出来：

烈文辟公，锡兹祉福，惠我无疆，子孙保之。　　（《烈文》）
彼徂矣，岐有夷之行，子孙保之。　　　　　　　（《天作》）
我其夙夜，畏天之威，于时保之。　　　　　　　（《我将》）
骏惠我文王，曾孙笃之。　　　　　　　　　　　（《维天之命》）
肆于时夏，允王保之。　　　　　　　　　　　　（《时迈》）
率见昭考，以孝以享，以介眉寿，永言保之。　　（《载见》）

保住文王、武王所开创的基业，归根到底就是要保住他们的统治和特权，使他们永享福禄康乐。祭祀诗中多次出现的"以介景福"、"绥以多福"充分说明宗教祭祀的强烈功利目的。由于与自己乃至子孙后代的切身利益紧密相关，以及时时刻刻担心既得利益的丧失，周天子对上帝和祖先神灵的保佑更加依赖，以致形成了"对神既敬畏又向往的感情交织"①。结合前面所说，可以知道，周天子始终是怀着敬畏惕厉和惴惴不安的心理面对神灵祈祷的。当然，祭祀诗中有时也有一些喜悦，这是因为"献祭的结果，目的则是自我感——自信、满意、对后果的有把握、自由和幸福"②。不过与诗中所表现的恐惧、敬畏相比，这方面是很微弱的。

二、"再度丧失了自己"的惶恐、无助和孤独：

神灵下凡，人神相接，祭祀是十分庄重肃穆而又神圣的场合。决定人间凶吉祸福的神灵凌驾于万物之上，洞彻于心灵之中，具有超现实的神奇威力。在神通广大的神祇面前，普通生灵显得何其渺小！即使是统六合御八荒的周天子在神灵面前也是如此。应当说明，为保持周天子的威严，祭

---

① ［德］奥托：《神圣物的观念》，转引自夏普《比较宗教学史》，吕大吉等译，上海人民出版社1988年版，第214页。
② 《费尔巴哈哲学著作选集》下册，荣震华等译，商务印书馆1994年版，第462页。

祀诗在这方面没有更多地加以渲染，而是尽量收束笔墨加以回避，不过，通过一些诗句，还是能够看出他当时的心境：

> 于穆清庙，肃雍显相。　　（《清庙》）
> 维天之命，于穆不已。　　（《维天之命》）
> 有来雍雍，至止肃肃。相维辟公，天子穆穆。　　（《雍》）

诗中"于穆"、"肃雍"、"雍雍"、"肃肃"、"穆穆"等词语烘托出一片庄严的气氛和主祭者特定的心态："及祭之日，颜色必温，行必恐，如惧不及爱然。"（《礼记·祭义》）把这些词语与上面所说的周天子的敬畏惕厉和惴惴不安的心理结合起来，足以说明，在神奇威严的神灵面前最高统治者也像普通生灵一样，顺从地匍匐在神灵的脚下，诚惶诚恐，战战兢兢，无助地等待着神的宣谕。"宗教是那些还没有获得自己或是再度丧失了自己的人的自我意识和自我感觉"①，在这方面，人间最高统治者和普通生灵都有相同的"自我意识"和"自我感觉"，都要把自己的命运交给神，听凭神的摆布。《诗经》祭祀诗多少表现出周天子的这种"再度丧失了自己"的精神特征。

周天子作为至尊帝王，处于权力的巅峰，人间没有任何人可与他相比肩。他攫取了凌驾万人之上的权力，同时也丧失了亲情、友情乃至人情而成为真正的"孤家寡人"，因此，他也就更需要从天上和神界寻找心理和精神的慰藉。所以，他在祭祀与神交通时确实是全身心地投入的。"入室，僾然必有见乎其位，周还出户，肃然必有闻其容声，出户而听，忾然必有闻乎其叹息之声。"（《礼记·祭义》）即使是有诸多从祭者相从，他在心理上也是如此。《赉》写武王推翻商纣凯旋，告慰文王并宣谕诸侯，本是热烈而隆重的事，但在诗中却不见任何迹象，而只有一片肃穆、冷清，主祭者武王仍是独来独往，诗中只有他与文王神灵的对话，其全部精神尽集于"于绎思"。"绎者，绎周之命，绎文王之勤，绎代商求定之旨也。"② 这种情景和心态固然是祭祀活动的要求，但不可否认，更是人间帝王的特殊地位的使然。"高处不胜寒"，决定了人间帝王同时也是人间

---

① 《马克思恩格斯选集》第一卷，人民出版社1972年版，第1页。
② 余培林：《诗经正诂》下册，台湾三民书局1995年版，第593页。

最大的孤独者。细味《诗经》祭祀诗,每一首诗的后面都隐约有一个孤独者的幽灵——天下共主周天子的形象。

祭祀诗的艺术成就

关于《诗经》祭祀诗的艺术成就,在第二部分已从艺术形象的内在统一性方面作了一些说明,现再就其他方面略做补充。

《诗经》中的祭祀诗作于西周初期,是《诗经》中最早的作品之一,较之《小雅》和《国风》中的部分作品,要早五六百年。在此之前,夏商时代流传下来的诗歌作品寥若晨星,可资借鉴的写作方法和技巧更少,因而这些祭祀诗在创作上具有开山的性质,在艺术技巧和表现方法方面呈现着某些"原始性"特征。由于这一点以及祭祀诗内容和题材的特殊性,决定了这些诗歌的艺术面貌:从比较的角度看,就生动活泼而言,它不如《国风》;就富赡典丽而言,它不如《小雅》,但是正是由于这种"原始性",使《诗经》祭祀诗又获得了独特的艺术成就和价值。只要把它们与"平典似道德经"的历代郊庙歌加以比较,就会明显地看出这一点。

《诗经》祭祀诗虽然具有强烈的宗教特征和迫切的功利性质,但有些诗歌没有因此而完全流于程式化和一般化(这种情况在后代的郊庙歌中是比较常见的),而能结合具体情境,从自身的特点出发,写出一些独特的感受和体会。例如《时迈》是"巡守告祭柴望之乐歌也。谓武王既定天下,而巡守其守土诸侯,至于方岳之下,乃作告至之祭焉"(孔颖达《正义》)。此诗写于武王初定天下不久,表现出天下易主、初登大位的特点,字里行间流露着一位新王的感受。开头第一句"时迈其邦"是说武王登基之后以时巡守,接着在一般情况下应当继续写巡守如何如何,然而第二句笔锋一转,写出"昊天其子之,实右序有周"。初看觉得出语突然,两句之间互不搭界,实则是周朝开国君主心情的自然写照:天下统一,新王巡行,上帝爱我如子,把天下从商人手中转交给我,这真是上帝对有周的助佑呀!可见,第一、二句之间的内在联系之紧密。"昊天其子之"的"其"虽只一虚字,但把天命继承者自任和"自谦"的心理十分传神地表达了出来。又"允王维后。明昭有周,式序在位"。允,信也。"允王维后"即信哉,武王宜为天下之君也。新朝代旧朝初立,最需要的就是这样的肯定。

有的祭祀诗不斤斤于琐细处,而从整体着眼,大处落笔。《后稷》是祭上帝与后稷的诗。后稷生而神奇，经历三弃三收，发明农业，成为农神，可写的事情很多很多。但诗歌只写他承天之命，养育万民，不分疆界，推广农业，故其德可配天。正是从先王与天、先王与万民以及万民生存的大角度着笔，故显得气象阔大，非一般的祭祀诗可比。《天作》是祭岐山之诗，写岐山为"天作高山"，寥寥四字，极为简括，但却写出了岐山高峻、雄伟的不凡形象。接着写周人的努力，用"荒之"、"作矣"、"康之"、"徂矣"、"夷之行"、"保之"表现周人开发岐山和创建基业的过程，不但抓住了要点，而且极有层次。全诗仅仅七句，于简易中透露着不凡，严谨中蕴含着气度，充分展示出原始性"技巧"的朴素与稚拙之美。

当然，《诗经》祭祀诗的朴素、稚拙特征并不意味着表现手段的单一和粗糙，在这方面有些诗歌是很突出的。例如，《潜》本是周王专以鱼类祭祀宗庙的乐歌，全诗专列鱼名，一般祭祀诗中常见的写乐器、车马、服饰，诗中一律不见。这样既体现了专以鱼祭的特点，又以鱼的数量多、种类全，表现其祭祀之诚意。《有瞽》则列乐器的名称并通过乐器装饰及音乐效果来烘托庄严热烈的气氛，表现力也是很强的。此外，《维天之命》重在歌颂先王的功业和盛德，《烈文》重在表示不忘前王之德和继承大命的决心，《雝》重在写与祭者的容止神态，《时迈》重在写震慑万邦的文德武功。同是祭祀诗，同是表现人神交通、祈福禳灾，但角度和着眼点各异，诗歌面貌呈现出丰富性和多样性。

祭祀诗的语言除了《诗经》语言的一般特点之外，为了适应宗教祭祀活动的需要，还有其独特的艺术要求：那就是质朴简约，严谨凝重。如写周朝统一天下的赫赫武功，直言"薄言震之，莫不震叠"（《时迈》），毫不隐讳和遮掩，一片质直和真率。《维清》歌颂文王盛德，只用"维清缉熙"四字，突出其清明光大，胜过陈言万千。"辞弥少而意旨极深远"（戴震《诗经补注》），更显古朴之美。《赉》为祭文王之诗，全篇只有六句：写文王勤于国事，得上帝顾眷；武王继承天命，平定天下，决心弘扬文王盛德，永保天命，使之赓续不绝。全诗如面对文王在天之灵的铮铮誓言，发自肺腑，不假雕饰，故言简而意远，似轻而实重，古淡无比又耐人寻味。特别是末尾"于绎思"三字，凝聚着全诗精神，感叹唏嘘，意味深长。

原刊于《河北师范大学学报》2008年第4期，
《高等学校文科学术文摘》2008年第5期《学术卡片》发表摘要。

《诗经》的人文精神及其现代价值

《诗经》作为华夏民族最早的诗歌文本，真实而生动地传达了华夏民族童年时期的声音，深刻而朴素地反映了从西周初期到春秋时代五六百年间华夏民族的集体生命历程。由于这个"声音"发自童年心灵的深处，充满了人性的生动和真实，这个"历程"体现着民族历史前进的坚实步伐，充满了探索与追求，因而使得《诗经》蕴含着巨大的精神力量，并以文学所特有的鲜活姿态体现出华夏民族的文化精神、民族性格和人格理想。所以，《诗经》也就有别于一般的文学作品，而成为华夏民族的文化元典，具有了中国传统文化精神源头的性质和特征：《诗经》不但为中国文化精神和人格理想奠定了坚实的底蕴，而且为它的发展提供了"传统性的前提"。

正是因为如此，梁启超把孕育了《诗经》等民族文化元典的时代称之为"胚胎时代"。在《论中国学术思想变迁之大势》一书中，梁启超把中国数千年的学术思想分为七个历史时期，第一个时期是"胚胎时代，春秋以前是也"[1]。并认为"此后全盛时代之学术思想，其胚胎皆蕴于此时"[2]。梁启超把《诗经》等民族文化元典作为中国文化精神和学术思想的胚胎，正是基于它们在中国文化思想发展中的重要地位和巨大影响。所以，要认识中国文化精神的源头，了解中国文化精神原创时期的面貌和特点，就必须越过儒家去追溯更为遥远的"胚胎时代"，而《诗经》正是那里的一座巍然耸立的高峰。

那么，《诗经》为后代文化的发展提供了哪些"传统性的前提"？也

---

[1] 梁启超：《论中国学术思想变迁之大势》，上海古籍出版社2001年版，第6页。
[2] 同上书，第16页。

就是它留给后代的文化"胚胎"的基本精神是什么？这必然会涉及对《诗经》基本精神，亦即对它所包含的核心价值观的认识。事实上，自古至今，人们在不断进行着这样的探索，如孔子就以"无邪"即思想、性情纯正概括《诗经》的基本精神和性质；朱熹则以"人事"、"天道"俱备，"无一理之不具"① 概括《诗经》的基本精神和性质；到了现代，特别是20世纪50年代以后，更多的是用反映现实、针砭时政的现实主义精神概括《诗经》的基本精神和性质。这些认识程度不等地反映出《诗经》性质、特征的某些方面，同时也都打上了鲜明的时代烙印，其最根本的不足在于都没有从核心价值观的角度提出问题，因此也就不可能抓住问题的本质。今天我们要正确认识这部民族文化元典，就必须从当代的认识高度用现代意识和现代思想观念，从整个民族文化精神发展历史进程的宏阔背景和高度去观照，以真正把握其基本精神和性质，使之在民族复兴和民族文化重建的伟大历史任务中发挥作用。

一 《大雅》的人文精神

人文精神是充分体现人类文明的一种崇高精神，其核心是指对人的终极关怀，即对人的生存、命运和前途的深切关怀。用简单的话来说，就是"人当是人；中国人当是中国人……"② 这本身即足以说明人文精神是在高扬理性和理想，闪烁着鲜明的人性的光辉。

要关怀人的生存和命运，就不可能不涉及决定人的生存状态和命运走向的生存环境，特别是人与社会、人与人之间的关系，也就是社会现实。《大雅》中的人文精神主要就表现在对于社会现实，特别是对于民生疾苦的同情和对于国家前途命运的关注以及在此基础上所形成的政治理想。

西周末年，厉王、幽王都是腐朽昏聩的君王，他们任用群小，倒行逆施，使阶级矛盾、民族矛盾和统治阶级内部矛盾日趋尖锐，王朝很快走向崩溃的边缘。内忧、外患，再加上频至的天灾，广大百姓陷于水深火热之中。产生于这个时期的《大雅》中的部分作品，富于鲜明的时代色彩，充满了强烈的忧患意识和悲天悯人的情怀。《民劳》共五章，每章的第

---

① （宋）朱熹：《诗集传序》。
② 唐君毅：《人文精神之重建·自序》，广西师范大学出版社2005年版，第4页。

一、二两句都以"民亦劳止,汔可小康"(第二到第五章第二句最后一字分别换为"康"的同义字)开头,如此开门见山、突兀飞扬,说明人民的疾苦和不幸在诗人心中激起的感情波澜不可遏制,似乎只有这样反复咏叹(五章反复五次),尽情宣泄,才能使内心归于平静。《召旻》一诗,面对"我相此邦,无不溃止",大厦将倾,无可挽回的危机局面,诗人痛心疾首,焦虑万分,对黑暗、腐朽的政局进行愤怒揭露和猛烈抨击。值得注意的是,诗人在"揭露"和"抨击"中,没有完全局限于朝中和个人之间的恩怨,而是将目光投向下层,特别写了"瘨我饥馑,民卒流亡,我居圉卒荒",反映出社会动乱背景下广大民众的艰难处境。说明诗人在惨怛、忧愤的伤痛中,没有忘记民生疾苦和百姓的悲惨命运,对水深火热中的苦难生灵投以人文关怀的光辉,使他们得到精神的慰藉。

《大雅》的部分作品,如《民劳》《板》《荡》《抑》《桑柔》和《假乐》《泂酌》等诗,所体现的政治理想就产生于这样的社会背景下,所以,如何解决现实的迫切问题,如何化解民生疾苦,使王朝摆脱危机,也就成为他们建构理想政治的主要着眼点和动机。理想的政治当然离不开对于作为现实关系总和的人的关注,《大雅·假乐》:

> 假乐君子,显显令德。宜民宜人,受禄于天。保右命之,自天申之。(第一章)
> ……
> 之纲之纪,燕及朋友。百辟卿士,媚于天子。不解于位,民之攸塈。(第四章)

"宜民宜人",《毛传》:"宜安民,宜官人也",这个解释基本正确。具体说来,在"民"与"人"对举的情况下,"人"一般是指统治阶级各个阶层的人;"民"一般是指被统治阶级的各个阶层的民,即广大庶民。"宜民",使民宜,即使民安其业,得以生息;"宜人",使人宜,即使人得其位,获有尊荣。这反映出一种十分重要的思想,即得天命,"受禄于天",不但要有"显显令德",而且要"宜民宜人"。第四章则更将这一思想具体化:周王是否勤政以及效果如何,关键也是要看庶民的生活是否安定,得以生息。在作者看来,"宜民宜人"不但是衡量君王为政的重要标准,而且直接关系到"之纲之纪",即治国的根本原则和法度。

可见，在他们的政治理想中，如何关注人和民（庶民），使他们各得其所，是保持政治稳定、王朝兴盛的根本。这就是说，不仅是人的问题，民（庶民）的问题同样引起他们的极大注意。既然庶民的生活处境和状况对于周王朝来说是如此重要，那么，如何对待庶民，就不只是君王的事，同时也是朝中百官的事。所以，在这方面对于朝中的"蔼蔼吉士"更有一定的要求：为官不但要效忠于天下至尊的周天子，同时还要关注普普通通的百姓。《大雅·卷阿》中，把"维君子使，媚于天子"（第七章）与"维君子命，媚于庶人"（第八章）并列，认为它们同样都关系到王朝成败兴衰，就充分反映了这一点。

"维君子命，媚于庶人"，三千多年之前的这个诗句，以其对于"庶人"的普泛关注，充分说明庶民的生活处境和状况在他们的政治理想中占有何等重要的地位。尽管他们的动机主要是出于维护王朝自身的利益，但却有利于减轻民生疾苦，因而具有明显的进步性。

除了强调对"人"和"民"的关注之外，《大雅》中的一些诗篇还特别强调君王之德在维护王朝统治，建构理想政治局面中的重要作用。这一思想，除了前面所引的《假乐》，在《卷阿》中也有突出的表现：

> 有冯有翼，有孝有德，以引以翼。岂弟君子，四方为则。
> 颙颙卬卬，如圭如璋，令闻令望。岂弟君子，四方为纲。

在周人看来，是否"有孝有德"，是否有"令闻令望"，绝非君王个人之事，而关系到国命长远。因为"敬德"与"保民"密切相关，正如王国维所指出的：德与民是"文武周公所以治天下之精义大法"①。当政者有良好的道德，以德为政，得到上天的眷顾，才能万民拥戴，天下归心，使国祚根基巩固，王朝兴盛。如此强调德在为政中的重要意义，说明周人已经认识到道德的政治作用以及人在赢得天命眷顾，从而争取君临天下过程中的某些主动性，由此而将道德与政治、宗教融为一体。但是，只有周天子的道德的自觉，还不能形成作者理想中的最佳政治局面，因为《卷阿》中所说的"为则"、"为纲"只是表明了为政、做人的标准和皈依，而并不意味着君臣、君民之间上下关系的和谐和融洽。只有在君子之

---

① 王国维：《殷周制度论》，《观堂集林》第 2 册，中华书局 1959 年版，第 477 页。

德和有"则"、有"纲"的基础上形成和谐、融洽的上下关系，才是他们所追求的理想的政治局面。《泂酌》一诗所咏的正是这样的政治局面：

> 泂酌彼行潦，挹彼注兹，可以餴饎。岂弟君子，民之父母。
> 泂酌彼行潦，挹彼注兹，可以濯罍。岂弟君子，民之攸归。
> 泂酌彼行潦，挹彼注兹，可以濯溉。岂弟君子，民之攸塈。

岂弟，道德美好；君子，此指君王。"民之父母"，是说君王像父母一样关爱人民；"民之攸归"，是说君王为民所依附；"民之攸塈"，是说民得以生息。三章的后二句，基本精神一致，都是说"在上者有慈祥岂弟之念，而后在下者有亲附来归之诚"①。这些话语虽是对于周王的歌颂，不乏夸张、溢美之词，但不可否认的是，也正是他们心目中理想政治的诗意概括；他们所向往的正是这种君民上下之间不但相亲相爱，而且身所依附，心有所安，自然形成和谐融洽的关系。

以上所说，无论是对于民生疾苦的同情和对于国家前途命运的忧虑，还是对于君民上下之间和谐关系的追求，都体现了对于人的价值和个体生命的某种程度的肯定，表现出对于人的生存和命运的深切关怀，由此决定了以"敬德"、"保民"为中心的《大雅》政治理想的鲜明的人文精神特征。正是这一点使《大雅》成为我国体现人文精神的最早的文学作品，或者说，我国的最能体现人类文明的人文精神正是在《大雅》中开始萌发的。这使《大雅》不但在中华文学发展史上，而且在中华文化精神发展史上也赢得了极为重要的地位，并对我国文学和文化思想的发展产生了极为重要的影响。例如，忧患意识和对民生疾苦的同情始终是历代文学的主题，实际就肇始于此；对于政治和文化思想发展的影响也十分明显，例如，作为孔子政治思想核心的"仁政"、"德政"主张及其所包含的人文精神，就能在《大雅》的一些诗篇中找到其端倪。

当然，从严格的意义上说，《大雅》的政治理想还远远没有形成完整的体系，而仅仅包含了一些具体的政治内容和政治因素，虽然如此，丝毫也不影响它在我国人文精神发展历史上的开山地位和价值。

人文精神本身是一个历史性的概念，不可能具有恒定不变和始终如一

---

① 方玉润：《诗经原始》下册，中华书局1986年版，第520页。

的具体内容，而是随着时代历史的发展而不断发展和丰富，呈现出由低级到高级、由零散到形成系统的动态特征，这样看来，说《大雅》的人文精神有其明显的历史局限性也就不足为奇了。

首先，如前所说，《大雅》人文精神中的悲天悯人情怀，虽然不无对民生疾苦的真正关怀和同情，但在很多情况下是出于维护自身统治，为了周王朝的长治久安。当天下安定，统治稳固，后顾之忧解除之后，这种关注和同情也就随之减弱了。其次，《大雅》所提倡的德，并非一般的纯粹的道德，而有其特定的含义和性质，它"不能纯粹，而必须与宗教相结合。就思想的出发点而言，道德律和政治相结合"①。在这种道德、政治与宗教相结合的思想体系中，道德不但被宗教神秘化，而且被局限于狭隘的"君德"范围——道德只是周天子博得上天眷顾的手段——而把其他人统统排斥在道德的大门之外。

二 《小雅》的人文精神

《小雅》的人文精神主要表现在对于人与人之间和谐、融洽关系的向往和赞美。和谐、融洽的人际关系是社会和谐、人生美好、幸福的重要体现，因此，自古以来就是普通百姓、圣贤哲人，乃至各种思想体系一致追求的目标。

真诚相待可以使心灵相通，在人与人之间建立起真正的友谊，形成人际关系的和谐和融洽。《小雅》中的一些诗篇充分肯定了友谊的意义和价值，表现出对于友谊的无限渴望和珍惜。

《伐木》，从字面看是宴享朋友、亲眷和故旧的诗，实际却是歌颂人与人之间的友谊和真情，表现朋友相聚的和睦和欢乐，突出友谊的可贵和"友生"的难得；作者所"求"的正是友谊和真情。从这个角度来认识这首诗，各章关系如下："一章总言朋友之重要，二章言燕诸父、诸舅，三章言燕兄弟。诸父、诸舅，非真父、舅，尊之而已。由是推知兄弟亦非真同胞，年少位卑，称之兄弟，亲之而已。实则皆朋友也。"②

---

① 侯外庐主编：《中国思想通史》第1卷，人民出版社1957年版，第85页。
② 余培林：《诗经正诂》下册，台湾三民书局1993年版，第24页。

相彼鸟矣，犹求友声；矧伊人矣，不求友生？神之听之，终和且平！

诗人无限虔诚地把友谊祭奉于神灵的殿堂，坚信真诚的友谊感天动地，使神灵降福人间。这样叙写不但赋予了友谊以宗教的庄严与神圣，同时也表现出对于友谊的无限向往和真诚。在宗教观念占主导地位的时代，这是对于友谊的价值及其所体现的和谐、融洽关系的最高礼赞和肯定。从这个意义上可以说，《伐木》是一首具有鲜明时代特征的"友谊颂"。

《鹿鸣》是所谓的"四始"之一，历来受到特别的重视。《诗序》认为是天子燕群臣嘉宾的诗，此说影响很大，历来多有从者；但诗的内容并不限于君臣之宴，除君臣关系之外，还广泛适用于其他各种关系和场合，如亲族、朋友、故旧之间的欢宴，等等，具有很大的普适性，因此，说它是热情友好宴享宾客的诗，似更贴切。

本诗写主人对嘉宾真诚友好，盛情款待及其所营造出的欢愉、和乐气氛，表现出人与人之间的美好友谊与和谐、融洽关系。诗人不说"嘉宾驾到"或"嘉宾光临"之类的套语，而说"我有嘉宾……"，并且在第一、二、三章中各重复一次，充分反映出主人对于嘉宾光临的由衷喜悦和自豪。接着写以多种方式款待嘉宾：琴瑟以乐之，币帛以将之，旨酒以飨之，表现了主人对嘉宾的热情友好和诚敬有礼。与此同时，全诗的感情和气氛也逐渐加深："从情绪上说，是一章比一章亲近；从气氛上说，是一章比一章热烈，至末章则达到'和乐且湛'的高潮……"①

《蓼萧》也是如此。古代对于此诗的理解或以为是天子赞美诸侯，或以为是诸侯歌颂天子，都是局限于天子与诸侯之间。这样理解诗义过于狭窄，缺乏实据；从诗歌本身来看，这是一首宴饮贵族，"对贵宾的来临表示荣幸，并祝愿其长寿多福"②的诗歌，可以适用于贵族范围内的多种人际关系，如君臣、亲族、朋友、故旧，等等。本诗写嘉宾来临，除了突出见到嘉宾的喜悦、欢乐和荣幸（如第一、二章）之外，还特别突出了彼此之间的亲密关系："宜兄宜弟，令德寿岂"，即"称兄称弟都相宜，表

---

① 程俊英、蒋见元：《诗经注析》下册，第437页。
② 褚斌杰：《诗经全注》，人民文学出版社1999年版，第193页。

示亲如兄弟"①。全诗充满了脉脉温情,洋溢着亲切和乐,结尾"和鸾雍雍,万福攸同",在真诚、庄敬和友好的气氛中对友人发出了衷心的祝愿。

上述向往、赞美友谊和人际关系和谐、融洽的诗歌中有一个显著的共同点:将它与赞美美好的道德结合起来,并表现出以这种美好道德与嘉宾共勉的强烈愿望。

例如,《鹿鸣》在表示对嘉宾真诚友好的同时,特别郑重提出:"人之好我,示我周行",说明真正的友谊必须在如何做人方面相互帮助和共勉,以便端正人生方向,培养和形成美好的品德。"私惠不归德,君子不自留焉。盖其所望于群臣嘉宾者,唯在于示我以大道,则必不以私惠为德而自留矣。"(朱熹《诗集传》)这样的朋友在做人准则和对品德的追求方面必然会有共同的取向,达到志同道合,从而十分自然地形成和谐、融洽的人际关系。

《湛露》写宴亲朋、故旧,表现人际关系的和谐、融洽,共四章,在前两章写宾主开怀畅饮之后,于后两章特别写道:

> 湛湛露斯,在彼杞棘。显允君子,莫不令德。
> 其桐其椅,其实离离。岂弟君子,莫不令仪。

诗人深知德为做人之本,因而十分重视道德,并在任何场合都不忘用道德严格约束自己,以体现良好的道德风貌。在诗人看来,越是容易失态的场合,如亲朋好友欢宴的场合,越要讲究品德和风度:饮酒至醉,容易失仪,而君子醉而不失其仪,是因为君子有内在的美德。"诗叙宴饮于前,而推本于君子之德仪,旨深哉!"(姚舜牧《诗经疑问》)此说深得诗义。

《蓼萧》写相聚的欢乐和喜悦以及宾主之间亲如兄弟的关系,也突出赞美嘉宾的"其德不爽"、"令德寿岂",等等,明显地表现出人生中美好的时刻以及人与人之间的亲密关系,离不开崇高的道德。

以上所说《伐木》《鹿鸣》《蓼萧》和《湛露》等诗篇中的重德倾向,都表现在君臣、亲朋、故旧所形成的人际关系中。除此之外,这种重

---

① 褚斌杰:《诗经全注》,人民文学出版社1999年版,第194页。

德倾向还反映在作为"人伦之始"的夫妻之间。《车辖》是燕乐新婚的诗，述其结此婚姻，并非由于身心的"饥"、"渴"，而是向往这位季女的"德音"；不是思慕她的修长身材和美貌，而是渴望她有以教导我的"令德"；"高山仰止，景行行止"，与品德崇高的季女结为连理，将是何等的美好！可以看出，这位诗人择偶，不是以貌、以身取人，也不是以财、以势取人，而是实实在在地把德放在了第一位。由于有了这样的道德基础，他们的婚姻必然鱼水相得，充满幸福和欢乐。诗歌中所表现出的这位新郎官在迎娶途中的无限愉悦、欢快的心情，已经完全预示出这一点。

综上所述，《小雅》在追求人与人之间关系的和谐和融洽方面是十分突出的。一般说来，"西方哲学"重在追求建立知识系统，"中国哲学"重在追求精神境界[①]；而人与人之间的和谐融洽，不正是一种美好的精神境界吗？这充分说明《小雅》的这种价值取向与中国文化哲学精神是完全一致的。

人与人之间关系的和谐和融洽，是以人的平等和相互尊重为前提的。但是，在宗法制度基础上所形成的"礼"所强调的恰好相反：是等级差别和尊卑贵贱，显然，这与追求人际关系和谐融洽的人文精神是完全背道而驰的。由于礼是当时占统治地位的意识形态，起着绝对的主导作用，所以，周代贵族所追求的和谐只能在一定程度上拉近彼此间感情上的距离，并不能完全消解"尊尊"、"亲亲"的等级差别。当然，《大雅》《小雅》所追求的和谐，更不可能面向社会的全体人民，而只能局限于贵族阶层范围内，对于广大庶民来说，这样的和谐当然也不可能从根本上改变其命运。这一切都极大地限制了人文精神的进一步发展。

顺便说明，在这部分论证人与人之间关系和谐融洽所举的作品中，绝大部分都是宴饮诗。这说明有必要重新审视宴饮诗：20世纪50年代到70年代，我们对于宴饮诗大多以表现贵族阶级腐化享乐，粉饰太平为由而加以彻底否定。80年代，在文化意识的主导下，我们肯定了宴饮诗充分展示礼乐文化风貌及其道德内涵，具有巨大的文化价值，因而开始对宴饮诗予以一定程度的肯定。现在看来，仅仅从礼乐文化意义上肯定宴饮诗还远远不够，它的人文精神所体现的人生境界和历史进步，具有更为重要的意义和价值，因而更值得注意。

[①] 参阅汤一介《关于文化问题的几点思考》，《云南大学学报》2002年第1卷第1期。

此外，《小雅》中的人文精神还表现在另外一个方面，即对于不合理现实的揭露、批判和对于不幸者的深切同情及其所体现的强烈的社会责任感。如《何草不黄》《采薇》《杕杜》《大东》《鸿雁》和《四月》等诗，从不同角度真实地叙写了抒情主人公的生活经历和遭遇以及内心的深刻矛盾和感情波澜，从而塑造出社会动乱背景下苦难人群的众生相，表现了对于遭遇不幸者的深切同情和关注。这些不幸者涉及的社会阶层十分广泛：既有社会底层的广大士卒、征夫，也有社会上层的大夫、将佐；既有长期在外的行役者，也有独守家中的思妇；既有东方之人，又有其他各地的人。总而言之，其同情和关注所及跨越了阶级和地域，不分身份尊卑和东西南北，而遍及各地、各个角落和社会各个阶层。就是说，这些作品所面对的是"人"，是一切遭遇不幸和痛苦的人，而所揭露和批判的对象，则是造成这种灾难和痛苦的黑暗现实。

正是人文精神给了作者以如此博大的襟怀，才使他的爱如此之深，如此之广。

三 《国风》的人文精神

《国风》的作者中有很多生活在社会底层，是饱经苦难磨炼和各种不幸的"饥者"和"劳者"，维持生存和保证生命的延续是他们最迫切和最主要的愿望，因此，他们的诉求多集中在基本人权即生存权，特别是最低的生活需要方面，由此形成了他们对于未来的希望和生活理想。"人们首先必须吃、喝、住、穿，就是说首先必须劳动，然后才能争取统治，从事政治、宗教和哲学等等。"① 当然，《国风》的作者不是完全没有《大雅》《小雅》作者那样的政治理想和社会责任感，只是对于他们来说，生存问题也就是解决生活所必需的基本条件问题最为现实和迫切，因而生活理想也就具有压倒性的意义，以致他们的政治理想和社会责任感往往都是蕴含于争取基本人权的生活理想之中，通过生活理想而表现出来。

其实，《国风》作者生活理想中对于现实的要求是很低的，但在当时的社会条件下，即使是这些最低的生活需要，也根本得不到保证。也正是

---

① [德] 恩格斯：《卡尔·马克思》，《马克思恩格斯选集》第三卷，人民出版社1973年版，第41页。

因为如此，对他们来说，这些东西才变成可望不可即的所谓的"理想"。所以，要考察这个理想，也就只能从另一面，即从他们对于动乱、苦难现实的揭露、控诉和批判中去寻绎。

《王风·兔爰》一诗的内容对于西周末期至春秋时代的广大人民来说是十分典型的，诗人反复强调的"我生之后，逢此百罹"、"我生之后，逢此百忧"和"我生之后，逢此百凶"，正是他们所处的水深火热处境的真实写照。"幽王昏暴，戎狄侵凌，平王播迁，家室飘荡"（崔述《读风偶识》），严重灾难和痛苦接连不断地袭来，使人难以承受，以致充满了恐惧和忧愁而"不乐其生"（《诗序》）。所以，把这篇诗歌看作那个时代遭受苦难和不幸的广大人民境遇的总括性的写照，是完全合适的。当然，更多的诗篇则是从不同的侧面比较具体地反映了这一现实。

比如反映在残酷剥削、压榨下无以为生，而不得不逃亡的《硕鼠》；对不劳而获者的讥讽和嘲弄，表达对于不平等现实强烈不满的《伐檀》；揭露长期战乱，造成有田不能耕种，父母衣食无着惨剧的《鸨羽》；凶年饥馑，室家相弃，天灾人祸之下，妇人自述其悲的《中谷有蓷》；等等。至于反映久戍不归、隔绝离散、亲人之间相互苦苦思念的诗歌就更多，如思妇之词的《君子于役》，征夫之词的《扬之水》，反映亲人与征夫之间相互思念的《陟岵》和抒写久役不归，饱受征战、思念之苦并充满感伤之情的《东山》。其中《君子于役》把久戍不归所造成的巨大灾难和痛苦这种司空见惯的悲剧提到人性的高度予以审视：

> 君子于役，不知其期。曷至哉？鸡栖于埘，日之夕矣，羊牛下来。君子于役，如之何勿思？

写日夕鸡栖于埘，羊牛下来，除了如一般所说烘托撩人思念的日暮黄昏气氛之外，更有人与畜禽的对比和反衬："畜产出入，尚有旦暮之节；君子久役，而无止息之时，此情之不可堪者也。"① 是什么"情"使人不可堪？人不如畜禽之慨也。很显然，这是因为"人应当是人"这个人间的大道理在这里受到了肆意践踏！

同样，《鸨羽》在抒写"王事靡盬"背景下一般庶民的不幸命运之

---

① 朱守亮：《诗经评释》上册，台湾学生书局1984年版，第209页。

后，三章的结尾（"悠悠苍天，曷其有所"、"悠悠苍天，曷其有极"和"悠悠苍天，曷其有常"）对天发出疑问，含义犹深：所谓"末二语呼天而问，充满悲怆无奈之情"①。父母养育后代，后代赡养父母，这个天经地义的事在人间行不通，除了问天还能有什么办法？很显然，"人应当是人"这个人间的大道理在这里也受到了肆意践踏！

看来，在安定的社会环境中从事和平劳动，与父母妻子共享天伦之乐，这个人生来就应当享有的基本人权即生存权，对于他们来说已经成了奢望。正是因为如此，他们对理想生活的向往和追求才那么强烈和迫切！

《国风》作者生活理想的另一个重要方面是对于爱情自由、家庭幸福的追求和向往。

《国风》中有关爱情和婚姻的诗歌，自古以来，特别是近几十年以来学者们已经做了比较充分的研究，从中足以看出这些无名氏的作者对于爱情、婚姻和夫妻关系的态度和观点以及他们的爱憎和追求。本文对此不再重复，这里仅就对一些问题的新的认识简单谈一点看法。

《鄘·柏舟》是一首表现生死不渝爱情的诗歌，是说诗歌主人公为了与自己的心上人结合，不惜以生命为代价，表现她对爱情的无限忠诚与坚贞：

> 泛彼柏舟，在彼中河。髧彼两髦，实为我仪。之死矢靡它。母也天只，不谅人只！

母亲的极力反对是她的美好爱情的最大阻力。在宗法制社会中，抗拒长辈的意志就意味着大逆不道，她因此陷入了两难的境地：要成就美好的爱情，就要背上大逆不道的罪名；要甩开这个罪名，就要牺牲美好的爱情。她的母亲为她选择的是认命，向现实屈服。命运观念是当时十分盛行的观念，诗歌中的主人公也被这种观念牢牢地束缚着。对于一个普通的民间女性来说，相信命运，把自己的不幸归咎于它，丝毫也不奇怪。她的思想的闪光点不在这里，而在下面的诗句，即"母也天只，不谅人只"所体现对天和其母的怨愤中。诗歌主人公为什么要呼天，呼天意味着什么，王夫之有深刻的分析：

---

① 余培林：《诗经正诂》上册，第329页。

奚而必言天邪？奚而勿庸言天邪？疑于天之不然，推求之不得而终推之天，则言天也①。

这清楚说明，诗歌主人公呼天，是起于对"天之不然"的怀疑。在周代人们的观念中，天即上帝，是世界的最高主宰，包括人的命运在内的人间的一切无不决定于它。所以，对于"天之不然"的怀疑，实际就是对于命运的怀疑。她认为是残酷的命运毁掉了她美好、幸福的生活，由此而对命运的公正性产生了深深的怀疑并发出了抗议。

由对于自由爱情和美好生活的追求，而怀疑命运的公正性，使诗歌主人公的思想达到了那个时代的新的高度。

这首《鄘·柏舟》是通过爱情的挫折和不幸从反面反映对于自由美好爱情的追求，而更多的作品则是从正面，即直接咏唱自由爱情的欢乐和美好来反映这一主题，如《桃夭》《野有死麕》《有女同车》《桑中》《木瓜》《山有扶苏》《萚兮》《褰裳》《野有蔓草》《溱洧》等。这些诗歌写得生动活泼、热情奔放，充满了爱情的欢乐和喜悦。可以看出，从反面反映这个主题的作品较少，而从正面反映这一主题的作品较多。

以上是《国风》中反映追求和向往自由美好爱情的作品，下面再说《国风》中有关和美幸福家庭的作品。

《国风》中反映和美幸福家庭理想的作品也有正面叙写和反面叙写两种情况，但在数量的比例上与上一部分恰好相反：从正面叙写的作品少，而从反面叙写的作品多。

《国风》中从正面叙写和美幸福家庭的作品，不但数量很少，充其量只有《关雎》《女曰鸡鸣》等极少数诗篇，而且叙写也缺乏力度和深度，不像叙写夫妻失和、家庭破裂的作品的数量多而且叙写充分。

其中，《关雎》严格说来还是对于未来的美好夫妻关系的想象，而不是已然的现实。从已然现实的角度写夫妻家庭生活和乐、幸福的可能只有《女曰鸡鸣》一诗。《女曰鸡鸣》是一首表现夫妻相敬相爱的诗，通过对话"叙述早起、射禽、烧菜、对饮、相期偕老、杂佩表爱的欢乐和睦的

---

① （明末清初）王夫之：《诗广传》，中华书局1964年版，第25页。

新婚家庭生活"①。诗歌文辞婉曲,情意缠绵,出色地表现出夫妻之间的燕婉深情,把那个时代普通人群对于理想的夫妻关系和家庭生活表现得轻松而风趣。

通过妻子被弃、丈夫变心的家庭悲剧,从反面表现这一理想的作品较多,如《邶风·柏舟》《谷风》和《氓》等。

《谷风》和《氓》都是弃妇诗,内容相近,都写了结婚成家,黾勉同心,勤俭持家以及丈夫喜新厌旧,妻子被虐、遭弃的经过,通过家庭悲剧给妇女所造成的心灵创伤,反映古代宗法社会中妇女的悲惨命运和遭遇以及婚姻、家庭状况的不合理。对于现实婚姻状况和夫妻不合理关系的否定批判,正是以关于婚姻和家庭关系的理想为前提。

在这方面,更具有思想特色的是《邶风·柏舟》。它所写的也是妇人不得于其夫,自伤不幸的婚姻家庭悲剧。她不但受夫歧视,"愠于群小",而且不被自家兄弟所理解,以致有怨无处倾诉而陷入极大的苦闷和忧伤之中。全诗气氛抑郁、沉闷,感情凄恻、痛切。闺怨深深,读来令人压抑;而结尾却如同茫茫黑夜里的闪光,令人精神为之振奋:

　　静言思之,不能奋飞!

"静言思之",说明这是认真、审慎的思考,而不是随便的灵机一动,而思考的结果更是大出人之预料:原来,她忧伤的原因不是因为某个人,而是自己不能奋飞。这是极度痛苦、悲怨的反弹,透露了她内心深处的隐秘:突破樊笼,摆脱令人压抑和窒息的环境,像鸟一样在天空自由翱翔。这个感情的巨澜,突出反映了她对来自丈夫和家庭压迫、歧视的抵触以及对于自由、美好爱情和幸福家庭生活的强烈向往。

综上所述,可以把《国风》作者生活理想的主要内容概括为:在安定的社会环境中从事和平劳动,爱情自由,夫妻和谐,家庭和美,并从和平劳动、爱情与幸福家庭中体现出人的尊严和独立,从而享受人生的快乐和幸福。可以看出,《国风》作者的生活理想体现了以人为终极关怀对象的人文精神的重要方面以及把人当作人,即保证人的生存权利和做人尊严的起码要求。从今天的观点看来,这些要求是很低的,基本上是局限于维

---

① 程俊英、蒋见元:《诗经注析》上册,第 235—236 页。

持个体生命存在和延续的必要条件,而不涉及这个范围之外的其他诸多权利。不过,在《诗经》时代,对于广大庶民来说,人生具备了上面说的那两个方面,生活也就说得上美满了。

《国风》作者的生活理想,体现着对生命自由的追求和对现实的超越,具有理想世界的特征。它既是物质方面的追求,也是精神方面的追求,当然,更多的是属于满足感性需要的物质方面的追求。肯定人的物质欲求,满足人的感性需要,是保证人的尊严的基本条件,同时也是人类生存和发展的基础,具有天然的合理性和正义性;因此,像肯定政治理想、人格理想一样,对于《国风》所表现的生活理想同样应当予以充分的肯定。

四 《诗经》人文精神的现代价值

《诗经》作为民族文化元典,具有为民族文化奠基的原创性和开放性,包容着大量的属于未来的积极成分,特别是它的核心价值观,即它的人文精神更是具有不朽的生命力。如前所说,人文精神是充分体现人类文明的一种崇高精神,以高扬理性、理想和关于人性的思想为其本质特征。蕴含有丰富人文精神的《诗经》是一座民族文化精神的宝库,只要经过认真发掘,运用现代意识加以阐释,就能为当代社会提供大量的有价值的思想。这些思想完全可以参与当代的文化创造,体现着《诗经》的现代价值:

一、《诗经》的现代价值,首先在于能够加强民族文化的自我意识,有助于建构具有民族文化特色的现代新文化。

在当今席卷全球的现代化浪潮中,有些人在学习西方的先进科学技术和管理经验的同时,把西方的价值观念和生活方式也不加分析地全部拿来,唯西方马首是瞻,而将自己的优秀文化传统束之高阁。割断自己的文化根基,必然丧失自我,完全忘记"我们自己是谁"。一个失去自己优秀文化传统的民族,不但会迷失方向,而且其文化创造力也将患上贫血症,直至完全丧失自我创新的能力。这对于一个民族来说是十分可怕的事情。

世界上任何一个具有发达文明和深厚文化底蕴的民族,对于自己的文化和文化传统都有很强的自我意识,体现出鲜明的文化主体性特征。要强化文化的自我意识,首先要正确认识中国文化的源头在哪里,其基本精神即核心价值观是什么。有些人把儒家学说作为中国传统文化的源头，实际上是一个很大的误解。仅从前边的论述中即可以看出，儒家学说继承了包括《诗经》在内的大量的先代文化①，这说明它只是流而不是源。另外，一般虽然把"十三经"作为中国传统文化主体意识的基本象征，但"十三经"中也只有包括《诗经》在内的很少几"经"才具有民族文化元典的性质。所以，《诗经》才是我们华夏民族生存的文化之根的重要组成部分。"不是历史属于我们，而是我们属于历史"②，中华民族的文化精神全都属于这个由《诗经》等民族文化元典所奠基的文化传统和历史。而这正是制约和决定中华民族文化发展的历时性的文化因素。正是因为如此，我国历代的哲学、政治、文学、艺术无不具有强烈的人文精神，体现着深切的人文关怀，并最终使人文精神成为中国文化的基本特征③，中国文化的历史也成为一部"人文精神之慢步前进"④的历史。

所以，继承和发扬《诗经》的人文精神，对于牢固确定中国文化的主体性，建构具有民族文化特色的现代新文化，重建中华民族的精神家园，具有重要的意义。只有建立起真正属于自己的现代新文化，我们才有资格与世界文化对话，而这正是提高民族自信心，真正使中华民族自立于世界民族之林的关键。只要想一想我们的祖先在两三千年前就已经具有了那样高度发展的崇高的人文精神——就其对于人类的贡献来看，实在是不亚于历史上的任何科学技术发明——民族自豪感就会油然而生，我们没有任何理由不把充分体现中华民族文化精神本质特征的人文精神发扬光大！

二、有助于彰显价值理性，端正价值取向，这一点对于现代的中国人来说具有极大的现实意义。

近年来，随着商品经济的发展和物质生活水平的提高，精神危机也开始显露并日趋严重，如今已经下滑到了警戒的底线。精神危机表现在多个方面，其中最为主要的就是理想和信仰的丧失，精神荒漠化，而将人生寄托在物质利益的追求和感性享受上，并最终导致物欲横流，沉渣泛起，种

---

① 实际上儒家学说从《诗经》中吸取的东西很多，不仅仅是本文所涉及的那些。
② ［德］伽达默：《真理与方法》，转引自张隆溪《走出文化的封闭圈》，生活·读书·新知三联书店 2004 年版，第 8 页。
③ 余英时认为"肯定中国文化特点是'人文精神'"是正确的，见其所著《中国思想传统的现代诠释》，江苏人民出版社 2003 年版，第 6 页。
④ 唐君毅：《人文精神之重建》，第 339 页。

种丑恶、腐朽、低俗、糜烂的世相应运而生。

所以摆脱精神危机，端正价值取向，树立道德理想，已经成为当代精神文明建设十分迫切的任务。而《诗经》则是一部很好的生活和理想的教科书，能够在这方面发挥积极的作用。

一般认为，《诗经》以现实主义精神著称，不像《楚辞》等浪漫主义作品具体描绘出高蹈宏阔的理想世界，因而与理想绝缘。实际上这是一个很大的误解：《诗经》同样富于理想精神，只不过是理想存在的形式不同而已：《诗经》没有像《楚辞》那样运用超迈激越、心骛八荒的想象表现对于理想的追求，而在更多的情况下是融理想于现实，化超越于平实，在对现实的揭露和批判中反映出对于未来的追求与向往。在这里，理想的光辉不是初日灿烂的万道霞光，而是万物反射出来的世界的本色。所以，尽管《诗经》的理想所体现的是传统的价值观，与今天不可同日而语，但我们从中还是可以接受理想之光的照射和洗礼。

比如，《大雅》的政治理想所体现的对于社会现实和个体生命的关注，可以启发我们对于人类社会发展前景的关注，充实我们的社会理想；《国风》的生活理想所体现的对美好未来的向往和对生命自由的追求，更可以激发我们把物质追求与精神追求结合起来，彻底摆脱"物"的排挤，实现精神的超越，提高人生的精神境界。至于这些作品所体现的对于黑暗、不合理现实的揭露和批判，更可以激发我们的良知，把反对邪恶，维护正义与追求道德理想结合起来，把实践社会责任与捍卫人格尊严结合起来，从而赋予人格精神以现代道德理想的内涵。

三、提高对于和谐的认识，增强建设和谐社会的信心。

和谐是《诗经》人文精神的重要表现之一，很多作品都表现出对于和谐的追求和向往。从前面的论述可以知道，《诗经》所赞美的和谐主要是指人际关系的和谐，不过，这里的人际关系包括了古代社会中所有的人际关系。正如《诗序》对于《伐木》的阐释："自天子至于庶人，未有不须友以成者，亲亲以睦，友贤不弃，不遗故旧，则民德归厚矣。"这可以从一定程度上说明《诗经》对于和谐的追求和向往不但具有社会的普遍性，并且是作为美好人生和美好境界去追求的。一言以蔽之，和谐也是我们祖先的理想。

虽然，《诗经》时代所追求的和谐与我们今天所说的和谐具有不同的历史内涵，但我们还是能够从中受到很多的启发。

首先，在把建设和谐社会作为中国社会主义总体布局和全面建设小康社会的重大战略任务的今天，重温《诗经》赞美和谐的诗歌使我们备感亲切。近三千年之前，我们的祖先即已认识并充分肯定了和谐的价值，并把它作为自己追求的人生美好境界和目标，充分反映出我国古代人文精神发展所达到的思想高度。今天，时代把它从人际关系层次提升到社会性质的范畴，认为是国家富强、民族振兴、人民幸福的重要保证，从而赋予"和谐"以全新的社会历史内容。可见，构建和谐社会不但是我国现代历史发展的必然，而且有着传统文化的充分根据，这就更加证明了社会主义和谐社会的中国特色。无疑，这将极大地加深对于和谐社会的认识，增强建设和谐社会的信心。

其次，人与人之间关系的和谐，人群与人群之间关系的和谐，是社会和谐的一个十分重要的方面。真正的和谐是指彼此之间具有内在的一致性，而不单单是表面的平和与默契，《诗经》所追求的和谐正是彼此真诚相待，心灵相通。这一点对于我们有非常重要的借鉴意义：在当今社会中，在处理人与人之间或人群与人群之间关系的问题，如果都能做到这一点，人与人之间必然会彼此尊重，相亲相爱，人际关系会呈现出人性化的特点，这将极大地促进社会的和谐和进步。

最后，《诗经》十分重视伦理道德在调节人与人之间关系方面的作用，"人之好我，示我周行"，证明了良好的道德修养是人与人之间关系和谐的基础。由此我们可以体悟到重视道德建设，加强道德教育对于构建和谐社会的重要意义。道德建设关系到每一个人，需要每一个人的参与和实践，因此，注意自己的品德修养就不单单是个人的事情，而是与整个社会的和谐息息相关。

原刊于《社会科学战线》2008年第1期。

试论"变雅"作者群的理想人格

一

文如其人,通过一定数量的具体作品来寻绎其作者的集体性人格特征和道德精神,当然是可以的,但对作品有比较严格的要求:除作品本身具有必要的相关内容可供考察之外,在最低限度上还必须具备以下三个条件:

1. 作品产生于相同的社会历史背景条件下并与之具有明显的直接联系;

2. 作品具有大致相同的思想倾向和内容;

3. 作品必须达到一定的数量,足以说明它们的作者是一个作者群。

用这个标准来衡量《诗经》中的作品,大概只有"变风"、"变雅"比较符合条件。"变风"、"变雅"是西周末期王室衰微,朝纲废弛历史条件下出现的一批反映丧乱、针砭政弊,具有较强政治色彩和批判精神的诗歌。郑玄《诗谱序》:"后王稍更陵迟,懿王始受谮……自是而下,厉也,幽也,政教尤衰,周室大坏。《十月之交》、《民劳》、《板》、《荡》,勃尔俱作,众国纷然,刺怨相寻……故孔子录懿王、夷王时诗,讫于陈灵公淫乱之事,谓之'变风'、'变雅'。"这段话不但明确了"变风"、"变雅"产生的历史时期:起于西周后期的懿王时期以及所指的具体篇目,更为重要的是指出"变风"、"变雅"的"勃尔俱作"的特征,即于一段时间内(厉王、幽王时期)大量集中出现。这为我们确定"变风"、"变雅"所包括的具体篇目和寻绎其作者的理想人格提供了极大的方便。

但对于本论题来说,以"变风"、"变雅"的全部作品为研究对象,仍显得过于宽泛,不便于准确把握,因此,有必要进一步集中和缩小作品范围。具体说来，本文是这样做的：在"变风"、"变雅"中限定于"变雅"；在"变雅"中又限定于《小雅》中的"变雅"，并且除去其中某些具有《风》诗特征的作品，如《渐渐之石》《苕之华》《何草不黄》和《采薇》等。这样，最后所余的作品，即《小雅》"变雅"（以下简称"变雅"）中部分贵族的作品才是本文的考察对象，具体说来，主要有以下诗篇：《节南山》《正月》《巧言》《巷伯》《十月之交》《雨无正》等。如此不断集中和缩小作品范围，是在不知作品具体作者的情况下，为了准确把握作者群的集体性人格特征的必然要求。

集体性人格特征就是某些个人人格的共同的社会性特征，"一切人格都既是'个体人格'，又是'社会人格'，因为每一个人的存在都是具有社会性的"①。这样看来，所谓寻绎"变雅"作者群的集体性人格特征，就是寻绎上述作品的作者人格的共同的社会性特征。在上述诗歌中，《节南山》为家父所作，《巷伯》为寺人孟子所作，因此，为了方便，本文称这些诗的作者为以家父和寺人孟子为代表的作者群。

关于"三百篇"的作者，除极少数几篇之外绝大多数都已茫然无考：不但集体创作的"民俗歌谣"的《国风》是如此，连个体自觉创作的《雅》《颂》也是如此。千百年来，《诗经》学术史上曾有不少学者力图改变这种只知作品而不知其作者的状况，曾做过很多探索，结果无不是徒劳而返。看来，如果在历史文献资料和考古发掘方面没有突破性的重大发现，重开历史空间，这些作者将永远沉埋于不可复现的上古，与我们无缘相见了。

事实已然如此，令人无可奈何，而《诗经》研究又要与时俱进，不断深化，因此，我们有必要换一个角度来审视和处理这个问题：在作品的具体作者无法知道的情况下，不妨认识某些作者群的集体性人格特征。这样做，最后结果虽然还是不能知道某个作者姓甚名谁及其生平简历，但了解人的道德精神和人格特征，从某种意义上说更为重要，因为它们才是一个人的本质特征，把握了它，也就在一定的程度上认识了这个人。

---

① 许苏民：《人文精神论》，湖北人民出版社 2000 年版，第 10 页。

二

　　周王朝自中期以后即已显露出衰败的迹象，从昭王开始，"王道微缺"、"王室遂衰"的记载即不绝于史①，王室衰微主要表现在三个方面：一是周天子与诸侯之间的矛盾日益尖锐；二是周天子与王朝内部各阶级和阶层的矛盾不断加深；三是周王朝与四邻之间的民族矛盾也日益加剧。西北"戎狄交侵，暴虐中国"②，东南与荆蛮、徐淮之间的战争也时断时续。战争虽互有胜负，却极大地削弱了周王朝的力量。在内忧外患交加，王朝摇摇欲坠形势下即位的幽王是一位昏聩无能的天子，他不但不思革新弊政，力挽狂澜，反而倒行逆施，沉溺享乐，更加深了王朝危机，再加上天灾频仍，广大人民沦于水深火热之中，苦不堪言。这一切都预示着自西周中期以后不断加剧的各种矛盾日益尖锐化，西周社会正处于矛盾总爆发的前夕。当时很多人都已强烈地感受到一场剧烈的政治风暴即将来临，朝廷内外弥漫着惶恐不安的气氛。这从当时广泛流传的预示王朝即将灭亡的童谣和传说，即足以看出这一点③。

　　即将来临的这场社会政治风暴正提前考验着社会各阶层的每一个人，映射出他们的不同的灵魂和人格精神。

　　为了深刻认识"变雅"作者群的道德精神和人格理想，有必要首先看一看这个作者群所属的贵族阶级在王朝末日来临前的一般心理状态及其所反映的道德精神。

　　原来，在国家危难、百姓涂炭的关键历史时刻，很多公卿贵族所思所想的既不是国家、民族的前途和命运，也不是广大人民的灾难和痛苦，更不是如何尽个人之力挽狂澜于既倒，而是另有一番心境和打算：大难临头，他们充满了恐惧和不安，在惶惶不可终日之中，谋划的只是个人如何躲避战乱，家财如何妥善保管，一切都在围绕着个人的私利转。

　　《诗经》中有很多这方面的活的材料，《小雅·十月之交》："皇父孔圣，作都于向。择三有事，亶侯多藏……择有车马，以居徂向。"顾炎武

---

① 详见《史记·周本纪》。
② 《汉书·匈奴传》。
③ 《国语·郑语》有这方面的记载，可参看。

《日知录》卷三："王室方骚，人心危惧。皇父以柄国之大臣而营邑于向，于是三有事之多藏者随之而去矣，庶民之有车马者随之而去矣……不顾君臣之义而先去以为民望，则皇父实为之首。"① 可以看出，这位朝中重臣皇父，在王朝危难之际，竟临阵脱逃，不但自己出逃，保命保财，而且还带走了自己的下属，甚至连他们的家小和财产也一同转移。《小雅·雨无正》也有类似的记载："周宗既灭，靡所止戾。正大夫离居，莫知我勚。"诗中虽有"周宗既灭"之句，但此诗确系作于西周末期，而不是东周时期②。正大夫为六官（即冢宰、司徒、宗伯、司马、司寇和司空）之长，属上大夫。可见，西周末期为保命、保财而四处逃散的正是那些朝廷重臣。

以上所引《诗经》的有关记载，受诗歌形式的限制，很多具体的历史细节无法提供，而有关的历史文献的记载则具体、详细得多。《国语·郑语》：

> 桓公为司徒，甚得周众与东土之人，问于史伯曰："王室多故，余惧及焉，其何所可以逃死？"史伯对曰："……凡周存亡，不三稔矣。君若欲避其难，其速规所矣，时至而求用，恐无及也。"公曰："若周衰，诸姬其孰兴？"……公曰："姜、嬴其孰兴？"对曰："夫国大而有德者近兴，秦仲、齐侯，姜、嬴之俊也，且大，其将兴乎。"公说，乃东寄帑与贿，虢、郐受之，十邑皆有寄地。
>
> 幽王八年而桓公为司徒，九年而王室始骚，十一年而毙。

这是关于西周覆灭前三年，即幽王八年的一段记事（实际是记言）。桓公即郑桓公，为宣王之弟，是郑国的开国之君，后又任周王朝的司徒。这样的王朝重臣和显赫贵族，在朝政混乱、大厦将倾之际，与前面所说的皇父等人一样，也是置国家的前途和命运、百姓的灾难和痛苦于不顾，而处心积虑地谋划一己之私：不但要避难逃生，保证自己的生命安全，而且还要转移藏匿财货：寄存在一个地方还担心不保险，而分别寄存在十个地方；至于逃到什么地方，更是用心良苦：先要看看天下形势：哪国将兴，哪国将亡，也就是哪里最安全，以保证日后可以高枕无忧地继续养尊处

---

① （明末清初）顾炎武：《日知录集释》上册，上海古籍出版社 1984 年版，第 261 页。
② 参阅程俊英、蒋见元《诗经注析》下册，第 581 页。

优。这位桓公为自己打算可谓无所不用其极。

可悲的是在国难当头之际,像皇父、正大夫和郑桓公这样置国家安危于不顾,一心保命、保财,经营自己安乐窝的贵族高官十分普遍。看来,周王朝还没有寿终正寝,很多人就已经在谋划"后事"了。对于这种丑恶行径,王夫之有一段精彩的评论:"托于道以为名,避难恤私以为实;避难恤私以为名,而醉饱柔曼,寸丝粒米之保以为实。逮乎此,则虽畋尔田,宅尔宅,安寝行游,不逢恶怒,而亦难挽其弃君亲、捐廉耻之心。"①看来,不管如何为自己辩护,这些道德沦丧、寡廉鲜耻之徒已经被永远地钉在了历史的耻辱柱上。

三

然而,历史从来就是在对立统一中发展,人间也还有另一面:与皇父、正大夫和郑桓公之类的贵族高官生于同一历史时期、处于同一朝廷,并与之展开针锋相对斗争的人,这就是前面提到的以家父和寺人孟子为代表的"变雅"的作者群。与前者即皇父、正大夫和郑桓公之类在国难当头之际所表现出的卑微、自私和丑恶的内心世界相反,以家父和寺人孟子为代表的"变雅"作者群在政治斗争的激流中展现出的则是另一种完全不同的道德精神风貌。

在西周末期君王昏聩,小人当道,政治腐朽,朝廷黑暗的历史条件下,必须具有敢于向腐朽、黑暗势力抗争的精神和勇气,才能站立起来,成为顶天立地的人,换言之,这也是那个充满动乱和黑暗的时代对于道德精神和人格理想的最重要的要求。

然而,要实践时代的这些要求绝非易事,必须具备以下两个条件才有可能做到:一是对于现实的清醒认识;二是必须具有道德精神的自觉和崇高的社会责任感。而以家父和寺人孟子为代表的"变雅"作者群,完全具备了这两个条件。

先说第一个方面,即对现实的清醒认识。

所谓对现实的清醒认识,是指对当朝政治形势,特别是对于造成政治黑暗、社会动荡、百姓遭受痛苦和灾难的根源的正确认识。只有认清这个

---

① (明末清初)王夫之:《诗广传》卷三之三十一《论〈雨无正〉》。

根源，其思想批判的锋芒才能有正确的方向。在这方面，以家父和寺人孟子为代表的"变雅"作者群的认识是十分明确的。《十月之交》第二章：

> 日月告凶，不用其行，四国无政，不用其良。

同诗第七章：

> 下民之孽，匪降自天；噂沓背憎，职竞由人。

第二章是说，国家没有善政，是由于君王疏远和打击忠良，相信和重用奸佞。显然，这里的责任是在君王。第七章正如陈奂《诗毛氏传疏》所说，下民之灾难，"不从天降，而主从人之竞为恶也"。"竞为恶"之人，就是凭仗权势肆意为恶之人，当然只能是受君王宠信的朝中权贵。从这两章可以看出，以家父和寺人孟子为代表的"变雅"作者群明确认识到造成国家危难、生灵涂炭的原因就在于君王与朝中权贵的倒行逆施。这个认识是完全符合西周末年的历史实际的。这说明，面对黑暗、混乱而又复杂的现实，他们既没有被周天子的神威所迷惑，也没有被权贵的邪恶所吓倒，而是以清醒的头脑和批判的态度对待现实，并得出了完全正确的认识。在宗教思想和王权至上观念占统治地位的西周时代，具有如此强烈的理性批判精神是难能可贵的。这种精神不但使他们建立起明确的是非、善恶观念，而且也为他们的道德人格奠定了坚实的思想基础。

再说第二个方面，即道德精神的自觉和崇高的社会责任感。

道德精神的自觉是指对于美好道德的自觉追求，体现着对于道德价值的充分肯定；社会责任感是指对于社会责任的自觉承担，体现着道德价值的实现。道德自觉精神和社会责任感二者之间具有内在的联系。正是这种崇高的精神品质，使他们不但勇于承担起来与当朝邪恶势力抗争的历史责任（主要指对以周天子为首的最高统治集团的恶政和罪行的大胆揭露和批判，详后），而且在履行这种历史责任时充满了正义感和自豪感。

在此之前，诗歌（如《周颂》和《大雅》）的作者是从来不具名的，而"变雅"中有的作品却明确标明作者的身份和名字，如《巷伯》的结尾："寺人孟子，作为此诗。凡百君子，敬而听之。"可谓义正词严，敢做敢当。还有的诗歌，不但标明作者的名字，而且公开表明作诗的动机。

《节南山》：

> 家父作诵，以究王讻。式讹尔心，以畜万邦。

这个充满光明磊落和千古正气的结尾，说明作者具有明确的创作目的，那就是要推究王政致凶之由，以使君王改从善政，天下归于太平。很显然，这无疑是郑重宣布自己对于当朝恶政的彻底否定态度和立场以及与邪恶、腐朽势力斗争到底的决心，昭示他们之间的斗争是善良与邪恶、正义与非正义之间的斗争，并关系到王朝兴衰和百姓处境，因此，应当义不容辞地承担起这个历史重任。

特别应当提出的是，厉王、幽王都是残暴无道的昏君，根本容不得诤言直谏，可以想见，将思想矛头直接指向以他们为首的最高统治集团，那将要冒多么大的危险，需要多么大的勇气。以家父和寺人孟子为代表的"变雅"作者群，面对黑暗势力的猖獗，他们丝毫没有《大雅》一些诗篇所提倡的那种"既明且哲，以保其身"（《烝民》）的处世态度，而是以天下为己任，是非分明，态度坚决，并勇敢地付诸实践。这种对崇高和正义的追求，充分体现了他们的社会责任感和道德精神的自觉。

由于具备了上述两个条件，即道德精神的自觉和崇高的社会责任感以及对现实的清醒认识，以家父和寺人孟子为代表的"变雅"作者群，不怕冒犯至尊天子，更不怕开罪受他宠信的当朝权贵，就最迫切、最尖锐的现实问题，对以周天子为首的最高统治集团展开了猛烈的抨击和批判，例如，《正月》直接指向君王，即直刺幽王（或厉王），《节南山》通过揭露师尹刺君王，《十月之交》通过揭露皇父刺君王，而《巧言》则是君王和谗人兼刺。所谓"前三章刺王，后三章刺谗人。言'乱'者十，言'君子'（指君王——引者）者七，可见其中心思想所在"①。这些诗歌揭露和批判了周天子放纵奸佞，宠信美姬，不辨善恶，昏聩无能和当朝权贵欺骗君王，排除异己，弄权朝中，各自为谋的恶行。这样，不但使最高统治集团腐朽、丑恶的面貌暴露无遗，而且反映出王朝危机四伏，必然走向灭亡的历史趋势。在对幽王腐朽、黑暗统治的揭露中，作者以巧妙的笔触，特别写了这样一个历代朝廷中十分罕见的景象：

---

① 程俊英、蒋见元：《诗经注析》下册，第607页。

皇父卿士，番维司徒，家伯维宰，仲允膳夫，棸子内史，蹶为趣马，楀维师氏，艳妻煽方处。(《十月之交》)

《郑笺》："皇父、家伯、仲允，皆字；番、棸、蹶、楀，皆氏。"这七个人都是当朝颇受重用的权臣。又方，《郑笺》："并也。"方处即并处，"有联手、朋党之意"①。可见，诗中虽然只是列举七个权臣的字和姓氏，但却巧妙地揭露了幽王朝中奸佞擅权、有恃无恐，并与褒姒结党营私、狼狈为奸，一片乌烟瘴气的情景。

一连点了七个炙手可热的朝中重臣的名字，并画出其丑态，这是何等的气魄和胆识！

从上述对以周天子为首的最高统治集团的深刻揭露和批判，不难看出以家父和寺人孟子为代表的"变雅"作者群的凛然正气和忠贞无畏的品格。

尤其可贵的是，以家父和寺人孟子为代表的"变雅"作者群，在揭露和批判以周天子为首的最高统治集团恶政的同时，还真实、生动地再现了他们自己的内心世界，从而使诗人自己的形象树立起来。

面对危机四伏、国将不国的现实和腐朽、黑暗势力的猖獗，以家父和寺人孟子为代表的"变雅"作者群内心不是没有矛盾和痛苦：他们本想尽力国事，扭转局面，但却遭受周王的疏远和奸佞谗小的排挤、打击，欲有所为而不能，因而陷入了极大的忧虑、痛苦和悲愤不平之中。其激荡而郁结的心理状态在很多诗篇都有所表现，例如《正月》："心之忧矣，如或结之"、"忧心惨惨，念国之为虐"、"念我独兮，忧心殷殷"，可谓痛心疾首，情不可遏。《节南山》中更反复出现这样的非同寻常的诗句："不吊昊天，不宜空我师"、"不吊昊天，乱靡有定"以及"昊天不佣"、"昊天不惠"和"昊天不平"，等等，强烈的忧国忧民之情使他们不仅呼天、祈天，进而怨天、责天，如此呼天抢地，不只表现了他们内心深处的无可排解的悲愤和痛苦，更有对黑暗现实的愤激不平和无可奈何。

诗人丰富的内心世界通过下面的具体画面被活灵活现地描绘出来：

---

① 余培林：《诗经正诂》下册，台湾三民书局1995年版，第142页。

> 驾彼四牡，四牡项领。我瞻四方，蹙蹙靡所骋。(《节南山》)

这是诗人驰骋原野、瞻望四方却不知路在何处，内心充满迷茫和惆怅的形象写照，反映了朝政昏暗，权贵当道之下，诗人虽有济世救民的远大抱负，却不能力挽狂澜，而只有眼见日落西山的无奈、伤怀和悲愤不平，所谓"欲驰骋而无从，颇有自伤不能展志之意"①，从而为我们留下了一幅西周末期黑暗、动乱社会背景下，以天下为己任的诗人的理想人格的典型图画。

四

综上所述，可以知道以家父和寺人孟子为代表的"变雅"作者群，是西周末期多种社会矛盾总爆发前夕，从贵族中分化出来的一个特定阶层②。在王朝大厦将倾、危难来临之际，他们没有退缩和逃避，而是以进步的政治思想倾向、积极的进取精神和强烈的忧患意识勇敢地面向现实。他们的忧国忧民、以天下为己任的情怀，使他们以诗歌为手段，对以周天子为首的最高统治集团展开了猛烈的抨击和批判，并由此而走在了时代政治思想的前列。尽管他们的内心不无矛盾和痛苦，但激烈的斗争和严峻的现实却熔铸出了一种前所未有的新的理想人格，那就是忠贞无畏、正气直节以及道德精神的自觉和崇高的社会责任感。

可以看出，在发生重大危难的历史转折时刻，真正忧国忧民，承担起天下兴亡责任的不是人间至尊的周天子，也不是手握重权、任意横行的上层贵族，而是那些真正具有道德自觉和人格理想的人。由于他们具有强烈的社会责任感，自觉地承担起历史责任，因而成为天下命运的担当者，并把反对邪恶、维护正义与追求道德理想结合起来，把实践社会责任与捍卫人格尊严结合起来，从而赋予个体生命和人格精神以全新的道德内涵。

与柄国大臣皇父和王朝司徒郑桓公等上层贵族谋私利、弃大义的丑恶灵魂相比，以家父和寺人孟子为代表的"变雅"作者群的精神境界、道

---

① 余培林：《诗经正诂》下册，台湾三民书局1995年版，第128页。
② 以家父和寺人孟子为代表的"变雅"作者群，以贵族为主，也包括其他阶层，例如寺人孟子就属于小官吏阶层。

德情操是何等的崇高和美好！他们在那"风雨如晦，鸡鸣不已"的乱世之中所发出的正义的吼声，清晰而响亮地传达了时代的呼唤和人民的心声，它所体现的道德精神和人格理想，也已成为那个黑暗长夜里的一道闪亮的金光。

历史的发展说明，作为道德主体，以家父和寺人孟子为代表的"变雅"作者群在历史上所发挥的作用远远胜过他们的贵族身份，就是说，他们的贵族身份远远比不上其道德人格的价值。因为历史所看重的从来就是道德精神和人格理想，而不是高贵身份和显赫地位，在很多情况下，身份和地位早已被人们忘记，而其道德精神和人格理想却永垂不朽。"'君子'、'小人'，本是贵族与平民之称；但《论语》上的'君子'多半指的是'成德之人'。而小人则多指的是'无德之人'，这便是以人格代替身份的显明证据。"① 这是就春秋时代以后而言，其实，人格代替身份、道德代替地位这个标志着时代重大进步的观念转换，在西周末期就已经开始了，以家父和寺人孟子为代表的"变雅"作者群及其光辉诗篇就是有力的证明。

进入春秋、战国时代以后，君子、志士仁人成为道德精神和理想人格的符号，从孔子、孟子对他们的论述中，不难发现他们与上面说的那些第一批真正具有道德自觉和人格理想的人，即以家父和寺人孟子为代表的"变雅"作者群，在道德精神和人格理想方面有着多方面的联系，甚至在某种意义上可以视为他们的前驱。事实上，上面所说的道德精神和人格理想是富于时代特征的新的思想意识，体现着周代伦理道德观念的最新发展，而首先将它付诸实践的正是这个以家父和寺人孟子为代表的"变雅"作者群。由此不难看到，这个作者群以其道德精神和人格理想，不但赋予诗歌以全新的内容，使之具有新的时代观念特征，从而促进了文学领域思想观念的提升，而且对推动我国伦理道德和文化思想的发展也做出了开创性的贡献，因而这个作者群及其作品，不但在文学史上应有其重要地位，而且在伦理道德思想史上同样应有其重要地位。

原刊于《人文杂志》2008 年第 1 期，
人大复印报刊资料《中国古代近代文学研究》2008 年第 5 期全文转载，
《诗经学会通讯》第 49 期发表摘要。

---

① 徐复观：《两汉思想史》第一卷，华东师范大学出版社 2001 年版，第 54 页。

《诗经》的文化批评研究

具有悠久历史的《诗经》学步入20世纪之后也迎来了自己的新时代：一百多年来，《诗经》学在完成由传统向现代的转型之后，又随着时代学术文化思潮的发展而与时俱进，取得了多方面的学术成就，从而把《诗经》学推向了一个新的历史阶段。

20世纪《诗经》学术史不同于古代学术史的根本特点，即在于它与时代学术文化思潮之间的联系更加密切，受到的制约和影响更加深刻和及时——我国现代历史上出现的一些重要的学术文化思潮总是很快就被《诗经》学吸纳，并在新的研究成果中反映出来，《诗经》研究因而成为20世纪古典文学研究中的一个最为开放和活跃的学科。当80年代以对中国传统文化反思为先导的"文化热"出现的时候，《诗经》研究立即受到影响，并引起《诗经》研究的深刻变化，这段研究史因而也成为20世纪《诗经》研究史最后阶段的一个新亮点。

一 文化意识、文化批评模式与《诗经》研究

席卷中国大陆学术文化领域的"文化热"，始于"改革开放"方针提出不久的80年代初期，也就是出现于中国社会由传统走向现代的起始阶段。社会的转型和历史的演变要求建立与之相适应的新文化，从而促进了人们价值观念和思维方式的更新以及对于历史和传统文化的深刻反思。文化的发展和更新，离不开传统文化，因此，文化讨论也就从有关传统文化的一般问题开始。

中国传统文化要适应现代化的需要，为社会现代化服务，必须抛弃和改造那些愚昧、落后的东西，保留和整合那些优秀的成分，也就是必须经

过一个扬弃和重建的过程。而扬弃和重建的重点和关键又是基本的思想观念和价值观念。因此，传统文化重建问题实际上也是现代化语境下对于以基本的思想观念和价值观念为核心的传统文化的全面反思和重新评估。这对于有着几千年历史，发展相对缓慢甚至停滞的中国传统文化来说，无异于一次现代化的洗礼，是一次获得新的生命、恢复青春和活力的极好的机会。

对于传统文化的全面反思和评估，不但促进了观念的变化和认识的发展，同时也为学术研究提供了观念和方法论的支持，这当然有利于学术研究的现代化进程。而对于包括《诗经》研究在内的古典文学研究来说，这场讨论最重要的就是促进了文化意识的建立。

有的学者认为自觉地从文化出发来研究古典文学的方法体现了"古典文学研究中的文化意识"，并认为这是 80 年代以后古典文学研究取得重大进展的重要原因："如果说，这些年来我们的古典文学研究真正有所进展的话，那么，这种文化意识的观念及其在实际研究工作中的运用，是最可值得称道的成就。如果我们要从理论上对古典文学研究的经验进行一些探讨，那么这个文化意识问题就是其中最值得重视的新的课题。"①

与其他文学作品相比，《诗经》包含的文化内容更为深厚和丰富，在文化史上的地位更为重要和突出，因此，古典文学研究中的这个"最值得重视的新的课题"对于《诗经》研究来说，也就具有更为重要的意义。

有的学者把文学的文化研究方法称为文学的文化批评模式，也有的学者称之为文学的文化解释或"文化诗学"："文化诗学（cultural poetics）作为一种诗学的'解释学取向'，它的创意在于：把'文化与文学'密切联系在一起，通过文学去观察一个时代的文化风貌与文化精神，同时又通过文化去探究一个时代的文学精神的内在生成过程，这是一种互动性文化与文学解释方式，它可以使文化解释与文学解释具有一种诗意文化氛围，保证思想的灵性与自由启示。"② 以文化批评的方法研究《诗经》，要求从文化的视角切入，对《诗经》进行全方位的文化观照，多角度、多层面，特别是从文化的心理层面（即价值观念、思维方式、审美趣味、道德情操、宗教情绪、民族性格等）和有关的制度、风俗、习尚与文学关

---

① 傅璇琮：《日暮文库·总序》，东方出版社 1997 年版。
② 李咏吟：《诗学解释学》，上海人民出版社 2003 年版，第 231 页。

系的角度研究文学。

十分明显，相对于传统的以辞章、义法研究为主的文章学研究和50年代以后流行的专注于文学与现实关系的"反映论"研究，文化批评模式是一种全新的研究模式，具有很强的包容性，有可能使研究工作真正面对《诗经》所展示的广阔的艺术空间，深入探讨感情、思想、心灵、性格、生存、价值、现实、历史乃至哲学、美学、宗教等诸多领域。新的研究模式必然引起对于作品的新一轮阐释，极大地丰富和充实《诗经》研究的内容，为《诗经》研究打开一片新的广阔天地，并形成一系列新的特点。

二 《诗经》文化批评研究的特点和成就

80年代以来，《诗经》文化批评研究的特点和成就如下：

1. 注重《诗经》产生的环境背景的"文化还原"研究。

文学作品与其产生的环境和背景之间具有天然的统一性，因此，理解文学作品总是离不开对于环境和背景的认识，在某种程度上甚至可以说，对于环境和背景的认识有多深，对于文学作品的认识也就有多深。正是因为如此，文学研究总是把文学作品产生的环境和背景放在重要地位，从环境和背景出发认识文学作品。问题在于对于文学作品的环境和背景的理解：什么是文学作品的环境和背景，或者说究竟是环境和背景中的什么因素对文学作品产生了如此之大的制约和影响。

80年代以来的《诗经》学者在恢复和重构作品产生的"生态环境"时，注意从文化的特殊性和具体性出发，深入考察文化的具体构成，抓住文化发展的基本特点，尤其注意文化的心理层面以及有关的哲学、宗教、科学、艺术、风俗、制度等对文学的影响。即使是时代历史变革和重大的社会斗争往往也是通过它们而起作用。要正确认识《诗经》，首先必须正确认识孕育它的文化，所以考察《诗经》无不首先从周文化的性质定位开始，这已经成为80年代以后《诗经》研究论著的一个显著特征。例如，有的学者从西周、春秋战国文化的历史发展出发考察《诗经》的思想艺术和价值。有的学者在论证了"一个与殷商文化迥然有异的以人为本位"的周文化体系之后得出了如下结论："'诗三百'是在周代礼乐文化中产生的一部诗歌总集，它的文化的、精神的形式的一切特征便都从此产生。"①

　　文化的内在心理层面十分稳定,具有很强的继承性;它不会随着政权的更迭和制度的变化而在一夜之间完全改变。文化与政治、经济和其他社会制度之间的这种不一致性使文学作品的环境和背景问题变得十分复杂。根据这一点,有的学者特别注意从历史发展过程中不同时代的文化之间的复杂关系,特别是从殷商文化对于周代礼乐文化的深刻影响展开论证,批驳了《鲁颂》不符合《颂》的体制的成说,从而还原了《鲁颂》产生的原生态,为理解作品提供了环境和背景的根据②。

　　对《诗经》创作产生重要影响的,除了作为主流文化的礼乐文化之外,还有非主流文化,如地域文化和部族文化等,它们之间的碰撞、冲突和融合是决定《诗经》环境、背景的复杂性和多样性的另一个重要原因。从这个角度看,大致有三种情况:一类为王化之国,即周南、召南,该地区受礼的思想原则影响较深;一类为文化交融之国,礼的思想原则和原有的地域文化和部族文化都有一定的影响,人们的行动和感情中带有两种文化交融的痕迹,如东夷之齐和唐、魏、曹等地;一类为原有的部族文化传统较强的诸侯国,形成了原有的文化传统与礼乐文化发生碰撞与冲突的复杂的文化环境,如卫地③。不同的文化环境和背景,对《诗经》的创作产生了不同的影响,并最终决定了不同国别《风》诗的不同风貌和特色。

　　这种情况在《诗经》情诗中的表现尤其突出。例如,《郑风》之所以多"女感男"的情诗,并且写得大胆泼辣、热情奔放,其原因除一般经济、历史和地理交通的原因之外,有的学者还特别指出文化的原因:郑国的"道德伦理观念也不同于诸侯各国……在郑国的上层社会中婚姻制度,男女往来,封建礼教的束缚也是较少的。这是《郑风》中上层社会情诗产生的基础,也是《郑风》中民间情歌得以流传、保存的原因"④。概而言之,正是郑国的特定的历史文化和具体的社会环境为情诗的发展提供了良好的土壤。

---

　　① 廖群:《诗经与中国文化》,东方红书社1997年版,第31、63页。
　　② 姚小鸥:《诗经三颂与先秦礼乐文化》,北京广播学院出版社2000年版,第161—165页。
　　③ 许志刚:《诗经论略》,辽宁大学出版社2000年版,第287—292页。
　　④ 张启成:《论〈郑风〉的情歌》,《文学评论》1982年第6期,后收入作者《诗经风雅颂研究论稿》。

还有些现象更为复杂:《诗经》情诗产生的时代,其婚俗并不是单一的,而是多种因素共处的混乱时期:"一方面保留着前代群婚、对偶婚等的遗迹;另一方面,封建礼教的束缚又在以行政的教化的力量努力渗透到人们的婚姻生活中去。"① 封建的伦理道德规范与野性的原始自由精神并存这种跨时代的特征,使当时的婚姻生活既有上层社会的"乱伦",又有下层社会的"开放";既有封建礼教观念的束缚,又有乡野民间的"随意"。《诗经》情诗因此也显得多姿多彩、纷纭复杂。

可以看出,80 年代以后学者们运用文化批评方法考察《诗经》的环境背景时,已经彻底摒弃了曾经盛行一时的文学与社会经济平行的庸俗社会学倾向,而能从历史和文化的发展以及不同文化之间的复杂关系出发,进行文化还原,恢复作品产生的原生态,并在文学作品与其环境、背景的统一中,也就是从文学与文化的内在联系中考察作品。

2. 从民族文化精神的高度认识《诗经》的意义和价值。

80 年代以来,以文化批评的模式考察《诗经》,极大地扩大了研究视野,开拓了研究的深度和广度:除了充分注意《诗经》所反映的现实生活的具体方面,诸如生产劳动、徭役征伐、爱情婚姻、家庭悲剧、风土习俗乃至宗教祭祀、礼仪宴饮以及由此所带来的痛苦和欢乐之外,还将审视的目光对准具有形而上特征的文化精神方面,即从民族文化精神建构的角度解读《诗经》。民族文化精神也就是民族文化传统,体现着历史上所形成的全民族的最基本的精神品质:"文化传统是不死的民族魂。它产生于民族的历代生活,成长于民族的重复实践,形成为民族的集体意识和集体无意识。"② 显然,从民族文化精神传统的高度来考察《诗经》的意义和价值,是以《诗经》在民族文化史上的重要地位,特别是以《诗经》对于民族文化精神的奠基作用这样一种认识为前提。就是说,作为民族文化的元典和对于中国上古文化的诗的写照,《诗经》不同于一般的文学作品,其影响也不仅仅限于文学范围,而是在更重要的方面,即在塑造中华民族的灵魂和人格上发挥了重要作用。可见,与以前的研究相比,这种考察和认识方式本身就包含着对于《诗经》的一种新的认识和评价。

---

① 朱杰人:《文化学视野下的诗经情诗》,《华东师范大学学报》1987 年第 3 期。
② 庞朴:《文化传统与传统文化》,《中国社会科学季刊》1993 年第 4 期,收入《庞朴学术文化随笔》。

80年代以来，以文化批评的方法解读《诗经》所体现的民族文化精神主要有两种方式。

一种方式是就作品内容及其意义本身进行具体分析和归纳，认为《诗经》所体现的民族文化精神主要有：安土重迁、勤劳守成的乡土情蕴，宗族伦理观念和宗国情怀和以人为本的人文精神，并突出地体现在君子文化人格的形成方面：《诗经》通过塑造一系列具有崇高道德人格的君子形象，不但表现出周代贵族对于道德人格的自觉追求，而且表现出这种文化人格的具体内涵和特征："关心国家和群体的积极进取精神，执着理想关注现实的忧患意识，以及坚持实践无怨无悔的独立节操。"①

另一种方式是就作品在历史上的影响，也就是就文化精神的历史承传进行具体分析和归纳，认为《诗经》对历代知识分子在操守、情怀和人生价值取向方面产生了极为重要的影响。这种影响的核心就是民族文化精神："《诗经》对中国文化的影响，值得一提的、最显而易见的就是'二雅'作者心系宗国命运和政治得失的终极关怀所带给中国文人学士的忧患济世精神，以及由此而逐渐形成的注重政治生命的人生价值观念。"②

可以看出，关于《诗经》所体现的民族文化精神的具体内涵，从作品本身和从其历史影响这两个不同的角度去看，其核心精神和内容是基本一致的，这种一致性进一步证明了《诗经》由于记录了活生生的民族灵魂而赢得了不朽的价值。

民族文化精神体现在审美观念、审美趣味和创作原则上自然形成了民族艺术精神。这主要表现在艺术思维方式、物象摄取倾向、作品内在结构、基本格调和母题等诸方面。有些论著对于这些方面进行了研究。

有的学者还注意到《诗经》所体现的民族文化精神与上古农业生产方式的关系，认为"《诗经》是植根于中国农业文明的艺术，农业社会塑造了中国人的农业文化心态。从一定意义上说，《诗经》就是我国一部充分体现了中国农业文化精神的诗集"③。正是因为如此，我们的民族文化精神也就具有某些鲜明的农业文化精神特征。

---

① 赵敏俐：《论诗经与中国文化精神》，《东方论坛》1993年第1期，收入《周汉诗歌综论》。
② 廖群：《诗经与中国文化》，第167—168页。
③ 赵敏俐：《论诗经与中国文化精神》，《东方论坛》1993年第1期，收入《周汉诗歌综论》。

从民族文化精神的高度认识《诗经》的内容和价值，充分体现了《诗经》的文化批评研究的特点和优势，它不但为"反映论"的研究模式所无法企及，而且超越了作品的表层结构，使《诗经》研究达到一个更深的层次，即深入到民族的精神品质和价值观念等内在层面，直接面对中华民族的灵魂，揭示中华民族文化精神的内涵和建构的历史，因而具有历史精神的深刻和厚重。很显然，这在《诗经》研究史上是从来未有过的。

3. 广泛运用了以大文化为背景的多学科交叉的综合研究方法。

文化批评模式对《诗经》研究方法的重要影响之一是综合研究方法的广泛运用。文化本身内容范围宽泛，包括学科多、跨度大的固有特点，使《诗经》研究的文化批评模式很自然地把文学与哲学、政治、宗教、历史以及伦理道德、民族性格、审美趣味、风俗习尚等诸多文化领域联系起来，在文学与各种意识形态和文化领域复杂的网状联系中加以审视，为走向以大文化为背景多学科立体交叉的综合研究奠定了基础。综合研究解决了很多以前无法解决的学术难题，极大地拓宽了研究领域，促进了《诗经》研究的深入发展。例如，从发生学的角度考察兴的起源，就是运用多学科的知识，通过综合研究方法进行的：兴的起源既不是出于审美动机，也不是出于实用动机，而是出于一种深刻的宗教原因；它是在一定的宗教观念基础上产生的原始兴象所体现的习惯性联想外化成的规范化的艺术形式①。

又如战争诗本应以战争为直接描写对象，但《诗经》中的战争诗却从来不直接描写厮杀格斗的场面，而只是描写仪仗威严、士气高涨等，这一特点只要与希腊史诗对于惨烈的战斗场面的直接描写加以对比，就会十分清楚。要认识这一问题就不能局限于文学，而只能从周代的政治、军事思想中去寻找答案。原来我国古代理想的政治是崇德尚义，垂裳而治，王者之师不靠暴力杀伐，而是"胜残去杀"，以德服人。这一思想在《尚书》《周易》和《论语》以及两汉典籍中多有反映。《诗经》战争诗正是以这一思想为灵魂，与古代舜舞干戚、宣明德而有苗服的传说完全一致，都体现着上面所说的那种特定的思想文化观念。这样运用综合研究，从大

---

① 赵沛霖：《兴的源起》第1—2章，中国社会科学出版社1987年版。

文化的背景下去审视，才有可能揭示《诗经》战争诗本质特征①。

另外，以大文化为背景的综合研究，有助于研究者摆脱局部的束缚，放眼全局，从宏观的角度把握整体。八九十年代的《诗经》研究正是凭借着这一优势，得以超越传统的以篇为单位的孤立研究，而从文化精神上将"三百篇"串联起来，从整体的范围内揭示作品之间的内在联系和本质特征。例如，有的学者结合历史的发展，从时代脉搏、精神历程、心态变化的角度对作品进行统观，认为"《诗经》三百篇是周人五百年一部心灵史"②。还有的学者"通过君子的威仪""透视他们的礼的修养"，分析他们的人格，反映了周人对于和谐之美的追求③。这些融会贯通的理解，反映出作者从更高的内在精神的角度把握《诗经》的探索精神。

80年代以来运用文化批评方法的《诗经》研究论著，都程度不等地采用了综合研究的方法，归纳起来，综合研究的视角主要有：从哲学思想和宗教观念的视角考察文学与哲学、宗教的关系，抓住这个思想核心对文学的思想性质、倾向及其特点进行深度把握；从历史和社会学的视角考察文学的社会历史内容和产生的时代历史原因，通过历史环境的还原揭示文学与其时代之间的关系；从道德观念、风俗习尚的视角认识文学的道德规范、精神修养和地域民俗特征，充分展示文学的道德精神追求和特殊风貌；从民族性格和文化传统的视角分析文学的历史积淀和民族特征，体现民族的心理性格和人格精神；从审美观念和艺术趣味的视角分析文学的形式技巧和审美追求，把握其艺术成就和审美特征，等等。除此之外，还有其他一些方面。如此多的切入视角和研究层面充分说明《诗经》的文化批评研究极大地拓展和丰富了研究的深度和广度，在一定程度上反映出文学研究方法、手段的进步和当代性特征。

4. 大胆探索，新见迭出与存在的问题和不足。

由于文化批评研究模式拓宽了研究视野，增强了研究方法的适应力和穿透力，因而极大地激发了学者们的探索热情和兴趣，在一二十年不长的时间里就有大量论著面世，这在《诗经》研究史上是罕见的。在这些著作中，异说纷呈，新见迭出，其中包括不少富于学术价值和启发性的新见

---

① 赵沛霖：《诗经研究反思》第五章第五节《战争诗与上古政治军事思想》，天津教育出版社1989年版。

② 李山：《诗经的文化精神》，东方出版社1997年版，第233页。

③ 许志刚：《诗经论略》，第40页。

解。这些新见解在上面的论述中已经说到一些，除那些之外，比较重要的还有：

"四始"与《诗经》的内在结构：关于《诗经》的内在结构，从文化视角对它进行通观之后，认为以"四始"为中心的内在结构鲜明体现了以《诗经》为经邦治国工具的经学观念：《关雎》为《风》之始，体现着以治家为基点进而风化天下的思想；《鹿鸣》为《小雅》之始，体现着"尊尊而亲亲"的亲和意识；《文王》《清庙》分别为《大雅》《颂》之始，则具有以文王法象为典则的意义。可见，"从《诗经》的内在结构看，从它诞生伊始，便具有着鲜明的经学特色"①。此说对于认识早期《诗经》学史特别是《诗经》的编订具有某些启示。

关于"三象"："三象"之名是不是得之于作为动物的象，历来没有搞清。现在有的学者提出这里的"象"不是指动物，而是"似"、"效"、"法象"之意，表示先王之典型为后王仿效之法象，歌颂后王追步先王之德，嗣续先祖之功，并指出"三象"究竟包括哪三篇作品及其意义②。

关于宴饮诗的意义与价值：宴饮诗的意义与价值在于它和礼乐文化的关系，有的学者认为宴饮诗是礼乐文化在日常生活（宴饮）中的诗化，宴饮诗"不但突出了礼乐文化的道德实质，而且活生生地展现了它的外在形式，为我们保留下礼的动态原貌"，具有重要的文化价值③。这些认识改变了自50年代以来对它全面否定的错误倾向，肯定了它的文化意义和价值。

关于诗乐关系：有的学者认为诗与乐的结合经历了较长的时间，并且无论是诗乐结合还是诗乐分离，对于《诗经》的影响都是既有利也有弊④。与旧说相比，这个见解比较全面和客观。

关于一些诗的题旨：如谓《周颂》中的《载芟》《良耜》为祭社神之乐歌，《思文》《丰年》为祭稷神之乐歌，《臣工》《噫嘻》为祭农神之乐歌；《鲁颂·駉》为祭马祖之乐歌⑤，这些见解与前人之说完全不同，

---

① 李笑野：《先秦文学与文化研究》，上海财经大学出版社2000年版，第156—184页。
② 姚小鸥：《诗经三颂与先秦礼乐文化》，第102—108页。
③ 本书：《〈诗经〉宴饮诗与礼乐文化》；雒启坤：《〈诗经〉宴饮诗论》，《第二届诗经国际学术研讨会论文集》，语文出版社1996年版。
④ 王洲明：《先秦两汉文化与文学》，山东大学出版社1996年版，第56—65页。
⑤ 许志刚：《诗经论略》中编。

富于启发性，有利于对作品的进一步探索。

此外，关于《雅》《颂》之间部分作品的对应关系①，通过《生民》对周族开辟神话的考证②，以及其他很多新见解都富有启发性。

从以上所举诸例不难看出，在近年来所提出的新见解中，关于《雅》《颂》诗的研究居多。这种情况并非偶然：以前由于受"左"的观念的影响，《诗经》研究主要集中在所谓反映阶级矛盾和阶级斗争的"现实性"较强的少数《国风》作品，对于大多数作品特别是《雅》《颂》，多以"糟粕"视之而全部予以否定，其结果只能是以部分作品代替全体，对多数作品弃而不论。文学观念的转变和文化批评模式引入《诗经》研究领域以后，使长期以来被忽略的《雅》《颂》受到了特别的重视，其巨大的文化价值被重新发现，并引起广大学者浓厚的研究兴趣。鉴于过去《诗经》研究中畸轻畸重的情况，对《雅》《颂》予以特别的关注，并重点进行研究，填补历史上留下的空白，是完全可以理解和必要的。应当说，《诗经》研究重点的调整，《风》《雅》《颂》的并重和《雅》《颂》研究的丰收，正是这个时期《诗经》研究所取得的重要成绩之一。

以上是文化意识主导下，运用文化批评模式研究《诗经》所取得的主要成绩和特点，与此同时，在大胆探索中也难免存在一些缺点和不足，比较主要的有以下几点：

一些著作在论证《诗经》与文化的关系方面，应当说是比较全面的：诸如《诗经》所体现的文化特征、文化精神和文化传承关系；《诗经》与宗法制度、礼乐制度的关系，特别是《诗经》与籍田礼、祭礼、宴享礼、婚嫁礼的关系；《诗经》与哲学、历史、宗教、风俗之间的关系；等等，都有所论证，有些论证还比较详尽。相对而言，对于文学因素，如诗歌形象、立意构思、艺术风格、语言表达和审美趣味等的研究，显得十分薄弱。个别论著对于这些问题虽有所触及，但深度、广度都很不够，特别是缺乏精微的体验和深刻的理论思维；现代条件下人文科学对于这方面的研究早以超越了随感式的经验阶段，而要求从艺术美学高度做系统论证。从这个角度看，这方面的研究更加显得落后。

其次，运用文学的文化批评模式研究《诗经》涉及一些比较复杂的

---

① 李山：《诗经的文化精神》第 5 章。
② 刘毓庆：《雅颂新考》第一篇《大雅·生民新考》，山西高校联合出版社 1996 年版。

问题，如哲学问题、宗教问题、历史问题、文艺思想和理论问题，等等。由于缺乏系统、全面的研究，不少论著在这方面陷于一般化的说明，而未能展开具体、深入论证，显得肤浅，说服力不强。如《周礼》的文艺创作思想与《诗经》的关系，本是一个值得探索的新问题，但由于在这方面存在不足而未能达到预期的效果。

还有，大胆提出新见解诚然可佳，但缺乏根据，论证不足，难免流于武断。在这方面，探索求新的勇气有余，而严谨求实的科学精神不足；理想目标甚高，而学术修养和基础难于相副。

本文是《关于近年来〈诗经〉研究的两个问题》中的一个问题，另一个问题是《战国楚简〈诗论〉研究述评》，因篇幅有限没有收录。《关于近年来〈诗经〉研究的两个问题》是应北京大学儒藏编纂中心之邀于2007年12月1日在深圳举行的儒藏编纂与研究国际研讨会上的发言，后刊于《儒家经典与思想研究》第一辑，北京大学出版社2009年出版。

海外《诗经》研究对我们的启示

　　《诗经》研究的海内外学术交流自20世纪80年代即已开始，但比较集中和具有规模的学术交流则出现在90年代：1993—2001年八年间召开的第一至第五届《诗经》国际学术研讨会①，就有来自中国台湾、中国香港以及日本、韩国、新加坡、越南、蒙古和美国学者287人次，他们提交的论文有127篇，分别收入五次研讨会论文集②，其中有很多在大会做了宣讲。这些来自不同国家和地区，具有不同历史文化背景的学者所提交的论文，如同一股清新的异域之风，在一定程度上代表了近年来海外《诗经》乃至全部古代文学研究的新的动向和特点，有助于我们认识当今世界中国古代文学研究的发展趋势。这些论文以其新的内容和见解及其所体现的治学态度和方法，使我们大开眼界。几十年来，我们一直处于文化的封闭圈内，在与海外学术界隔绝的状态下从事研究，"独学而无友，则孤陋而寡闻"，因此，无论是在学术观念上还是在方法、认识上，都会形成不可避免的历史局限性。这种局限性应当说是比较严重的，只是以前我们身在其中不自知而已。现在，通过这五次学术研讨会，与如此多的国家和地区的学者进行规模空前的学术交流，确实有豁然开朗之感。

---

　　① 这五次《诗经》国际学术研讨会分别是1993年在石家庄召开的第一届《诗经》国际学术研讨会、1995年在北戴河召开的第二届《诗经》国际学术研讨会、1997年在桂林召开的第三届《诗经》国际学术研讨会、1999年在济南召开的第四届《诗经》国际学术研讨会和2001年在张家界召开的第五届《诗经》国际学术研讨会。除第三届《诗经》国际学术研讨会由中国诗经学会与日本诗经学会共同主办之外，其余四次研讨会都由中国诗经学会主办。

　　② 这五部论文集是《诗经国际学术研讨会论文集》（河北大学出版社1994年版）、《第二届诗经国际学术研讨会论文集》（语文出版社1996年版）、《第三届诗经国际学术研讨会论文集》（天马图书有限公司1998年版）、《第四届诗经国际学术研讨会论文集》（学苑出版社2000年版）、《第五届诗经国际学术研讨会论文集》（学苑出版社2002年版）。

这段《诗经》学的海内外交流史是由很多海外学者与中国大陆学者共同创造的，并成为20世纪中国《诗经》学术发展史的一个重要组成部分，这不仅是因为中国是这场交流的中心，为它提供了交流的平台，更为主要的是因为它发生在中国社会文化和学术发展的特定阶段，受着中国社会文化和学术思想发展的制约。因此，有必要从学术史的高度对这段不平常的历程进行认真总结。

大体说来，海外《诗经》研究对我们的启示主要有以下几个方面：

（一）建立《诗经》研究的世界观念。

《诗经》于数百年前即已走出国门，被译成多种不同的文字在一些国家正式出版，与此同时，有关的研究也在启动①。由于有如此长久的历史和广泛的基础，所以，在1993—2001年举行的五次《诗经》国际学术研讨会，才有可能吸引如此多的海外学者，提交如此多的学术论文。如果把20世纪末出现的这种国别广泛、盛况空前、连续多次举行的学术研讨会，视为《诗经》学已经走向世界，成为一门世界性学术的标志，也许不无根据。对于一门世界性的学术来说，重要的是应当具有与之相应的世界观念。所谓《诗经》研究的世界观念，就是把《诗经》研究的学术视野由一个地区、一个国家扩大到世界，建立世界《诗经》研究的整体观念。具体说来，就是突破狭隘的地域观念，把《诗经》研究放到世界范围的学术体系中，从世界学术的高度来认识《诗经》学的发展：无论是确定选题还是利用前人的研究成果，都应该如此。在这方面，海外学者已经走到了前面。例如，在韩国、日本、美国以及中国香港、中国台湾的学者所提交的论文中，其学术视野都没有局限于本国、本地区，而是放眼于包括中国大陆在内的很多国家和地区，充分考虑和借鉴世界各国和地区学者的有关研究成果，就是说，他们是从世界学术研究的范围来确定研究起点的。在这方面，中国台湾学者做得尤其突出。例如，林庆彰在撰写《姚际恒对朱子〈诗集传〉的批评》之前，与蒋秋华共同主编《姚际恒研究论集》一书，其中的《〈诗经通论〉研究文献目录》，选收文献的范围除台湾之外，还包括中国大陆、中国香港、日本、新加坡等国家和地区，他对姚际恒的研究是在充分考虑包括中国大陆在内的世界各国和地区学者的研究成果的基础上进行的。同样，他主编的《经学研究论著目录》也是

---

① 参阅王丽娜《诗经在国外》，见《诗经国际学术研讨会论文集》。

如此。而中国大陆学者的《诗经》研究论著，在确定研究课题和参考前人的研究成果以及引用文献方面，基本上都不出大陆的范围，海外学者的研究成果很少在视野之内。这说明大陆学者在研究工作和对外学术交流中，国界和政治的障碍虽然已经不复存在，但学术上的封闭心态并没有完全破除。在世界一体化，经济、文化、学术交流日益频繁的今天，这种封闭心态和狭隘的学术地域观念已经成为学术发展的障碍。

学术者，天下之公器也。所谓"公器"，是说它为天下人所创，又为天下人所用——知识从来没有地域的界限，也不为个人、地区、国家所私有。《诗经》学既然已经成为世界性的学术，那么，就应当"天下为公"，真正建立起相应的世界性的学术观念。

（二）对《诗经》学传统的态度。

就一般的情况来看，与大陆学者相比，海外学者特别是中国台湾、中国香港、韩国和日本的学者对《诗经》学的传统更加珍惜和重视。大陆学者有必要深刻反思对于《诗经》学传统的认识和态度。

从根本上说，传统的重要性在于它是制约和决定诠释立场、形成观点的历时性文化因素，因此也是发展和进步的基础。所以，要促进《诗经》学的健康发展，必须重视和正确对待《诗经》学的传统。在这方面，海外学者有着更为深刻的认识，香港学者李家树在提交会议的两篇文章中都特别强调了这一点：

> 《诗经》研究到了今天，不单要向前探索，还要往后回顾、检讨。在学术文化演变的过程中，传承者对历史传统或前人的研究成果的解释或再创造，都有其存在价值……①
>
> 中国文学研究现代化进程，先要处理好传统文化的继承问题②。

正是基于这样的认识，在海外学者，特别是中国台湾、中国香港、韩国和日本的学者提交的论文中，阐释传统和用传统观点解说作品的文章占有较大的比重，显然，其目的就是要在对传统的当代诠释中去丰富传统、

---

① 李家树：《宋朱王"淫诗"、"删诗"说与明人〈诗经〉研究》，《第四届诗经国际学术研讨会论文集》，第 399 页。
② 李家树：《五四疑古学派〈诗经〉研究述评》，《第五届诗经国际学术研讨会论文集》，第 348 页。

发展传统，并从传统中吸取营养，推动《诗经》学的前进。最典型的是对于《诗序》的态度和认识。与大陆学者相反①，海外学者对于《诗序》基本上持肯定态度。在这方面，中国台湾学者陈新雄对《诗序》的态度和认识是很有代表性的。在他的两篇文章中都充分肯定了《诗序》的价值和意义，其中最重要的有以下两点：首先，作为"三百篇"的最早的解释，说明了真实的本事和有关背景，为正确理解诗义提供了可靠的依据；其次，对于《诗序》应当注意"何故如此说诗"，也就是"不必以作诗之事实真相而要求它，可以用道德上求善之眼光以衡量之。观察其是否真有价值"②。前一点比较好理解，后一点比较复杂，至少包括以下两层含义：一是《诗序》解诗体现了求善的精神，反映出对于美好道德的追求，这应当也是古今人类的共同追求。而这恰恰表现出《诗序》说诗观点的儒家学说本质。二是《诗序》的丰富学术史价值和意义，《诗序》解诗方法的产生绝非偶然，而有其历史和文化思想背景，也就是说它的出现有其历史的必然性。作为一个特定历史时代的产物，它集中反映了那个时代学术文化思想的精神和特征，具有很高的学术认识价值。

同样，"诗教"和教化也是《诗》学传统的重要组成内容，而大陆学者往往把它与"封建"思想观念联系起来，认为肯定"诗教"就是有意无意宣扬封建思想，因此，对它多持否定态度。从研讨会的论文可以看出，海外学者对它基本上是肯定的："歪曲诗义的教化观点是必须反对的，却并不表示要同时对教化观点全盘否定……"③ 中国香港学者李家树的这个观点可以说代表了海外学者的一般观点。而韩国学者提出的教化诗的概念，更是肯定了教化的价值。（详后）

"对经典的评注和阐释往往是文化传统得以维持和发展的重要手段，因此，要认识文化传统，就不能不注意传统的经典及其阐释。"④ 正确认识传统，就必须正确对待包括《诗序》和"诗教"在内的历代阐释，简单化的激进态度导致对传统的全盘否定，受损害的不只是传统，同时也是

---

① 大陆学者对《诗序》的态度也在悄悄发生变化：由原来的全面否定转而为对个别部分的肯定。
② 陈新雄：《诗序存废议》，《诗经国际学术研讨会论文集》，第553页。
③ 李家树：《宋朱王"淫诗"、"删诗"说与明人〈诗经〉研究》，《第四届诗经国际学术研讨会论文集》，第399页。
④ 张溪隆：《文化、传统和现代阐释》，《走出文化封闭圈》，生活·读书·新知三联书店2004年版，第2页。

我们自己。

（三）重视并发掘《诗经》在当代精神道德建设中的价值。

包括《诗经》在内的传统文化可以为当代人类社会发展提供有价值的丰富资源，具有重要的社会和文化意义，但长期以来，大陆学者在实际上强调的多是《诗经》的认识作用，其次是美感作用，而对它的教育作用，特别是人文精神教育作用却常常被忽略。文艺作品的认识作用和美感作用诚然重要，但以健全人格培育为目的的人文教育更为重要，而我们由于受极"左"思潮的影响，对这个问题的认识发生了严重的错位。从提交会议的论文可以看出，海外学者很重视并注意发掘《诗经》的伦理道德内涵。例如，韩国学者就很重视《诗经》的教化内容，在他们所提交的论文中，涉及诗教和伦理、道德内容的文章就有五篇，并提出"教化诗"的新概念，认为，教化诗是指使人"反思自己的行动……感发行善之心"①的诗歌，并分为家庭伦理、社会伦理和国家伦理三类。这些诗歌对于建立和谐家庭、良好的人际关系以及增强对国家的责任，焕发爱国精神，具有很好的教育作用。而家庭伦理诗又可分为夫妇伦理诗、父母子女伦理诗、兄弟姐妹伦理诗和家族祭祀伦理诗等。从这样的角度分析《关雎》，也得出了全新的结论：《关雎》是一首"确立……健全的夫妻伦理"②的教化诗意义在于启蒙人们建立正常的夫妻关系。有的韩国学者从主题的思想性质把《诗经》中有关伦理道德的诗分为爱、孝、忠三大类，分别"体现了人类伦理的三纲"，不是"三纲五常"的"三纲"，而是"夫妻之情义，儿女之孝亲，臣民对国君的刺虐和忠谏"③。海外学者从伦理道德的角度这样认识《诗经》的道德教化作用是完全符合《诗经》思想性质和特征的。《诗经》的很多诗篇都浸透着浓重的伦理道德思想，钱穆甚至因此称《诗经》为"伦理的歌咏集"：

> 《诗经》是中国一部伦理的歌咏集。中国古代人对于人生伦理的观念，自然而然地由他们最恳挚最和平的一种内部心情上歌咏出来

---

① ［韩］安秉君：《诗经教化诗的类例》，《第四届诗经国际学术研讨会论文集》，第1040页。

② 同上书，第1035页。

③ ［韩］宋昌基：《四方风题诗含义试探》，《第三届诗经国际学术研讨会论文集》，第915页。

了。我们要懂中国古代人对于世界、国家、社会、家庭种种方面的态度与观点，最好的资料，无过于此《诗经》三百首。在这里我们见到文学与伦理之凝合一致，不仅为将来中国全部文学史的渊泉，即将来完成中国伦理教训最大系统的儒家思想，亦大体由此演生。孔子日常最爱诵诗，他常教他的门徒学诗，他常把"诗""礼"并重，又常并重"礼""乐"。礼乐一致，即是内心与外行，情感与规律，文学与伦理的一致。孔子学说，只是这一种传统国民性之更高学理的表达①。

"文学与伦理之凝合一致"可以说是"三百篇"的最重要的思想特点之一，因而也是从伦理道德的角度解诗的最好根据。

尤其重要的是，韩国学者不仅具体分析了《诗经》的伦理道德内涵，而且特别论证了它们对现代文明建设的巨大价值，这是因为古今一切美好的事物都是一致的。韩国学者宋昌基指出，当今社会中的自由、平等、和平、进步、幸福等一切美好的东西，都与《诗经》中的"正"的精神相一致，因此，《诗经》以及孔子根据《诗经》所总结出的诗教"仍有积极的现代意义"②。同样，日本学者也充分注意到《诗经》的人文精神价值，栗原圭介更从《诗经》的性质和理念肯定这一点，认为《诗经》的基本"理念意向可以说更是重在劝人向善……表现了诗人的人道主义见解"③，因此，有助于解决"关于国家和人类应该怎样存在下去"④ 这一人类所共同关心的首要问题。

韩国、日本学者通过挖掘《诗经》的伦理道德内涵，沟通了古典与现代，在现代人的心里"复活"了历史和人文精神，从而使《诗经》在构建当代道德精神中发挥作用。人类社会要共同持续发展，就不仅要处理好人与自然的关系，还要处理好人与人之间的关系，而《诗经》中那些反映家庭、社会和国家伦理道德关系的教化诗及其所体现的人文精神，其

---

① 钱穆：《中国文化史导论》，商务印书馆 2001 年版，第 67 页。
② [韩] 宋昌基：《思无邪诗教之现代意义》，《第四届诗经国际学术研讨会论文集》，第 923 页。
③ [日] 栗原圭介：《论〈诗经〉十五国风所体现的科学思想》，《第三届诗经国际学术研讨会论文集》，第 735 页。
④ 同上书，第 754 页。

主旨正是如何处理好人与人之间的关系。这说明,在科学技术高度发展和人文教育、人文精神缺失成为世界性的普遍问题的今天,《诗经》所体现的美好道德和人文精神越来越显示出其永恒的价值。

(四)学术研究的规范性和学术观点的系统性。

学术规范是学术研究应当遵循的基本范式和原则,也是达到学术水平和质量要求的重要保证。一般说来,自觉而严格地遵守学术规范,海外学者做得比较好,并已形成良好的学术研究传统。鉴于近年来大陆古代文学研究某些领域研究规范的缺失,海外学者这方面的优长尤其值得重视和借鉴:"造成这种状况的原因在某种程度上固然与资料的客观条件有关,但主观方面也与学者的素质有关。而因缺乏对他人研究成果的关注和尊重而导致的大量不必要的低层次重复、因袭,则是主要问题。"① 要避免低层次重复和因袭,使研究不断推进和提高,就要选择具有新高度的起点,而只有全面、系统地把握前人的研究成果才能做到这一点。如前所说,林庆彰等台湾学者为了确保明、清时代《诗经》学研究达到新的水平,使研究具有坚实的基础,做了很多前期工作,如编写有关的文献目录索引,撰写相关的文章,全面掌握了这个课题研究的历史和现状。又如美国学者余宝琳研究《诗经》中"矣"字的意义和功能,首先对前人的研究成果概括为九个方面,可谓全面而详尽,并提出中肯的批评:"上述不同的作者往往引用同样的例句来诠释'矣'截然不同的语法功能,而且对相同的语法功能又往往作出不同的解释。"② 这充分说明他们是站在前人的研究成果之上不断探索、继续前进的。

学术规范除了要求全面、系统地把握前人的研究成果之外,还必须全面占有材料,在全面把握研究对象的基础上下结论,才能避免片面性,而不是以局部代替整体,以个别代替一般。在这方面中国台湾学者余培林关于《诗经》复字句的研究、杨晋龙对于《四库全书总目》的批评以及中国香港学者李家树对于"疑古学派"《诗经》研究的全面系统的考察,都是很突出的。

学术观点的系统性是指将基本学术观点贯穿于相关的所有课题中,由

---

① 蒋寅:《学术的年轮》,中国文联出版社2000年版,第21页。
② [美]余宝琳:《"矣"字新考与诠释》,《第三届诗经国际学术研讨会论文集》,第495页。

此所派生的具体观点之间具有内在联系，形成了系统性特征。由于社会科学研究不像自然科学研究那样具有严格、规范的检验标准和程序，容易出现"此亦一是非，彼亦一是非"的不正常状态，所以保持基本学术观点的统一性显得尤为重要。在这方面有些海外学者做得比较突出。例如中国香港学者李家树《宋朱王"淫诗"、"删诗"说与明人〈诗经〉研究——一个传统文化互动个案的剖析》就是从这个角度寻绎自汉至当代数千年《诗经》学传统发展演变的内在逻辑关系，阐明了一些重大的学术史问题。由于以一条内在的学术理路将数千年的《诗经》学贯穿起来，揭示了学术史的发展演变规律，而使这个纷纭复杂的过程变得脉络清楚，路向明晰。又如中国香港学者胡咏超主张"诗在于声，不在于义"①，他不但从音乐的角度具体揭示了"六诗"的性质和本来意义，指出"六诗"是周代乐教的纲领，习乐的教程，而且解释了孔子的兴、观、群、怨之说，认为它也属于声歌而不属于辞义，保持了基本观点的统一。韩国学者金周汉，撰写了多篇关于韩国《诗经》研究史的文章，文章论述了朝鲜历史上不同时期、不同学者的《诗经》研究的成就和特点，内容虽然不同，但都贯穿着古代朝鲜学者学习和接受汉、宋之学，特别是汉儒的诗学理论的观点，使不同的文章具有内在的统一性。中国台湾学者林庆彰、蒋秋华和杨晋龙等所写的大量关于明代《诗经》研究的论文都贯穿着对于前人有关明代《诗经》学论断的批判和分析精神，正是这种精神使他们没有盲目附和学术史上的有关"定论"，而提出了新见解，形成关于明代《诗经》学比较系统的观点。

当然，学术观点有所变化和发展是允许的，也是正常的，这与基本学术观点的统一性并不矛盾。在学术研究上"随机应变"、"因地制宜"，其结果往往是学术观点的自相矛盾，这样的研究不但无益于学术的进步，反而会制造混乱，妨碍学术研究的健康发展。而保持基本学术观点的统一性和系统性，在不同的文章中能够将它"一以贯之"，则是学术成熟的表现，不但有利于学术的发展，而且可能形成体系，在学术史上自成一家。

除以上几个方面之外，海外学者的《诗经》研究还具有某些前沿性特征。例如，美国学者夏含夷《从西周礼制改革看〈诗经·周颂〉的演

---

① 胡咏超：《〈诗〉可以兴、观、群、怨新探》，《第四届诗经国际学术研讨会论文集》，第913页。

变》一文论证《周颂》的历史演变,就是通过人类学关于礼仪和舞蹈的理论,把有关的遗迹与《周颂》结合起来,"复原中国古代礼仪的表演过程"①。如果没有这个理论,文章的基本框架也就不能形成,更不可能提出新的观点。同样,日本学者石川三佐男在《中国后汉鲁诗镜所含的意义》一文中,运用考古学理论和"二重证据法",将纸上文献与地下考古材料结合起来,揭示了鲁诗镜《硕人》篇刻诗的真实含义。新加坡学者萧驰《〈大雅〉与史诗》一文专门研究《大雅》中《生民》等五篇诗歌的性质和主题,如果不是运用关于作品内在结构,亦即内形式的理论,而只是通过一些表面现象作为判断史诗的标准,那么也就只能是重复前人的结论,根本不可能有新的发现。

  以上所说海外学者在《诗经》研究方面的优长,所根据的仅仅是他们在第一届至第五届《诗经》国际学术研讨会提交的论文,而远远不是海外《诗经》学的全部。不过,仅从这冰山一角,也足以说明近年来海外《诗经》研究的发展动向以及有关学者丰厚的学术积淀和突出成就,说明那确实是一支实力雄厚的研究队伍。有这样一支海外同盟军与我们共同作战,使我们对于《诗经》学的发展前景更加充满了信心。面对海外学者在《诗经》研究方面的优长,大陆学者有必要反思自己所走过的研究道路,认真总结经验教训,取人之长,补己之短,努力把海外学者的长处与自己的优势结合起来。可以预见,在新世纪里,海内外学者将会进一步加强学术交流,相互借鉴,共同努力,把《诗经》学推向更高的发展阶段。

原刊于《学术研究》2006年第10期。

---

① [美]夏含夷:《从西周礼制改革看〈诗经·周颂〉的演变》,《第二届诗经国际学术研讨会论文集》,第91页。

先秦文学与文化研究

三 《楚辞》

两种人生观的抉择
——关于《离骚》的中心主题和屈原精神

屈原《离骚》向称难读,其原因除字词理解多有歧义之外,更在于全篇题旨即中心主题之难明。两千年来,对于《离骚》中心主题的认识变化很大:古代一般从君臣之义说明屈原的忠君忧国情怀,20世纪中期以后,多从社会政治的角度审视文学作品,把《离骚》定位为"一篇政治抒情诗"[①]。这种观点在新中国成立以后的几十年中很有代表性,它摆脱了封建政治伦理思想的束缚,却片面强调《离骚》思想内容的政治性质,而忽略了文学揭示心灵的本质特征。20世纪末期以来,随着理论领域中人的主体地位和价值的提升以及文学观念的变化,文学研究走出了"机械反映论"和"庸俗社会学"的误区,而复归了文学本位:逐渐把揭示人的感情世界和心灵历程作为自己的基本任务。《楚辞》研究也逐渐呈现出新的变化,如有的学者对于《离骚》的思想内容做了这样的概括:《离骚》"是一个崇高而痛苦的灵魂的自传"[②]。此外,还有些论著也程度不同地注意心灵挖掘,展示诗人的内心世界[③],这一切都反映了《离骚》研究的新的路向。

无庸讳言,这些论著也存在着不足和值得商榷之处,其中"崇高而痛苦的灵魂的自传"之说从整体上看完全正确,可惜未能将这一观点贯穿于具体分析中,就是说,其具体分析与对作品思想内容的整体论断未能达到有机统一;其他论著有的在个别层面对诗人的内心世界虽然做了深刻

---

① 马茂元主编:《楚辞研究集成·楚辞注释》,湖北人民出版社1985年版,第6页。
② 章培恒、骆玉明主编:《中国文学史》上册,复旦大学出版社1996年版,第144页。
③ 如王德华《屈骚精神及其文化背景研究》(中华书局2004年版)、黄灵庚《〈离骚〉:生与死的交响曲》,赵敏俐主编《中国诗歌研究》第二辑。

挖掘，但未能从整体上对作品的思想内容做出统一的解说，有的虽有完整统一的解说，但失之迂曲，难以服人。本文愿在这些论著的基础上，对《离骚》的中心主题做进一步的探索，力求恢复《离骚》作为诗人心灵历程真实记录的本来面目。

对生命有限性的焦虑

生命有限，有生即有死，本是自然界的铁的规律，但是人们迫切感受到这一点并为此而焦虑，则是个体意识产生，特别是关于人的价值观念产生之后的事情。人越想提升生命的价值，实现自我，越会感到时光易逝，人生短暂，对生命有限性的焦虑也就越加强烈。这是因为在这种心理的"背后有一个令人敬畏而又负载着价值和意义体系的时间实体存在"①，所以，越是建功立业心切的士人这方面的感叹也就越多，特别是在事业遭受挫折或者是怀才不遇之际，尤其如此。而最早最为强烈和深刻感受到这一点并形之于诗的，在中国文学史上大概非屈原莫属了。打开《离骚》，对生命有限性的焦虑如同习习烈风，立即扑面而来：

> 汩余若将不及兮，恐年岁之不吾与。朝搴阰之木兰兮，夕揽洲之宿莽。日月忽其不淹兮，春与秋其代序。惟草木之零落兮，恐美人之迟暮。

这之后才是写希望君王"抚壮弃秽"，为王"导夫先路"的壮志和抱负。接着，在叙写自己忠心事王而王悔遁有他，群小乘机贪婪竞进之后，又写道：

> 老冉冉其将至兮，恐修名之不立。朝饮木兰之坠露兮，夕餐秋菊之落英。

这是在第一大段中②，对时光易逝，人生短暂的第二次咏叹。如果说

---

① 吴国盛：《时间的观念》，北京大学出版社2006年版，第43页。
② 本文采用了王邦采《楚辞汇订》的"三段说"。

第一次主要是抒写日月不居，时不我与的紧迫感，表现出对生命有限性的焦虑的话，那么，第二次则更进一步，从老之将至而修名未立，引出了对生命有限性的恐惧。诗人心理的这个深刻变化，包容着十分丰富的感情内涵，并完全有其人生经历，特别是政治斗争经历的根据。

诗人的这种焦虑和恐惧不但表现在现实生活中，而且也表现在幻想世界中，无论是上叩天阍，还是下求佚女，都笼罩在这样的心态中。例如"上征求女"一开始，立即就陷入了时不我与的紧迫感之中："朝发轫于苍梧兮，夕余至乎县圃。欲少留此灵琐兮，日忽忽其将暮。吾令羲和弭节兮，望崦嵫而勿迫。路曼曼其修远兮，吾将上下而求索。"朝发夕至，与飞驰的太阳一比高下，并令日御慢行，以便上下求索。接着，为了尽快到达天庭，又令凤鸟日夜腾飞，紧迫、急切之情跃然纸上。下求佚女也是如此，开始就写道："及荣华之未落兮，相下女之可诒"，时限严格，不敢稍息。而在具体求女过程中，不是"恐高辛之先我"，就是"恐导言之不固"，都是唯"恐"有所延误，与第一大段表现的现实生活中的心理是完全一致的。所不同的是，在幻想世界中由于不受经验和理性的束缚，可以放开手脚，广泛运用神话形象而更具力度，因而也更加具有震撼人心的艺术力量。

屈原对川流不息的时间巨流之所以如此的焦虑，是因为他怀有远大的理想和抱负，以最大限度地提升人生价值作为自己人生的奋斗目标。由于这个问题关系到一个人的人生态度和如何把握、完善自己的生命，实质上是一个人的人生观问题，因而也是一个全人类必须面对的普遍问题以及人类文化、文明的根本问题。《离骚》正是建立在这个"普遍"和"根本"问题的基础上，因而具有了广阔的背景、宏大的主题和深邃的思想，并因而赋予作品以全人类意义和永恒价值。或许这才是《离骚》赢得千古绝唱美誉的一个根本原因。

"上征求女"——儒家人生态度的艺术写照

战国时代，关于个体生命和人生观的思考主要有两种：一种人生观关注人的社会存在，看重的是人的社会价值，主张通过修身、齐家、治国、平天下，也就是通过立德、立功、立言在社会生活中实现人生的价值。显然，这是以孔孟为代表的儒家人生观。另一种人生观关注的是个体生命在宇宙中的存在，看重的是人在宇宙中的绝对精神自由。要达到绝对的精神自由，就要彻底摆脱功名、利禄、权势、地位观念的束缚，也就是通过远离社会现实，使精神超越功利、世俗乃至自我，达到悠游自在的境地。显然，这是以庄子为代表的道家人生观。

在《离骚》第一大段中，诗人内心围绕着这两种不同的人生态度，即积极入世有所作为的人生态度和远离现实退隐求全的人生态度展开了激烈的斗争，但是两种人生态度究竟依从哪一种，两条人生道路究竟选择哪一条，直到第一大段结束，也没有给出答案。这些，即两种不同的人生态度及其斗争结局等内容都是在第二大段及以后的篇幅中逐渐展开的。

现在，让我们先看"上征求女"过程中诗人的具体心态及其所体现的人生态度的儒家人生观特征。

"上征求女"象征着向梦寐以求的理想境界，亦即诗人的人生价值的寄托之地进发，是一次非同寻常的神圣行程，所以，其心态除了前面所说的迫不及待的急切心情及其所体现的紧迫感和使命感之外，还表现出极为强烈的进取精神和执着的追求精神。这种精神形之于诗，则是"吾令……"、"吾命……"式的命令式句式不由自主地脱口而出，并贯穿于"上征求女"过程的始终，例如："吾令羲和弭节兮，望崦嵫而勿迫"、"吾令凤鸟飞腾兮，继之以日夜"、"吾令帝阍开关兮，倚阊阖而望余"、"吾令丰隆乘云兮，求宓妃之所在"、"解佩纕以结言兮，吾令蹇修以为理"、"吾令鸩为媒兮，鸩告余以不好"。不难看出，在"上征求女"过程中，为了实现远大理想，达到既定目标，诗人驱使龙凤，喝令人神，驰骋于四海八荒，十分突出地表现出积极奋进的人生态度和一往无前的精神力量。这种态度和力量使诗人雄心笼罩宇宙，精神超越古今。

当然，随着"上征求女"途中情况的变化，诗人的心情也是有起伏的，这形成了"求女"过程中诗人心态的多层面特征：既有畅意追求的欢乐和喜悦，也有前行受阻带来的另一种心态，如对于天庭溷浊、黑暗的愤懑，对高丘无女的悲哀，对无礼行为的厌恶以及对于抛开媒人"自适"的犹豫和狐疑，等等。而这一切始终紧紧围绕着理想能否实现，生命价值能否提升这个主轴：为追求理想和提升生命价值而欢乐，也因追求理想和提升生命价值的奋斗遭受挫折而痛苦。而是否坚持理想和提升生命价值，最终关系到对生命有限性的焦虑和恐惧能否减轻和消解，关系到积极人生态度和人生观的确立。

特别值得提出的是，"上征求女"过程中每次失败之后都要对于黑暗、腐朽、混乱的现实做一番抨击和批判。因为诗人深知，他所从事的变法改革之所以失败，梦寐以求的"美政"理想之所以化为泡影，完全是因为朝中腐朽贵族集团的破坏和反对。这一点对于诗人来说，可谓刻骨铭心，无论如何也无法从内心深处抹去，即使是在"上征"天国的幻想中，诗人也根本无法忘情于此。这说明诗人虽遭失败，但并没有失望；理想之火还在燃烧，所以也就不可能忘怀现实：即使是"上征"天庭，心也仍然留在地上。

从上面所说诗人在"上征求女"中所体现出的人生的终极寄托，对于现实的关怀和积极进取精神以及由此而产生的喜怒哀乐来看，诗人的人生观显然具有将人生价值寄托于人生理想的实现，将个人融入社会的积极入世的儒家人生观的基本特征。由此可以肯定，这个以诗人的生活经历为基础的"上征求女"部分，始终贯穿着儒家人生观的基本精神，是儒家人生态度在幻想世界中的具体体现和艺术写照。

"远逝自疏"——道家人生态度的艺术写照

与"上征求女"所体现的儒家的积极人生观相反，"远逝自疏"则是以幻想的方式反映了放弃理想，回避矛盾，超越现实功利，求得精神解脱的消极的道家人生观。

首先，与"上征求女"具有明确的追求目标不同的是，"远逝自疏"没有任何既定目标，也不追求任何理想，而完全是轻松自在的遨游娱乐。

诚然，"远逝自疏"开始之前，灵氛为诗人占卜时说："两美其必合兮，孰信修而慕之？思九州之博大兮，岂惟是其有女？"诗人自己也说："和调度以自娱兮，聊浮游以求女。"仿佛"远逝自疏"与"上征求女"一样，目的也在追求什么；但从诗歌的实际描写来看，并非如此。"远逝自疏"部分从头至尾，所写的都是乘龙驾凤的飞行以及飞行过程中的悠游自在的心态，而没有任何关于追求理想目标的内容。这只要与"上征"过程中的"求女"内容加以对比，就会十分清楚。这一点，前人已经注意到。钱澄之说："远逝""不似向者之汲汲于所求也。向者志在求女，而浮游皆属有心；此则志在浮游，而求女听诸无意"。又说："从前之游，上下求索；此直周流观乎上下，无所复求，志在远逝以自疏而已。"（钱澄之《屈诂·离骚》）这就是说，在灵氛的占卜劝告下，诗人确实曾一度产生过"求女"的想法，但实际上，诗人并没有这样做，而是放弃了"求女"的目的，做了一次没有任何具体追求目标的神游。

正是因为如此，"远逝自疏"也就没有"上征求女"过程中的那种紧迫感、挫折感和由此带来的痛苦和烦恼。"远逝"途中也有几次转折，但都一帆风顺，畅行无阻。至于"远逝"途中所遇到一些困难（所谓"路修远以多艰"），与"上征"途中的挫折和失败是完全不同的两回事，不应当将它们等量齐观。

其次，"远逝自疏"途中诗人完全忘情于世，丝毫没有现实牵挂和现实关怀，表现出彻底的"出世"特征。如前所说"上征求女"过程中每次失败之后都要对于黑暗、腐朽、混乱的现实做一番抨击和批判，说明诗人根本无法忘情于现实。"远逝自疏"则完全相反，由于诗人已经完全放弃了理想追求，因此整个"远逝自疏"过程中也就没有任何现实牵挂，"……其惟奏《歌》舞《韶》，假此日以娱乐乎？盖不复以国事关心矣。"（同上）对于破坏和反对他变法改革，阻碍他实现"美政"理想的腐朽贵族势力再也没有任何抨击和批判，曾经引起他无限关注和忧虑的国家前途和命运也完全被置之度外，更不要说个人的成败得失。对于现实和人生态度的这种变化，诗人用"吾将远逝以自疏"来形容。"自疏"，自我疏远，前人多解为疏远君王，这虽然不错，但并不准确。实际上，"自疏"是疏远君王，更是疏远现实，回避现实矛盾，是非、善恶、正义非正义乃至国家存亡、个人得失，总之，人间的一切都不再是关注的对象，由此而使自己完全达到道家所向往的精神境界。

由于"远逝自疏"没有什么现实的牵挂、期许和所求，因而也就没有挫折、失败的痛苦和烦恼。诗歌的具体描写说明，"远逝自疏"志在遨游娱乐，途中只有"自疏"的欢乐和畅意。

由于心态不同，相应地，"远逝自疏"部分的句式与"上征求女"部分也有明显的区别，"远逝自疏"途中虽也驱龙驾凤，但却从不用"上征求女"部分中常用的"吾令……"、"吾命……"这类体现进取精神和紧迫感的命令式的句式，而多改换其他的说法，如"为余驾飞龙兮，杂瑶象以为车"、"麾蛟龙使梁津兮，诏西皇使涉予"，词气与"上征求女"部分明显不同，而呈现出一片从容、自适的气象。这不能不说与"远逝自疏"时的轻松自适和愉悦的心境有直接关系。

与庄子笔下的道家人生观的比较

对于"上征求女"是儒家人生态度的艺术写照,估计不会有什么疑问,而把"远逝自疏"作为道家人生态度的艺术写照,可能会有不同的意见。为此有必要看一看先秦时代道家著作中对于人生观的表述是什么样子的。《庄子·逍遥游》:

夫列子御风而行,泠然善也,旬有五日而后反。彼于致福者,未数数然也。此虽免乎行,犹有所待者也。若夫乘天地之正,而御六气之辩,以游无穷者,彼且恶乎待哉!故曰:至人无己,神人无功,圣人无名。

这段文字将"御风而行",免于徒步的列子与"乘天地之正,而御六气之辩,以游无穷者"的至人、神人和圣人相比,指出列子是"有所待",即有待;而至人、神人和圣人是"恶乎待",即无待。就是说,只有无己(忘掉自我)、无功(不求有所作为)、无名(不追求声誉)的至人、神人和圣人才能达到"无待"的要求。所谓"无待"是一种处世哲学,是庄子理想的绝对精神自由的人生境界,认为要达到绝对的精神自由,"就要不凭借任何外在的依托,包括虚名、包括功业、包括为己的私心,这样才能使自己的精神超越世俗的一切乃至超越自我","感受到个体生命存在的自由和轻松"[1]。在庄子看来,功名、利禄都是对于个体生命的束缚,也是人生一切痛苦、烦恼的根源,因此应当彻底予以否定。这种主张远离现实,超越功利,以个体生命的"自由"彻底消解在社会中实现生命价值的人生态度,显然是一种消极无为的处世哲学。

将屈原在"远逝自疏"中所体现的放弃理想,超越功利,摆脱现实矛盾以及由此而达到精神自由和愉悦,与庄子所追求的绝对精神自由的人生境界加以比较,就会发现,其精神和思想实质是基本一致的。不止如此,屈原"远逝自疏"所体现的人生观与庄子所倡导的道家人生观在具体的外在形态方面也完全相同。在庄子的著作中,凡是说到至人、神人和

---

[1] 葛兆光:《中国思想史》第一卷,复旦大学出版社2001年版,第184页。

圣人的"无待"人生观时，无不是在飞行状态：或乘风飞行，或驾龙凤，或骑日月。上面所引的那段文字中，列子御风，后面特别说到是"免乎行"，明确说明是飞行。列子尚且如此，那么"乘天地之正，而御六气之辩，以游无穷者"的至人、神人和圣人更是飞行无疑。这是至人、神人和圣人飞行状况的通说。再从个别的方面看，《齐物论》："至人神矣……若然者，乘云气，骑日月，而游乎四海之外。生死无变于己，而况利害之端乎？"这是至人的情况。再看神人，《逍遥游》："藐姑射之山，有神人居焉……不食五谷，吸风饮露。乘云气，御飞龙，而游乎四海之外。"看来，为了表现"无待"人生哲学的神秘性和超脱性，庄子都给他们披上了神秘的外衣：腾云驾雾，骑日月，御飞龙。而屈原的"远逝"在外在形态上与上述至人、神人和圣人飞行状况完全一致，也是驾龙凤，乘云气，高飞天际。这难道是偶然的巧合吗？这只能证明以乘云气，骑日月，驾龙凤，表现"无待"人生哲学的神秘性和超脱性，可能是当时的一种通行的思维方式。

总而言之，屈原在"远逝自疏"中所描绘的遨游娱乐，实际就是庄子所追求的绝对精神自由，二者都是道家人生观所向往的人生境界的具体表现。如果说它们之间有什么不同的话，只是在表现手法上：庄子是用故事和哲学的语言从理论方面加以概括，而屈原则是通过艺术的想象，运用文学语言进行具体形象的描绘而已。

屈原的精神和品格：理性精神与道德精神的完美结合

人生何去何从，两种相互对立的人生态度在诗人内心掀起激烈的冲突狂潮，直至在"远逝自疏"中从天上忽然望见自己的旧乡，才告结束："陟升皇之赫戏兮，忽临睨夫旧乡。仆夫悲余马怀兮，蜷局顾而不行！"诗歌急转直下，两种人生态度的激烈冲突也戛然而止：心灵的天平立即向着积极的儒家人生哲学倾斜，而把道家出世的人生态度抛到九霄云外。就这样，诗人进行了一次人生态度的抉择——诗人自己提出的关于人生方向的这个"大是大非"问题，终于又自己得出了明确的答案。

出人意料的是，在人生态度的抉择之后，紧接着又是一次更为艰难的抉择：生与死之间的抉择，这就是结尾"乱曰"所写的对自己人生归宿的设想。

诗人否定了道家人生态度，决意依从儒家人生态度而回归现实之后，立即陷入了不可调和的矛盾——诗人与楚国黑暗的社会现实之间的矛盾——之中，并面临新的人生难题：要坚持远大理想和道德操守，必不见容于世；要见容于世，就要放弃理想，降志屈节。就这样，诗人又一次被置于两难的现实处境之中。但是，面对这个更为艰难的生死抉择，诗人却重语轻说，显得非常平静："既莫足与为美政兮，吾将从彭咸之所居！"诗人宁可付出生命，也绝不放弃理想，向黑暗的现实妥协。显然，这个负载着宝贵生命及其全部价值的短短两句话，绝不是逞一时之快的愤激之语，而是发自崇高心灵深处的抗争和呼唤，也是诗人道德精神实践的必然结果。正是这个在更高的精神境界中的抉择，把人的尊严和理想的价值提高到了前所未有的高度。

第二次抉择即生与死的抉择，实际上是第一次抉择的继续，是他所选择的人生态度在生死问题上的必然反映：如果说，第一次抉择即人生态度的抉择，表现了屈原彻底的理性精神的话，那么，第二次抉择即生与死的抉择，则突出表现了屈原崇高的道德精神。

儒家人生态度和道家人生态度具有完全不同的价值取向，在春秋战国时代，正确分辨二者的是与非，作为人生道路的指导原则，并非容易之事。诗人最终拒绝、否定了道家人生观的诱惑，而肯定、选择了儒家人生观，无疑是高扬理性精神，进行理性思考的结果。在当时的历史条件下，无论是从个人的角度看，还是从社会的角度看，儒家人生观都是一种较为先进的人生哲学。通过立德、立言和立功，实现人的社会价值，不只使人生有所寄托、有所作为，同时可惠及众生，有益于社会发展和历史进步。就是说，儒家人生观能够将个体生命价值与社会发展的需要协调起来，最终使个人融入历史，这一点对于执着于追求理想、力求最大限度地实现生命价值的屈原来说，当然会具有巨大的吸引力。而道家人生观恰好相反，它虽然可使人陶醉于精神的绝对自由，但由于彻底否定了个人功业，消解了生命价值，而将人生归于虚无，不仅使人无所作为，而且也不利于社会发展。由于道家人生观违背历史发展规律，它所宣扬的超越现实的绝对精神自由，实际上也只能是一种幻想。这说明，屈原对于人生态度的正确抉择本身就是对违背历史发展规律的蒙昧、荒谬思想的否定，而闪烁着理性批判精神的光辉。正是这一点使屈原对于"人"、人生意义和价值的认识超越了一般的思想家，而达到了时代思想潮流的前沿和空前的历史深度。

在诗人的第二次抉择即生死抉择中，黑暗势力依旧，诗人却与以前不同：人生态度的抉择，对于诗人来说如同一次精神炼狱，不但更加坚定了自己所选择的人生道路和理想抱负，而且也使自己崇高的人格精神和道德操守得到了有力的证明，因而更加强了他对于人生追求和选择的信心。所以，当诗人面对第二次抉择时，没有任何犹豫和动摇，集中而完整地展现了一代伟大诗人的道德精神风貌：那就是守护纯洁品德和美好人格的高尚节操，宁死不屈与黑暗势力斗争到底的坚定意志，对于社会理想生死以求的追求精神以及珍惜生命的社会意义，将个人融入历史的价值观念。

实践理性精神和崇高道德精神是构成屈原精神和品格的基石，屈原之所以卓越和伟大，是因为他在中国文化史上第一次将这两种精神完美结合起来。这两种精神，"不是在任何地方都可以看得到的，而是集中在一些伟大人物身上。在他们那里，历史过程的真实意义以其充分的、无与伦比的力量表现着自己。这些人是'英雄'，是人类文化的第一批先驱"[1]。可见，除了伟大的浪漫主义诗人之外，再把屈原定位为中国乃至世界文化思想史上的"第一批先驱"，是完全恰当和正确的。

屈原及其《离骚》在人类文学史和文化思想史上将永远放射出灿烂的光辉！

原刊于《北京大学学报》2008 年第 3 期，
复印报刊资料《中国古代近代文学研究》2008 年第 9 期全文转载。

---

[1] [德] 恩斯特·卡西尔：《国家的神话》，范进等译，华夏出版社 1990 年版，第 254 页。

屈原悲剧结局的时代特征

恩格斯说过:但丁是欧洲"中世纪的最后一位诗人,同时又是新时代的最初一位诗人"①。在我国历史上,生活在封建制取代奴隶制的战国时代的屈原也跨越了两个时代,是转折时代的一位"最后"和"最初"的伟大诗人。屈原以他的瑰丽诗篇和悲剧性结局向旧制度提出了严正的抗议,同时,也迎来了新时代的曙光。他的诗篇和悲剧性结局因而也被赋予这个转折时代的鲜明特征。

战国中末期,各国社会的发展很不平衡,有的国家封建制已经建立起来并得到了巩固,有的国家则还在奴隶制的桎梏下徘徊,屈原的祖国楚国就是如此。在奴隶主贵族势力的统治下,楚国的政治黑暗腐朽,国力日益衰弱。屈原为了改变这种情况,致力于社会改革,力图通过变法达到"国富强而法立"(《九章·惜往日》),进而实现由楚国统一全国的目的。屈原的变法改革不可避免地要削弱奴隶主贵族的特权和利益,因而屡次受到他们的排挤和打击,最终,屈原在激烈的政治斗争中失败了。他的梦寐以求的"美政"理想没有实现,便以身殉国了。

春秋战国时代也是我国由分裂走向统一的时代。为了彻底消灭奴隶主贵族残余势力,建立和巩固新生的封建制度,为了发展地主阶级经济,给统一战争提供雄厚的实力基础,新兴地主阶级在各个国家掀起了变法革新运动,形成了战国时代的轰轰烈烈的变法改革潮流。围绕变法改革,新兴地主阶级与奴隶主贵族势力之间展开了激烈的斗争。

战国时代,在屈原之前从事变法改革的还有魏国的李悝、楚国的吴起

---

① [德]马克思、恩格斯:《共产党宣言》,《1892年意大利文版序言》,《马克思恩格斯选集》第一卷,人民出版社1974年版,第249页。

和秦国的商鞅等，这些变法改革都属于同一个时代潮流，其结局虽然都是悲剧性的，但却各有不同的特点。所以，只要把屈原变法改革失败的悲剧与李悝、吴起和商鞅等人的悲剧加以对比，其特点就会看得更加清楚。也就是说，只有从比较广阔的背景和斗争形势出发，才有可能真正理解屈原悲剧的本质特征。

秦国商鞅变法的结局十分悲惨。周显王十年（前359年）和十九年（前350年）秦孝公两度任用商鞅变法，始终遭到奴隶主贵族势力的反抗，商鞅予以严厉镇压，新法才得以推行。秦孝公死后，秦惠王继位。这位新国君与前代国君不同，对变法持反对态度，奴隶主贵族势力乘机对商鞅群起而攻之。商鞅被下狱，遭车裂，全家被诛。

楚国吴起变法的结局同样也十分悲惨。周安王十九年（前383年），楚悼王任用吴起变法，由于触犯了奴隶主贵族势力的利益而引起他们的激烈反抗。楚悼王死后，奴隶主贵族势力联合起来讨伐吴起，用乱箭射死他之后，又施以车裂，变法遂以彻底失败而告终。就这样，奴隶主贵族势力依然盘根错节，牢牢地统治着楚国。

吴起死后六七十年，屈原"为楚怀王左徒"①，甚得怀王信任。屈原凭借其有利的地位和出众的政治才能，大力推行其新政：内政方面严行法治，变法图强；外交方面力主联齐抗秦，坚决反对奴隶主贵族的投降卖国行为。无论在内政上还是在外交上屈原与这些反对变法和抗秦的贵族官僚都势不两立，矛盾很快趋于激化："屈原属草稿未定，上官大夫见而欲夺之。"继而在奴隶主贵族势力的左右下"怀王怒而疏屈平"，不久将他流放（初放）。这一切都是在原来信任屈原，支持变法的国君尚在的情况下发生的。可以看出，与支持变法的君王过世后才遭到打击报复的吴起和商鞅的变法改革相比，屈原与奴隶主贵族势力之间的矛盾和斗争从一开始就处于不可调和的激烈状态。

周赧王十九年（前296年）楚怀王客死秦国，顷襄王即位（实际上，楚怀王入秦后就已即位），这个时期对于屈原来说是最为危险的时刻。如前所说，吴起和商鞅都是在支持他们的国君死去、新王即位后不久即惨遭毒手的。楚国奴隶主贵族势力对于屈原早就恨之入骨，利用顷襄王即位这

---

① （汉）司马迁：《史记·屈原列传》。以下引文凡未注明出处者，均出于这篇传记，不再注明。

个有利时机对屈原进行报复，应当是迫不及待的事情。但是，他们并没有将屈原杀害。

或许认为，屈原系"楚之同姓"，是身份显赫的贵族，而他又正道直行，德高望重，因而政敌才不敢对他轻举妄动。但这不是主要原因，战国时代贵族被诛也时有所见，就以楚国为例：吴起被杀以后，楚太子一次就处死很多贵族："……太子立，乃使令尹尽诛射吴起而并中王尸者。坐射起而夷宗死者七十余家。"① 在这种情况下如果屈原被杀是完全有可能的。

总而言之，这个时期，屈原的处境与悼王死后的吴起和孝公死后的商鞅完全一样，被杀害的可能性也一样。然而，事实出人意料，奴隶主贵族势力只是将他流放（再放）。同样的变法改革，变法改革者最后的遭遇却大不同，这是很值得注意的。

一个政治家有无力量以及他的命运遭际和最后结局如何，除了与他的人品和能力有关之外，更在于他所从事的事业的性质和历史发展趋势所决定的具体斗争形势以及不同势力之间力量的对比。从时代历史的角度看，正是战国时代历史的发展、社会背景和斗争形势的变化以及各种不同力量的消长等多种因素的制约，最终决定了屈原所走的道路不同于其前变法者的悲剧结局。

如前所说，屈原变法正处于我国由分裂走向统一的前夕，下距秦国统一中国只有六七十年的时间。这个时期，各大国特别是秦、楚、齐三国为了扩大自己的力量，孤立和打击对方，赢得兼并战争的胜利，彼此之间展开了多方面的斗争，秦楚关系更是反复无常，充满了变数。主持楚国内政外交的屈原为变法图强而积极奋斗，他的一切政治活动早已与走向统一的历史进程不可分割地联系在一起。诚然，吴起和商鞅时代，这个因素也存在，但其影响力和所起的作用与屈原时代不可同日而语。

楚国的奴隶主贵族当然不愿放过顷襄王即位的有利时机加害屈原，但秦楚关系的发展和变化使他们在一段时间内失去了对于楚国国内形势的控制，而使形势朝着有利于抗秦的方向发展。原来，楚国内部抗秦派和联秦派即奴隶主贵族势力围绕着对秦关系一直进行着激烈的斗争，而对秦关系的变化在一定程度上反映着两派力量的消长。

楚怀王应秦之约入秦往会秦昭王，结果受骗："楚王至，则闭武关，

---

① 《史记·孙子吴起列传》第七册，第2168页。

遂与西至咸阳，朝章台，如番臣，不与亢礼。楚怀王大怒，悔不用昭子言。"① 怀王付出惨重的代价之后终于认识到"悔不用昭子言"。昭子即昭睢，楚国的抗秦派重臣之一。当初，他与屈原都坚决反对怀王入秦，并且也像屈原一样对于秦国抱有高度警惕，认为"秦虎狼，不可信，有并诸侯之心"②，而力主联齐抗秦。怀王的遭遇不只使他本人翻然悔悟，而且教训了很多人，他们也从这个事件中提高了对于时局的认识，而这正是抗秦派力量壮大的思想基础。例如，怀王被扣秦国，虚王位，国无主，形势对楚国十分不利；而积极主张和策划立顷襄王的正是抗秦派昭睢。由此不难看出在那段时间内抗秦派力量的发展及其对于楚国政治的巨大影响。《史记·楚世家》：

> 楚大臣患之，乃相与谋曰："吾王在秦不得还，要以割地，而太子为质与齐，齐、秦合谋，则楚无国矣。"乃欲立怀王子在国者。昭睢曰："王与太子俱困于诸侯，而今又倍王命而立其庶子，不宜。"乃诈赴于齐……齐王……归楚太子。太子横至，立为王，是为顷襄王。"③

顷襄王即位后，立即告秦："赖社稷神灵，国有王矣。"④ 这无异于是向秦国严正宣告：

楚国君臣上下决心协同抗秦，秦国制造"虚王位"以削弱楚国的阴谋破产！在立新王的过程中，抗秦派昭睢特别强调怀王之命，立在齐国为质的太子横，而反对立在国内的庶子，十分明显，其目的就是要尊抗秦的怀王，激发楚人的家国热情以对抗秦国。事实上，正是在怀王被骗入楚和立顷襄王的这段时期内，楚国上下昂扬亢奋，同仇敌忾的情绪达到了前所未有的高潮。"怀王卒于秦，秦归其丧于楚。楚人皆怜之，如悲亲戚。诸侯由是不直秦。秦楚绝。"⑤ 抗秦的爱国精神高涨，正是抗秦派主张深入人心的结果。事实的发展使人们认识到正是联秦派的主张把国家弄到无主的危险地步："楚人既咎子兰，以劝怀王入秦而不反也。"联秦派更加孤

---

① 《史记·楚世家》第五册，第1728页。
② 同上。
③ 同上。
④ 同上。
⑤ 同上书，第1729页。

立，其主张也越发显得不得人心。在这种形势下，奴隶主贵族势力又怎敢随心所欲地加害屈原呢？

后来，秦国对楚改变策略，在拉拢、利诱的同时，又发兵威胁，表示与楚决一死战，"楚顷襄王患之，乃谋复与秦平。七年。楚迎妇于秦，秦楚复平。"① 顷襄王倒向了联秦派，秦楚和好，亲秦派得势。在这种情况下，"令尹子兰……卒使上官大夫短屈原于顷襄王，顷襄王怒而迁之"，屈原再次遭放，直至秦国白起攻陷郢都，楚国濒临灭亡。

以上所说屈原所处的时代环境和具体的斗争形势，对于屈原的命运遭际来说，显然都属于客观环境方面。下面再从主观方面，即屈原变法改革和他的政治思想和政治理想本身看。

虽然屈原针对楚国的弊政所进行的变法改革与其前吴起、商鞅的变法改革，都属于同一个时代潮流，但由于时代的前进和历史的变化，而赋予其某些新东西，从而使之与吴起、商鞅等人的变法改革具有了一定的质的差别。

比起吴起、商鞅等变法改革的先驱者，屈原更富有远见。他从地主阶级统治的长远利益出发，对于广大人民的疾苦怀有深厚的同情；他主张"循绳墨"、"遵法度"，限制对于底层民众的肆意"求索"，以减轻和缓和对于人们的过分剥削，这与他在诗篇中大胆而深刻地揭露并批判楚国的黑暗政治和"群小"的"贪婪"、"竞进"的丑恶嘴脸是完全一致的。另外，在屈原的变法活动中，"哀民生之多艰"与争取"国富强而法立"的目的也是一致的。这是吴起、商鞅变法所不具备的重要特点。此外，屈原对于民心向背的认识对于他的变法改革来说十分重要。《离骚》："皇天无私阿兮，览民德焉错辅；夫维哲圣以茂行兮，苟得用此下土。瞻前而顾后兮，孰非善而可服？"屈原认为：只有"相观民之计极"，即体察百姓的愿望和要求，行"义"和"善"，才有可能得到皇天的"错辅"，成就其"哲圣"的"茂行"，而使其国祚永世不衰。这种重视民心向背的力量和作用，强调为政的基础在得民心，是一种具有鲜明进步意义的政治思想。屈原对于民生疾苦的重视和同情，对于群小的斥责和抨击，毫无疑问都是以这一思想为基础。而在吴起和商鞅的变法改革中，并没有显示出同情民生疾苦，限制贪婪、求索的思想主张。

---

① 《史记·楚世家》第五册，第 1729 页。

更为突出的是屈原的政治理想。《离骚》以："既莫足与为美政兮，吾将从彭咸之所居！"这样两句结尾。"美政"是屈原对于新兴地主阶级政治理想的概括。对于屈原来说，不能为实现"美政"而奋斗，活着也就没有意义，显然，屈原是以命相许，也就是把"美政"看得和自己的生命一样重要。

"美政"并非是简单的字面含义，即并非一般的抽象的美好政治，而有其特定的时代和阶级内容。屈原以"美"来概括他的新的政治理想，不仅有其时代思想发展的根据，而且完全符合语义的历史发展。因为在春秋战国时代，政治意义方面的"美"，并非泛泛空言，而有其具体而确定的内容，这为我们正确理解"美政"提供了重要根据和方便的途径。《国语·楚语上》：

夫美也者，上下、内外、小大、远近皆无害焉，故曰美。若于目观则美，缩于财用则匮，是聚民利以自封而瘠民也，胡美之焉？夫君国者，将民之与处，民实瘠矣，君安得肥？且夫私欲弘侈，则德义鲜少，德义不行，则迩者骚离，而远者距违……其有美名也，唯其施令德于远近，而小大安之也。若敛民利以成其私欲，使民蒿焉忘其安乐而有远心，其为恶也甚矣①！

《庄子·渔父》：

天子、诸侯、大夫、庶人，此四者自正，治之美也，四者离位而乱莫大焉。官治其职，人忧其事，乃无所陵。故田荒室露，衣食不足，征赋不属，妻妾不和，长少无序，庶人之忧也……②

《荀子·君道》：

故人主欲强固安乐，则莫若反之民；欲附下一民，则莫若反之

---

① 《国语·楚语上》，上海商务印书馆1935年版，第196—197页。
② 《庄子·渔父》下册，中华书局2004年版，第1027页。

政;欲修政美俗,则莫若求其人①。

《韩非子·难二》:

一匡天下,九合诸侯,美之大者也②。

归纳以上各家的论述,可以知道"美"的政治含义主要有两个方面:一是在治国为政方面抑制"私欲",弘扬"德义","施令德于远近",也就是体察民生疾苦,缓和剥削和压迫,使民不"瘠",亦即使民不致"田荒室露,衣食不足"。显然,政治上"美"、"不美",关键在于如何对待民。民"肥"国家才能富强,人主才能"强固安乐"。为政不行"德义",而只知"敛民利以成其私欲",不顾民的死活,其结局必然是"迩者骚离"、"远者距违",国家归于倾覆。二是要放眼天下,实现国家统一,使"上下内外小大远近",即整个天下皆无害。要达到这样的目的,就必须臣服诸侯,"一匡天下",也就是结束分裂局面,统一全国。

简言之,"美政"的基本内容就是施行"德义",使人民安居乐业,实现国家统一,显然,这是屈原在国家统一前夕对新兴地主阶级政治理想的带有强烈感情色彩的高度概括。

"美政"所包括的这些内容,使屈原所推行的变法改革不但与强调"严刑峻法"和"集势"、"用术"的吴起、商鞅的变法区别开来,而且也与建立在"恻隐之心"和"推恩"基础上的"德政"、"仁政"有所不同。从政治思想的层面看,由于屈原重视民心向背,同情民生疾苦,并着眼于天下,所以不但能够"循绳墨","遵法度",实际践行变法改革,而且能够提出体现其政治理想、具有号召力的政治口号;相反,吴起和商鞅的变法只是偏重和强调法治和政令的实施,而这些法治和政令不但针对奴隶主贵族的特权,更是针对广大人民,从而显示出其残酷血腥的一面。这样看来,他们没有提出能够集中体现其政治理想,并具有号召力的政治口号也就不足为奇了。

战国末期各种力量错综复杂的斗争,不可数计的兴衰更迭,与以前相

---

① 王先谦:《荀子集解》,《诸子集成》第二册,中华书局1954年版,第155页。
② 王先慎:《韩非子集解》,《诸子集成》第五册,中华书局1954年版,第275页。

比，更为明显地显示出人心向背的力量。孟子所云"天时不如地利，地利不如人和"①，说明当时人们对于这个历史真理已经有了一定的认识。"明于治乱"的屈原对此当然有着更为深刻的理解，他明确提出的具有丰富内涵的"美政"政治理想就是最好的证明。

从中国历史发展的进程来看，在统一的封建制国家建立的前夕，屈原提出"美政"的政治理想，在一定程度上反映了历史发展的趋势，符合广大人民的利益和愿望，具有突出的进步意义。除了政治斗争的实践意义之外，"美政"政治理想的提出还有突出的理论意义：弥补了思想意识领域里的空缺，从而使地主阶级的政治思想趋于完备。尽管由于时代和阶级的局限性，屈原不可避免地具有脱离民众的弱点，但如前所说，与其前变法的吴起和商鞅相比，他毕竟赢得了人心，赢得了人们的同情和拥护。在战国时代，一个地主阶级的政治家和思想家能够做到这一点，是难能可贵的。这一切再加上他坚持真理，追求理想的斗争精神以及不同流俗，洁身自好的崇高品德，更提高了他在人们心目中的地位和影响。

时代历史的大环境、楚国国内斗争的具体形势和屈原变法改革的历史进步性，这一切终于使屈原躲过了惨遭杀害的历史劫难。政治斗争失败以后，他本来可以像有些失意的政治家那样消极颓废地活下去，这样的例证无论当时还是后来都是很多的。然而，屈原没有走这条路，崇高的精神品德和强烈的爱国情怀引导他走上了另一条路——以身殉国之路。屈原在经历了失败的痛苦、现实带来的苦闷和激烈的思想斗争，终于在郢都陷落以后，以身殉国、以身殉自己的理想，以此表示自己与祖国同生共死和与黑暗邪恶势力斗争到底的决心。屈原就这样勇敢地实践了"愿依彭咸之遗则"的誓言。从当时的具体斗争形势来看，只有这样，坚持理想和热爱祖国才有可能两全。

总而言之，从广阔的历史背景来看，屈原的悲剧性结局具有鲜明的特殊性，并深深地打着时代的烙印。屈原的结局不仅是他个人的悲剧，更是楚国的悲剧，同时也是楚国的耻辱；而就"转折"的时代来看，行将就木的奴隶制对于美的事物的毁灭具有不可推卸的责任。

刊于《青海师范学院学报》1984 年第 1 期，
人大复印报刊资料《中国古代、近代文学研究》1984 年第 7 期全文转载。

---

① 《孟子·公孙丑下》，《十三经注疏》下册，中华书局 1980 年版，第 2693 页。

屈原在我国神话思想史上的地位和贡献

神话是原始先民的伟大创造，它的出现可以一直追溯到久远的母系氏族社会。但是，人们对它的认识亦即关于神话思想的产生，却是很久以后的事情。由于社会历史和文化背景的差异，中国神话思想与外国神话思想的发展既有相同的一面，也有不同的一面。就其不同的一面而言，中国神话思想没有形成系统的理论形态而明显地呈现出璞玉未凿的潜理论特征，只要剖开其外壳，取其精髓，便不难看出这种潜理论的睿智闪光。其中有些思想，就其所达到的深广程度而言，则远远超过同一时期的外国神话理论。我国战国时代的伟大诗人屈原就是如此。他虽然没有系统的神话理论，但他在神话学方面的优长却是一般神话学者难以企及的。这首先是由于他的特殊的神话学"实践"：他除了对于神话进行整理加工外，还有过在原始文化地区直接采集神话的经历。这不仅使他保存的神话具有自己的特点，而且形成了他对神话的深刻见解，并最终决定了他在中国神话思想史上的地位和贡献。

放逐江南——神话学者的幸运经历

屈原是战国时期的政治家、思想家，同时也是伟大的诗人，杰出的神话采集、保存和加工者。他曾被放逐到仍然保持着宗教巫术传统和原始生活风貌的沅湘地带，并在那里生活了很久。这段不寻常的经历，对于一个政治改革家来说是一个惨重的失败，但是对于一个神话的采集、保存和加工者来说，却又是十足的幸运。因为它无异于近现代文化人类学者亲自深入到原始民族地区去直接考察神话。这种为文化人类学者所向往的经历意外地降临到屈原头上，对他在神话领域中的探索产生了深刻的影响。我国古代保存神话较多的文献，除《楚辞》之外，主要还有《左传》《庄子》《列子》《吕氏春秋》《山海经》《淮南子》《史记》等；从神话保存者的身份看，主要有历史学家、哲学家和文学家等。由于社会的和个人经历的原因，一般学者都未能长期生活在具有原始文化特征的地区，因而不可能接触到原始形态的神话。他们搜集神话或据辗转传闻，或据文献移录，得到的都是间接的非原始的材料。在神话的保存上问题则更多：历史学家用以追溯历史，神话因而演化为似曾有过的传说；哲学家则用以阐明哲理，神话因而演化为设譬取义的寓言。神话在他们那里既已改变了性质，那么保存神话的责任也就"落在文学家的肩膀上了"①，"秦汉以前的文学家只有屈原、宋玉一般人还喜欢引用神话，并且没有多大改动，所以我们若要在历史化的神话以外，找求别的神话材料，惟《楚辞》是时代最古的重要材料……"② 这里看到《楚辞》对于神话学具有一般文献无法比拟的价值，自是卓识。《楚辞》之所以具有这样的品格，其原因主要在于屈原。在这方面不但一般的历史学家和哲学家难望其项背，即使宋玉也无法与他比肩。就直接接触原始形态的神话并按原貌保存以及对于神话的深刻认识和理解来看，屈原的成就是其他人所难以企及的，这与其被放逐江南的特殊经历有直接关系。

屈原放逐江南所走的路线，其诗有比较具体的叙述，大体是：从郢都出发，过夏水，入长江；然后溯江而上，经洞庭，入辰阳，沿辰水抵溆浦、枉渚；后下沅水，辗转至长沙，又沿湘水北上至汨罗自沉。在漫长的流放岁月中，屈原的足迹遍布湘、资、沅、澧广大地区。这里地处蛮夷，远离文化先进的中原她区，其民"信巫鬼，重淫祀"（《汉书·地理志》），人们的精神未受时代理性思潮的洗礼，仍然无拘无束地沉浸在宗教狂热中，自古流传下来的宗教习俗、巫术礼仪和各种各样的奇异神话都还保持着原始形态。这样浪漫而神奇的境界正是屈原了解和掌握神话的大好机会。他深入这一地带而写出著名的《九歌》就是最好的证明。

屈原流放沅湘期间所接触的神话不是经人加工过的再生神话，而是浑朴自然保持着原始形态的神话。这一点在神话学上尤其具有重要的意义。王逸《楚辞章句》指出："昔楚国南郢之邑，沅湘之间，其俗信鬼而好

---

① 茅盾：《神话研究》，百花文艺出版社1981年版，第81页。
② 同上书，第80页。

祠。其祠必作歌乐鼓舞以乐诸神。屈原放逐，窜伏其域，怀忧苦毒，愁思沸郁。出见俗人祭祀之礼，歌舞之乐，其词鄙陋，因为作《九歌》之曲……"王逸这段话给我们透露了一个重要线索，原来沅湘地带民间流传的神话不是孤立的，而与宗教祭祀和娱神歌舞密切结合在一起。著名人类学家弗雷泽通过大量的民族学材料证明，在原始人的观念中诸神的死亡与复活同植物的冬枯和春荣性质一样。他以俄罗斯的宗教、神话为例，指出："在俄罗斯，'埋葬狂欢节'和'送死神'之类的葬仪不是用死亡或狂欢节的名目举行的，而是用某些神话人物的名字，如柯斯特鲁邦柯、柯斯特罗马、库帕洛、拉达和雅丽洛。"①而"柯斯特鲁邦柯、雅丽洛等等原来也必定是草木精灵的体现，他们的死亡也必定是看作他们复活所必需的开端"②。诸神的死亡与复活以及有关的宗教仪式既然是四季交替和植物荣枯的模仿，因而神话的产生必然与宗教仪式密切相关，用语言讲述故事的神话必然与用行动、动作表现故事的仪式彼此密切结合。后来，表演仪式消亡，而故事却流传下来，于是便成为后来所见的神话。根据这一观点，可以知道，屈原在流放沅湘期间所接触到的那些与"祭祀之礼"、"歌舞之乐"结合着的宗教神话，正是流行于民间的活生生的神话，是未经文人加工的原始形态的神话。这种神话不是文献记录，没有它们那样的"雅"和"正"，因而也不是欣赏的对象和神话的僵硬化石，而是尚未变成凝固形态，与宗教礼仪密切结合并在实际生活中发生效用的神圣故事。

从19世纪中叶开始，西方一些神话学者在人类学和民族学所运用的实地研究和考察方法的启发下，纷纷走出书斋，到当代原始部族中实地考察流传在他们中的神话。在这之前，人们只是在故纸堆中面对早已失去生命的神话标本进行研究。研究方向和方法的改变极大地拓宽了人们的视野，改变了人们关于神话的性质、功能和在社会生活中作用等基本观点，同时也使人认识到旧的研究及其方法的不足和局限。马科斯·米勒指出："难得发现原始状态中的神话——因为它存在于人们的头脑中，并且被人们无拘无束地讲述着。一般说来，我们不得不通过神话编撰者的著作或者后代的诗歌去研究神话，而这时它早已停止了生命，变得令人不可理

---

① [英]弗雷泽：《金枝》，徐育新等译，中国民间文艺出版社1987年版，第462—463页。
② 同上书，第465页。

解。"① 人类学和民族学研究方法的引进，使神话研究的这种不足和局限逐步得到克服，在此基础上，西方神话学者的研究成果纷纷涌现，并不断有新的理论提出，从而使神话学研究达到了一个新的水平。应当充分肯定西方学者在这方面的巨大功绩，但是，如果因此而把眼光仅仅限制在西方，并把神话实地考察研究的开端定死在 19 世纪中叶，则未免显得武断而狭隘。从前面的论述可以知道，屈原放逐江南的经历及其所取得的实际成果（经过这次放逐他创作了宗教神话诗《九歌》并促成了他对神话认识的飞跃，详后），说明那正是一次对于原始神话的实地考察。屈原的这次不由自主的行动，实际上使他于两千多年前即已走上了现代西方学者引以自豪的文化人类学的神话研究道路。公元前 3 世纪的这次超前的神话实地考察，是神话研究史上的创举。与现代的神话学者相比，屈原的考察也许缺乏明确的目的性和自觉性，同时也缺乏理论的指导；但是这一切并不能掩盖他作为神话实地考察先驱者的光辉。若从考察的收获来看，他的实际所得则是一般神话学者难以企及的。屈原的伟大贡献应当使他在神话研究史上占有十分重要的地位，可惜这一事实至今未得到人们的承认。

屈原作品保存神话的特点和优长

屈原的作品保存了大量的古代神话，这是很多论者都已肯定的事实，但仅止于此还远远不够，而应当进一步具体了解这些神话与其他各家保存的神话相比有什么特点和优长。

一、屈原作品中的神话，由于直接采自保存原始文化传统的民间，没有经过文人加工润色，因而与其他各家所保存的神话相比，显得更加富有奇异浪漫的色彩和"不雅驯"的特征。例如关于"三皇"的神话，我国古代有多种不同的说法：或以遂人、伏羲、神农为"三皇"，或以天皇、地皇、泰皇为"三皇"，或以伏羲、女娲、神农为"三皇"，或以伏羲、神农、祝融为"三皇"，或以庖牺、女娲、祝融为"三皇"，或以天皇、地皇、人皇为"三皇"，等等。各家说法颇为纷纭，但却具有共同的思想特征：都以"三皇"与天、地、人之道相附会，带有明显的天人合一的

---

① 转引自阎云翔《神话的真实性和神圣性》，《神话新论》，上海文艺出版社 1987 年版，第 81 页。

宗教神学特征。例如"遂人以火纪，火，太阳也，阳尊，故托遂皇于天；伏羲以人事纪，故托戏皇于人……神农以地纪，悉地力，种谷疏，故托农皇于地：天地人之道备，而三五之运兴矣。"① 这显然是以儒家政治伦理哲学对于神话改造的结果。由于统治阶级思想意识的渗入，神话逐渐归于"雅"、"正"，表现出理性的特征，但也因此失去了其原始的"野"味。屈原作品中的"三皇"则与此不同，他在《九章·抽思》中虽然说过"望三五以为像兮，指彭咸以为仪"（"三五"一说指"三皇"、"五帝"）的话，似乎屈原接受了一般流传的"三皇"之说，其实不然，这只是袭用现成的说法，而不涉及其具体所指，更不意味着屈原即同意上述那些带有儒家政治哲学倾向的各种主张。这只要看一看屈原作品中的具体神话就会十分清楚。首先，屈原作品中找不出"三皇"，而只有"二皇"（指东皇和西皇，详后）。"三皇"缺一，从数量上就与以"三皇"附会天、地、人三道的宗教神学相抵牾，说明屈原记录关于"皇"的神话时并没有像有些学者那样去考虑符合什么原则。尽管他对神话怀有强烈的疑问，不理解它的荒诞，但他知道，神话毕竟是自古流传的东西。从"雅"、"正"的观点看来，屈原的"二皇"确实有些不伦不类：东皇见于《九歌·东皇太一》，即五音繁会、满堂芳菲中降临的上皇，是古代东方民族的上帝；西皇出于《离骚》："麾蛟龙使梁津兮，诏西皇使涉予。"西皇即少昊，又称白帝，是西方民族的上帝。它与蛟龙为伍，一点也不神圣，故诗人"远逝"让它出来帮忙。

"帝"作为神，其义有二：一是上帝，即主宰宇宙的至上神；另一为一般的神，如五方帝。前者是人间最高王权在天上的投影，是奴隶制产生以后的事情；后者出现较早，它的产生可以一直追溯到原始社会。上面说的东皇、西皇作为东西两方的上帝即属于后一类。这些地方性的上帝，在原始社会时期各自的部族中也曾是至高的神，待到作为宇宙最高主宰的上帝出现之后，其地位大大降低。屈原作品中作为地方尊神的"二皇"比被附会为天、地、人三道的"三皇"不但在时间上要早，而且地位也低得多。而这正说明"二皇"的原始性。

此外，自商周开始的神话的历史化端倪至春秋战国时代已经成为一种

---

① 《风俗通义·皇霸》引《尚书大传》，见王利器《风俗通义校注》上册，中华书局1981年版，第3页。

比较普遍的倾向。经过这股历史潮流的洗礼，很多神话失去了原来的面貌而演化为传说（有的则被作为信史），天神失去神性而演变成人，如伏羲、颛顼、舜之成为人王，简狄、女娲之成为始祖，后羿、伯益之成为人臣，等等。而在《楚辞》中这些神和有关的神话却程度不同地保持着神话本色。屈原对它们的描写有的仅仅几笔，有的甚至只是提出问题，而没有将它们作为历史看待，更没有将原始形态的神话变形。

总之，屈原作品中的神话与有些典籍所保存的神话相比，人工痕迹相对较少，原始成分相对较多，因而也就显得更加荒诞和难于理解，而这正是屈原作品保存的神话在神话史上的特殊意义之所在。

二、屈原没有狭隘民族文化的偏见，以博大的襟怀和开放的精神对神话采取了"兼收并蓄"的态度，由此而构成了《楚辞》神话的一系列优长。

屈原不受地域和民族的限制，没有把自己局限在本地区和本民族的狭小天地，而是放开视野，面对中华各民族和广阔的历史空间，因而他所搜集和保存的神话数量多，范围广，举凡我国古代的主要神话几乎无不涉及。从横向看，既有华夏天帝，又有四方尊神；既有开创业绩的英雄，又有制造灾异的精怪。在地域上，既有中原神话，又有殊方异闻。尤其可贵的是，屈原不但对于中原和楚国本土的神话倾注了巨大的热情，而且对四方少数民族的神话也表现出强烈的兴趣。这除了反映在"外陈四方之恶"的《招魂》以及《离骚》《九歌》等作品之外，在《天问》中表现也很突出。这些四方怪诞不经的奇物异闻多来自四方少数民族的神话，像对中原和楚国的神话一样，屈原对它们也一一加以思考和提问，而没有鄙夷不屑的偏狭。从纵向看，如果把屈原作品中的神话按时间顺序加以排列，那么，从开天辟地的创世篇开始一直可以下延到人王的出现，大致可以组成一个神话的历史系列。与其他典籍相比，这是《楚辞》神话的一个明显的优势。就某一个神话孤立地看，它们的记录也许比《楚辞》更为具体、详细；但若就众多神话组成历史系列来看，那么，《楚辞》的优长则是一般典籍所难以企及的。

三、屈原对神话"兼收并蓄"，但在一些重要神话材料的处理上绝不是杂乱拼凑和堆积，其神话整体系列基本上是以一家为主，从而保持了《楚辞》神话鲜明的南国特色和独特的体系。

这一点在洪水神话中表现尤其突出。按《左传》《尚书》和《国语》

等北方中原文献的记载，我国的洪水神话在神话分类学上具有英雄神话的性质。如《国语·周语》说，共工倒行逆施，"皇天弗福，庶民弗助，祸乱并兴"，而洪水滔滔正是天怒人怨的一种反映。为了平定天下，拯救黎民，鲧、禹受命于危难之际，禹"不但辟除民害逐共工"（《荀子·成相》），而且"决九川，距四海，浚畎浍"（《书·益稷》），彻底治理了洪水。从此以后"烝民乃粒，万邦作乂"（同上）。十分明显，按上述记载，北方的洪水神话不但远在开天辟地以后，而且远在人的诞生之后，是暴君与洪水为害，英雄创业神话的组成部分。这样的洪水神话根本不具备以讲述天地、人类与万物起源为内容的创世神话的性质与特点。同样是洪水神话，在屈原作品中则是另外一副面貌：在《天问》中，在问及开天辟地、天体构造、大地安置以及日月之行的神话之后，接着就鲧、禹治理洪水的神话提出问题，以后又就大地的构造和面貌发问。这样的顺序安排，亦即将洪水故事放在宇宙初形与大地地理状况之间这一点，清楚说明这次洪水不是发生在共工倒行逆施的有夏之际的故事，而是发生在天地生成的洪荒远古，是世界重新构建，"创世"过程中的神话故事。显然，这样的神话与北方文献所记载的具有英雄神话特征的洪水故事在性质上完全不同，尽管也用了禹的名字，但却不是英雄神话而属于创世神话的范畴。

这一点可以从屈原对于有关材料的安排得到证明：值得注意的是，在《天问》中鲧、禹的故事包括截然不同的两个内容：一是鲧、禹治水，一是禹娶涂山。这两个故事虽然都在鲧、禹的名下，但却被置于前后两处。我们知道，《天问》所提问题共有三部分：一部分属于天文、一部分属于地理、一部分属于人事，这三部分构成了《天问》的三大段。而鲧、禹治水和禹娶涂山这两个故事（即就这两个故事所提的问题）分别被安排在两部分中：一部分即鲧、禹治水被安排在地理问题的部分中，另一部分即禹娶涂山被安排在人事问题的部分中，而在这两处之间隔着很多其他内容。这样的安排，明显说明屈原是将它们作为内容和性质完全不同的两个故事看待：在地理部分中的鲧、禹治水属于洪水创世神话，而在人事部分中的禹娶涂山则属于夏代的历史传说。至于一个名字而分属于两个不同的时代，是神话中屡见不鲜的现象，例如，神话中不少人活了几百岁甚至几千岁，完全跨越了不同的时代。确定神话所属的时代主要应根据其内容和性质，而不是简单地只看其人（神）名的同异。

洪水神话是世界神话史上的共同现象，很多民族都有洪水神话，情节基本上都是围绕着"洪水遗民,再造人类"而展开。西南少数民族如苗、瑶以及古代东南的吴、越都有这样的洪水神话流传。荆楚地区与它们相邻或相近,文化联系密切。屈原放逐江南地区,接触到这些神话是十分可能的。它们与流传于中原地区作为英雄神话的洪水故事在性质和时代上完全不同,呈现着南方神话的特征。至于它们也用鲧、禹之名,可能是流传中的牵混,也可能是有意的借用。北方的洪水神话虽然出于《尚书》《左传》《国语》等重要典籍,但是《天问》却没有重复它们的记载,而采用了江湘苗、瑶地区流行的故事,从而使它保存的神话具有鲜明的南国特色。

关于鲧的神话,按一般的记载是:鲧为治理洪水而偷窃了上帝的息壤,结果触怒了上帝,"帝令祝融杀鲧于羽郊"(《山海经·海内经》)。鲧本是一个具有叛逆精神的英雄,他的为民除害的举动却被视为大逆不道而遭到杀害。这显然是维护人间最高统治者权威的反映,其时代烙印是十分明显的。但是,《楚辞》中鲧的神话却是另外一副样子:鲧为治理洪水不怕冒犯上帝而偷窃息壤,他的顺乎民意的正义行动甚至得到了鸱、龟的帮助。被杀之后,他的尸体三年不腐,从中孕育出秉承其遗志继续治水的大禹。又说鲧化为黄熊而复活,继续为民治水。这则神话内容十分丰富,并且洋溢着对鲧的不畏强暴、坚忍执着、为民除害精神的由衷赞美。与前边说的一般记载相比,屈原作品中鲧的故事显然属于另一个流传系统。

河伯的形象也是如此。《九歌》中的河伯是一个缠绵多情、充满活力的神祇,而在其他文献中却是另外一副面貌。王逸《楚辞章句·天问》注引传云:"河伯化为白龙游于水旁,羿见射之,眇其左目。河伯上诉天帝曰:'为我杀羿!'天帝曰:'尔何故得见射?'河伯曰:'我时化为白龙出游。'天帝曰:'使汝深守神灵,羿何从得犯?汝今为虫兽,当为人所射,固其宜也。羿何罪欤?'"在这里,河伯的多情变成了放荡,活跃变成了不轨,受到上帝的惩罚似乎是罪有应得。屈原的态度与此不同,他不但采取了另一种说法,而且就两种不同的说法提出疑问,并为河伯的遭遇鸣不平(见《天问》)。

由于屈原不局限于以儒家政治伦理道德为标准取舍神话,而注意采集不同地区、不同内容的神话,这不但丰富了我国的神话,而且使我们有可能将它们加以对比,从而看出不同地区、不同流传系统神话的发展情况,这对于认识我国神话与神话之间的分合变化具有重要意义。

怀疑和否定——正确认识神话的必经历史阶段

神话作为"通过想象以征服自然力"的原始艺术，其本质特征、艺术魅力和审美价值获得充分肯定和高度评价，是在它产生数千年之后的近代的事情。在这之前人们对神话的认识远不是如此。那时人们如同面对一团迷雾，以种种离奇古怪的猜测来解释它。由荒诞的猜测到具有初步的科学认识，中间经历了漫长而曲折的过程。今天当我们已经基本把握了神话的本质特征之后，回过头来再看认识它所走过的艰难历程，便会发现一个十分有趣的现象：原来我们对于神话的肯定正是在以前对它否定的基础上而实现的。这说明人类认识神话经历了这样一个辩证的过程：如果说初民创作神话是对神话的不自觉的肯定，近代以来对于神话及其意义和价值的认识则是对它的自觉肯定的话，那么，在这两次肯定中间还有一个十分重要的阶段——对它的彻底否定阶段。即是说，人类对于神话的认识历程恰恰是走了一个肯定—否定—肯定的螺旋式的圆圈。

纵观神话思想史，可以知道人们对于神话的否定有各种各样的理由和各式各样的方式，从而产生了各种不同的神话学派和观点：在对神话的各种否定中，比较起来，在神话思想史上意义最大、最有价值的是从理性精神出发对于神话的怀疑和否定。在这方面，无论是就否定的彻底性还是就否定的全面性来看，也无论是从中国神话思想史还是从世界神话思想史的范围来看，屈原的贡献都是十分卓越的。

屈原出身贵族，职位显赫，具有远大的理想和进步的政治立场；他天资卓异，博闻强志，因而有可能充分接受时代的理性精神，领略科学成就的最新风光，并尖锐感受到传统宗教观念与实践理性精神的矛盾。这必然导致他对于当时与宗教不分的神话的怀疑和否定，同时也决定了这一怀疑和否定的强烈的时代色彩。

屈原所掌握的自然科学知识是他怀疑和否定神话的有力武器之一。

这个问题在那些产生于图腾崇拜时代的神奇怪异的动物神话上表现尤其突出。"焉有虬龙，负熊以游？雄虺九首，倏忽焉在？"自然界中根本没有这样的动物，神话根据什么写它们？"应龙何画？河海何历？"如果"应龙"（即被神化了的大蚯蚓）有治水的本领，还要英雄出来治水干什么？屈原根据事实所作的理性分析有力地戳穿了神话的荒诞。

屈原时代天文、地理等学科的发展，提高了人们对于天体和自己生活环境的认识，同时也暴露出上古时期天地浑成一片的空间观念的荒谬。"何阖而晦？何开而明？角宿未旦，曜灵安藏？"天门开关决定天上诸神出没的神话与日月之行各有其时的事实明显矛盾。屈原就此发问实际是否定天门以及整个天庭的存在，也就是否定自古流传下来的神话空间观念。这与《天问》开头十几个问题对于创世神话以及宇宙盖天说的否定是完全一致的，它们都以一种新的空间观念，即宇宙天体的客观性存在为前提。

此外，屈原根据他所掌握的自然科学知识还向其他神话提出了挑战，例如，对于"女岐无合"而生九子，"康回冯怒"而大地倾陷和禹以一人之力而定九州等神话的质疑，都是因为它们明显违反科学常识，屈原从理性精神和实践经验出发提出的质疑是完全正确的。"任何神话都是用想象和借助想象以征服自然力，支配自然力，把自然力加以形象化；因而，随着这些自然力之实际上被支配，神话也就消失了。"① 两千年前屈原在《天问》中对一桩桩神话所提出的怀疑和否定，实际上正是宣告由于科学的发展和人类认识的进步，神话在华夏大地上一桩桩"消失"的庄严记录。

以理性精神为基础的社会伦理道德原则是屈原怀疑和批判神话的另一个思想武器。

社会伦理道德原则是协调个人与社会、个人与个人之间关系，使之正常化并符合社会正义的规范与准则。这些规范与准则既有体现特殊阶级利益的鲜明的阶级性，也蕴含着符合社会发展方向的人类共通性，因而有可能成为衡量人们的行为和人际关系的一般标准。如前所说，神话在远古人们的心目中不但是真实的，而且是神圣的，然而随着社会的发展，人们的观点在相应改变。所以，当人们用新的眼光重新审视古老而神圣的神话时，意外地发现它不仅只是一般的荒唐可笑，而且竟与人们的根本道德观念和价值观念相抵触：我们素来所尊奉的诸神竟是各种大逆不道事端的始作俑者！

屈原的批判锋芒首先对准的是神话中善恶、是非的错位与颠倒。他针对鲧为民治水反遭屠戮的神话问道："顺欲成功，帝何刑焉？"他为鲧鸣

---

① 《马克思恩格斯选集》第二卷，人民出版社 1972 年版，第 113 页。

不平，指斥上帝的不公："鲧婞直以亡身兮，终然夭乎羽之野。"（《离骚》）同样，后羿既是奉天之命为夏民除害，为什么却恃强逞凶，射伤河伯，强娶雒嫔？这些行为在人间都要遭谴责，为什么在神界却大行其道？屈原对于神界和人间是用同一原则加以衡量的。

我国古代很多神话产生于"只知其母，不知其父"的群婚和对偶婚的历史阶段。在这种婚姻形态的背景下，产生了诸神婚姻的"随意性"。这是当时通行的婚姻形态，根本不存在违背法律和道德的问题，但是，随着一夫一妻制的出现，人们的婚姻观念以及反映这种观念的礼仪发生了很大变化。从后代新的婚姻观念来看往昔诸神之间的"风流韵事"，便成了违反伦理道德和有关礼仪的放荡行为了。帝喾为什么要引诱深居九重瑶台的简狄？她为什么吞玄鸟卵而生子？大禹本是一位英雄和圣人，他奉天帝之命下来治水，为什么却干出十分轻浮的勾当？这些越轨行为，在屈原看来都是不道德的。

以万物有灵论的宗教观念为基础的神话，是生产力和科学极不发达的文明初期的产物，天生地具有违背经验和理性的荒诞特征。因为"古人在创造神话的时代，就生活在诗的气氛里"①，初民天真地把幻想当现实，把超自然的力量赋予万物，并作为神圣的对象加以崇拜。社会的发展和历史的前进终于打破了原始人自己编织的美丽图画，神话时代由此而宣告结束。于是，神话在人们的心目中逐渐改变了性质：真实变成了虚假，神圣变成了荒诞。人类关于神话观点的这一变化，虽然仅仅是一个具体的问题，但却以人类观念的历史性变化和认识能力的空前提高为前提，因而是人类社会和文化发展的具有里程碑意义的成果。在不同的民族和国家里，这一天的到来有早有晚，这完全取决于它的历史发展及其特点。具体到我国，这一天是直到作为古今交汇之变的春秋战国时期才真正来临。

春秋战国时代是我国封建制取代奴隶制的时代，社会制度的变革，新兴地主阶级与奴隶主贵族之间的斗争反映在思想领域里，形成了新旧观念之间的激烈冲突，并促进了思想的解放，宗教巫术观念的动摇和实践理性精神的崛起因而成为时代的重要课题：当诸多思想家、哲学家以理性精神对政治、历史、哲学以及日常生活中的天命观念和宗教巫术思想展开猛烈抨击的时候，生活在具有宗教巫术文化传统的楚国的屈原，却把理性批判

---

① ［德］黑格尔：《美学》第二卷，朱光潜译，商务印书馆1979年版，第112页。

的锋芒对准奇异怪诞的神话世界。当然，屈原对于神话的怀疑和批判不是孤立的，而是作为他的政治思想和理性精神的一个有机组成部分。由于神话自产生以来一直与原始宗教相结合，从未受到理性的审视与怀疑，由于神话中的上帝和其他天神从来就以其神圣和神秘的面貌受到人们的崇拜，并形成根深蒂固的宗教信仰，所以，屈原对于神话的大胆怀疑与批判，在实质上，就不仅仅是知识的传播和理性的审判，而首先是对于宗教神灵的亵渎和信仰的改变。这是有史以来破天荒的壮举，无论从民族神话思想的发展来看，还是从民族认识能力、思维方式的发展来看，都具有十分深远的意义。

神话思想发展的历史表明，屈原从理性精神出发对于神话的怀疑和批判，是正确认识和评价神话本质及其价值的前提，是神话思想史亦即人类认识神话过程的必经历史阶段。屈原根据自然科学和社会伦理道德原则尖锐指出神话的荒谬和违背情理，指出其自身的相互矛盾与抵牾，从而证明神话既不同于现实，也不同于历史，是现在不会发生、往昔也不曾发生的事情。这无异于向人们宣告：那往昔被人们崇拜的具有神圣性的诸神及其所为，不过是虚假的存在；对于它的信仰，不过是愚妄和蒙昧，从而为正确认识神话及其价值扫清了道路。因为只有承认其固有的"虚妄"的一面，才能将它与历史区别开来，进而认识其想象性的特征；只有承认其固有的"荒诞"的一面，才能将它与科学区别开来，进而认识它所包含的真理性。"虚妄"、"荒诞"既是神话本身的固有特征，只有正视和承认它，才能认识它，进而揭示它的本质。试想，如果不经过这个怀疑和否定的批判过程，不指出其"虚妄"、"荒诞"特征，其本来面貌仍被神秘的外衣包裹着，又如何能正确认识它呢？

如果联系我国神话在春秋战国前后的历史命运，那么屈原从理性精神出发对神话的怀疑和批判在我国神话思想史上的巨大意义，就会看得更加清楚。

在春秋战国之前，除了屈原之外，人们对于神话的否定方式还有以下两种情况：

一种否定神话的方式是将它历史化。所谓神话历史化是根据政治、伦理原则将非理性的神话化为"人话"，将超自然的神话化为合乎历史因果关系的传说。"人话"皆属人王和英雄，因而传说也就逐渐演化为古史。神话历史化的结果，向上追溯了我国文明的源头，"丰富"了历史，但对于神话来说却是一场又一场的灭顶之灾，无数奇异瑰丽的神话就这样被不断地蚕食掉。诸如黄帝有四面之神话被解释为"黄帝取合已者四人，使治四方"（《太平御览》卷七九引《尸子》），夔兽一足之神话被解释为"夔非一足也，一而足也"（《韩非子·外储说左下》），等等。如此不但衍生出鲧禹治水、尧舜禅让，而且构造出三皇五帝，殊方四夷，直至使古史续接开天辟地，女娲造人。由于神话的历史化"要引导这些荒诞的古代传说归之于'正'"①，便于在历史中体现政治伦理原则和统治阶级的意志，宣扬政治教化，因而一直受到统治阶级的重视和肯定。

另一种否定神话的方式，是将神话视之为离经叛道的怪异而予以彻底否定。这种观点以神话的某些非理性和超自然特征为根据，从狭隘的自身经验出发，把凡是生活逻辑无法解释的神话故事统统视为怪异而置之不论。这种漠然冷淡的态度，实际是将神话与诬妄、迷信和愚昧混为一谈，因而成为对于神话的一种历史性亵渎。春秋时期，除"不语怪力乱神"的孔子以外，臧文仲、晏婴、子产、季札等对于神话及其所体现的宗教巫术观念的抨击，程度不同地带有这种倾向（当然，他们这样做的目的各不相同）。屈原以后，司马迁对于"荐绅先生难言之"（《史记·五帝本纪》）的态度仍是予以充分的理解和同情，后来刘勰更将屈原作品中的神话直斥为"诡异之辞"和"谲怪之谈"（《文心雕龙·辨骚》），则正是先秦时期这一思想的发展。在这一观点的影响下，神话的意义和价值被完全抹杀，根本不可能引起人们重视。

原始神话经过上述两种方式的处理，其本质和内在结构遭到严重扭曲，而被异化为"历史"和"诬妄"，这种最终导致神话消亡的道路显然是认识神话的歧途。相反，屈原对神话虽也进行了否定，但在本质上与它们完全不同：他从理性精神出发对于神话的否定和批判，是正确认识神话的基础和后来肯定神话的前提，因而也是人类认识神话历程中的必经历史阶段，由此不难看出屈原对于神话的否定和批判在我国神话思想史上的划时代意义。

神话本质复归所经历的这种肯定—否定—肯定的曲折历程反映了人类认识神话的内在规律，具有普遍性：不仅中国如此，其他各国也是如此。著名的希腊神话的经历即可充分说明这一点。从希腊原始时代结束进入理

---

① 茅盾：《神话研究》，第157页。

性时代起,一些哲学家即对神话的非理性特征加以嘲笑、怀疑和批判,有的主张对它进行清算,有的甚至主张完全摒弃。其中赫拉克利特、克塞诺芬尼、苏格拉底和柏拉图都曾对主张维护神话神圣性的诗人、学者进行尖锐谴责。他们以理性为标准十分严格地检验神话,指出神话对于自然规律和社会道德的背谬,应当进行重写和改造。欧洲近代神话学是18世纪初维柯的《新科学》问世后才开始建立起来,从此以后对于神话的本质特征和价值才逐渐有了正确认识。显然,欧洲近现代神话学的一切成就毫无例外地都是在古希腊哲学家对于神话非理性特征怀疑和批判的基础上而取得的。在这个意义上,这些哲学家与屈原一样都是近代神话学的开路人。所不同的仅仅在于采用的具体形式:古希腊哲学家们运用的是理论论说方式,屈原运用的是诗歌艺术方式。

神话本质特征的初步发现

屈原对于神话学的贡献除前边所说之外,还在于他敏锐地触及神话学中的一些具体问题,这些问题都是正确认识神话不可逾越的关键。屈原以问题的形式将它们提出来,并且以怀疑的态度表现了自己的见解,从而为后来解决这些问题做了必要的准备。

在《天问》中除了如前所说的就神话违背理性提出大量的问题之外,还提出了一些其他的问题。这些问题在性质上与前者不同,值得特别注意。例如:

> 遂古之初,谁传道之?上下未形,何由考之?冥昭瞢暗,谁能极之?冯翼惟像,何以识之?

这是就创世神话发问:世界未形成之际,天地未分,阴阳未辨,一片浑沌状态。当时尚无人类,更不会对这窈窈冥冥的宇宙有什么观察。既然如此,对于开天辟地之初的情况又从何考知,如何识别?神话中对此言之凿凿,有什么根据?

> 圜则九重,谁营度之?惟兹何功,谁初作之?……九天之际,安放安属?隅隈多有,谁知其数?

这是就天体构造的神话发问。天有九重，是那样的高，是谁来测量？这样大的工程谁来建造？"天有九野，九千九百九十九隅，去地五亿万里。"（《淮南子·天文》）这远离五亿万里之遥的天上有如此多的"隅限"，是谁统计出来的？

将前后这两类问题加以比较便可发现，前者是就神话的"逻辑"不同于"经验真理或科学真理"①，亦即就神话的非理性特征提出问题，后者则是针对神话的创作和流传发问。前者的实质在于神话的客观内容，后者的要害在于神话的创作主体，即提出你是如何知道，如何测量，如何统计之类的问题。这类问题对于自然科学的价值姑且不论，从神话学的角度看，却是触及了神话的某些本质特征。

关于神话创作主体的问题实际上是神话来自哪里，亦即神话的起源和流传的问题。神话本身对此有一些零散的回答，《山海经·大荒西经》："西南海之外，赤水之南，流沙之西，有人珥两青蛇，乘两龙，名曰夏后开。开上三嫔于天，得《九辩》与《九歌》以下。"这是说包括神话的乐舞来自上天，即为神所创造，人间的神话是从天上流传下来。在这则神话中，天上人间界限分明，是截然不同的两个世界。这显然是摆脱了天地一体、上下未形的原始空间观念的产物，是神话中时代比较晚的创作。比较起来，屈原关于宇宙起源和天体构造神话的问题却要古老得多。他的关于创世神话的这些问题实际是就一般神话产生之前的神话发问，因而具有更加原始的性质。当时世界（包括神所在的上天与大地）尚未形成，神也无处存在，关于世界起源的神话是从哪里来的呢？这显然是对主张神话由神创造的观点提出了诘难。如果联系屈原的实践理性精神，充分考虑屈原没有局限于一般神话的界限，而将批判的锋芒指向具有终极特征的宇宙起源的神话，那么便可以肯定，屈原实际上是否定了神话来源于上天由神创造的观点。

神话既不是来自上天，不是神的恩赐，当然也就只能由人创造出来。那么，人是如何创造神话的呢？屈原认为，窈窈冥冥开天辟地之际尚没有人，待人出现之际，这一切早已成为"遂古之物"的荒远往事。可见神话中所说的阴阳分裂，宇宙诞生，天体构造等既非人的亲身经历，也非所

---

① 参阅 ［德］恩斯特·卡西尔《人论》，甘阳译，上海译文出版社 1985 年版，第 94 页。

见所闻，有关的数据也不是人的亲自统计，这实际上是肯定了神话的非经验性特征，并对其真实性提出了怀疑。这说明，屈原在追索神话来源的问题时，不仅是从直观上回答了这一问题，而且无意识地触及神话的特征及其与想象之间的关系。而这个问题正是神话学的一个十分重要的问题。

神话的特征在于想象。想象不管其怎样离奇，怎样大胆，归根到底还是扎根于现实的土壤中。想象既来源于现实，当然也就决定了其时代的和民族的特征。因为想象在本质上不过是对经验中的各种联系进行新的组合，是对记忆中的表象加以改造，创造新的形象。这种新的组合和新的形象虽然不同于生活实际，但仍是现实的反映。现代神话学的研究成果表明，对于神话来说，想象不仅是其构成的手段，也不仅是其艺术特征，而首先是一种思维方式，是关于社会和自然的认识，因而也是关于世界的一种系统"思想"。当原始人想象时，首先要对头脑中保存的各种旧的表象进行分解、综合，在它们之间建立新的联系，从而构成新的形象。这个过程虽然离不开表象的再现，抽象思维的因素十分微弱，但也绝不是完全排除简单的判断和推理。比如"十日代出，流金铄石"反映初民对于日出之地酷热的畏惧；"赤蚁若象，玄蜂若壶"表现初民对于凶猛禽兽的惊恐；女娲补天、共工争帝是对天地面貌的解释；精卫填海、后羿射日是对征服自然的向往；等等。初民就是这样通过想象的方式创造出众多的形象来表达其感情、意愿以及对于客观世界的认识。

由于文化积累的薄弱和认识能力的低下，由于时空观念的淡薄和对于客观规律的茫然无知，初民的想象轻而易举地越过了决定事物性质的界限而显得格外丰富和大胆。尽管他们的想象在后世看来十分荒诞离奇和不可理解，但在他们却是十分正常的思维。所以想象是原始人的思维方式，而神话则是这种思维的积极成果。对于神话说来，想象是不可或缺的；失去了想象如同失去了灵魂，因而也就不成其为神话了。

由于历史发展和认识水平的限制，屈原对于神话的特殊本质不可能具有深刻、系统的认识，并且他的见解也不是通过逻辑的论证以理论的形式表述，而是蕴含于诗歌作品中，通过发问的形式间接反映出来，因而具有明显的间接性和模糊性，而根本不具备近代科学特征。像这种蕴含于作品中有待于进一步提炼、归纳使之上升为理论的关于神话的零星的非系统的见解，仿照科学史上的惯例似可称之为潜神话学思想。尽管如此，关于神话的基本特征，即神话不是经验真理和抽象思维的结果，而是不受时空限制的想象的产物，其思想指向大体还是清楚的。正因为这样，我们才有可能评价这些思想在我国神话思想史上的意义和价值。

或许有人认为上述论断只是根据《天问》的发问而得出，理由不充分而难以成立。为了弥补由于"文献不足徵"所造成的缺憾，不妨求之于屈原的创作实践，以他的创作与上述潜思想相印证，或许有助于理解。众所周知，《九歌》本是沅湘地带民间祭祀歌曲，也是一组神话诗，其诸神如二湘、东君、山鬼等的原型本是那里的初民对于自然进行想象加工的产物。由于"蛮荆陋俗，词既鄙俚"（朱熹《楚辞集注·九歌》），作为艺术作品来说未免显得简单粗糙。屈原对它的艺术加工，并非像朱熹所说只是"更定其词，去其泰甚"（同上），仅仅限于改动文词，而是在诸神原型的基础上，按神话的方式通过进一步的想象，丰富其内容，充实其形象，从而使诸神各具风貌和神韵。例如日神东君，通过喷薄而出，雷霆万钧的东升到日行中天的伟大行程，塑造出的威武雄壮、英勇无畏而又光明无私，灿烂辉煌的骑士正是太阳的形象。同样，那秋风嫋嫋，水波不兴背景下缠绵多情的二湘，处于云雨溟濛，幽篁深处的哀婉凄迷的山鬼，则分别是湘山、巫山形象的升华。由自然物象到诸神形象的升华，创造性的想象起了关键性的作用。不止于此，屈原还把人的思想感情特别是爱情生活中种种微妙复杂的感情寄托在神的身上，使原始宗教影响下具有浪漫意味的南国爱情生活通过神的形象反映出来。举凡爱情生活中的境遇和感情，如爱情成功的欢乐与喜悦，失恋的痛苦和忧伤，追求的期待和焦灼等，无不做了淋漓尽致的表现，诸神的形象因而具有丰富的内心世界和浓厚的人情味。屈原把他在现实生活中所获得的种种表象加以创造性的改造，使之与神话相融合，在神的形象中大放异彩。这种在符合神话特点前提下，通过想象使神话进一步丰富起来，进而摆脱简单粗陋的原始面貌，进入文明时代文学的范畴，是世界各民族神话发展的必经之路。屈原笔下的我国诸神的形象完全可以与经过艺术加工的希腊神话的诸神形象相媲美；若就内心世界的丰富、充实和感情的复杂细腻来说，则又胜过后者。

如果说《九歌》是通过想象对原始神话进行艺术加工的话，那么《离骚》等作品则恰好相反：利用神话进行想象来构思其作品。屈原或把神话作为有一定寓意的故事，或作为个别的神的形象大量地引入其作品，从而不但展示了神话的原始风貌，而且诗人本人也与神相交通：遍游神国，上下求索。作品中神话与现实水乳交融地结合在一起，在神奇浪漫的境界中塑造出诗人的高大形象。屈原在自己的创作中之所以能够成功而自然地运用神话，固然是由于充满原始幻想和浪漫意味的南国艺术传统与神话之间具有某些相同的气质，以致屈原能够如同源头活水般地将它们大量引入自己的艺术园地；但从神话学和艺术发展的角度看，更重要的还是屈原对于神话的蒙昧、虚妄进行扬弃，而将它视为人类早期艺术精华的结果。

这说明，屈原一方面通过想象对原始神话进行加工（如《九歌》），另一方面又利用神话进行想象来构思其作品（如《离骚》），这种双向逆反的创作在诗歌艺术自身的范围内其区别似乎没有更多的意义，但从神话学的角度看，其性质和意义则完全不同：如果说前者在神话发展史上属于神话的完成的话，那么，后者则是对于神话意义和价值的发现与肯定（即把它作为人类早期艺术的精华和源头）；前者是我国神话史上的一次重大发展，后者是对于神话的认识与观点亦即神话思想史上关键性的飞跃。它们之间具有内在的联系：只有认识到神话的性质和特点，才能把它引入文学作品，就是说，利用神话进行创作的前提是对它的意义和价值的肯定。这种肯定的理论表现形式是近代神话学的重要成就之一，而屈原对神话的肯定未能形成系统的思想，只是以潜理论、潜思想的形式表现出来。在这方面，艺术创作远远地走在神话学前面，诗人远远地走在神话学者的前面；与神话学者和神话学相比，诗人及其创作具有明显的超前特征。而在无数超前者的行列中，屈原又是走在最前列的诗人之一。

屈原对于神话意义和价值的肯定，除以上所说之外，还有一个十分重要的方面，即对于神话潜在审美特征的发现。神话是否具有审美特征是神话学和美学中的一个重要的问题，学术界的看法很不一致。但在肯定神话具有审美潜能亦即具有最低限度的潜在审美特征方面，大家的见解却是完全一致的。神话的这种潜在的审美特征除了表现在神话的形象性和想象特征之外，还突出地表现在神话的象征性上。国外学者已经从理论上认识和证明了这一点，即把神话作为一种具有深层象征功能的"意识框架"，这是近代神话学的一个重要成果。在我国先秦时代，屈原虽然未能从理论上提出这样的观点，但他的创作实践却十分清楚地证明他已认识到神话的这种广泛的象征性和深刻的寓意潜能，亦即具有作为形象结构模式的潜能。屈原以其巨大的艺术魄力驱使天帝、诸神以及种种奇异动物来到自己的笔下,把它们统统作为比兴的材料而加以随心所欲的调遣,使之完全服从于自己的独特的艺术构思,即可以充分证明这一点。

原载《文艺研究》1991 年第 2 期,入选中国屈原学会和贵州省古代文学学会联合主编的《楚辞研究》论文集,文津出版社 1992 年版。

《高唐赋》《神女赋》的神女形象和主题思想

关于《高唐赋》和《神女赋》（以下简称二赋）的主题思想，迄今为止提出的几种说法由于不符合作品的实际而不足以令人信服，本文首先简述这些说法及其不能成立的原因，然后再针对前人的失误，从另一个路向思考并提出个人的见解，就教于方家。

前人之说的分析

前人关于二赋主题思想的说法主要有：

一、讽谏说：认为《高唐赋》的主题思想意在讽谏，即讽谏襄王不要追求神女，而应以国事为重。此说最早由李善提出："此赋盖假设其事，讽谏淫惑也。"（《文选》卷十九《高唐赋》注）明陈第说得更为具体："其末尤有深意，谓求神女与交会，不若用贤人以辅政，其福利为无穷也。"（《屈宋古音义》卷三）当代学者多从此说，兹不一一罗列。此说认为求神女是追求淫乐，与勤于国事相对立。讽谏说是影响最大、流行最广泛的一种观点。但这种观点是完全错误的，理由主要有二：

1. 在逻辑上根本站不住脚：讽谏说认为宋玉视追求神女为淫乐，故加以劝止，但在《神女赋》中他又对神女梦寐以求，并因追求失败而无限失意惆怅，这岂不是自相矛盾？自己反对的事情自己又执意去做，这将置宋玉的人格于何地？又如何向襄王交代？应当把两篇赋联系起来，从整体上统一考虑这个问题。这样就可以肯定，《神女赋》存在的本身即是讽谏说不能成立的铁证。

2. 有背于文本：讽谏说最主要的根据就是《高唐赋》最后的几句话，即"盖发蒙，往自会，思万方，忧国害，开圣贤，辅不逮。九窍通郁，精神察滞，延年益寿千万岁！"实际上，这几句话并没有任何劝谏的含义，"盖发蒙，往自会"（即会神女）与"思万方，忧国害，开圣贤，辅不逮"（即勤于国事）两个方面的意思是一致的，都表示肯定，并没有否定前者，肯定后者的意思。凡主讽谏说者必然要曲解这几句话。其曲解的方法主要有两种：一是把并列句式改变为选择句式，如前所引陈第文"谓求神女与交会，不若用贤人以辅政，其福利为无穷也"即是，原文中并没有"不若"之意，加了这两个字，意思变得与原文正好相反。另一种是把并列句式改变为转折句式，如有的学者把这几句话译成这个样子："大王去与神女相会，就像发蒙解惑一般。但是，大王如能思念天下人，为国家的祸福忧虑，进用人才，以辅助自己的不足……"① 其中"但是"二字也为译者所加，加了这两个字，意思变得与原文也正好相反。以上"增字解经"的情况说明，讽谏说只有在曲解文意的基础上才能成立。

二、寄托说：认为二赋以男女之辞象征君臣关系以寄托深意。此说张惠言主之②，他说：二赋"以高唐神女为比，冀襄王复用也……结言既会神女，则'思万方'、'开圣贤'，此其男女淫乐之词？"（《七十家赋钞》）即以求神女相会象征君臣鱼水相得。寄托说无视诗歌完整的艺术形象，抓住其中的某一个方面进行生硬比附，刻意深求。此说违背了诗歌艺术创作规律，因而不可能得出正确结论。有的学者批评它迂曲，是完全有道理的。

三、比喻说：即以"狎爱之辞为喻"，巫、黔中郡，关乎楚之存亡，"宜置重兵戍守，而当时绝未念及，故玉以赋感之"③，此说章太炎主之。袁珂先生做了进一步的申明："述神女的美好、巫山的险峻及楚怀王和神女的欢爱情状者，其目的无非是要引起楚襄王对神女所在地的巫山的措意、留心。因为这个地方，是时常被敌人觊觎、关系着楚国存亡的险要的地方，若是这个地方不保，楚国也就危殆了。"④ 此说很新颖，但在没有更有力的证据证明之前，还不足以令人信服。况且，劝襄王置重兵戍守关系到楚国生死存亡的巫山，是一个极为重要、极为严肃的举措，对于这样

---

① 朱碧莲：《宋玉辞赋译解》，中国社会科学出版社1987年版，第86页。
② 张惠言认为《高唐赋》和《神女赋》为屈原所作。
③ 章太炎：《菿汉闲话》二十五，《制言》第十四期。
④ 袁珂：《宋玉〈神女赋〉的订讹和高唐神女故事的寓意》，《神话论文集》，上海古籍出版社1982年版，第174页。

一个问题却以求神女为喻，未免显得轻浮。而作为比喻，又显得很牵强。又，袁珂先生是因"《高唐赋》的正文，和前面的序比较起来，总令人感到在情景上是迥然不同的两回事体"①，而对前人之说产生怀疑，并进而赞同章太炎之说的。然而，按照章说，这个问题仍然存在，即两者仍然是"迥然不同的两回事体"。

以上诸说失误的最主要原因在于没有认清神女形象的性质和特点，脱离了作品得以构建的特定的宗教民俗文化背景和观念基础。鉴于这种情况，我们将从神女形象的具体性质和特点出发，在搞清其观念基础的前提下，密切结合特定的文化背景对作品进行具体分析。这样对这两篇赋的思想内容或许能够得出正确的认识。

是一个神女还是两个神女？

首先，让我们从分析神女的形象入手。

迄今为止，论者都认为《高唐赋》和《神女赋》所写的神女为同一个神女，把她们迥然不同的性格特征作为一个形象的两个不同方面。这真是一个极大的误解。实际上，二赋各写了一个神女，尽管二者之间具有密切的联系，但她们是性质和特点根本不同的两个形象。由于把作为作品中心的神女形象这样一个最基本的问题搞错了，必然会导致一系列的错误，使研究走进死胡同。

首先，来看一看论者是如何把性质和特征完全不同的两个形象误认为一个形象的。例如，有的学者说，二赋中的神女"是一位既有神之绝色天姿，又有人之丰富感情，并且能够自由奔放地表达爱情、大胆率直地追求爱情的女子形象"②。所谓"既有神之绝色天姿，又有人之丰富感情"，显然是指《神女赋》对神女的描写，而"能够自由奔放地表达爱情、大胆率直地追求爱情"则显然是指《高唐赋》对神女的描写。需要指出的是，《神女赋》所写的绝不仅是"既有神之绝色天姿，又有人之丰富感情"，更重要的特征是矜持守礼，凛然难犯（详后），而这个方面与《高

---

① 袁珂：《宋玉〈神女赋〉的订讹和高唐神女故事的寓意》，《神话论文集》，上海古籍出版社1982年版，第173页。
② 蔡靖泉：《楚文学史》，湖北教育出版社1996年版，第470—471页。

唐赋》所写的"自由奔放地表达爱情、大胆率直地追求爱情"恰恰是矛盾的。仅此一点就可以证明那种认为二赋同写一个神女的观点，不但有违宋玉的本意，而且也根本不符合作品的实际。

事实上，那相互对立的两方面内容根本不属于一个形象，而分别属于两个不同的形象。即是说，《高唐赋》和《神女赋》各塑造了一个神女形象，二者性质、特征根本不同。概而言之，《高唐赋》所写的是神话传说中的神女，是宋玉根据民间传说所做的记录，尽管宋玉做过一些加工，但仍带有明显的原始特征。而《神女赋》中的神女则不同，她是宋玉借前一个神女之名的再创作，在加工过程中，宋玉赋予她以很多新的东西，使她在内在精神品质和外在风貌上都与前者有了根本性的区别，而成了完全不同的另一个艺术形象。

《高唐赋》中的神女最引人注目的地方是她自由奔放、大胆追求爱情的举动，所谓"闻君游高唐，愿荐枕席"，是一片赤裸裸的原始激情和欲望的自然流露，是未曾受到任何封建礼教和伦理道德束缚的人性的直接张扬。这种随意放任的性关系并非宋玉的凭空想象，而是原始初民爱情生活的真实反映，是对于原始时代"自由"婚姻的朦胧回忆。就是说，在原始社会的特定发展阶段上，确实存在着无限制的随意婚姻和自由放任的性关系。并且，原始社会结束后，这种状况还在延续着。

不要说更远，即使是到了一夫一妻已经建立起来的原始社会末期和奴隶制社会初期，性关系已经相当稳定，但受传统习俗的影响，性关系还是相当自由和放任的，正如恩格斯所指出的：

> 旧时性交关系的相对自由，决没有随着对偶婚制或者甚至个体婚制的胜利而消失[①]。

至于在某些特定的时期，如一些重大的节日，性关系更是随意而放任。古罗马的沙特恩节要举行群众性的盛宴和狂欢，同时"盛行性关系的自由"[②]，沙特恩节因而也就成为纵情欢乐的代名词。中国古代也是如

[①] ［德］恩格斯：《家庭、私有制和国家的起源》，《马克思恩格斯选集》第一卷，人民出版社1972年版，第61页。
[②] 同上书，第528页。

此。《周礼·地官·媒氏》：

> 仲春之月，令会男女，于是时也，奔者不禁。……凡男女之阴讼，听之于胜国之社。

郑玄注："阴讼，争中冓之事以触法者。"① 从"令会男女"、"奔者不禁"甚至有因婚媾而争讼的情况，说明当时的性关系也是相当自由的。《周礼》所记反映的大约是商周时代的事，是传统习俗的延续和发展，由此不难想象神话产生的原始时代性关系的更大自由和放任。

从这个角度来看巫山神女"愿荐枕席"，主动寻求匹偶交欢的举动就很好理解了：既不是反常，也不是"淫惑"，而是她那个时代（即神话时代）的十分正常而普遍的行为。正是从这里，可以看出她鲜明的神话特点。

巫山神女神话特征的另一个重要表现是她的神奇变化："妾在巫山之阳，高丘之阻。旦为朝云，暮为行雨。朝朝暮暮，阳台之下。"巫山神女没有通过任何中间环节，即直接变为"朝云"和"行雨"，是非常神奇的。这种情况根本无法通过经验和理性去解释，而只能通过神话的逻辑——变形法则去说明。在原始人看来，"在不同的生命领域之间绝没有特别的差异。没有什么东西具有一种限定不变的静止状态：由于一种突如其来的变形，一切事物都可以转化为一切事物。如果神话世界有什么典型特点和突出特性的话，如果它有什么支配它的法则的话，那就是这种变形的法则"②。原始初民的想象正是由于轻而易举地越过决定事物性质的界限而显得丰富和大胆。至于为什么巫山神女要变成云雨而不是其他什么东西（另一种传说她变为草），那也不是偶然的，而有其神话的必然性（详后）。

以上两个方面即大胆追求爱情的方式和神奇莫测的变化，充分说明《高唐赋》中的神女是一个具有明显原始神话特征的神话式人物，一个地地道道的女神。

再看《神女赋》中的神女。

---

① 《周礼·地官·媒氏》，郑玄注，《十三经注疏》上册，中华书局1980年版，第733页。
② ［德］恩斯特·卡西尔：《人论》，第104页。

这个神女完全是另外一副样子：这是一个服饰华美、容貌姣丽、举止端庄、神态娴静的女性。宋玉除了强调她的光彩照人的外貌之外，更强调她的内在的精神和气质：如"性和适，宜侍旁，顺序卑，调心肠"、"骨法多奇，应君之相"、"澹清静其愔嫕兮，性沉详而不烦"、"怀贞亮之洁清兮，卒与我兮相难"、"頩薄怒以自持兮，曾不可乎犯干"。这些描写主要突出了两个方面：一是温柔和顺，安闲自得，骨法奇美，适于侍奉君上；一是贞谅高洁，意态优雅，以礼自持，凛然难犯。

以上两个方面无论哪个方面都与原始神话中的神女格格不入，她不但不具备自由奔放，大胆追求爱情的"野性"，而且也不具备变云变雨的神奇；她的那些格性特征和"优秀品质"不属于原始时代，而完全属于另一个时代。因此，可以肯定，《神女赋》中的神女根本不同于《高唐赋》中的神女，即不是原始神话中的神女，而是宋玉理想中的美人——尽管宋玉还称她为神女，但从所写的实际看，称之为高贵华美、多情而又守礼的贵夫人更为合适。她的格性特征和精神气质都深深地打着战国时代的烙印。

综上所述，《高唐赋》和《神女赋》都写了"神女"，并且都以巫山神女为名，但却不是一个形象，而是打着不同时代烙印，体现着不同审美理想，性格、气质和精神风貌反差极大的两个根本不同的形象：一个是民间传说中带有原始神话特征的女神，一个是经过文人加工改造而完全改变了性质，虽然还有神女的名义，但实际却是富于现实特征的女人。前人把两篇赋中的两个根本不同的女性看作一个人，不但把水火不相容的品质特征生硬地强加在一起，而且混淆了原始时代和封建时代的根本界限，是根本站不住脚的。之所以出现这样重大的失误，可能主要是囿于二赋出于同一作者，写的又都与"神女"有关。

既然二赋中的神女是两个不同的形象，各有不同的意义，为了避免混乱，以下称《高唐赋》中的神女为高唐神女，称《神女赋》中的神女为战国神女。把两个神女分开并分别进行分析是正确理解二赋的前提。

高唐神女与云雨

搞清高唐神女与云雨的关系是正确理解二赋特别是《高唐赋》思想内容的关键。

迄今为止，学者们都认为高唐神女化为云雨是一种艺术想象，由于这种想象表现了男女交欢时那种像云一样飘忽，像雨一样空灵的感受，符合人们接受的心理基础，因而成为一种文学意象并对后代产生了重大影响。而这种艺术想象正是宋玉在《高唐赋》中的创造，是宋玉对中国文学的重要贡献。这些听起来似乎有道理，实际上并不符合实际，因而是完全错误的。从这样的认识出发分析《高唐赋》思想内容，也不可能得出正确的结论。

我们说，高唐神女化为云雨不是宋玉的艺术想象和创造，那么具体情况是怎样的呢？先来看宋玉在《高唐赋》中是怎样写这一内容的：

> 昔者先王尝游高唐，怠而昼寝，梦见一妇人曰："妾巫山之女也，为高唐之客。闻君游高唐，愿荐枕席。"王因幸之。去而辞曰："妾在巫山之阳，高丘之阻。旦为朝云，暮为行雨。朝朝暮暮，阳台之下。"

这里，特别值得注意的是，高唐神女化为云雨的过程：她是在"王因幸之"即二人交欢之后才化为云雨的，这就隐约透露出性交与云雨之间有着某种联系。如果我们把目光移向遥远的往昔，就会发现在特定的宗教民俗背景下，性交与云雨之间的这种联系在初民的观念中是比较普遍的。这说明宋玉写高唐神女在和楚怀王交欢之后化为云雨并非空穴来风，也不是随意想象，而有其来源和根据，亦即有其观念的"必然性"。

原始宗教观念认为人与自然是交相感应的，人的主观意念和行为可以影响客观事物的发展，原始巫术正是这种观念的表现。巫术"相似律"原理认为，"仅仅通过模仿就实现任何他想做的事"①，而男女交媾诱发降雨正是这种神秘的交感观念的反映。他们认为，行云降雨是天地阴阳交会的结果，所谓"天地相会，以降甘露"。（《老子》第32章）而交媾时男在上象征天，女在下象征地，男女交媾正是天地相会，因而可以降雨。《易系辞下》："天地氤氲，万物化醇；男女构精，万物化生。"而云雨则是使万物化生的最重要条件。正是因为如此，古代在天旱需要雨露时，男女交欢就被作为一种祈雨的手段经常被采用。"（求雨）四时皆以庚子之

---

① ［英］弗雷泽：《金枝》上册，徐育新译，中国民间文艺出版社1987年版，第19页。

日令吏民夫妇皆偶处。凡求雨之大礼，丈夫欲臧，女子欲和而乐神。"（董仲舒《春秋繁露·请雨止雨篇》）又道家著作中也有类似的记载："（王恩）遍施（于女），乃天气通，得时雨也地得化生万物。"（《太平经·一男二女法》）不止我国，交媾致雨的观念在其他国家和民族，如澳洲、非洲的原始民族中也普遍存在。在那里"男男女女于树下真正进行的性交活动……目的是为了向太阳祖宗求得雨水"①。在印度的古代诗集《吠陀》和著名的两大史诗中也都有类似的记载。这说明交媾致雨是一种具有世界共同性的宗教观念。

有了雨露滋润，草木得以茂盛，五谷得以丰收，因而由交媾致雨又进一步发展为交媾可以促进丰收、富足乃至民族振兴和国家强盛。闻一多先生在研究《诗经》婚俗诗时曾指出："初民根据其感应魔术原理，以为行夫妇之事，可以助五谷之蕃育，故嫁娶必于二月农事作始之时行之。"②初民相信"如果没有人的两性的真正结合，树木花草的婚姻是不可能生长繁殖的"③。弗雷泽在考察了中美洲、非洲、澳洲以及亚洲的原始民族之后得出结论：他们"仍然有意识地采用两性交媾的手段来确保大地丰产"④，并相信与传说中的神灵交媾也可以达到这个目的⑤。类似的观点在其他宗教文化学和人类文化学著作中也时有所见。

上述记载充分说明交媾促进丰收乃至富足、强盛的观念深深地植根于初民心中，并在生产和生活中不断被付诸实践。从这样的背景出发来看高唐神女的神话，就很好理解：在与楚先王交欢之后化为云雨，而不是化为什么别的东西，绝非偶然，而有其传统的根据，是交媾致雨宗教观念的具体表现。总之，交媾致雨是特定宗教民俗背景下的一种常见行为，是多次发生过的"现实"，高唐神女的故事不过是它的神话反映而已。

春秋战国时代，思想领域里发生了翻天覆地的变化，从总体上说，实践理性精神正在逐渐取代以巫术礼仪为中心的原始宗教而成为时代先进思想，但这并不意味着旧的传统思想观念完全被清除；实际上恰好相反，它在很多领域还有很大的影响，甚至占据支配的地位，当时很多地方还保留

---

① ［英］弗雷泽：《金枝》，徐育新译，中国民间文艺出版社1987年版，第207页。
② 闻一多：《古典新义·诗经通义》上册，古籍出版社1954年版，第185页。
③ ［英］弗雷泽：《金枝》上册，第206页。
④ 同上。
⑤ 同上。

着原始时代的习俗就是有力的证明。同样，交媾致雨并促进丰收、强盛的观念影响也是如此，前面所引董仲舒的论述说明在西汉时代其余绪尚存。这说明，交媾致雨乃至促进丰收、强盛的宗教观念在宋玉生活的战国时代并未完全消失。也就是说，宋玉不但了解自古留传下来的有关高唐神女的神话，而且也知道它所含有的文化意蕴和观念意义。他把这个神话吸收到自己的作品中，正是借助它的传统文化意蕴和观念意义来表现他的思想。

交媾致雨的宗教观念只是说明了求雨手段和结果，至于这种手段如何致雨，亦即云雨是如何生成的则告阙如。而这些在高唐神女的神话中则有十分具体的说明：是交媾之后的神女所化，是神女本身化成了云雨，从而把抽象的观念具体化。这样不但更突出了神话的特点，而且使神女的形象更加神奇缥缈，美丽动人。宗教与神话的区别以及神话的特殊价值在这里得到充分的印证。

总而言之，高唐神女化为云雨并非宋玉突发奇想的神来之笔，而有其传统的根据，是他对传统宗教和神话所做的比较忠实的记录。宋玉的高明之处在于他大胆地吸收民间神话，巧妙地运用它为自己的立意构思服务，从而为作品增添了神奇瑰丽的色彩。对于我们来说，明确了这些也就清除了认识作品的障碍，找到了认识作品的思想指向，这对于分析二赋的主题思想将大有帮助。

主题思想分析

二赋的两个神女形象根本不同，其思想内容也完全不同：

先说《高唐赋》。《高唐赋》在内容上分为序和正文两部分。两部分之间都贯穿着有关高唐神女的神话意蕴和观念内涵，具有内在的联系。尽管由于赋的铺陈特点使这个思想线索有时不是十分明显，但只要透过文字表面进行深入分析，还是不难把握的。

如前所说，高唐神女在与先王交欢后化为云雨体现着交媾致雨的传统宗教观念，在这个观念以及有关的行为中，云雨占有重要的地位，它既是目的，同时也是结果。宋玉引用这个神话也正是突出了它。无论是在序中还是在正文中都是如此：在序中，宋玉在回答"朝云始出，状若何也"的问题时，不但形象具体地描绘了云彩斯须变化的各种形象，而且还特别描写了雨："湫兮如风，凄兮如雨，风止雨霁，云无处所。"这样把神女所化成的云雨的具体性状描写得历历在目，从而不但把神女神奇变化的形象生动地表现出来，而且也使蕴含在作品内部的神话意蕴得以充分的展示。

如果说序文中主要是展示神女及其所化的云雨的形象的话，那么在正文中则主要是写云雨给世界带来的变化，同时表达了通过与神女相会给国家和个人带来福祉的祈盼。

正文可以分为六段：

由"惟高唐之大体兮"至"振鳞奋翼，蟋蟋蜿蜿"为第一段，主要是写"登巇岩而下望兮"之所见。先写云雨过后，百谷滔滔的壮丽景观，接着以描写水族惊骇渲染江水的浩大声势。

由"中阪遥望"至"愁思无已，叹息垂泪"为第二段，此段先写雨水滋润大地，给大地带来一片生机，接着写"感心动耳，回肠伤气"的林木之声。

由"登高远望"至"谲诡奇伟，不可究陈"为第三段，写"登高远望"之所见：山势险峻，巨石参差，动人心魄。

由"上至观侧"至"垂鸡高巢，其鸣喈喈"为第四段，写高唐观前春和景明，鸟语花香的美好景象。

由"当年遨游"至"举功先得，获车已实"为第五段，写当年先王游高唐时祭神、奏乐和狩猎的情景。

由"王将欲往见"至结束为第六段，写前往求神女与交会，必将使政治清明，精神通畅。

以上正文的这六段在内容上可以分为两大部分：

前四段为第一部分，主要是写云雨之后给山河、大地带来的两个变化：一个变化是大雨之后，山谷沟壑，百川汇集，惊涛拍岸，轰鸣震天，突出地表现了宏伟、壮丽的景象，充分显示出正是云雨赋予山河以生命和力量；另一个变化是雨水滋润万物，大地一片欣欣向荣：草木葱郁，繁花盛开，鸟雀和鸣，生机盎然，美丽的风光充满了令人神往的魅力，充分显示出云雨给大地带来的生机和活力。

后两段为第二部分。这部分在写往昔先王游高唐的情景之后，又劝襄王往会神女。之所以从先王写起，主要是以先王之事为例，增强劝说的力量。劝说和肯定襄王往会神女正是基于前面说的与神女交欢可以促进丰收、富足和民族兴盛、国家富强的宗教观念。这部分内容分为两层：一是告诉襄王怎样往会神女，如"王将欲往见之，必先斋戒……"云云；二是告诉襄王求神女与之交欢，会产生怎样的结果：

> 盖发蒙，往自会，思万方，忧国害，开圣贤，辅不逮。九窍通郁，精神察滞，延年益寿千万岁。

其中"思万方，忧国害"即心系天下，不忘国忧；而"开圣贤，辅不逮"即选贤授能，辅佐为政。做到这两个方面，当然就会政治清明，民族振兴，国家富强。而"九窍通郁，精神察滞"云云则是说往会神女可使人神清气爽，精神畅通，延年益寿。

对于正文第二部分的这种理解还可以从神话故事本身得到进一步的印证。

《渚宫旧事》之三引《襄阳耆旧传》写怀王游高唐梦神女与之交欢，神女临别时说："妾处之，尚莫可言之。今遇君之灵，幸妾之蹇。将抚君苗裔，藩乎江汉之间。"原文可能有脱误①，大致意思是："蒙你不弃我的陋质，爱幸于我，我将保佑你的子孙使他们世世代代藩昌于江水和汉水之间。"② 神话故事本身就说明与神女交欢即可受到神女的保佑，使人口繁衍，民族兴旺。这对于理解《高唐赋》的主题思想很有启发。

可以看出，《高唐赋》主题思想与高唐神女神话意蕴和交媾致雨的宗教观念是一致的，这说明宋玉正是按照这个神话和宗教观念的固有意义铺写《高唐赋》的。这样理解，不但使作品的主题思想清楚明确，而且也使序和正文有机结合起来，从根本上避免了其他各种说法导致的"两回事"的缺欠。

再说《神女赋》的主题思想。二赋之间虽有联系，但主题思想各不相同，不过，与《高唐赋》相比，《神女赋》的主题思想要简单得多。

如前所说，《神女赋》中的神女与具有原始神话特征的高唐神女根本不同，她是宋玉在高唐神女的基础上经过加工改造而成的另一个形象。她高贵而又华美，多情而又守礼，具有战国时期贵夫人的特点，是宋玉理想中的美人。《神女赋》名为神女之赋，实际所写却不只是神女一个方面，

---

① 袁珂：《宋玉〈神女赋〉的订讹和高唐神女故事的寓意》，《神话论文集》，第175页。
② 同上。

除了神女之外，还以很大的篇幅叙写宋玉对她的追求以及在追求过程中的内心活动和变化。迄今为止，论者对于这篇赋只是注意前一个方面，而完全忽略了后一个方面。忽略了后一个方面，是不可能正确理解它的内容和主题思想的。

关于宋玉在追求神女过程中的内心活动和变化，赋中写得很具体，很有层次。首先写了他对于这位战国神女的强烈向往和爱慕，"私心独悦，乐之无量"，"愿尽心之拳拳"，说明他的向往和爱慕发自内心，是十分真诚而强烈的。他甚至以能看到这位神女而感到满足和自豪，所谓"他人莫睹，玉览其状"，能见到她就感到由衷的喜悦。然而，这位神女虽然美貌多情，但却严谨守礼，凛然难犯，使他感到高不可攀，无法遂愿。作品具体入微地描绘了他的复杂心态：

> 怀贞亮之洁清兮，卒与我兮相难。陈嘉辞而云对兮，吐芬芳其若兰。精交接以来往兮，心凯康以乐欢。神独亨而未结兮，魂茕茕以无端。含然诺其不分兮，喟扬音而哀叹。

追求与畏难、喜悦与不安、欢乐与孤独、自信与哀叹交织在一起，使他的内心充满了矛盾和犹疑。虽然如此，他还抱有很大希望，没有放弃追求，心情也没有完全沮丧。直到最后遭到彻底拒绝，他才心灰意冷，坠入痛苦的深渊：

> 回肠伤气，颠倒失据。黯然而冥，忽不知处。情独私怀，谁者可语？惆怅垂涕，求之至曙。

全赋即以他的痛苦心情作结，由此不难看出，《神女赋》实际上是再现了爱情追求中全部的感情经历：由热烈追求到犹豫徘徊直至追求失败的无限痛苦，爱情生活的每一个阶段及其细微而复杂的心理变化无不具体真实地表现出来。可以想象，如果不是亲身经历和体验，是根本无法做到这一点的。宋玉作为襄王的近臣，常常出入宫廷，侍奉于襄王身边，有机会频繁接触大量嫔妃和贵族夫人，熟悉上层妇女的生活习惯、精神风貌和心理特点，品味她们的雍容华贵、娴静端庄。而他本人又风流倜傥，才华超群，他们之间产生爱情的纠葛是不足为奇的。如果是这样，那么《神女赋》所写肯定有他自己生活的影子，或者就是他本人爱情生活和体验的真实写照，表现他对于美好爱情的追求和向往。

以上是从直接的意义上把《神女赋》理解为表现爱情生活的作品。除此之外，还可以从文学形象象征的意义上，把它的主题思想理解为对于理想的追求：即以神女象征美好的理想，以对神女的追求象征对理想的追求。宋玉才华出众，怀有济世报国的理想，无奈襄王昏庸无能，耽于享乐，不但不重用他，而且也根本不理解他，只是把他作为一个文学侍臣"倡优蓄之"；而宋玉又孤芳自赏，不同流俗，因而遭到同僚的嫉恨。残酷的现实使他感到理想高不可攀，可望而不可即，济世的抱负也如同梦幻，变得杳然渺茫。于是，理想破灭郁积的内心情怀借着追求神女抒发出来，而成就了《神女赋》。作品表现了宋玉对于理想的强烈追求、向往和追求过程中的徘徊、犹豫，以及理想破灭以后的痛苦和悲伤，反映出一个有理想、有抱负的文人的不幸遭遇。理想的破灭是他与现实冲突的结果，黑暗的现实容不下一个有理想、有抱负的文人，从而揭露了不合理的现实。

至于《神女赋》的本意究竟是写作者的爱情生活，还是写他对于美好理想的追求抑或是二者兼而有之，由于宋玉生平资料的缺乏而无法加以确定。现在只能根据作品所提供的内容做如上的理解。不过，不管怎样，能够如此具体、深入地展示爱情追求过程中的全部心理变化历程，在中国古代诗词歌赋中很少有作品可以和它相媲美。只此一点，就足以使它不朽。可惜《神女赋》这方面的成就和价值一直没有得到正式的肯定。这对于《神女赋》是很不公平的。

原刊于《社会科学战线》2005 年第 6 期，收入第五届国际辞赋研讨会《辞赋研究论文集》（漳州师范学院中文系编），中国文史出版社 2003 年出版。

附：《登徒子好色赋》等四篇辞赋赏析

《登徒子好色赋》

《登徒子好色赋》，宋玉作，刘勰《文心雕龙·谐隐》曾论及此赋。又《文选》卷十九收录了宋玉的五篇作品，其中一篇正是此赋。

此赋通过故事中宋玉不为美女动心，章华大夫爱而守礼的行为，说明对于美色和情爱应以礼义节之，而不应越轨滥情。这个题旨并无深刻和精彩之处，实在是平常得很；引人注目的是作者讲述故事的方式所具有的特殊魅力。事实上，正是杰出的艺术成就使这篇赋成为名赋并产生了巨大的影响。

首先，表现主旨不是靠抽象的说教，而是通过一个富有戏剧性的故事，所谓"戏剧性"主要表现在矛盾的尖锐、突出以及发展的迅速。

十分罕见的是，故事刚一开始矛盾就同时出现：故事以登徒子的出场开始，而他的第一句话就是在楚王面前"短宋玉"；按说，作为君王对于大臣之间的这类告发应当观察、核实，然而楚王却沉不住气，迫不及待地就"以登徒子之言问宋玉"。就这样开始短短几句话就把矛盾的双方和原因交代得清清楚楚，有了矛盾故事发展就有了动力，于是宋玉"被迫应战"，针锋相对，对登徒子的诬陷一一反驳。如果仅止于此，矛盾产生虽然很快，但还说不上尖锐和突出。然而情节的发展出人意料：宋玉在以事实说明自己"不好色"之后，并未停止，而是转守为攻，以事实说明登徒子才是好色之徒。双方的相互指责使矛盾陡然间激化，情节随之出现曲折。

就在楚王无法判断孰是孰非而不知所措，故事因而陷入"绝境"之际，突然峰回路转，章华大夫出人意料地"登场"——其实他早已"在场"，作者故意让他暂时"隐蔽"，以收出其不意之效。正是这种语境使章华大夫的出现非常引人注目，就在大家对他的出场和故事进一步发展的高度关注中，章华大夫乘势一气呵成，从情爱与礼义关系的高度对孰是孰非给出了明确的评判。

随着结论的得出故事戛然而止，犹如故事的开始单刀直入一样。就这样，矛盾尖锐且贯穿始终，故事虽有曲折，但不蔓不枝，毫不拖泥带水。

其次，人物性格鲜明突出，且与其身份严格一致。

难能可贵的是，本赋不长而人物众多，并且各有面貌，言行性格化。且不说对话中所涉及的登徒子之妻、东家之女和此郊之姝，也不说拨弄是非、自讨没趣的登徒子，能言善辩、反戈一击的宋玉和"发乎情止乎礼义"的章华大夫，单只那位言辞不多，但却是重要人物之一的楚王的言行就颇耐人寻味：

楚襄王在历史上以"淫逸侈靡，不顾国政"著称。文中把他的情趣、关注点和兴奋点在"不经意"暴露无遗，除了前面所说的之外，还突出表现在：宋玉对登徒子的三条诬陷"体貌闲丽，口多微辞，又性好色"——反驳之后，楚王既不问"体貌闲丽"，也不问"口多微辞"是真是假，而单单提出"子不好色，亦有说乎？"这绝非偶然。更为突出的是，章华大夫已经明确表示自己在"守德"方面不如宋玉，这实际上对宋玉是否好色已经给出了结论，但他对这种"绯闻"的兴趣却意犹未尽，特别命章华大夫"试为寡人说之"。这两处虽都是只言片语，但都是他内心状态的真实反映，发自内心深处的语言正是性格化的语言。特别应当指出的是，这种性格化的语言不是刻意地杜撰，而是基于情节发展要求的"随便一说"，因而显得十分自然和不经意。事实上，正是这种"自然"和"不经意"更能充分展现楚王的性格特征和文章之美妙，同时也透露出作者的大家风范。

再次，运用灵活多样的表现方法充分展示女性的美、丑，使二者形成鲜明对照。

对东家之女的描写一开笔即出手不凡：以"天下之佳人"、"楚国之丽者"和"臣里之美者"作为衬托以凸显其美，而且衬托者是先"佳"后"丽"再"美"，在比较中"拾级增高"，"每况愈上"，将此女之美推向极致；接着以"增之一分则太长"四句写其体态、面色之美恰到好处；然后用四个比喻分别状写其眉、肌、腰、齿之美；最后又以东家之女

"嫣然一笑"倾城倾国，以众人的反应烘托其美无以复加。以上描写东家之女所用的手法多属虚写，这种写法可以给人留下巨大的想象空间，让读者自己去补充作者没有写出的内容。

对此郊之姝的描写与东家之女完全不同：先是以春夏之交鸧鹒和鸣，群女出桑这样一幅勃勃生机的春景为衬托，以美景与人面的交映凸显此郊之姝充满青春气息的风韵；然后再将她放在春夏之交郑、卫、溱、洧的民俗背景中展开描写。我国古代有仲春之月令会男女，私奔不禁的习俗，章华大夫与此郊之姝的欢会以及她特有的举止、感情和心理，正是发生在这样的背景下（时间稍有出入）。根据这一特点，作者从动态的视角，在此郊之姝与章华大夫传情的过程中来把握她的美：章华大夫向她献殷勤，确实使她动了芳心，而作者集中和着力描写的恰恰正是她芳心被打动之后出现的一系列的微妙变化："处子悦若有望而不来，忽若有来而不见。意密体疏，俯仰异观，含喜微笑，窃视流眄。"不但状写她的体态姿势之美，更写其表情、神态，特别是眼神所传达的心理活动，寥寥几笔，便把少女欲进又止的腼腆，娇羞的表情、神态和心理活灵活现地展现在人们面前。

百丑集于一身，对登徒子之妻的描写颇具揶揄意味，但无论是哪一方面的丑，都采用实写，即如实描摹，而不留任何想象的空间。这是因为只有就美好事物展开想象才能引起人的审美愉悦，丑的事物恰好相反，根本不具备这种审美特征。这说明作者根据描写对象的不同而分别采用不同的表现方法是完全符合审美心理要求的，这使登徒子之妻与上述两位美女形成了鲜明的对照。

最后应当指出的是，从故事中人物的身份和情趣，话题的内容和性质，矛盾的尖锐和突出以及滑稽幽默、妙趣横生的艺术风格看，此赋更像是一出充满轻松、诙谐氛围的独幕宫廷喜剧。

《钓赋》

《钓赋》，宋玉作。这一点早已得到刘勰的肯定："荀况《礼》《智》，宋玉《风》《钓》，爰锡名号，与诗画境。六义附庸，蔚为大国。"（《文心雕龙·诠赋》）有的学者认为此赋不是宋玉所作，但所提出的证据不足以令人信服。

《钓赋》的主旨十分明确：劝谏襄王效法尧、舜、禹、汤等古代圣明君主，"以贤圣为竿，道德为纶，仁义为钩，禄利为饵，四海为池，万民为鱼"。简而言之，即法先王，行仁政，也就是践行先王的治国之道，这说明，本赋所提倡的实际是儒家的政治主张和学说。一般说来，讲述政治理论的文章很容易流于抽象说教，令人昏昏欲睡，然而，本赋却独具引人入胜的魅力，让你欲罢不能。

这首先是由于本赋的巧妙构思：一、本赋事关治国，可谓主旨宏大，但却不是正面宣讲政治主张，而是通过日常小事钓鱼的故事，把枯燥的政治主张故事化，把治国道理生活化，从而极大地拉近了与读者的距离，让人满怀兴味地读下去。就故事来说，虽然情节很简单，但却不乏尖锐的对立——登徒子认为"玄渊善钓"，而宋玉彻底否定"玄渊善钓"，双方各执一词，针锋相对，并且各有其充分的理由。二、通过简明扼要的叙事和说理，有力地表现了主旨，之所以取得这样的效果，原因在于运用了引类譬喻的方法，并将它贯穿全篇。一般说来，以一物喻一事或一个道理比较常见，做起来也比较容易；难能可贵的是以同一（或同一类）事物一喻到底，贯穿全篇，保持为喻的统一性。例如，开始以钓鱼喻治国，后面凡与治国有关之事皆以钓鱼之事为喻：如说尧、舜、禹、汤之钓是"以贤圣为竿，道德为纶，仁义为钩，禄利为饵，四海为池，万民为鱼"；说殷、周以弱小之国代夏、商而有天下历数百年而不衰是"其饵芳"、"其纶纫"、"其钩拘"和"其竿强"；直到最后劝谏襄王法先王，行仁政还是如此："王若见尧舜之洪竿，摅禹汤之修纶，投之于渎，沉之于海，漫漫群生，孰非吾有？"无论是一般论述，还是历史举证都紧紧围绕钓鱼立说，处处不离与钓鱼密切相关的竿、纶、钩、饵、池、海和鱼，而这些比喻又都十分贴切，这自然赋予作品很强的说服力，并便于理解。

其次，钓鱼与治国本是毫无关系的两件事，但作者信笔从容，娓娓道来，十分自然地将二者联系在一起，通过钓鱼说明治国的道理。原因在于讲述道理不但具有很强的针对性，而且十分讲究方法。这突出体现在阐述道理的层次安排上。宋玉的话不但层次非常清晰，而且讲述的顺序十分得体。他的话大致可以分为四层：一、首先否定了登徒子关于"玄渊善钓"的观点，而这一观点刚刚被襄王所肯定，因而也是否定了襄王的观点，这必然引起他的疑问："子之所谓善钓者何？"看来，宋玉的话刚一开始即触动了襄王。二、接下去宋玉没有像一般想象的那样紧跟着就正面提出自己的观点（这样反而不容易被人接受），而是先给出了一个否定性的回答，即不说是什么，而说不是什么："臣所谓善钓者，其竿非竹，其纶非丝，其钩非针，其饵非蝘也。"显然，这让襄王更加大感不解，想问个究竟，于是"愿遂闻之"脱口而出。就这样，宋玉巧妙地"指挥"襄王为自己阐明观点打开了大门。三、在这种情况下宋玉才开始正式提出自己的观点，即"昔尧舜禹汤之钓也"那段话。但是，襄王不认同这样的观点，批评它"迂哉说乎！其钓不可见也"。四、至此水到渠成，宋玉针对襄王的批评，结合历史经验教训具体阐释了自己的观点，并在此基础上正式向襄王提出谏议："王若见尧舜之洪竿，摅禹汤之修纶，投之于渎，沉之于海，漫漫群生，孰非吾有？其为大王之钓，不亦乐乎？"谏议在充分说理的基础上既已提出，文章也就此结束，至于最后襄王有什么反应，则留给读者去想象了。

试想，如果不是这样曲折有致地讲述，而是开始就直接提出和阐释自己的观点，效果又将如何？稍作比较即可想象出宋玉在行文安排上的匠心。

此外，两段关于玄渊钓鱼的描写也是文中十分耀眼的精彩之笔：一段是登徒子眼中关于玄渊钓鱼之"术"的描写，另一段是宋玉眼中关于"玄渊之钓"的描写。同一个人，形象各异：这不但是因为登徒子与宋玉的着眼点不同，更在于感情色彩的强烈反差，正所谓一个人心目中一个哈姆雷特也。不过，不管两段描写有多大的差别，其共同点却更加突出：紧紧抓住对象的特点传神写照，寥寥几笔玄渊的形象便跃然纸上。

《风赋》

《风赋》，宋玉作。这一点得到了刘勰的肯定，萧统《文选》卷十三收有此赋。前人对宋玉作有所怀疑，但证据不充分。

宋玉的《风赋》不仅具有高度的艺术成就，而且内涵丰富而独特，其中有些内容为先秦文学所未曾触及。

首先，通过绘声绘色的描写充分展示了大自然所蕴含的强大生命力和内在的阳刚之美，这主要体现在对风的生成、由弱到强进而转衰过程的描写中，即从"夫风生於地"到"离散转移"的一段。在这段文字中，作者把风放在天地山川的宏阔背景中，从它在经过迥然有别的各种物象时所形成的千姿百态的景观，充分展示了大自然的勃勃生机和光怪陆离、变化莫测的奇妙特征。在描写中突出了风的"流动性"特点,以一系列富有视觉冲击力的动词,如"生成"、"起于"、"侵淫"、"盛怒"、"缘"、"舞"、"飘忽"、"激飚"直至"离散转移",不但形象生动地状写出其盛衰起伏、强弱变化的自然旋律,而且真实地反映出风的运动变化所蕴含的无坚不摧的巨大威力,有力地表现出大自然浑雄、壮丽的阳刚之美。在这样的惊心动魄的景观面前,我们在惊惧、赞叹的同时,更为它的气势和力量所折服,从而得到审美享受,心胸为之开阔,精神为之振奋——这正是本赋的十分珍贵的审美价值。

先秦时期,人们对自然美的认识尚处于"比德"阶段,即把自然美作为人的精神品德和社会事务的象征,在这样的文化背景下,本赋却把自然美作为独立的审美对象加以描绘,而且描绘的是那样精彩和传神,实在是难能可贵。

其次,从生活环境的视角具体真实地再现了贫富悬殊的两个世界。

在大王之雄风和庶民之雌风的形成过程中,作者把很多社会性事物与自然之风结合起来,从而巧妙地再现了君王与庶民两种完全不同的生活环境。由于抓住了两种环境各自的代表性特点,如君王深宫的富丽、奢华,庶民穷巷的鄙陋、污浊,从而使诗歌形象更具概括性,使人从中不但能够看到两种生活环境完全不同的真实面貌,而且还仿佛看到生活环境后面截然不同的生活景象:王公贵族的骄奢淫逸、醉生梦死和下层人民的贫病交加、痛苦挣扎。特别是最后描写"其风中人"所造成的"死生不卒"的惨象,更强化了贫富悬殊两个世界的鲜明对比。

另外,在描写庶人之风在穷巷中肆虐时,意味深长地使用了"中心惨怛"和"勃郁烦冤"这类词语,这些词语所表现的都是人的内心忧伤、悲痛和抑郁不平、烦躁愤懑。这究竟是写风还是写人,抑或是二者兼而写之?但不管怎样,在对风的描写中直接透露了庶人的情绪,却是可以肯定的。作品的内容因此也显得更加凝重。

在艺术表现上,本赋突出特色在于:

首先,采用了"述客主以首引"的结构形式。刘勰最早指出了《风赋》结构的这一特点:"……宋玉《风》《钓》,爰锡名号,与诗画境,六义附庸,蔚成大国。述客主以首引,极声貌以穷文。斯盖别诗之原始,命赋之厥初也。"(《文心雕龙·诠赋》)所谓"述客主以首引"即以君臣问答的形式来引导和推动故事情节的发展。应当说,运用这种结构形式并不困难，难的是运用得自然、得体，而本赋的优长在于充分利用这种结构形式的特点，恰到好处地表现了其内容：话题是从君王出游刚好阵风吹来引起，完全是事出"偶然"，而楚王就此"随口一说"，引出了宋玉的不同看法，但楚王不同意他的看法，于是宋玉就在楚王的命令之下一一具体道来。这一切好像都是偶然发生，"没有"任何事先的"预设"。故事既是"自然"发生，没有"人为操作"，因而更加真实可信和具有吸引力。接下去，就是楚王与宋玉之间的一问一答，表面看来，是君臣之间的十分平常的对话，实际则是在问话的导引下文章步步深入，直抵终点。所以，从文章的结构上看，夹在宋玉话之间的楚王的几次问话，实际上很自然地将几部分内容紧紧联结起来，使本赋成为具有内在联系的整体。

其次，本赋的句式特点十分鲜明：整齐句式与散文的自由句式兼用，三字句、四字句、多字句并存，整体看来，灵活变化，丰富多彩。更为重要的是，采用什么句式主要是根据内容需要，使句式随着内容的转换而变化，从而达到形式与内容的高度统一。

这突出表现在三字句和四字句的运用上：赋中有几处连续使用三字句和四字句，综观这些语句便可看出，凡连续使用的相同句式，它们所表现的内容基本上都属于一个系列的事物，即具有基本相同的性质和特征；但在两种不同的句式，即连续的三字句和四字句之间却有明显的区别：比如两组连续的三字句"猎蕙草，离秦衡。概新夷，被荑杨"和"动沙堁，吹死灰。骇溷浊，扬腐馀"，都是由动宾结构组成，前者表现风吹拂和掠过各种花草树木，后者表现风扬起和搅动各种灰尘秽物，表现这样的内容用短小急促的三字句，突出了风的吹拂从一物到另一物的疾速变化，从而以急促的快节奏突出了所表现的内容。相比之下，四字句则不具备这种特征或这种特征不明显，这显然与内容的不同有直接关系。

再次，在描写风的生成和衰微景象的四字句中插入一个五字句"至其将衰也"，表现出风由盛而衰的阶段。同样，在四字句中插入一个六字句"故其清凉雄风"，也是从节奏的变化上突出了内容的变化。

另外，本赋文辞丰富华美，缤纷灿烂，并善于抓住特征刻画点染，写景状物，曲尽其态。无疑，这些极大地增强了作品的艺术魅力。

《说弋》

《说弋》，又名《弋说》《楚人以弋说楚襄王》，是一篇先秦古赋，作者不详。

此赋主要记"楚人"游说襄王之辞，是一篇记言赋，属于策士廷说之辞。

"楚人"认为，襄王要达到统一天下，"南面称王"的最终目的，关键在于出兵伐秦，与秦决战。此赋即以弋为喻说服襄王出兵伐秦，以战胜强秦统一天下；赋的最后，襄王终于"遣使于诸侯，复为从，欲以伐秦"，说明"楚人"完全达到了游说的目的。作者所设定的这一目的实为全篇之鹄的，全赋从头至尾都紧紧围绕这一目标而展开，所以，要领略此赋行文的走势、特点和妙处，必须牢牢把握这一鹄的。

游说一开始就事出龃龉：襄王召见"楚人"的目的并非是要问计国家大事，而是出于对他"以弱弓微缴"射中归雁感兴趣；而"楚人"应召而来的目的却是要说服襄王出兵伐秦，"南面称王"。一个是耽于游乐的闲情逸致，一个是为国献策的重任在肩，南辕北辙，相距万里！目的预期的背离无疑极大地增加了游说开始的难度：既要从襄王感兴趣的射雁话题开始，否则，襄王根本听不进去而导致游说失败，又要预留及时转入"正题"的通道，否则，过度迂回曲折，无法及时转入"正题"而造成游说目的的偏移：这样虽满足了襄王的闲情逸致，但游说的目的却完全落空。

"楚人"出手不凡，先是"投其所好"，从射雁的话题开始，但紧接着又说这是"小矢之发"，而大王"所弋非直此也"——话题虽还是射雁，但方向却已暗中转移：即离开了射雁游乐而转向了重大国事，并及时直接提出最终目的，所谓"王何不以圣人为弓，以勇士为缴，时张而射之？此六双者，可得囊载也。"即消灭"六双"，统一天下。显然，这样开篇既投合了襄王的心理，使他能够耐心听下去，同时又于不知不觉之中巧妙、自然而及时地转入了"正题"，从而为下面进一步说服襄王奠定了基础。可以说，得体而巧妙的开篇是游说成功的第一步。

接下去，是说出兵伐秦的原因、必要性以及具体步骤，游说的目的能否达到主要决定于这些内容，因此，这也是全篇游说辞的最重要的部分。

在这部分中，首先把实现统一天下的历史进程分为三个阶段：先是张弓"加其（魏国）右臂"，"解魏左肘"，"定魏大梁"——这是"一发之乐"，即第一个阶段。然后征齐、韩，联合燕、赵，合纵抗秦——这是"再发之乐"，即第二个阶段。接着再横扫泗上小国，使之一旦而尽。这样，强秦即处于被动的孤立状态，而楚乘机可收复汉中等失地。这时，"待秦之倦"，乘胜进攻，"山东、河内可得而一"，即可"南面称王"，统一天下，这是第三个阶段。

值得注意的是，在上述三个阶段中，"楚人"只是肯定了前两个阶段的目标可以顺利完成，而第三个阶段统一天下，"南面称王"却是有条件的："待秦之倦"，乘胜进击，战而胜之，才可能达到目的。就是说，统一天下，"南面称王"仅仅是一种可能性，结果如何，还要看是否出兵伐秦并战而胜之。

那么，秦国的情况如何呢？接下去的一层突出写秦的强大和有利条件："秦为大鸟"，"东面而立"，虎视眈眈，"奋翼鼓翅"，野心勃勃，并且得形势之便、地势之利，"方三千里"，实力雄厚。结论是"秦未可得独招而夜射也"。就是说，战胜强秦并非像战胜魏、韩等国那么容易，也就是说，强秦是楚国统一天下的最后也是最大的障碍。这样，既有力说明了要实现统一天下的宏伟目标，与强秦决战不可避免，同时又巧妙地激怒了襄王。

可以看出，出兵伐秦结论的得出，完全是建立在对战国形势和秦国国力具体分析的基础上，与此同时又指明统一天下的步骤和方略以及有利条件和困难。前者分析说明伐秦的必要性，后者分析说明伐秦取胜的可能性。可见，"楚人"的谏言不但有理有据，而且具体可行，正是这种具有严密逻辑性和明确针对性的分析说理，赋予"楚人"游说辞以很强的说服力。

在从道理上说服襄王的基础上，"楚人"又从怀王受骗客死于外的屈辱和匹夫有怨而勇于雪耻的血性激发襄王，并直接提出：本来有力量和可能"踊跃中野"战胜强秦，却徒然受困，大王的做法实在是不可取。如此晓之以理，动之以情，襄王终于同意"复为从，欲以伐秦"也就是情理中事了。

引类譬喻是廷说之辞的常见方法，本赋用的正是这种方法。正如分析《钓赋》时所说，以一物喻一事或一个道理比较常见，做起来也比较容易;难能可贵的是以同一(或同一类)事物一喻到底,贯穿全篇,保持为喻的统一性。本赋在写作上的一个突出特点正在于此:开始以弋设喻说襄王,后面行文中无论是分析战国形势,还是说明道理,也无论是描写征战诸侯,还是说明统一进程的几个阶段,通通以弋或与弋相关之事为喻。例如,以鹍雁、青首和罗鸢分别喻秦、魏、齐、鲁、驺、费等国;以"以圣人为弓,以勇士为缴,时张而射之"喻大王出征;以"张弓而射魏之大梁之南……"喻攻占上蔡;以"一发之乐"、"再发这乐"喻取得第一、二阶段的胜利,如此等等,直至把秦喻为"大鸟……未可得独招而夜射"。为喻所用物类的一致,不但保持了各个比喻的和谐统一,强化了形式美,同时也加强了各部分之间的内在联系而使内容更加集中。

作为一篇廷说之辞,此赋具有很强的鼓动性。这一特点除了与"楚人"的主张和斗争策略本身就具有激励性之外,还与其语言成就有直接关系。"楚人"的游说辞,其句式既严整有序又灵活多样,富于变化:三字句、四字句和多字句参差运用;疑问句、感叹句和陈述句错落层出,其间时而杂以排比对偶;连贯读来,于悠游自若,从容不迫中流露着纵横恣肆的激情和恢宏奇伟的气势,令人折服。

上述语言特点也是一般辞赋的共同特点和优长,本赋更为突出的语言成就则在于关键动词(或动宾结构)的巧妙运用。这样的例证文中可谓俯拾皆是,例如"此六双者,可得而囊载也","囊载",状其干净彻底清除统一之障碍也;"解魏左肘……魏断二臂",一"解"一"断",状其对魏打击之沉重也;"若夫泗上十二诸侯,左萦而右拂之,可一旦而尽也","左萦"、"右拂",状其消灭泗上诸侯不费吹灰之力也……这一连串形象鲜明而又新颖传神的动词(或动宾结构),含蓄而富有冲击力,把消灭敌国,统一天下进程之顺利和迅速表现得淋漓尽致。

上述此赋语言的两个特点并非孤立,而与辞赋的铺陈、夸张的特点密不可分。

本文是应上海辞书出版社之约为《中国古代辞赋鉴赏辞典》(赵逵夫主编)作。

先秦文学与文化研究

四　先秦诸子

试论孔子神话思想的内在矛盾

在人类认识发展史上,神话以其荒诞离奇的特点,对人世间的基本公理和人类理智最早提出了挑战,因而自古以来如何理解和认识神话也就成为一道困惑人们的世界性难题。面对这个神奇的"怪物",无数的哲人、智者纷纷做出各种各样的解释和回答,从而形成了异说纷呈的神话观点和见解,即神话思想。就像人们在不可理解的怪异现象面前情不自禁地做出强烈的反应一样,各家思想学派在神话面前也跃跃欲试,大显身手。因此,它们的性质、特点和深广程度以及有没有真理性,也就在神话面前自然地表现出来。从这个意义上不妨说,产生于人类文明初期的神话早就超前地考验着各种学说和思想,给它们是否具有真理性、批判精神和生命力严格打分。这样看来,当这个"怪物"摆到既信天命又重人事的孔子面前的时候,也就分外值得注意了。

迄今为止,学者们已经从多种不同的角度,如哲学、政治、伦理、教育以及文献整理、治学态度等多种不同角度对孔子进行研究,而从神话学的角度研究孔子却始终无人问津。那么,孔子神话思想的本来面貌究竟怎样?其特点如何?原因是什么?等等。搞清这些问题,对孔子的神话思想会有一个初步的了解,有助于从整体上把握孔子,加深我们对孔子的认识。

春秋时期,随着社会制度的重大变革,思想领域里也发生了深刻变化:在哲学思想上,传统的宗教巫术观念开始动摇,新的实践理性精神蓬勃兴起;在宗教信仰方面,传统的多神教逐渐失去固有的尊崇地位,而向一神教转化。

从多神信仰向一神信仰转化,是世界各民族宗教发展的普遍规律。原始先民中盛行万物有灵论,认为世界即神,世界万物与神同体并被神主宰着。在这种宗教信仰中,诸神不成系统,但却彼此完全平等,并呈现出庞杂的多样化特征。所以,原始时代也是多神共同统治世界即多神教的时代。

夏商以后,具有无上权威的最高神即上帝出现了。从此以后,原来那形形色色、无拘无束、为所欲为的不同神祇,纷纷归附到上帝属下,成为上帝的附庸而听凭上帝的调遣。天上王国归根到底是人间王国的折射,上帝的权威不过是人间最高统治者在上天的投影。所以,上帝的出现,归根到底是我国由原始社会迈入奴隶制社会这一巨大变化在宗教上的反映。关于从多神教向一神教转化的历史过程,恩格斯做过这样的说明:"……由于自然力被人格化,最初的神产生了。随着宗教的向前发展,这些神愈来愈具有了超世界的形象,直到最后,由于智力发展中自然发生的抽象化过程——几乎可以说是蒸馏过程,在人们的头脑中,从或多或少有限的和互相限制的许多神中产生了一神教的唯一的神的观念。"① 从多神教向一神教的转化过程也是宗教由粗糙、幼稚走向精致、高级的过程。

当然,绝不是说,一神教的上帝一出现,所有的人便立即放弃对诸神的信仰而成为一神教的信徒。就个人来讲,情况也不完全相同:有的人可能很快成为一神教的信徒,有的人可能多神和一神并信,有的人则可能还停留在信仰的原始阶段,只信仰具体的诸神,而缺乏唯一的宇宙最高主宰至上神的观念。那么,生活在宗教信仰和思想观念发生剧烈变化的春秋时代的孔子的情况又是如何呢?这涉及他的宗教神话观的具体构成及其特征。

孔子对于一神(即至上神)和多神的态度是完全不同的:他明确肯定了作为世界最高主宰的至上神的存在,并对它充满了敬畏,而对一般的具体的诸神则既未肯定也未否定,采取了回避的态度。

先秦时代,作为至上神的上帝一般不称为神而称为"天"和"帝"。《论语》中有关孔子就至上神的意义谈论天的记录很多,据统计约有十一处②。除天之外,孔子还喜欢谈论命,《论语》中有关孔子谈论命的记录有七处③。孔子认为,小自人的生死,大至道的行废,一切皆由命定,而

---

① [德] 恩格斯:《路德维希·费尔巴哈和德国古典哲学的终结》,《马克思恩格斯选集》第四卷,人民出版社 1972 年版,第 220 页。
② 详蔡尚思《孔子思想体系》,上海人民出版社 1982 年版,第 92—98 页。
③ 同上。

命之如何,则决定于上天。十分明显,孔子是把天看作有意志的人格化的上帝,看作人类和自然界的最高主宰。像一切一神教信徒一样,孔子对于上帝也充满了虔诚和敬畏,并且把它作为善恶是非的标准和最后的精神寄托①。

从《论语》还可以知道,孔子经常谈论天,但却基本上不谈论神。如前所说,天是指至上神上帝,那么,神是指什么呢?当然是指超自然的神奇力量,但是,一般说来却不包括作为宇宙最高主宰的至上神上帝,而主要是指一般的具体的诸神,如主司山川河流、日月星辰、风雨雷电和人间祸福凶吉的神祇。具体说来,《论语》中提到神的言论主要有:

> 祭如在,祭神如神在。子曰:"吾不与祭,如不祭。"
>
> 子疾病,子路请祷。子曰:"有诸?"子路对曰:"有之;《诔》曰:'祷尔于上下神祇。'"子曰:"丘之祷久矣!"
>
> 季路问事鬼神。子曰:"未能事人,焉能事鬼?"
>
> 子不语怪、力、乱、神。
>
> 子曰:"务民之义,敬鬼神而远之,可谓智矣。"
>
> 子曰:"禹,吾无间然矣。菲饮食而致孝乎鬼神,恶衣服而致美乎黻冕,卑宫室而致力乎沟洫。禹,吾无间然矣。"②

从表面看,《论语》关于神鬼的记录并不算少,但前四条中的神鬼或为弟子所问,或为记录者所述,都不是孔子的言论。真正是孔子说及神鬼的只有第五、第六两条。其中,第五条主张疏远神鬼,第六条是说大禹对神鬼的态度,而都不是表述他本人关于神鬼的具体观点。可见,一部《论语》充分说明,孔子基本上不谈论神鬼,不发表对于神鬼的认识和观点。由此可见,他的弟子说他"不语怪、力、乱、神"是完全符合实际情况的。这与他经常谈论天的情况形成鲜明的对照。由此不难看出孔子神话思想的一个重要特点:大谈特谈至上神上帝,而基本不谈一般的具体神祇,也就是说,孔子崇信具有高度抽象本质特征的上帝,而对光怪陆离、

---

① 有关孔子肯定和崇拜至上神的论著很多,请参阅,这里不再详论。
② 以上《论语》中的六段文字分别引自《八佾》《述而》《先进》《述而》《雍也》和《泰伯》。

违背常理的具体神祇的态度则比较疏远。

当然，无论是抽象的上帝还是具体的一般神祇，在本质上都违背理性和实践经验，因而都显得荒诞离奇，但是，比较起来，形形色色的具体神祇及其所作所为（即神话故事）背离理性和实践经验更为明显，因而显得更加怪异不经，而高度抽象的上帝，由于"视而不可见之色，听而不可闻之声，抟而不可得之象"①，即无色、无声、无形，根本缺乏具体可感形象，虽然具有不可知的神秘，但在人们心目中与理性和日常生活经验的矛盾和冲突反而被淡化，显得不那么强烈和突出，因而能够比较容易地与理性共处并唤起对它的信仰。

孔子对于荒诞离奇的具体神祇采取回避态度而很少谈论，究竟是一般的不感兴趣还是另有其深刻的原因，显然是一个更为值得探讨的问题。

与这个问题相关的是孔子对于生死的态度。有个学生向他提问关于死的问题，他只是说"未知生，焉知死"②？也是采取了"不语"的回避态度。

人生，从何处来；人死，向何处去，是摆在人们面前的永恒的课题。而在得到科学的解释之前，这个领域却一直由宗教主宰着。宗教认为，"人类存在不是一个孤立的现象，而是一个庞大整体中的一部分。在认识生和死这个事实中，宗教社团内部和外部的许多人都试图把他们有限实体存在同某种更为持久的现实联系起来"③。于是，一个最常见也是最普遍的问题也就变成了一个带有哲理性和神秘特征的问题，所以关于生与死的神话无处不有，遍布于全世界各个民族。文化人类学家和神话学家有关考察当代原始民族的大量著作完全可以证明这一点④。从这些神话可以知道，宗教神话根本不承认死亡，认为死亡不过是生命形式的转化，即从一种生命形式转化为另一种生命形式，由这个世界转化到另一个世界，由此岸到达彼岸。所以，宗教神话的一个坚定而执着的信念就是：死人活着。我国古代也是如此，认为人死之后还继续存在，而功业赫赫的祖先死后则

---

① （明末清初）王夫之：《诗广传》卷五。
② 《论语·先进》。
③ ［美］弗·斯特朗：《宗教生活论》，徐钧尧等译，今日中国出版社1992年版，第261页。
④ 这方面的著作很多，例如马林诺夫斯基的《神话与原始心理》就记录了很多关于死亡的神话。

成为神,并归向上帝。《诗经·文王》:"文王陟降,在帝左右",十分清楚地反映了周人关于生死的观念。这说明中国古代对于生死的理解也是宗教神话式,而非科学的。这种情况,到了春秋时代发生了变化,人们对生死的宗教神话式理解产生了怀疑。在这种背景下,孔子对于生与死的回答,没有肯定宗教神话关于死人活着的说教,也没有肯定死亡是生命的必然归宿,而只是"未知"和"焉知",实在是耐人寻味的。

自古至今,各个学派都喜欢谈论神话,阐明自己的神话思想和哲学观点。"每个学者在神话中仍可发现那些他最熟悉的对象。从根本上说,各个学派在神话的魔镜中所看到的仅仅是他们自己的面孔。"① 在这面魔镜中,语言学家看见了语词和名称的世界,艺术理论家看见了艺术的源头,哲学家看见了"原始哲学",精神病学家看见了"神经过敏现象",而神学家则看见了"终极存在"。那么,作为一个集中国古代文化之大成的思想家,孔子在这面魔镜中究竟看到了什么?难道什么也没有看见?如果不是这样,他为什么又"不语"、"未知"和"焉知"?

前面说过,孔子的思想具有深刻的内在矛盾:既有传统的宗教观念成分,又有富于时代特征的理性精神。这种相互对立的思想观念,使他的思想天平在复杂的神话面前失去了判断的准星,而无法形成明确的见解。这就是说,孔子对神话"不语"和"未知"绝非偶然,而有其深刻的思想原因。

孔子对神话的"不语"和"未知"包括了两个方面的内容:没有对神话予以肯定,也没有对神话进行批判。这两个方面中只要具备其中的任何一个方面也不可能"不语"。孔子不能肯定神话比较容易理解,因为他的理性精神所重视和感兴趣的对象是人伦常理和实际生活经验,而与非经验、非理性的神话水火不容。例如,神话中诸神的形象,有动物形象、人神同体、人兽同构,十分怪异可怖;至于诸神的行为和举动更是荒谬绝伦、肆无忌惮,野蛮、混乱随处可见。这一切都与孔子的理性精神格格不入,孔子不去肯定它是十分自然的。

既然如此,按常理推断,孔子对神话就应当进行批判。事实上,古代世界的很多坚守理性精神的思想家都曾这样做过,如我国的屈原、王充都曾对神话的违背常理和经验进行过批判和抨击。古希腊哲学家色诺芬等对

---

① [德]恩斯特·卡西尔:《国家的神话》,范进等译,华夏出版社1990年版,第6页。

神话的荒诞离奇也做过尖锐的批评。孔子则不然，他根本没有这样做，其原因大体有两个方面：

第一，孔子虽然具有理性精神，但他的理性精神的构建过程与一些坚守理性原则的哲学家相比，却有很大的不同。这一点，与古希腊的哲学家相比看得尤其清楚：例如色诺芬等古希腊哲学家在研究政治、道德等社会意识领域之前，对自然界已经做了深刻的思考和研究，并有不少重要发现。恰恰是关于自然的新的概念构成了关于人的个体生活和社会生活的新概念的基础。正是因为如此，恩斯特·卡西尔才把正确、深刻认识自然作为正确认识神话的"基本前提"，并断言："如果没有这个基本前提，他们要想向神话思想的力量挑战，是根本不可能的。"① 而孔子恰恰不具备这个"基本前提"：他倾心研究的对象主要是如何做人和处理人际关系以及有关的伦理道德问题。至于自然现象和世界的本质，他根本没有什么研究的兴趣，因而对自然也就不可能有什么正确的认识并形成自己的本体论哲学。由于根本不具备这样的"基本前提"，所以也就不可能对神话的荒诞不经做出理性的批判，更不可能正确认识神话的本质特征，所以，从根本上说，还是孔子的理性精神不彻底，使他根本没有能力正确把握神话。

第二，更为重要的是孔子思想中的宗教观念在起作用。原来，孔子的天命论思想正是以自商周流传下来的传统天命观念为基础，他不但承认作为宇宙最高主宰的上帝，而且肯定作为盲目异己力量的命运。这种宗教观念极大地限制了理想精神的发展，并在认识领域中挤压知识的空间，而给宗教信仰留下地盘。由于这种终极存在的观念与以超自然的神秘力量为基础的神话具有内在的一致性，从而使孔子完全失去了批判神话荒诞和乖谬的力量，而只能"不语"。

总而言之，宗教观念和理性精神之间的矛盾使他在神话这个"怪物"面前无所适从而现出窘态：一方面，他具有一定的实践理性精神，使他不能肯定神话；另一方面，他的理性精神又不彻底，思想认识受到宗教观念的干扰，又使他不能否定神话。所以孔子只能徘徊于二者之间，哪边的界限也不敢越过。对于学生有关鬼神和生死的提问只能是"不语"和"未知"，也就是将这些问题束之高阁，存而不论。可以想象，对于各种问题好发议论的孔子在这个问题上的苦衷。

---

① ［德］恩斯特·卡西尔：《国家的神话》，第61页。

孔子对于神话的这种矛盾态度，不但反映在思想认识上，而且也反映在他的行动上。

纵观孔子的一生，可以知道，他是一个勇敢的进取者，为了实现他的远大理想和抱负，以百折不挠的毅力在复杂的政治环境中力争有所作为，以致终生栖栖遑遑，席不暇暖，表现出艰苦卓绝、奋发有为的伟大精神。他的很多按照理想标准和道德原则的举动充分体现着具有时代特征的理性精神的光辉。孔子的这种勇于实践的进取精神使他在某种程度上像18世纪的法国思想家一样，"一切思想都立刻转化为行动，一切行动都从属于一般的原理和依照理论标准而下的判断。"① 这是一方面，另一方面，孔子又是一个相信"天启"和命有定数的人。例如，他在一些活动中，除了现实的目的之外，还有一定的宗教目的，即实践仁德以知命②，这种富有神秘色彩的道德实践与他所主张的"天生德予余"③ 即道德根源在上天的思想观点完全一致。特别是当他在现实斗争中遭到打击和挫折时，宗教观念更容易膨胀，甚至压倒理性精神而成为主宰心灵的重要力量。例如，这时他常常会想到天，寻求上天的保佑和最后的寄托。当他看到自己的理想无从实现时，便不禁感叹："凤鸟不至，河不出图，吾已矣夫！"④ 又鲁哀公十四年"孔子因《鲁史记》作《春秋》……西狩获麟，孔子伤周道之不兴，感嘉瑞之无应，遂以此绝笔焉"⑤。这种以物象作为凶吉的征兆以推究神意的数术，完全是以对于超自然的神奇力量的崇拜为观念基础，同时，伴随着很多有关的神话传说。可见，尽管孔子"不语怪、力、乱、神"，对神话采取了回避的态度，但在实际行动上有时却恰好相反，不但肯定了它们，而且把它们与实践活动结合起来，用以指导自己的行动。这种听之于命的消极被动态度与前面说的那种积极进取、奋力抗争的精神风貌相比，判若两人。这恰好说明，行动上的相互背离与思想观念上内在矛盾的一致性以及孔子神话思想的内在矛盾是多么深刻和尖锐！

总而言之，孔子神话思想的这种矛盾状态，归根到底是时代理性精神

---

① ［德］恩斯特·卡西尔：《国家的神话》，第211页。
② 关于实践仁德与知命之间的关系，详拙作《信仰的开禁，观念的解放——孔子天命观新说》，《天津社会科学》1995年第2期。
③ 《论语·述而》。
④ 《论语·子罕》。
⑤ 《孔子编年》卷五。

与传统宗教观念激烈冲突，多神信仰向一神信仰转化的必然反映。孔子对于至上神的信仰已经初步建立起来，但多神信仰并没有彻底消失，宗教及其信仰形态过渡阶段的复杂状态在孔子身上表现十分突出。像这样具体反映一位伟大思想家信仰转化过程的事例在宗教思想史上并不多见，这恰好说明研究孔子神话思想的巨大价值。

刊于《中州学刊》1996 年第 1 期，
人大复印报刊资料《中国古代、近代文学研究》1996 年第 6 期全文转载。

墨子与帝王天命神话

神话学理论认为，按历史形态可以将神话分为原始神话、奴隶制社会神话和封建社会神话①。奴隶制社会神话主要是叙述奴隶制时代某些王朝开国帝王（半人半神的先王）的神异故事，因此又称帝王天命神话，如成汤放桀、武王伐纣的故事等。十分明显，这些神异故事是将成汤、文、武周王等神化，将他们推翻旧王朝、建立新王朝的历史神话化的结果。先王的历史神话化是我国古代思想文化发展过程中的重要现象，其规模、程度和影响，即使是从古代世界的范围看，也是相当突出的，所以，这一现象早已得到神话学者的充分肯定②。那么，这具有重要意义和价值的帝王天命神话产生的过程如何，又是谁的创作？原来，帝王天命神话的创作者既不是"祖述尧舜，宪章文武"（《礼记·中庸》）的孔子，也不是力主"道不过三代，法不贰后王"（《荀子·王制》）的荀子，而是"摩顶放踵利天下为之"（《孟子·尽心上》），颇具实践精神的墨子。具有崇高使命感的墨子向以"兼爱"、"非攻"的思想主张和自然科学领域里的杰出成就为世人所瞩目，至于对神奇虚幻的神话发展方面的贡献，似乎从来被认为与墨子无缘。其实，这是一个很大的误解；忽略了这个方面，对于认识墨子以及中国神话的发展都是不够全面的。

一

以半人半神的先王的神异故事为中心的帝王天命神话，其前提是将先

---

① 参阅拙作《试论奴隶制时代神话》，《天津社会科学》1991年第2期、《中国神话的分类和〈山海经〉的神话文献价值》（见本书）。
② 参阅袁珂《古神话选释》有关部分。

王神化，赋予其超自然的神奇特征，而产生于殷周时代的上帝观念和天命论思想正好满足了这种需要。中国思想史表明，殷商时代已产生了明确的至上神观念和天命论思想。殷人称自己的祖先神为帝或上帝，他们则是上帝的子孙，因而自己也被神化，先天地具有超现实的神奇特征。上帝是世界的主宰，他们代上帝统治这个世界，一切听命于上帝。在此基础上，周人的上帝观念又有新的发展，提出了君权神授和天命转移思想。所谓天命转移思想，是说上帝对他在人间的代理者是有选择的，即把统治天下的权力只授给那些"敬天保民"也就是敬顺天意、爱惜人民、具有很高道德修养的君王；达不到这样的条件，上帝就要另选他人。十分明显，这是道德观念渗入宗教思想的结果。可以看出，殷人、周人的上帝观念和天命论思想虽有不同，但在实质上都是以天命神学为核心的宗教世界观。

不过，从实际情况看，对于每一位帝王的神化程度并不一致，这主要是由于每位帝王的作为和功绩不同以及由此决定的历史地位和影响的不同。其中神化最充分甚至成为膜拜偶像的是成汤和文、武周王，这是因为他们都经历了震撼天地的重大的历史事变。

我国奴隶制时代有两次意义重大的王朝更迭：一次是以成汤放桀为中心的商代夏，一次是以武王伐纣为中心的周代商。这两次王朝更迭由于反映了广大人民的利益和愿望，符合历史前进的方向，因此得到广大人民的支持和拥护，最终发展成为有数十万奴隶参加的轰轰烈烈的伟大斗争。旧王朝的迅速土崩瓦解，充分显示了以商汤和文、武周王为代表的新生力量的巨大威力，他们因而也成为人们心目中的神奇英雄。这就是说，正是历史潮流和排山倒海的群众斗争造就了非凡的人物，而这正是他们被神化的历史基础。因此，对这些帝王的神化在历史事变进行的当时就已开始，从而使历史进程一直笼罩着神秘的气氛。例如，在两次王朝更迭的激烈斗争中，成汤和文、武周王本人都是以恭行天讨的上帝意志的实施者自居的。在对夏桀发起总攻的动员中，成汤发出铮铮誓词："格尔众庶，悉听朕言。非台小子敢行称乱，有夏多罪，天命殛之。"（《尚书·汤誓》）在对殷纣发起总攻的动员中，武王也发出铮铮誓词："今予发，惟恭行天之罚……夫子勖哉！"（《尚书·牧誓》）成汤和武王都说自己的行动是奉行上帝的旨意，完成神圣的使命。这样神化自己，证明自己的行动符合天意，自然也就为新王朝的建立做了必要的思想准备。

这些帝王生前作为上帝的儿子代天行治，死后灵魂升天，成为神祇。

"文王陟降，在帝左右"（《诗经·大雅·文王》），就是说他们的神灵和上帝一起继续保佑他在地上的子孙。除《大雅》中的《文王》《文王有声》之外，《颂》诗中也有大量的神化祖先的诗歌。这些连同商代祭祀祖先的大量记录，充分说明对先王的神化是当时的一种普遍观念。

二

从帝王的被神化到墨子创作帝王天命神话，即帝王天命神话的正式诞生，经历了漫长的过程。考察这个过程，了解它出现的轨迹，对于认识帝王天命神话的性质和意义以及墨子在这方面的贡献都是很有帮助的。

在墨子创作出帝王天命神话之前，有关的材料主要集中在《诗经》和《山海经》中。《诗经》中涉及文王、武王灭商及有关史实的诗篇主要有《大明》和《皇矣》，涉及成汤灭夏及有关史实的诗篇主要有《玄鸟》和《长发》。

《大明》是周民族的开国史诗之一，从周先王王季娶大任的不平凡婚姻写起，中经文王诞生，周民族不断发展壮大，一直写到武王伐纣推翻殷商统治为止。全诗共八章，后三章是：

> 有命自天，命此文王，于周于京。缵女维莘，长子维行，笃生武王。保右命尔，燮伐大商。
>
> 殷商之旅，其会如林。矢于牧野："维予侯兴。上帝临女，无贰尔心。"
>
> 牧野洋洋，檀车煌煌，驷騵彭彭。维师尚父，时维鹰扬。凉彼武王，肆伐大商，会朝清明。

这三章主要写了两个内容：一是神化文王、武王，写他们受命于天，肩负推翻殷商、建立周朝的神圣使命；二是写牧野之战，形象鲜明地再现了威武雄壮的军容以及战争取得的辉煌胜利。

《皇矣》也是周民族的开国史诗之一，写太王开辟岐山，反击昆夷入侵和文王伐密、伐崇，为周王朝奠定基业的故事。全诗分八章，后四章是：

帝谓文王，无然畔援，无然歆羡，诞先登于岸。密人不恭，敢距大邦，白阮阻共。王赫斯怒，爰整其旅，以按徂旅，以笃于周祜，以对于天下。

　　依其在京，侵自阮疆，陟我高冈。无矢我陵，我陵我阿；无饮我泉，我泉我池。度其鲜原，居岐之阳，在渭之将，万邦之方，下民之王。

　　帝谓文王，予怀明德，不大声以色，不长夏以革，不识不知，顺帝之则。帝谓文王，询尔仇方，同尔兄弟，以尔钩援，与尔临冲，以伐崇墉。

　　临冲闲闲，崇墉言言，执讯连连，攸馘安安。是类是祃，是致是附，四方以无侮。临冲茀茀，崇墉仡仡。是伐是肆，是绝是忽，四方以无拂。

　　这四章诗主要写了三个内容：一是写神化文王，诗中先后三次出现"帝谓文王"，文王与上帝直接对话，极力显示他受命于天，神奇不凡；二是写文王的崇高品德，能够团结邻国，得到天下人的拥护；三是写强大军威和伐密、伐崇取得胜利。

　　以上两首诗歌（部分）在内容上的共同点都有对先王的神化和关于战争的叙述。前者体现了神秘天命论的宗教观念，后者主要根据有关的历史和传说。对先王的神化和战争进程各自还保持着自身的特点，彼此还没有有机地结合起来，而战争进程部分尚未经宗教神话观念浸染，基本上拘泥于历史事实本身，诗中的上帝经过思维过滤汰去了所有的具体特征，而成为抽象的精神存在。他对人间万事的主宰似乎仅仅凭借精神感召，就是说，上帝与人世之间的联系仅仅靠着神秘宗教观念联系，而缺乏神话中常见的由某些具体神祇所充当的中介。除了信仰中抽象的上帝和神化的先王之外，诗中没有任何神奇现象，没有任何违背经验和理性的成分，因此也就没有任何作为神话重要特征的荒诞和离奇；相反，一切都是那样切中事理和符合常情。正是由于这太多的历史因果关系和种种神圣的道德原则完全抑制和束缚了想象的翅膀，暗中消解了神话的特质和因素，所以最终仅仅形成了风格凝重、思想神秘的史诗，而没有创作出神采飞扬、想象腾跃的神话。十分明显，在这样的史诗中不乏天命德化和统治阶级神威的说教，而缺乏神话的坦率和真诚。

《商颂》中的《玄鸟》《长发》等诗，就其有关商汤推翻夏朝、建立商朝的部分看，其性质与《大明》《皇矣》相似，也是天命论的宗教说教胜过神话的想象，这里不再重复。

除《诗经》之外，《山海经》也载有商汤放桀的材料①。《山海经·大荒西经》：

> 有人无首，操戈盾立，名曰夏耕之尸。故成汤伐夏桀于章山，克之，斩耕厥前。耕既立，无首。走厥咎，乃降于巫山。

耕即夏耕，夏桀的臣子。在商汤推翻夏朝的斗争中，夏耕站在夏桀一面，反对商汤，被商汤斩首后，仍可站立和行走，并且为逃脱罪责而"乃降于巫山"即"自窜于巫山"（郭璞《山海经传》）继续顽抗。关于他的特征，郭璞说是"亦形天尸之类"（同上），就是说，他被斩首后，与"以乳为目，以脐为口，操干盾以舞"（《山海经·海外西经》）的刑天一样。可见，夏耕不是一个现实中的常人，而是一个超自然的神话人物。这段故事违背经验和常理，纯系想象的产物，因而具有某些神话特征。

关于商汤放桀，在墨子之前，真正具有神话特征的材料，可以说仅此一则而已。可惜它仅仅是一个孤零零的片断，既不见前因后果，也不知它在商汤放桀的故事整体中的地位，更不知它与有关事件的联系，所以，尽管有这样一则神话，但在商汤放桀的故事整体中，并没有占什么重要地位。

综上所述，春秋时代之前，《诗经》中的成汤放桀、武王伐纣故事还仅仅是神化的帝王加有关战争进程的史实，二者没有有机结合起来，更没有形成神话。《山海经》虽有关于成汤放桀的神话，但却是零星片断，缺乏完整的故事，根本不能反映历史事变的全貌。这一切都说明，直到春秋时代帝王天命神话仍处于孕育过程当中，而没有正式形成。不过，正是这些材料为墨子创作帝王天命神话提供了必要的借鉴和准备。

---

① 一般认为《山海经》成书于战国时代，搜集资料的范围很广：上至殷商乃至原始时代，所以，这里把《山海经》中成汤斩夏耕的记载作为墨子之前的资料看待。

三

关于成汤放桀、武王伐纣的故事，经过长期发展和充实，至春秋时代终于成熟，这就是墨子所创作的帝王天命神话。墨子笔下的帝王天命神话已摆脱了史实的束缚，突破了零星片断的格局，而呈现出一副全新的面貌。

关于成汤放桀，推翻夏朝的神话故事，《墨子·非攻》所记如下：

> 遝至乎夏王桀，天有酷①命，日月不时，寒暑杂至，五谷焦死，鬼呼国，鹤鸣十夕余。天乃命汤于镳宫，用受夏之大命："夏德大乱，予既卒其命于天矣，往而诛之，必使汝堪之。"汤焉敢奉率其众，是以乡有夏之境。帝乃使阴暴毁有夏之城。少少有神来告曰："夏德大乱，往攻之，予必使汝大堪之，予既受命于天。"天命融隆火于夏之城间西北之隅。汤奉桀众以克有（夏），属诸侯于薄，荐章天命，通于四方，而天下诸侯莫敢不宾服。则此汤之所以诛桀也。

关于武王伐纣，推翻商朝的神话故事，《墨子·非攻下》所记如下：

> 遝至乎商王纣，天不序其德，祀用失时，兼夜中十日，雨土于薄，九鼎迁止，妇妖宵出，有鬼宵吟，有女为男，天雨肉，棘生乎国道，王兄自纵也。赤鸟衔珪，降周之岐社，曰："天命周文王，伐殷有国。"泰颠来宾，河出绿图，地出乘黄。武王践功，梦见三神曰："予既沈渍殷纣于酒德矣，往攻之，予必使汝大堪之。"武王乃攻狂夫。反商之周，天赐武王黄鸟之旗。王既已克殷，成帝之来，分主诸神，祀纣先王，通维四夷，而天下莫不宾，焉袭汤之绪。此即武王之所以诛纣也。

十分明显，墨子笔下的商汤放桀、武王伐纣故事已具备了鲜明的神话特征，这不仅表现在故事的完整和情节的曲折方面，更重要的是把所崇拜

---

① 酷，据孙诒让说改，见《墨子间诂》。

的超自然的神秘力量贯穿于历史事件之中，使人间发生的故事充满了神奇特征。从思维方式的角度看，也就是放弃了现实的方式而采取幻想的方式来反映历史的进程。所以，他能够在历史进程的大框架内充分展开想象，营造出一个奇异的神话天地。在这里，时间和空间的界限完全被打破，天地相通，人神合一，上演了一出威武雄壮的戏剧。其中作为正义力量代表和象征的成汤和文、武周王既是现实中的人，又是超自然的神，可以仰接上帝，俯对众生。更为重要的是，这里的上帝与《大明》《皇矣》中作为抽象宗教观念存在的上帝不同，而明显具有神话行为特征。如他亲自出场直接面授机宜，派遣诸神直接参加战争，赐给武王黄鸟之旗等。这诸多的行为和言论，终于使他突破宗教的神龛，走出抽象，成为具体可感的神话形象。尽管其行为还欠力度，形象还欠丰满，但毕竟已经迈出了从宗教走向神话的关键一步，其性质发生了重要变化。"神话是宗教信仰和宗教态度的原始智力表达形式……也是人类的一种复杂的见解。这种见解是富于戏剧性的，而非一种简单的合理陈述。这种富有戏剧性的见解包含着思想和感情、态度和情调。"① 这就是说，在精神内涵和智力水平上神话要远高于宗教。

除此之外，由宗教向神话倾斜还突出表现在直接引进神话，让原始诸神直接参加这场重大的斗争，如让火神祝融放火攻城，让雷神丰隆以雷毁物②，以及让三神、赤鸟充当使者传达上帝的旨意等。在上古两次正义与邪恶大决战的神话中，诸神是一支非常活跃的力量，并发挥了重要的作用。

还需要指出的是，墨子笔下的帝王天命神话除了天命观念之外，还有明显的祥瑞观念和天人感应思想，其思想成分是多样而复杂的。这些与本文主旨关系不大，不再进行论述。

总而言之，作为神话分类形态之一的帝王天命神话，熔历史事实、宗教和神话成分于一炉，由多种不同的文化因素构成：奴隶制社会盛行的天命论神学思想为它提供了观念根据，刚刚逝去的原始神话是它借鉴的主要形式，浩大激烈的改朝换代斗争为它提供了重大题材。可见，帝王天命神

---

① ［美］托马斯·F. 奥戴:《宗教社会学》，刘润忠等译，中国社会科学出版社1990年版，第75页。
② 将"帝乃使阴暴毁有夏之城"解释为雷神丰隆云云，是根据王焕镳《墨子校释》之说。

话的诞生绝非偶然，而是多种因素齐备的重要历史性成果。

四

墨子所记录的帝王天命神话，可能是墨子个人独立完成，也可能是在民间流行的故事传说的基础上经他加工改写而成，究竟属于哪种情况，由于资料的缺乏，现在已无法断定。不过，即使是属于后一种情况，即有民间传说故事作为基础，也不能否认墨子个人创作的性质，更何况其中融入了很多他个人的东西。

把帝王天命神话作为神话学的一类，并不意味着它与原始神话具有相同的性质。实际恰好相反，除了内容不同之外，它还以其鲜明的个人色彩而与作为集体无意识产物的原始神话相区别。具体说来，就是在帝王天命神话中体现着墨子个人的认识和观点，渗透着个人的感情和评价。这内在地决定了这些神话在思想内容上的突出特点：

一、突出了新旧王朝斗争的社会道德意义，表现出正义战胜非正义、善良战胜邪恶的坚定信念。

在墨子看来，成汤放桀、武王伐纣不是一般的王朝更迭，也不仅仅是不同族姓的权力之争，而是正义与非王义之间、善良与邪恶之间矛盾发展的必然结果，是一场不可调和的生死斗争。成汤，文、武周王是正义与善良的代表，夏桀与商纣是非正义与邪恶的代表。他说成汤，文、武周王"上尊天，中事鬼神，下爱人……故使贵为天子，富有天下，业万世子孙，传称其善，方施天下，至今称之，谓之圣王"（《墨子·天志上》）。可见，成汤、文、武周王是以善著称于天下的。而夏桀、商纣则倒行逆施，作恶多端，是非正义和邪恶的代表，"昔者殷王纣贵为天子，富有天下，上诟天侮鬼，下殃傲天下之万民：播弃黎老，贼诛孩子，楚毒无罪，刳剔孕妇，庶旧鳏寡，号咷无告也。"（《墨子·明鬼下》）善、恶本是对人类行为的道德评价，属于伦理道德范畴，但是，在墨子的著作中，它不仅包括伦理道德，而且把政治、哲学也囊括在内，总之，是把凡是符合"兼相爱"、"交相利"主张的都归于善，反之则为恶。可见，在帝王天命神话中墨子扩充了道德的范畴，提升了道德的价值，空前强调了道德的重要性。

由于这场斗争包含着如此丰富的社会政治和道德内容，因而超越了一般的王朝更迭和争权夺利，而具有丰富的社会意义。事实上，夏桀、商纣作为昏君和暴君已经成为历史前进的障碍，推翻他们的罪恶统治，完全符合人民的愿望和要求，符合历史前进的方向，是应当予以充分肯定的。

墨子认为，以成汤和文、武周王为代表的善良和正义力量符合天意，因而会受到上帝的支持和保佑，而以夏桀和商纣为代表的邪恶腐朽势力完全违背天意，因而会受到上帝的谴责和惩罚。"昔三代圣王禹、汤、文、武，此顺天意而得赏也；昔三代之暴王桀、纣、幽、厉，此反天意而得罚者也。"（《墨子·天志上》）在墨子看来，正是由于天的赏罚有加，才使旧王朝很快土崩瓦解，新王朝迅速建立。这里充分反映出墨子对于正义战胜非正义、善良战胜邪恶的坚定信念。

二、墨子对于帝王天命神话的叙述充满了感情色彩，体现着他对历史事件的态度和评价。

与天命论神学的宗教说教相比，墨子笔下的帝王天命神话的这一特征非常明显。对于成汤、文、武周王兴师除暴的正义举动和夏桀、商纣种种倒行逆施，字里行间流露着爱憎分明的强烈感情。对于"圣王"正义举动的赞美和颂扬，对于"暴王"邪恶勾当的憎恶和痛斥鲜明地反映出墨子的进步立场和倾向。墨子特别具体地描绘了夏桀、商纣灭亡之前的物象变化：夏桀灭亡之前，"天有酷命，日月不时，寒暑杂至，五谷焦死，鬼呼国，鹤鸣十夕余。"商纣灭亡之前，"天不序其德，祀用失时，兼夜中十日，雨土于薄，九鼎迁止，妇妖宵出，有鬼宵吟，有女为男，天雨肉，棘生乎国道，王兄自纵也。"在这段实际物象与神秘幻象相交织的图景中，一片阴风凄雨，妖魔横行，充满了凄惨和阴森恐怖的气氛，说明"暴王"的倒行逆施引起天怨人怒，预示着王朝末日的来临。在叙述故事中，墨子十分注意用字的褒贬意义。有人说成汤推翻夏桀，武王推翻商纣是汤攻桀、武王攻纣，墨子反驳道："子未察吾言之类，未明其故者也。彼非所谓攻，谓诛也。"一字之差，有正义与非正义、有道与无道之别，体现了墨子对成汤放桀、武王伐纣的严正立场和明确认识。在叙述成汤放桀、武王伐纣的神话故事后，分别有这样总括性的句子："则此汤之所以诛桀也"、"此即武王之所以诛纣也"。让人明显感觉到墨子对于正义战胜非正义、善良战胜邪恶的由衷喜悦与自豪。

五

与春秋时代一般思想家的宗教思想多是包容在其哲学观点中，甚至是作为哲学主张附属物的情况不同，墨子的宗教思想多是以独立的和直接的形态出现；而且就宗教思想在全部思想中的地位而言，墨子的宗教思想比其他思想家更加突出。这种情况在客观上为我们认识墨子宗教思想的特点及其与创作帝王天命神话的关系，提供了很大的方便。题目所限，本文不可能全面考察墨子的宗教思想，只能就与帝王天命神话创作有关的问题谈几点看法：

一、墨子宗教观念中的上帝具有多种属性和特征。

像一切人为宗教一样，墨子的宗教思想也肯定宇宙之上有一个绝对权威——上帝。上帝又称天，具有丰富的内涵和多项意义。第一，作为最高权威，上帝不但决定人间的一切，而且还是一切道德和是非的标准。"今天下之君子之欲为仁义者，则不可不察义之所从出……天为贵、天为知而已矣，然则义果自天出矣！"（《墨子·天志中》）既然善恶、是非的标准出自天，那么，要为善除恶成就大业，当然就必须法天。也只有法天行正道才能得到上帝的保佑。在《法仪》一文中，墨子充分讲述了这个道理。善恶、是非的标准是理性精神的体现，由此不难看出墨子上帝观念中的理性内涵。第二，除理性内涵之外，墨子观念中的上帝还有明显的感情因素：上帝有爱、有憎、有种种强烈的欲望。"然则天亦何欲何恶？天欲义而恶不义……然则何以知天之欲义而恶不义？曰：天下有义则生，无义则死；有义则富，无义则贫；有义则治，无义则乱。然则天欲其生而恶其死，欲其富而恶其贫，欲其治而恶其乱……"（《墨子·天志上》）可以看出，上帝像人一样具有种种心理活动。第三，墨子观念中的上帝也有实际利害关系，因而也要趋利避害。上帝的利害关系与天下百姓的利害关系相一致，所以，对天下百姓有利的事，对上帝也有利。例如"圣王"在位，为政得道，使"上可而利天，中可而利鬼，下可而利人"（《墨子·尚贤下》）。"暴王"在位，为政失道，则恰好相反，既不利天帝鬼神，也不利普通百姓。第四，既有爱憎和趋利避害，当然就要付诸实践，上帝的实践方式主要是赏善罚暴："天子为善，天能赏之；天子为暴，天能罚之。"（《墨子·天志中》）所以，"圣王"如禹、汤、文、武周王都曾受到天的赏赐而得天下，"暴王"如桀、纣都曾受到天的惩罚而失天下。

二、提高了鬼在宗教世界中的地位，拉近了宗教世界与人世的距离。

一般的宗教除上帝之外多以神为主体，而墨子的宗教观念则以鬼为主体，提高了鬼在宗教世界中的地位。通观墨子的著作可以知道，他所说的鬼是一个宽泛而庞杂的概念，既包括人死后的灵魂（即一般所说的鬼或鬼魂），又包括神话中的诸神（即一般所说的神或神灵）。《墨子·明鬼》云："古之今之为鬼，非他也，有天鬼，亦有山水鬼神者，亦有人死而为鬼者。"其中，"人死而为鬼"指的就是一般意义的鬼，比较好理解。墨子以文王为例，说明他死后灵魂升天，"在帝左右"（《诗经·大雅·文王》）成为与神同格的鬼。所谓"山水鬼神"是指山神、水神等，即一般所说的自然神祇。"天鬼"之"天"在这里不是作为最高权威的上帝之"天"，而是与山水同位的自然之"天"，因此，天鬼就是关于天的自然神祇。可见，墨子所说的鬼其实就是神而范围有所扩大。因此，鬼（包括神和鬼）也像神一样具有超自然的神奇本领，做出常人不可能做出的奇迹。不仅如此，鬼也有爱憎和欲望，有趋利避害的要求，这一点与上帝是一样的。他的专职是传达上帝的旨意给人间，并受上帝派遣，协助人间完成除暴任务。

在墨子的宗教观念中，鬼不但与神并列，而且将神祇一并以鬼称之，同时，在墨子所构建的宗教世界里，鬼和神常常同上帝一起活动。这样不但赋予鬼以全新的内容，而且空前地提高了鬼在宗教世界中的地位。由于有些鬼生前为人，与人世有着千丝万缕的联系，因此，鬼作为主体走进宗教世界，必将导致这个宗教向人世靠拢，增强神鬼参与人间事变的兴趣。

三、处理人间事变时，上帝和鬼神都以"义人"为"干主"。

墨子的宗教思想认为，谁兴谁亡由上帝决定，但人间的历史毕竟是人间的事，因此，应当以人为主。他说："义人在上，天下必治。上帝山川鬼神必有干主，万民被其大利。"（《墨子·非命上》）这就是说，要实现上帝的旨意，使天下大治，上帝、鬼神也要以"义人"为"干主"，即以"义人"为主要的依靠和凭借。所谓"义人"就是那些具有兼爱、互利精神，能够主持正义的人，实际上主要就是指那些具有明德的"圣王"。墨子认为，上帝的旨意通过鬼神传达给"圣王"，并由鬼神协助"圣王"去完成。在前面所举的成汤放桀、武王伐纣的神话故事中，其主角不是上帝，也不是鬼神，而是成汤，文、武周王，其根据正在这里。可以看出，墨子一方面强调上帝的权威主导作用，另一方面又强调"义人"的主观能动作用，二者存在着一定的矛盾。这反映出墨子的宗教观念和哲学思想具有某些二元论的倾向。

综上所述，可以看出，墨子观念中的宗教世界由三部分构成：（一）作为世界最高权威和主宰的上帝；（二）传达和辅助执行上帝旨意的鬼神；（三）作为上帝和鬼神"干主"的半人半神式的"义人"。从上帝、鬼神对人世的靠拢、对人间事变的关切以及强烈的参与兴趣，从他们身上所具有的与人相近的诸多品性，如爱、憎和种种欲望以及有关的行动，说明他们已经具有某些与宗教性质不相称的"人性"和"人情味"因素。正是因为如此，当墨子以这样的宗教观念观察夏、商、周三朝历史变迁的时候，便十分自然地创作出一种与原始神话不同的新的形态的神话——帝王天命神话。也就是说，墨子创作的帝王天命神话，处处可以从他的宗教观念中找到根据，反之，他的帝王天命神话处处都是他的宗教观念的形象表现。

六

从前边的论述可以知道，自殷商、西周直到春秋时代，只有对于商汤、文、武周王的神化，而基本上没有关于这些先王的帝王天命神话故事。这种情况直到墨子创作出比较完整的帝王天命神话故事才发生了根本变化。墨子是我国神话发展史上第一个创作这类神话的哲学家。他的这一创举丰富了神话的种类，填补了神话领域的空白，并对神话，特别是帝王天命神话以及有关的文学创作产生了深远的影响。这只要看一看墨子之后帝王天命神话的发展情况就会十分清楚。

一个最为明显的现象是，墨子之后记录帝王天命神话的典籍陡然增多，其中主要有《晏子春秋》《吕氏春秋》《帝王世纪》《太公金匮》《六韬》以及《淮南子》《史记》《论衡》《拾遗记》《搜神记》和《列女传》等[①]。这种热闹局面与墨子之前的情况形成的鲜明对比，正是墨子巨大影响的表现。墨子之后帝王天命神话不只是数量多，历久不衰，而且故事越来越神奇，人物越来越多，同时妖氛魔幻也越来越浓烈。在此基础上，才

---

① 《太公全匮》和《六韬》具体成书年代不可考，但在墨子之后是可以肯定的。

出现了"封国以报功臣,封神以妥功鬼"① 的神魔小说《封神演义》(又称《封神传》)。《封神演义》以武王伐纣为中心,反映周代商的重要历史变迁。作者把这一斗争作为正义力量与非正义力量之间的决战加以描写,并表现出爱憎分明的强烈倾向。这一重要的思想成就与墨子在帝王天命神话中表现的进步思想完全一致,其继承关系是十分明显的。在《封神演义》中,如果除去牵扯仙佛过多,渲染法术神通过炽之外,而仅就诸神参战赏善罚暴的幻想形式而言,其实还是滥觞于《墨子》,是帝王天命神话发展的结果。

墨子在中国神话发展史上的地位和贡献以及深远的影响应当予以充分肯定。

原刊于《文学遗产》1997 年第 3 期。

---

① 鲁迅:《中国小说史略》,人民文学出版社 1973 年版,第 143 页。

试论庄子的宇宙观[*]

庄子在重点探索人生哲学的同时,还涉及自然哲学问题,注意并思考自然和宇宙本体,从而形成了他的宇宙观。宇宙观不但是哲学家哲学思想体系的重要组成部分,而且也是其全部哲学思想得以建立的基础,因此考察庄子宇宙观的具体内涵、本质特征以及与其哲学思想之间的关系,不但有助于从内在的逻辑关系上理解其哲学思想体系,理清庄子研究中存在的混乱,消除造成这种混乱的认识根源,而且有助于正确认识和评价庄子在自然哲学史方面的成就、贡献和在自然哲学史上的地位。

一　关于宇宙的性质和构成

庄子对于宇宙的认识主要包括两方面的内容:一是对于宇宙性质和特征的认识,二是对于宇宙空间构成的认识。

第一个问题:庄子对于宇宙性质和特征的认识。

宇宙包括具有内在联系的时间和空间两个方面,但人类对它们的把握却远不是同时的:比起空间,时间显得更为神秘和奥妙,把握它因而也更加困难。当然,无论是把握空间观念,还是把握时间观念,都是在漫长历史中不断实践和艰难思维的结果,是人类文化进步的历史性成就。庄子对于宇宙的认识同时涵盖了空间、时间两个方面,这本身就说明在庄子的宇宙观念中时间和空间是不可分的。庄子对于宇宙空间认识的突出成就,首先在于注意到宇宙空间至大无极的特征,也就是肯定了宇宙空间的无限性。《逍遥游》:

---

[*] 本文考察庄子的宇宙观,以其本人的作品内篇为根据,而不包括外篇和杂篇。

> 天之苍色，其正色邪？其远而无所至极邪？其视下也，亦若是则已矣。
>
> 汤问棘曰："上下四方有极乎？"棘曰："无极之外，复无极也。"

指出"无所至极"还不够，又针对提问，特别指出"无极之外，复无极"，可以说把宇宙空间不可穷尽的特征表达得十分肯定。除此之外，《应帝王》还特别指出："予方将与造物者为人，厌，则又乘夫莽眇之鸟，以出六极之外，而游无何有之乡，以处圹垠之野……"、"无何有之乡"、"圹垠之野"都是指无限的空间，进一步肯定了"六极之外"（即六合之外）空间是无限的。当然，庄子如此强调和突出宇宙空间的无限性，与他的宗教观念有直接关系（详后）。

关于庄子对于宇宙起源的观点，也就是对于时间有无开始的认识。《齐物论》：

> 有始也者，有未始有始也者，有未始有夫未始有始也者。

这是推论宇宙究竟有没有开始，大意是说开始之前还有开始，以此上推，可以无穷，没有极限，因而宇宙也就不可能有开始。这里，宇宙主要是就时间而言，是说时间没有开始。

这是庄子关于时间无始的观点。再看庄子关于时间无终的观点。《大宗师》：

> ……夜旦之常，天也。
>
> 若人之形者，万化而未始有极也，其为乐可胜计邪！故圣人将游于物之所不得遁而皆存。

这里所引的两句话，前者是说永远有黑夜、白天是自然规律，夜旦无尽也就是时间无尽。后者虽是就人的形体变化而言，但肯定万化"未始有极"却是以时间没有穷尽的观念为前提，这是一方面。再看另一方面：本句的后半句，有的学者理解为："故宇宙者，庄子所谓'物之所不得遁'者也。既为'物之所不得遁',故宇宙无终。"① 这完全符合庄子的原意：宇宙永存,时间无终。

可以看出,庄子没有把空间和时间割裂开来,而是从空间与时间的联系方面加以把握,肯定了空间无极,时间无穷,从而正确揭示了宇宙至大无极的无限性和无始无终的永恒性的基本特征。

第二个问题：庄子对于宇宙空间构成的认识。

上述庄子对于宇宙性质和特征的认识,符合宇宙的本来面貌,是庄子从实践理性精神出发对宇宙本体的探索,反映了他思想的符合科学精神的进步的一面；但在他的宇宙论的另一部分,即关于宇宙空间构成的认识中,他的思想还被传统宗教巫术观念紧紧地束缚着,理性精神则被完全排斥在外,表现出其思想蒙昧和荒谬的一面。

庄子认为,宇宙空间可以分为六合之内与六合之外两大部分,全部宇宙就是由这两大部分构成。《齐物论》：

> 六合之外,圣人存而不论；六合之内,圣人论而不议。

从圣人的不同态度可以知道,六合之外与六合之内是完全不同的两个空间,二者当然各有所指,那么,它们各自所指的究竟是什么呢？一般认为,六合是指东、西、南、北、上、下,但具体说来,东、西、南、北各到哪里,上、下各止于何处,这个问题平时似乎可以不去深究,但这里将六合分为六合之内与六合之外,内、外之间总要有个界限,这个问题就不能再回避了。《山海经·海外南经》：

> 地之所载,六合之间,四海之内,照之以日月,经之以星辰,纪之以四时,要之以太岁。

《淮南子·地形训》在移录上面的记载之后,接着特别补充道：

> 天地之间,九州岛八极②。

---

① 冯友兰：《人生哲学》,广西师范大学出版社 2005 年版,第 160 页。
② 刘文典：《淮南鸿烈集解》,中华书局 1989 年版,第 130 页。

这里的"天地之间"就是上面所引《山海经·海外南经》的"六合之间"。可见，六合之内（即六合之间）除了指九州岛、八极，也就是泛指地上所载的一切之外，还包括附近的近空空间。就是说，"六合之间"所说的天地之间，是指九州岛、八极及其近空空间，而不包括高空空间。既然如此，六合之外当然就是指天地间之外的高空空间了。那么，作为天地间之外的高空空间是个什么概念，它在古人心目中是什么样子呢？《楚辞·远游》的如下记载可作参考：

下峥嵘而无地兮，上寥廓而无天。视倏忽而无见兮，听惝恍而无闻。超无为以至清兮，与泰初而为邻①。

可见六合之外是天地形成之前就已经存在的寥廓、至清的无限空间（为什么说它无限，详后）。天地分离成为六合之内以后，它也就成为六合之外了。因为它在天地间之外（即六合之外）的高空，其上无限，故曰"上寥廓而无天"；其下是属于六合之内的近空，故曰"下峥嵘而无地"。

庄子给天分层，把天空分为近空和高空，是符合古代人们的天空观念的。与庄子同时代稍后的屈原曾就天的分层问题发过问："圜则九重，孰营度之？惟兹何功？孰初作之？"（《天问》）九重即天分九层：自地而上为月天、水天、金天、日天、火天、木天、土土、恒星土，至最高一层为宗动天。（天分九重，还有不同说法，略）至于六合之内、六合之外各包括哪几层天，庄子没有说明，不好妄断。

在庄子的观念中，六合之内与六合之外虽都是宇宙空间的组成部分，但二者是不是都是无限的呢？答案是否定的。如前所说，六合是指东、西、南、北和上、下，是一个广大的三维空间。这个空间虽然广大，但却不是无限的，因为在它的外面还有一个更大的空间——六合之外。"至大无外"，六合之内既然有外，可见不是至大，更不是无限。而六合之外是"无"，什么也没有，可见六合之外才是"无外"的至大。

前面说过，庄子认为由六合之内与六合之外构成的宇宙空间"无所

---

① （宋）洪兴祖：《楚辞补注》，中华书局1983年版，第174—175页。

至极"、宇宙是无限的；我们又知道，六合之内是有限的空间。将这两点结合起来，可以知道庄子肯定宇宙的无限性特征，实际上是指六合之外无限。

这样看来，六合之内与六合之外是对应而言，一个是指天地间有限空间，另一个是指天地间近空之外的无限空间。整个宇宙就是由有限的六合之内与无限的六合之外这样两个不同的空间构成。

如果庄子对于宇宙的认识仅止于此，不再掺杂其他内容，那么尽管其中不无错误的认识，但基本上并未超出自然哲学的范畴，属于对自然本体的思考。问题在于：在他对宇宙的进一步思考中，传统宗教神话观念和内容便掺杂进来，他对宇宙的认识因而也越出了自然哲学的范畴，而与宗教神话观念紧密地纠缠在一起，他的宇宙观因而也变得复杂起来。

二 六合之内与六合之外：人寰与神界

在庄子的观念中，六合之内与六合之外不只是两个不同的宇宙空间，同时也是人寰与神界的分野：六合之内既是包括"九州岛八极"，显然就是人寰，活动主体当然主要就是人，即一般的凡人，此外还有大舟、草芥、大鹏、学鸠等万物，而六合之外的活动主体则是神和超人（为了行文的简便，我们把《庄子》内篇中所说的至人、神人、真人称为超人，下同）。这就是说，六合之内与六合之外虽然都是宇宙的组成部分，但由于其活动主体不同而成为两个完全不同的世界。

在六合之内即人寰中的人和物，都是在"有待"的状态下生存：无论是大舟还是草芥，也无论是"抟扶摇而上者九万里"的大鹏，还是"抢榆枋而止"的学鸠，无论是"智效一官"的卑鄙之人，还是"御风而行"的列子，其行为和举动都有所凭借、有所依赖，也就是都受着客观条件的限制和制约而不能随心所欲、任意而行。这种情况和状态就叫做"有所待"或"有待"。在凡人中，列子是最能说明"有待"与"无待"之间的区别的：我们知道，在庄子心目中，从壶子学道的列子，强烈向往得道，并且也有一定的道学修养，所谓"列子御风而行，泠然善也，旬有五日而后返。彼于致福者，未数数然也。此虽免乎行，犹有所待者也。"（《逍遥游》）可见，尽管如此，列子由于还"有所待者"而算不上得道之人①。所以"列子亦不足慕"②。由于列子修道还没有达到"无待"的境界，因此，他也只能在六合之内与凡人为伍。通观《庄子》内篇可以知道，庄子认为六合之内"有所待"的凡人不但不能超越自然规律任意而行，而且受着功名利禄、权势地位观念的束缚，在精神上也得不到真正的自由。

在庄子看来，具有精神上和行动上绝对自由的"无待"境界当然是人所向往的境界。但生活实践告诉庄子：六合之内的凡人不能超越自然规律任意而行，而只能在自然规律的制约下行动，所以六合之内的凡人不可能随心所欲，任意而为，即不可能享有实际行动上的绝对自由，而只能追求精神上的绝对自由。正是根据这一现实，庄子把六合之内凡人的得道的境界，即凡人的"无待"境界锁定在超然物外，达到精神上的绝对自由。《大宗师》对此有具体的描述：

> 吾犹告而守之，三日而后能外天下；已外天下矣，吾又守之，七日而后能外物；已外物矣，吾又守之，九日而后能外生；已外生矣，而后能朝彻；朝彻，而后能见独；见独，而后能无古今；无古今，而后能入于不死不生。

这是一段"述学道的进程"③：主要是说凡人学道经历了"外天下"、"外物"、"外生"、"朝彻"、"见独"、"无古今"和"入于不死不生"，所有这一切，最终都是为了达到"齐生死"、"等贵贱"、"万物如一"的精神自由，也就是达到凡人"无待"的精神境界，而没有一个是实际行动上的绝对自由境界。对凡人得道者而言，世界已经没有任何差别，因而他也就能够从是非、得失、贫富、生死等一切矛盾中解脱出来，达到精神上的永恒自由和宁静。

以上是庄子笔下作为人寰的六合之内及其活动主体凡人的得道的情况。那么，六合之外的情况如何，其活动主体又是什么呢？我们知道，与人寰相对的是神界，与人相对的是神和超人，那么，作为与六合之内相对

---

① 参阅《庄子·应帝王》关于壶子、列子的描述。
② （清）王先谦：《庄子集解》，中华书局1987年版，第4页。
③ 陈鼓应：《庄子今注今译》，中华书局1983年版，第167页。

而言的六合之外是不是就是神界，其活动主体是不是就是神和超人呢？答案是肯定的。

"六合之外，圣人存而不论"。看来，六合之外有其活动主体，只是"圣人不论"而已。庄子没有说明关于六合之外的活动主体究竟是谁，我们可以从其他有关文献中找到答案：原来，六合之外的活动主体就是神。《论语·述而》："子不语怪力乱神。"所谓"圣人存而不论"，不就是对"子不语怪力乱神"的概括吗？孔子"不语怪力乱神"是因为"力不由理，斯怪力也；神不由正，斯乱神也"①。但如何"不由理"，如何"不由正"，这里没有说明，《列子·汤问》对此作了具体的阐释："……然则亦有不待神灵而生，不待阴阳而形，不待日月而明，不待杀戮而夭，不待将迎而寿，不待五谷而食，不待缯纩而衣，不待舟车而行，其道自然，非圣人之所通也。"②可见，这个充满了怪异和荒谬的世界，圣人无法从人间常理和经验加以说明和解释，只好"存而不论"，而这恰好说明六合之外多"怪力乱神"，是一个充满神灵和怪异的神话世界。这是通过其他文献的间接证明；从直接方面看，庄子文章本身的证据同样具有说服力，他笔下六合之外的活动主体无一例外地都是神和超人：

> 若夫乘天地之正，而御六气之辩，以游无穷者，彼且恶乎待哉！故曰：至人无己，神人无功，圣人无名。（《逍遥游》）

> 藐姑射之山，有神人居焉……乘云气，御飞龙，而游乎四海之外……（《逍遥游》）

> 至人神矣！……乘云气，骑日月，而游乎四海之外……（《齐物论》）

上面引文中所说的至人、神人、圣人"以游无穷"，"无穷"，即无限的空间，当然是指六合之外。另外，关于"游乎四海之外"，正如有的学

---

① 《论语注疏》引李充说，见《十三经注疏》。
② 杨伯峻：《列子集释》，中华书局1979年版，第162—163页。

者指出的:"'以游无穷',也就是'游乎四海之外'、'游乎尘垢之外'"①,这说明在庄子的哲学话语中,四海之外,也是无穷,因而也就是指六合之外。(作为宇宙空间的六合之外,与现代人所说的四海之外是完全不同的两个概念,由于战国时代科学发展水平和认识能力的限制,庄子认为它们完全是一样的。详后)

从庄子对于六合之外的神与超人的以上描述可以知道,他们得道之后就不只是有精神上的绝对自由,更有实际行动上的绝对自由。所谓实际行动上的绝对自由,当然是庄子的想象,实际上并不存在,但庄子却信以为真:他是把神和超人超越时空、驾驭万物,不受人间伦理道德、利害关系限制,随心所欲,能够做人间凡人所做不到的任何事情,创造出凡人不敢想象的任何奇迹,作为真实的"现实"加以描述的,如"游无穷"、"乘云气,御飞龙,而游乎四海之外"、"乘云气,骑日月,而游乎四海之外"以及"入水不濡,入火不热"等。显然,这些绝不是简单地摆脱观念束缚的精神自由,而是突破时空和客观条件限制,超越自然规律,如物理的、生理的规律的实际行动的自由。庄子把不需要凭借和依赖客观条件,也就是彻底摆脱了客观规律和条件的限制和束缚,不但具有精神上的绝对自由,而且能够随心所欲、任意而行,还具有行动上的绝对自由,称之为"无待"——神和超人的"无待"。

综上所述,庄子观念中的六合之内与六合之外是完全不同的两个世界:不但活动主体不同,一个是凡人,一个是神和超人,而且得道所达到的"无待"境界也有所不同:六合之内凡人得道的"无待",其最高境界只能是达到精神上的绝对自由,而六合之外的神与超人,其得道的"无待"境界除了精神上的绝对自由之外,更有实际行动上的绝对自由。

三 庄子宇宙观的内在矛盾

上文指出,庄子笔下在四海之外(即六合之外)神游的都是神和超人,庄子对于这个神话世界多有描述。事实上,神和超人游乎四海之外是古代神话传说中的普遍现象,而不独《庄子》为然。在古代的神话传说中,自从天地分开以后(古代神话认为,起初天地是合一的),游乎四海

---

① 关锋:《庄子内篇译解和批判》,中华书局1961年版,第86页。

之外（即游于无限的六合之外）的都是神和超人，而没有凡人。

《山海经·大荒西经》：

> 西南海之外，赤水之南，流沙之西，有人珥两青蛇，乘两龙，名曰夏后开。开上三嫔于天，得《九辩》与《九歌》以下。

《山海经·大荒南经》：

> 东南海之外，甘水之间，有羲和之国。有女子曰羲和，方日浴于甘渊。羲和者，帝俊之妻，生十日。

《山海经·大荒北经》：

> 西北海之外，赤水之北，有章尾山。有神，人面蛇身而赤，直目正乘，其瞑乃晦，其视乃明，不食不寝不息，风雨是谒，是烛九阴，是谓烛龙。

> 东北海之外，大荒之中，河水之间，附禺之山，帝颛顼与九嫔葬焉……丘西有沈渊，颛顼所浴。

"西南海之外"、"东南海之外"、"西北海之外"、"东北海之外"，都属于所谓的"四海之外"（即六合之外），在那里活动的无论是"上三嫔于天"的夏后开，还是羲和、烛龙，一无例外地都是神或超人。上述例证说明，四海之外不但是为数众多的神和超人大显神通的地方，而且也是他们的发祥地和归宿，即出生和葬身的地方。可见，在古人心目中，四海之外是名副其实的神的王国。这说明，把四海之外（即六合之外）作为神话世界和神、超人的活动空间，不是庄子的凭空想象和创造，而是他采用了当时流行的神话传说，接受了这些神话传说所依托的宗教观念。这就是说，庄子在论证得道和"无待"的境界时，对于六合之外神话世界及其主体诸神和超人的描述，不过是在运用传统的宗教观念和神话思维方式来表述和论证自己的哲学思想。

传统宗教观念和神话思维方式的介入，使庄子的哲学思想跨出了人间，而兼容了神话王国，由此而引起了一系列的变化：庄子的宇宙观不再是自然哲学的一统天下，而成为宗教观念与自然哲学的混合体，并直接导致了庄子宇宙观的内在矛盾：

例如：其一，庄子一方面肯定宇宙没有开端，宇宙具有无始无终的永恒性，一方面又认为，道在宇宙之前，宇宙生于道。所谓"自本自根，未有天地自古以固存；神鬼神帝，生天生地……"（《大宗师》）显然，这是明确肯定了宇宙有开端。宇宙有无开端二者不能兼容，它们之间的相互斗争关系到重大的哲学问题，并贯穿于全部哲学史和宇宙论史：不承认宇宙有开端倾向于无神论，而"只要宇宙有一个开端就可以设想它有一个造物主"①，因而肯定宇宙有开端也就常被用来论证上帝的存在。其二，庄子肯定宇宙的无限性和无始无终的永恒性，就意味着肯定宇宙的统一性，这当然是正确的。然而，在他肯定宇宙统一性的同时，却又把宇宙分为六合之内与六合之外，并各有其不同的活动主体。这样，不但肯定了神及其空间的存在，而且使统一的宇宙空间形成人寰与神界的对立。

以上情况说明，在关系到有无上帝和宇宙是否具有统一性这个最根本的哲学和宗教问题上，庄子始终未能走出二元王国，由此而直接决定了庄子宇宙观的内在的不和谐性。

如前所说，庄子对于宇宙基本性质和特征的认识，如肯定宇宙的无限性和无始无终的永恒性等反映了宇宙的本质特征，是完全符合实际的，在宇宙论史上具有重要意义（详后）。这是他对自然和宇宙认真观察和思考的结果，反映了当时科学发展和认识所达到的最高水平。这当然是富有时代特征的实践理性精神的体现。实践理性精神是"把理性引导和贯彻在日常现实世间生活、伦常感情和政治观念中，而不作抽象的玄想"②，但是庄子没有满足于此，而是进一步把理性思考的对象由现实生活、伦理道德、政治思想等社会领域扩大到自然领域，把神秘莫测的宇宙之谜作为理性思考的对象，体现着理性精神的进一步发展和取得的重大进步。这是一方面。另一方面，他所提出的道在宇宙之前，默认宇宙有开端以及肯定神及其空间的存在，又完全背离了理性精神，而滑入了唯心论的泥淖，表现

---

① ［美］戴博拉·哈斯玛：《基督教和无神论者对于大爆炸宇宙论的回应》引霍金语，见［美］梅尔·斯图尔特《科学与宗教的对话》，郝长墀等译，北京大学出版社2007年版，第197页。

② 李泽厚：《美的历程》，文物出版社1981年版，第50页。

出他思想蒙昧和荒谬的一面。这当然是传统宗教观念和神话思维在他的宇宙观中的反映。

庄子哲学思想的这个深刻矛盾并非孤立的存在，而与时代思想的发展完全一致。春秋战国时代，在社会生活发生翻天覆地变化的背景下，新旧两种不同的思想观念，即实践理性精神与传统的宗教巫术观念发生了激烈的冲突，并促进了人们思想的解放。突破传统的宗教巫术观念的束缚，面向实际和现实生活，已经成为诸子百家的总的倾向；由蒙昧、荒谬走向理性主义已经成为时代思想发展不可阻挡的潮流，并表现在包括哲学思想在内的各个领域，庄子生当战国中期，其思想也不可能完全摆脱时代的影响。我们应当把庄子的哲学思想和他的宇宙观的内在矛盾放到这样的时代思想发展的框架中进行审视。

四　庄子哲学思想与其宇宙观的内在统一

庄子哲学的内在逻辑关系主要体现在他的哲学思想与其宇宙观特别是关于宇宙构成观点的内在一致性上，这种一致性说明，庄子哲学思想中的重要范畴，如道、"无待"等都有其宇宙观的根据，或者说庄子的这些哲学思想都建立在他的宇宙观的基础上。

在庄子哲学中，作为世界本质或根源的道，既是"指一种宇宙总体的实在性……是……对世界整体或共同根源的理性直观"①，同时也是"超越感性认知和理智推求的关于某种世界总体、永恒的实在的思想观念"②。这里不但指出了道的理性特征的一面，而且指出了它"超越感性认知和理智推求"，也就是超越经验和理性的一面，由此凸显了道的内在的根本矛盾：作为宇宙本源的最高哲学范畴的道，既有深刻思辨的抽象性，又有高度玄妙的神秘性。

首先，按庄子的观点，人与神这两个不同的活动主体，凡人得道与神、超人得道两种不同的"无待"以及精神上的与实际行动上的两种不同的绝对自由，都分别有其得以立足的空间：那就是作为宇宙组成部分的六合之内与六合之外。其中，六合之内凡人的得道，所显示的是精神上的

---

① 崔大华：《庄学研究》，人民出版社1992年版，第136页。
② 同上书，第125页。

绝对自由，属于现实的存在，是庄子对于主客体之间关系的思辨，也是前面所说的道的深刻思辨的抽象性的反映；而六合之外神与超人的得道，所显示的实际行动上的绝对自由，属于非现实的"存在"，是对于虚拟世界的宗教性想象，是前面所说的道的高度玄妙的神秘性的反映。可以看出，庄子关于宇宙构成的观点与人、神之间，人寰与神界之间以及两种"无待"之间完全是对应的，这种系统的对应性，不仅反映出庄子哲学思想的内在逻辑关系，而且反映出庄子哲学思想与其宇宙观之间的高度统一。

更为重要的，庄子的宇宙观，特别是关于宇宙构成的观点突出了道作为宇宙最后根源的本根性和神圣性。道不但是六合之内的根源，而且也是六合之外的根源；不但涵括人寰，而且涵括神界：人得道而逍遥物外，神得道而神游海外。神界、人寰无不因道而生，天地万物无不因道而成，整个宇宙的一切都是道的体现。这样就把道的本根性和神圣性特征，从包括人寰与神界在内的全部宇宙的角度加以肯定。在庄子看来，只有从宇宙这样的无可比拟的高度和广度上加以肯定，才能与作为宇宙万物本源的道相称。所谓"夫道，有情有信，无为无形；可传而不可受，可得而不可见。自本自根，未有天地自古以固存；神鬼神帝，生天生地；在太极之上而不为高，在六极之下而不为深，先天地生而不为久，长于上古而不为老"。（《大宗师》）庄子对于道的这段描述正是从宇宙的高度和广度去审视的，这可以进一步印证上述庄子关于宇宙构成的观点在突出道作为宇宙最后根源的本根性和神圣性方面所起的重要作用。

庄子把人寰限制在有限的空间内，而把无限的空间留给神，从表面上看，是限制了人的活动范围，给神留下空间；从哲学思想和认识的发展上说，则是限制理性和知识的领域，而给宗教信仰留有地盘。因为把人定置于宇宙的特定位置正是一切宗教的固有特征。"从历史上看，宗教在合理化过程中的关键作用，可以根据宗教将人类现象'定置'于宇宙参照框架的那种独特能力来说明。"① 可见，庄子的宇宙观把人"定置"于六合之内的有限空间，不仅说明其宇宙观与宗教观念之间的关系，而且也体现着宗教观念的需要。与此相关的是，庄子认为与六合之外的神相比，六合之内的人不但受着空间的限制，而且受着客观自然规律和社会常规、道德

---

① ［美］彼得·贝格尔：《神圣的帷幕》，高师宁译，上海人民出版社1991年版，第44页。

以及有关观念的限制，无论是在精神领域还是在实际生活中都没有真正的自由。与具有精神上和行动上双重绝对自由的神相比，人显得无奈而卑微。实际行动上的自由既不可得，也就只能追求精神上的绝对自由，即陶醉于"无待"的精神境界，以获得解脱。而这种不求实际行动上的自由，只求精神的解脱，正是宗教本质的体现和要求。"终极实在是人类从痛苦中解脱出来的理想境界。终极实在能消除困难状态，当对痛苦的最深的源泉的理解改变时它也将随之变化。宗教转变是存在的转变，因为在最深沉领域感受到它，无论这种实在叫'上帝'、'道'、'梵'，还是叫'涅槃'。"① 确实，就逃避现实，满足于精神解脱而言，庄子的道和"无待"与上帝、梵、涅槃之间确有某些一致之处。

事实上，对于庄子哲学而言，这也是一个观念还原的过程：庄子宇宙观中关于宇宙构成的观点直接导源于宗教观念，而由这种宇宙观所衍生出的思想，如道、无待等，又具有某些宗教观念的特征。宗教观念在庄子哲学思想中的这个升华过程，从一个侧面反映出庄子宇宙观和哲学思想的传统渊源和某些本质特征。

五 如何认识庄子文章中的人、神同列问题

庄子宇宙观内在矛盾的影响所及，不但表现在其哲学思想上，而且反映在其行文上，例如庄子文章中的人、神同列现象就是明显的例证。

众所周知，人与神、人寰与神界本属于相互对立的两个不同的范畴，作为不同的主体及其相应的空间，在一般的情况下是不能等同视之的。但在庄子文章中却常见人、神同列，两种"无待"并举，即把凡人与神、超人以及相关的两种不同性质的"无待"境界不加区分地放在一起论述，造成了不同范畴事物的混淆。例如《逍遥游》在论述得道和"无待"的境界时，将至人、神人和真人的"以游无穷者，彼且恶乎待哉"的神奇境界与"知效一官，行比一乡，德合一君而征一国者"乃至"虽免乎行，犹有所待"的列子的情况并列地放在一起论述。同样，"不食五谷，吸风饮露，乘云气，御飞龙，而游乎四海之外"的藐姑射山神人与蔑视名利

---

① ［美］J. 斯特朗：《宗教生活论》，徐钧尧等译，今日中国出版社 1992 年版，第 31—32 页。

地位,不愿为天下君的许由并列地放在一起论述。在《齐物论》中,则将"大泽焚而不能热……乘云气,骑日月,而游乎四海之外",超越生死和利害关系的神奇至人与探讨人间是非标准问题放在一起论述等都是如此。至于《大宗师》中凡人与神、超人的得道情况彼此并列混同就更加突出,这里不再引述。

人寰凡人的得道和"无待"境界本是人间的现实生活,而神界的神、超人得道和"无待"境界则是神奇荒诞的宗教神话,这本是不同范畴、不同性质、彼此也没有任何关联的两类事物,然而庄子却轻而易举地将它们并列混同,作为一类事物看待,而完全抹杀了它们之间的质的差别。这种神话与现实的混同,绝不是偶然的,而是宗教巫术观念与理性精神、神话思维与逻辑思维,在庄子宇宙观中二元并存的必然结果。

思想观念的不同必然导致具体认识的不同:我们从理性的观点出发认为把凡人与神、超人及其"无待"混同在一起,是混淆了不同范畴事物(一个属于宗教神话,一个属于现实生活)的界限,显然是犯了根本的逻辑错误;而在观念二元并存的庄子看来则恰好相反:凡人与神、超人得道,除了具体表现有所区别,但都能达到"无待"境界,却是一致的,庄子并不认为它们之间存在着范畴上的差别和对立。

对于庄子文章中大量存在的这种人、神同列,两种"无待"并举的混乱现象,古今不少学者已经注意到,但是他们不承认或不愿承认那是混淆了不同范畴、不同性质的事物,认为那样仿佛就贬低或亵渎了庄子乃至中国古代文化成就。为此他们提出了"寓言"说来解读上述现象:把庄子直接描述神和超人的超自然行为看作象征或比喻凡人得道的"寓言",认为写神和超人得道不过只是方法,目的还是为了写人,而与观念无关。

诚然,《庄子》中确有寓言,他曾说"寓言十九",司马迁也说:"其著书十余万言,大抵率寓言也。"(《史记·老子韩非列传》)据现代学者统计,庄子"编制或选录的寓言多达二百则左右"①。例如《鲁侯养鸟》《望洋兴叹》《舐痔得车》《庄周梦蝶》《庖丁解牛》《屠龙之术》等,都是很著名的寓言。这说明,寓言是庄子表达其哲学思想的重要手段。《庄子》中存在大量的寓言是不争的事实,这是没有任何异议的。但把"不食五谷,吸风饮露"、"大泽焚而不能热"、"乘云气,御飞龙"、"骑日

---

① 公木:《先秦寓言概论》,齐鲁书社1984年版,第88页。

月"、"游乎四海之外"的神和超人的故事也看作寓言，就大错而特错了。

我们认为，这些神和超人的神奇故事与前面所说的《鲁侯养鸟》等寓言根本不同，它们本来都是神奇的神话故事，但庄子却把它们作为真实的神奇故事加以叙述，以论证自己的哲学思想。

事实上，在《庄子》中上述那些关于神和超人的神奇故事并不是寓言，庄子也没有把它们作为寓言看待。这里涉及寓言与神话的关系。诚然，寓言的起源确与神话有关，但它不是神话的简单挪用，而是以理性精神对于神话所体现的诬妄、荒谬的否定和批判①，寓言就是通过这种理性的批判来说明某个道理，给人以教益和启示。总之，神话与寓言，一个属于宗教范畴，一个属于理性范畴，二者水火不容，根本对立。而在庄子对神和超人的描述中，没有任何对神话的否定和批判，说明在他的观念中这些神和超人的行为故事中没有任何寓言的因素。其实，针对前人"寓言"说的错误，闻一多先生早就提出过十分明确的观点："这些决不能说是寓言……其实庄子所谓'神人'、'真人'之类在他自己是真心相信确有其'人'的。"② 又说："《庄子》书里实在充满了神秘思想，这种思想很明显的是一种古宗教的反影。"③ 可以看出，《庄子》一书中所写的那些神话内容是他观点的真实反映，并有其深刻的宇宙观的根源，而不是简单的写作手段；把观念的东西作为方法看待，必然造成对《庄子》的误读，导致认识的混乱。

当然，否定"寓言说"并非就是贬低或亵渎庄子乃至中国古代文化，因为《庄子》中人、神并列，混同论述的存在，实际是庄子思想中的传统宗教观念与理性精神二元并存的结果，是其宇宙观的内在矛盾在行文上的反映，而不同于一般的逻辑混乱。这类因为时代发展、观念变化所造成的古今认识的差异，是客观存在，不能简单地抹杀和否定，更不能用今天的观念去曲解和"提高"文本。

应当承认，由于庄子观念原因所造成的人、神同列，两种"无待"并举的论述方式，确实造成它们之间的严重纠缠，《庄子》研究中的很多歧义和认识混乱皆源于此。这说明《庄子》研究中的认识混乱，确有其

---

① 详本书《试论中国寓言的起源》。
② 闻一多：《神话与诗》，古籍出版社1956年版，第145页。
③ 同上书，第144页。

重要的客观原因。

以上所说只是《庄子》内篇的情况，从内篇到外篇和杂篇，这种情况，即两种主体及其"无待"境界的纠缠表现出明显减少的趋势，反映出从内篇到外篇、杂篇在观念上逐渐发生了变化：宗教神话观念在逐渐减弱，相应地，理性精神在逐渐加强，直至完全取代宗教神话观念而成为主导意识。《庄子》一书从内篇到外篇、杂篇的这种变化，归根结底是春秋战国时代实践理性精神逐渐战胜和取代传统的宗教巫术观念这一时代思想发展趋势的反映①。

六　庄子宇宙观的意义和价值

形成于传统的宗教巫术观念与时代的实践理性精神并存背景下的庄子宇宙观，也表现出明显的二重性特征：就消极方面看，庄子对于宇宙构成的认识还没有完全走出传统的宗教巫术观念的阴影，而表现出这样那样的不足和历史局限性，如违背经验和理性的荒谬和愚昧等；就积极方面看，如前所说，他对于宇宙性质和特征的思考，符合科学精神，闪烁着理性的光辉，体现着富于时代特征的实践理性精神。正是庄子宇宙观中的这个积极方面为它赢得了不朽的意义和价值。具体说来，其意义和价值主要表现在以下三个方面：

一、从庄子宇宙观产生的文化背景看：

对于现代人来说，宇宙不可穷尽的无限性和永恒性特征已经是普通常识，但在庄子所处的战国时代，情形则完全不同：在宗教巫术观念尚没有退出历史舞台，在很多方面还占据统治地位的情况下，庄子关于宇宙特征的论断，可以说是具有时代先进性的真知灼见。正确评价庄子宇宙观不能脱离其具体的文化背景。当时，包括很多哲学家、思想家在内的广大人群对于宇宙怎么看，他们具有怎样的宇宙观，显然是评价庄子对于宇宙认识的重要参照。大体上说，春秋战国时代对于宇宙的看法和态度主要有两种：

一种是对于宇宙本体问题采取了完全回避的态度，以孔子为代表。孔子的注意力完全集注于社会政治和人际关系，对于自然问题和宇宙本体根

---

① 详赵沛霖《从内篇到外篇、杂篇：庄子观念变化》。

本缺乏研究的兴趣，他曾说："未能事人，焉能事鬼？……未知生，焉知死？"（《论语·先进》）与现实无关的问题他是无暇过问的，对于与人生相关的死尚且如此，遑论其他。又说："天何言哉？四时行焉，百物生焉，天何言哉？"（《论语·阳货》）这里的"四时"关乎天体运行，"百物"关乎自然形态，显然都是指与社会现实问题没有直接关系的关于自然和宇宙的问题。孔子认为它们各有"行"、"生"，各行其是，全然与人事无关，是无须格外关注的。在他看来，既然与人事无关，当然也就无价值可言，由此不难看出孔子对于自然和宇宙本体的疏离态度。

另一种是对于宇宙结构模式有一定的认识，以战国时代流行的"盖天说"为代表。盖天说主张天圆地方，所谓"天圆如张盖，地方如棋局"（《晋书·天文志》），按这种观点，宇宙空间当然是有限的——天有止境，地有边缘，这与庄子所提出的宇宙的无限性和永恒性的本质特征是根本对立的。科学史早已证明"盖天说"是根本错误的，但是，当时一般人对它却深信不疑，盖天说因而得以广泛流行。

可以看出，庄子在对待宇宙本体及其特征的问题上，既没有像孔子那样采取回避的态度，也没有盲目追随当时正在流行的盖天说，而是根据自己对于自然界的观察，以理性精神对这个充满了神圣和奥秘的领域进行了深刻的思辨，得出了当时最先进、最符合科学精神的新的认识。应当说，无论是在人类认识发展史上，还是在宇宙学史上，都是一项不容置疑的重要成就。

二、从庄子宇宙观对于哲学政治思想的影响看：

宇宙论发展史早已经证明，人类对于宇宙认识的任何一点进步，其影响都会远远地超出自然科学史的范畴：或在人文社会科学领域掀起巨大波澜，或在社会政治生活中产生重要影响。在我国历史的特定背景下，庄子关于宇宙无限性和永恒性的观点就产生了这样的"意外"效果：具有颠覆封建政治伦理和尊卑观念的巨大的社会政治意义。

如前所说，天圆地方的盖天说本是对宇宙本体的描述，但是在它产生和广泛流行之后，却被维护封建统治秩序的思想家附会了一系列的社会政治内容。例如《大戴礼记·曾子天圆》："参尝闻之夫子曰'天道曰圆，地道曰方。'方曰幽而圆曰明。"卢辩注云："道曰方圆耳，非形也……方者阴义，而圆者阳理，故以明天地也。"① 把天、地改为天道、地道，把本来是天地形状的方、圆附会成天地、君臣、尊卑，其政治目的和倾向是十分明显的。在这方面作了更为详明阐释的是《吕氏春秋·圆道》：

> 天道圆，地道方，圣王法之，所以立天下……主执圆，臣处方，方圆不易，其国乃昌②。

至此，作为宇宙结构模式的盖天说完全改变了性质，成为封建统治秩序和尊卑之分合乎天意的证明，从而完全堕落成为封建帝王的奴婢。

庄子主张宇宙至大无极，宇宙无限，从根本上否定了天圆地方的盖天说；否定了盖天说，自然也就彻底颠覆了那些附着于其上的种种神圣的政治伦理观念和学说，这对于促进思想发展和观念进步，无疑是具有重要意义的。庄子宇宙论对于封建统治秩序和尊卑观念的颠覆作用，再次证明了宇宙无限性观点的无神论性质及其所蕴含的巨大力量。

三、从宇宙论史自身的发展来看：

从庄子的宇宙无限性和永恒性的观点到当代的宇宙论，虽然已经过去了两千余年，宇宙论也由那时的非科学形态发展到当今的现代宇宙论，即量子宇宙论，但庄子宇宙观所涵括的问题和观点并没有因此而过时，同样还是现代宇宙论所探讨的基本问题。就是说，庄子所提出的问题是一个贯穿全部宇宙论发展过程的元问题。当代最负盛名的广义相对论家和宇宙论家史蒂芬·霍金在他就宇宙问题的发问中，第一个问题就是："我们发现自己是处于使人为难的世界中。我们要为自己在四周所看的一切赋予意义并问道：什么是宇宙的性质？"③ 卡尔·沙冈在《时间简史·导言》中介绍说，对于这个宇宙论的元问题，霍金给出的结论是："一个空间上无边缘、时间上无始无终，并且造物主无所事事的宇宙。"④ 除了造物主云云之外，其他竟与庄子的认识完全一致。这位《导言》的作者还特别指出，

---

① （清）王聘珍：《大戴礼记解诂》，中华书局1983年版，第98页。
② 陈奇猷：《吕氏春秋校释》，学林出版社1984年版，第171—172页。
③ ［英］史蒂芬·霍金：《时间简史——从大爆炸到黑洞》，许明贤等译，湖南科学技术出版社1996年版，第153页。
④ 见卡尔·沙冈《时间简史·导言》，第11页。

对于宇宙论的这个元问题,霍金的回答会使有些人"感到不舒服,因为它们如此生动地暴露了人类理解的局限性"①。这说明,庄子对于宇宙本体的哲学追求,即他对于宇宙性质与特征的认识,使他在两千多年前就已经向人类的认识能力提出了挑战。

原刊于《诸子学刊》第三辑,华东师范大学
先秦诸子研究中心方勇主编,上海古籍出版社 2009 年出版。

---

① 见卡尔·沙冈《时间简史·导言》,第 10 页。

庄子哲学观念的神话根源[*]

庄子的著作中还保存着很多蕴含于神话中的原始哲学观念，比较而言，庄子是先秦诸子中保存神话哲学观念最多的哲学家。他的一些哲学观念，如时间观念、生死观念和主观与客观关系观念都直接继承了神话，与神话所体现的原始哲学观念具有明显的渊源关系和某些一致性。庄子从建立自己哲学体系的需要出发，把蕴含于神话故事中的原始哲学观念加以提炼和概括，使之升华和哲学化，成为自己哲学观念的一个组成部分。

庄子的时间观念

作为一位哲学家，庄子对于时间问题做过深刻而有特色的研究，特别是在时间定义、时间有无开端以及时间运动的连续性与间断性等问题上，更有卓异的见解，体现着他的哲学所取得的高度成就，这是问题的一个方面。另一方面，在他的时间观念中还保存着原始神话的时间观，也是客观事实。如果说前者即庄子关于时间的那些卓异见解体现着理性精神和时代的进步，那么，后者即庄子思想中所保留的原始神话的时间观念则反映了他的思想与传统宗教观念的密切联系。将这样相互对立的两种思想观念融合在一起从根本上决定了庄子时间观念的特点，同时也是造成他的时间观念复杂性的重要原因。

神话是原始思维的产物。在人类认识发展的历史上，原始思维是其较低级的阶段，它的认识能力有限，不能与以后的抽象思维同日而语。相应

---

[*] 本文考察的对象，限于庄子本人所作的《内篇》，而不包括被认为是其后学所作的《外篇》和《杂篇》。

地，神话时代人们的时间观念也处于较低级的水平，与后代人的时间观念具有明显的不同。在神话中"人的生命在空间和时间中根本没有确定的界限，它扩展于自然的全部领域和人的全部历史"①。神话中的时间不但经常前后颠倒，而且与今后即未来颠倒，从而形成这样一种状态："现在、过去、将来彼此混成一团而没有任何明确的分界线，在各代人之间的界限变得不确定了。"② 比如，神话中的人（神）可以在不同的时期反复出现，前后可能相距数百年甚至数千年，这样的人如彭铿，因而也就有几千岁。所以"神话中的时间是一种心理学意义上的时间，而不是编年史意义上的时间"③。这就是说，神话的时间与年代顺序无关，神话不具备我们通常所说的时序观念。

神话中时间的这种"混乱"，从根本上说是由于原始思维不能顾及现象在空间和时间中的有规则的序列以及原因、结果之间的逻辑关系。"失去了这个支柱的时间观念，只能是不清楚的、不确定的观念。"④ 作为原始思维产物的神话是想象的艺术，不具备直接的生活的"真实性"，并且也不以现实的生活经验为直接根据。神话的这种非经验的特征使它与作为"经验"形式的时间直接相矛盾。按康德的观点，空间是人的"外经验"形式，时间是人的"内经验"形式。这里，康德把具有客观实在性的时间和空间作为人的直观形式，当然是唯心主义的谬论，但是，他强调时间、空间观念以经验为基础，却又有其合理成分。非经验、非理性的神话恰恰由于违背了经验而在时间上陷入了"混乱"。

在文明时代人的观念中，时间是不可逆转的连续序列，并且可以划分成彼此相等的持续均量。这当然是人类文明长期发展的结果。"只有在已经发达的民族中，当神秘的前关联削弱并表现出瓦解的趋势时，当对第二性原因及其结果的注意已经变成较巩固的习惯时，空间才会在表象中变成均质的，而时间也开始变成均质的。"⑤（所谓"第二性原因"在《原始思维》一书中是指客观的真实原因，相对于非客观的神秘原因而言——引者）事实上，由神秘的宗教观念转向理性仅仅是建立文明时代人的时

---

① ［德］恩斯特·卡西尔：《人论》，甘阳译，上海译文出版社1985年版，第108页。
② 同上书，第107页。
③ 朱狄：《原始文化研究》，生活·读书·新知三联书店1988年版，第755页。
④ ［法］列维—布留尔：《原始思维》，丁由译，商务印书馆1986年版，第408页。
⑤ 同上书，第410页。

间观念的前提和基础，要把它真正变成现实，还需要实践，需要经验的积累。在漫长的岁月里，在无数次时间、空间经验的基础上，逐渐把直接的具体东西，如在各种不同场合的视觉时间和空间、听觉时间和空间、触觉时间和空间等一一舍去，并通过抽象概括，最终才会形成同质的普遍的时间和空间观念，并认识到时间和空间是物质运动的存在形式，是不以主体意识为转移的客观实在，时间是指物质运动的顺序性和持续性，空间是指物质运动存在的广延性等。事实上，正是以这样的时间观念为基础，人类历史的系统顺序才得以形成。原始人由于受宗教神秘观念的束缚，历史地缺乏实践经验的积累，因此不可能建立起文明时代人的时间系统顺序观念。

神话中的时间的颠倒混乱现象随着原始时代的结束早已成为历史，然而打开庄子的论著，却令人惊异地发现那古老历史的陈迹像幽灵一样不时神奇地闪现。

鲁国有一个以"善处丧"而闻名的孟孙才，《大宗师》中具体记述了他得道以后的情景：

……夫孟孙氏尽之矣，进于知矣……孟孙氏不知所以生，不知所以死；不知孰先，不知孰后；若化为物，以待其所不知之化已乎！

《大宗师》关于学道、得道的过程写道：

……朝彻，而后能见独；见独，而后能无古今；无古今，而后能入于不死不生。

《逍遥游》：

楚之南有冥灵者，以五百岁为春，五百岁为秋；上古有大椿者，以八千岁为春，八千岁为秋，此大年也。

以上三则资料所说内容不同，但有一点却是相同的，那就是时间观念有别于文明时代人的时间观念，而与时间顺序混乱的原始神话的时间观念相一致。其中第一则资料说孟孙才得道之后，能够"无损心"、"无耗精"，达到了与天为一的虚无之境。这种精神境界的特征之一就是"不知孰先，不知孰后"，在时间观念上产生了错乱。第二则资料是说学道过程中的几个具体阶段，也就是学道过程中的几种精神修养境界，其中最后的两个阶段和精神境界就是"无古今"和"入于不死不生"。所谓"无古今"就是不分古今，将过去与现在相混淆，所以，实际上它也是"不知孰先，不知孰后"，是时间观念上产生了错乱。第三则资料的冥灵（即大海中的灵龟）和大椿都是神话世界中的物象。它们体现着神话中的时间观念，与人间的时间观念自然不同：或以五百年为春，或以八千年为春，比人间的单位时间标准长很多倍。庄子称之为"大年"。但是，同样是"大年"，其所指的时间长短并不一致：有的以五百年为一春，有的以八千年为一春。这样不分长短，在不同长度的时间之间画等号，显然也像"不知孰先，不知孰后"一样，是时间观念错乱的反映。

可以看出，以上三则资料在时间观念上具有共同的基本特征，那就是"不知孰先，不知孰后"，也就是不分先后，缺乏正确的时间顺序。而这正是神话中时间观念的最明显的特征，即未能在时间坐标系上排列出正确的顺序，未能认识到时间所固有的顺序性和持续性特征。这种违背客观规律的时间观念恰恰是由于生活实践缺乏而导致的"内经验"积累不足的必然结果。既然不能分辨先后，不能划分出先后之间的明确界限，因而也就必然把现在、过去和将来混为一谈，形成时间坐标上的混乱。所以，从性质上看，庄子"不知孰先，不知孰后"的时间观念，实际与原始神话的时间观念相一致，是原始神话时间观念的反映。这就是说，庄子的这种时间观念并不完全是他的创造，而是继承原始神话时间观念，并融入自己哲学观念的结果。

庄子的生死观念

生命过程作为物质运动的一种形式，其本身就是一个时间流程，并以时间为单位进行计算，所以，关于生命开始与结束的生死观念与时间观念密不可分，并且在很多方面具有一致性。这种情况在原始神话中表现得十分明显。如前所说，原始神话中的时间观念违背了时间的顺序性和不可逆转的特征，表现为颠倒和混乱。与此相适应的是，其生死观念中则有人神不死、生命转化等许多违背生命规律的观念存在。

有趣的是，庄子论著中时间观念与生死观念之间的关系也是如此：谈时间观念往往涉及生死问题，谈生死问题往往涉及时间观念，而且在性质上彼此也颇为一致。如前所说，庄子在自己的哲学中吸取了原始神话的不辨先后、不分古今的原始时间观念，相应地，他的生死观念也表现出原始神话的观念特征。庄子在论证道以及得道者的精神境界和修养时，其生死观念往往违背生命规律，而表现出明显的混乱和虚妄。且看《大宗师》中以下三条资料：

> 子祀、子舆、子犁、子来四人相与语曰："孰能以无为首，以生为脊，以死为尻，孰知死生存亡之一体者，吾与之友矣。"四人相视而笑，莫逆于心，遂相与为友。
>
> 彼以生为附赘县疣，以死为决疣溃痈，夫若然者，又恶知死生先后之所在！
>
> 孟孙氏不知所以生，不知所以死；不知孰先，不知孰后；若化为物，以待其所不知之化已乎！

以上三段话中贯穿着一个共同的思想：生即是死，死即是生，"死生存亡之一体"，它们之间并没有什么区别，所以，也不知什么是生，什么是死，不知"死生先后之所在"，当然，也就更不知"所以生"和"所以死"。正是基于这样一种观念，所以，子桑户死了，其友孟子反、子琴张不但不悲伤，反而弹琴唱歌，十分快活。同样，庄子妻死，他鼓盆而歌，也是出于这样的原因。

庄子认为生死一体，没有区别，其原因主要有二：一是他认为死亡不一定是生命的必然归宿，因而人可以不死。例如，他曾说："……见独，而后能无古今；无古今，而后能入于不死不生……"，"不生不死"是对于死亡的明确否定；二是庄子认为，死不是生命的结束，而是生命的转化，是生命存在的另一种形式，是"反其真"（《大宗师》）。所以，当"子来有病，喘喘然将死，其妻子环而泣之"（同上）时，其友人子犁对他们说："叱，避！无怛化！"即不要惊动生命形式即将变化的人。十分明显，在某些情况下，庄子只承认生命转化，而不承认生命结束。死亡对他来说，不过是另一种活着而已。

庄子的这些认识，乍听起来荒诞离奇，似乎亘古所没有，其实不然。

距离庄子很遥远的原始神话中,这种观念就曾普遍存在过。本来,生老病死是生命的必然过程,但是原始神话和原始宗教却不承认这条自然规律。按照它们的生死观念,生命具有不中断的连续性和统一性,在空间和时间中没有界限,可以无限地发展。他们认为,在正常情况下人是不会死亡的,这就是说,人死都是非正常的,如恶魔、邪气作祟等。即使是这样的死,也不是生命结束而只不过是它的转化,即生命改变了存在形式。如改变了有形躯体和居住地等,其余一切依然如故。所以,死人在很多方面仍像活人,并且与活人有着密切的接触,例如活人可以与死去的亲人谈话(实际是活人自言自语)。法国原始文化学者列维—布留尔指出:"对原始人来说,没有不可逾越的深渊把死人与活人隔开,相反地,活人经常与死人接触。死人能够使活人得福或受祸,活人也可以给死人善待或恶报。对原始人来说,与死人来往并不比与'神灵'或者与他在自己身上感到其作用的或他认为是服从于自己的任何神秘力量进行联系更奇怪。"① 事实上,原始人很自然地会把死人想象成既建立了与人间不同的彼岸世界,同时又处处混在活人当中。

　　中国古代也是如此。商人认为他们已经去世的祖先仍然活着,像活人一样生活在另一个世界里。所以,他们不惜牺牲玉帛祭祀祖先,祈求他们的保佑。周人说得更为具体:祖先死后灵魂升天,站在上帝的左右,像活着的时候一样继续决定周人的诸事,《诗经·大雅·文王》的记录可以证明这一点。这一切所体现的观念与古代世界其他民族一样,都是原始宗教的生死观念的表现。所以,"死人活着"实际上是中外古代宗教神话的共同观念:"在某种意义上,整个神话可以被解释为就是对死亡现象的坚定而顽强的否定。"②

　　从以上所述不难看出,在死亡不是生命的结束,也不是生命的必然归宿,而是生命存在形式的转化等方面,庄子与原始神话、原始宗教之间具有某些一致性。这充分说明庄子关于生死的基本观念具有明显的宗教神话特征和神秘色彩。正像荒诞离奇的神话不能用经验和事实加以证明一样,庄子的生死观也不能从生活中找到任何根据。所以,"我们想要正确地解释原始人有关死人的观念和风俗,就必须尽可能摆脱我们所习惯的关于生

---

① [法] 列维—布留尔:《原始思维》,第294页。
② [德] 恩斯特·卡西尔:《人论》,第107页。

和死的概念"①。

但是，以上所说庄子生死观念中的原始宗教神话性质特征只是问题的一个方面，另一方面，庄子的生死观念中还包含有富于时代特征的实践理性精神。例如从《大宗师》等篇可以知道，不死不生、生死同体实际只是神人、圣人、至人的最高修养阶段，是大期作化和"守之"、"坐忘"的结果，而一般凡人，甚至连孔子及其弟子都根本达不到这样的境界。这就是说，凡人有凡人的生死；非凡人即神人、至人和圣人有非凡人的生死：这些神人、至人和圣人因为具有神的某些属性，因而能够达到原始神话中才有的不死不生、生死同体的神秘境地。从庄子的著作可以知道，他对于这两种生死都没有否定，但是，他所追求的却是与传统宗教神话观念相一致的神人、至人、圣人的生死境界，因为这样的生死才符合他所向往的超越死亡的永恒。这样相互对立的两个方面的并存恰恰说明庄子生死观念中的深刻矛盾。

庄子的主客观关系观念

庄子的主客观关系观念分为两个方面：一是万物皆一观念，二是物我同一观念。

"万物皆一"观念是庄子探讨宇宙本体提出的论断，也是庄子学说中的重要哲学观念，出自《德充符》，并在另一篇文章《齐物论》中做了具体论证，比较充分地反映了庄子对于宇宙本体的认识。所谓物，是指具有貌象声色等属性可以为人感知的客观对象。"凡有貌象声色者，皆物也。"（《达生》）万物按其自然本性而存在，彼此之间在性质状貌上各有不同，相互间界限十分清楚。然而，庄子却不顾客观实际，提出了"万物皆一"的主张，认为客观万物之间根本没有什么区别，形形色色的"物"实际都是一样的。庄子是通过道来肯定这一思想的。《齐物论》：

> 物固有所然，物固有所可。无物不然，无物不可。故为是举莛与楹，厉与西施，恢恑憰怪，道通为一。

---

① [法]列维—布留尔：《原始思维》，第298页。

这是说，世上万物稀奇古怪，千差万别，但是，从道的观点看，细草与巨木之间，丑陋的女人与美女西施之间却没有什么区别，彼此是完全一样的，这就是"道通为一"。这说明，要认识"万物皆一"观念，就首先必须认识和体悟道，成为一个所谓得道的人。可以看出，对于这样一个重要的命题，庄子并没有进行论证，也没有提供任何根据，而完全是依靠对于道的信仰。十分明显，这完全背离了理性，而滑向了迷信终极根源的信仰主义。庄子"万物皆一"的哲学观念虽然从理性上说不通，但却不是没有根源和"根据"。如果我们不把目光局限于庄子时代，而放眼于遥远的往昔，那么，我们会很容易地从古老的宗教神话中找到"万物皆一"的同调。大量的民族学和文化人类学材料证明，原始人不承认事物之间的区别，对于不同事物之间的性质界限完全可以置之不理。所以，某一事物是它自身，同时又是什么别的东西，而这正是原始人的十分普遍的观念，即一切事物可以转化为一切事物的所谓变形法则。文化人类学家封·登·斯泰年考察了巴西的大量原始民族，据他说，特鲁玛伊人就认为他们自己是水生动物，波罗罗人就认为自己是金钢鹦哥。"他们这样说，是想要表示他们与金钢鹦哥的实际上的同一。"① 对于原始人来说，"客体、存在物、现象能够以我们不可思议的方式同时是它们自身，又是其他什么东西"②。这一点对于我们来说不可理解，但对于原始人来说却是十分自然的事。因为原始人"深深地相信，有一种基本的不可磨灭的生命一体化沟通了多种多样形形色色的个别生命形式"③。在原始人看来，不仅是人和动植物如禽兽、虫豸、草木等是有生命的，而且日月、星辰、山水以及房舍、工具等也都是有生命的。所以，原始人生命一体化的观念既包括有机界，也包括无机界，是就整个世界的意义和万事万物而言的。对于原始人来说，整个世界都笼罩于他们在宗教观念支配下所构建起的生命一体化的庞大而神秘的网络中。正是在这个观念的基础上，原始先民才创造出荒诞离奇的神话。

所以，从原始神话的生命一体化观念和变形法则来看庄子"万物皆一"的主张倒是很好理解的：小草与巨木同一，丑女与西施同一，庄周

---

① [法] 列维—布留尔：《原始思维》，第70页。
② 同上书，第69—70页。
③ [德] 恩斯特·卡西尔：《人论》，第105页。

与蝴蝶同一,等等,不就像原始民族自认为与水生动物或金钢鹦哥同一一样吗?并且不就与古代神话中夸父弃杖化为邓林,颛顼死后化为鱼妇,伯鲧化为黄龙,大禹化为白熊等有着同一渊源吗?大量的事实说明,生命一体化和变形法则的存在是一个极为普遍的事实。后来,由于原始时代的结束,这种观念由于失去了存在的基础而逐渐变成历史的陈迹。及至理性精神高涨的春秋战国时代,在理性精神的照耀下,这种观念更显得乖谬荒唐,不可理解。庄子作为一个敏感的哲学家,对这一点有清醒的认识,所以,他在利用传统的生命一体化的观念构建"万物皆一"的哲学时,便极力淡化它的渊源关系和神秘特征,并采取种种诡辩手段①,使之披上哲学外衣而具有某些理论形态。这就是说,原始神话的生命一体化与庄子的"万物皆一",尽管形态不同:一个是神话,一个是哲学,但其渊源关系却是抹杀不了的。

原始神话的生命一体化观念和变形法则只表现在个别的具体事物上,而庄子的"万物皆一"观念则具有高度抽象概括的特征。例如,庄子除了举出个别的具体例证之外,还提出了一些具有高度概括性的判断:如"物无非彼,物无非是"(《齐物论》),"是亦彼也,彼亦是也"(同上),"天地一指也,万物一马也"(同上)等。这些表现庄子哲学思想的论断,从其思想渊源看,其实也是对于原始神话中大量存在的事物任意转化现象的概括。所以,从某种意义上也可以说,庄子的这些论断除了哲学的意义外,也可以视为对神话生命一体化和变形法则的"理论概括"。

再说物我同一观念。

《齐物论》云:"天地与我并生,而万物与我为一。"这是关于物我同一观念的最直接而明确的表述,是说天地与我并存,万物与我合为一体,亦即主观与客观相混融,而不分彼此。物我同一的境界是庄子想象中的超越现实的神秘世界。在这个世界里,万物即我,我即万物,处于一种既非主观又非客观的特殊状态:从客观角度看,是将万物主观化;从主观角度看,是将自我客观化。庄子力图以这样一个物我交汇为一的神秘世界来与现实世界相对立,其结果是使他向主观与客观不分的神话世界趋近。这就

---

① 如通过事物的共性抹杀和否定其个性,通过事物的相对性抹杀和否定事物之间的差别,通过矛盾的同一性抹杀和否定矛盾的对立性等。显然这些都是不顾矛盾的客观运动,片面强调概念转化——实际是概念游戏的诡辩术。

是说，庄子所做的这种自觉的哲学探索，实际上却不自觉地反映了它与神话观念的渊源关系。

神话学早已证明，原始思维所认识的世界是一个主观与客观不分，物我同一的混沌世界。创造神话的原始先民在认识客观世界的过程中，在对外物进行加工时，往往将主观情志与客体相融合，将主观世界与客观世界不自觉地结合起来。由于过多的主观因素注入客观世界，而使之明显地呈现出主观化的色彩。这种情况，正如黑格尔所说："古人在创造神话的时代，就生活在诗的气氛里"①，所以，运用原始思维认识世界的过程，恰恰是不自觉地创造主客观融合、物我为一的世界的过程，而这个世界恰恰正是神话世界。

"万物皆一"，万物之间没有区别，彼此是"平等"的；物我同一，物我交融没有界限，彼此也是"平等"的。物物之间、物我之间的这种界限被取消后的"平等"其实也正是神话的天然特质。"原始人并不认为自己处在自然等级中一个独一无二的特权地位上。所有生命形式都有亲族关系似乎是神话思维的一个普遍预设。"② 事实上，作为一个嫉恨现实黑暗和腐朽的哲学家，庄子十分向往神话世界中的"平等"，并最终以"平等"的神话世界作为他的具有神秘特征的哲学观念的根据之一。

小结

统观庄子的时间观念、生死观念和主客观关系观念，可以知道，它们都由性质截然不同的两种成分构成：一种是反映事物本质和规律的正确成分，如前边所指出的对时间的某些深刻而正确的认识，生死观念中所反映的对于凡人的生死的认识等；另一种是渊源于原始神话和原始宗教的古老的观念意识，如前面所指出的时间观念中的"不知孰先，不知孰后"，生死观念中视生死为一体，否定死亡等。在这两个方面中，前者是对于生活实践的正确反映，体现着理性精神；后者是对于上古神话观念的承袭，体现着宗教观念。前者是时代进步、认识发展的结果，后者是古老传统、观念惰性的延续。庄子通过既是神又是人、既有神的神秘特征又有人的理性

---

① ［德］黑格尔：《美学》第二卷，第18页。
② ［德］恩斯特·卡西尔：《人论》，第105页。

的神人、圣人和至人将上述相互对立的两种因素巧妙地糅合在一起。在这个意义上，可以说庄子思想是一个性质复杂的复合体。

我们揭示庄子哲学思想中的原始神话观念因素，论证其时间观念、生死观念和主客观关系观念与原始神话的渊源关系，目的在于打通庄子哲学与原始神话之间的界限，使人们有可能把它们联系起来进行考察，从而为把握庄子哲学的本质特征提供新的研究方向和视角。比如，对上边提到的庄子哲学观念，一些学者做了很多理论分析，但仍难得其确解，但是如果从与原始神话观念之间关系的角度，以神话学的观点予以审视，或许能够得到一些新的启示。

哲学家与神话之间在观念上的这种认同，反映了哲学对神话的继承以及它们之间的内在联系。如果说二者之间有什么区别的话，那就是这些观念在神话中的表现是具体的、零散的，同时也是潜在的和模糊的，而庄子则将它们提炼、概括，使之升华成为抽象、明确和直接的哲学概念。存在形态的改变，反映了哲学从包容于神话的混沌状态中走向独立，也就是哲学从萌芽状态逐渐走向成熟，标志着中国文化发展历程中的一个新的阶段。所以，研究庄子哲学与神话的关系，不仅有助于认识神话的价值和哲学的起源及其早期发展，而且有助于认识庄子哲学的本质，这对于研究神话发展史和哲学发展史，无疑都具有重要意义。

原刊于《文史哲》1997 年第 5 期，人大复印报刊资料《中国哲学》1997 年第 11 期全文转载，收入《中国新时期社会科学成果荟萃》等多部论文集中。中国社会科学网 2016 年 4 月 13 日中国哲学专版全文转载。

庄子自然观的历史进步性及其现代启示*

20世纪中期以后，面对生态危机和环境污染不断加剧的严峻形势，加强环境保护，恢复生态平衡的观点和主张被越来越多的人接受，并很快成为地球人的共识①。与此同时，随着西方环境思潮的出现，人们对环境问题本质的认识也经历了一个急速变化的过程：从开始把环境问题作为技术问题，到作为经济问题，再到作为政治问题，直到最近作为文化伦理和道德问题，反映了人们对于环境问题的认识越来越深刻。既然环境问题主要是一个文化伦理和道德问题，而不单单是技术、经济和政治问题，所以，人们为了摆脱环境问题的困境，除了采取各种办法和措施之外，还力求从世界各大古老文明，如基督教文明、伊斯兰文明、印度文明和中国文明中寻求可资借鉴的思想主张。随着生态文明建设提上日程，从中国传统文化宝藏中发掘丰富的生态思想和智慧，受到越来越多的中外人士的重视。近年来，美国就出版了《儒家与生态文明》《道教与生态文明》和《佛教与生态文明》②等书，除此之外，还有很多中外论著也多涉及这个问题。这些都为生态文明建设提供了有益的文化思想的支持。

但是，这些论著多是从整体上，如中国传统文化或它的某一时代、某一学派的整体立论，多综观和概括审视，而较少或缺乏具体的分析，如具体到某一家、某一部著作的观点和主张包含了怎样的生态思想和智慧，对生态文明建设具有怎样的意义和价值等。有鉴于此，本文在前人有关研究

---

* 本文论证庄子的自然观所用资料仅限于《内篇》，而不包括著作权有争议的《外篇》和《杂篇》。

① 参阅［美］托夫勒《第三次浪潮》第二十一章有关内容，朱志焱译，生活·读书·新知三联书店1983年版，第358—361页。

② 参阅潘岳《中华传统与生态文明》，《经济观察报》2008年12月12日。

成果的基础上，对庄子自然观的历史进步性及其对现代的启示试做一些比较具体的分析。

所谓自然观是指对大自然的总的认识，如自然的本质特征、发展变化规律、人在自然中的地位及其与自然的关系等。自然观不但是哲学家哲学体系的有机组成部分，而且也是其全部哲学学说的思想基础，所以，自然观与其哲学体系之间具有内在逻辑关系的统一性。比较而言，庄子对于自然问题的思考和探索，无论是从涉及问题的广度看，还是从思想的深度看，先秦时代的哲学家很少有能与他并驾齐驱的。这是因为，自然在庄子的哲学中占有特别重要的地位：庄子所属的道家，其哲学是以"自然为核心"①，庄子对于很多问题的思考都涉及这个核心，这决定了他的自然观在他的哲学思想中的重要地位。

毋庸讳言，作为特定时代思想的产物，庄子的自然观既有积极进步的一面，也有消极落后的一面。就其积极进步的一面来看，可以说它在一定程度上体现了时代的进步思想和科学精神，内涵丰富，思想深刻，富于生态智慧，是值得珍惜的优秀传统文化遗产。只要认真发掘，运用现代意识加以阐释，就能为当代的生态文明建设提供重要的启示。

一　关于人在自然中的地位

人在自然中的地位问题实质上是人与自然关系的问题，是一个任何时代的人都必须面对的"现实"问题，因此，人与自然关系的变化贯穿了整个人类文明发展的历史。

应当说，人类在认识、处理人在自然中的地位和人与自然关系的问题上走了很大的弯路，从现代的思想高度回顾这段历程，总结其教训，对于理解庄子的有关思想及其意义和价值也许会有某些帮助。

古代中外很多哲学家、思想家和宗教对这个问题都提出过自己的观点。

基督教的《圣经》以宗教故事的形式明确表达了这样的思想观点：上帝不但创造了万物（即大自然），而且也创造了人，而人是他按照自己

---

① 董光璧：《中国自然哲学大略》，吴国盛主编《自然哲学》第一辑，中国社会科学出版社 1994 年版，第 255 页。

的样子创造的，因此，人在自然中处于特殊的地位：人优于万物，先天地具有管理和支配万物的权力。这十分清楚地说明，在西方"人类统治自然的观念首先来自基督教教义"①，这一思想对西方乃至世界都产生了巨大的影响。

近代，随着生产力的发展和资产阶级登上历史舞台，在新的历史条件下，人类占有和征服自然的欲望空前高涨。作为这一现实在哲学思想上的反映，英国思想家弗兰西斯·培根提出了人类中心论。他说："如果我们考虑终极因的话，人可以被视为世界的中心；如果这个世界没有人类，剩下的一切将茫然无措，既没有目的，也没有目标，如寓言所说，像是没有捆绑的帚把，会导向虚无。因为整个世界一起为人服务；没有任何东西人不能拿来使用并结出果实。星星的演变和运行可以为他划分四季、分配世界的春夏秋冬。中层天空的现象给他提供天气预报。风吹动他的船，推动他的磨和机器。各种动物和植物创造出来是为了给他提供住所、衣服、食物或药品的，或是减轻他的劳动，或是给他快乐和舒适；万事万物似乎都为人做事，而不是为它们自己做事。"② 按照这一思想，人是大自然的至高无上的主人，大自然的一切都不过是供他役使的奴仆。

以上是西方的情况，古代东方也存在这样的思想，早于培根一千九百多年前，我国古代大约与庄子同时代的孟子就提出过："万物皆备于我矣！"宋代有人解释说："孟子言人之生也，万物皆备足于我矣！"③ 结合宋人的解释，可以知道孟子话的大意是：自然万物就是为供人享用而存在，人生来就是享用它们的。可以看出，孟子的话虽很简单，但与培根的人类中心论如出一辙，同样主张人是大自然至高无上的主人。

以上无论是《圣经》教义，还是培根、孟子的思想，都在宣扬人类生来就是自然的统治者，万物存在的意义就在于满足人的需求和欲望。与这种极端人类中心主义思想相反，庄子对于人在自然中的地位和人与自然关系的问题上提出了完全不同的观点：自然孕育了人类，人类是自然之子。

---

① 吴国盛：《自然哲学的复兴——一个历史的考察》，吴国盛主编《自然哲学》第一辑，中国社会科学出版社1994年版，第25页。
② [英] 弗兰西斯·培根：《古代的智慧：普罗米修斯》，转引自吴国盛主编《自然哲学》第一辑，第25—26页。
③ 《孟子注疏·尽心上》，《十三经注疏》下册，中华书局1980年版，第2764页。

庄子为这一论断提供了两方面的根据：

第一，从人的来源上看，庄子认为，自然是人类的母体，人是自然化育的结果。

人的来源涉及生命的起源问题，生命起源是一个十分复杂的过程，自古以来就引起人们极大的探索兴趣，直到今天，仍是现代生物科学研究的重要问题。限于科学技术和人类认识能力的发展水平，先秦时代不可能揭示生命起源的具体过程，至多只能是以思辨的方式提出一个大致的总体认识。在我国最早提出生命来源问题的是《周易》，《周易》认为生命来自自然，是自然化育的结果；而自然是通过阴阳化育了包括生命在内的万物，这就是我国古代有名的"阴阳化生说"：

> 天下万物，皆由阴阳，或生或成，本其所由之理，不可测量之谓神也①。

阴阳是我国古代的基本哲学范畴，指相互对立的两种气或力量。"阴阳化生说"认为正是阴阳的相互作用导致了自然万物的发生和发展变化，并赋予大自然以无限的蓬勃生机与活力。十分明显，"阴阳化生说"以"运动的观点看待物质的转化、万物的生成，把事物的发展看作一个连续地变化着的过程，其理论意义是合理的、科学的"②，可见，"阴阳化生说"对于生命的起源虽然没有（也不可能）进行具体的科学论证，但在认识方向和思想性质上无疑是积极和正确的。

从庄子的文章可以知道，庄子接受了"阴阳化生说"，并用这种思想观点解释人的来源问题和纷纭复杂的自然现象。这里有一个问题需要明确：《周易》提出的"阴阳化生说"是说万物的来源，而庄子说的是人的来源，二者所指是否一致？其实，在庄子看来，二者完全一致，并不成为问题。因为庄子认为人也是物，是万物之一。在《人间世》中，庄子借栎树与匠石的对话明确表达了这一思想。栎树对匠石说：

---

① 《易·系辞上·疏》，《十三经注疏》上册，第78页。
② 李烈炎：《从阴阳化生说看我国古代自然哲学的缺陷》，吴国盛主编《自然哲学》第一辑，第103页。

> 且也若与予也皆物也,奈何哉其相物也?而几死之散人,又恶知散木!

句中"予"和"散木"是栎树自指,"若"和"散人"是指匠石。庄子的观点诚如成玄英所说:"汝之与我,皆造化之一物也,与物岂能相知!"①

万物来源于自然,而人是"造化之一物",即万物之一,那么人来源于自然,是毫无疑问的。除此之外,庄子也用"阴阳化生说"直接解释人的生命的来源。《大宗师》:

> 阴阳于人,不翅于父母。

就是说,人的生命是自然化育,即自然通过阴阳相互作用而导致的结果。这里,不但揭示了生命的来源,同时也揭示了人与自然之间的关系:自然与人的关系就如同父母与子女的关系一样。正是因为如此,庄子在文章中不止一次地把自然与人的关系比喻为父母与子女:

> 与天为徒者,知天子之与己皆天之所子……(《人间世》)
> 彼特以天为父,而身犹爱之,而况其卓乎!(《大宗师》)

句中的"天"都是指自然②。结合前面庄子关于人是自然通过阴阳化育而来的论证,可以肯定这里所引的两句话都明确反映了庄子关于人类是自然之子的观点。在庄子看来,人既是自然之子,那么人就应当像对待自己的父母一样亲近自然,爱护自然。

总而言之,庄子运用"阴阳化生说"解释人的生命来源以及人与自然的关系,充分说明在这个问题上,庄子在一定程度上摒弃了神秘的宗教

---

① (唐)成玄英:《庄子疏》,见郭庆藩《庄子集释》第一册,中华书局1961年版,第174页。
② 今天我们所说的自然(即大自然、自然界),庄子多用万物和天指称,有时也用阴阳指称。

观念①，而坚持了唯物主义思想和科学精神，因而能够在某些层面上揭示大自然孕育生命和化生万物的生生不息特征以及大自然充满蓬勃生机活力的内在原因。

第二，从人存在的条件上看，庄子认为，大自然为人类的生存和发展提供了必要的物质条件和基础。

人类的生存和发展必须通过劳动实践亦即创造性的活动才能实现，而人的任何创造性活动都只能在一定的物质条件和物质基础上进行，这种物质条件和物质基础归根结底都是来自于大自然，大自然为人类提供了无比丰富的自然价值、经济价值以及其他各种价值。庄子充分注意到人类的生存和发展必须依靠大自然养育的基本事实，并把这种养育称为"天鬻"。"天鬻"这一概念出自《德充符》。这篇文章在论述圣人对于世事的四种见解和态度时②，打了一个意味深长的比喻：

　　四者，天鬻也。天鬻者，天食也。既受食于天，又恶用人！

如前所说，天指自然；鬻，养育。庄子是说圣人的四种见解和态度都可以用来说明自然的养育问题。自然的养育，就是接受自然的供养。人既然是靠自然的供养而活着，哪里还需要人为（指智慧、粘合、求取和买卖）呢③？这里，庄子否定智慧和人为的作用，主张一切安于自然，当然是错误的，实际上也根本行不通。但这几句话把人受自然的养育，正是依靠自然的养育人才得以生存和发展的思想表达得十分明确。

庄子根据以上两个基本事实和原因，揭示了人在自然中的地位和人与自然的关系，应当说是符合客观实际，理由也是比较充分的。至于其结论，即自然是人类的母体，人类是自然之子，更是真知灼见，在极端人类中心主义时有流行的古代，尤其显得难能可贵。

事实上，肯定人来源于自然，直接关系到人的自然本质。从世界的范

---

① 人是自然之子的观点闪烁着唯物主义思想光辉，可惜的是，在这个问题上庄子的唯物主义精神并不彻底，他在肯定人来源于自然的同时，又说："道与之貌，天与之形，恶得不谓之人？"（《德充符》）认为人来源于道。这反映了庄子思想的内在矛盾。

② 这四种见解和态度是："圣人不谋，恶用知？不斲，恶用胶？无丧，恶用德？不货，恶用商？"

③ 详注②。

围看,在人的自然本质问题上,庄子的思想与费尔巴哈具有某些一致之处。当年,这位德国古典哲学家针对宗教神学否定人与自然关系的谬论时特别指出:"我憎恶那种把人同自然界分割开来的唯心主义,我并不以我依赖于自然界而可耻,我公开承认,自然力不仅作用于我的表面,我的皮肤、我的身体,而且也作用于我的核心,我的灵魂。"① 这就是说,人的肉体和作为思维器官的大脑都是自然的产物。从费尔巴哈的光辉思想,可以进一步看出两千多年前庄子关于人与自然关系论述的历史进步性。

最后,应当指出的是,无论是庄子还是费尔巴哈,他们所说的人来源于自然都是就人的纯粹自然本质而言,而人除了自然本质之外,还有社会本质,人的社会本质则是人的社会实践的产物。

二 珍惜生命,善待自然

珍惜生命,必然善待自然;善待自然,不可能轻忽生命,对待自然与生命态度的一致性完全决定于自然的生命本质:自然虽囊括万物,但从本质上看,主要就是两大类事物:一类是各种不同形态的生命,如人和各种动植物以及微生物等;另一类是孕育生命的各种事物,诸如土壤、空气、阳光、雨露等生命产生和存在的不可或缺的基本条件。所以,从生命存在和发展的角度看,自然作为一部历史,就是凭借这些必要的条件不断孕育生命和生命的发展过程,是一个具有无限生机与活力的巨大生命系统的生生不息的变化过程。所以,珍惜生命就要从善待这个生命系统中的每一个具体生命,也就是从善待自然开始。

先说庄子对于人的生命的珍重。珍重人的生命必然十分重视作为人的存在开始和终结的生与死。庄子说:"死、生亦大矣!"(《德充符》)充分肯定了死、生是人生的一件极大的事情。应当特别指出的是,对于生死的重视,在其他学派如儒家的著作中也会不时看到,但他们对生死的重视与庄子不同:一般说来,他们多是在与宏伟壮丽目标相联系的情况下,如"杀身成仁"、"舍生取义"等,也就是在"重于泰山"的语境中表现出对生死的珍重,而庄子对于个体生命的珍重,不与任何其他价值相联系,看重的是个体生命在宇宙中的存在和自由。简言之,其他学者看重的多是

---

① 《费尔巴哈哲学著作选集》下卷,荣震华译,商务印书馆1984年版,第537页。

生命以外的价值，而庄子看重的是个体生命本身的价值。

从珍重生命出发，庄子特别强调养生、保身和全生，为此，庄子特别写有阐释养生意义和途径的《养生主》，此文开篇特别写道：

> 为善无近名，为恶无近刑。缘督以为经，可以保身，可以全生，可以养亲，可以尽年。

在这段文字中，庄子特别把"名"、"刑"与个体生命置于宇宙自然大背景的语境下加以对比，认为"名"、"刑"都是身外之物，一个人为人处世既不要受功名利禄的诱惑，也不要受刑法礼俗的束缚，只有遵循自然之道行事，才能保身、全生、尽享天年。显然，这里把保身、全生、尽享天年"置于较道德与法律义务更为优先的地位……不是伦理和法理，而是感性生命，构成了关切的首要对象"①。

庄子所说的珍重生命除了人之外，还包括各种动植物。

在庄子看来，生命值得珍重，但生命只能在有限的时间范围内存在。这样就产生了一个问题：生命存在多长的时间才比较理想，对此，庄子给出的答案是："终其天年"。他说：

> ……知人之所为者，以其知之所知，以养其知之所不知，终其天年而不中道夭者，是知之盛也。

这里，通过知识价值的比较，认为使人"终其天年"的知识最为宝贵，实际上是把"终其天年"作为生命存在长度的最佳值。所谓"终其天年"是指享有按其自然本性应当达到的生命年限，也就是让每一个具体生命都能得到充分的发育和成长，将其内在的生命潜力充分发挥出来。十分明显，把"终其天年"作为珍惜生命、善待自然的重要内容是完全符合生命的自然本性的。

尤其突出的是，庄子不但关注生命能否尽天年，而且关注生命在什么样的状况下尽天年，也就是什么是理想的生存状态。关于这个问题，在《养生主》的最后，庄子讲了一个意味深长的寓言故事：

---

① 杨国荣：《庄子的思想世界》，北京大学出版社2006年版，第202页。

> 泽雉十步一啄，百步一饮，不蕲畜乎樊中。神虽王，不善也。

草泽中的野鸡虽然觅食十分艰难，但它不愿被养在笼子里，因为那里虽不愁吃喝，但失去自由，仍不快乐。这则故事十分清楚地反映了庄子的价值取向：庄子完全理解生命对自由的渴望，认为只有在自由的状态下"终其天年"，才是理想的生命过程。

这里涉及不同生命的不同生存方式和特点的问题。大自然中生命现象多种多样，不同的生命各有其不同的本性和生存方式，彼此之间存在着极大的差异。庄子所举大鹏与蜩、学鸠虽然在体能和飞翔的本领方面彼此差别很大，但这是本性使然，各得其宜。所谓"苟足于其性，则虽大鹏无以自贵于小鸟，小鸟无羡于天池，而荣愿有余矣。故小大虽殊，逍遥一也"①，生命的本然状态如此，要珍惜生命，善待自然，就要承认不同生命彼此之间的差异，尊重各自的本性和生存方式，也就是给生命以充分的自由。因为生命的生机与活力只有在完全自由的状态下才能得以充分的释放，体现出生生不息的固有特征，所以，充分的自由也就成为生命的本质要求。

三 人类生存和发展与环境之间的矛盾

应当说，肯定自然是人类的母体，人类是自然之子，是当时历史条件下的一种难能可贵的先进思想，然而，庄子并没有停留在这一点上，而是在此基础上进一步思考，把对人与自然关系的认识提高到一个新的高度：从"有用之用"和"无用之用"的不同后果出发，揭示了一个对于人类来说具有普遍意义的重要问题：人类生存所必须面对的基本矛盾，即人类生存和发展与环境之间的矛盾。

"有用之用"和"无用之用"之说出于《人间世》：

> 山木自寇也，膏火自煎也。桂可食，故伐之；漆可用，故割之。人皆知"有用之用"，而莫知"无用之用"也。

---

① （晋）郭象：《庄子·逍遥游注》，郭庆藩：《庄子集释》第一册，第9页。

庄子根据自然万物是否能够满足主体的需要，也就是根据是否具有价值把自然万物分为两种："有用之用"和"无用之用"。所谓"有用之用"是指对人有用的自然物，这种自然物因为能够满足主体的某种物质需要而具有价值；所谓"无用之用"正好相反，是指对人（暂时）没有用的自然物，这种自然物因为不能满足主体的物质需要而不具有价值。庄子思想的深刻之处在于：在对自然物分类的基础上，进而发现了两个被人忽略的常见事实及其所蕴含的矛盾。这两个事实都见于《人间世》。一个是关于"有用之用"（这里指的是楸、柏、桑）的事实：

> 宋有荆氏者，宜楸柏桑。其拱把而上者，求狙猴之杙者斩之；三围四围，求高名之丽者斩之；七围八围，贵人富商之家求樿傍者斩之。故未终其天年，而中道之夭于斧斤，此材之患也。

句中"荆氏"是宋国的地名。那里适于楸树、柏树和桑树生长，但这些树木总是正当生长的旺期，就被不同的需要者砍伐。另外前面所引的"桂可食，故伐之；漆可用，故割之"也属于此类事实。

另一个是关于"无用之用"（这里是指栎树，即文中所说的"散木"）的事实：

> 散木也，以为舟则沉，以为棺椁则速腐，以为器则速毁，以为门户则液樠，以为柱则蠹。是不材之木也，无所可用，故能若是之寿。

通过以上两方面的事实，庄子揭示了一个关于人类生存的基本矛盾：楸树、柏树和桑树之所以"未终其天年，而中道之夭于斧斤"，就是因为它们是"有用之用"，能够满足人的各种不同的需要，即对人来说具有价值；相反，栎树之所以能够避免"中道之夭于斧斤"而得长寿，就是因为是"无用之用"，用它做什么也不行，即对人来说没有价值。就是说："有用之用"，即对人有用的价值，对物来说却正是不幸的原因；"无用之用"，即对人没有价值，对物来说却正是免于不幸的原因。这说明，在人的需要与物的存在之间有着根本性的"利益"背离。正是这一"背离"，凸显着人类的生存和发展总要以损害和破坏环境为代价。庄子就这样揭示了人类生存所必须面对的基本矛盾，即人类的生存和发展与环境之间的矛盾。人类生存的基本矛盾由两个方面构成：一方面是人类的生存和发展，另一方面是生态的恢复和平衡。显然，对于人类来说这个矛盾是一个具有普遍性和永恒性的矛盾：只要人类生存一天，这个矛盾就会存在一天。

特别值得提出的是，在上面所引的关于"有用之用"的事实的后面，庄子特别写道："此材之患也！"这是对于只顾人类需要而违反自然本性和规律，使自然物"中道之夭于斧斤"的滥采滥伐发出的语重心长的警告。这说明，庄子不但深刻揭示了关于人类生存的基本矛盾，而且充分注意到这一矛盾的严重性，如不正确解决这个矛盾必将威胁到人类的生存，因为"材之患"实际就是人类赖以生存的环境之患和生态之患，因此归根到底也是人类的自身之患！

人类近现代史上无数的生态危机和环境破坏的灾难性后果，完全证明了庄子的忧患绝非危言耸听，而是对于人类发出的具有历史预见性的箴言和警告！

四　寻找人类生存与环境保护之间的平衡点

庄子不但认识到人类的生存和发展对环境的损害，提出了人类生存必须面对的基本矛盾，而且提出了解决矛盾的具体主张。实践这些主张，找到人类生存和发展与环境保护二者之间的平衡点，便可使人类彻底摆脱生存困境。

如前所说，庄子把自然资源分为两大类：一类是"有用之用"，另一类是"无用之用"，他所提出的解决人类生存基本矛盾的主张也分为两个大的方面，就是如何对待和处理这两大类资源。

第一，如何对待和处理"有用之用"。

庄子认为，"有用之用"也可以分为两类：一类自然资源在整体上是无限的，对它们的利用，不以牺牲环境为代价，如日月之光和雨水等。另一类自然资源是消耗性的资源，利用这类自然资源不可避免地会对环境造成一定程度的损害和破坏，如桂、漆、楸、柏和桑之类的木材。庄子认为，为了满足主体的物质需要，这两类自然资源当然都可以利用，但如何利用却是非常有讲究的：

首先，庄子主张应当尽量利用不以牺牲环境为代价的自然资源，他在

《逍遥游》中明确提出了这一点：

> 日月出矣，而爝火不息，其于光也，不亦难乎！时雨降矣，而犹浸灌，其于泽也，不亦劳乎！

既然太阳、月亮已经出来了，可是蜡烛还不熄灭，其光亮还有用吗！好雨已经适时普降了，再打水灌溉禾苗，岂不是徒劳无功吗！十分明显，在生产和生活方面，庄子主张尽量利用日月之光和雨水之类的天然能源和资源。这样，既减轻了劳动强度，解决了生产和生活问题，但却不需要采伐什么，也不需要消耗什么，没有对环境造成任何影响。

其次，庄子主张有节制地开发和使用消耗性的自然资源。

庄子认为，对于以损害和牺牲环境为代价的消耗性的自然资源，如前面所提到的桂、漆、楸、柏和桑等木材，当然可以采伐使用，但有一个前提：要在使它们"尽天年"的前提下，也就是在符合自然本性和规律的前提下合理地加以使用。这说明，庄子认为对人的欲望和需求应当加以合理的节制，不能只顾人类的主观需要而过度消耗资源，这样，才能避免灾难性的后果。否则，如前面引文提到的那种把刚刚一两握粗的树木（未能终其天年）就砍伐来用以拴猴子之类的行为，人的欲望虽得到了满足，但却加剧了人类生存的基本矛盾。

第二，如何对待和处理"无用之用"。

庄子对于"无用之用"自然资源的主张也很明确：那就是变"无用之用"为"有用之用"，也就是现在我们所说的"变废为宝"。

前面说过，由于材质的原因，用栎树做船、棺材、器具、门窗和柱子都不行，因而被称为"散木"，但庄子认为用它作社树却是可以的。那么，社树是一种什么物件，使"无用之用"的栎树能够派上用场？

按古代的宗教观念，社树是一种具有神圣宗教观念意义的神树，常常被作为社的象征。所谓社，本是掌管土地之神。在我国古代，不同地域、不同等级，上至王室、诸侯，下至普通乡里，全国各地都有社。最小的社是里社，所谓"古者二十五家为里，里各有社"[①]。一般说来，人们所祭之社都是自己乡里的社，而不祭非自己乡里的社。社除了指社神之外，人

---

① （汉）司马迁：《史记·孔子世家·索隐》，中华书局1982年版，第1932页。

们还把祭祀社神之地也称为社。社树既被植于社的土地上，并成为社的象征，因而与社也就不可分地联系在一起。在长期的宗教活动中，作为掌管土地之神的社的神圣意义也赋予了社树，社树因而也变得神圣起来，具有了一般树木所不具备的神圣宗教意义。

把前面提到的做什么也不行、无所可用的栎树，用来充当仅仅供祭祀和观赏的社树，在当时的历史条件下，应当说确实是使"无用"变成了"有用"，使它派上了最合适的用场。

要知道，当时各个诸侯国大大小小的社不计其数，有社必用树，所需树木的总量相当可观，而且原来一般所用的都是优质树木：所谓"大社惟松，东社惟柏，南社惟梓，西社惟栗，北社惟槐"①。用松、柏、梓、栗、槐充当社树，把本来可以制作各种器物和工具的重要资源却用来充当仅仅具有象征意义的摆设，实际是资源的严重浪费。相反，如果改变传统的习惯和做法，采用庄子的主张，所有的社都用栎树做社树，那将节省下多少有用之材！

再说庄子对"无用之用"的大瓠即大葫芦是如何利用的：

> 惠子谓庄子曰："魏王贻我大瓠之种，我树之成而实五石，以盛水浆，其坚不能自举也；剖之以为瓢，则瓠落无所容。非不呺然大也，吾为其无用而掊之。"……庄子曰："夫子固拙于用大矣……今子有五石之瓠，何不虑以为大樽而浮乎江湖，而忧其瓠落无所容？则夫子犹有蓬之心也夫！"

对于一个特大的葫芦能否加以利用，庄子与惠子持有完全相反的认识：惠子认为根本没用，而庄子则相反，认为完全可用。惠子断言这个特大葫芦没用，是因为他既未能掌握葫芦的材质特点，也未能创造利用它的条件。而庄子则不同，对这个不能直接加以利用的大葫芦，进行了适当的加工改造，把它挖空做成用于在江湖上游荡的"腰舟"，这样既符合它的性质和特点，又不缺乏有关的必要条件，故能将它派上用场。

可以看出，这里庄子是把不能直接利用的自然物，通过加工改造使之具有了经济价值，由此把"无用之用"变成了"有用之用"。

---

① （唐）徐坚等：《初学记》第二册引《尚书·无逸》，中华书局1962年版，第326页。

以上两个故事，十分清楚地说明了庄子变"无用之用"为"有用之用"的主张。事实上，自然资源价值的实现，不完全是自为的，而需要主体的创造性实践活动的介入：认识它的性质、特点，根据客观规律对它进行积极的改造，"无用之用"就能转化为"有用之用"。这说明，自然万物都可以说是"有用之用"，而根本没有绝对的"无用之用"；"无用之用"的暂时存在，只是说明我们还没有真正把握它。对于上述观点，限于时代条件和认识能力，庄子未能从理论上作出论述，但他所讲的两个故事包容着这样的观点却是没有疑问的。

总而言之，庄子认为，按照上述两条原则利用自然资源，既能满足人类生存的需要，又可以使自然物"终其天年"，生态得到恢复，这样就能达到二者之间的平衡，彻底解决人类生存的基本矛盾。

五　庄子自然观的现代启示

春秋战国以来的两千多年间，由于时代历史的局限和科学技术发展水平的限制，庄子自然观的积极方面是否具有价值和真理性，一直未能得到正确的理解和判定，他的生态思想和生态智慧以及有关的主张等也一直被冷落，从未被注意过。直到20世纪中期，日益严重的生态危机和环境问题唤醒了人们的环境意识之后，那些被埋藏在漫长历史深层里熠熠生辉的思想才被"发现"。历史的发展和人类在环境问题上所走的弯路，完全证明了庄子生态思想和生态智慧的意义和价值：庄子所提出的问题是人类生存和发展必须面对和解决的问题，因而也是超越时代、民族和地域的具有人类共同性的重大问题。他的一些思想观点和主张闪烁着东方文明的光辉，蕴含着深切事理的大智慧，具有无可辩驳的深刻性和超前性。并非巧合，在我们认识到这一点的时候，历史已经跨入了把生态文明建设作为奋斗目标的新时代。

虽然庄子的思想观点和智慧与现代人类之间相隔了两千多年，彼此之间具有完全不同的文化语境和时代高度，同时在对问题的性质和复杂性的理解方面，也存在着重大的差别，但文明之火一脉相承，漫长的岁月并不能遮盖问题的实质，也不能割断古今之间思想上的联系。所以，当今天我们站在文明转型的时代高度，为了使人类彻底摆脱生存困境而提出建设生态文明的历史目标时①，完全可以从庄子自然观所包容的深刻见解和生态智慧中获得重要的思想启示。

启示一：关于人在自然中的地位和人与自然关系的问题，庄子完全超越了人类优于自然万物，先天地拥有统治自然的特权思想，不但将人类置于与自然万物平等的地位，而且肯定了自然对于人类的"孕育"和"供养"之恩，从而完全打破了"人类中心论"。

如果说极端人类中心主义直接导致了对于自然的野蛮征服和肆意蹂躏的话，那么，庄子关于人类是自然之子的思想则必然导致对自然的敬畏、亲近以及有节制地享用自然资源的理性态度。在这样的前提下，人类就能从新的历史高度重新审视和确立人与自然的关系，在自然家园中找到自己的恰如其分的位置，为建立人与自然之间"双赢"的合理关系提供必要的思想前提。这必将极大地促进人—经济—社会—环境的协调发展，有力推动生态文明建设。

启示二：庄子所彰显的人类生存和发展与环境之间的矛盾及其严重后果，特别是人类的生存和发展对生态自然的损害和破坏，使我们更深刻地认识到解决这一矛盾的迫切性和重要性。要彻底解决这一矛盾，首先应当反思我们长久以来所形成的思维定式：

以前，在很多情况下我们总是就自然对于人类的意义和价值提出问题，也就是围绕着人类提出问题，而不是从自然的角度提出问题，有意无意地表现出极端人类中心主义的立场。现在，既然要彻底摒弃极端人类中心主义，在考虑人类的生存和发展时，除了从人类的角度提出问题之外，还特别应当从另一个角度，即从自然的角度提出问题：人类的生存和发展给自然带来了什么意义和影响？

这个问题实际上包括两个方面：一方面是人类的诞生和存在将什么赋予了自然？另一方面是人类生存和发展给自然带来了什么损害和破坏？前者是说，人类诞生以后，人类与自然形成了主客观关系，使自然从潜在的存在变成了现实的存在，并逐渐被赋予以意义和价值。后者是说，人类的生存和发展总要以牺牲环境为代价，即人类诞生以后给自然带来了巨大的损害和破坏。只有从这样两个角度提出问题，而不是只从人的角度单向思

---

① 今天，我们正处于人类历史的第三个文明，即工业文明向第四个文明，即生态文明的历史转型期。

维，才有可能避免重蹈极端人类中心主义的覆辙，处理好人与自然的关系：既满足人类生存的需要，又使自然物得以尽天年，也就是既使人类不断得到发展，又使生态环境得到保护和恢复。

特别应当注意的是，随着生产力的发展和科学技术水平的进步，人类活动对生命的践踏和对自然的破坏远远超过了庄子的时代。在这样的历史背景下从自然的角度提出问题，反思人类的生存和发展给自然带来的损害和破坏，尤其应当从庄子所提倡的珍惜生命、善待自然的思想和态度中汲取营养，调整自己对自然的态度：我们再不能片面地只顾人的需求，单纯地满足人的欲望，而应当充分注意生态环境的承受能力，避免主体行为的过度张扬，严格遵循自然规律，把经济发展与环境保护结合起来，既要对人类负责，又要对自然负责。这样，人类才不愧"自然之子"的地位和称号。

启示三：庄子为了解决人类生存的基本矛盾，使人类走出生存困境，所提出的有节制地利用"有用之用"和变"无用之用"为"有用之用"等主张，表现出极大的生态智慧。庄子的生态智慧对于今天我们处理经济发展与环境保护关系的问题具有极大的启示。

如前所说，人类生存的基本矛盾一方面是人类的生存和发展，另一个方面是生态的恢复和平衡。在这两个方面中，人类的生存问题由于具有现实的迫切性，所以从人类存在的那一天起就受到人们的高度重视和关注，巧妙而有效地解决生存问题所体现的生存智慧因而也比较普遍和常见。生态问题则不然，直至工业文明到来之前，由于环境未曾受到严重破坏，大范围的生态失衡也较少发生，就是说，人类生存、发展与环境之间的矛盾尚未凸显出来，所以生态问题也就一直被认为不是问题，甚至被认为与人类生存状况无关。由于在很长的历史阶段里不具备现实的迫切性，所以也就很少引起人们的重视和关注，古今的生态智慧因而也比较罕见。这说明庄子提出的既符合科学精神又切实可行的具体主张所体现的生态智慧更加难能可贵，更值得珍惜。

事实上，在经历了多次的生态环境问题方面的教训之后，我们所找到并正在坚持的可持续发展的建设模式，也可以说是在新的时代历史条件下和现代科学的高度上在人类生存、发展与生态恢复、环境保护之间找到的一个最佳平衡点。其中不但吸纳了包括庄子生态智慧在内的传统生态智慧，而且超越了传统，达到了新的历史高度。比如发展低碳经济，坚持低碳消费方式，也可以说是在现代意义上对庄子所说的"有用之用"和"无用之用"的最佳的有效处理方式。如果说庄子所提出的正确对待和处理"有用之用"和"无用之用"的主张可以解决古代的发展问题的话，那么，现在我们所从事的体现着人类全新文明理念的生态文明建设，必将从根本上解决人类生存的基本矛盾，引导人们走上持续、和谐发展的文明之路，并最终实现以尊重和维护自然为前提，以人与人、人与自然、人与社会和谐共生为宗旨的全新文明的理想社会。

原刊于《诸子研究》第六辑，华东师范大学先秦诸子研究中心方勇主编，上海古籍出版社2012年出版。

八代三朝文学与文化研究

司马迁与帝王天命神话的终结
——《高祖本纪》和《赵世家》的神话学审视

神话与历史有着不解之缘,作为史学家的司马迁涉及神话是必然的事。考察司马迁与神话的关系及其在这方面的贡献,无论对神话学研究,还是对司马迁研究来说,都是一个具有重要意义的新课题。

司马迁《史记》所涉及的神话很多,其中最重要的有两类:一类是反映民族起源和发展的原始神话,如《五帝本纪》《殷本纪》《周本纪》和《秦本纪》等的有关部分;另一类是反映人事与天命关系的帝王天命神话,如《高祖本纪》和《赵世家》中的神话(或神话材料)。在这两类神话中,前者早已引起人们的注意,而后者常常被忽略,甚至认为没有什么价值。这是因为:《高祖本纪》和《赵世家》中的神话由于违背经验和常理的"不雅驯"特征而为史学家所不取,又由于与真人真事密切相关的"真实性"特征而为神话学家所摒弃,由此在历史学和神话学两个学科之间的缝隙中形成了一个学术盲区。或许是由于这个盲区过于狭小,两千年来一直未能引起学者们的注意。事实上,后者同样值得珍惜,司马迁对这两个方面的贡献都是巨大的。

司马迁写作《高祖本纪》和《赵世家》的目的当然是记录史实,总结历史经验教训,其中包括大量的真实历史材料,它们属于历史是毫无疑问的。但是,从它们所包括的神话材料以及由此而形成的思想观念、整体框架看,却与帝王天命神话一脉相承。这些神话,从史学的角度看也许纯属赘疣(本文不涉及从史学角度对这些神话材料的考察);从神话学的角度看,却有重要的价值:《高祖本纪》和《赵世家》中的神话标志着帝王天命神话的终结,并开始向宗教转化。这个神话发展史上里程碑式的变化,正是司马迁通过这两篇作品为中国神话发展史提供了丰富而生动的例证。

《高祖本纪》和《赵世家》中的神话材料为数相当可观，特别是《赵世家》中神话和神话材料贯穿通篇，为全部《史记》所仅见。

首先，看一看这些神话的基本内容。

先说《高祖本纪》中关于汉高祖的神话：

1. 诞生不凡：高祖是其母遇神而生。这是一则典型的感生神话。
2. 相貌神异："隆准而龙颜"，"醉卧……其上常有龙"①。
3. 英雄壮举：醉斩巨蛇。（巨蛇为白帝子所化，高祖因被神称为赤帝子）
4. 天子气象：其所在的"东南有天子气"②，秦始皇感觉受到威胁。
5. 顺从神意：赤帝子上赤，起事后，旌旗、仪仗皆赤色。

再说《赵世家》中的神话。《赵世家》中的神话比较复杂，延续的时间也比较长，从"始建赵氏于晋国"③（前780—前745）到赵国衰落走向灭亡（约公元前三世纪中期），在前后五百年的历史中，不断有神话内容掺杂进来。这些神话内容，大致可以分为四个大部分：

一、赵氏建国到赵文子（约前八世纪中期—约前六世纪中期）：

1. 赵夙时，"霍太山为祟"，赵夙召霍君"以奉霍太山之祀，晋复穰"④。
2. 赵盾"梦见叔带持要而哭，甚悲"，预示"赵将世益衰"⑤。后赵氏遭灭族之祸。
3. 十五年后，"大业之后不遂者为祟"⑥，为赵氏遭遇不平。赵氏复位并报灭族之仇。

---

① 《史记》第二册，中华书局1982年版，第342—343页。
② 同上书，第二册，第348页。
③ 同上书，第六册，第1780页。
④ 同上书，第二册，第1781页。
⑤ 同上书，第二册，第1783页。
⑥ 同上书，第二册，第1784页。

二、赵简子时期（约前六世纪初—前五世纪初）：

1. 赵简子"之帝所甚乐……与百神游于钧天，广乐九奏万舞……"① 帝向他预言晋国将七世而亡，并令虞舜之胄女孟姚配其七世之孙，赵简子在上天还经历了三件事。

2. 赵简子路遇能传达帝命的野人，野人称他为主君，对他解释了那三件事的寓意：

帝令赵简子射熊、罴，预示帝令主君灭二卿（范氏、中行氏）；

帝赐赵简子二笥皆有副，预示主君将克子姓二国（代、智氏）；

帝赐赵简子翟犬并曰"及而子之长以赐之"②，翟犬为代之先，预示主君之子必有代。其后将革政而胡服，并略中山、胡地。

三、赵襄子时期（约前五世纪中期）：

赵襄子路遇三神人（霍泰山山阳侯天使），授与竹二节，内有朱书曰：

1. 余将使汝反灭知氏；
2. 余将赐汝林胡之地；
3. 后世将左衽界乘，奄有河宗，南伐晋别，北灭黑姑……襄子受三神之令。

（神的这些预言都实现以后，已经是公元前三世纪中期。）

四、赵孝成王时期（约前三世纪中期）：

赵孝成王梦穿背缝之衣，"乘飞龙上天，不至而坠，见金玉之积如山"③。预示残缺、"有气无实"和忧愁。此后赵国果然不断衰微，并于公元前228年灭亡。

---

① 《史记》第六册，第1787页。
② 同上书，第1788页。
③ 同上书，第1824页。

在司马迁笔下,全部赵国史始终与神话密切地交织在一起,每当历史发展的关键时刻,如大难临头、家族复兴、走向强大、面临衰亡,都有上帝或神灵给予指点或做出十分具体的预言。这些预言都一一实现,其中,有些预言预见的时间很长,几百年后才实现。可以说,全部赵国的历史都是在上帝的旨意和神威笼罩下发展的。

通观中国神话发展史可以知道,上述神话材料在思想观念和性质上与先秦时代的帝王天命神话很接近,是帝王天命神话长期发展的结果①。

帝王天命神话是有关半神半人的先王的神异故事,叙述他们如何按照上帝的意志创造出轰轰烈烈的业绩,完成重要的历史使命,诸如建立新王朝、战胜政敌、扩大边境等。帝王天命神话都是在某些历史事件的基础上创作的,是神话与历史的结合。这些事件都是曾经发生过的事,具有历史真实性,因而帝王天命神话也属于历史神话范畴。著名神话学者哈斯丁斯在《宗教与伦理百科全书》中按内容将神话分为十二类,其中历史事件而掺杂神话的被称为历史事件的神话。十分明显,帝王天命神话即历史事件的神话的形式之一。刘邦的神话属于秦汉的历史阶段,附丽于秦末群雄逐鹿、改朝换代的大历史背景下,主要写他起事前的种种神奇表现,预示着将来必定代秦而立。赵世家的神话属于春秋战国的历史阶段,其内容与春秋战国特别是赵国的历史密切结合,以神的宣谕预示赵国的兴衰存亡。

在刘邦和赵世家的神话中,始终贯穿着神意史观即历史进程和人的祸福凶吉决定于神的观念。这是司马迁对天人关系观点的一个重要方面。

关于司马迁对天人关系的看法,学术界的观点比较一致:司马迁虽承认天的意志,但仅仅是抽象的肯定,在具体问题上则重人事,轻天意,表现出进步的思想倾向②。还有的学者对司马迁思想的进步方面给予了更高的评价③。应当说,从司马迁思想的总体看,这些意见是正确的。但在具体问题上,却并不都是如此。例如,《高祖本纪》和《赵世家》中的某些片段情况恰好相反:在天人关系中天占了主导地位,体现了天命决定人事和历史进程的神意史观。

按照这种历史观,历史的过程完全是神的意志和目的的实践,只不过

---

① 详本书《墨子与帝王天命神话》。
② 参阅韩兆琦《史记通论》、张大可《史记研究》有关司马迁思想和历史观的论述。
③ 参阅白寿彝《史记新论》第二部分"究天人之际",求实出版社1981年版,第20—24页。

是通过人的活动体现出来而已，而这个人不是普通的人，一无例外的都是帝王将相。他们的所作所为及其结局早在数百年前就被远在天外的上帝安排好了。历史按照上帝的意志发展，任何人也不能改变它的进程。刘邦早在起事前就有天子气并被秦始皇感觉到，司马迁曾就刘邦的神奇发出感叹："此乃传之所谓大圣乎？岂非天哉！岂非天哉！非大圣孰能当此受命而帝者乎！"① 赵世家的发展及其结局早在十几代之前神就已经安排好并做了明确宣谕。既然一切都决定于上帝的意志，因此，王者受命必"推本天元，顺承厥意"②。就是说，必须了解上天的意志，按照上天的意志行事，才能取得成功。这说明在某些具体问题上，司马迁认为，有一个与人世相对立的神的世界，上帝正是在这里决定人间的一切。他所创作的帝王天命神话正是基于这样一种观念，即用神意史观观察历史的结果。神意史观无非是证明上帝启示具有无可争辩的真理性和必然性，从而赋予历史发展以神学目的论的性质。这种历史唯心主义观点很像黑格尔的哲学，在黑格尔的哲学体系里，"历史就不仅仅是上帝的启示，而且也是上帝的实在：上帝不仅'有'历史，而且他就是历史"③。上帝在帝王天命神话中的性质和地位正是如此。

刘邦和赵世家中的赵简子、赵襄子以及其他诸王本是现实中的具体的人，具有多方面的现实联系和利害关系，在这些神话中，他们都在某种程度上被神化，由真实的历史人物变成了具有某种神性的人或半人半神，并被赋予超常人的神奇本领和威力。例如，刘邦的头上常有龙，挥剑斩巨蟒，赵简子梦游钧天之帝所等，这些违背经验和常理的行为，都表现出神话人物的某些特征。作为具有神性的人或半神半人，在生活和斗争中除了接触大量的现实的人之外，还接触了很多神，与诸神之间有着多方面的联系、矛盾和冲突。如刘邦之于白帝子，赵简子之于"野人"，赵襄子之于"三神"。现实的联系和与诸神的联系集于一身，因而现实生活经历与神奇的神话故事也就纠缠在一起，形成了帝王天命神话特有的景象。这使它既不同于历史，也不同于神话，而是人与神共处，历史与神话杂糅。

以上这些神话因素是以对客观世界的神化和虚幻解释为前提。正是这

---

① 《史记·秦楚之际月表序》第三册，第760页。
② 《史记·历书》第四册，第1256页。
③ ［德］恩·卡西尔：《国家的神话》，范进等译，华夏出版社1990年版，第310页。

一点使以天命论的宗教观念为基础的帝王天命神话与原始神话在掌握世界的方式上具有一定的相通之处：都崇拜超自然的神秘力量，并借助这种力量来认识和理解世界，同时通过想象和幻想表现出来。具体到思维方式上，它们都以知觉表象的非经验、非逻辑联系为基础。既非经验，又非逻辑，那就只能是超现实的神秘联系，因此，也就必然具有违背经验和常理的"荒谬"特征，形成荒诞离奇的神话故事。尽管司马迁的时代早已步入文明时代，思维能力高度发展，思维方式早已超越了原始阶段，但这些神话仍然属于对世界的宗教把握方式，表现出原始思维的神秘性。对于神话和原始思维来说，"这些看不见、触摸不到、感觉所不能及的神秘因素及其结合才是最重要的"①。正是由于思维方式上的相通，帝王天命神话才会认同原始神话，并在自己的故事中容纳它，以它来丰富自己。例如，刘邦的神奇诞生明显地具有感生神话的特征，他醉遇白帝子所变成的巨蟒，毫不畏惧，只身与其搏斗，并将它杀死，颇具英雄神话的踪影；而赵世家中的"霍太山为祟"，则属于原始的山神崇拜，"翟犬为代之先"恰恰是图腾始祖神话和图腾崇拜观念的反映。可以看出，帝王天命神话中除了天命观念和神意史观之外，还吸收和包容了原始神话及其观念。就是说，帝王天命神话在思想观念上不是单一的，而是多元的，其性质比原始神话要复杂得多。

刘邦和赵世家中的神话虽有如上所说的神话的某些特征，但与先秦时代的帝王天命神话（如墨子所写的商汤放桀、武王伐纣神话和《山海经》中的有关内容）相比，还有许多明显的区别，揭示这些区别，对于认识这些神话的性质和特征具有更为重要的意义。

首先，刘邦和赵世家中的神话根本没有完整统一的神话故事，而只是一些故事的零星片断以及有关的具体场景和细节。即使把它们从纷繁的史实中抽出，分别集中起来，也还是不能组成完整统一的故事，仍然是一堆支离破碎的材料。其中有些片断虽有情节，但都十分简单，人神之间的关系也都很单纯，一般都是在上帝决定了人的命运之后，派使者或其他神来向人间传达、宣谕和解释。这一点在《赵世家》中表现得尤其明显，例如上帝命赵简子做的三件事的寓意，就是由一个自称为野人的上帝的使者向他解释和说明的；上帝决定了赵国中期以后历史的发展，便派"三神"

---

① ［法］列维—布留尔：《原始思维》，丁由译，商务印书馆1986年版，第280页。

（山阳侯天使）来人间送"竹书"给赵襄子，向他宣谕上帝的旨意。除了梦境之外，上帝与人（半人半神）之间的联系都是通过这种方式实现的。可以看出，在这些神话中上帝已经不像原始神话那样与诸神和人打成一片，而是高高在上，远离人间。他离人间越来越远，权威性却越来越大。

其次，以宗教观念的推演代替神话的想象是这些神话的另一个重要特征。如前所说，刘邦和赵世家中的神话与先秦时代的帝王天命神话一脉相承，具有相同的总体框架和模式。这种模式本身并不排斥神话想象，墨子笔下的帝王天命神话，如成汤放桀、武王伐纣的神话故事，就是在这种模式和框架内，展开了神奇而丰富的想象，形象地反映了奴隶制时代王朝更迭的历史性变迁。而在刘邦和赵世家的神话中，仅仅是把有关材料按帝王天命神话的模式组织起来，徒具空洞的神话框架，而缺乏神话的内涵。由于缺乏丰富的想象和幻想，神话特征大为减弱。即使有些想象和幻想的成分，也被置于现实的关系中而使之人间化。如赵简子之帝所与百神游钧天、赵孝成王乘飞龙上天不至而坠等，虽属想象和幻想，但都是梦中情景，是梦的真实写照，而不是直接的想象和幻想。失去了想象和幻想的神话故事，也就失去了神话的灵魂，而只能变成抽象宗教观念的推演。

最后，从人物的特征来看，这些神话中的人物缺乏神话的精神和气质，无论是与原始神话相比，还是与先秦时代的帝王天命神话相比，都是如此。

原始神话崇拜超自然的神奇力量，并幻想借助这种力量征服自然，达到自己的目的。因此，原始神话中的诸神总是洋溢着激越情怀，充满了积极进取精神和无畏的英雄气概，同时由于那时没有贵贱尊卑之分，人性得以自由发展而未受到扭曲，因此原始诸神多是无拘无束，真率自然，充满了人类童年的气质。《墨子》中的帝王天命神话，其中的人物，如成汤、伊尹、文王、武王、姜尚等都有大命在肩的使命感和折服一切恶势力的宏伟气魄，具有某些超自然的神异特征。对于神话来说，这种超自然的神异固然不可或缺，但更重要的是天真、直率的精神和气质。正是这些使他们与人类童年的原始神话息息相通，而有别于后代一般神话故事中的人物[①]。

而刘邦和赵世家中的人物（半人半神），根本不具备那种美妙的特

[①] 详本书《墨子与帝王天命神话》。

征，而更多地显示出利益角逐中人性狭隘的一面。例如，刘邦斩巨蟒，从者告诉他这是赤帝子斩了白帝子之后，"高祖乃心独喜，自负。诸从者日益畏之"①。同样，当他的妻子告诉他，在他的居处之上常有云气之后，他的反应也是这样："高祖心喜。沛中子弟或闻之，多欲附者矣。"② 神话中的诸神尽管十分神奇，具有超现实的本领，但他们绝不会自命不凡，更不会因此自负让别人畏惧。而刘邦恰好相反，当他知道自己生而不凡具有神奇特征之后，便流露出"独喜"和"自负"，并把这种不凡和"神奇"有意识地当作达到政治目的的资本。可以看出，尽管司马迁写了刘邦的一些外在的神话特征，但他的内在心理却充满狭隘的功利特征，唯独缺乏神话的真率和人类的童贞。

赵世家中的赵简子和赵襄子虽然多次受到上帝和其他诸神的保佑和指引，但从他们的言行中看不出任何对于上帝和神灵的依赖感和亲近感，而完全热衷于现实的斗争。上帝与他们的关系似乎只是一种决定者与执行者的关系，而没有什么心灵和信仰上的联系，因而神奇的神话内容与凡俗的人间生活在赵世家的历史中也就呈现着彼此游离的状态。这当然也是在历史叙述中夹杂神话的必然结果。另外，在赵简子、赵襄子以及其他诸王的观念中也没有任何"以德配天"的观念，上帝也不具有任何道德内涵。宗教感情的缺乏和淡漠使故事少了几分神圣和神奇，多了几分现实色彩和平淡。所以，赵世家的历史虽然从总体上笼罩着神秘的气氛，但是，主要人物无论是游上天的赵简子，还是与三神接触的赵襄子都缺乏神话的特质和光辉，他们的故事也不具备神话的神奇和瑰丽。这种情况与神话的固有特征背道而驰，而与宁静内省的宗教倒颇为一致。这只要与墨子笔下的对上帝充满崇拜和虔诚的商汤、武王加以对比，就会看得十分清楚。

总而言之，像司马迁这样把大量的神话材料融入刘邦和赵世家的历史中的做法，在一般的历史著作中是罕见的，在《史记》中也绝无仅有。通常情况下，如此多的神话材料聚集在一起，总应当像个神话，但是，实际情况并非如此。即使是从允许人神合一、历史与神话结合的帝王天命神话的角度看，也不成体统：神话材料支离破碎，不能形成完整的故事；缺乏大胆的想象和幻想，而只靠宗教观念的推演，从根本上缺乏神话精神和

---

① 《史记·高祖本纪》第二册，第 347 页。
② 同上书，第 348 页。

光彩；人物内心世界完全人间化和功利化，缺乏人类童年的真率和稚气。因此，尽管在观念和框架上他们的故事还属于帝王天命神话，但却根本不能和先秦时代的帝王天命神话同日而语。这种情况充分说明，作为一种神话的形式，帝王天命神话已经步入了它的最后阶段，正在无可挽回地走向没落。

从我国的历史看，帝王天命神话产生于奴隶制时代初期，至春秋时代，墨子创作商汤放桀和武王伐纣的神话故事而达到高峰①。从帝王天命神话的历史发展过程可以知道，它的盛行和发展需要以下三个条件：

一、帝王天命神话既然是以天命决定人事的天命观念为思想基础，它的产生和发展当然离不开天命观念的盛行。观念的认同是帝王天命神话被普遍接受的前提。

二、帝王天命神话的产生还需要社会的认同，奴隶制时代，社会步入文明时期不久，原始社会的种种巫术礼仪和风俗习惯仍然流行甚至弥漫整个社会，这种社会条件为帝王天命神话的产生和发展提供了最适宜的土壤。

三、帝王天命神话既然是以帝王与天命之间的关系为中心，而与帝王有关的多是关于王朝政事，特别是那些有关王朝生死存亡的大事，因此，王朝更迭也就成为帝王天命神话首先关注的对象。这就是说，有没有重大的历史事件也是帝王天命神话产生的重要条件。

具备了以上三个条件，真正的帝王天命神话才有产生的可能。这是由这一神话的特殊内容和性质决定的。由先秦时代转入秦汉，时代发生了天翻地覆的变化，以上三个条件有的不复存在，有的发生了根本的变化，这对帝王天命神话必然产生重要的影响。

天命观念盛行于商、周时代，是当时思想领域里占据统治地位的思想。西周末期由于社会状况的变化和动荡，出现了怀疑和否定天命观念的思潮。产生于这个时期的"变雅"对天和命运发出了强烈的责难和怨愤："昊天不平"（《诗经·小雅·节南山》）、"天命不彻"（《小雅·十月之交》）、"下民之孽，匪降自天"（同上）。这些发自内心的呼唤标志着天命观念的动摇。进入春秋时代以后，唯物主义和无神论思想进一步活跃，具有进步思想的人士对天命论展开了深刻的批判：所谓"鬼神非人实亲，

---

① 详本书《墨子与帝王天命神话》。

惟德是依"、"祸福无门，惟人自招"、"天道远，人道迩"①。明确指出人的祸福凶吉不是天命决定的，而是人自己行为的结果，从理论上划清了天命与人事分属两个不同的范畴。从这时开始，思想领域里天命观念一统天下的局面再也不复存在。天命观念的削弱，理性精神必然得到弘扬，春秋时代出现的实践理性精神充分说明了这一点。实践理性精神无视天命而勇于面对社会现实和人生，"把理性引导贯彻在日常现实生活、伦常感情和政治观念中，而不做抽象的玄想"②。十分明显，这种精神不但与玄虚的天命观念不相容，而且与自原始时代流传下来的以巫术礼仪为基础的宗教风俗相对立，因而它的出现在一定程度上反映了这种宗教风俗正在发生变化。这就是说，从春秋时代开始，虽然天命论存在的观念基础和社会土壤都发生了巨变，但还没有对帝王天命神话产生根本的影响，所以墨子才能在历史事实的基础上创作出帝王天命神话。而到了西汉司马迁时代，情况发生了重大变化，天命观念的式微和社会风俗的日趋世俗化成为不可阻挡的历史潮流，帝王天命神话由于失去了存在的基础而不得不走向没落。产生于特定社会历史条件下的帝王天命神话只适应于特定的时代，内在地决定了它必然是短命的。

以上所说思想观念、社会历史和民俗文化的变化是帝王天命神话发展变化的外部条件和背景，正是这些条件和背景促成了它的内部固有矛盾的转化。如前所说，帝王天命神话是半人半神的帝王将相的神异故事，叙述他们如何按照上帝的旨意创造出轰轰烈烈的业绩，完成重要的历史使命。其中既有人又有神，既有历史又有神话，既有真实又有虚幻，这样相互对立的两个方面在帝王天命神话中被集中在一起，必然形成其内在的矛盾。这种矛盾，归根结底是人性与神性的矛盾，亦即人的现实性与神的超自然性之间的矛盾。这一矛盾从帝王天命神话诞生的那一刻起就存在，到了司马迁时代由于如前所说的外部条件和背景的变化而更加突出了。因为历史的发展、时代的进步，人在历史进程中所发挥的作用越来越明显，而神的作用越来越缩小。历史进程表明的真理与宗教神话恰好相反：在人神关系中处于弱势的人逐渐强大，而处于强势的神逐渐弱小，从而留给以神的意志为主导的帝王天命神话的发展空间也就越来越狭小。在这样的情况下，

---

① 这三句引文分别出自《左传》僖公五年、襄公二十三年和昭公十八年。
② 李泽厚：《美的历程》，文物出版社1981年版，第50页。

即使是具有神奇威力的神也不可能有什么大的作为，比如，在墨子笔下的帝王天命神话中，诸神还可以直接参战、放火烧城、诛杀敌人等，而在赵世家中，诸神除了宣谕上帝的旨意之外，再无其他作为了。由于诸神失去了昔日的神威，没有轰轰烈烈的大作为，即使是司马迁的巨笔也不能将王朝更迭这样重大的历史事件编织成惊心动魄的神话故事，而只能任其呈现着如前所说的零散的状态。就是说，司马迁没能像墨子那样写出完整的帝王天命神话，固然与他的写作目的即写历史著作有关，但从神话学的角度看则有其必然性，即帝王天命神话走向终结阶段的必然结果。处于这个阶段上，不论是谁，也写不出真正的帝王天命神话：基于社会历史原因的某种艺术形式的兴起或衰落，有其发展的必然趋势，不是任何个人能够阻挡或挽回的。

司马迁时代，帝王天命神话已经处于它的终结阶段，并逐渐完成向宗教的演变。此后这种变化更为加剧："种种神话概念即得以进入宗教领域。"① 神话的因素因而越来越少，宗教的因素越来越浓，直到完全变成了宗教：神话的性质彻底改变，内在结构完全扭曲，形象的神话思维变成了抽象宗教观念的推演，神话的大胆和真诚变成了宗教虚伪的说教。秦汉以后的各个朝代，不乏开国皇帝感生的"神话"，标榜其"真龙天子"的身份（见各朝"正史"开国皇帝传），其实不过是利用神话的形式玩弄术数、占卜的把戏，用以证明其统治合乎天意而已，很难再说是什么帝王天命神话了。

刊于《天津社会科学》2002年第6期。

---

① ［俄］托卡列夫：《宗教与神话，仪礼与神话》，原载俄国《神话百科全书》，《中国神话》第一集有译文，中国民间文艺出版社1987年版，第306—318页。

关于八代三朝诗歌的几个问题

八代三朝起于汉代，止于唐朝之前，前后历经了汉、魏、晋、宋、齐、梁、陈以及北魏、北齐、北周和隋十一个朝代，大约八百余年的时间。这段时间正是我国历史上的大起大落的时代：从国势说，经历了由强盛——衰弱——又走向强盛；从民族关系说，经历了由统一——分裂——又走向统一。在这段历史时期内，除汉代之外，政权更迭快，政局变化多，阶级矛盾、民族矛盾和统治阶级内部的矛盾交织在一起，形成了错综复杂、头绪纷繁的局面。

这个历史阶段的诗歌，内容丰富多彩，形式多种多样，并按照中国诗歌的内在规律十分迅速地发展。如果用一句话来概括其特点，那就是：在这八百年的时间内，诗歌创作的高潮一波接着一波，不断走向成熟和新的繁荣，并向着它的高峰即唐诗阶段迅速迈进。

八代三朝与汉魏六朝

按本书选诗的范围，书名应当叫作"汉魏晋南北朝隋诗新选"才比较合适，但这样的书名，无疑显得过于啰唆了，所以，古今的有关选本一般都不用这样的名称。现代学者为这个阶段诗歌选本拟定书名，一般多采用以下两种方式：一是"汉魏南北朝诗选"（或"汉魏晋南北朝诗选"）；二是"汉魏六朝诗选"（所谓"六朝"是指在南京建都的六个朝代，即东吴、东晋和南朝的宋、齐、梁、陈）。这两种书名虽然简洁明了，但却都严重涵盖不全：前者缺少西晋、东晋和隋，后者缺少西晋、北朝和隋。从时间上看，都缺少了二三百年的时间。

除上述名称之外，古代关于这个阶段诗歌选本（或全本）名称的拟定还有另外一种方式，即"八代××"，如明代梅鼎祚《八代诗乘》、清代陆奎勋《八代诗揆》、王运《八代诗选》以及近人丁福宝《八代诗精华录笺注》等。另外今人程千帆在《古诗今选》的目录中，也把这段诗歌称为"八代诗"。可见，这样的书名也是比较通行的。

"八代"一语出于苏轼《韩文公庙碑》："文起八代之衰，道济天下之溺"，是指汉、魏、晋、宋、齐、梁、陈和隋八个朝代。可见，"八代××"的书名所涵盖的朝代和时间比上述书名是多了一些，但还是把北朝诗即北魏、北齐和北周诗这样一个重要部分漏掉了。

将这些书名统而观之，就会发现"汉魏六朝诗选"和"八代诗选"所漏掉的部分虽各不相同，但却有一个明显的共同点：都缺少北朝。

"六朝"和"八代"都是汉族地主统治阶级所建立的政权，与少数民族统治阶级所建立的北朝政权，属于"华"、"夷"两个范畴，在以汉族为中心的古代社会中，"华"、"夷"之间有不可逾越的大限。选诗着眼于"六朝"、"八代"，实际是着眼于汉族诗歌；而忽略北朝，主要是忽略少数民族的诗歌。这种以"六朝"、"八代"涵盖北朝、以汉族诗歌代表少数民族诗歌的做法，实际上是古代的一种民族文化歧视，是汉族中心论或大汉族主义观念的反映。

这种观念表现在各个领域，并已成为古代文学研究中的一种传统观念。在现代的有关论著中使用这一类名称，实际上也是这种观念的延续，是有意无意地受其影响的结果。

或许认为，北朝文学的成就和重要性都不如南朝文学，因此可以以南朝文学代表它。这种认识并不符合实际，是完全错误的。北朝（主要是北魏、北齐和北周三朝）不但产生了为数众多的诗人，如庾信、王褒、邢邵、魏收、颜之推、刘昶、温子升、萧悫等，其中不乏在文学史上广有影响的大家。如庾信的创作，健笔凌云，苍劲沉郁，较为深刻地反映了时代苦难的一个方面，成为那个时代的诗歌艺术成就的代表之一。不只如此，更为重要的是北朝乐府中的民歌，无论是在思想内容上，还是在艺术表现上都取得了重要的成就，不但补充了南朝乐府的不足，而且其地位和影响早已超出了它所属的时代，成为文学史上的亮点而辉映古今。

北朝文学所取得的巨大而独特的成就，是南朝文学所无法替代和掩盖的。

事实上，由于当时特殊的时代社会环境，北朝文学，无论是文人的作品,还是民间诗歌,都是处于自觉不自觉的民族文化交流之中,并在产生的当时就已为汉族和少数民族所共享:那些从南方来到北方的诗人的作品自不必说,就是那些在北方土生土长的乐府民歌也是如此。如著名的《敕勒歌》等一大批优秀的北朝乐府民歌,本来都是用鲜卑语写成,在北方流传,但很快就被译成汉文传入南方,并在翻译和向南方流传的过程中,不断被修改和润色。这类被翻译成汉文的乐府民歌,至梁代为数已相当可观,引起了梁代乐府机关的重视和注意。在将它们收入乐府时,在其所属的"鼓角横吹曲"前加上了一个"梁"字,成为了"梁鼓角横吹曲"。这充分说明汉族文学和少数民族文学经过融合,都是中国文学史的重要组成部分。

其实,文学融合只是文化融合乃至民族融合的一个组成部分。在北朝文学与南朝文学融合的同时,北朝的少数民族文化正在与汉族文化融合。北魏建立不久,就完全采用了以礼乐文化为中心的汉族文化,他们在朝廷内外行古礼,正礼乐,并建立学校进行系统的传习,甚至在语言和风俗方面也大力提倡"汉化":禁胡语,学汉文;废胡衣,穿汉服。此外,还流行与汉族通婚,娶汉女,改汉姓。文化的交流促进了文化的发展和民族的融合,无论是对汉族还是对少数民族的社会进步来说,都是非常有益的。这说明少数民族文学和汉族文学的融合,共同推动中国文学史的发展,有其深刻的时代历史和文化原因,是历史发展的必然趋势。

为了名副其实,使书名能够全面、正确地反映书的内容,本书书名没有采用传统的"汉魏六朝"、"八代"等概念,而是在"八代"后面加上了"三朝"两个字,成为"八代三朝",其具体所指是汉、魏、晋、宋、齐、梁、陈、隋"八代"和北魏、北齐、北周"三朝"。这样的书名与所选的这十一个朝代诗歌的实际情况是完全一致的。

在中国诗歌史上,为什么要把这十一个朝代的诗歌作为一个阶段,当然不是没有原因的,而是根据我国诗歌史发展的内在规律划分的结果。具体说来有两个方面:

一、从这个阶段自身来看:从汉至隋这八百余年间,正是中国古代诗歌史上最具生命力的两种诗体,即五言诗和七言诗产生、发展和成熟的时期。五言诗产生于西汉,在汉乐府中得到了广泛的应用,东汉时期大量出现的文人五言诗,标志着这种诗体已经完全成熟。最早的七言诗是所谓的"柏梁体",出现于西汉武帝时期。诗歌史上第一首完整的七言诗出自魏曹丕，直至南朝宋代的鲍照创作出大量的七言歌行才标志着这一诗体的真正成熟。以诗体出现的历史作为诗歌史阶段划分的标准，这八百年恰好自成一个完整而独立的阶段。

二、从全部诗歌发展史来看：如果把全部中国古代诗歌划分为先秦、由汉至隋（即八代三朝）和唐至清这样三个大的阶段的话，那么，先秦时代是我国古代诗歌的奠基时期，唐代则是我国古代诗歌发展的高峰，而这段诗歌正处于它们之间，处于由奠基走向高峰的历史过程中，其承上启下的地位和作用十分明显。由此不难看出这段诗歌在中国诗歌史上的地位和重要性。这一点，从乐府民歌的影响来看，问题尤其清楚和突出："这无数的民歌在几百年的时间内竟规定了中古诗歌的形式体裁。无论是五言诗、七言诗，或长短不定的诗，都可以说是从那些民间歌辞里出来的。"① 这很清楚地说明了这个阶段与包括唐诗在内的我国诗歌的内在联系。

总而言之，古代人们所说的汉魏六朝诗歌指的就是汉魏六朝本身的诗歌，而不包括北魏、北齐和北周"三朝"的作品；今天，时过境迁，在我国已经高度统一，且各民族共同构成的中华民族已经成为一个不可分割的整体的语境下，仍然像古代那样称呼这段诗歌，无论从哪个角度——政治的、民族的和文学的看，都不合宜。

强烈的时代精神和鲜明的文学个性

强烈的时代精神和鲜明的文学个性，是"八代三朝"诗歌在思想内容上的最主要特点之一。这一特点在民间文学创作和文人作品中都有明显的表现，这里先谈文人诗歌创作部分，关于民间文学所反映的时代精神问题在后面另述。

汉魏文学最能体现时代精神并富于文学创作个性的，当属汉末和魏初的建安诗歌。以"三曹"（曹操、曹丕和曹植）和"七子"（孔融、陈琳、王粲、徐干、阮瑀、应玚和刘桢）为代表的建安诗歌产生于社会动乱和个人流离困顿之中，时代特征和个人经历内在地决定了其作品的悲剧色彩。对于社会动乱、民生疾苦和个人的不幸，他们敢于正视并持有昂扬积极的态度，所以，在反映社会现实矛盾的同时，能够高扬理想精神和正

---

① 胡适：《白话文学史》，百花文艺出版社2002年版，第32页。

义情怀，从而赋予作品以强烈的时代色彩和个性特征。

比如曹操《蒿里行》具体描绘了汉末军阀内讧给人民带来的巨大灾难和痛苦，真实地反映出汉末社会的本来面貌，被誉为"汉末实录，真史诗"（钟惺《古诗归》）。他的《短歌行》《观沧海》《龟虽寿》等诗篇都贯穿着生命有限、壮志无穷的思想，洋溢着自强不息、乐观向上的精神。

即使是朋友之间赠答、送别这类纯属个人关系的诗歌，在建安诗人的笔下，往往也不同凡响，而散发着强烈的时代气息。曹植《送应氏》是曹植送别友人应场之作，但第一首却不写送别，而专写战乱后洛阳残破、凋敝的景象，抒发其处乱世而思太平的忧国忧民情怀。以这样的情怀写送别，把个人之间的友谊与社会、人生结合起来，从而超越了一般的送别诗。在赠友人和送别诗中叙写时事世态，抒发壮志情怀，使作品的内容得到极大升华，似乎是曹植这类诗歌的一个显著特征，如《赠徐干》《赠丁仪》都是如此。与时代和社会的紧密联系是建安诗歌的普遍特征，所谓"观其时文，雅好慷慨，良由世积乱离，风衰俗怨，并志深而笔长，故梗概而多气也"（刘勰《文心雕龙·时序》）。这也正是"建安精神"最重要的特征。

在其后的"正始文学"中，阮籍的《咏怀诗》曲折隐晦，然而却深深地扎根于现实：一方面，暴露司马氏统治集团的罪恶以及礼教的虚伪和自私，表现出对于忠义报国、英勇无畏精神的向往，反映了诗人心系现实的一面；另一方面，面对风云变幻的政局，上层统治集团的惨烈斗争以及朝廷内外弥漫着的紧张恐怖气氛，他的诗歌又表现出对于出世思想的充分肯定和对神仙世界的强烈向往，反映了他疏离现实、高举遗世的一面。可见，"归旨难求"的《咏怀诗》，实际是高压政治条件下一个苦闷心灵的呼唤，是具有时代性特征的士人心态的反映。钟嵘《诗品》说阮籍的诗"言在耳目之内，情寄八荒之表"，实为抓住了其内在精神的中肯之论。

西晋左思的《咏史》是具有鲜明个性特征的咏史诗，与一般咏史诗的最大区别在于它与时代精神的紧密联系。它不是简单地咏唱古人、古事，而是"借史事以咏己之怀抱"（张玉谷《古诗赏析》），抒发下层知识分子在当时社会环境下的种种复杂心态，特别是有志不得伸展的悲愤与苦闷。在八首《咏史》中，除第一首《咏史·弱冠弄柔翰》写自己的文才武略，具有"自我评介"的性质之外，其他几首更多的是针对用人制度和人才受压抑的社会现实。如《咏史·郁郁涧底松》《咏史·主父宦不达》等，都直接抨击了士族门阀制度统治下"世胄蹑高位，英俊沉下僚"的不合理制度，抒发了出身低微的知识分子的极大忧愤，为受压抑和被埋没的人才鸣不平。其锋芒所向，是历史和现实中一切有关的制度，而不是针对某一人某一事，由此而使这些咏史诗更具有了批判的深度。在《咏史·济济京城内》一诗中，通过声势显赫的豪贵之家与门庭冷落、专心著述的扬雄之间的对比，赞美了扬雄贫贱不移、不慕富贵的高尚情操，反映出诗人的道德追求和人生价值取向。

左思之妹左芬虽只留下一首《感离思》，但却以其独到的内容赢得了不朽的价值。此诗写她被选入宫两年来对家人的殷切思念，所表现的不是一般的离别之念，而是被"皇恩"阻绝的痛苦之思，从而超越了一般的宫怨诗。诚如钱锺书所说，"宫怨诗赋多写待临望幸之怀……左芬不以侍至尊为荣，而以隔'至亲'为恨，可谓有志"①，在封建时代，"皇恩"降临是很多人梦寐以求的最大荣幸，但诗中却把亲情看得高于"皇恩"，对于亲情的珍惜使之摆脱了世俗之见，超越了时代的局限。

东晋时代陶渊明的诗歌，以其丰富的社会内容、深刻的思想见解以及对于个人心路历程的揭示，使作品赢得了鲜明的时代性特征。

反映时代呼唤和人民内心的向往是陶渊明诗歌的最大成就之一。

自东汉末期至陶渊明时代的几百年间，战争从未间断，饱受黑暗政治、战争和动乱之苦的广大人民最迫切的愿望就是摆脱灾难和痛苦，过和平、安宁的生活。陶渊明在《桃花源诗并记》中所描绘的那个没有剥削和压迫，因而也没有饥饿、贫穷和战争，人人自食其力，充满安乐和幸福的理想国，直接传达的正是时代的要求和广大人民内心的呼声，充分反映了他们对于黑暗、混乱现实的彻底否定和对于美好、幸福未来的强烈向往。

就从社会理想、社会制度的角度反映人民内心呼声的层面看，可以说中国古典诗歌中鲜有作品能够与它相媲美。

还有一些诗歌表现了陶渊明很多新颖而深刻的思想，这些思想以及在此基础上所抒发的感情都具有时代的前沿性。

在《庚戌岁九月中于西田获早稻》一诗开头即写道："人生归有道，

---

① 钱锺书：《管锥编》第三册，中华书局1979年版，第1103页。

衣食固其端。孰是都不营，而以求自安？"开宗明义即提出经营衣食是人生头等重要的大事，并将它提高到人生应当遵循的常道的高度，充分说明他对于通过劳动创造财富的物质生活的重视。这是一种深刻而实际的重农思想，闪烁着唯物主义的思想光辉。在当时盛行空谈、不务实际的社会风气中，陶渊明的这一思想可谓别开生面，具有十分重要的意义。

此外，在陶渊明的很多诗中还表现了对于劳动人民艰难处境的深刻同情和理解。这种同情和理解，在陶渊明那里十分自然而真实，毫无矫情和做作。这是因为他亲自耕种，自食其力，长期与农民生活在一起，使他不但真切地感受到劳动人民的困苦和不幸，更为重要的是真切地听到了他们的心声。

陶渊明虽然长期隐居田园，但并没有忘情于现实，即使是在一些遥远往事的评论和感慨中，也曲折地反映着这一点。《读〈山海经〉·精卫衔微木》一诗，除表现刑天和精卫誓死不屈的奋斗精神，还突出表现了与命运抗争失败的无奈和痛惜。陶渊明之所以要突出后一点，是因为他虽有济世之心，但却无法改变黑暗的现实，由此而产生了对于失败英雄的强烈共鸣。在《咏荆轲》中没有简单地复述史实，而是突出生离死别、感天动地的悲壮气氛和对于荆轲失败的无限叹惋，曲折地反映着陶渊明对于暴政和强权的否定态度。

关于陶渊明诗对于他自己心路历程的揭示，详后。

除此之外，在两晋诗人中，陆机《猛虎行》对于人生多艰的深沉感慨，刘琨《扶风歌》《重赠卢谌》对于功业无成的痛切悲叹以及慷慨豪壮、幽愤郁结的情怀，也都富有时代色彩。

南朝诗人中最富有时代特征的是宋代诗人鲍照。鲍照出身寒门，位卑才高，其代表作《拟行路难》从多方面表达了士族制度统治下寒门士人对现实的态度和内心情怀，特别抒发其面对世路艰难，遭受排挤打击，理想抱负不能实现的忧愤不平，从总体上塑造出一个生不逢时，欲有作为而不能，只得对案不食、拔剑叹息的士人的形象。这个形象具有愤激郁闷的悲剧色彩和慷慨奔放的精神气质，已经成为那个特定时代士人人格的象征。

北朝诗人中最富有时代特征的是庾信后期的作品。庾信四十二岁时出使北魏，恰值梁朝灭亡，不得返国，遂长期漂泊异乡，屈仕敌国。他的作品，特别是《拟咏怀》诸篇，多以江陵陷落、梁朝灭亡为背景，把亡国之痛、羁臣之辱以及身世之叹,也就是把个人的命运遭际与国家、民族的历史交织在一起,赋予这些诗歌以丰富的社会内容。与庾信相似的是王褒。王褒到北朝后,诗风也发生了根本变化,多写羁旅之愁、故国之思,有苍凉、悲抑之气。

以上是从时代精神、时代特征和文学个性的角度对"八代三朝"诗歌所做的简单考察。时代精神涵括着时代社会生活的基本内容,体现着时代发展的基本诉求和文学与历史的复杂关系;而文学的个性则是文学成熟的标志,反映着形式与内容的统一和诗人对于艺术审美的独特追求。时代精神强烈,文学个性鲜明,正是那个时代文学现实性、丰富性和艺术成就的综合表现。

对内心世界的深刻揭示

"八代三朝"诗歌的另一个显著特征是对内心世界的深刻揭示,这与一些诗歌着重揭示外部世界(如前所说的反映历史和社会现实等)共同构成文学作品的两个重要方面。客观世界无限丰富而广阔,内心世界无限丰富而渊深,同样都是文学创作取之不尽的源泉。

深刻入微地挖掘人的内心世界,把抽象而难以把握的内心感情具体化并加以充分地展示,空前地充实了诗歌的内容,提高了诗歌反映现实的深度和力度。汉代的《古诗十九首》之所以一向被认为内容复杂,最根本的原因即在于它主要是写人的内心世界。朱自清在谈到《今日良宴会》时说:"这首诗所咏的是听曲感心;主要的是那种感,不是曲,也不是宴会。"① 所谓主要写"那种感",即重点写内心世界,也可以说是全部《古诗十九首》的基本特征。

《青青陵上柏》写失意者游京城的感受和慨叹,主要不是写"游",而是写"感受"和"慨叹"。具体说来,既有对于豪门权贵的不满,又有人生苦短、及时行乐的颓废;既有被压抑的痛苦,又有无可奈何的旷达,多侧面地揭示了失意者的复杂心态。《回车驾言迈》从万物变化、人生易老,提出了带有人生哲理性的问题,流露出机遇难以把握的无奈,同时表现出及时努力、立身扬名的进取精神。《东城高且长》有感于岁月流逝、

---

① 朱自清:《古诗歌笺释三种》,上海古籍出版社1981年版,第235页。

四时交替，而主张放荡情怀、娱乐身心，表现出耽于享乐的迷惘和沉沦以及对于寻求解脱、排除苦闷的向往。

反映思想矛盾和内心的微妙变化，也是陶渊明诗歌的重要内容。

陶诗在对生活的描写中，重点不是放在具体的生活场景和事情的发展过程上，而是突出具体生活场景中自己的内心变化和感情起伏，这样不但加强了反映生活的深度，而且极大地增强了诗歌的艺术感染力。例如，《乞食》一诗描写诗人向友人乞食就是这样：诗人被饥饿驱使而被迫出门，但又不知去向何处，可见其内心茫然；敲开友人的大门但又难以启齿，透露出无法掩饰的无奈和羞涩；当看到主人善解人意，出以援手，心中方才踏实和欣慰，直至表示感激。作品真实而细微地再现了诗人复杂的心理变化过程，使诗人的形象跃然纸上。

《归园田居·怅恨独策还》写他隐居生活中一段由怅恨失意到欣喜欢乐的变化过程，表现出诗人对于隐居生活的由衷赞美。《杂诗·人生无根蒂》是基于他五十年人生经历和经验的总结，但却充满了思想矛盾：一方面认为人生短暂，不可把握，应当及时行乐；一方面又认为时不我与，应及时努力，有所作为。在《饮酒·少年罕人事》中写了他复归本性，守志不移，但又充满寂寞、痛苦的心理。这种矛盾的心理状态贯穿陶渊明的一生，在很多诗歌中都有表现。尽管有时他也陶醉在田园和农耕而自得其乐，但这种心理却始终没有消除，这深刻地反映出诗人"猛志逸四海"却不能施展的无奈。

南朝刘宋的谢灵运以山水诗著称，一些诗歌具有强烈的主观色彩，例如《入彭蠡湖口》所写景物都笼罩在抑郁、幽暗的氛围中，表现出诗人在不断遭受打击下的忧闷、愁苦和悲伤心情。这种感情心理在《登池上楼》和《登江中孤屿》等诗中也有明显的表现。

此外，在阴铿的诗中，也多反映悲伤、惆怅的感情，如《江津送刘光禄不及》《晚出新亭》都比较突出。

在反映爱情、婚姻、家庭的诗歌中，对于封建时代妇女内心世界及其特点的揭示比较深刻和全面。在这方面很多诗人都做了尝试，表现的重点多是婚后妇女的心理及其变化，其中一个主要内容是全面表现在丈夫离别的情况下妇女的复杂心态，曹丕《燕歌行》和徐干的《室思》是这方面比较突出且影响较大的作品。前者即曹丕《燕歌行》，不但写了对淹留远方丈夫的思念以及由此引起的悲伤、痛苦和忧虑，而且通过她对于夫妻离别和痛苦原因的怀疑，表现出不满于现状的朦胧意识。后者即徐干的《室思》除写相思的痛苦之外，还特别写了自我劝慰的矛盾心理以及对于丈夫的宽容，表现出这位思妇的豁达心理。

　　封建时代的妇女，由于经济不独立，在家庭生活中必然依附于丈夫，因此，丈夫的同情和理解也就成为她们生存下去的精神支柱。妇女的这种特殊心态，在诗歌中也得到了比较充分的反映。晋代傅玄的《豫章行·苦相篇》把妇女一生的命运分为几个阶段。其中特别写到妇女婚后对于丈夫的依附心理："情合同云汉，葵藿仰阳春。"没有丈夫的爱，她们的生命也就失去了阳光。在这方面，梁代萧衍《织妇》一诗也十分突出。诗的最后四句，写思妇突发奇想，想到自己思念成疾的样子被丈夫看到，并因此而感到极大的慰藉。这位妇女的心态十分复杂：她迫切希望她的痛苦和对丈夫的一片真情能够得到丈夫的充分理解，更期待着能够得到丈夫的爱情。封建时代妇女的充满苦涩的内心世界被表现得如此深婉微妙，实在是难得的传神之笔。

　　以上诸诗都出自男诗人的笔下，那么，在女诗人自己方面对于丈夫淹留他方又是如何看待的呢？令人意想不到的是，她们的诗所传达出的却是另一种声音。刘宋时代女诗人鲍令晖的《拟青青河畔草》写思妇的感情与上述男诗人完全不同，其重点不在思念上，而是突出对青春易逝、红颜易凋的"恨"和"怨"。妇女内心世界的这另一面，是丈夫滞留不归、长期思念而导致的心理变化的结果。看来，对于在男权统治下的妇女的内心世界，男人们所看到的往往只是其软弱无助的一面，而对这怨恨不平的另一面却完全忽略了。

　　北朝诗人邢邵《七夕》一诗，涉及妇女感情心理的深处：在表现牛郎、织女被阻隔，无法相会的痛苦时特别写道："束衿未解带，回銮已沾轼"，是说未及宽衣解带、亲昵温存而被迫返程的悲伤。十分明显，这已经完全突破了夫妻间的一般的思念，而是对于基于人性普遍要求的情欲的肯定。邢邵是北朝诗人，受儒家思想的影响和束缚相对较少，有这样突破"禁区"的惊人之笔是可以理解的。

民间文学的重要地位

　　包括北方少数民族文学在内的民间文学在"八代三朝"文学中占有

极为重要的地位,是这个历史阶段诗歌发展非常重要的特点。

"八代三朝"的民间文学主要是指产生于这个时期的汉乐府民歌、南朝乐府民歌和北朝乐府民歌等。

民间文学是文学的源头,历代文学无不从中吸取营养,从这个意义上说,它对于任何时代的文学都具有无可替代的重要性。不过,我们这里所说的"重要",不单是从一般的意义上,更有其具体的内容,即从它反映现实的广泛性、思想的深刻性和高超的艺术性以及对于文学发展的重要影响等诸方面,可以说都是十分突出的。"民间乐府之于两汉,一如《诗》《骚》之于周、楚。其文学价值之高以及对于后世影响之大,皆足以追配《诗经》《楚辞》鼎足而三。"① 民间文学取得这样高的成就和历史地位,在中国文学史上是罕见的。

关于这几个朝代乐府民歌的数量、分类和保存情况在本书各有关部分已经分别做了具体介绍,关于乐府民歌的一般思想内容和艺术成就,有关论著和文学史也都有详细的评介,这里不再重复。我们只想从它们反映生活的特点和独到之处简单加以介绍。

一、首先是反映现实的广泛性。反映现实的广泛,说明文学没有把自己局限在个别的狭隘角落,而是自觉地面对现实的广阔天地和生活的各个方面,把它们都作为自己思考和表现的对象。这直接表现在题材的广泛性和多样性上。这方面以汉乐府民歌最为突出:反映的对象从社会政治到家庭生活,从从军打仗到日常劳动,从安分守己到走向反抗,从历史人物到街头事件,从官匪勾结合伙绑架到官吏仗势调戏民女,从行役期久到无家可归,从爱情婚姻到家庭悲剧,等等。所涉及的人物包括三教九流,各个阶层:上至公卿权贵、各级官吏,下到豪奴恶仆、平民百姓;从八十岁的老者到年幼的孤儿;从饱受生活煎熬的流浪者到铤而走险的反抗者;从热恋中的男女到孤寂的思妇;等等。北朝乐府民歌反映生活也比较广泛:除反映北方自然风光、生活习俗之外,还广泛涉及现实的矛盾,如社会不公、贫富悬殊以及战争所造成的灾难和痛苦等。这一个个鲜活生动的人物和一幅幅形象具体的人生画面,内容丰富广泛,真实生动地反映了广阔的社会生活和历史风貌。

二、面对普通的日常生活,挖掘其中的诗意,是乐府民歌不同于其他

---

① 萧涤非:《汉魏六朝乐府文学史》,人民文学出版社1984年版,第60页。

诗歌的又一个十分突出的特点。上面说过，乐府民歌反映现实生活十分广泛，涉及各个生活领域和社会的方方面面，但其中最为突出和充分的，则是那些反映普通的日常生活的诗歌。这些诗歌把那些并不引人注意的平淡无奇的日常生活作为思考的对象，从中透视生活的本质，挖掘其不同寻常的意义，就需要更敏锐的感受能力和认识、评价生活的能力。乐府诗的作者具备了这样的条件，通过《妇病行》《孤儿行》以及长篇叙事诗《孔雀东南飞》所涉及的日常生活，集中反映家庭伦理道德和社会人际关系。《妇病行》通过病妇临终"托孤"，预示今后父亲与孤儿在死亡线上挣扎，反映普通人的悲惨命运。《孤儿行》触及封建社会中虐待孤儿的现象，尖锐地揭露了家庭和社会人际关系中的阴暗的一面，具有强烈的家庭伦理和社会道德的批判意义。这方面的思想内容是我国古代诗歌中触及较少的一个重要方面，可以说，乐府民歌填补了这个空白。

普普通通的日常生活为千百万普通人所亲见或亲历，因而更具有普遍的社会意义和强烈的现实性。

三、思想内容的尖锐性和深刻性。对于社会现实矛盾，无论是涉及朝廷、官府，还是权贵、豪绅，乐府民歌都不加遮掩和回避，而是大胆、尖锐地加以揭露，将丑恶的东西赤裸裸地暴露于光天化日之下。《十五从军征》写一个人十五岁从军，八十岁归来，经过六十五年刀光剑影和餐风露宿的艰难而危险的岁月之后，回家时迎接他的却是田园荒芜、家破人亡——六十五年来他的精神支柱和最大希望，即刻完全轰毁，从而尖锐地暴露了封建兵役制的残酷和荒谬以及给人民带来的巨大灾难和痛苦。《平陵东》写官匪勾结，劫持百姓，敲诈钱财的罪行，充分暴露了汉代的政治腐朽、官场黑暗以及普通百姓的苦难。诗中的"不知何人"其实是指强盗，强盗暗中行动，百姓当然不知是谁。以前的注释多解为明知是官府而不直言，是对官府的讽刺云云，不但不符合诗义，而且使诗歌的尖锐性和深刻性也大打折扣。

《孔雀东南飞》是封建时代早期的一个婚姻家庭的悲剧故事。在当时的历史条件下，兰芝、仲卿如果不想屈服于封建礼教和宗法制度的淫威，除了以死殉情，也就是以毁掉自己的生命为武器之外，再没有其他任何出路。这无疑是说，正义、善良以及对于自由、幸福的追求的唯一归宿就是毁灭，宗法制度和封建礼教摧残人性的吃人本质由此也就暴露无遗。正是在这个意义上，可以说，兰芝、仲卿的悲剧不仅仅是个人的悲剧，更是时代和社会的悲剧，具有巨大的典型意义。

东汉时代，封建社会还处于上升的历史发展阶段，宗法制度和封建礼教的反动性和残酷性还没有像后来那样完全暴露出来，但执着相爱的兰芝、仲卿却痛苦地感受到它的巨大压力和束缚，并因此而成为最早反抗封建礼教的先驱者。她的坚贞不渝品格和宁死不屈精神赢得了历代人民的尊敬和赞颂，并成为鼓舞他们为自由幸福而进行不懈斗争的巨大精神力量。

而作为兰芝、仲卿对立面的焦母和阿兄，既是封建秩序的卫道者和维护者，同时也是它的受害者。他们逼死了兰芝、仲卿，同时也给自己的家庭带来了毁灭性的灾难。按照封建宗法制度和封建礼教建立起来的家庭，就这样又被这个制度本身所毁灭。这一事实雄辩地证明了一切违背人性的制度、观念和思想，其危害所及，连它的卫道者也不会放过。

除此之外，乐府民歌在"八代三朝"文学中占有重要的地位，还与它在诗歌艺术上的巨大成就和多方面的创新有关。为了方便，这个问题放在后面一并论述。

艺术创新和艺术成就

这里说的艺术创新是指对于诗歌艺术形式的创新。"八代三朝"八百年间，是中国诗歌艺术史上最富于创新精神的时期之一。凭着这种创新精神，不但创造或发展了许多新的诗体，而且提高和充实了诗歌艺术把握生活的能力，丰富和发展了塑造诗歌艺术形象、构建诗歌意境的手段，诗歌艺术因而大放异彩。

一、诗体和诗歌类型的多样化。

"八代三朝"是我国诗体发展变化的最重要的历史阶段，这个时期，除了先秦时期的四言体和骚体之外，五言体、七言体以及杂言体相继出现，并很快走向成熟。诗体的丰富和多样化，是诗歌史上划时代的变化，对诗歌艺术的发展产生了重大的影响。

由四言到五言，虽只多了一个字，但却增加了一顿，即增加了一个音节，由原来的两顿改变为三顿，这不但增加了语意容量，更为重要的是引起了音律结构的变化：原来只有两字一顿的一种形式，改变为一字顿和两字一顿的两种形式，再加上一字顿在句中位置的变化，从根本上克服了四言诗平滞、呆板的局限，使韵律丰富多变，满足表达各种不同感情的需要，从而极大地提高了诗歌形式的表达功能，为诗歌艺术的发展提供了形式的保证。

关于五言体、七言体的产生、发展和成熟，前面已经有所论述，这里不再重复。

叙事诗的成熟是这个时期艺术创新精神的重要体现，也是这个时期对诗歌艺术发展的又一重大贡献。在此之前，我国的叙事诗主要在《诗经》中，如《大雅·生民》等五篇史诗和《卫风·氓》等，但这些诗歌还只是具有叙事性或叙事因素，还不能说是严格意义上的叙事诗。与抒情诗相比，我国的叙事诗显得相对落后，形成了诗歌史发展的不平衡的状态。而从根本上改变了这种状况的，正是这个时期。汉乐府民歌中已经出现了一批优秀的叙事诗，如《孤儿行》《妇病行》《陌上桑》等，而《孔雀东南飞》和北朝乐府民歌《木兰辞》的诞生则标志我国叙事诗完全走向成熟。

叙事诗要有完整、集中的故事和尖锐的矛盾冲突，而这两首诗在这方面各有特色。《孔雀东南飞》完全突破了叙事诗矛盾激化过程的一般程式，一开始就陷于不可调和的矛盾之中。事件集中，冲突激烈，但情节的发展却不直线化和简单化，而是充满了起伏和曲折，直至矛盾的解决，始终紧紧扣人心弦。故事进展虽快，但却充分展示了人物性格，使人物通过自己的所言所行在读者面前站立起来。《木兰辞》写木兰代父从军的故事，将十年的事情通过巧妙的剪裁，集中在不长的篇幅中。全诗故事性强，情节紧凑、连贯，一气呵成，在故事的进展中塑造了木兰的英雄形象。

除此之外，按作品反映生活的范围和题材内容，又创造出一系列新的诗歌类型：

咏史诗：咏史诗是历史意识在诗歌创作中的集中反映，通过古人、古事抒发自己的情志。诗歌史上第一首咏史诗是东汉班固的《咏史》，这首诗与后代一般咏史诗有所不同，它纯以叙事为主，没有抒情、评议成分，缺少主观色彩。西晋左思《咏史》的出现标志着咏史诗的成熟。陶渊明的《咏荆轲》、颜延之的《五君咏》等也都属于咏史诗的范围。

田园诗：田园诗是歌咏田园风光和田园生活的诗歌。陶渊明创作了大量的田园诗，如《归园田居》和《饮酒》中的某些诗篇，这些作品标志着田园诗走向成熟。受陶渊明的影响，历代的田园诗创作层出不穷。

山水诗：山水诗是歌咏名胜、描绘山川景物的诗歌。刘宋时代的谢灵运是山水诗的开创者,是诗歌史上第一个集中描绘山水自然之美的诗人。他的《登江中孤屿》《夜宿石门诗》《入彭蠡湖口》等诗,描写了山川美景以及他的向往和陶醉之情。此后,山水诗不断发展,到唐代终于形成诗歌的大宗。

魏晋时期,对自然的审美开始从不自觉走向自觉,并成为一种普遍的时尚。田园诗和山水诗则是这个变化的产物。在田园诗和山水诗中,不但可以看到田园、山水之美,也可以看到诗人的"自我",所以,描绘田园、山水之美,实际上也是人的自我意识觉醒在审美活动中的表现。

游仙诗:描写灵异的神仙世界以寄托主观情怀的诗歌,主要由晋代何劭和郭璞所创,特别是郭璞的《游仙诗》十四首,由于在写高蹈隐逸的神仙世界的同时,寄寓了对于荣华富贵的蔑视和对现实的不满,影响更大,使游仙诗得到了广泛认同。

除上面所说的咏史诗、田园诗、山水诗和游仙诗之外,在这八百年间还有很多类型的诗也已经成型,如闺怨诗、宫体诗、玄言诗、悼亡诗、赠答诗和边塞诗等。其中有的已经成熟,如宫体诗;有的刚刚开始,尚处于雏形阶段,如边塞诗。

由汉至隋的八百年间,竟孕育出如此大量的诗歌形式和诗歌类型,足以说明这个时代的艺术创新精神和探索精神。诗体的创新和多样化反映着对于形式审美追求的深化,诗歌类型的增加说明了诗歌反映对象的开拓和题材的扩大。至此,在近体诗出现之前的诗歌艺术史上,可谓诸体皆备,为诗歌艺术的进一步发展打下了良好的基础。

二、诗歌艺术表现力的提高。

这个阶段诗歌艺术表现力的提高,主要体现在体物写志,即描摹客观物象和抒发主观情志上。具体说来,就是"描摹"和"抒发"进一步趋于准确、精微和细腻,从而使诗歌形象更加丰满和逼真。

诗歌艺术形象必须有生活根据,符合生活逻辑,也就是说,诗歌形象的基础是真实性。在这方面无论是民间诗歌还是文人创作,都取得了突出的成就。如《古诗十九首·青青河畔草》就体现出符合生活本来面貌的严格的现实主义精神。本诗是写丈夫久游不归,妻子独守空房的诗,这类题材的诗一般多以相思为主题,并由此而形成所谓的"思妇诗"。但本诗则不然,它所表现的主要不是相思和怀念的痛苦,而是孤独和寂寞的煎熬,其感情内涵与一般的"思妇诗"完全不同。这与这位抒情主人公的身份和经历有直接关系；原来，她不是所谓的"良家妇女"，而是一个"倡家女"，过惯了灯红酒绿的生活，经历过风月情场的波澜，怎耐得空房的孤独和寂寞。所以，她不会有相思的痛苦，而只有寂寞和无聊。人物思想感情与其生活经历的严格一致，使作品具有高度的真实性。

陶渊明的作品朴素自然，似不经意地叙述或抒写什么，但效果却极为神奇，具有无限的艺术魅力。如前面提到的《乞食》一诗写诗人的复杂心理变化过程，极为细致深微和有层次。表面看来，全诗处处记事；实际处处是心理写照和感情抒发，内心世界被表现得曲折有致，十分耐人寻味。

对内心世界的抒写是如此深微，对客观物象的把握就更加传神。

刘宋时期谢庄的《北宅秘园》写暮色到夜间的园林之美，景物描写颇见特色：不但抓住了暮色和夜景的特点，而且从动态的视角把从暮色到夜间的景色变化过程表现出来："收光渐窗歇，穷园自荒深"，随着阳光的慢慢消失，窗前也逐渐转暗；刚才从窗前望去还清晰可见的园中景物，在夜幕中已变得"自荒远"，除了黑黝黝什么也看不到。与此相似的是北朝温子升的《春日临池》，此诗写黄昏时段池塘景物的变化，也是从动态的视角写时间推移下的景色转换。这些诗歌观察景物细致入微，善于捕捉微妙变化，并十分传神地把自己的独特发现表现出来，反映出诗歌艺术表现力的时代性进步。

三、诗歌艺术形象塑造方面的新特点。

在这段历史时期，在诗歌艺术形象塑造方面出现了一系列新特点，显示出诗歌艺术发展的新趋势。

在抒情诗中，诗歌艺术形象塑造的关键是处理情景关系以及与此有关的一些问题，如物象的摄取和处理、修辞手段的运用、表达的技巧和审美的追求等。

这段历史时期抒情诗在艺术方面的一系列特征，都是在乐府诗和《古诗十九首》等古诗的基础上形成的：汉乐府给它们提供了五言诗体的型范，《古诗十九首》则为它们提供了处理情景关系的借鉴。

汉末出现的以"三曹"和"七子"为代表的建安文学在处理情景关系、构建诗歌艺术形象方面更加自觉。例如，曹丕的《燕歌行》之所以具有强烈的艺术感染力，最主要的原因就在于恰当地处理情景关系：深秋的萧瑟景象触发思念之情，引起离别的悲伤和痛苦，情景高度和谐统一。

曹植《杂诗·高台多悲风》所选之景都是由特定意向的物象构成，如悲风、孤燕、离思、哀吟等，具有悲切、凄凉的共同特征，从而使景物具有了感情的内容和色彩。在这样的环境中，抒发"慕远人"的悲哀和伤痛，自然达到情与景、主客观的和谐一致。同样，他的《送应氏·步登北邙坂》中写洛阳的残破景象与所抒发的沉痛情怀也具有内在的统一性。

西晋太康时代的"三张、二陆、两潘"，诗风虽有柔弱、繁缛之弊，但在情景关系和语言运用方面做了探索。他们的抒情诗的特点可以用张协《杂诗·秋夜凉风起》的末句"感物多所怀，沉郁结心曲"来概括。他的诗歌在情景结合、感物伤怀方面十分突出。陆机的《拟古诗十九首》部分篇章也写得自然深婉、形象鲜明。

如前所说，陶渊明开创了田园诗的诗歌类别，这与他对田园生活倾注真实感情是分不开的。他厌恶官场，向往自由，热爱自然，所以在《归园田居》和《饮酒》中，田园风光和田园生活充满了和谐与宁静，具有无限的诗意和魅力。从情景关系看，这些诗中的景物带有更多的主观色彩，是情中之景。而《杂诗·白日沦西阿》则是借景抒情，以"荡荡"、"遥遥"的夜空渲染诗人的心境。所以，前者即《归园田居》等诗以写景为主，后者即《杂诗·白日沦西阿》等诗则以抒情为主。但无论是前者还是后者，都辞浅意深，内刚外柔，辞气平和而精神严峻，标志着汉魏古风更加成熟。

进入南朝以后，诗人在精心处理情景关系的同时，更加注意语言、修辞、剪裁和声律，诗歌因而也就朝着凝练、集中和精致化的方向发展。鲍照的诗歌语言丰富，笔力旺盛，修辞讲究，感情充沛，形象鲜明，其豪迈、俊逸的诗风在南朝坛上独树一帜。《行路难·泻水于平地》以泻水于平地比喻人生命运的不同，新颖而贴切，代表着他的诗歌修辞的特点。

在声律方面，沈约等人提出的"四声"、"八病"之说，对诗歌的声律提出严格的要求增强了诗歌的音乐美，促进了诗歌艺术形式的发展，因而成为诗歌韵律的理论基础。

与此同时，由于更加注意剪裁，一般说来，诗歌（主要是抒情诗）的篇幅趋于短小。沈约的《别范安成》只有八句，便将丰富的人生体验和感情统统集中在与老友的离别共饮之际，尽收聚今昔于一瞬之便。阴铿的《晚出新亭》写离新亭所见江上景物，也只有八句。开头两句"大江一浩荡，离悲足几重"，即显示出情景交融的特征。然后将天地、远近所有的景物统统压缩在中间四句，形成辽远、壮阔而又略带悲抑的诗歌意境，诗歌形象更加完整统一，意境更加悠远深邃。

此外，王褒的《出塞》《渡河北》也都只有八句，庾信的《寄徐陵》《寄王琳》都只有四句。南朝以来这些诗歌，篇幅虽然都很短小，但大都写得凝重深沉、含蓄蕴藉，越来越趋向于近体诗的风貌。

从魏晋时代开始，我国步入了"文学的自觉时代"①，开始了文学的自我反思过程：从诗歌创作中不断探索和总结文学的固有规律，认识文学的基本特征，并逐渐将文学从与学术文章混沌一体的状态中分离出来。在重视文学政教功能的同时，还重视文学的审美特征：针对秦汉时期片面强调文学的"美刺"教化作用，而忽略文学审美功能的历史局限，特别提出了"诗赋欲丽"和"诗缘情而绮靡"的观点。这说明从这个时期开始，已经认识到诗歌与感情的关系和独特的审美追求，并遵循这样的原则，即诗歌艺术的特征和规律进行创作，从而极大地推动了诗歌艺术形式的发展和诗歌艺术反映生活能力的提高，促进了诗歌创作的繁荣，并最终成就了"八代三朝"诗歌在诗歌艺术史上的重大贡献和历史地位。

      本文为《八代三朝诗新选》（湖北教育出版社 2007 年出版）
       一书的前言，收入本书改为现题。

---

① 鲁迅：《魏晋风度及药与酒的关系》，《鲁迅全集》第三卷，人民文学出版社 1981 年版，第 504 页。

汉《郊祀歌·天马》与祥瑞观念、神仙思想

汉《郊祀歌》共十九章,包括二十首诗,这些诗歌不仅思想内容复杂,字句也比较艰深难懂。在《郊祀诗》产生的当时,即汉代就有这些诗歌难读的说法,所谓"通一经之士不能独知其辞,皆集会五经家,相与共讲习读之,乃能通知其意,多尔雅之文"①。古代对这些诗歌的全面、系统的注释很少,更缺乏深入的研究。"五四"以后,陆侃如、冯沅君的《中国诗史》对《郊祀歌》做了简要而比较全面的论说,开现代《郊祀歌》研究之先河;近年来,学者们对《郊祀歌》的性质和有关问题做了进一步的论证,使长期以来处于停滞状态的研究工作有了新的发展②。但是,毋庸讳言,在这个领域还存在很多问题:不仅对诗义存在很多模糊认识,而且有些字句的含义也没有真正搞清楚,这些已经成为对它进行深入研究的严重障碍。为此,本文愿在已有的研究成果的基础上做进一步的探讨。为了集中和深入起见,先从其中的一章,即第十章《天马》开始。

汉《郊祀歌》是郊祀诗还是祥瑞诗?

汉《郊祀歌》是按郊祀之礼祭祀诸神时所唱的乐歌,为宫廷文人奉汉武帝旨意而作。一般把这些诗歌看作祭祀诗,实际上是就多数作品而言,而不能涵盖其全部。因为祭祀诗所反映的宗教祭祀活动或仪式必须具有明确的祭祀对象,而汉《郊祀歌》中有六章,即《天马》(二首)、

---

① 《史记·乐书》卷二十四,中华书局1959年版,第1177页。
② 赵敏俐:《汉〈郊祀歌〉十九章研究》,见作者论文集《汉周诗歌综论》,学苑出版社2002年版;郑文:《汉〈郊祀歌〉浅论》,《文史》第二十一辑;王长华等:《汉〈郊祀歌〉与汉武帝时期的郊祀礼乐》,《文学评论》2007年第1期。

《景星》《齐房》《后皇》《朝陇首》《象载瑜》七首诗,只是记祥瑞之物及其吉祥预兆,而根本不涉及祭祀对象,因此,它们并不是郊祀诗。显然,仅仅根据被收入《郊祀歌》中就认为它们也是祭祀诗,是不符合实际的。陆侃如、冯沅君早就注意到这七首诗歌在性质和内容上与其他十三首诗歌有所区别,《中国诗史》中对这十九章《郊祀歌》分类时这样写道:

> 《郊祀歌》各篇大都是武帝期(前140—前87年)的作品。内容方面,除送神迎神二章外,有祀四时的四章、祀太一及五帝的三章、祀后土的两章、记祥瑞的七章(应为六章,包括七首诗,下同。——引者)、祭日与祭泰山的各一章①。

祭祀诗的具体内容与它所写的宗教祭祀活动或仪式所涉及的祭祀对象密切相关,因此,从祭祀对象的视角对作品进行分类,无疑是一种简便而又可靠的方法。值得注意的是,陆、冯二人对祭祀对象如"四时"、"太一"、"五帝"、"后土"、"日"和"泰山"等,都用"祀"或"祭",即都是表示祭祀,唯独对于"祥瑞"没有用"祀"或"祭",而用了"记"字。这十分清楚地表明"祥瑞"不是祭祀对象,与诗中所写的"四时"、"太一"、"五帝"、"后土"、"日"和"泰山"等祭祀对象根本不同。既然"祥瑞"之物不是祭祀对象,那么写它们的这七首诗当然也就不是祭祀诗。这说明陆、冯二人已经注意到"记祥瑞的七章(六章)"与其他十三章有所不同,他们的表述是完全正确的。事实上"记祥瑞的七章(六章)"都只是写祥瑞之物的发现过程、灵异之处以及它所预示的吉兆的具体内涵。这就是说,"记祥瑞的七章(六章)"与其他十三章虽然也属于宗教性质的诗歌,但却是宗教诗中的另一类,而不是一般的祭祀诗。为了方便起见,姑且把这种没有明确的祭祀对象,而只是记祥瑞之物及其吉祥预兆的诗歌称为祥瑞诗。

---

① 陆侃如、冯沅君:《中国诗史》,百花文艺出版社1999年版,第153页。

《天马》之一所据本事与写作缘起

《天马》由本来互不相干的两首诗组成，为了更好地了解其所据本事、写作缘起和思想内容，有必要先对字句做简要的疏解。先说第一首，原诗如下：

> 太一况，天马下，沾赤汗，沫流赭。志俶傥，精权奇，籋浮云，暗上驰。体容与，迣万里，今安匹，龙为友。

诗的开头就十分清楚地交代了马的神奇不凡的来历："太一况，天马下"，太一，指最高天神、天帝。《史记·封禅书》："天神贵者太一。"况，通贶，赐予。天马，本是乌孙和大宛的马名，"汉武帝……得乌孙马好，名曰'天马'。及得宛马，汗血益壮，更名乌孙马曰西极马，宛马曰天马云"（《汉书·张骞传》）。但诗中的天马却被赋予另一种完全不同的含义：因为是太一所赐，自天而下，故称天马。可见，诗中的天马已经完全被神化。沾，沾濡，沾润。赤汗，汗流如血。《汉书·西域传》："大宛国多善马，马汗血。言其先，天马子也。"《汉郊祀歌·天马》序引应劭说："汗血者，谓汗从前肩膊出，如血。"（《乐府诗集·郊庙歌辞》）《后汉书·东平宪王苍传》："……遣宛马一匹，血从前膊上小孔中出，常闻武帝歌天马沾赤汗，今亲见其然也。"沫流，形容汗流之多，即大汗满身之意。赭，赤色。接着在对马的描绘中，除写其外形的剽悍之外，更突出了其不同凡马的神奇特征："志俶傥，精权奇，籋浮云，暗上驰。体容与，迣万里。"俶傥，卓异不凡。精，精神。权奇，王先谦《汉书补注》解为"奇谲非常"，不确。权，权变，机变，善于变化之意。精权奇，是说变化神奇，超凡脱俗。籋，登，踏。暗，昏暗。在朦胧的浮云中上驰，故云昏暗。容与，起伏，此引申为跃动。迣，超越。这是以天马腾云驾雾，驰骋天际，突出其卓异不凡、神奇变化的特征。今安匹二句，颜师古云："言今更无与匹者，唯龙可为之友耳。"（《汉书·礼乐志》颜师古注）是说天马如龙，无马可比。

关于第一首《天马》的写作时间、所据本事和缘由，文献有明确交代，据《汉书·礼乐志》：第一首《天马》是"元狩三年（前120）马生渥洼水中作"，《汉郊祀歌·天马》引李斐说：武帝时南阳新野暴利长屯田敦煌，有野马群饮渥洼水。其中有一匹马貌显奇异，与凡马异。后"收得其马，献之。欲神异之，云从水中出也"（《乐府诗集·郊庙歌辞》）。可见，把马生渥洼水附近说成马出水中具有很大的编造成分，是暴利长为投武帝之所好而有意为之。不过，暴利长的编造，即把马生在水边说成"从水中出"，多少还有一些事实的影子，因而尚属踵事增华。及到武帝及其身边的文人那里，这匹普通的马就发生了重大的"质变"：为壮其神，不但将它与"天"生拉硬扯在一起，成为"天马"，而且断言它的来源为神所赐，并按照这样的认识展开了具体描写。显然，这次的编造已经不是踵事增华，而纯属凭空捏造了：一个荒诞、虚妄的神话就这样制造出来。这十分清楚地说明，在神化自己方面，统治阶级从不放过任何机会；至于论制造神话的胆量和气魄，皇帝及其身边的文人比一般的官吏，如那位负责屯田的暴利长则要大得多。

从诗歌艺术方面看，本诗的描写还是颇有可取之处：写马运用夸张、想象和比喻等多种手段，灵活而富于变化。不但写外形，更写神态；不但写其静，更写其动。全诗层次分明，配以包举全诗的结尾，含蓄有力，启人想象。

《天马》之二所据本事与写作缘起

第二首《天马》原诗如下：

天马徕，从西极，涉流沙，九夷服。天马徕，出泉水，虎脊两，化若鬼。天马徕，历无草，径千里，循东道。天马徕，执徐时，将摇举，谁与期？天马徕，开远门，竦予身，逝昆仑。天马徕，龙之媒，游阊阖，观玉台。

第二首《天马》主要是写天马出现的吉兆意义，亦即这个吉兆所预示的具体内涵。从这个角度看，第二首《天马》可以分为两段，分别写吉兆具体内涵的两个方面："径千里，循东道"之前为第一段，这段除了写神奇天马的来历之外，主要是写其所预示的吉祥内涵的第一个方面，即国祚兴盛，天下太平。"天马徕，执徐时"之后为第二段，是写其所预示的吉祥内涵的第二个方面，即得道成仙，与神仙同游。

为了更好地理解诗的内涵，还是先做字句疏解：

徕，通来。西极，遥远的西方，指大宛国。《汉书·西域传》谓大宛国在长安西一万余里。流沙，指长安西面（今新疆、中亚一带）的沙漠。《楚辞·招魂》："魂兮归来！西方之害，流沙千里些。"虎脊两，据《礼乐志·天马十》颜师古引应劭注："马毛色如虎脊（者）有两也。"（《汉书·礼乐志》）两，一对，成双，是说有一对这样的马。化若鬼，颜师古解为"言其变化若鬼神"（同上），不通。近年来，有的学者认为鬼为"騩"的省假，鬼（騩）马，就是浅黑马，"化若鬼"即"有时变化而成鬼马之色"①，这样解释与诗中"虎脊两"相矛盾，所以也不通。这里的化，指造化，即自然创造化育万物的功能。化若鬼，意为造化创造出这样神奇的天马简直如同鬼神一般，这是对于化育万物的造化的赞叹，也是对神奇天马的赞叹。无草，指荒漠不毛之地。"历无草"三句，颜师古注："言马从西来，经行碛卤之地无草者，（凡）千里而至东道。"（同上）九夷，指汉朝周边地区的民族和国家。汉武帝经过多年的努力，已经战胜威胁汉朝安全的匈奴等民族，与其他民族和国家也建立起经济、文化联系。所谓"九夷服"，意味和预示着四海臣服，天下一统。出泉水，西部沙漠和干旱地区，有些泉水时断时续，天马来时，正赶上有些泉水喷涌，有了水源预示着时顺年丰，人丁兴旺。一般说来，封建王朝具备了这两个方面："九夷服"和"出泉水"，即四海臣服、天下一统和时顺年丰、人丁兴旺，也就可以说是到达了太平盛世的理想境界。

可见，诗中是把天马看作瑞应，作为大汉帝国强大、昌盛的吉兆而加以肯定，目的正是歌颂汉武帝的圣明和神奇，神化其统治。

以上是第二首《天马》的第一段，再说第二段。

执徐时，即执徐岁。《史记·天官书》："执徐岁：岁阴在辰，星居亥。"天马徕，执徐时二句是说，岁阴（或曰太岁）在辰得天马。将摇举，颜师古注为"奋摇高举"（同上），摇，举，同义，都有上升、飞起之意。这两句是说，将飞到那不可预期的神仙之地。远门，指通往仙界之门。竦，引领举足，将飞状。昆仑，相传是神仙居住之地。竦予身，逝昆仑两句是说，将乘天马飞向昆仑。媒，中介，导致的原由。这两句是说，

---

① 郑文：《汉〈郊祀歌〉浅论》，《文史》第二十一辑。

天马神奇不凡，将招引真龙前来。阊阖，天门，指天庭、神界。玉台，天帝居住之所。

天马徕所预示的得道成仙，与神仙同游，涉及汉武帝的神仙思想，后面另行论述，这里暂不涉及。

第二首《天马》作于太初四年（前101），在此之前汉武帝多次对大宛等西域诸国发动战争。"太初四年，诛宛王，获宛马作"（《汉书·礼乐志》）。"太初……四年春，贰师将军广利斩大宛王首，获血汗马来，作《西极天马之歌》。"（《汉书·武帝纪》）西域大宛国以出善马闻名，汉武帝为了获取他所喜爱的宛马，不惜劳民伤财，用了几年的时间发动数万人远征大宛，给各族人民造成巨大的灾难和痛苦。关于这段征伐和屠戮大宛的史实，除以上所引《汉书·礼乐志》《武帝纪》的记载外，《李广利传》《西域传》等篇章多有更为具体的记载。这首《天马》就是以此为背景和根据而创作的。但是，诗中不但没有揭露战争所带来的严重后果，谴责统治阶级发动不义战争的罪行，反而掩盖历史真相，把掠夺的"赃物"和杀戮"战利品"即天马之徕当作吉兆和"瑞应"，作为自己统治合乎天意和正义的"物证"，其政治功利性是十分明显的。

《天马》与祥瑞观念

如前所说，第一首《天马》作于元狩三年（前120），是因马生渥洼水边作，第二首作于太初四年（前101），是为战胜大宛获宛马而作，两首诗的写作时间相距近大约二十年；从写作缘起看，一匹马为部下所献，一匹马为战利品，二者互不相干。然而，对于这样互不相干的两首诗，《郊祀诗》的编作者在编订时却将它们放在一起，让它们共同组成一章，即《郊祀诗》的第十章。所谓章，从音乐方面说，表示乐曲终了；从文词方面说，表示意尽语止。这说明，《郊祀诗》的编作者做这样的安排，显然是认为它们是一个整体的组成部分，两首诗之间具有内在的联系。

那么，究竟是什么原因使《郊祀诗》的编作者得出这样的认识和安排，即把相互独立没有任何联系的两首诗放在一起共同组成一章呢？事实上，这不是诗歌艺术问题，而是涉及宗教观念的问题，因此，只能从宗教观念方面去探索和寻找答案。这里所涉及的宗教观念，就是祥瑞和瑞应观念及其所体现的事物之间的神秘联系。

所谓祥瑞观念是以某些事物作为吉兆，推究神的意志的一种思想，所谓瑞应观念则是把祥瑞视为人君之德的回应的思想。统治阶级往往把祥瑞的出现作为国祚兴盛、天下太平的征验和吉兆，也就是如前所说的把它们作为自己统治合乎天意的证明而大加宣扬，以巩固和强化自己的统治。

其实，从实质上看，所谓祥瑞和瑞应，不过就是物占。物占也叫杂占，"杂占者，纪百事之象，候善恶之征"（《汉书·艺文志》），也就是以"百物之象"作为"善恶之征"，以预测事物发展的凶吉。所不同的是，祥瑞都是善的征候，而不是恶的预兆。在统治阶级看来，行善政必然感动上天，得到上天的肯定而降祥瑞，所谓"上顺天心，下安百姓，此正义善事，当有祥瑞……"（《汉书·元后传》）一般说来，物占的结构包括两部分：一是作为征兆的物象，即上面说的"百物之象"；一是所预示事物的发展及其结果，即上面说的"善恶之征"。例如，"禹平天下，二龙降之"（《瑞应图》残卷引《括地志》），就是一个物占，其中"二龙降之"是作为征兆的物象，属于"百事之象"；而"禹平天下"则是它所预示的事物发展及其结果，属于"善恶之征"。又如"有鸟焉，其状如翟而五采文，名曰鸾鸟，见则天下安宁"（《山海经·西山经》），也是一个物占。其中，"鸾鸟见"是作为征兆的物象，属于"百事之象"；而"天下安宁"则是所预示的事物发展及其结果，属于"善恶之征"。把某种物象作为与它毫不相干的事物发展的预兆，认为它们之间具有某种为神所操纵的内在联系，显然是宗教神秘观念的反映，而没有任何事实根据。

《郊祀诗》的编作者把没有任何联系、彼此相互独立的两首《天马》拉扯在一切，组成一个整体，作为诗的一章，正是基于这种虚妄、荒诞的宗教思想观念：写天马外形和内在精神的第一首《天马》，从祥瑞和瑞应观念的角度看，其实就是作为征兆的物象，即属于"百事之象"部分；而主要是写吉兆即"九夷服"、"出泉水"以及得道成仙，与神仙同游等的第二首《天马》，从祥瑞和瑞应观念的角度看，其实就是所预示的事物发展及其结果，即属于"善恶之征"部分。

此外，编作者的意图还可以从以下两个事实看出：

一、如前所说，《郊祀诗》十九章包括二十首诗，只有第十章《天马》由两首诗组成，其他十八章都只包括一首诗。第十章的这个例外，绝非偶然，只能是编作者有意为之。

二、为了使这个由各不相干的两首诗组成的第十章更加符合祥瑞、瑞应的特征，作者还把马的名称做了统一处理：从前面所引《汉书》资料可以知道，第二首诗中所写的马，即从大宛所掠夺的宛马，本名叫"汗血马"，但在诗中却被改称为"天马"。这样不但突出了其神奇不凡的特征，而且更突出了两首诗的统一性。在编作者看来，这样似乎更可以增强其作为祥瑞的可信性。

总而言之，两首《天马》正是作为物占的两个组成部分而共同构成一章的。当然，一般的物占比较简单，无论是"百物之象"部分，还是"善恶之征"部分往往都只是一句话或几句话，而《天马》则采用了诗歌形式，并展开了具体的描写。但从思想实质上看，两首《天马》与上面所举的"禹平天下，二龙降之"、"有鸟焉，其状如翟而五采文，名曰鸾鸟，见则天下安宁"，具有完全相同的宗教观念本质，都属于物占，所不同的仅仅是形式而已。

这样看来，说两首《天马》之间没有任何联系，是就诗歌艺术的意义而言；说它们之间有紧密的联系，是就宗教观念意义，也就是就汉《郊祀诗》编订者的意图而言。对于研究像《天马歌》这样的祥瑞诗（以及一般的宗教诗），必须兼顾这两个方面，即诗歌艺术意义和宗教观念意义，才能真正把握其本质，否则，忽略其中的任何一个方面，都不可能做出全面正确的评价。

《天马》与神仙思想

《天马》思想内容的复杂性，除了祥瑞、瑞应观念，还在于它的神仙思想，这主要表现在第二首《天马》中。像祥瑞、瑞应观念一样，诗中的神仙思想也是为统治阶级歌功颂德。

汉武帝雄才大略，文治武功多有建树，但却终生相信神仙，沉迷于神仙世界：求方士，访仙山，寻灵药，化丹砂，追求长生不老，来去无方。他虽多次被方士欺骗，求仙无验，但始终乐此不疲。"天子益怠厌方士之怪迂语矣，然终羁縻弗绝，冀遇其真。自此之后，方士言祠神者弥众，然其效可睹矣。"（《史记·孝武本纪》）不止如此，他还亲临东海，冀遇蓬莱。为了招徕神仙，特地修建通天台，挖掘泰液池，"中有蓬莱、方丈、瀛洲、壶梁，象海中神山龟鱼之属"（《史记·孝武本纪》）。不难看出，汉武帝求仙得道的心情是多么强烈和迫切。

正是因为如此，所以，当"天马"自西极而来时，他便十分自然地将"天马"与他梦寐以求的得道成仙联系起来："将遥举，谁与期？天马徕，开远门，竦予身，逝昆仑。天马徕，龙之媒，游阊阖，观玉台。"这是他想象中的成仙的生活：他将乘天马，摇举竦身赴昆仑，进而乘龙到天庭与神仙同游。汉武帝信仰神仙的真正目的，不过是想延年益寿、长生不老，永享人间荣华富贵而已。这就是说，作为一个皇帝，他既要保持人间至尊的权力和地位，又要享受神仙家所向往的清静和自由。而这两个方面的结合，也就构成了汉代统治者所标榜的"无为而治"。如此说来，天马作为吉兆的具体内涵，是与汉武帝"无为而治"的政治理想密切相关的。

应当说，摆脱世俗的利禄和人间的纷扰，到另一个世界与神仙同游，尽享仙界的清静自由和长生不老，确是怀有神仙思想的人的最高追求和信仰。但对统驭万民的人间至尊汉武帝来说，这一切不过是说说而已，他不可能真正去实践：不要说神仙家所讲究的守静、服饵、养气、炼形的修养功夫和物我两忘、与道为一的精神境界，单单是隔绝荣华富贵，远离凡俗物欲，隐遁山林，放弃权势，他就根本无法做到。这就是说，汉武帝的帝王身份和统驭天下的权势与他所向往的神仙世界是格格不入的。所以，尽管《天马》中极力表现他对于追求神仙世界的虔诚和向往，但那不过是祭祀时的咏唱而已，与付诸实践完全是两回事。这样看来，他被真正的神仙家所嘲笑也就不足为奇了。"燕昭无灵气，汉武非仙才"（郭璞《游仙诗》之六），郭璞的这两句诗，可以说是对汉武帝神仙思想最好的诠释和评价。

原刊于《励耘学刊》文学卷 2008 年第一辑，
北京师范大学文学院郭英德主编，学苑出版社 2008 年出版。

关于曹植诗歌创作的两个问题

曹植是一个悲剧性的历史人物。我们这样说主要不是因为他争取立为太子、继承大业的宏愿最终化为泡影,而是因为他为此而付出的沉重代价:除了终生梦寐以求的建功立业、报效国家的宏伟理想始终未能实现,造成他人生的最大遗憾之外,还在于失势之后的十几年来,他一直处于严密的监视、限制和防范之下而不得自由,精神由此而陷入极大的苦闷和抑郁之中,以至"怅然绝望……常汲汲无欢,遂发疾薨"①。曹植的悲剧性人生对他的诗歌创作产生了极为深刻的影响,他的诗歌作品因此也呈现出一定的复杂性。

关于写给友人的赠答诗及其创作走势

赠答诗是曹植诗歌作品中的一类,在他的诗歌创作中占有重要的地位。

赠答诗是汉魏时期产生的一种新的诗歌类型,是指那些写给亲友,向亲友倾述内心情怀的诗。由于赠答诗具有特定的倾诉对象,因而有很强的针对性,不同的关系决定了诗歌不同的内容和特征。一般说来,由于赠答的对象多属知己,便于抒写情怀,透露心迹,因而为考察诗人内心世界和心路历程提供了一个极好的视角。这或许正是这类诗歌的特殊意义和价值。

最早的赠答诗由汉代的秦嘉夫妇创作,即秦嘉写给妻子徐淑的《赠妇诗》和徐淑的《答秦嘉诗》。曹植善于写赠答诗,他是曹魏时期写赠答

---

① (三国)陈寿:《三国志·魏志》第二册,中华书局1959年版,第576页。

诗最多的诗人。他在这方面取得的重要成就，极大地促进了赠答诗的发展。

现存的曹植赠答诗主要有《送应氏》(《送应氏》属送别诗，可归入赠答诗一类)、《赠王粲》《赠徐干》《赠丁仪》《赠丁仪王粲》《赠丁翼》和《赠白马王彪》等。其中，前六篇即《送应氏》《赠王粲》《赠徐干》《赠丁仪》《赠丁仪王粲》《赠丁翼》，都是写给友人的，并且都写于曹植诗歌创作的前期[①]。一般认为曹植的诗歌创作以建安二十五年（220）曹丕即位为界分为前后两个阶段。写于后期的《赠白马王彪》是赠兄弟的诗，不但创作时间和赠予对象与赠予友人的前期赠答诗不同，而且表现的思想情志彼此也完全不同。（为集中起见，《赠白马王彪》本文暂不涉及。）

曹植的朋友多，赠答诗写得也多。朋友多本来是人生的一大快事，也有利于他的事业发展，然而，对于曹植来说情况则不然：朋友多恰恰与他的不幸结局有某些直接或间接的关系，并最终促进了他的人生悲剧的形成。

曹植的赠答诗具有的强烈的时代特征和鲜明的艺术个性。

首先，与一般赠答诗多写彼此之间的情意，内容仅仅限于个人之间的情况不同，曹植的赠答诗往往超越了个人的狭隘小天地，而面向广阔的人生和变化着的社会现实，因而具有丰富的社会内容。这不但为他们之间的友谊提供了具体的时代背景，赋予友情的抒写以浓郁的历史气氛和社会意义，而且也极大地丰富和拓展了赠答诗的思想艺术容量。如《送应氏》二首：

> 步登北邙坂，遥望洛阳山。洛阳何寂寞，宫室尽烧焚。垣墙皆顿擗，荆棘上参天。不见旧耆老，但睹新少年。侧足无行径，荒畴不复田。游子久不归，不识陌与阡。中野何萧条，千里无人烟。念我平生居，气结不能言。
>
> 清时难屡得，嘉会不可常。天地无终极，人命若朝霜。愿得展嬿

[①] 这可以从赠诗对象的卒年得到有力的证明：王粲、徐干、应场都卒于217年，丁仪、丁翼卒于220年，都属于曹植诗歌创作的前期。

婉，我友之朔方。亲昵并集送，置酒此河阳。中馈岂独薄，宾饮不尽
觞。爱至望苦深，岂不愧中肠。山川阻且远，别促会日长。愿为比翼
鸟，施翩起高翔。

这是曹植送别其友人应场所作。应场，"建安七子"之一，任平原侯
庶子（贵族属官）。建安十六年（211）七月，曹植随曹操西征马超，途
经洛阳遇应氏，而应氏即将北上赴任，遂有此作。

《送应氏》共两首，虽题为送别诗，但第一首根本不涉及送别，而是
撇开送别，直接抒写汉末战乱所造成的满目疮痍、民生凋敝的景象，并以
"念我平生居，气结不能言"作结，直接表达了诗人对这场战乱的感情和
态度。在营造了浓郁的伤乱和悲抑的气氛之后，才涉及送别"本题"：抒
写对于友人的深厚友谊和惜别之情以及比翼高飞的壮烈情怀。这样的立意
安排和写法，不但凸显了"乱世"送别的特点，显示出与太平时期送别
的不同，而且将离别的悲伤与社会动乱、民生疾苦结合起来，反映了诗人
处乱世而思太平的忧国忧民情怀和友谊的时代色彩，从而使本诗超越了一
般赠答诗卿卿我我的狭隘小圈子，而开拓出广阔的社会视野和诗歌艺术的
新境界。

《赠丁仪》也是如此，这是曹植写给他的好友和亲信丁仪的诗。在曹
植与曹丕的"立嫡"之争中，丁仪站在曹植一边，为曹植能够立为太子
极尽努力，并因此结怨于曹丕。曹丕即位后，丁仪的处境立即变得十分危
险。《赠丁仪》即写于此时，此后不久，丁仪即被曹丕杀害。曹植对丁仪
的处境非常理解，特写此诗重申对他的友谊，并以此安慰他，请他放宽
心。此诗也可以分为两部分，以上所说是后半部分，也是诗的中心内容。
诗的前半部分没有涉及他们两人之间的关系，而是先写了一段气候变化、
霖雨成灾和农民的疾苦，其意似在说明政治风云变化与自然气候变化一
样，总会造成意想不到的后果，并特别强调"黍稷委畴陇，农夫安所
获"，表达了对于农夫的同情和对上位者"在贵多忘贱"，不能广博施恩
的不满。由于把他们之间的深厚情谊与风云变幻的政治形势结合起来，从
而赋予诗歌以强烈的爱憎和现实意义。

赠答诗总是要根据赠诗对象的不同身世、处境以及与诗人的不同关系
而决定抒写不同的内容，以便形成思想感情的共振，从而真正打动对方。
从这个角度看，本诗从政治斗争经验的角度所做的劝慰，对于正处于政治

高压下的丁仪来说是很得体的。所以,前后两部分表面看来似乎各不相干,但对赠诗对象来说,却有其内在的联系和针对性。

其次,曹植的赠答诗充满了追求理想、建功立业的壮志豪情。曹植在赠答诗中经常鼓励友人树立远大的理想和抱负,成为一个真正的君子:在《赠丁翼》中说:"滔荡固大节,世俗多所拘。君子通大道,无愿为世儒。""世儒"即俗儒,也就是"小人儒"。这与孔子对子夏的要求"汝为君子儒,无为小人儒"是完全一致的。在《赠徐干》一诗中,还特别提出"良田无晚岁,膏泽多丰年。亮怀玙璠美,积久德愈宣",主张君子应当坚持不懈地修饰德行,达到道德的完美。由此可见,曹植与他的友人立志之高远和胸怀之远大。《赠丁仪王粲》是曹植随曹操征马超、韩遂过函谷而作,诗从与函谷有关的秦汉帝王居和"皇佐扬天惠"、"全国为令名"的时政写起,从而将他们之间的友谊与建功立业、现实斗争以及天下兴亡联系起来,赋予作品以强烈的现实感和历史感。

还有,曹植的赠答诗感情真挚、诚恳,充满了对于友人的关怀和爱护。

曹植的这种感情与他对友人的认识密切相关。在他看来,那些富有才智和崇高道德理想的友人都是国家的栋梁之才,在未来的兴国大业中必将大有作为。他在《赠丁翼》中写道:"我岂狎异人,朋友与我俱。大国多良材,譬海出明珠。"明显表现出他对朋友的器重和爱惜,流露出为"良材"而骄傲与自豪。也正是因为如此,他对人才的被埋没才深表痛惜。在《赠徐干》中,他对才德过人而位居人下、终身贫穷志未得伸的徐干,既有同情、劝慰,又有希望、鼓励,而且为未能援引而深自悔责。如果考虑到二人地位悬殊:一个是声名显赫的侯王,一个是衣食无着的贫士,而丝毫没有居高临下之感,更可以看出其态度的可贵。曹植对于友人的关怀和爱护尤其突出地表现在对待朋友的缺点、错误上,《赠丁仪王粲》一诗中对"丁生怨在朝,王子欢自营"(丁生、王子分别指丁仪和王粲)的偏激态度以委婉而诚恳的口吻提出批评和劝诫,并希望他们坚持"中和"精神,处理好各种事宜。态度率直而诚恳,流露出手足般的情意。

总而言之,曹植的赠答诗并未因友谊关系而流于卿卿我我,陶醉于个人之间狭隘的小圈子内,而是将他们之间的友谊面向广阔的社会和人生,使之与理想的张扬、现实的关注、对民生疾苦的同情以及建功立业的追求等紧密联系起来,从而赋予它以丰富的现实内容、阔大的精神境界以及刚健、清新的艺术个性和风格。这说明，与前人相比，曹植的赠答诗达到了新的高度，标志着赠答诗开始走向成熟。

曹植在他的诗歌创作前期写了那样多赠予友人的赠答诗，进入后期却戛然而止，再也没有给友人写过赠答诗。前后期诗歌创作的明显反差，自有其深刻的政治原因。

曹植是曹操的三子，曹丕的同母弟，性聪颖，富有才气，有理想抱负，是"立嫡"的主要人选之一，曹操曾一度考虑传位于他。由于位高势重，且"性简易，不治威仪，舆马服饰，不尚华丽"①，所以士人都愿与之交往，"植既以才见异，而丁仪、丁廙、杨修等为之羽翼"②，就这样在他周围很快形成了一股势力。这股势力直接参与了"立嫡"之争，如杨修就进言，认为曹植能够"宣昭懿德，光赞大业"③，"与丁仪兄弟，皆欲以植为嗣"④。丁廙劝"立"曹植更加激切，甚至表示愿冒"斧钺之诛"⑤也要进言。这些活动早就引起曹操的警觉："初，临淄侯植有代嫡之议，修厚自委昵，深为植所钦重。太子（指曹丕——引者）亦爱其才。武帝虑修多谲，恐终为祸乱，又以袁氏之甥，遂因事诛之。"⑥曹丕对此也早就深感忧虑，即位以后，即杀丁仪、丁廙，以除心腹大患。

不难看出，围绕着争夺最高权力，曹氏兄弟之间展开了长时间的尖锐激烈的斗争，曹植的多位朋友为此而付出了生命。这有力说明，他的这些友人与他志同道合，他们之间的友谊具有浓重的政治色彩。从这样的语境来看曹植写给友人的这些赠诗，当事者与后人对于这些诗的认识恐怕有所不同：我们从这些赠答诗中看到的是美好的友谊和盛情，而在处于斗争旋涡的对立面看来，以曹植为首的这股势力完全是"异己"的敌对势力，关注更多的恐怕是诗中的那些敏感的政治内容。现实斗争赋予这些赠答诗的意义和性质，也是一种客观存在，是不应当忽视的。何况，如前所述，这些赠答诗早已超越了一般的赠答诗，而涉及诸多现实政治问题！曹丕在决定杀丁仪、丁廙时，不可能不注意曹植给他们诗中的政治内容。这对曹

---

① （三国）陈寿：《三国志·魏志》第二册，第557页。
② 同上。
③ 同上书，裴松之注引杨修《答曹植书》，第560页。
④ 同上书，裴松之注引《世语》，第560页。
⑤ 同上书，裴松之注，第562页。
⑥ 杨勇：《世说新语校笺》引《文选集注》七十九，第523页。

植的创作怎能不产生影响呢？

"立嫡"之争至建安二十五年曹丕称帝而暂告一段落，但是兄弟之间的斗争并没有就此结束，而是转变为另一种形式。

魏朝文、明二帝吸取汉初诸侯王权势过重，尾大不掉，终于导致吴、楚七国之患的历史教训，对诸侯王采取了极为严格的防范、限制措施，以致"魏氏王公，既徒有国土之名，而无社稷之实，又禁防壅隔，同于囹圄；位号靡定，大小岁易；骨肉之恩乖，《常棣》之义废"①，王侯们在朝廷官员的监视下生活，"皆思为布衣而不能得"②。与一般的侯王相比，曹植受到的防范、排挤、打击尤甚。实际上，自曹丕即位以后，曹植就被迫完全断绝了与外界的联系，甚至可以说失去了自由（详后）。他在《求通亲亲表》中说：

> 至于臣者，人道绝绪，禁锢明时，臣窃自伤也。不敢乃望交气类，修人事，叙人伦。近且婚媾不通，兄弟乖绝，吉凶之问塞，庆吊之礼废，恩纪之违，甚于路人；隔阂之异，殊于胡越……每四节之会，块然独处，左右唯仆隶，所对唯妻子，高谈无所与陈，发义无所与展……

其中特别提到"不敢乃望交气类"，气类，本指相同的物类，此指意气相投者，也就是他的那些志同道合的朋友。看来，自曹丕即位以后，曹植交友的权利也被剥夺。他曾说："利剑不在掌，交友何须多！"可见，他对此是十分不平的。

既然不能交友，不能与朋友联系，又何谈赠友诗呢？可见，曹植创作中前期多赠答诗，而后期一首也没有，这个创作上的重要变化绝非偶然，而与曹植的命运起伏变化和围绕最高权力的斗争密切相关。显然，处于政治斗争旋涡中心的曹植，其诗歌创作深受政治斗争的冲击和影响，并从根本上决定了其赠答诗创作的非同一般的走势。

---

① （三国）陈寿：《三国志·魏志》第二册，第591页。
② 同上书，第592页，裴松之注引《袁子》。

关于后期诗歌创作中的建功立业豪情与渴望自由

曹植自年轻时即怀有远大的理想抱负,在《与杨德祖书》中充满豪情地写道:"庶几戮力上国,流惠下民,建永世之业,留金石之功,岂徒以翰墨为勋绩,辞赋为君子哉!"建功立业、报效国家的宏愿,贯穿于他的全部诗歌中。但是,随着朝廷斗争形势和他的处境、心绪的巨大变化,在后期表现理想抱负,抒写建功立业,报效国家豪情的诗歌,内容已不再那么单一,而往往结合着其他的追求,诗歌内容因而呈现出复杂性特征。例如属于后期创作的以下一些诗:

> 仆夫早严驾,吾行将远游。远游欲何之?吴国为我仇。将骋万里途,东路安足由!江介多悲风,淮泗驰急流。愿欲一轻济,惜哉无方舟!闲居非吾志,甘心赴国忧。
>
> 《杂诗·仆夫早严驾》

> 虾𬶭游潢潦,不知江海流。燕雀戏藩柴,安识鸿鹄游?世士诚明性,大德固无俦。
>
> 驾言登五岳,然后小陵丘。俯观上路人,势利唯是谋。仇高念皇家,远怀柔九州。抚剑而雷音,猛气纵横浮。泛泊徒嗷嗷,谁知壮士忧!
>
> 《虾𬶭篇》

> 飞观百余尺,临牖御棂轩。远望周千里,朝夕见平原。烈士多悲心,小人偷自闲。国仇亮不塞,甘心思丧元。抚剑西南望,思欲赴太山。弦急悲声发,聆我慷慨言。
>
> 《杂诗·飞观百余尺》①

---

① 关于《杂诗·仆夫早严驾》《虾𬶭篇》和《杂诗·飞观百余尺》这几首诗的创作时间,学术界有不同的看法,本文根据前人的有关研究成果,认为它们都属于曹植后期的创作。其中《杂诗·仆夫早严驾》《虾𬶭篇》的创作时间采用黄节《曹子建诗注》和赵幼文《曹植集校注》的观点,《杂诗·飞观百余尺》的创作时期,采用古直《曹子建诗笺定本》的观点,特此说明。

关于这三首诗歌的基本内容和主题，有的学者认为《杂诗·仆夫早严驾》是"写作者自己立功立业殉国赴难的志愿"；《虾鳝篇》是诗人以忧国事的壮士自命，其"壮志往往不是一般人所能认识的，正如燕雀不识鸿鹄之志"；《杂诗·飞观百余尺》"是写'甘心赴国忧'的壮志和壮志不遂的愤慨"①。以上所说确实是诗歌基本内容和主题的重要组成部分，但认为其基本内容和主题只是这些，就流于片面了。因为除了这些内容之外，渴望突破罗网，摆脱束缚，对自由的强烈向往和追求，也是其基本内容和主题的重要组成部分。事实上，在曹植后期的诗歌中，向往建功立业与向往、渴望自由是不可分的。从当时的朝廷形势和曹植的实际处境看，后者即向往和渴望自由比前者即向往建功立业报效国家更为现实和迫切。

为了全面、正确把握作品的文本意义，深刻理解其意义和特点，有必要从诗歌的构成基础即诗歌的基本构成因素入手进行分析。所谓诗歌的基本构成因素，是指诗歌艺术形象的最基本构成单位，亦即意象和集合意象。作品的文本意义就是通过这些意象和集合意象的组合而构成的艺术形象得以显现出来。从诗歌基本构成因素的角度看，这三首诗歌的意象和集合意象可以分为以下两大类：

一类是高远、辽阔空间和奋勇进取相结合的集合意象。其中表示高远、辽阔的意象，《杂诗·仆夫早严驾》中有"远游"、"万里途"；《虾鳝篇》中有"江海"、"五岳"、"陵丘"、"纵横"等；《杂诗·飞观百余尺》中有"千里"、"平原"、"西南"。这些意象都具有高远、辽阔，纵横万里的特征，体现着诗人向往和追求广大的活动空间。值得注意的是，与这些表现高远、辽阔的意象相联系的多是奋勇进取的意象，如"万里途"之前是"将骋"，"五岳"前是"登"，"陵丘"前是"小"，"纵横"后是"浮"，"千里"前是"远望"，"太山"前是"赴"等，这样就分别组成了具有动态特征的集合意象，如"将骋万里途"、"登五岳"、"小陵丘"、"纵横浮"、"远望千里"、"赴太山"等，这些集合意象虽然采用的物象不同，但却具有相同的意义指向，将它们综合起来，诗歌形象的文本意义也就初步显现出来，那就是：打破限制，摆脱束缚，在寥廓广大的空间里任意驰骋，有所作为。

与上面所说的那些具有动态特征的集合意象不同，这三首诗歌中的另

---

① 余冠英：《三曹诗选》，人民文学出版社1979年版，第78、41、79页。

一类意象是具有强烈感情色彩的情绪意象,如《杂诗·仆夫早严驾》中的"悲风"、"惜哉",《虾鳝篇》中的"壮士忧",《杂诗·飞观百余尺》中的"多悲心"、"悲声发"、"慷慨言"等。显然,"悲风"、"惜哉","多悲心"、"悲声发"等意象主要是表现悲愤、痛惜和忧愁的情怀,而"壮士忧"、"慷慨言"又赋予这种情怀以悲壮、激昂的特征。

结合曹植的身世和处境,综合分析这两部分集合意象及其所构成的诗歌艺术形象,可以清楚地看出,这三首诗不但抒写了诗人建功立业、勇赴国难的豪情壮志,而且表现出对于自由的向往和尽情驰骋的渴望,以及理想、抱负不能实现和失去自由的悲愤与痛惜。向往建功立业和自由驰骋的豪情壮志与内心的隐痛就这样不可破解地牵连在一起,形成了这三首诗歌中激越、慷慨与悲愤、忧痛的有机统一。

建功立业、勇赴国难的豪情壮志与对于自由的向往、对任意驰骋的渴望,都是诗歌艺术形象的有机组成部分,二者紧密结合,不可分割。这是因为从艺术形象构成的基础上,有关的集合意象就是彼此结合着的。例如《杂诗·仆夫早严驾》通过"远游欲何之?吴国为我仇"写效命疆场、为国立功的豪情壮志,但从严驾远游写起,并强调"将骋万里途",写出了长途万里、任意驰骋的广阔境界。《虾鳝篇》表现"仇高念皇家,远怀柔九州"的远大抱负,却从"江海流"、"鸿鹄游"、"登五岳"写起,且"抚剑而雷音,猛气纵横浮"。同样,《杂诗·飞观百余尺》"国仇亮不塞,甘心思丧元",写勇赴国难、为国捐躯的雄心壮志,却结合"远望周千里,朝夕见平原"、"抚剑西南望,思欲赴太山"来写。集合意象的彼此结合和内在统一,不只使诗歌文本的上述两方面意义不可分割,而且决定了诗歌的宏伟气魄和阔大意境。

鉴于这三首诗歌抒写建功立业、勇赴国难的主题已经获得广泛的认同,而向往自由、渴望任意驰骋的主题尚未引起充分的注意,有必要就这个方面做进一步的分析和论证。

要真正理解上述三首诗歌向往和追求自由的主题,必须深刻理解后期曹植的处境和内心状态。在这方面,曹植死后五年的景初诏书对他所做的定论透露了很多重要的信息:

> 陈思王昔虽有过失,既克己慎行,以补前阙,且自少至终,篇籍不离于手,诚难能也。其收黄初中诸奏植罪状,公卿已下议尚书、秘

书、中书三府、大鸿胪者皆削除之。撰录植前后所著赋颂诗铭杂论凡百余篇，副藏内外①。

这份诏书写得颇有机锋，但却隐含不露：

1. 曹丕即位之后，朝廷收到很多参奏曹植罪状的奏章，碍于太后的情面，曹植虽未被治罪，但那些奏章却一直保存着，直到曹植死后才"皆消除"。这就是说，曹植生前被戴上了紧箍咒：罪证一直拿在朝廷手中，随时可以治罪。

2. 曹植为悔过而"克己慎行"。所谓"克己慎行"实际就是接受朝廷监国的伺察，约束自己，恪守礼法。这就意味着曹植只能在朝廷允许的范围内活动，失去了自由。

3. 肯定了曹植终生坚持创作，并辑录予以保存。

以上几点表明，后期的曹植爵位虽未被褫夺，但实际上却是戴罪之人，他的后半生是在没有自由和戴罪悔过中度过的。

诚然，诏书肯定了曹植的诗赋创作，但是，他所看重并终生梦寐以求的建功立业，诏书中却根本不提。这说明，朝廷对于曹植建功立业报效国家的愿望持根本否定的态度。因为在朝廷看来，武帝在世时，他是曹丕的竞争对手；曹丕即位以后，他又是朝廷的威胁。在这种情况下，防范和排挤犹恐不及，又怎能想象把关乎国家安危的兵权交给他，让他去建功立业！事实完全相反，不但不给他权力和议政的机会："植每欲求别见独谈，论及时政，幸冀试用，终不能得"②，而且连随便行动的自由也不给。这样看来，曹植是在遭受排挤、打击，失去自由，理想落空的境遇下，在诗中高唱"将骋万里途"、"登五岳"、"小陵丘"、"纵横浮"、"远望千里"、"赴太山"的，这难道是出于偶然吗？向往辽阔、广大的艺术境界，咏唱奋力勇进的精神，传达的不正是他挣脱罗网、开拓空间、重获自由、任意驰骋的内心要求和呼声吗？

曹植后期诗歌创作中的这一重要主题，还可以从曹植后期的其他作品中得到有力证明。例如，《野田黄雀行》通过少年拂开罗网，使黄雀得以高飞表现出对于冲决罗网、重获自由的渴望；《吁嗟篇》以中林草为了结

---

① （三国）陈寿：《三国志·魏志》第二册，第 576 页。
② 同上。

束"流转无恒处"情愿燔于野火而靡灭,反映了诗人对于命运操控于人的忿忿不平。向往自由的主题,不只表现在诗中,在后期的赋中也有突出表现,《白鹤赋》写失去自由遭受压抑的痛苦;《感节赋》一反诗中对于"宿夜无休闲"转蓬生活的厌恶,而"愿寄躯于飞蓬,乘阳风之远飘",表现出对于自由飘荡的转蓬的无限羡慕。这一切都说明,曹丕即位后,曹植"身受极为沉重之政治迫害,幽禁独处,死生莫测。唯一希望是如何能够解除法制的控制,争取人身自由……"[①] 东西失去以后才觉得可贵:曹植的前期,在他春风得意之际,从不见他咏唱自由,而在失去自由的后期,这才成了诗歌创作的咏唱对象,就正是如此。

原刊于《齐鲁学刊》2008 年第 4 期。

---

① 赵幼文:《曹植集校注》,人民文学出版社 1984 年版,第 240 页。

论阮籍《咏怀诗》
——出世思想与《咏怀诗》发展的三个阶段

阮籍《咏怀诗》向有"反复零乱,兴寄无端,和愉哀怨,杂集于中,令读者莫求归趣"①之称,这个观点影响很大,至今学术界仍然认为《咏怀诗》凌乱无序,不可梳理。诚然,八十二首《咏怀诗》非一时之作,没有完整统一的布局和预设的思想线索,而是触景生情,随事寓意,写作时间前后的跨度又长,其间政局变幻,波诡云谲,诗人的思想情怀随之也波澜起伏。在很多诗篇的写作时间不能确定,针对什么具体历史事件也无法确知的情况下,要根据诗歌所依据的历史背景及有关史实去梳理作品,划分阶段是根本不可能的。但是,如果换一个角度,不是单纯依据诗歌创作的历史背景及有关史实,而是从诗人的主观情怀出发,考察其内心世界的变化,也许能够找到一些前行的路标,为对它进行全面梳理提供可靠的根据。因为诗人的心路历程形之于诗,不管其如何隐蔽,都是无可否认的客观存在,因此,从这个角度去把握《咏怀诗》,有可能突破长期以来所形成的思维定式,得出一些新的认识。

问题在于心路历程的具体内涵不但因人而异,而且包含多方面的内容:比如,既有对于生命价值的理解,也有人生道路的确定;既有美好理想的追求,也有现实态度的变化以及由此在内心世界激起的种种感情波澜等,那么具体到阮籍,究竟是哪些内容对《咏怀诗》的创作产生了重要影响,可以作为我们全面把握和系统梳理《咏怀诗》的根据,显然是必须首先解决的问题。

结合阮籍的生平简历和思想,通观八十二首《咏怀诗》,可以知道,

---

① (清)沈德潜:《古诗源》,中华书局1963年版,第136页。

阮籍的出世思想和对神仙世界的向往对他的创作产生了极为重要的影响，可以把它作为全面把握和系统梳理《咏怀诗》的根据。这是因为：一、从数量上看，反映这方面内容的诗歌有二十八首之多，约占全部《咏怀诗》的三分之一以上，在各类题材（如忧生、述志、咏时事、悲世变以及抒写痛苦、孤独和苦闷等）的作品中所占比例最高。除了这二十八首之外，还有抒写或涉及其哲学思想的诗歌十二首，是从哲学思想的高度对于人生道路的探索，也可以说是为他的出世人生态度所做的"论证"（详后）。如果把它们也算在内，那么有关出世思想的诗歌就有四十首，接近全部《咏怀诗》的二分之一；二、再从这二十八首诗在《咏怀诗》中的分布看，明显呈现出逐渐增多的趋势：开始阶段少，中间阶段增多，最后阶段更多；相应地，其他内容诗歌的数量则越来越少。这说明，随着政治形势的变化和惨烈事件的发生，阮籍的出世思想越来越突出，对神仙世界的向往越来越强烈，直至占据了压倒性优势；三、更为值得注意的是，正如有的学者所说，"阮籍忧生之嗟，往往与出世之志相联系"①，指出"忧生之嗟"与"出世之志"之间具有内在联系是完全正确的，事实上不只是"忧生之嗟"，还有很多其他内容，如对人生道路的探索、对世事态度的变化、与友人的关系等都与"出世之志"有不同程度的联系。这说明正是出世思想和对神仙世界的向往对《咏怀诗》创作产生了十分重要的影响。

总而言之，八十二首《咏怀诗》表面看来散漫零乱、头绪纷繁，但并非没有贯穿全诗的思想线索，只不过这条线索不是诗人事先的有目的的预设，而是形成于无意识的不经意间。不过，也正是因为如此，这条线索也就能够更为真实客观地反映阮籍的心路历程，因而也就显得更加可贵。

如果以出世思想的产生和发展作为考察诗人心路历程的根据，那么全部《咏怀诗》可以大致分为以下三个发展阶段：

（一）出世思想的萌生和初步形成；

（二）出世思想所引起的内心矛盾；

（三）对出世思想和人生态度的充分肯定。

---

① 徐公持：《魏晋文学史》，人民文学出版社1999年版，第188页。

第一个阶段：出世思想的萌生和初步形成

第一阶段包括二十四首诗（第一至二十四），其中直接反映出世思想的诗歌有五首（第十、十五、二十二、二十三和二十四），约占这个阶段全部诗歌的百分之二十一。《晋书·阮籍传》："籍本有济世志，属魏晋之际，天下多故，名士少有全者，籍由是不与世事……"这清楚说明阮籍本来很想建功立业，有一番作为，而"不与世事"，产生出世思想是后来之事。事实上，在此之前，阮籍对于出世思想是持有一定的批判和否定的态度的。《咏怀诗》第四：

> 天马出西北，由来从东道。春秋非有托，富贵焉常保？清露被皋兰，凝霜沾野草。朝为媚少年，夕暮成丑老。自非王子晋，谁能常美好①！

本诗是针对汉武帝祈求神仙，幻想延年益寿，永享荣华富贵而作。汉武帝迷恋神仙，终生乐此不疲。据《史记》记载，元狩三年和太初四年汉武帝两度征服大宛国，作为战利品，分别有宛马和血汗马（即汉《郊祀歌》和本诗所称的"天马"）"进献"。这本是汉代与周边国家和民族战争中的一件普通的事，但汉武帝和宫中文人却认为天马的出现不但是国祚兴盛、天下太平的征验和吉兆，而且也是他即将得道成仙的征验和吉兆，为此，特作《天马》二首，收入汉《郊祀歌》中②。第二首："将摇举，谁与期？天马徕，开远门，竦予身，逝昆仑。天马徕，龙之媒，游阊阖，观玉台。"正是写汉武帝幻想成仙，竦身遥举乘天马赴昆仑，进而乘龙到天庭与神仙同游的情景。本诗开门见山即写明"天马出西北，由来从东道"，表明其所指为"进献"天马事无疑。我们知道，坚信人通过修炼可以成为神仙，而一旦成仙即可长生不老，永享荣华富贵，是神仙道教的基本教义，而诗中明确否定了这一信仰，指出沉迷于神仙世界、幻想长

---

① 本文所引《咏怀诗》，均据陈伯君《阮籍集校注》，中华书局1987年版，后不再注明出处。

② 详本书《汉〈郊祀歌·天马〉与祥瑞观念、神仙思想》。

生不老的虚妄和荒诞："春秋非有托，富贵焉常保？""朝为媚少年，夕暮成丑老。"可以设想，如果阮籍当时即有出世思想，向往神仙世界，又怎能写出如此尖锐嘲弄笃信神仙道教的汉武帝呢？

《咏怀诗》中第一次涉及出世思想的是第十，本诗批判了"轻薄闲游子"与时俯仰、趋炎附势的处世态度，这当然是以诗人正道直行，"有济世志"为前提。诗歌接着写道："焉见王子乔，乘云翔邓林。独有延年术，可以慰我心。"这里的"延年术"是就善处乱世，远祸全身而言①，这说明此时诗人仅仅是在全身远害的意义上对神仙世界感兴趣，而不是从根本人生态度和人生道路方面肯定出世思想。由此可以断定，这首诗所反映的仅仅是诗人出世思想的萌芽，而不是已经形成了完整的出世思想。

出世思想由萌生到初步形成，主要表现在另外四首中，特别是第十五、二十三和二十四等诗中。第十五写登高见"丘墓蔽山冈"，而想到自古至今无论贤愚皆有一死，理想抱负、荣名利禄皆归虚幻，何如神仙世界得以永恒！"乃悟羡门子，嗷嗷今自嗤！"而深感昔日以颜、闵相期之可笑。第二十三是《咏怀诗》中第一次比较具体描写神仙世界，突出其远离世事烦扰的逍遥快乐生活。第二十四则是从另一个角度，即人生的种种烦恼，诸如殷忧伤志、怵惕惊心以及彼此隔膜、深陷孤独等，写出世的必要。可以看出，这时诗人才明确肯定出世远游是摆脱人生各种烦恼的根本途径。

我们知道，追求功名利禄与出世远游思想是根本对立的，确立出世思想关键是突破功名利禄束缚，而不再把它作为人生追求的理想和目标。这对于怀有"济世志"的诗人来说，显然是人生方向的根本性变化。这个阶段诗人对于历史人物祸福得失的评论，恰恰反映了这一变化：第六通过邵平失去侯爵种瓜为农的史实，感叹"膏火自煎熬，多财为祸害。布衣可终身，宠禄岂足赖"，明确表现出对于追求权势的忧虑和对于布衣生活的向往。第八就秦末起义军领袖陈胜事发出议论："岂为夸与名，憔悴使心悲。宁与燕雀翔，不随黄鹄飞。"陈胜出身低微而心怀大志，回击同伴的嘲笑时曾说："燕雀安知鸿鹄之志哉！"这里却一反其意，明显表现出对于人生道路的另一种选择：宁可放弃理想，舍弃功名，但求随遇而安，自在逍遥。第十三就苏秦、李斯醉心功名，虽显赫一时而终不得其死，表

---

① 参阅《文选》李善注、刘履《选诗补注》说。

现出对于醉心功名的否定。诗人深知：比起苏秦、李斯所处的时代，他的环境更加险恶和残酷，"感慨怀辛酸，怨毒常苦多"！诗人的这个深沉感慨，不仅是针对现实而发，更是人生态度转变过程中痛苦心理的写照。

综上所述，在第一个阶段中诗人的出世思想已经从萌芽状态发展为初步的人生价值取向，即由起初的"有济世志"，把建功立业、大济苍生作为人生价值的坐标，变而为放弃理想，否定功名，追求心灵自由和精神超脱。前后两种不同的人生价值取向和理想分别属于两种不同的思想体系：前者即建功立业、大济苍生是受社会普遍认同的价值观念，属于儒家思想体系，而后者即放弃理想，否定功名，追求心灵的自由和精神的超脱，属于道家思想体系。这说明，在《咏怀诗》的第一个阶段中，阮籍出世思想的萌生和形成正是建立在人生价值取向发生重要变化的基础上。

在《咏怀诗》第一个阶段中，除上面说的那些诗之外，还有其他内容的诗歌：咏时事，悲世变，如第三、十一、二十等；写孤独、苦闷和悲抑，如第七、九、十四、十六等；歌颂美好爱情和品德，如第二、十二等；抒写壮志，如第二十一。可以看出，第一个阶段中诗歌内容是比较广泛的，到第二、三阶段，随着出世思想的发展，他所关注的生活范围日益缩小，相应地，抒写与出世思想有关的诗歌逐渐增多，而其他内容的诗歌则逐渐减少。

第二个阶段：出世思想所引起的内心矛盾

第二个阶段，出世思想所引起的内心矛盾冲突和出世处世原则的正式确立。这个阶段包括三十一首诗（第二十五至五十五），其中直接抒写内心矛盾冲突的诗歌有八首（第三十六、三十八、四十、四十二、四十五、五十、五十四和五十五），表现对于神仙世界向往的有两首（第三十二、三十五），二者合在一起约占这个阶段全部诗歌的百分之三十二。

如前所说，阮籍本有"济世志"，所以出世思想一旦产生，立即引起两种对立人生态度的激烈冲突。这主要表现在以下三个方面：

第一，出世的人生态度，要远离世事，无牵无挂，达到精神的充分自由；然而，出世思想刚刚萌生和形成之际，诗人并没有彻底超脱，而是还有诸多挂牵，第三十六即直接抒写了这种心理状态：一方面高唱"谁言万事艰，逍遥可终生"，似乎已经遗世高蹈，远离现实；另一方面却又吟咏"彷徨思亲友,倏忽复至冥",对现实多有系念而不能自拔,竟至"倏忽复至冥"。所谓系念亲友,无非是挂牵他们的安危、祸福。魏晋易代之际,运化万变,凶吉无常,杀身之祸往往不期而至。诗人对于亲友的系念,说明他未能完全忘情于世。尤其值得注意的是第五十四,在明确表达了远游之志后,突然笔锋一转,满怀悲情倾泻而出:"谁云玉石同,泪下不可禁!"遗世远游,超凡脱俗,是心神高驰的神仙之举,本应无限快乐和自由,然而诗人却是悲情不可抑制。其所以如此,恰恰因世俗之情挥之而不去,使他欲超脱而不能。

第二,内心的矛盾冲突还表现在选择出世远游的无奈:原来诗人出世远游并非完全发自内心,而是为险恶的环境所迫,不得已而为之。除了第四十"嗟哉尼父志,何为居九夷!"借孔子悲叹天下无道避居九夷的典故间接反映这一点之外,在第四十五中还直接宣泄这种心情:"乐极消灵神,哀深伤人情。竟知忧无益,岂若归太清!"这是说人生不如意之事颇多,忧思无益,徒劳精神,要彻底摆脱烦恼,只有归于"太清"境。所谓"太清"境是神仙世界之一,为神宝君住地①。这里泛指没有利害冲突和善恶、是非之分的神仙世界,因而也是神仙家和一切怀有出世思想的人所向往的世界。从这几句诗可以知道,诗人向往神仙世界原来竟是饱受"哀"、"忧"之后的无奈选择!

以上表达内心痛苦和迫不得已之意都是比较明确和清楚的,估计不会引起什么争议。而第三十八则比较隐晦和曲折:

> 炎光延万里,洪川荡湍濑。弯弓挂扶桑,长剑倚天外。泰山成砥砺,黄河为裳带。视彼庄周子,荣枯何足赖!捐身弃中野,乌鸢作患害。岂若雄杰士,功名从此大!

有的学者认为本诗是鼓励将士建功立业,反映了阮籍积极入世的思想,是不符合实际的。确实,本诗形象壮丽、气势宏伟,但这与积极入世的思想不一定有必然的联系。诗中写庄子特别突出了他不是遭乌鸢食就是遭蝼蚁食,表现人间悲惨命运不可避免。显然,这正是魏晋之际士人处境和命运的真实写照。诗中庄子与"雄杰士"是相比较而存在:如果说

---

① 参阅《云笈七签》第一册,中华书局2003年版,第87页。

"雄杰士"是"神游天宇自由精神的化身"①，那么，庄子则是人间悲惨命运和不幸结局的象征。二者相比较，还是"岂若雄杰士，功名从此大"，也就是超越世俗、远离世事的"雄杰士"更加令人向往。

可以看出，本诗与前面说的第四十、四十五有异曲同工之妙，所反映的也是诗人在入世与出世之间的无奈选择，只不过是形象媒介（本诗是通过想象的神话形象抒写情怀）不同而已。

第三，不只如此，更为突出的是，阮籍在出世思想形成之后，跟着又对它提出了怀疑："人言愿延年，延年欲焉之？黄鹄呼子安，千秋未可期。"（第五十五）出世远游能否达到全命保身，能否摆脱痛苦，真正实现千秋快乐？这些疑问对出世远游来说都是根本性的。一种思想刚刚形成，又反过来质疑它的可信性，如此"出尔反尔"绝非偶然。同样，第四十二既讴歌作为王业良辅的"元凯"和"多士"，又讴歌远离世事的"园绮"和"伯阳"，对于相互对立的两种处世原则和人生态度同时予以充分的肯定，恰好说明诗人依偎于二者之间的矛盾心理状态。

总而言之，在《咏怀诗》发展的第二个阶段，阮籍始终在迷茫和痛苦中徘徊、彷徨，他的深刻的悲哀、无奈和对于自己已经认定的人生态度的怀疑，无不是由出世、入世这两种思想和人生态度的激烈冲突所引起。矛盾冲突的两方常常是难分上下，使诗人处于无所适从的境地。

此外，这个阶段还有十二首抒写或涉及其哲学思想和哲学观点的诗歌，即第二十六、二十七、二十八、三十、四十四、四十五、四十六、四十七、四十八、五十二、五十三和五十六。如此多的"哲理诗"集中于这个阶段，显然与诗人的激烈内心冲突和思想矛盾有直接关系：它们是诗人从形而上的层面对于出世、入世这两条人生道路的探索，更是从哲学高度寻找确立人生价值的思想前提，充分反映了诗人解决思想矛盾，消除精神痛苦的巨大内心张力。

从表面上看，这十二首诗任意挥洒，淋漓万端，无所指归，实际上贯穿着共同的哲学观点，具有完全一致的思想指向，那就是以自然为本的宇宙本体论观点，即他在《达庄论》中所说的"天地生于自然，万物生于

---

① 邬国平：《汉魏六朝诗选》，上海古籍出版社2005年版，第202页。

天地"①。既然万物以自然为本，受自然支配，因而也就决定了万物各自不同的本性，即被自然赋予了不同的本性。第二十六：

> 朝登洪坡颠，日夕望西山。荆棘被原野，群鸟飞翩翩。鸾鷖时栖宿，性命有自然。建木谁能近，射干复婵娟。不见林中葛，延蔓相勾连。

全诗围绕"性命有自然"的哲学思想展开：无论是物之"刚柔迟速"，如被于原野的荆棘、翩翩起飞的群鸟和不时栖宿的鸾鷖等，还是人之"贵贱夭寿"，都像无人能接近的建木、婵娟的射干以及延蔓勾连的林中之葛等所体现的道理，无不本于自然，其各自不同的性和命都决定于自然②，都是自然本性的表现。另外，在第三十七、四十四、四十六和五十三也都表现了这一思想。

既然天地万物无言自化，各按其自然本性而变化，那么，人也应当如此，即不违背其本性，而应当顺其自然，遵循本性而行；而要遵循本性，顺其自然，就应当无为，坐待其自化；也就是不追求功名利禄，不计较利害、得失和是非。这一思想在第二阶段的诗歌中表达得十分明确：

> 穷达自有常，得失又何求？（第二十八）
> 是非得失间，焉足相讥理？计利知术穷，哀情遽能止。（第五十二）

既是遵循以自然为本，自然被置于优先的地位，那就必然导致"生活价值态度的大转换"③，即生活态度和价值观念由儒家向道家的转换，也就是对于超然物外、清静无为的生活态度的充分肯定。

这说明，正是"性命有自然"，以自然为本的哲学思想不但使阮籍找到了反对名教束缚的理论根据，而且最终决定了他的出世思想的正式确立。在从哲学上解决了如何处世，也就是人生何去何从的问题之后，在第

---

① （三国）阮籍：《达庄论》，张溥编《汉魏六朝百三名家集·阮步兵集》，江苏古籍出版社2002年版，第208页。
② "性命"本于《易·乾》"乾道变化，各正性命"，疏云："性者天生之质，若刚柔迟速之别；命者人所禀受，若贵贱夭寿之属是也。"
③ 葛兆光：《中国思想史》第一卷，复旦大学出版社2001年版，第330页。

四十五中，诗人终于响亮地喊出了"竟知忧无益，岂若归太清"，肯定了超脱出世、遐举远游才是人生的归宿。

总而言之，第二个阶段的这些哲理诗说明诗人出世思想引起的内心冲突始终伴随着对于人生的哲学思考，感情心理的起伏变化始终结合着人生道路的探索，这不但反映了诗人生活态度发生变化的思想根据，从而赋予内心冲突以丰富的思想内涵，极大地加深了作品的深度和力度，而且突显了作品与时代文化思想之间的密切联系。如诗人肯定顺应自然、清静无为的生活态度，就深受同时代哲学家王弼哲学思想的影响，王弼主张："万物以自然为性，故可因而不可为也，可通而不可执也。"① 在这方面，阮籍的思想和生活态度的变化与王弼哲学观点基本一致，充分说明阮籍出世思想的形成和正式确立并非孤立现象，而有其深刻的哲学基础和富有时代特征的文化根源。

《咏怀诗》第二个阶段的诗歌，除以上内容之外，还有其他方面的内容：抒写苦闷、孤独，如第三十三、三十四、三十七和四十三等；抒写壮志，如第三十九；咏时事，悲世变，如第二十五、三十一、五十一等。

第三个阶段：对出世思想和人生态度的充分肯定

在第二个阶段中，由于从哲学的高度明确了人生价值和人生归宿，并在此基础上正式确立了出世的人生态度和处世原则，内心的矛盾冲突也随之基本解决，所以，第三个阶段的诗歌创作便转向了对出世思想的充分肯定和对神仙世界的强烈向往，而表现内心矛盾痛苦的诗基本上销声匿迹。属于这方面内容的诗歌共有十三首：第五十七、五十八、六十八、七十、七十二、七十三、七十四、七十六、七十八、七十九、八十、八十一、八十二②。占这个阶段全部诗歌的百分之五十，而自第七十以后，这个比例更高达百分之八十。这十三首诗的思想内容大致有以下三个方面：

首先，是反映"高举遗世之意"③ 和逍遥自适之情。如第五十八即突出反映了这一点：由于摆脱了世俗烦扰和名教束缚，诗人内心显得十分轻

---

① 楼宇烈：《王弼集校释·老子道德经注》上册，中华书局 1980 年版，第 77 页。
② 只有第八十对出世远游又有所怀疑，是个例外。
③ （清）曾国藩：《读书录》，《曾国藩全集》，岳麓书社 1995 年版，第 204 页。

松、愉悦，自得之意难以抑制，与上一阶段的痛苦、迷茫形成了强烈对比。又第七十三、七十八：

> 横术有奇士，黄骏服其箱。朝起瀛洲野，日夕宿明光。再抚四海外，羽翼自飞扬。去置世上事，岂足愁我肠。一去长离绝，千载复相望。

> 昔有神仙士，乃处射山阿。乘云御飞龙，嘘吸叽琼华。可闻不可见，慷慨叹咨嗟。自伤非畴类，愁哭来相加。下学而上达，忽忽将如何！

前者写对于羽翼飞扬、横绝四海奇士的仰慕，后者写不能与"御飞龙"、"叽琼华"的神仙为伍的愁苦，描写的具体对象不同，但十分明确地表现了共同的主题：对于神仙世界的强烈欣羡和向往。

全诗的最后两首：第八十一写人生苦短，慕神仙世界之永恒；第八十二通过朝荣暮落的木槿与"余光照九阿"的西山神草的对比，都表现了同一主题。这说明，对于神仙世界的强烈欣羡和向往，一直保持到《咏怀诗》的最后。

其次，写高举远游逍遥于神仙世界，就必须忘掉荣辱，超越名利，使精神达到"无累"的境界。

本阶段的开始即第五十七就写道："离麋玉山下，遗弃毁与誉"，概括提出了"遗弃毁誉"的主张，在以后的诗歌中这一思想表现得越来越具体。第七十二认为去除名利等世俗观念是达到神仙世界的唯一途径，第七十四更结合自己的经历和体会表现这一点，因而更加深刻："栖栖非我偶，惶惶非己伦。咄嗟荣辱事，去来味道真。道真信可娱，清洁存精神。"明确否定了追求功名利禄的人生价值取向，决意出世远游，体味真正的神仙之道，并认为那才是人生的最大快乐。

这一思想，即忘掉荣辱、超越名利是确立出世远游思想的关键，在第一个阶段的诗歌中已经有所触及，这里重复出现似乎是在重申和强化这一思想。

还有，诗人既已认定出世远游是人生的理想和归宿，并已付诸实践（即按出世的人生态度和处世原则生活），自然会有相应的感受和体验。

第七十所写的正是出世远游者的内心体验和精神境界：

> 有悲则有情，无悲亦无思。苟非婴网罟，何必万里畿！翔风拂重霄，庆云招所晞。灰心寄枯宅，曷顾人闻姿？始得忘我难，焉知默自遗。

诗歌开宗明义指出：人世间的"情"和"思"皆起于悲，而人的悲喜皆因成败、得失、荣辱和利害冲突，因此，必须消除一切引起悲痛和忧思的原因，才能达到出世的精神境界，即诗中所说"忘我"和"自遗"。所谓"忘我"和"自遗"，接近庄子所说的"无己"①，也就是去除自我。既然去除了自我，当然也就去除了与自我相关的一切矛盾和冲突，真正做到无悲、无忧。这种"忘我"、"自遗"、无悲、无忧的心境不受外界的任何干扰和影响，当然也就可以静如止水。诗人把"忘我"、"自遗"、无悲、无忧的境界，描写为"灰心寄枯宅"，实在是对于出世远游思想境界的深刻而准确把握。

另外，第七十三、七十四也有类似的感受和体验。对于出世境遇下内心世界的这些具体描绘，说明诗人对于出世远游的感受和体验已相当深刻——诗人在这条人生道路上已经走得很远了。

《咏怀诗》第三个阶段，除了以上所说的出世远游的诗歌之外，还有咏时事、悲世变的诗，如第五十七、五十九、六十二、六十五、六十六、六十九、七十六等；还有一首回忆少年壮志的，即第六十一。如前所说，与第一、二阶段形成鲜明对比的是，这个阶段已经基本上没有抒写痛苦、迷茫和孤独的诗，这足以说明陶醉于出世远游中的诗人真的是优哉游哉，找到了"快乐"。

小结：心路历程的真实记录

综上所述，阮籍《咏怀诗》中，在纷纭凌乱、难于梳理的表面现象的掩盖下确实存在着一条贯穿全诗的思想线索——出世思想从萌生、形成、发展直到把它作为处世原则的思想线索。《咏怀诗》虽是随时即事，

---

① 《庄子·逍遥游》："至人无己，神人无功，圣人无名。"

因情触景，针对具体的其时其事而写，但却不是就事写事，而是以此为由头，着力抒写其对于人生和世事的内心感受和体验，因此，使得这条在不经意间形成的思想线索，实际上成为魏晋易代特定历史背景下诗人心路历程的真实记录。

魏晋易代之际政局风云变幻，上层集团内部斗争惨烈，朝廷内外弥漫着紧张恐怖的气氛。险恶的生活环境和虚伪名教的束缚给"旷达不羁，不拘礼俗"① 的阮籍造成了巨大的精神压力，使他有志不得伸展，深感人生的不自由。为了摆脱政治压力和精神束缚，除了"纵酒昏酣，遗落世事"② 以敷衍当朝权贵之外，阮籍更力图从精神上寻求解脱，达到心灵的自由。正是在这样的背景下，阮籍开始了他对理想生活方式的追求和对人生意义、生命价值的探索。作为心路历程的记录，其追求和探索的足迹在《咏怀诗》中犹隐然可见：

从有"济世志"并对出世思想持有一定的批判态度到出世思想的萌生，对出世远游从全身远祸意义上的肯定到把它作为摆脱人生烦恼、痛苦和孤独的途径，直至否定功名，忘却荣辱，把追求心灵自由和精神超越作为人生价值的基本取向，标志着出世思想及其处世原则已经初步形成。此后，在经历了出世和入世两种处世原则、两条人生道路的激烈冲突及其所引起的迷茫、痛苦之后，特别是通过从哲学的高度思考人生意义和人生归宿，寻找到确立人生价值的思想前提之后，出世远游的人生态度和处世原则才得以正式确立。

在对理想生活方式的追求和对人生意义、生命价值的探索过程中，阮籍对儒、道两种对立的处世原则和人生态度以及功名、荣辱、生命意义、心灵自由等一系列人生问题做了深刻的思考，终于在生活态度和价值观念基本上转向道家之后，找到了摆脱烦恼、解除痛苦和达到心灵自由的理想生活方式，那就是超然独立于世俗社会之外，出世远游，在"忘我"和"自遗"的境界中享受生活的快乐。在阮籍看来，这才是人生的如意归宿。

《咏怀诗》写作的时间跨度很长，从诗人年轻时代开始一直到晚年。在这段漫长的时间内，诗人针对世事发展和政局动荡以及自己思想变化和

---

① （三国）陈寿：《三国志·阮籍传》引《魏氏春秋》第三册，第604页。
② 同上书，第605页。

心情起伏，写有咏时事、悲世变、忧生、述志以及前面所说的那些与出世思想有关的诗歌。这些诗歌在同一个时间段内陆陆续续地完成，并随机掺杂交错在一起，最终形成我们所见的"和愉哀怨，杂集于中"的状况。所以，尽管从其自身来看，阮籍出世思想的萌生、发展和正式确立有其内在的逻辑性和连续性，但在包括多种不同内容诗歌的《咏怀诗》中却表现为断断续续，延续于全部《咏怀诗》的始终，即如前面论述中所举的那些互不连贯的作品例证。不过，正是因为如此，其思想发展的轨迹才能成为贯穿全诗的思想线索，我们也才可以从中找到为《咏怀诗》划分发展阶段的逻辑根据。

由于《咏怀诗》着力抒写其内心的感受和体验，所以，多方面地展示了诗人的精神世界，诸如遭受精神压抑的痛苦和个性不得张扬的郁闷，对于黑暗现实的忧愤和无法把握命运的迷茫，对于生命有限性的焦虑和孤独寂寞的无奈，对于自由的渴望和美好人生的向往以及为寻求解脱对人生意义和理想生活的探索，等等，所有这一切都在诗中都得到了深刻、具体和细腻的表现，充分反映出诗人内心世界的丰富和深刻。而诗人的艺术形象在这个过程中也得以逐渐丰满和具体化，在读者面前站立起来。应当说，这正是《咏怀诗》所取得的艺术成就的一个十分重要的方面。

在《咏怀诗》发展的三个阶段中，除以上我们所论述的与出世思想有关的那些诗歌之外，每个阶段都还有如上所说的多少不等的其他内容的诗歌。这两部分诗歌之间的关系如何，显然是很值得注意的问题。事实上，每个阶段的诗歌创作都不可避免地受到阮籍思想和心态的影响，也就是说，都会与其出世思想的萌生、发展和正式确立有或显或隐的联系。如果以这种"影响"和"联系"作为线索和突破口深入考察，或许对进一步推动阮籍生平思想和《咏怀诗》研究起到一定的促进作用。

原刊于《北京大学学报》2010年第3期，入选刘怀嵘主编的《竹林七贤学术档案》，并予以详细评介，见223—238页。此书系陈文新主编的《中国学术档案大系》之一，武汉大学出版社2014年出版。

郭璞《游仙诗》中的神仙世界与宗教存想

郭璞《游仙诗》中有很多关于神仙世界的描写，对于游仙诗这一诗体来说，这些描写是其中心内容的重要组成部分，其重要性是不言而喻的。正是基于此，神仙世界也就成为自古至今《游仙诗》研究的重要对象。总的来看，这些研究多集中于考察描写神仙世界是否有所寄托以及由此形成的"列仙之趣"和"非列仙之趣"之争上[①]，至于关于神仙世界的其他问题则未能顾及。考察描写神仙世界是否有所寄托主要是着眼于这些描写的目的和意义，对于游仙诗研究，特别是对认识其思想内容和社会意义来说当然是十分必要的。不过，像任何研究都有其特定的适应对象和范围一样，考察游仙诗中神仙世界是否有所寄托也有其特定的对象和范围。例如，对于以嵇康、阮籍和曹植等为代表的所谓"正格的游仙诗"[②]来说，这样的研究可谓抓住了问题的症结；但是对于郭璞的《游仙诗》来说，如果研究范围也仅仅是局限于此，就未免削足适履了。因为无论是内容还是形式，郭璞的《游仙诗》都有很多"正格的游仙诗"根本不具备的新特点。

比如，就诗中所描写的神仙世界的来源途径看，二者之间就有明显的区别：一般所谓的"正格的游仙诗"，其神仙世界的来源途径或为艺术想象和虚构，或为古代流传下来的神话传说的移植，而郭璞《游仙诗》中神仙世界的来源途径除了艺术想象和移植古代神话传说之外，还有另一个特殊的来源途径：宗教存想。

---

① 参阅陈道贵《东晋诗歌论稿》，安徽教育出版社2002年版，第18—22页。
② 关于"正格的游仙诗"及其代表诗人，参阅张海明《魏晋玄学与游仙诗》，《文学评论》1995年第6期。

在今存的郭璞《游仙诗》中共有五首诗，即第二（"青谿千余仞"）、三（"翡翠戏兰苕"）、六（"杂县寓鲁门"）、九（"采药游名山"）和十（"璇台冠崑岭"）都集中描写了神仙世界，从神仙世界的来源途径和性质看，这五首诗是不同的，其中不是来源于艺术想象和古代神话传说移植，而是来源于道教修炼过程中的神秘的宗教存想，具有明显宗教性质特征的是第三、九首。

由于来源途径不同，两种神仙世界的性质自然也完全不同：一般"正格的游仙诗"中的神仙世界根本不具备郭璞《游仙诗》第三、九首中神仙世界所具有的宗教性质。不把《游仙诗》中神仙世界的来源途径及其性质彻底搞清楚，不注意对两种性质不同的神仙世界加以严格区别，《游仙诗》研究很难取得进展。多年来，《游仙诗》研究始终停留在"是否有所寄托"的狭窄范围内，而未能扩大视野，挖掘和研究新问题就是明显的证明。

鉴于郭璞《游仙诗》中神仙世界的复杂性及其与一般"正格的游仙诗"的区别以及前人研究的局限性，本文没有停留在神仙世界是否有所寄托这一传统视角上，而是从神仙世界的来源途径和性质的视角切入，对第三、九这两首诗进行了考察，至于其他三首即第二、六、十首中神仙世界的来源途径和性质，限于篇幅，将有另文论及，这里暂不涉及。

搞清《游仙诗》中神仙世界的来源途径和性质，不仅能够恢复第三、九这两首诗的本来面貌，而且对于反思《游仙诗》研究所走的道路，促进郭璞和《游仙诗》研究的深入发展，都将大有裨益。

通过宗教存想而出现的神仙世界之一

现在来考察《游仙诗》第三、九首中神仙世界与宗教存想的关系。为了便于论述和理解，先来分析第九首。第九首全诗如下：

采药游名山，将以救年颓。呼吸玉滋液，妙气盈胸怀。登仙抚龙驷，迅驾乘奔雷。鳞裳逐电曜，云盖随风回。手顿羲和辔，足蹈閶阖开。东海犹蹄涔,昆仑若蚁堆。遐邈冥茫中,俯视令人哀①。

诗中"登仙抚龙驷"六句是对神仙世界的集中描写。从来源的途径看,这个神仙世界不是艺术想象的产物,而是宗教存想的结果。

一般说来,作为现实生活和诗人理想升华的艺术想象,不管多么荒诞离奇,总有其现实的根源。正是因为如此,在诗文中,当需要描写神仙世界时,往往首先都要对神仙世界出现的现实基础或引发神仙世界的具体由头做出交代和说明。例如,《离骚》中的上叩天阍,下求佚女的"上下求索"和驱使众神,驾驭龙凤的"远逝自疏"两部分分别描写了两个不同的神仙世界。这两个神仙世界的出现绝非诗人的随意杜撰,而与其前面所描写的楚国黑暗腐朽的现实、诗人的人生价值取向和对远大理想的追求密切相关,正是诗人人生价值取向和远大理想与黑暗现实之间的矛盾冲突构成了关于神仙世界的艺术想象的现实基础。再如曹植的《洛神赋》描写黄初三年他自京都还国经洛水邂逅洛神的悲欢离合的凄婉故事,虽属子虚乌有,但像《离骚》中的神仙世界一样,曹植笔下的神仙世界也与现实生活、人生经历和遭遇息息相关:无缘交接神女和美梦落空的惆怅、抑郁正是他晚年遭受压抑,理想不得实现的曲折反映。至于为什么是写洛神而不是写其他神女,则与写作的具体由头密切相关:"黄初三年,余朝京师,还济洛川。古人有言,斯水之神名曰宓妃。"② 看来,正是同一空间(洛川)引发了曹植关于洛神的美丽而丰富的想象。可以看出,这些神仙世界的出现都是诗人在社会现实和个人生活经历的基础上,运用联想和想象对自己意识中储存的各种生活表象(包括古代流传下来的神话传说的表象)进行改造和重组,所创造出的新的艺术形象。这就是说,艺术想象虽然可以不受时空限制地自由驰骋,但却深深地植根于现实生活的土壤中。

从这个角度看,第九首中"登仙抚龙驷"六句所描写的关于神仙世界的"想象",其产生的基础是什么呢,或者说是由什么具体由头所引起呢?这不可避免地涉及神仙世界与其前面四句"采药游名山,将以救年

---

① 本文所引郭璞作品出自张溥编《汉魏六朝百三名家集》(光绪五年信述堂刊本),江苏古籍出版社 2002 年影印版。

② (三国)曹植:《洛神赋·序》,《文选》,中华书局 1977 年版,第 270 页。

颓，呼吸玉滋液，妙气盈胸怀"之间的关系。那么，这二者即"登仙抚龙驷"六句所描写的神仙世界与"采药游名山"四句之间究竟有没有关系？如果有的话，这又是怎样的一种关系呢？要解决这个问题，首先必须搞清楚"采药游名山"四句的具体内容。

十分明显，这四句诗所写的不是一般的世俗性的日常生活，而是道教信仰者的方术修炼。其中前两句"采药游名山，将以救年颓"是对于道教信徒为了"救年颓"达到长生不老的目的而服食仙丹妙药的概括。第三句"呼吸玉滋液"中的"呼吸"，结合全诗和关于方术修炼的道教文献，可以知道这里并非指每个人须臾不能离开的简单的一呼一吸，而是一种有着特定要求的行气功法修炼，这种功法要求修炼者"澄心绝虑，调息令匀，寂然常照，勿使昏散……静极而嘘，如春沼鱼；动极而噏，如百虫蛰。氤氲开阖，其妙无穷"①。又"玉滋液"：道教文献称口为玉池；玉滋液又称玉液，即津液，又名醴泉、玉浆②，这里代指服炼津液的功法。诗中"呼吸"与"玉滋液"连用，说明修炼者是把行气与服炼津液这两种功法结合起来进行修炼的。道教信仰者相信，严格按照功法程序和要领进行修炼，并长期坚持，即可取得神奇的效果，最终达到宗教目的。第四句"妙气盈胸怀"是说服食丹药、行气和服炼津液等功法之后所取得的非同寻常的效果：修炼者产生了"妙气"充盈胸怀的飘飘欲仙的神奇之感。

关于方术修炼的神奇效果，据说没有这方面亲身经历的非道教信徒是很难体会到的。为了理解这种效果，不妨看一看神仙家和道教思想家的有关说明。陶弘景指出："唾者，漱为醴泉，聚为玉浆，流为华池，散为精沪，降为甘露。故曰为华池中有醴泉，漱而咽之，溉藏全身，流利百脉，化养万神，肢节毛发，宗之而生也。"③《上清黄庭内景经·口为章第三》对此也有具体说明④。由此不难看出，结合行气服炼津液之后，诗人产生"妙气"充盈胸怀的神奇之感并非虚词，而是方术修炼效果的真实体验。

诗歌在描写了方术修炼及其所产生的飘飘欲仙的神奇效果之后，紧接着以"登仙抚龙驷"六句描绘了修炼者与神灵融为一体走进神仙世界，

---

① 详陈虚白《规中指南》，《道藏精华录》下册，浙江古籍出版社1989年版，第7页。
② 详务成子《上清黄庭内景经·口为章》下册注，《道藏精华录》，第7页。
③ （南朝）陶弘景：《养性延命录》，《道藏精华录》上册，第2页。
④ 《上清黄庭内景经》，《道藏精华录》下册，第7页。

并像神仙一样腾云驾雾,风驰电掣直奔天庭的神奇画面。如何看待这个神仙世界,特别是它的出现与前面所写的方术修炼及其所取得的令人飘飘欲仙的神奇效果之间有没有关系,显然是正确理解这首诗不可回避的重要问题。

有的学者把在这种语境下出现的神仙世界与前面所举的《离骚》《洛神赋》所写的神仙世界等量齐观,认为也是艺术想象的结果,显然是完全错误的。

如前所说,《离骚》《洛神赋》中通过艺术想象而出现的神仙世界不管如何虚无缥缈和荒诞离奇,终归是植根于现实,即有其现实生活和诗人人生经历的根据,因而对于二者之间的内在联系总能做出符合理性和经验的解释说明。但是,"登仙抚龙驷"六句所写的神仙世界的出现则不然,它前面的"采药游名山"四句既没有提供任何现实生活方面的内容,也不涉及作者个人的任何生活经历和遭遇,实际上完全相反,它所写的是与社会生活、个人经历和人生道路没有任何关系的方术修炼。既然"采药游名山"四句所写的内容与社会现实和诗人的个人生活经历、遭遇风马牛不相及,当然也就不是后面所写的关于神仙世界想象赖以产生的现实基础。就是说,这个神仙世界产生的具体途径与《离骚》《洛神赋》中通过艺术想象而产生的神仙世界完全不同:不是建立在现实生活基础上的诗人理想的艺术升华。

既然这六句所写的神仙世界不是来源于一般的艺术想象,那么,它又是怎样产生的呢?这涉及人们心目中神仙世界形成的另一种机制——一种与艺术想象完全不同的机制,这就是方术修炼所诱发的关于神仙世界的"想象"。这种"想象"不是《离骚》《洛神赋》和一般"正格的游仙诗"中大量出现的那种艺术想象,而是性质完全不同的神秘的宗教存想。

存想也是道教方术之一,又名存思,是一种以除邪去病、长生不老为目的的凝神结想、神思守一的视观通神之术。视观通神既包括"内视内观",也包括"外视外观"。所谓内视内观,即视观体内之神;"外视外观"就是视观体外之神。关于存想所见的体外之神,正如神仙道教思想家葛洪所说:所谓"天灵地祇,皆可接见,山川之神皆可使役也"①。这说明,通过宗教存想"外视外观",不但可以"见到"天灵地祇、山川之

---

① 王明:《抱朴子内篇校释》,中华书局1985年版,第326页。

神，而且修炼者可以走进神仙世界，使这些神灵供自己"使役"，从而达到修炼的目的。

道教文献关于方术修炼的记载说明，一般情况下存想不是单独进行，而是与其他方术一并修炼，这是因为其他的方术修炼有助于更快和更顺利地展开存想：原来，方术修炼即通过具有一定程序和技术规范的动作和意念变化可以使人的注意力高度集中，并忘掉外物，忘掉自己，进入"入静"状态，即进入心理和情绪被宗教力量控制的神秘状态。而一旦进入"入静"状态，修炼者在宗教神秘思维定式的主导下，就可能在幻觉中见到梦寐以求的神仙世界，即达到了所谓的方术通神。事实上，修炼者通过方术修炼不仅能够"看到"神仙世界，而且其本人"也往往会感到自己与神灵融为一体而忘却了自己的本来面目"①，即个人受到宗教的控制而处于失去自我的迷失状态。西方宗教学家把这种在宗教观念支配下通过方术修炼而见到神仙世界的现象称为"幻视"②，并认为这是世界各种宗教的共同特征。

这样看来，诗歌在写方术修炼及其所取得的飘飘欲仙的神奇效果之后，紧接着出现的随风驾龙，乘雷逐电，直奔天庭的神奇图画，不正是诗人通过方术修炼诱发了宗教存想，在"幻视"中所见的神仙世界以及"自己与神灵融为一体"的写照吗？

关于第九首中神仙世界来源于宗教存想和宗教性质除了以上所述之外，还可以通过旁证证明：

在实际生活中，郭璞是相信存想致神的，他的学术著作明确说明了这一点。《山海经图赞》："水玉沐浴，潜映洞渊。赤松是服，灵蜕乘烟。吐纳六气，升降九天。"说的正是赤松子通过服食、行气等方术修炼而举身飞升成仙的"事实"。这一观点与诗歌所描写的存想致神是完全一致的。

再有，看一看散文体的道教文献关于方术修炼与存想"幻视"之间关系的记载，或许对我们会有进一步的启发。《存思·存思三洞法》：

入室东向，叩齿三十二通……仰咒曰："洞渊幽关，上参三元，

---

① 葛兆光：《道教与中国文化》，上海人民出版社1987年版，第82页。
② 参阅[英]杰弗里·帕林德尔《世界宗教中的神秘主义》，舒晓炜等译，今日中国出版社1992年版，第194—199页。

玄气郁勃，飞霞紫云……乘空驾虚，游宴玉晨，提携景皇，结友真仙。"思洞渊毕，还东向，叩齿九通，咽气九过，三洞毕矣！子能行之，真神见形，玉女可使，玉童见灵，三元下降，以丹舆绿軿来迎兆身，上升太清①。

《存思·紫书存思九天真女法》：

……思毕，心拜真女四拜，叩齿二十四通，仰祝曰："天真廻庆，游宴紫天。敷陈纳灵，合运无间……思微立感，上窥神真。流精陶注，玉华降身。万庆无量，长种福田。"毕，仰引气二十四咽止。如此，真女感悦，神妃含欢，上列玉帝，奉兆玉名……面发金容，体映玉光，神妃交接，身对灵真，克乘飞盖，游宴紫庭②。

将以上两则资料与《游仙诗》第九首加以比较，可以明显看出两则道教文献除了多出"仰咒"、"仰祝"等文字之外，其他与《游仙诗》第九首的内容基本相同，都是由两部分构成：一部分是方术修炼，一部分是存想"幻视"所见的神仙世界。关于这两部分之间的关系，即方术修炼诱发了关于神仙世界的存想，在两则散文体的道教文献中表述得十分明确：在叙述方术修炼之后分别用"子能行之"、"如此"等字样将它们与紧承其后而出现的神仙世界联系起来，从而充分肯定了神仙世界的出现完全是由方术修炼所引起。但是，这种方法在诗歌中则行不通：受诗歌体裁的限制，在诗歌创作中诸如"子能行之"、"如此"这类表示二者关系的字句只能省略。由于不能直接说明二者之间的关系，因而造成了理解的困难甚至误读。不过，诗歌对于这种关系虽然不便加以直接说明，但也有其相应的表现手段：《游仙诗》中关于神仙世界的描写与服食丹药、行气、服炼津液等方术修炼前后相承，紧相衔接，不正是这种关系的反映吗？

通过宗教存想而出现的神仙世界之二

再说第三首中的神仙世界与宗教存想的关系。第三首全诗如下：

---

① 《云笈七签》第二册，中华书局2003年版，第951页。
② 《云笈七签》第二册，第1004页。

> 翡翠戏兰苕，容色更相鲜。绿萝结高林，蒙笼盖一山。中有冥寂士，静啸抚清弦。放情凌霄外，嚼蕊挹飞泉。赤松临上游，驾鸿乘紫烟。左挹浮丘袖，右拍洪崖肩。借问蜉蝣辈，宁知龟鹤年！

搞清了第九首中神仙世界的来源途径和宗教性质，第三首中"放情凌霄外"六句所描写的神仙世界与宗教存想的关系就比较容易理解了。

像第九首一样，此诗主要也是写道教修炼者的方术修炼及其在存想"幻视"中所见的神仙世界。诗中在关于神仙世界的描写之前还有六句，其中开头四句通过翠鸟兰苕，容色鲜丽；草木葱茏，笼罩高山的描写，展示了一幅远离喧扰人世的清幽而美丽的图画，而这正是修炼者进行方术修炼的场所。显然，这个自然环境并没有提供任何足以引发艺术想象的社会现实、人生理想和人生经历等方面的内容，因此，其后所写的神仙世界也不可能是由它所引发的艺术想象。

或许有人提出不同的看法：诗中所描写的神仙世界正是由其前的仙境般的清幽而美丽环境所引起，即仙境般的环境景物触发了关于神仙世界的艺术想象，而与宗教存想无关。应当说，这四句所描写的环境与后面六句所描写的神仙世界之间如果没有任何其他内容，而是二者直接衔接，这样的看法或许不无道理，但实际情况并非如此：在环境描写与神仙世界之间还有十分重要的两句诗："中有冥寂士，静啸抚清弦。"而这两句所写的不是其他什么内容，恰恰是说明诗人正在学道修仙以及引发存想"幻视"的方术修炼。

先说前一句"中有冥寂士"。十分明显，"冥寂士"是诗人自指，就像第二首中诗人以"鬼谷子"自指一样。"冥寂"，李善解为"玄默"[1]，所谓"玄默"即清静无为，但这只是"冥寂"二字的字面含义；除了字面含义，这里更有其特定的宗教内涵。"冥寂"二字出自《三洞经教部·三洞序》："《洞神》之教，以教主神宝君为迹，以冥寂玄通元无上玉虚之气为本。"[2] 而"神宝君住太清境"[3]，这说明"《洞神》之教"即《洞

---

[1] 《文选》，第306页。
[2] 《云笈七签》第一册，第87页。
[3] 同上。

神》经（道教"三洞"经之一）所规定的学道修炼内容是属于以升入太清境为目标的阶次①。那么，这个阶次在学道修仙的历程中究竟属于哪个仙位呢？原来学道修炼可以分为三个仙位：以升入太清境为目标的阶次为初级，太清境中有九"仙"，"仙"又分为九等；以升入上清境为目标的阶次为中级，上清境中有九"真"，"真"又分为九等；以升入玉清境为目标的阶次为上级，玉清境有九"圣"，"圣"又分为九等②。这就是所谓的"以三境三名，示其阶位之始也"③。诗人以出于"《洞神》之教"的"冥寂"形容自己，正是暗指自己学道修炼的阶次是以升入太清境成"仙"为目标的初级。道教史诸多事例说明，对于一般道教信徒来说，能够登上初级仙位，即入太清境成"仙"已是极为难得之事，至于入上清成"真"，入玉清成"圣"根本不敢奢望。郭璞也是如此，他所强烈向往的仙境始终是太清境，而根本不是上清境和玉清境。这从《游仙诗》残句可以得到进一步的证明：残句一"飘然凌太清，眇尔景长灭"④。残句七"翘首望太清，朝云无增景"。这些诗句十分清楚地表明了郭璞修仙的具体目标。

总而言之，诗人自称"冥寂士"是说自己是一个以升入太清境为目标的修仙者，可见，这里取道教经典中的特定词语自指，不但十分含蓄地标明了自己已经开始学道修炼及其所处的具体阶次，而且与全诗所表现的宗教生活内容和基调完全一致，从而保持了诗歌艺术形象的完整统一⑤。

再说后一句"静啸抚清弦"。这句是写方术修炼的具体内容：与第九首中所写的服食丹药、行气和服炼津液等不同，这是另一种完全不同的方术修炼，即"静啸"。

"啸"作为一种独特的发声方法，一般说来大致分为两种，一种是日常生活中的啸，一种是道教宗教生活中的啸。日常生活中的啸作为感情交流的手段，汉魏六朝时代很多人都能运用，所谓"古人以啸为常，非绝

---

① 参阅《云笈七签》第一册，第87—88页。
② 参阅《云笈七签》第一册，第36、87页。
③ 《云笈七签》第一册，第88页。
④ 《游仙诗》残句的排列顺序根据逯钦立《先秦汉魏晋南北朝诗》，见该书中册第867页。
⑤ 关于"冥寂士"的更多论证详拙稿《关于郭璞〈游仙诗〉中的"鬼谷子"和"冥寂士"》。

艺也"①。而用于道教宗教生活中的"啸"则有其特殊要求,情况比较复杂,需要传授,不是一般人随便都能掌握的。据传这种"啸"起于道教尊神西王母,"西王母其状如人,豹尾虎齿而善啸,蓬发戴胜……"②"啸"法即由西王母传下:"西王母以授南极真人,授广成子"③,并传至后代。

  道教宗教生活中的"啸"按其功能和特征又可以分为两种:一种是"禁啸",一种是"歌啸"④。所谓"禁啸"是一种据说可以改变客观事物的巫咒禁术⑤,其发声方法可以是没有声调变化的念诵,也可以是与音乐密切联系的吟唱。"歌啸"可以用于方术修炼,其发声既非一般的嘬口以气激舌所出之声,亦非大声呼吼,而是发声悠长的"吟"。"啸"本来就有"吟"意,《说文》说得很明确:"歗,吟也。"⑥ 歗,即啸。正是因为如此,古籍中"啸"与"吟"经常连用,如《抱朴子内篇·畅玄》:"吟啸苍崖之间,而万物化为尘氛。"⑦《金楼子·志怪》:"乐安故市,枯骨吟啸。"⑧ "歌啸"中的啸既是发声长吟,不可能没有高低、轻重和缓急的变化,所以,"歌啸"的"啸"自然也就与音乐密不可分。

  不止如此,诗中的"静啸"还有"清弦"伴奏,更说明它属于"歌啸"是毫无疑问的,而在"啸"前特别加了一个"静"字,不止是突出了其低声吟唱的特点,而且在功能上也有其特殊的作用(详后)。至于这个"歌啸"是有声无义,还是声义结合,诗中没有具体说明,不过,修仙者诵念经咒一般都是既有声又有义,是声义结合的⑨。

  如前所说,与音乐关系密切的"歌啸"可以用于方术修炼,在"歌啸"修炼达到一定程度时,其效果与前面所说的行气和服炼津液一样,

---

  ① 陈伯君:《阮籍集校注》所附《阮籍传》笺注引《啸旨》,中华书局1987年版,第424页。
  ② 袁珂:《山海经校注》,中华书局1980年版,第50页。
  ③ 陈伯君:《阮籍集校注》,第424页。
  ④ 详詹石窗《道教与女性》,上海古籍出版社1990年版,第115—122页。
  ⑤ 关于"禁啸"具有改变客观事物的巫咒禁术的作用,可参阅《后汉书·方技列传》关于赵炳"长啸呼风,乱流而济"的记载,《后汉书》第十册,中华书局1965年版,第2742页。
  ⑥ 《说文》,中华书局1963年版,第179页。
  ⑦ 王明:《抱朴子内篇校释》,第2页。
  ⑧ 许逸民:《金楼子校笺》下册,中华书局2011年版,第1200页。
  ⑨ 这从前面所引《存思·存思三洞法》《存思·紫书存思九天真女法》以及后面所引的《高仙盼游洞灵之曲》可以得到证明。

同样可以使修炼者的心理和情绪被宗教力量所控制而产生飘飘欲仙的神奇之感。"歌啸"修炼的效果因修炼者的修炼功夫深浅不一而有很大差别,"技艺较高超者亦当可达到特别的气功入静状态,从而产生一些料想不到的效应"①。而当"歌啸"修炼达到一定程度并与存想结合时,其"料想不到的效应"之一便是"啸歌"致神,即"啸歌"存想致神。

所谓"啸歌"致神,其实并不神秘,它不过是修炼者在"啸歌"所酿成的神秘宗教氛围中更加顺利地进入存想状态,并最终在"幻视"中见到了他所向往的神仙世界。如前所说,诗中强调不是一般的"歌啸",而是"静啸",并且有"清弦"伴奏,更凸显了其和谐、静穆和深沉的特征,这当然更有利于达到"入静"状态。"……道教中人都深信正是修道者在身心高度和谐的状态下,反复地诵念经咒后发出那些内心的声波,由内而及于外,由近而及于远,终能让它超出此界的时空之维而'传译'向另一他界的时空……"② 这个"另一他界的时空"正是人间之外的神仙世界。这说明,在"身心高度和谐的状态下,反复地诵念经咒"诱发存想"幻视"并非什么罕见之事。

这样看来,紧承"静啸"之后诗人所"看到"的赤松、浮丘和洪崖等神仙在祥和氤氲中驾鸿飞翔、逍遥同游的神奇场景,同样不也正是存想致神的写照吗?

关于"静啸"诱发存想"幻视",即"啸歌"致神,除上面的分析之外,也可以通过道教文献所记载的一些真人道士所创作的"仙歌道曲"予以证明。《云笈七签》卷九十六《西王母授紫度炎光神变经颂》之一:"啸歌九玄台,崖岭凝凄凄……积感致灵降,形单道亦分。"③ 又《高仙盼游洞灵之曲》:"吟咏《大洞章》,唱此《三九篇》。曲寝大漠内,神王方寸间。"④ 这两则"仙歌道曲"明确无误地说明"啸歌"和"吟咏"具有"致灵降"和使"神王"致于"方寸间"的作用。它们都是真人、道士根据自己修炼的切身体会而创作,所言不虚。从宗教修炼的角度看,《游仙诗》第三与这两则"仙歌道曲"一样,都是写"啸歌"致神,内

---

① 詹石窗:《道教与女性》,第121—122页。
② 李丰楙:《道教劫论与当代度劫之说》,李丰楙、朱荣贵主编:《性别、神格与台湾宗教论述》,台湾天翼电脑排版印刷股份有限公司1997年版,第321页。
③ 《西王母授紫度炎光神变经颂》之一,《云笈七签》第四册,第2087页。
④ 《高仙盼游洞灵之曲》,《云笈七签》第四册,第2097页。

容基本相同，区别仅仅在于两则"仙歌道曲"是对于"啸歌"致神的抽象说明，而郭璞《游仙诗》之三则是对"啸歌"所引起的存想"幻视"，亦即他所见到的神仙世界的具体描绘。另外，"仙歌道曲"中除了对于"啸歌"致神的抽象说明之外，也有不少作品对"啸歌"引起的存想"幻视"展开了详尽铺陈，如《云林右英夫人授杨真人许长史诗》等，限于篇幅，这里不再引证。

第三、九两首诗的共同点与具体差别

以上分别对《游仙诗》第三、九这两首诗做了初步分析，指出两首诗中的神仙世界不是作为现实生活和诗人理想升华的艺术想象的产物，而是在宗教观念和神秘思维的主导下，通过服食丹药、行气、服炼津液和"静啸"等方术修炼所诱发的宗教存想的结果。在全部《游仙诗》中集中反映方术修炼和存想"幻视"内容的只有这两首诗，为了进一步认识这两首诗的思想性质和内容，有必要再做一些综合分析。

如果暂不考虑第三首诗开头描写环境的四句诗，而就其余部分（也是该诗的主要内容）与第九首加以比较，有两个方面特别值得注意：

一个方面是：这两首诗的主要内容基本上都是由三部分构成：方术修炼、存想"幻视"中所见的神仙世界和从神仙世界对人间的审视（详后）。就是说，两首诗的基本内容存在三个共同点。另一个方面是：两首诗在基本内容相同的基础上又存在具体差别，而这些差别无一例外都是学道修仙不断进展和加深的表现。

现将这两首诗的共同点和具体差别论述如下：

一、方术修炼及其差别。

按神仙道教教规，信仰神仙道教不能仅仅停留在精神层面，而必须同时按规定进行严格的方术修炼，这样才有可能实现长生不老、自由快乐的宗教理想。这是因为与其他宗教不同，"道教是重视实际践行的宗教，除了有对形而上之道的信仰外，也有一些可操作性的'法'与'术'"①。所谓"法"是指具有神秘性特征的修道的具体方法，"术"则是掌握这种规范性方法的特殊技巧。方术修炼就是掌握这种"法"和"术"并按规

---

① 孙亦平：《道教文化》，南京大学出版社 2009 年版，第 305 页。

定反复践行。魏晋时期方术种类繁多，诸如服食丹药、思神守一、行气导引、服炼津液、存想"幻视"、辟谷不食、还精补脑等，不一而足，所谓"神仙之道百数，非一途所限，非一法所拘也"①，说的正是这种情况。就诗中所涉及的方术修炼看，第三首主要写了"静啸"和存想，第九首主要写了服食丹药、行气、服炼津液和存想等。这些无疑都是诗人在学道修炼过程中结合自己情况所选择的方术修炼的具体种类。可以看出，与当时繁多庞杂的方术种类相比，诗中涉及的方式种类虽不算多，但也足以反映出诗人进行方术修炼活动的大体情况。

更为重要的是，两首诗虽然都写了方术修炼，但在方术修炼的具体内容上又存在明显的差别：由开始（即第三首所写）的少而简单到后来（即第九首所写）的多而复杂，不但方术修炼的种类增加了，而且是多种方术修炼结合进行，充分反映出诗人修炼由简而繁、由浅入深的发展过程。诗人这样描写方术修炼的过程，与道教经典所要求的"学道当阶浅以涉深，由易以及难"②完全一致，这在一定程度上可以证明诗人描写的真实性。

二、存想"幻视"及其所见神仙世界的差别。

第三、九两首诗在叙述方术修炼之后都写了存想"幻视"及其所见的神仙世界，但神仙世界的具体画面及其所显示的意义又存在明显的差别。

存想"幻视"作为一种在丧失自我的迷失状态下的无意识行为，实际上是宗教理想和宗教观念的不自觉地演绎，所以不但与艺术想象具有本质的区别，而且对于主体（即艺术想象和宗教存想的主体）来说其意义也完全不同：一般的艺术想象虽然具有现实生活的基础和根据，但想象者本人也十分清楚：那些荒诞离奇的画面纯属虚构，而并非真实的存在；宗教存想则不然，虽然"幻视"中的神仙世界完全是子虚乌有，并非真实的存在，但在修炼者看来却并非如此：存想"幻视"中的神仙世界正是独立于人间之外的神仙世界的再现，不但具有无可争辩的"真实性"，并且也是神仙道教信仰的终极根据。正是因为如此，存想"幻视"所见的神仙世界对于神仙道教的修炼者来说，也就具有非同寻常的意义：既然已

---

① 杜光庭：《墉城集仙录叙》，《云笈七签》第五册，第2525页。
② 王明：《抱朴子内篇校释》，第123页。

经看到并进入了神仙世界，就说明自己已经超越了自身的境界，而与终极实在建立了联系，而任何宗教的终极实在都被认为是把"人类从痛苦中解脱出来的理想境界"①，因此，修炼者从中不仅能够体验到神仙降临的神圣以及神仙世界的美好和永恒，而且还被视为自己接近神仙世界或即将成为神仙的证明。

事实上，修炼者在存想"幻视"中的所视、所感虽然与现实生活无关，丝毫不具备历史真实性，但却是一种超理性的神秘的宗教经验的真实体验。这说明，这两首诗所写的正是一般诗歌很少触及的这种神秘宗教体验。

随着方术修炼由少而简单到多而复杂和修炼过程的不断加深，相应地，由它们所诱发的存想"幻视"也呈现着由外及内、由浅而深的特征：第三首的存想"幻视"仅仅是"看到"了赤松、浮丘和洪崖等神仙逍遥同游的神奇场景，而自己还是远远地在神仙世界之外。第九首则不同，诗人在存想"幻视"中不仅"看到"神仙世界，而且还走进神仙世界，并像神仙一样腾云驾雾远游。对于修炼者来说，这一变化反映着他距离神仙世界越来越近，所抱定的宗教理想目标正在逐步实现。

需要指出的是，诗人在存想"幻视"中所展示的神奇画面完全属于宗教性质，但是，当诗人把这些神奇画面行诸文字而写成诗时，就不单是具有宗教属性，而更兼具鲜明的艺术特征和强烈的艺术感染力。比如第三首通过写赤松、浮丘和洪崖三位神仙携手拍肩逍遥自在地同游，寥寥几笔就十分传神地表现出神仙世界的自由和快乐。第九首写诗人在"幻视"中与神灵融为一体向神仙世界飞奔，所使用的一连串形象生动而富有张力和动感的词语，如"抚龙驷"、"乘奔雷"、"逐电曜"、"随风回"以及"手顿"、"足蹈"，等等，更把诗人深信自己属于神仙世界，渴望与神仙融为一体，强烈向往和追求神仙世界的内心状态表现得淋漓尽致。

三、从神仙世界对人间的审视及其差别。

两首诗在描写了存想"幻视"所见的神仙世界之后，都写了从神仙世界对人间的审视，即第三首中的"借问蜉蝣辈，宁知龟鹤年"，第九首中的"东海犹蹄涔，昆仑若蚁堆。逯遝冥茫中，俯视令人哀"。与一般常见的从人间看神仙世界相反，这里却是从神仙世界看人间。独特的视角决

---

① ［美］斯特朗：《宗教生活论》，徐钧尧等译，今日中国出版社 1992 年版，第 31 页。

定了非同寻常的发现,并体现着诗人对人间的独特感受。

第三首诗中,在描写赤松、浮丘和洪崖等神仙逍遥同游的神奇场景之后,紧接着的两句"借问蜉蝣辈,宁知龟鹤年",不仅表现出诗人对于诸仙长生不老、快乐自由的强烈向往,而且通过"蜉蝣辈"与神仙世界的隔膜,因而不屑于向他们谈仙论道,反衬出自己心向神仙世界的强烈信心和希望。

与第三首相比,在第九首中随着修炼的加深,诗人从神仙世界俯视人间的感受更为丰富和复杂。主要有两点:

(一)世界渺小,没有什么值得留恋:诗人设想从九霄云外的神仙世界远望人间,发现世界原来竟是如此的渺小:浩瀚无际的东海不过如同蹄子般大小的水洼,巍然耸立的昆仑也不过如同蚁穴隆起的土堆。我们生活的世界既是如此的可怜,那么,人间的功名利禄、权势、地位、荣誉、声望、得失、成败等岂不更是微不足道?这样看来,人间还有什么值得挂念的呢!显然,只有在看破人世,超越世俗,心目中有了更高的形而上的追求,才能产生这样的感受。

(二)世事可哀,决心告别人间:诗人从天上俯视人间产生了"俯视令人哀"的感受,根本原因在于他的强烈的生命悲剧意识以及对于生命悲剧所造成的焦虑和痛苦的强烈感受。所谓生命悲剧是一种具有人类普遍性的悲剧,主要是指人类在宇宙中不可避免的局限性所造成的不幸甚至毁灭性的结局,即生命毁灭感和生命不自由感。所以,生命悲剧意识主要针对的不是给人带来痛苦和烦恼的世俗性的成败得失,如仕途困顿、财产损失、疾病灾难等,而是终极关怀的失落和人生价值的虚无。郭璞通过反复探索,认定走高举远游,学道修仙的人生之路,才是摆脱生命悲剧及其造成的焦虑和痛苦的根本途径①。可见,与第三首相比,第九首结尾从神仙世界俯视人间的感受虽只短短四句,但却蕴含着更为深刻而丰富的内容,并在无限深沉的悲情中宣示自己告别人间,走学道修仙之路的坚定决心。

最后,还有一个问题应当说明,两首诗在写了方术修炼和存想"幻视"之后,为什么都要写从神仙世界对人间的审视?有的学者可能以抒发内心情怀的需要来解释这一问题,但从道教信仰者的修炼实践来看,恐

---

① 详拙作《郭璞的生命悲剧意识与〈游仙诗〉——试论"非列仙之趣"部分及其与"列仙之趣"部分之间的关系》,《天津社会科学》2011年第6期。

怕并非如此。原来，道教信仰者有这样一种根深蒂固的观念：仙道神圣，玄理奥妙，非玉身仙人根本无法理解，因此一般不轻易为外人道。这既表现出自己的超脱，也反映了对于人间凡俗的鄙视。如《大洞消魔神慧内祝隐文存诸真法》在吟咏《大洞真经三十九章》并取得"身致羽童，驾景乘云，飞行玉清，位齐紫宾"的神奇效果之后，特别指出："此高玄之妙道，玉清之秘篇，皆授金名玉字高仙之人。"①《阴真君传》在叙述他修炼之后特别说明修仙之道"亦何急令朝菌之徒，知其所云为哉"②。葛洪《神仙传·阴长生传》对此也有记载③。又在《马明生真人传》中录有太真夫人赠马明生诗之一在叙述了"上下凌景霄，羽衣何婆娑"的神游天界之后，也写道："五岳非妾室，玄都是我家。下看荣竞子，笃似蛙与蟆。顾盼尘浊中，忧患自相罗……祸凑由道泄，密慎福臻多。"④ 将这些材料与《游仙诗》第三、九首关于从神仙世界对人间的审视加以对比，可谓大有异曲同工之妙：不仅在观念上彼此相一致，而且有些词语和诗歌句式也颇多相同。

综上所述，《游仙诗》第三、九首都写了方术修炼、存想"幻视"和从神仙世界对人间的审视，但在具体内容上又存在明显的差别：方术修炼有多与少、繁与简之别；存想"幻视"部分所写的神仙世界有"看到"与"进入"之别；从神仙世界对人间的审视有不屑与"蜉蝣辈"谈仙论道和决心告别人间之别。可见，《游仙诗》第三、九首主要是由这样既有共同点又有具体差别的三部分组成。就其共同点来看，这三个部分的内容都是神仙道教修炼生活中最常见的活动，具有鲜明的宗教性质特征。关于具体差别可以从两个角度审视：从宗教信仰的角度看，这些差别反映了诗人学道修炼的不断加深和进步，体现着诗人距离实现神仙道教宗教理想的目标越来越近；从诗歌艺术的角度看，这些差别十分自然而突出地反映了诗人内心世界的深刻变化：对于人间凡俗越来越鄙弃和疏离，对于神仙世界的向往和追求越来越强烈和迫切。

根据以上所述，可将《游仙诗》第三、九首的中心内容概括如下：这两首诗是诗人对其所参与的神仙道教的学道修仙活动，即方术修炼和存

---

① 《云笈七签》第二册，第 948 页。
② 《云笈七签》第五册，第 2309 页。
③ 葛洪的记载文字稍有出入，见葛洪《神仙传》，中华书局 2010 年版，第 172 页。
④ 《云笈七签》第五册，第 2304 页，又见《太平广记》"太真夫人"条。

想"幻视"及其所引起的人生态度变化的"自叙",反映了诗人对于神仙世界的向往和追求,没有停留在精神的层面,而是落实在具体的修炼活动上。而这些活动都属于神仙道教的宗教生活,是学道修仙历程中的一个重要的阶段。

揭示第三、九两首诗中神仙世界的性质及其与宗教存想的关系具有重要意义:首先,有助于探索和正确认识《游仙诗》的主题思想[①]。众所周知,要正确认识作品的主题思想,必须首先解决作品中的一些重要的具体问题,只有在搞清具体问题的基础上才能进而从整体上认识作品的主题,而本文所研究的问题正是其中的重要问题之一。其次,通过对第三、九两首诗的分析,知道诗人对于神仙世界的向往和追求,没有停留在精神的层面,而是落实在具体的修炼活动上,显然这为认识郭璞的生平思想提供了新的线索,有助于郭璞生平思想研究。最后,恢复第三、九两首诗的本来面貌将促使我们思考《游仙诗》研究历史中存在的一些问题,认真吸取历史教训和启示,改进研究方法。

原刊于《文学遗产》2012年第4期。
入选吴光正、左丹丹主编的《中国道教文学学术档案》,并附导读和提要。此书系陈文新主编的《中国学术档案大系》之一,武汉大学出版社即将出版。

[①] 关于《游仙诗》的主题和结构详另文。

郭璞《游仙诗》是学道修仙历程的"自叙"*
——试论《游仙诗》的主题及其思想特征

关于郭璞《游仙诗》的创作主旨，自古以来就有"列仙之趣"说和"非列仙之趣"说以及神仙世界是否有所寄托的争论，直至今天这一争论亦未稍减。在不同观点尖锐对立，又都不能正确解释作品主题的情况下，有些论著，特别是几部通行的文学史便"化整为零"，把完整的《游仙诗》划分为主旨完全不同的两部分或几部分，并对不同的主旨分别做了具体分析①。这种观点将《游仙诗》人为肢解，彻底否定了《游仙诗》具有完整统一的主题和结构，而视之为互不相干的十首诗的无序集合（《游仙诗》包括十首诗，"残诗"不是其组成部分，详后）。实际上，这种颇为流行的观点是在没有搞清诗义情况下的严重误读，根本不符合作品的实际。与上述错误观点相反，本文认为，《游仙诗》的十首诗紧紧围绕中心展开描写，共同组成了主题统一、结构完整、特色鲜明的优秀诗篇。

《游仙诗》研究进展缓慢的情况说明，要正确认识《游仙诗》的思想内容和主题，就不能躺在"列仙之趣"说和"非列仙之趣"说以及神仙世界是否有所寄托等传统认识上，更不能以《游仙诗》没有完整统一的主题和结构这样一种毫无根据的主观臆测作茧自缚，而应当打破思维定式和传统观点的束缚，在前人研究成果的基础上另寻出路，继续前行。

---

* 本文原题为《郭璞〈游仙诗〉是学道修仙历程的"自叙"——试论〈游仙诗〉的主题及其思想特征》，发表时学报编辑部认为题目太长而改为《试论〈游仙诗〉的主题及其思想特征》，现恢复原题。又"自叙"的论断出自李善《文选》："璞之制，文多自叙。"

① 如徐公持《魏晋文学史》，人民文学出版社1999年版，第481、483页；章培恒、骆玉明主编《中国文学史》上卷，复旦大学出版社2007年版，第308页；袁行霈主编《中国文学史》第二卷，高等教育出版社2005年第二版，第50页。

长期以来，《游仙诗》的主题之所以得不到正确认识，重要原因之一正是：研究《游仙诗》时不是从解决作品中的局部性的具体问题入手，而是直奔主题，力求一举破解主题。由于一些重要的具体问题没有搞清楚，很多"障碍"横亘在那里，结果走了很多弯路，以致《游仙诗》的主题至今还是迷雾一团。鉴于这种教训，本人研究《游仙诗》主题时不是直奔主题，而是从解决局部性的具体问题入手①。解决了这些局部性的具体问题，也就为把握《游仙诗》的内容构成、通篇大意和主题思想基本上扫清了障碍，本文阐释《游仙诗》主题及其思想特征和贡献就是在此基础上完成的。篇幅的关系，关于这些局部性具体问题的观点这里不做一一介绍，只在下面的有关论述中出注说明其出处。

《游仙诗》内容的构成和段落划分

《游仙诗》共包括十首诗，由序诗和正文组成。

序诗即第一首诗（"京华游侠窟"），此诗通过从理想的高度对人生价值取向的抉择，否定了以"游侠"为文化符号的积极作为，倾力济世的人生道路，而肯定了以"山林隐遁"为文化符号的出世远游，学道修仙的人生道路。人生道路和方向的明确，坚定了诗人"高蹈风尘外"，即通过山林隐遁，学道修仙，追求神仙世界的决心②。显然，这是序诗为全诗所标明的思想指向，并构成了贯穿全诗的思想线索。

正文包括九首诗（第二至十首），是诗人学道修仙历程的"自叙"的全部内容，可以分为四部分：

第一部分：包括第二（"青溪千余仞"）、第三（"翡翠戏兰苕"）两首诗，主要写山林隐逸和初步的方术修炼，是诗人学道修仙实际践行的初

---

① 解决这些局部性具体问题的文章和发表刊物如下：一、《两种不同人生价值取向的抉择——郭璞〈游仙诗·京华游侠窟〉试解》（以下简称"文一"），刊于《北京大学学报》2011年第3期；二、《郭璞的生命悲剧意识与〈游仙诗〉——试论"非列仙之趣"部分及其与"列仙之趣"部分之间的关系》（以下简称"文二"），刊于《天津社会科学》2011年第6期；三、《郭璞〈游仙诗〉中的神仙世界与宗教存想》（以下简称"文三"），刊于《文学遗产》2012年第4期；四、《从郭璞的神仙道教信仰看〈游仙诗〉》（以下简称"文四"），刊于《中州学刊》2011年第5期；五、《驾鹤仙去——郭璞之死解读》（以下简称"文五"），刊于《北京师范大学学报》2012年第1期。此外，还涉及三篇尚未发表的文章。

② 详"文一"。

始阶段①。

第二首是写山林隐逸生活，表现诗人对于高士许由的仰慕和对于神仙世界的强烈向往以及无由交接神女的惆怅和苦闷。魏晋时期，很多人把山林隐逸视为学道修仙的必经之途，由隐士转化而成为神仙是比较普遍的现象，因而有"为道者必入山林"②之说。可见，写学道修仙从山林隐逸开始完全符合历史真实，而所写的心理活动，如"仰慕"、"向往"和"惆怅"、"苦闷"等也完全符合初学仙道者的心理特征。

第三首写初步的方术修炼：在远离喧扰人世的清幽环境中，以"歌啸"进行方术修炼并诱发了存想幻视，在存想幻视中诗人"看到"了赤松、浮丘和洪崖等神仙在祥和氤氲中驾鸿飞翔，逍遥同游的神奇场景。存想幻视之后又以"借问蜉蝣辈，宁知龟鹤年"，描写从神仙世界对人间进行审视，不仅表现出诗人对于快乐自由的神仙生活的强烈向往，而且通过"蜉蝣辈"与神仙世界的隔膜，反衬自己心向神仙世界的强烈信心和希望③。

按神仙道教教规，信仰神仙道教不能仅仅停留在精神层面，而必须同时进行严格的方术修炼，这样才有可能修炼成仙。《游仙诗》中所描写的方术修炼生活就体现了这一点。

第二部分：包括第四（"六龙安可顿"）、第五（"逸翮思拂霄"）、第六（"杂县寓鲁门"）和第七首（"晦朔如循环"）共四首诗，主要写学道修仙的原因和思想基础：对于生命悲剧及其所带来的焦虑、痛苦的深刻体验，以及为了摆脱生命悲剧，消解它所带来的焦虑和痛苦，通过反复探索最终选择了学道修仙的人生之路。

第四首主要写为了超越生命悲剧而进行的反复探索：先是幻想时光倒流，以使死亡的过程得以逆转；然后又幻想像鸟兽那样通过改变生命形式以延长寿命；接着，又走进神话世界，希望通过超自然的神奇力量改变生命的有限性；这一切都未能达到目的，转而寄希望于上天，幻想借助神的力量使生命得以延长，但最终仍然是以失败而告终。最后两句写由于探索失败，找不到摆脱悲剧性命运的出路而深感悲哀。可以看出，诗人在探索

---

① 下面对各部分和各首诗内容的介绍详略有所不同：凡在发表的文章中已经介绍过的则从简，反之则稍详；比较容易理解的内容从简，反之则稍详。

② 王明：《抱朴子内篇·明本》，《抱朴子内篇校释》，中华书局 1985 年版，第 187 页。

③ 详"文三"。

中所想出的各种办法都是针对"六龙安可顿，运流有代谢"，也就是为了克服时光不可逆转的流逝及其所造成的生命转瞬即逝的生命悲剧。

第五首主要写对于尘世束缚所造成的不自由的不平和无奈。"清源无增澜，安得运吞舟？"诗人认为各种各样的尘世束缚使人的处境如同吞舟之鱼在浅水中无法游动一样，令人难以生存——这是生命悲剧的另一个内容。

第六首根据《史记·封禅书》等文献的有关记载，再现了燕昭王和汉武帝为了长生不老，永享荣华富贵，多次兴师动众出海寻仙，以及远远地看到美妙神仙世界和群仙嬉戏的情景。

魏晋时期流行这样的观念："求长生，修至道，诀在于志，不在于富贵。"① 富贵之人特别是帝王贪恋权势，骄奢淫逸，对他们来说成仙比登天还难；而普通信众由于没有或较少贪欲和奢望，有利于恬和淡泊，澄静玄默，反倒比较容易得道成仙。最后两句"燕昭无灵气，汉武非仙才"正是根据这种流行的观念发出了令人震惊的议论和感叹，有力地表现出对于人间帝王一边醉心皇权，一边幻想成仙的愚蠢行为的极度蔑视和嘲讽，同时也表现了自己对于学道修仙的信心和虔诚②。

第七首主要写了两个内容：前八句写对于时间飞逝的无奈和对生命短暂的焦虑，反映了诗人对生命的关注和对死亡的恐惧。后六句写诗人思想的重要变化：经过反复探索和失败，诗人终于认识到摆脱生命悲剧的希望不在人间而在神仙世界，因为那里的"园丘有奇草，钟山出灵液。王孙列八珍，安期炼五石"，足以使人从悲剧性的命运中解脱出来。在诗人的认识发生重要变化的基础上，诗人"长揖当涂人，去来山林客"，决心告别仕途，走学道修仙之路到神仙世界去③。

以上第二部分的四首诗，其中第四、第五和第七这三首直接抒写学道修仙的原因和对于摆脱生命悲剧的探索，但在它们中间却插入了抒写历史往事的第六首诗；表面看来第六首仿佛多余之笔，实际并非如此，此诗与其他三首之间在思想内容上具有密切的内在联系④。

第三部分：包括第八（"旸谷吐灵曜"）、第九（"采药游名山"）两

---

① 王明：《抱朴子内篇·论仙》，《抱朴子内篇校释》，第17页。
② 详赵沛霖《"燕昭无灵气，汉武非仙才"——〈游仙诗〉第六首简析》。
③ 详"文二"。
④ 详赵沛霖《"燕昭无灵气，汉武非仙才"——〈游仙诗〉第六首简析》。

首诗，主要写修德悟道和进一步方术修炼，是诗人学道修仙实际践行的继续阶段。

第八首集中写修德悟道。所谓修德就是"希贤励德"，从道德精神上进行修炼，使自己成为一个道德完善的人。"欲求仙者，要当以忠、孝、和、顺、仁、信为本。若德行不修，而但务方术，皆不得长生也。"① 所谓悟道就是探究和参悟道的真谛，以便按照道的精神修炼和处世，摆脱世俗罗网的束缚，实现精神超越和心灵自由，最终使自己复归于道。道教认为，学道修仙不单单要学那些具有可操作性的方术修炼的要领和技巧，更要修德悟道，以激发内在的自我超越并转向神圣的境界。就是说，方术修炼与修德悟道必须二者兼顾才有可能具备成仙的条件。诗人正是根据这样的认识和要求，既做方术修炼（如第三、九首所写），又坚持把修德悟道作为学道修仙的重要内容予以实际践行。

诗人对于修德悟道的描写特别注意刻画其心理的变化：如"悠然心永怀"四句描写诗人心存高远、超然物外的悠然自得心理，以及获得心灵自由之后超脱凡俗、一往无前的神态等。

第九首写在初步方术修炼（第三首所写）的基础上继续进行方术修炼：采药服食、行气、服炼津液等功法修炼及其所引起的飘飘欲仙的神奇效果：在存想幻视中诗人与神灵融为一体，随风驾龙，乘雷逐电，向神仙世界飞奔②。

第三首和第九首都写了方术修炼和从神仙世界对人间的审视，但两首诗存在着明显的差别，而这些差别无一例外地反映着诗人学道修炼的不断加深和进步以及内心世界的深刻变化：对于人间凡俗越来越鄙弃和疏离，对于神仙世界的追求越来越强烈和迫切③。

第四部分：包括一首诗，即第十首（"璇台冠崑岭"），写长期学道修仙的最后结局：实现了宗教理想，修炼成仙，到神仙世界永享自由快乐。

第十首诗主要写了三个内容：一是开头六句所写的成仙的地点和环境，即位于西海之滨与招摇山相毗邻的美丽而神奇的崑岭，这是成仙赴神仙世界的必经之地。二是成仙的仪式，即"寻仙万余日，今乃见子乔。

---

① 王明：《抱朴子内篇校释》，第 53 页。
② 详"文三"。
③ 同上。

振发晞翠霞,解褐被绛绡"。其中"寻仙"二句是说通过"万余日"的修炼终于得到神仙王子乔的接引和点化,表示其虔诚信仰和修炼功夫获得了神仙的认可,愿意接引他到神仙世界①。后两句以道教仪式中摘下旧帽,戴上仙冠;脱去褐衣,换上仙服的习惯做法来代指成仙②。三是最后四句"总辔临少广,盘虬舞云轺。永偕帝乡侣,千岁共逍遥",写成仙以后,到神仙世界与神仙同游,永享自由快乐。这四句描写赴神仙世界所用的车马舆服和所到的具体地点,像前面描写崑岭美丽而神奇的景象一样,完全符合教道有关赴神仙世界的具体节仪规定,并有其充分的文献根据③。

以上是《游仙诗》学道修仙历程"自叙"四部分的主要内容,简言之,即:

第一部分(第二、三首),学道修仙实际践行的初始阶段:山林隐逸和初步方术修炼;

第二部分(第四至七首),学道修仙的原因和为了摆脱生命悲剧,通过探索选择了学道修仙的人生之路;

第三部分(第八、九首),学道修仙实际践行的继续阶段:修德悟道和继续方术修炼;

第四部分(第十首),修炼成仙,到神仙世界永享自由快乐。

如果将这四部分按内容性质进行归类,那么,第一、第三和第四这三部分,即学道修仙实际践行的初始阶段、继续阶段和最后修炼成仙,显然都属于学道修仙的实际践行,而第二部分即生命悲剧所引起的焦虑和痛苦以及为了摆脱悲剧性命运通过探索而选择了学道修仙的人生之路,显然属于另一方面的内容,即学道修仙的原因和思想基础。

如此看来,那种认为《游仙诗》的内容头绪繁多,无法理清的看法并不符合实际:《游仙诗》不过是由两个方面的内容构成:一是学道修仙的原因和思想基础(即第二部分);二是学道修仙的践行经历及其结果(即第一、三、四部分)。全诗内容集中明了,段落分明,脉络清晰。如

---

① 详"文四"。
② 见道教经典《钟吕传道集·论证验第十八》关于成仙仪式惯行节仪的记载,《道藏精华录》上册,浙江古籍出版社1989年版,第24页。
③ 达到神仙世界的地点"少广",见《庄子·大宗师》;诗人是乘坐轻便而又显贵的轺车,并有虬龙"启道"而赴神仙世界的,轺车见《晋书·舆服志》;"盘虬舞"即以虬龙"启道",见《云笈七签》第一册,第459页。

果说与一般的写法相比有什么不同的话，那么，只有这一点：《游仙诗》内容的四部分并没有完全按照先原因后结果、先思想认识后实际践行的一般顺序安排，而是把学道修仙的原因和思想基础部分放在了实际践行的过程当中，即在学道修仙的初始阶段与继续阶段之间。当然，如此安排内容自有其原因，这涉及《游仙诗》的结构特点①。

《游仙诗》的主题及其思想特征

从前面的论述可以知道，《游仙诗》作为诗人学道修仙历程的"自叙"，是从学道修仙的原因和思想基础"自叙"起，经过实际践行，最终修炼成仙而告终，完整地反映了魏晋时代在神仙道教成为人们共同价值取向的条件下，一个有抱负而又高度敏感的士人为了摆脱悲剧性命运，是如何在痛苦、焦虑和苦闷中通过反复探索而最终走上学道修仙人生之路的丰富而复杂的心路历程。就是说，诗人首先提出了如何超越生命悲剧的问题，然后又给出了答案：通过走学道修仙的人生之路来摆脱悲剧性命运。明确了《游仙诗》两个方面的内容及其相互关系，那么，《游仙诗》的主题及其思想特征也就比较容易理解了：

> 通过学道修仙历程的"自叙"，说明学道修仙的人生之路是超越生命悲剧及其所带来的焦虑、痛苦的根本途径，反映了诗人对于生命永恒和自由的向往以及力图摆脱悲剧性命运的超越精神，这种为寻找和确立安身立命之本以安顿灵魂的形而上的追求，既是对于人的终极关怀的体现，也是愚昧落后思想观念的反映。

从《游仙诗》的主题不难看出，诗人创作的主观意图十分明确：通过自己的切身经历和对人生的体验与思考，现身说法，说明学道修仙的人生之路是摆脱悲剧性命运及其所造成的焦虑和痛苦的正确途径，宣扬消极无为，逃避现实，保全个体生命永享自由快乐的神仙思想，肯定魏晋时期广泛流行的以神仙道教为价值取向的合理性和可行性。毫无疑问，《游仙诗》的创作意图所反映的思想观念，是完全错误并应当予以批判的。但

---

① 详赵沛霖《〈游仙诗〉的结构及其特点》。

是，如果仅就这一点便将《游仙诗》完全否定，认为没有任何可取之处，那就未免过于简单化了。因为作品的形象大于思想，具体描写重于说教，在这方面《游仙诗》尤其显得突出：其创作的主观意图与诗歌艺术形象之间存在着巨大的背离，这突出表现在它所提出的问题与给出的答案之间具有完全不同的意义和价值：诗人对于如何摆脱悲剧性命运所给出的答案是完全错误和荒谬的，没有任何积极意义可言，但他所提出的问题，即通过形象描写所反映的对于悲剧性命运的感受和体验，对于如何超越悲剧性命运的探索及其所表现的对于人的终极关怀，则集中体现着《游仙诗》的思想艺术精华，具有巨大的思想艺术价值。

由于诗人的历史局限性，使他十分荒谬地将这样两个具有完全不同思想性质和价值取向的内容捆绑在一起，纳入同一架构组成作品，这确实增加了《游仙诗》主题的复杂性，但并不能遮掩它们的不同的思想本质。大致说来，《游仙诗》主题的思想特征有如下几个方面：

第一，浓重的悲剧性特征。

从前面对《游仙诗》内容构成和主题的论述可以知道，《游仙诗》虽然把追求神仙世界，成为神仙的宗教理想作为全诗表现的中心目的，但在全诗内容的安排中却没有局限于此，而是首先寻绎导致产生这种理想和追求的原因，即为了摆脱悲剧性命运，消解它所带来的焦虑和痛苦。就是说，诗人没有把反映学道修仙历程的诗歌局限于狭隘的宗教生活和宗教修炼的范围内，而是首先放在生命存在和人生理想的高度和广阔视域加以审视，从而赋予作品以鲜明的社会内容和浓重的人间色彩，这不仅极大地开掘了作品的思想空间和深度，提升了作品的意义和价值，而且也决定了《游仙诗》主题的浓重悲剧性特征。

在学道修仙原因和思想基础部分，如第四、五、七首中，诗人一方面把看不见、摸不着因而不引人注意的抽象时间的流逝形象化，描绘出时间"巨流"一去不复返的无情图景以及面对时间流逝的无可奈何，另一方面又出色地描写出空间束缚使人不得自由的悲惨处境，寥寥数语便生动有力地表现出人在时间和空间方面的局限性所造成的生存困境，从而使这部分内容弥漫着强烈的悲剧气氛。

不仅如此，诗歌还突出反映了这种局限性所带来的毁灭性的结局：从时间巨轮碾压下万物走向衰败的惨象，使人自然联想到世事的急剧变化和生命的稍纵即逝，最终走向死亡的悲惨结局以及严酷束缚下失去自由所导致的创造力的毁灭和生命的枯萎。就是说，死亡和尘世束缚所摧毁的不是什么别的东西，而恰恰是作为创造的主体，一切意义和价值因之而生的人，因此生命悲剧也就意味着最珍贵希望的破灭和幸福的丧失。正是因为如此，关于人的价值观念才被进一步唤醒和强化，悲剧感也随之油然而生：面对生命悲剧使人如身陷困境，大难临头。"当悲剧意识成为人们对于实在的意识的基础时，我们就称之为悲剧情态。"① 可以说《游仙诗》的上述有关描写充分表现了诗人的强烈悲剧意识和令人震撼的"悲剧情态"。

这样的生存困境，不分地域、民族，不论尊卑、贫富，是每个人都必须面对的现实，可以说是整个人类的必然性命运。"人生中的一切可怕的事件并不都是悲剧性的……真正的悲剧以历史必然性的观念作为基础。"② 正是因为如此，生命悲剧也就使人饱受煎熬和折磨，它所引起的焦虑和痛苦远远超过一般的悲剧而显得更加凝重、强烈和深沉。在这方面，《游仙诗》通过浓墨重彩的描绘，形象有力地表现出诗人在陷入悲哀、痛苦和恐惧深渊之际的内心情状：

> 临川哀年迈，抚心独悲吒。
> 悲来恻丹心，零泪缘缨流。

悲哀和痛苦之情不止于内心，更外化为无法控制而又富有特色的动作和表情，从而把浓重的悲剧性特征十分巧妙地熔铸为诗人生动具体的形象。

第二，超越性特征。

虽然生命悲剧是一切人都必然面对的"现实"，但并不是每个人对它都有强烈的感受，而只有那些有所作为，努力创造生活，也就是珍惜生命价值、寄托意义于人生的个体，人在时间和空间上的局限性才可能转化为悲剧。"如果苦难落在一个生性懦弱的人头上，他逆来顺受地接受了苦难，那就不是真正的悲剧。只有当他表现出坚毅和斗争的时候，才有真正

---

① ［德］雅斯贝尔斯：《悲剧的超越》，工人出版社1988年版，第26页。
② ［俄］普列汉诺夫：《尼·加·车尔尼雪夫斯基》，《普列汉诺夫哲学著作选》第4卷，生活·读书·新知三联书店1974年版，第67页。

的悲剧……悲剧全在于对灾难的反抗。"① 这说明，正是悲剧使生存悟出超越的必要，生命悲剧本身就是超越生命悲剧的压力和动力。所以，生命悲剧虽然令人痛惜，但却不属于自甘沉沦的人：对于生命悲剧体验越深，感受越强烈，摆脱悲剧性命运的诉求也就越迫切。正是在这个意义上，生命悲剧才被称为"伟大的悲剧"。

《游仙诗》的学道修仙的原因和思想基础部分正是按这样的逻辑抒写：从生命悲剧和探索摆脱生命悲剧的出路开始写起，进而描写了对于生命悲剧的深刻感受和体验，反映了生命悲剧所造成的巨大焦虑和痛苦。诗人的探索虽然都是借助幻想和神话通过象征的方式表现出来，不是生活的本来面貌，不具备历史"真实性"，但却真实地反映了诗人对于生命悲剧的态度：明知悲剧性的命运与生俱来，不可抗拒，但在强大的命运面前却没有退让，更没有坐以待毙，屈服于它的威压之下，而是想尽一切办法与之抗争：为改变悲剧性命运，消解它给人造成的焦虑和痛苦进行了反复探索。即使历经了多次失败之后仍然没有灰心气馁，而是继续其抗争的步伐。正是这种与命运抗争的超越精神闪烁着人性的光辉，并使人的存在获得了意义和尊严。

或许认为，悲剧精神自古以来就是文学作品的重要主题，但一般多表现在有完整故事情节和激烈矛盾冲突的叙事性作品中，例如，表现英雄人物与命运抗争和悲壮失败结局的古希腊悲剧。诚然，这种悲剧艺术及其所体现的悲剧精神在西方古代戏剧中得到了充分发展，但这丝毫也不意味着悲剧艺术和悲剧精神已然为戏剧所垄断，而与其他艺术形式绝缘。我国古代没有古希腊那样的悲剧，但悲剧精神却在诗歌中得到了发展。由于体裁的制约，具有浓重抒情性特征的《游仙诗》不可能再现完整的故事和激烈的矛盾冲突，但却通过对于悲剧性命运的心理感受和体验以及超越生命悲剧的诉求和探索，把悲剧性命运笼罩下的人物复杂的内心世界呈现于人们面前，从而同样反映出人与命运的关系以及在与命运抗争中所表现出的超越精神。

"奋斗和克服困难则激起惊叹，因而就属于崇高。"② 戏剧中英雄人物

---

① ［德］斯马特：《悲剧》，转引自朱光潜《悲剧心理学》，《朱光潜全集》第 2 卷，安徽教育出版社 1987 年版，第 415—416 页。

② ［德］康德：《论优美感和崇高感》，何兆武译，商务印书馆 2011 年版，第 30 页。

因"奋斗和克服困难"而"属于崇高",以诗歌形式所表现的同样内容,当然也"属于崇高"——因为它们都体现了悲剧精神的核心:对于悲剧性命运的超越。

第三,哲理性特征。

如前所说,诗人对于生命悲剧之所以有那么强烈的感受和体验并充满了迷茫和苦闷,是因为生命悲剧直接毁灭了人的最珍贵的希望和寄托,这就是说,诗人的种种强烈反应归根结底是出于对于人生价值和生命意义能否实现的关注和忧虑,而这种关注和忧虑中所蕴含的实质性问题则是:人的命运是什么?人活在世上究竟是为什么,如何实现人生意义和生命价值?沿着诗人对于自身命运的反观自照如此追问下去,最终必然涉及为人的生存寻找根据的人生终极问题。

要提高生命价值,充实人生意义,关键是寻找和确立安身立命之本,亦即人生目标和生命的支撑点。有了这样的"目标"和"支撑点",使有限的生命与无限的本体联系起来,生存便有了根据,人生便找到了方向,生命价值因而得以生成,从而人生也才有了充实感和归属感而使灵魂得以安顿。正是因为寻找和确立这个"目标"和"支撑点"是如此重要,所以从人成为一个自觉的人,即从关于生命的价值观念产生的那一天起,就开始寻找并且直到今天也没有停止过。而诗人在《游仙诗》中为摆脱悲剧性命运所做的反复探索,虽多次失败仍不肯罢休,归根到底也正是为了寻找这个"目标"和"支撑点"。这样看来,从一定的意义上完全可以把这段文本视为人类这种形而上的精神追求的艰难历程的象征。所以,如果说诗人提出的有关人生意义和生命价值的问题是关于人生的终极问题的话,那么诗人寻找人生"目标"和"支撑点"的反复探索则体现了对于人的终极关怀。

正像反映社会生活和时代历史的作品往往具有现实性一样,涉及人生终极问题和终极关怀的作品往往具有哲理性。因为"悲剧是哲学的艺术,它提出和解决生命的最高的形而上学问题,它意识到存在的含义,分析全球性问题"[①]。这说明《游仙诗》实际是以哲学的眼光洞察人生,体验时间,关注生命,使哲理与对人生境遇的体验和思考结合起来,并融会进自己的内心和感情世界,从而达到诗情与哲理之间、形象与思想之间的高度

---

① [俄] 尤·鲍列夫:《美学》,冯申、高叔眉译,上海译文出版社1988年版,第77页。

统一。这不但极大地丰富了作品的思想内涵，提高了其艺术魅力，而且使其意义远远地超出了个人：由于反映了一切人类寻求解脱的共同愿望，传达了人类心底的共同呼声而具有普遍的意义。

最后，是《游仙诗》主题所体现的错误思想观念：

上述三个特征仅仅是就《游仙诗》内容的精华部分，即学道修仙的原因和对如何超越生命悲剧的探索等内容所做的简要分析。随着诗歌内容从提出问题向给出答案的转换，有关内容的思想性质也发生了根本变化：前一部分所具有的悲剧精神、超越精神和哲理性特征早已杳无踪影，而呈现出迥然不同的荒诞、愚昧和自私的性质特征。

前面说过，人类寻找安身立命之本和生命"支撑点"的努力从来没有停止过，但这个安身立命之本和生命的"支撑点"究竟是什么，不同的人、不同哲学的回答是完全不同的。诗人在经历了反复探索和失败之后也给出了自己的答案：以学道修仙，成为神仙到另一个世界的方式来摆脱悲剧性命运及其所造成的痛苦和焦虑。这说明，诗人是把神仙世界作为安身立命之本和人生的归宿，也就是以此作为安顿灵魂的终极价值。诗歌后一方面内容所反映的学道修仙的实际践行正是这种观念的体现。

十分明显，诗人给出的这个答案是完全错误的：世界上根本没有超现实的存在，神仙世界不过是宗教观念的形象演绎，人能成仙更是虔诚信仰者的痴心妄想。因为人间的问题从来只能在人间解决，幻想以超现实的力量解决现实问题无异于异想天开。这种违背客观规律的荒诞、愚昧之举只能说明信仰者精神的病态扭曲。

实际上，学道修仙的人生之路是一条远离现实、回避矛盾、毫无作为的消极之路，是迷失了人生方向的士大夫的错误选择。他们完全丧失了人的主体性而不得不匍匐于神的脚下，将自己的命运交给神来掌握。因此，那些关于神仙世界的美好想象，尽管十分具体，令人神往，但终究不过是他们的"自我意识"① 和无奈的"叹息"②。这样的"自我意识"和"叹息"除了使精神得到暂时的安抚——实际是麻痹——之外，根本不可能改变悲剧性命运，更不可能给人带来幸福。

---

① ［德］马克思：《〈黑格尔法哲学批判〉导言》，《马克思恩格斯选集》第1卷，人民文学出版社1972年版，第1页。

② 同上书，第2页。

退一步说，即使诗人真的成了神仙，实现了长生不老，自由、快乐的宗教理想，那也仅仅是为了一己之私，除了满足个人的感性欲望之外，根本没有任何其他更高层面的追求。就是说，这条人生之路不但与他人没有任何干系，不可能对世界和社会有什么神益，而且也根本无助于个人人格的完善；恰恰相反，它只能暴露其自私、狭隘的本质。因为如果生存仅仅是为了自己，而对他人没有任何意义，那么，其生存也就失去了意义。换言之，真正有意义的人生，除了对自己有意义之外，更要有超越自我的意义，而有益于社会群体和历史进步。诗人的选择恰好相反，所以，与前一部分所表现的悲天悯人情怀和不失崇高的超越精神相比，在后一部分中其精神境界可谓一落千丈而直接堕入了另一个极端："与优美最处于对立地位的，莫过于无聊了；正有如降低到崇高之下的最深处的，莫过于是笑柄一样。"① 从今天的角度看，诗人为了那个虚幻不实的神仙世界而沉溺于宗教修炼不能自拔的愚蠢、荒诞行为，确实显得滑稽可笑。

《游仙诗》对中国诗歌发展史的重要意义和巨大贡献

以前由于没有正确把握《游仙诗》的思想内容和主题，所以根本无法正确评价它的思想艺术成就及其对于中国诗歌发展史的意义和贡献，现在，搞清了这些问题，可以说也就具备了分析评价其"成就"、"意义"和"贡献"的条件。

第一，《游仙诗》主题具有全新的思想内涵和鲜明的创新特征。

郭璞具有强烈的生命悲剧意识，十分注重感受时间和生命，体验宇宙和人生②，这使《游仙诗》与以前的诗歌相比，在关注的对象和题材方面发生了明显而深刻的重要变化，并赋予其主题以全新的思想内涵和鲜明的创新特征。

自先秦至汉魏的一千多年间，诗歌作品的关注对象和题材多集中于社会、家庭和个人出处等方面，诸如政治黑暗、社会动乱、民生疾苦、家庭婚姻乃至日常生活以及个人理想、抱负和经历、遭际等，总之，多

---

① ［德］康德：《论优美感和崇高感》，何兆武译，第35页。
② 详"文二"。

是一些具有较强社会性的现实问题，反映的多是对于美好未来的向往，对于不合理现实的不平和理想抱负不能实现的痛苦、悲哀等。《游仙诗》虽然也是从人的生存状况出发，但所关注的却不是这些问题，而是人在宇宙中即在时间和空间方面的局限性所造成的悲剧性命运及其所带来的焦虑、痛苦。这说明诗歌题材和关注对象已经从社会、家庭和个人前途转向了人的生命，由人的现实生活转向了人的生存境遇，由对社会光明、公平、正义的向往转向了对人生意义的思考和生命价值的追求。相应地，作品重点描写的对象也不再是社会历史和日常生活景象，而是与终极问题密切相关的人的内心世界和精神变化，主要揭露的也不再是现实生活中的种种黑暗和丑恶现象，而是抒发生命悲剧所引发的焦虑、痛苦和悲哀。概而言之，《游仙诗》写的不是社会、家庭和个人的悲剧，而是人所不可避免的生命悲剧；而诗人对于摆脱悲剧性命运的反复探索，说明《游仙诗》已经超越了世俗性的理想和追求，而具有明显的终极关怀的特征。

总之，正是郭璞的强烈生命悲剧意识使他在前人关注和惯用的题材范围之外，从另一个角度聚焦人的生存和命运以及如何超越命运的问题，并使他在诗歌创作中没走前人的老路，而是另辟蹊径，因而赋予《游仙诗》以全新的思想内涵，其主题也具有了如前面所论述的全新的思想特征。

对于人的这种终极关怀与常见的对于人的现实境况和具体遭遇的关怀，尽管着眼点和具体内容不同，但关注的对象都是人，体现着相同的人文精神，并且对于人来说各有其不可替代的意义和价值。

第二，比较完整地写出了诗人在其人生价值取向形成过程中的丰富而复杂的心路历程。

《游仙诗》作为诗人学道修仙历程的"自叙"，其引人注目之处主要不在学道修仙过程本身，而在于这个历程所展现的丰富的思想内容，特别是诗人精神发展变化的心路历程。

诗人的心路历程开始于对生命悲剧及其所带来的焦虑、痛苦的感受和体验，继而为了摆脱悲剧性命运及其所带来的焦虑和痛苦，而开始了寻求解脱出路的探索。在经历了探索、失败、再探索、再失败之后，诗人认识到在人间要彻底摆脱悲剧性命运根本不可能，因而重又陷入极度痛苦和悲哀的深渊，与此同时其思想也发生了重要变化：世上之人要想得到彻底的拯救，摆脱生命有限性和人间的一切灾难和痛苦，唯一的希望是在人间之外的神仙世界。于是，诗人决心告别人间，走学道修仙的人生之路。就这样随着"希望"之光在诗人心中的升起，悲哀、愁苦的阴云一扫而光，而充满了前所未有的轻松和自由——从此开始诗中再也见不到前面反复出现的悲哀、痛苦的描写即可证明。接着，在对其所选定的学道修仙人生之路的实际践行中，其心境又有了新的变化：从修德悟道时心存高远和对于神仙世界的强烈向往，到与世俗罗网彻底决裂，向神仙世界奋进，再到从九霄云外的神仙世界远望人间而"发现"世界渺小、人间可哀，反映了诗人已经看破人世，超越世俗，亦即表示诗人经过不断的修炼已经超凡脱俗，距离神仙世界越来越近。最后，终于修炼成仙，在神仙世界永享自由快乐。

可以看出，诗人通过自己学道修仙历程的"自叙"，比较全面和完整地描述了内心世界发展变化的过程。这个充满哲理性悲情的"感受"、"体验"、"思考"、"探索"和"追求"的过程，在诗人内心掀起了巨大的感情波澜，形成了内涵丰富而又充满曲折的心路历程，反映着魏晋时代一代知识分子在精神寻觅过程中富有鲜明时代特征的精神风貌和人格理想。

在先秦汉魏诗歌中，很少有作品能够反映出涵括如此深刻、丰富而又完整有序的心路变化历程。从这个意义上，把《游仙诗》视为一篇诗人的精神"传记"并非没有根据。

第三，以抒情的方式表现悲剧美。

与叙事性作品如戏剧、叙事诗、小说等展示悲剧美的方式不同，《游仙诗》则是通过诗人对于悲剧性命运的感受和体验及其所引起的内心世界的深刻变化表现悲剧美，亦即不是通过再现悲剧性的真实"现场"，而是通过令人震撼的"悲剧情态"来感染和打动读者。由于诗人的富于感染力的引导和渲染，这种"悲剧情态"带给我们的感受之强烈和真切不仅不亚于叙事性作品的"现场"目击和"客观"描述，而且还使沉重感和压抑感油然而生。更为重要的是，《游仙诗》除了展示"悲剧情态"之外，还象征性地表现了对于悲剧性命运的挑战，反映了诗人的超越精神和对于人的终极关怀。正是因为有了这些积极的思想因素，使我们在《游仙诗》所营造的"悲剧情态"中所感受到的恐惧和悲哀不仅不会转换为悲观和厌恶，而且会由于体会到人的尊严和崇高精神而深感振奋和快慰。而这正是我们从《游仙诗》中所得到的审美心理体验！"至极的美就是属于悲剧的美！感觉到所有的事物终将飘逝的意识，使我们完全浸染于至极的悲痛当中，而这一份悲痛则又向我们展示启现那些不会飘散消逝的事物，那就是永恒的、美的事物。"① 可以说，《游仙诗》以抒情的方式所展示的正是这种悲剧美的特有魅力。

第四，《游仙诗》在题目运用上的创新。

众所周知，"游仙诗"本是指通过描写神仙世界以寄托主观情思的诗歌，所以，如果从题目的本意出发去衡量郭璞《游仙诗》的思想内容，显然存在"文不对题"的严重问题。那么，究竟应当如何看待这个问题：是从传统的观点出发判定其对题目的误用，还是根据作品的具体内容重新定义"游仙诗"这个诗歌类别？我认为，后一种认识，即从发展的角度看问题更为符合包括诗歌类别在内的事物发展的客观规律。诗人以旧题写新内容，实际是大胆突破了旧题的传统边界而将全新的内容输入，亦即以"旧瓶装新酒"，扩大了传统"游仙诗"题目的容纳范围。这样虽然使"游仙诗"失去了本意，但却换来了"游仙诗"类别的发展。

如此看来，诗人以"游仙诗"为题写全新的内容绝不是题目的误用，而恰恰是不受传统定义和现成"规则"的约束，勇于创新的生动体现。

以上四点突出体现了郭璞在诗歌创作中取得的巨大成就和对中国诗歌史的杰出贡献②，特别是前两点，无论是从主题的性质、题材的开拓上看，还是从思想内涵的深刻性和丰富性上看，在中国诗歌史上都具有开创性意义。

关于两个问题的简要说明

本文关于《游仙诗》主题的观点，有人或许因为下面的两个问题而提出质疑：

---

① [西] 乌纳穆诺：《生命的悲剧意识》，段继承译，北方文艺出版社1987年版，第122—123页。

② 《游仙诗》对中国诗歌史的贡献除以上几点外，在艺术表现和艺术处理方面，特别是对方术修炼内容的艺术处理也十分精彩和富于特色，同样值得认真总结，因与主题思想的关系不大，本文未加涉及，有关内容详赵沛霖《郭璞〈游仙诗〉中方术修炼内容的艺术处理及其贡献》，《上海师范大学学报》2012年第5期。

一、郭璞"好经术"①，具有鲜明的济世志向，一生虽历尽坎坷仍几度出仕并最终为政敌王敦杀害。这样的思想经历和人生结局与《游仙诗》为学道修仙历程的"自叙"之说相互抵牾，如何解释这一问题？

这个问题看一看中国道教史和有关的道教典籍即可得到明确的回答：

魏晋时代，一些中下层知识分子虽然信仰神仙道教，但根深蒂固的儒学思想和人生哲学并没有因此而立即消解，而是彼此并立共存，由此最终形成了通经致用与学道修仙兼行的魏晋文化奇观。例如，仅就名著仙籍的神仙而言，就有很多曾经通经、致仕的例证，据《神仙传》，王远、刘根、黄敬、张道陵、左慈、介象和尹轨等都曾致力于经学，其中前三人即王远、刘根、黄敬不仅通经，而且出仕。但这一切并不妨碍他们学道修仙羽化升遐②。

这一点在郭璞的同时人葛洪身上表现更为突出。葛洪从少年时代就以"儒学知名"③，但又好神仙之道；成年后数次出仕：晋惠帝太安时任"将兵都尉……迁伏波将军……元帝为丞相，辟为掾。以平贼功，赐爵关内侯。咸和初，司徒导召补州主簿，转司徒掾，迁咨议参军"④。但这并不影响他后来学道修仙，直到晚年才彻底弃儒，隐居罗浮山专事修炼和著述。正是由于这样的思想经历，所以，作为道教思想家的葛洪，其学说"既主张道本儒末，道先儒后，追求神仙不死超脱尘世，又不能忘怀治世经国，维护君臣礼义的人间俗务"⑤，这种情况可以说在一定程度上概括了包括郭璞在内的魏晋时代部分士大夫立身行事的共同特征。

郭璞信仰神仙道教⑥，并坚持实际践行，在诗中"自叙"其学道修仙的原因和具体经历是完全合乎情理的。

二、现存《游仙诗》除十首完整的诗歌之外，还有数则"残句"，这些"残句"也是《游仙诗》的组成部分，只是因为残缺不全而没有与十首完整的诗歌列在一起；所以，这些"残句"存在的事实本身就说明由

---

① 《晋书》第六册，第1899页。
② 这些神仙的经历分别见《道藏精华录·神仙传》，第6、10、42、16、19、35、36页。
③ 《晋书》第六册，第1911页。
④ 同上。
⑤ 任继愈主编：《中国道教史》，中国社会科学出版社2001年版，第95页。
⑥ 详"文四"、"文五"。

十首诗组成的《游仙诗》不是完整的作品，又怎么谈得上具有完整统一的主题呢？

其实，一般认为这些"残句"也是《游仙诗》的组成部分，只是凭借常识的推断：既然是同一个人的作品，又都以"游仙诗"为题，当然就属于同一作品，而不是通过对这些"残句"的内容和性质进行深入研究所得出的结论——迄今为止，从来没有人对这些"残句"做过研究，因而也没有相关论著出现就是证明。

不过，长期以来无人研究这些"残句"绝非偶然，而有其内在原因：不具备正确认识这些残句及其与十首完整诗歌之间关系的前提条件。这个所谓前提条件就是对于《游仙诗》十首完整诗歌的正确把握，因为只有正确认识这十首诗歌的内容和性质，才能为正确把握"残句"提供可靠的参照，进而以这个参照为根据去分析其内容和性质。就是说，正确把握这十首诗是正确把握这些"残句"的前提。

本文论证了《游仙诗》的思想内容和主题，从整体上对《游仙诗》提出了一些基本看法，笔者以这些观点和认识为"参照"对"残句"逐则做了研究，得出了如下结论：

现存的《游仙诗》"残句"共十二则①。从总体上看，这些"残句"在内容上都没有超出《游仙诗》十首完整诗歌的范围，也就是说，每一则"残句"在十首诗中都能找出与其内容相同的部分。而在艺术表现和语言方面，这些"残句"与相应的正文比较，无一例外由于各种各样的缺点而显得大为逊色。两相比较取其优，是古今删改文章的通则，由此不难断定这些"残句"很可能是作者在写作过程中或在定稿时就被删除，而根本不是《游仙诗》的组成部分。这说明，组诗《游仙诗》本来就是十首，而不是像有些学者所说的十九首或十四首。

笔者既已证明由十首诗组成的《游仙诗》本身即有统一的主题和完整的结构②，在这种情况下，还要把那些"残句"视为《游仙诗》的组成部分，其结果不但直接破坏了其主题和结构的统一性和完整性，而且必然造成大量诗句彼此重复。如此重床叠架，臃肿不堪，《游仙诗》又怎么

---

① 除逯钦立《先秦汉魏晋南北朝诗》收录的九则之外，还有钟嵘《诗品》卷中收录的两则、《北堂书钞》第一百五十八卷收录的一则。

② 详赵沛霖《〈游仙诗〉的结构及其特点》。

会被誉为"中兴第一"的优秀诗篇呢?

  显然,这些由于被删除而沦为"残句"的事实,不但不能否定由十首诗歌组成的《游仙诗》的完整统一性特征,反倒更坐实了《游仙诗》的简练和精干①。

原刊于《北京大学学报》2013 年第 6 期,
复印报刊资料《中国古代近代文学研究》2014 年第 6 期全文转载。
中国社会科学网 2014 年 9 月 4 日古代文学专版全文转载。

  拙著《郭璞诗赋研究》于 2015 年 7 月由中国社会科学出版社出版,文中所涉及的问题可参阅该书。

---

① 限于篇幅只能简单介绍如上,更多内容详赵沛霖《试论郭璞〈游仙诗〉"残句"的性质与价值》,原刊于《中州学刊》2014 年第 12 期。

陶渊明的诗歌创作与人生哲学

就诗歌创作与哲学思想关系之密切和深刻而言，在中国古代诗人中大概要数陶渊明最为突出，有的学者因此称陶渊明为"大思想家"①，实事求是地说，这一论断并不夸张。陶渊明探索哲学主要不是对客观的宇宙本体，而是集中在人的内心世界方面，具体说来就是对于人生意义、生命价值和理想生活的探索。这说明，陶渊明诗歌创作中所涉及的哲学主要不是哲学的宇宙论，而属于哲学的人生论②，是回答如何做人、什么是理想生活，以及如何体现生命价值的人生哲学。

与古代一般的哲学家、思想家不同，陶渊明探索人生哲学不只是停留在认识上，更体现在他的生活实践上。在认识与实践的结合，亦即身体力行自己的哲学主张方面，很少有诗人和哲学家能够与他比肩。由于这一特点，为我们从人生哲学的角度认识陶渊明的经历和诗歌创作提供了很大方便。例如，一般认为，陶渊明的退隐，是由于厌恶官场的黑暗、腐败，这样认识当然不错，但从本质上看，不如说是他在实践自己的人生哲学，是他的人生哲学思想所决定的人生追求。再如，关于陶渊明的诗歌，无论是反映田园生活的田园诗，还是抒写随遇感触的《杂诗》《饮酒》以及大量的赠答诗，表面看来各不相干，实际上都或显或隐地体现着他的人生哲学，彼此之间具有内在的联系，因此很多作品都可以放在他的人生哲学的框架内加以把握。事实上，人生哲学，即怎样生活才有意义、如何提高生命价值等，是贯穿陶渊明诗歌创作的一个基本主题。这说明，揭示陶渊明

---

① 例如陈寅恪、袁行霈都这样主张，分别见陈寅恪《陶渊明之思想与清谈之关系》和袁行霈《陶渊明的哲学思考》，《国学研究》第一卷。

② 关于宇宙论和人生论，参阅冯友兰《人生哲学》第一章第二节《哲学及人生哲学》，广西大学出版社2005年版，第4—7页。

的人生哲学,把握其具体内涵和本质特征,并由此出发认识其为人和作品,将有助于陶渊明研究的深化。

一 对人生道路的不断反思

陶渊明热心于人生哲学的探索,除了当时士大夫好谈幽深、玄远话题的时代风气使然之外,还有其个人的两个原因:

一是陶渊明充满了对生命有限性的焦虑。人的生命有限,有生即有死,是每一个人都必然面对的现实,因此这种焦虑是普遍和永恒的,只是焦虑的强烈程度有所差别而已。人越想完善自己的生命,提升生命价值,实现自我,就越会感到时光易逝,人生短暂,对生命有限性的焦虑也就越强烈。陶渊明就是如此,请看以下诗:

流幻百年中,寒暑日相推。常恐大化尽,气力不及衰。(《还旧居》)

万化相寻绎,人生岂不劳?从古皆有没,念之中心焦。(《己酉岁九月九日》)

这种焦虑,在陶渊明各个时期的创作中,从欲有所作为的年轻时代,到退隐田园,躬耕自食,直到老年生命将尽,一直不绝如缕,可以说贯穿了陶渊明的一生。这与他的人生理想和人生态度有直接关系(详后)。正是对生命有限性的焦虑和对时光流逝的无奈,转化成对于生命的珍惜和完善生命的内在欲求,促使他对于如何度过自己的一生,如何达到人生的理想境界,也就是如何生活才有意义以最大限度地体现生命价值进行了不断的探索。概而言之,陶渊明探索人生哲学的迫切性,是基于他对生命有限性的焦虑。

陶渊明热心于人生哲学探索的另一个原因,与他特别重视从人生理想和人生态度的角度总结和反思自己的生活经历、人生道路有直接关系。他的很多作品不但真实地记录了他对人生道路的艰苦探索过程,而且总结了很多有益的认识和教训。这些作品构成了陶诗中颇具特色的反思人生道路的主题。陶渊明的这种反思常常是结合具体的生活经历和境遇随时随地进行的。《饮酒》之十六:

> 少年罕人事，游好在六经。行行向不惑，淹留遂无成。竟抱固穷节，饥寒饱所更。弊庐交悲风，荒草没前庭。披褐守长夜，晨鸡不肯鸣。孟公不在兹，终以翳吾情。

本诗以简洁朴素的笔触概括了诗人的人生道路和心灵历程：从少年时代怀有远大抱负到年将不惑的一事无成，最后只能以固守"穷节"相自慰，充满了人生感慨以及不被人所理解的孤独和苦闷。全诗内刚外柔，辞气平和而精神严峻，反映出对于人生问题的严肃思考。

《怨诗楚调示庞主簿邓治中》是一首"从结发时说起，结发如何，弱冠如何，始室如何，目前如何，颇有总结平生之意"① 的诗歌，但这样一首回顾自己生活经历的作品，却以"天道幽且远，鬼神茫昧然"如此玄远、庄严的诗句开头，充分显示了诗人对于自己命运的迷茫和怀疑：自己从结发时起即思欲立善成名，努力有所作为，但却饱经贫困和坎坷。诗人虽勉强宽慰自己，不能怨天尤人，但回首屡遭忧患的经历还是深感凄然，只有"慷慨独悲歌"，一泄其怨愤不平之情而已。又《戊申岁六月中遇火》：

> 总发抱孤念，奄出四十年。形迹凭化往，灵府长独闲。贞刚自有质，玉石乃非坚。

诗人回顾自己四十年的岁月，有着无愧于天地的坦然和执着：世事变化不居，内心充满波澜，但灵府杂尘未染，纯洁一如往昔，始终保持了贞刚的本性，并在此基础上表示了坚持退隐躬耕的决心。《癸卯岁始春怀古田舍》之二：

> 先师有遗训，忧道不忧贫。瞻望邈难逮，转欲志长勤。秉耒欢时务，解颜劝农人。平畴交远风，良苗亦怀新。虽未量岁功，即事多所欣。耕种有时息，行者无问津。日入相与归，壶浆劳近邻。长吟掩柴门，聊为陇亩民。

---

① 袁行霈：《陶渊明集笺注》，中华书局2003年版，第114页。

这是在出与处这两条人生道路之间所做出的明确选择,"忧道"就是谋划和推行自己的政治主张,当然要出仕。陶渊明彻底否定了这条道路,而立志做一个"陇亩民",长期从事耕种。特别值得注意的是,他对自己这一选择所做的解释是因为"瞻望邈难逮"。这十分清楚地表明,他不是反对和不愿意这样做,而是迫于种种原因实在难以做到。言外之意是,社会黑暗,官场腐朽,欲有所为而不能,又如何去"忧道"呢?事实上,出与处的矛盾和抉择,对于人生道路的探索,始终是他精神生活的中心。

除此之外,还有很多诗篇也表现了类似的主题,如《杂诗》《饮酒》和《拟古》中的一些诗篇对自己的经历和变化都做了及时的总结和反思,并对自己的人生选择做了充分的肯定。

除了结合生活经历反思自己的人生道路之外,陶渊明还放眼历史和现实,并结合时代思想的发展,从一般的意义上思考这个问题。在《形影神》中,以形、影和神分别代表苟且偷生、及时行乐,立善扬名、功德垂世和乐天知命、委运乘化三种不同的人生观。魏晋时代,这三种人生观在士大夫阶层中都曾广泛流行:其中后两种人生观即立善扬名、功德垂世和乐天知命、委运乘化分别是儒家、道家人生观和价值观在魏晋时代的反映,具有传统思想观念的根据。而另一种人生观,即苟且偷生、及时行乐则是魏晋时代兴起的一种新的享乐主义的人生观①。由于魏晋时代天下多故,政治恐怖,人人自危,祸福难以预料,逸乐声色苦短,遂使醉生梦死、肆意纵欲的享乐主义思潮泛滥。可以看出,陶渊明纵观古今士大夫种种人生观的发展变化,同时吸收了当时思想发展的新的成分,从一般的意义上有针对性地对人生观和价值观做出了全面的总结和反思,从一个侧面反映了陶渊明的价值取向。

总而言之,对于生命有限性的焦虑促使他对于人生问题做了深入思考:如何度过自己的一生,人生道路应当如何走,什么样的生活方式才是理想的生活方式,以及如何提高人生境界和生命价值等,由此所得到的人生体会和感悟,则为他的人生哲学提供了切实而充分的思想根据。

---

① 《列子》中的《杨朱》篇极力鼓吹享乐主义人生观,是这种人生观的代表,参阅《列子·杨朱》。一般认为,《杨朱》篇是西晋时代的作品。

二 陶渊明所追求的理想生活方式

陶渊明的一生，在付出了极大代价、克服了无数困难之后，终于过上了理想式的生活；他对理想生活方式的执着追求，可谓坚持终生。

东晋时代，士大夫在"俯仰显默之际，优游可否之间"① 这种流行观念的影响下，到山林湖海隐逸可谓蔚然成风。陶渊明虽然也十分向往隐逸，但单纯隐逸还不是他的理想生活方式。陶渊明所追求的理想生活方式的基本内容，除了退隐之外还有躬耕，二者缺一不可。以前一些学者认为陶渊明理想的生活方式主要是退隐，而完全忽略了躬耕，是不符合陶渊明的思想和生活实际的。事实上，躬耕像退隐一样，都是陶渊明所追求的理想生活方式的不可或缺的组成部分。由此决定了他的退隐不同于一般的退隐。一般的退隐多是离群索居，隐身佳景胜境，不但远离世事，也远离人群。而陶渊明不是这样，他退隐，还要坚持躬耕，因而不是去深山老林和荒郊野岛，而是去普普通通的田园，实际是迁居到村落，与普通的农民居住在一起。

一般认为，避世退隐，离群索居多由于性格孤僻，难以合群，从以上所述可以看出，陶渊明绝不是这样，陶渊明对于退隐具体地点的选择（实际也是对于人生道路的选择），是基于对于历史、现实以及人生深刻思考的结果，也就是说完全是出于思想原因，而根本不是由于性格孤僻所致。事实上，陶渊明的性格并不孤僻，恰好相反，他不但好交往、重友谊，而且善于交往，广结人缘，无论是与邻里、朋友，还是亲属、同僚，相处都十分融洽。这可以从陶集大量的赠答诗和其他诗中有关人际关系的叙写得到有力的证明。"渊明之隐居乃离开仕途与世俗，退隐田园从事躬耕，而未脱离人间，仍与亲友、邻居相往还，此所谓'结庐在人境'也。"②

如果不是为了躬耕，实践他的人生哲学，退隐有的是好去处，何必要做这样的选择？

这一点，即躬耕是他理想生活方式的不可或缺的组成部分，还可以从

---

① （晋）孙绰：《桓宣城碑》，《艺文类聚》第五十卷《职官部》六。
② 袁行霈：《陶渊明集笺注》，第141页。

他所景仰的隐士得到进一步的证明。从上古到陶渊明时代，历史上出现了很多隐士，在这诸多的隐士中，陶渊明深深仰慕并以之为追随的对象却只有长沮、桀溺、荷蓧翁等几个人，而这几位隐士的共同特点恰恰在于不但隐居，而且躬耕自食，对此《论语·微子》篇有明确记载，这里不再重复。

十分明显，陶渊明在诸多隐士中特别景仰和追慕这些人，是由于与自己理想生活方式完全一致，这说明，陶渊明赞颂长沮、桀溺和荷蓧翁等人，实际也是对于自己所选择的生活方式的肯定。

那么，在稼穑耕耘被普遍视为卑贱之事的时代条件下，陶渊明为什么还要把躬耕自食作为理想生活方式的重要组成部分而大加赞赏呢？就士大夫阶层来讲，把躬耕自食作为理想生活方式的重要组成部分，是对于"劳心者治人，劳力者治于人"的传统观念和生活方式的彻底颠覆，需要具有与之彻底决裂的思想勇气和魄力。陶渊明之所以能够做到这一点，是因为他在这方面做过很多深刻思考，并找到了充分的根据。《庚戌岁九月中于西田获早稻》一诗开宗明义即严正写道：

> 人生归有道，衣食固其端。孰是都不营，而以求自安！

归，归附，归属，可以引申为遵循或受……支配。道，原则，常理。端，开始，首。前两句是说，人生要遵循常理，经营衣食本是头等重要的大事。所谓"言人之生理，固有常道"①，经营衣食主要就是务农，务农是人生的根本大计，是永恒的谋生正途。这种重农思想完全符合社会发展和人类生活的实际，是陶渊明在自己的生活实践中总结出来的人生大道理，具有鲜明的朴素历史唯物主义思想的光辉。

陶渊明不仅强调了农耕是提供衣食、满足生存需要的基本手段，而且把它作为人生值得追求的基本功业，从而将对农耕的认识提高到空前的历史高度。《杂诗》之八：

> 代耕本非望，所业在田桑。

---

① （清）方东树：《昭昧詹言》，人民文学出版社 1961 年版，第 108 页。

代耕，指官禄，此代指出仕为官。业，所从事的功业。诗中不但将"田桑"与"代耕"并举，而且称之为"业"，充分反映了陶渊明对于农耕的新认识：农耕像为官一样，也是值得追求的"业"，对于人生来说都有意义，都是实现人生价值的途径。

当然，陶渊明更清楚地知道农耕对于人生虽有意义，但却意味着贫穷和辛苦，对于这一点他有着充分的思想准备："贫居依稼穑，戮力东林隈。不言春作苦，常恐负所怀。"（《丙辰岁八月中于下潠田舍获》）稼穑的贫穷和辛苦都不在话下，所担心的就是"负所怀"，即"辜负归隐躬耕之初衷"[1]，所谓"归隐躬耕之初衷"，归根到底正是他对躬耕所寄托的人生意义和价值。正是因为如此，陶渊明才能长期坚持农耕，并从中体验到无限的快乐。

从官场走出来，且与各界广有交往的陶渊明深深地知道，有些人向往退隐却难舍"尘缘"，主要原因固然在于功名之念未绝，但对衣食等生活资料匮乏的担忧也是不可否认的重要原因。因此，要安心退隐，就必须树立"人生归有道，衣食固其端"的观念，躬耕自食，凭自己的力量解决衣食问题。这就是说，要真正退隐，就必须坚持躬耕，躬耕是真正退隐不可或缺的手段。陶渊明的这一认识，来源于他的退隐生活实践，同时也是针对当时大量存在的"朝隐"、"充隐"等"作秀"手段的有感而发。

由于躬耕自食彻底解决了衣食之虞，从而也就可以彻底割断与官场和俗务的各种联系，安心于隐居生活。"田家岂不苦，弗获辞此难。四体诚乃疲，庶无异患干"（《庚戌岁九月中于西田获早稻》）说的正是这种情况。"异患"，有的学者解释为"非常祸患，指当时兵凶战厄"[2]，将"异患"解为"非常祸患"是完全正确的，但认为它仅仅指"兵凶战厄"却不全面。除"兵凶战厄"之外，还应包括官场的凶险、势利以及种种丑恶现象给人带来的忧患。陶渊明认为，躬耕虽"苦"和"疲"，但没有"异患"干扰，可以保持生活的安定和内心的宁静，这正是退隐生活的最大魅力。

总而言之，退隐和躬耕，作为陶渊明理想生活方式的两个方面是紧密联系，不可分割的：对于陶渊明来说，没有退隐，躬耕也就失去了意义；

---

[1] 袁行霈：《陶渊明集笺注》，第233页。
[2] 逯钦立：《陶渊明集》，中华书局1979年版，第85页。

缺少了躬耕，退隐也就只能是一句空话。

三 陶渊明对于人生意义和生命价值的理解

人生哲学是对人生的哲学反思，是对人生意义和生命价值的追索，因而也是对于生命终极意义的回答。由于"意义"和"价值"毫无例外地关乎到理想，因而"讲人生哲学者即略去一切而直讲其理想人生"①。陶渊明对于人生哲学的探索也是紧紧围绕着理想人生及其所体现的人生意义、生命价值而展开。那么陶渊明的理想人生究竟包括哪些内容，对他来说，人生的意义是什么，生命价值又体现在哪里，陶诗是如何表现这种理想人生的，等等，显然是值得探讨的问题。

陶渊明的诗歌对于这些问题有明确的回答，例如《九日闲居》是"秋菊盈园"重阳节，欲饮无酒的感怀之作，抒写他对人生和世事的感慨，诗的最后四句透露了他对什么是人生成就的看法：

敛襟独闲谣，缅焉起深情。栖迟固多娱，淹留岂无成？

"栖迟"，本为游息意，此指归隐田园的隐居生活。淹留，久留，指长期隐居。成即成就。最后两句是说：长久隐居田园多有乐趣，难道就没有成就了吗？显然，陶渊明认为退隐不仕同样可以取得成就，并非只有求取功名才算得人生成就。

表面看来，这几句诗写得很平常、很轻松，但在思想内涵上却极具分量：它像前面所引的"代耕本非望，所业在田桑"一样，从根本上颠覆了传统的价值观念，而包容着完全不同的价值取向和人生态度。传统的人生价值观亦即儒家的人生价值观认为，人生的意义在于出仕为官，建功立业，光宗耀祖；人生道路沿着修身、齐家、治国、平天下的方向走下去，才是完满和理想的人生，因而也是人生成功和幸福之所在。这是在整个封建时代占统治地位的主流思想，反映着广受群体认同的价值标准。然而，陶渊明却从根本上否定了这个标准：人生是否成功，生活是否幸福，并非只有走仕途经济的人生之路，取得功名利禄和荣华富贵，相反，不走仕途

---

① 冯友兰：《人生哲学》，第7页。

经济的人生之路,退隐躬耕,自食其力,虽然没有功名利禄和荣华富贵,但同样可以取得人生幸福。换言之,人生的意义和生命的价值在于理想的人生,而理想的人生并非只有功名利禄和荣华富贵,归耕隐居同样也是达到理想人生的途径。这说明,陶渊明弃官还乡,归隐躬耕正是在实际践行他的与传统儒家人生价值取向相背离的人生哲学。

对陶渊明来说,实际践行这一人生哲学不单单是满足自己对于田园生活的爱好,而是摆脱尘网,冲破樊笼,从一切与自然相悖逆的各种世俗、礼教以及有关观念中解脱出来,而顺其自然地生活,在与自然的融合中获得精神自由和心灵超越,简言之,即重返自然,复归本性。这才是陶渊明心目中理想的人生和理想的人生境界。陶诗的杰出成就之一恰恰是生动具体地描绘了这种理想的生活和人生境界的和谐与美妙。在这方面,最有代表性的是以下两首诗:

> 少无适俗韵,性本爱丘山。误落尘网中,一去三十年。羁鸟恋旧林,池鱼思故渊。开荒南野际,守拙归园田。方宅十余亩,草屋八九间。榆柳荫后园,桃李罗堂前。暧暧远人村,依依墟里烟。狗吠深巷中,鸡鸣桑树巅。户庭无尘杂,虚室有余闲。久在樊笼里,复得返自然。(《归园田居》之一)

> 结庐在人境,而无车马喧。问君何能尔,心远地自偏。采菊东篱下,悠然见南山。山气日夕佳,飞鸟相与还。此中有真意,欲辩已忘言。(《饮酒》之五)

前一首诗即《归园田居》之一主要是形象具体地描绘田园生活环境的平和、静穆和美好,陶渊明所向往的就是在这样的环境中"开荒"耕种,自食其力,也就是躬耕田园真正做到"守拙",即坚持正直的操守,保持淳朴的本性,而不被丑恶、污秽和黑暗的现实所裹挟。在陶渊明看来,这样的生活才是人生真正幸福之所在。正是因为如此,诗人从黑暗、腐朽的官场来到田园,才有冲破尘网和樊笼之感,因而内心也才充满重返自然、复归本性和重获自由的喜悦。

如果说前一首诗重在表现有利于坚持"守拙"的田园生活环境,那么后一首诗即《饮酒》之五则重在表现陶渊明所追求的田园生活的理想人生境界，即在与自然融合中见出本性的美好境界。从诗中的描写可以知道，与自然融合为一的美好境界，首要的条件就是"心远"，即不但远离纷扰的世俗，而且超越功名利禄，使内心真正宁静下来。只有这样才有可能达到诗人所追求的理想的人生境界。诗中对于这种人生境界不是通过抽象的言说（所谓"欲辩已忘言"），而是通过生动的形象表现出来：鸟虽可自由飞翔，但至日夕而即归；山气本不引人注意，于日夕却转佳；诗人本在东篱采菊，却不期而然地见到远处的南山并彼此相契。一切都是那样的自然，那样的和谐，而万物（如鸟、山气、南山等）和人正是在这种自然与和谐的恬然静谧中展示出的各自的本性，而这正是达到美好人生和理想境界的真谛。"此真谛即还归本原。万物莫不归本，人生亦须归本，归至未经世俗污染之真我也。"①

综上所述，陶渊明是在儒家人生观之外，从另一个思想和角度探索人生理想，寻求人生意义和生命价值，以解决人与本体的沟通，为人生确定终极意义。他的人生哲学认为，生命的意义和价值不在于功名成就，而在于顺应自然，复归本性，无拘无束地生活，在与自然的融合中获得形而上的慰藉，达到精神自由和心灵超越。这样的人生充分体现了人生意义和生命价值，因而才是理想的美好人生。换言之，人的生命的支撑点，也就是人生的终极寄托主要不是在生命之外的物质世界，而在内心世界的精神追求，因此，为心灵和精神找到真正的归宿和寄托，才是解决问题的关键。

从思想性质上看，陶渊明的人生哲学明显属于道家，但与先秦时期的道家思想又有某些区别：它源于先秦时代的"老庄哲学"，吸收了魏晋哲学的最新发展成果②，并结合自己的人生体悟发展而来。在这个意义上，可以说它是魏晋时代普遍存在的对于"道家之旨的再度阐扬与重新发现"③ 在人生哲学领域的具体表现。

原刊于《南昌大学学报》2009 年第 2 期。

---

① 袁行霈：《陶渊明集笺注》，第 249 页。
② 关于陶渊明人生哲学与老庄哲学和魏晋哲学之间的关系，详另文。
③ 葛兆光：《中国思想史》，复旦大学出版社 2001 年版，第 330—331 页。

封建时代女性视角下的爱情与婚姻
——南朝女诗人鲍令晖诗歌简论

婚姻是它所属的那个时代的婚姻制度、道德观念和礼俗的产物,因此,要正确认识和评价封建时代的爱情婚姻以及反映它的爱情诗,就必须从正确理解相关的婚姻制度、道德观念和礼俗开始。

封建时代的婚姻体现着家长意志和家族利益,所谓"婚礼者将合二姓之好,上以事宗庙,而下以继后世也"(《礼记·婚义》)。在男权时代,所谓家长意志和家族利益实际上就是男性的意志和利益,而女性只能匍匐于男权的绝对权威之下,她的意愿和感情,是根本不在考虑的范围之内的。由于男性和女性在家庭和社会中处于完全不同的地位,所以在婚姻关系中,如果说男性对女性有什么施与的话,也就只有恩,而很少甚至根本没有情和爱;对女性的要求则是礼,即对女性以礼严酷约束,所谓"敬慎重正,而后亲之"(《礼记·婚义》)就是这一观念的反映。

相应地,在男权统治的封建时代,文学作品基本上是男性的话语,女性的声音十分寂寥,男性的性别局限也因习以为常而被有意无意地原谅和忽略。事实上,在男权中心的社会里,男性对女性的解读存在着明显的历史局限性:当触及女性的感情和心理特点,特别是关于爱情婚姻生活的感情和心理微妙变化时,处于家庭权力中心的男性就很难体会到。在这种情况下,男性诗人写到女性时就可能"想当然",而与实际情况具有程度不等的距离。

女性诗人则不然。由于与广大女性处于相同的社会(家庭)地位,具有相同的感受和心理,女性诗人在这方面具有天然的优势。从这个意义上看,女性主义者所说的"女人如果想了解自己,应该自己来写自己"①,是有一定道理的。与那些把握女性感情和心理特征流于表面化的某些男性诗人的爱情诗相比,一些女诗人诗篇的思想内涵更加丰富和深刻,揭示女性内心世界更加真实具体,更能抓住特点。例如,南朝刘宋时代的女诗人鲍令晖的爱情诗就是如此。

在中国古代为数不多的女诗人中,鲍令晖是一位富有鲜明时代特征的杰出女诗人。她敏感、聪慧,富于文学创作才能。其兄长鲍照对她有充分的了解,在就文学问题答孝武帝时曾说:"臣妹才自亚于左芬,臣才不及太冲尔。"(钟嵘《诗品》)从这自谦之词不难想到令晖的才思和她在鲍照心目中的地位。有一年,鲍照因家中房屋漏雨,请假回家后因病不能按时归班,在《请假启》中特别写道:"天伦同气,实惟一妹,存没永诀,不获计见,封瘗泉壤临送。私怀感恨,情痛兼深。"② 如此心腹之言,生死过命足以当之。可见鲍照兄妹二人关系之密切和感情之深厚远远超乎了一般的手足情意。不只如此,从鲍照的《登大雷岸与妹书》中,还可看出兄妹之间在文学上的联系。《登大雷岸与妹书》不是一般的家书,而是一篇以书信的形式写成的言辞瑰丽、意态超绝、气韵流转的千古奇文,绘声绘色地描绘了诗人登大雷岸所见之雄伟、壮阔和奇险的景象。将这样一篇文章专写给令晖,不但说明令晖具有突出的才学和文学修养,而且说明就文学创作进行交流在他们兄妹之间是十分平常的事情。由此可以知道,鲍照对于令晖文学创作的影响,不只是无意间的耳濡目染,更有有意识的面命耳提。这或许正是鲍令晖能够创作出优秀爱情诗的家学渊源。

鲍令晖对爱情和婚姻生活中的一些常见现象,如夫妻离别,思妇独守空房、妻子被弃,生活上和精神上陷入绝境、世人偏袒男性以及男女对于爱情婚姻态度的不同等,从女性的视角进行审视和思考,不但深刻入微地刻画了女性的内心世界,突破了某些男性爱情诗表现女性感情心理流于表面化的不足,真实地传达了女性内心深处的声音,而且朦胧地意识到爱情婚姻生活中的一些不合理现象,不自觉地触及封建社会爱情婚姻中一些具有本质特征的问题,使她的爱情诗超越了某些男性诗人的作品。这说明,

---

① [美]尼·珀·斯特劳斯:《陀思妥耶夫斯基与女性问题》,吉林人民出版社2003年版,第203页。

② 钱仲联:《鲍参军集注》,上海古籍出版社1980年版,第81页。

与男性的爱情诗相比,在性别意识上她的爱情诗更能代表女性。现具体论述如下:

一、鲍令晖的爱情诗不但写出了女性的不幸遭遇和悲惨命运,而且通过对于这种遭遇和命运的独特感受和体验深刻入微地刻画了封建时代男权统治下女性的内心世界,特别是女性心理和感情的复杂微妙变化,突破了一般思妇诗刻画思妇心理流于表面化的不足。具体说来,主要包括两个方面:

1. 在等待和期盼丈夫归来的漫长过程中,思妇内心不只是对于丈夫的思念和愁苦,更有对于青春易逝、华颜易凋的无奈和感伤。

这主要反映在令晖所创作的反映夫妻离别,思妇独守空房的思妇诗中。令晖思妇诗所反映的思妇内心世界与一般男性诗人有所不同:一般男性诗人的思妇诗多写思妇对丈夫的思念和孤寂、愁苦,即以魏晋至南朝的思妇诗而言,如曹丕《燕歌行》、傅玄《车遥遥篇》、张华《情诗·游目四野外》、吴迈远《长别离》、江淹《古离别》、范云《思归》、萧衍《织妇》和柳恽《江南曲》等,其内容大多如此。其中有些诗歌在内容上虽稍有变化,如写了长期的思念和愁苦所导致的心理变化,但仍是以对于丈夫的思念为中心。当然,这样表现思妇在一定程度上也符合历史真实,并具有一定的意义:爱情和婚姻对于思妇来说,在很多情况下,就意味着默默的忍耐和无限期的等待以及为此而付出的青春甚至生命,而这正是封建时代妇女的普遍性的悲剧。虽然如此,但是,如此表现思妇的内心世界,即思妇内心只有思念和愁苦,再也没有什么其他的感情波澜,未免过于简单化和单一化。实际上,这样的思妇,不过是以男性眼光审视女性所形成的思妇模式。鲍令晖笔下的思妇则打破了这种模式,而深刻表现了一些男性诗人从未注意到的女性感情心理的微妙变化,如对于青春易逝、华颜易凋的无奈和感伤等。《拟青青河畔草》①:

---

① 从题目可以知道,《拟青青河畔草》是"模拟"《古诗十九首》之二《青青河畔草》而作。对比二诗可以知道,其相同处仅仅在于诗歌的外在特征,属于形式范畴;一旦越过这些外在因素而涉及诗歌的内在情志,就会看出,两首诗所呈现的是完全不同的两重天地。这说明,鲍令晖的"拟"不过是借旧题写新事,与那些从内容到形式完全一致的机械模仿之作根本不能同日而语。这只要看一看《乐府诗集》同一题目下不同时代诗人的作品就会一目了然。下面所要论证的鲍令晖的《拟客从远方来》与其模拟对象《古诗十九首》之十八《客从远方来》的关系也是如此。有的学者仅仅根据诗题中的"拟"和"代",对内容不加具体分析,就断言这些诗歌完全是机械模仿之作而予以否定,显然是完全错误的(见梅家玲《谁在思念谁——徐淑、鲍令晖女性思妇诗与汉魏六朝"思妇文本"的纠结》,收入张宏生、张雁编《古代女诗人研究》,湖北教育出版社2002年版,第131页)。

袅袅临窗竹，蔼蔼垂门桐。灼灼青轩女，泠泠高台中。明志逸秋霜，玉颜艳春红。人生谁不别，恨君早从戎。明弦惭夜月，绀黛羞春风①。

思妇居于高台青轩中，轩，小室，引申为宅第。青轩意同青楼，这里泛指闺阁、深闺，而不是指妓院。曹植《美女篇》："青楼临大路，高门结重关。"非妓院意甚明。这位思妇对于独守空房的独特感受和体验不是思念和愁苦，而是"恨"、"惭"和"羞"，所谓"人生谁不别，恨君早从戎。明弦惭夜月，绀黛羞春风"。那么，为何而"恨"、"惭"和"羞"？"恨"、"惭"和"羞"的又是什么？为了方便，让我们从"明弦惭夜月，绀黛羞春风"说起。这两句是说，丈夫从戎不归，独自弹琴抒情，那无限情思和美丽容貌却无人欣赏，而只能面对明月、春风，想来令人无限怨恨、惭愧和羞怍。可见，妻子怨恨、惭愧和羞怍，是因为丈夫从戎不归。在男权统治时代，没有男性的赏爱，妻子美丽容颜和青春年华也就完全失去了意义，而只能任其白白地凋谢和消逝。在这种情况下，她们对于自己的容颜和青春当然会十分敏感，并由此而产生"恨"、"惭"和"羞"。按道理，她们的恨和怨应当指向造成这种痛苦和不幸的男性，即她的丈夫和男权统治，然而由于封建道德观念的束缚，她们不可能那样做，而只能为青春易逝、华颜易凋而"恨"、"惭"和"羞"，也就是自怨自艾、愧怍和感伤。诗歌就这样把封建时代男权统治下女性心理的复杂而微妙的变化深微有致地反映出来。可以想象，隐含于女性内心世界深处的这些情愫，男性很难体会到，更不要说把它表现出来了。

2. 肯定女性在爱情婚姻生活中最看重的是对爱情婚姻的忠贞不渝。

封建社会男权统治下的女性在爱情婚姻生活中最看重的是什么，是女性内心世界的另一个重要方面。在这个问题上，鲍令晖的爱情诗与男性也有一定的差别。为了把问题看得更清楚，让我们通过鲍令晖的《拟客从远方来》与其模拟对象《古诗十九首》之十八这两首诗的对比来说明这一点。

---

① 本文引用的作品均出自《玉台新咏》（中华书局1985年版）和《先秦汉魏晋南北朝诗》（中华书局1983年版）。

一般说来，在男性的爱情诗中，丈夫稍有示爱，妻子便感恩戴德，并引发出对未来幸福生活的美好幻想。例如《古诗十九首》之十八：

> 客从远方来，遗我一端绮。相去万余里，故人心尚尔。文采双鸳鸯，裁为合欢被。著以长相思，缘以结不解。以胶投漆中，谁能别离此！

《古诗十九首》是东汉末期失意潦倒的下层文人所作，作者为男性无疑。此诗写思妇意外地收到丈夫的礼物，立即引起对于甜蜜爱情和美好未来的想象，并通过"双鸳鸯"、"合欢被"、"以胶投漆"等物象渲染出一片热烈、欢乐的气氛，直使思妇沉浸于巨大的幸福和喜悦中。而鲍令晖的《拟客从远方来》在形式上对这首诗虽有模仿，但情志内容却完全不同：

> 客从远方来，赠我漆鸣琴。木有相思文，弦有别离音。终身执此调，岁寒不改心。愿作阳春曲，宫商长相寻。

当思妇意外地收到丈夫的礼物时，她并没有像前一首诗的思妇那样，立即引起对于未来幸福的憧憬，也没有因此而陶醉于欢乐和喜悦。诗歌所取物象如鸣琴、相思之木，离别之音、此调（即离别相思之音）以及最后的阳春曲①等，都不具备"热烈"、"欢乐"的基质，而富于含蓄、深沉的特征。所以诗中的思妇也不像前一位思妇那样容易激动和富于情绪化的想象，而是以深沉而平静的心态体验着无限的相思和绵绵无尽的爱意，表现出对于爱情的忠贞不渝和无限执着，这既是婉转地向丈夫表达她的心迹，也是对于丈夫的期盼，期盼丈夫也能够像她一样："终身执此调，岁寒不改心"。

可以看出，与《古诗十九首》之十八中的思妇形象相比，鲍令晖笔下的思妇形象则比较现实，而不抱更多的幻想；更为可贵的是，她也没有以自己的卑微和逢迎取悦于丈夫，而只是凸显对于忠贞不渝爱情的追求。应当说，这个发自内心的呼声，不仅显现了这位思妇纯洁坚贞的志操，而

---

① 《阳春曲》是抒发绵绵不绝春情的有名曲目，以它为诗歌作结，与诗歌形象保持了高度的和谐统一。

且也代表了广大女性的根本诉求,因而也是那个时代女性的最高、最具先进性的诉求。

二、与广大女性相同的社会地位和命运,使鲍令晖对弃妇悲惨命运的理解更加深刻,对其心理特征的把握更加准确,对她们的同情和关切也更加强烈,这说明其人文精神更加鲜明。

除了思妇的形象之外,鲍令晖诗中弃妇的形象也十分突出。与一般男性诗人笔下的弃妇诗相比,她的《代葛沙门妻郭小玉诗二首》① 更有独到之处。

本诗的题目已经充分反映出女性所受到的极大伤害:郭小玉是葛沙门之妻,因丈夫出家而被弃。"沙门之为道,舍妻子,捐弃爱欲也。"② 被弃的原因虽不同于常见的喜新厌旧,但结果及其对于女性的伤害和打击是完全一样的。文学史上思妇诗很多,而弃妇诗相对较少,因丈夫出家而被弃的诗就更少。鲍令晖以此为题材创作弃妇诗,足以说明她对于这个容易被人忽略的社会角落的关注。

与思妇相比,弃妇的命运更加悲惨。思妇虽也遭遇不幸,饱受漫长等待和孤寂的折磨,但她们总还有所期盼,精神有所寄托;只要丈夫回归,就会苦尽甘来,还可能有美满的家庭和人生。即使丈夫终究不归,令她们空空等待,她们的忠贞"美誉"也会受到社会的肯定。弃妇则相反,无论在生活上还是在精神上都被抛进黑暗的深渊:不但没有任何期盼和寄托,而且背负着"被休"的恶名,得不到社会的理解,而只能陷入绝望和孤立的境地。鲍令晖正是抓住弃妇的这种"绝望"心理特征展开抒写。其一:

> 明月何皎皎,垂幌照罗茵。若共相思夜,知同忧怨晨。芳华岂矜貌,霜露不怜人。君非青云逝,飘迹事咸秦。妾持一生泪,经秋复度春!

在很多情况下,弃妇也是思念其夫的,但已经被弃,"思念他"还怎

---

① 《代葛沙门妻郭小玉诗二首》题中虽用"代"字,第一首也以"明月何皎皎"(《古诗十九首》之十九首句)开头,但由于葛沙门妻郭小玉及其作品无考,所以本诗究竟是不是拟古诗,尚无从判断。

② 黄节:《鲍参军诗注》,人民文学出版社1957年版,第177页。

能说出口？所以，她只好牢牢地控制着感情，强忍着不言思念，而只说霜露无情、芳华难持和年复一年以泪洗面的岁月，这不正是绝望心理的表现吗？特别值得注意的是，在"共相思夜"之前意味深长地加了一个"若"字，说明相思共夜只是她的一厢情愿，而根本不可能成为现实了。所以，她的悲伤的泪水无穷无尽，将伴随她可怜的一生：为那永远失去的青春而悲，也为那一去不复返的爱情而悲。其二：

　　君子将徭役，遗我双题锦。临当欲去时，复留相思枕。题用常著心，枕以忆同寝。行行日已远，转觉心弥甚。

　　像第一首诗一样，此诗也不言思念，而只是写弃妇回忆甜蜜美好的爱情和婚姻。她不但从这种回忆中获得了精神满足，而且随着时光的流逝，这种回忆也越来越强烈。这说明她在失去了所有精神寄托和希望之后，回忆美好的往昔就成了她的唯一的精神支柱。人间还有什么比失去未来，而只靠回忆支撑生命更为悲惨的呢？

　　思妇期盼丈夫回归，寄希望于未来；弃妇恰好相反，不报丈夫归来的期盼，而只能寻找慰藉于往昔，这或许正是思妇与弃妇心理上的最根本的不同。可以说，在准确把握不同处境下女性不同心理特征方面，鲍令晖的诗歌也是一些男性诗人难以企及的。

　　总而言之，与那些多从生活表面现象反映弃妇不幸遭遇的诗歌不同，《代葛沙门妻郭小玉诗二首》没有停留在弃妇生活的表面，而是从心理和精神的层面反映女性的深沉痛苦和绝望，字里行间流露着对于妇女不幸的深切同情。显然，这样的弃妇的形象更加真实和丰满，因而也更加具有艺术感染力。只有对妇女内心世界具有深刻体验并充满人文关怀的诗人，才能如此深刻地展示女性丰富而复杂的内心世界。

　　三、凭着女性所特有的敏感和精细，鲍令晖从日常生活小事中朦胧地感受到爱情婚姻生活中的一些不合理现象，反映了对于女性命运的关注。

　　从以上所述可以知道，鲍令晖在自己的生活实践中一定是看到过包括思妇、弃妇在内的很多妇女的悲惨遭遇，否则，不可能把她们的生活和内心情怀写得那样淋漓尽致和深婉动人。女性的这一切悲惨遭遇和不幸，归根到底在于封建婚姻制度和封建伦理道德不合理。这一点今天已是尽人皆知，但在鲍令晖的时代情形又是如何？同样是处于这个制度压迫下的鲍令晖对此又有怎样的感受？十分明显，由于历史时代的局限，鲍令晖还不可能从本质上认识到这个制度的野蛮和违背人性，但却可能从生活实践中对它的某些侧面形成具体真实的感受，例如，世人对于男女态度不能持平，就是其中之一。《寄行人》：

> 桂吐两三枝，兰开四五叶。是时君不归，春风徒笑妾。

这是一首言浅而意深的小诗：兰桂齐发，春光明媚之际，正是春情荡漾，两相缱绻之时，按一般思路，诗歌接下去会写"我"（即诗歌的抒情主人公"妾"）如何思念丈夫，盼望其回归团聚，但本诗却完全不同：既不是写这些，也不是谴责在外不归的丈夫，而是写了一句意味深长而又出人意外的话：丈夫应归不归，春风嘲笑"我"又有何用？言外之意是：不归的责任在他，应当嘲笑他才是；更深的意思是：不该被嘲笑的却受到了嘲笑，多少流露出一些对于"春风"，也就是世人不能分清事理，偏袒男性的嗔怪。

这里，与同类题材的诗歌有一个重要区别：一般的诗歌最多只是责备丈夫不归，本诗则不然：没有针对丈夫，而是针对世人。这就是说，在鲍令晖看来，世人偏袒男性的态度比丈夫不归更令人难以理解！显然，诗人已经朦胧地感受到世人对待男女态度的差别。实际上，这种差别正是男女不平等观念的反映。

除此之外，鲍令晖还从自己的生活实践中朦胧地感到男女对于爱情婚姻态度的不同，并因此而深感无奈和痛苦。《古意赠今人》：

> 寒乡无异服，衣毡代文练。月月望君归，年年不解绽。荆扬春早和，幽冀犹霜霰。北寒妾已知，南心君不见。谁为道辛苦，寄情双飞燕。形迫杼煎丝，颜落风催电。容华一朝尽，惟余心不变。

开头四句直抒妻子对于丈夫月复一月、年复一年的思念和挂牵。接下去笔锋一转，表面上是写南北不同的气候，实际则是表现夫妻对于对方态度的不同：妻子对于丈夫的冷暖挂记心上，无限深情的依恋和思念，但丈夫却视而不见，不为所动。丈夫的冷漠态度使妻子受到极大的伤害，以致"形迫杼煎丝，颜落风催电"，痛入骨髓，备受煎熬，直至容颜凋谢。最后于万般无奈中申明自己忠贞不渝,更显出丈夫薄情。

妻子对丈夫依恋情深而丈夫冷漠薄情,本是封建社会男权统治下夫妻关系的常态,也是封建婚姻制度和封建道德观念的必然结果。前面说过,封建时代的婚姻体现着家长意志和家族利益,而根本不考虑女性的意愿和感情。在他们看来,女性不过就是满足生理要求和传宗接代的工具,根本不可能与男性讲什么平等,也不必对她讲什么关爱。"丈夫把妻子当作人而感兴趣只限于在床上"①,除此之外,就是奴役和使唤。在这种情况下,对妻子冷漠和不理解,也就是必然的了。对于这种不合理的家庭婚姻状况,处于统治地位的男性自然视为天经地义,而处于被统治地位的女性也多习以为常,并安之若素。鲍令晖虽然也生活在同样的社会条件下,但却没有随俗,她从自己的生活中敏锐地捕捉到一些令人深思的现象写成此诗,反映了男女对于爱情婚姻态度的不同,从一个侧面揭示了家庭婚姻关系的不正常和不合理。

鲍令晖就这样将诗歌的触角直接伸向了由这个制度和道德观念所衍生出的具体生活表象,引发人们对于封建社会男女不同处境和对爱情婚姻不同态度的思考。

综上所述,鲍令晖从自己的切身感受和体验出发,以女性的视角审视爱情婚姻,所创作的爱情诗具有女性感受的独特性、认识生活的深刻性和思想内容的丰富性:在男性占有绝对话语权的时代条件下,鲍令晖的爱情诗在对爱情婚姻的认识和理解上与男性社会具有某些不同,而真实地传达了女性内心的呼声,并以其思想情志的深刻、丰富和独特超越了男性诗人的作品,而达到了那个时代思想观念的前沿,其作品因而也具有鲜明的时代特征和巨大的历史进步意义。

鲍令晖的爱情诗在思想艺术上取得这样突出的成就,与她所处的时代有密切关系。南北朝时代,尽管封建婚姻观念以及有关的婚姻律条已经得到很大的强化,对于妇女的约束和压迫也越来越严苛,但随着人的自我意识的觉醒、对于人生意义和生命价值的反思,以及道德精神、文化修养和审美情趣的提高,人们对爱情婚姻的感受和认识也在悄悄地发生变化,鲍令晖凭着自己的思想才情十分敏感地把握住这一点并在诗中反映出来,铸

---

① [荷兰]高罗佩:《中国古代房内考》,李零等译,商务印书馆2007年版,第103页。

就了她的诗篇的辉煌。

"汉末魏晋六朝是中国政治上最混乱、社会上最苦痛的时代,然而却是精神史上极自由、极解放,最富于智慧、最浓于热情的一个时代。"① 鲍令晖的诗歌创作说明,她确是南朝时代"极解放"、"最富于智慧"和"最浓于热情"的一位女诗人,因而也是一位富于鲜明时代特征的女诗人。

原刊于《贵州社会科学》2011 年第 5 期。

---

① 宗白华:《论〈世说新语〉和晋人的美》,《美学散步》,上海人民出版社 1981 年版,第 177 页。

庾信山水诗的世俗化及其意义和影响

庾信的山水诗之所以重要①，不仅是因为它们在其全部诗歌创作中占有突出的地位，更重要的是，与魏晋时期以来早期山水诗所体现的回归自然，与自然冥合为一的基本精神和价值取向相比，他的山水诗呈现出完全不同的精神气质和基本特征，标志着山水诗的具有阶段性意义的新变化，并由此而对山水诗的发展产生了深刻影响。因此，忽略庾信的山水诗，不仅不能全面、正确地评价他的诗歌成就，而且会直接影响到对于我国山水诗发展历史进程的认识。这就是说，必须把庾信的山水诗放到我国山水诗发展历史进程的广阔空间加以审视，才有可能正确认识和评价其意义和贡献，否则，仅仅局限于其自身，一些重要问题就很可能会被完全忽略。

事实上，从山水诗发展历史纵向比较的角度评价庾信的山水诗，有的学者已经做过，例如，有的学者通过与陶渊明田园诗的比较来认识和评价庾信的山水诗，认为庾信虽常常以隐士自称，但并没有真正的隐逸思想，也不打算真正隐逸，"庾信在闲居中求真隐，在人境中思避世的心情表面上与陶渊明有形似之处，但实质上相去甚远"②。这是一方面。另一方面，作者又说：庾信的"田园诗天生缺乏陶诗那种回归自然的自在意趣"，"以田园生活的环境描写及细节琐事的堆砌为主，使隐居的意趣由深层转为表层，由诗人内心对自然的彻悟，变成了外在的隐居姿态的渲染"③。作者所提出的这两个论断，即庾信并不打算真正归隐和他的诗歌缺乏陶诗

---

① 山水诗不限于描写山水，凡是以自然景观描写为主的诗歌都属于山水诗的范畴。田园诗即属于山水诗的一类，本文所论述的庾信的山水诗更多的是属于田园诗，这里称之为山水诗是沿用习惯的用法。
② 葛晓音：《山水田园诗派研究》，辽宁大学出版社1993年版，第87页。
③ 同上书，第87、89页。

回归自然的意趣，使隐居的意趣由深层转为表层等，分开来看，无疑都是正确的，但如果结合起来看，后一个论断就值得商榷了。因为既然庾信不像陶渊明那样具有真正的隐逸思想，也没有真正归隐，那为什么还要用具有"回归自然"和"隐居的意趣"的陶诗为标准来要求和评价他的诗歌呢？以一个诗人的优长和特点为标准去要求和衡量另一个诗人，往往看到的多是他的不足和负面的东西，而不可能看到他的本相，更不可能看到他的特点和长处。

诚然，庾信有时以隐士自居，诗中也不时标榜隐逸，然而这不但不是庾信思想的全部，而且也不是他思想的主流和本质，更多的情况下或为不得已的权宜之计，或为借此发泄对自己处境的牢骚。事实上，他从来也没有真正想去隐居。庾信对于隐逸的复杂心态，在他入北以后的诗中有过直接的表白：《上益州上柱国赵王二首》的结尾二句"愿想悬鹑弊，时嗟陋巷空"，可以说把他对隐逸的真实心态和思想表露无遗：我虽穷困，知命不忧，可叹陋巷已空，再也无法像颜回那样处世了。言外之意是，我的处境艰难，无法像颜回那样安贫乐道，只好请上柱国大人提携了。这是作品的证明。再从他的经历看，入北后，他连事两朝，充分说明他心系功名，留恋权位，如果真心隐逸绝不致如此。对于庾信这样的思想心理复杂的诗人，更应当注意其思想本质。只有这样，才能正确把握其为人和作品。

有鉴于此，本文不以陶渊明和陶诗为参照，而是换一个视角，从山水诗的基本精神和价值取向的角度考察他的山水诗。我们知道，庾信一生追求功名利禄，热衷于享乐娱情，是一位具有强烈世俗情怀的诗人。他对玄学自然观持有彻底否定的态度，而将世俗情怀与对山水自然的审美观照结合起来，把世俗性的欲求和期待融会于对山水自然的具体描写中，直接导致了山水诗基本精神和价值取向的深刻变化，即山水诗的世俗化。庾信的世俗化的山水诗与早期山水诗完全不同：不追求人生解脱的心灵自由和精神超越，也不具备探求人生意义和与"道"相通的哲学意蕴，从而彻底改变了山水诗回归自然，与自然冥合为一的发展路向，而使其明显朝着世俗生活和现世关怀的方向倾斜。

庾信的世俗化的山水诗大体可以分为三类：

一是结合贵族生活，把山水自然景观作为贵戚富豪寻欢作乐环境和背景的山水诗；

二是结合对民生功利的关注，具有一定现世关怀特征的山水诗；

三是结合日常世俗生活，表现人与自然和谐融洽相处的山水诗①。
现分别论述如下：

一　结合贵族生活，把山水自然景观作为贵戚富豪寻欢作乐环境和背景的山水诗

应当指出，把寻欢作乐从室内扩大到室外，以山水自然景观作为寻欢作乐的环境和背景，不是始自于庾信，早在庾信之前就已经盛行。《晋书·山涛列传》：

> 简优游卒岁，惟酒是耽。诸习氏，荆上豪族，有佳园池，简每出嬉游，多之池上，置酒辄醉……②

这是关于西晋都督、尚书左仆射山简在山池园林游嬉宴饮的具体记载，事实上，寻欢作乐于山水胜境中，在魏晋南北朝的贵戚富豪中屡见不鲜，很多人都将它作为一种排场和特殊的享受而趋之若鹜。

不过，在庾信之前，在山水美景中寻欢作乐之风虽炽，但用山水诗的形式来反映它，即把山水美景作为贵戚富豪享乐生活的环境和背景来描写，却十分罕见。这是因为这样做与当时盛行的观念，即把山水自然作为"道"的具象化的玄学自然观格格不入。就是说，贵戚富豪可以突破玄学观念的束缚去这样做，却没有人敢于这样说；直至庾信创作出把山水美景作为贵戚富豪寻欢作乐环境和背景的山水诗，这种情况才从根本上改变。在这方面，庾信之所以能够为天下先，敢于结合寻欢作乐描写山水自然景观，不仅是因为他有写诗才能，善于山水诗创作，又具有在山水美景中游宴享乐的亲身经历，更重要的原因还在于他对自然的态度与玄学自然观之间已经有了本质的区别③。

---

① 除这三类之外，庾信还有一些山水诗，其世俗化特征并不明显，不在本文的考察范围之内。
② 《晋书·山涛列传》，中华书局1974年版，第1229页。
③ 庾信认为山水自然是物质性的存在，是不依赖于"道"而存在的自然实体，这一观点在他的《思旧铭并序》中有明确的表述："所谓天乎？乃曰苍苍之气；所谓地乎？其实抟抟之土。怨之徒也，何能感焉！"根据这一观点以及有关诗赋，可以看出庾信彻底否定了认为山水自然是道的具象化的玄学自然观。

庾信的以山水自然景观作为贵戚富豪寻欢作乐环境和背景的山水诗，以《咏画屏风诗》二十四首（以下简称《咏画》）为代表，除此之外，还有《和春日晚景宴昆明池》《奉和赵王美人春日》《和赵王看伎》和《奉和赵王春日》等诗歌。（为了节省篇幅，本文将《咏画》与这些诗歌简称为《咏画》等诗。）关于《咏画》的基本内容正如日本学者兴膳宏指出的，是"以阳春山水为背景的欢乐场面为最多"，并认为这是全诗"主要的倾向"①。应当说明，这里所说的"欢乐场面"不是一般的"欢乐"，而是贵戚富豪的寻欢作乐。不过，《咏画》的部分诗篇描写重点却不单是寻欢作乐，而是作为其环境背景的山水自然景观，也正是基于这个原因，海内外学者才把这些诗认定为山水诗②。

二十四首《咏画》诗的第一首"浮桥翠盖拥"是比较特殊的，它是总写贵戚富豪寻找山水美景寻欢作乐，并明确点出石崇、山涛两位贵戚富豪的名字：清晨之际，在水纹恒转、风花乱回的浮桥，"石崇迎客至，山涛载妓来"。这样，不但十分清楚地点明了全诗的主题，为全诗定下了基调，而且说明寻欢作乐的主体不是一般平民百姓，而是声势显赫、富可敌国的贵戚富豪，从而为后面所写的花天酒地、穷奢极侈的享乐做了有力的铺垫。从第二首"停车小苑外"开始才是分写在不同的山水美景中寻欢作乐的具体场面。这些诗虽很少点出具体人名，但其主体都是石崇、山涛一类的人却是毫无疑问的。

"子山《咏画屏风诗》二十四首，其画不一，盖杂咏之也。"③ 所谓"杂"是说享乐活动之杂和多，诸如宴饮、狎妓、射猎、歌舞、游嬉、赏玩以及炼丹求长生、清静学隐士等，可以说，当时贵族享乐生活的方方面面都有所涉及。例如：第四首"逍遥游桂苑"，写在明媚秀丽如桃花源的深山中的歌舞游宴；第九首"千寻木兰馆"，写春洲流水，花香四溢堂馆中的狎妓活动，但重点都是具体描摹环境的优美与温馨，而歌舞游宴、狎妓活动则是点到为止，十分含蓄。又如第十九首：

三危上凤翼，九坂度龙鳞。路高山里树，云低马上人。悬岩泉溜

---

① ［日］兴膳宏：《六朝文学论稿》，彭恩华译，岳麓书社1986年版，第356页。
② 参阅陶文鹏、韦凤娟《灵境诗心——中国古代山水诗史》，凤凰出版社2004年版，第150页；［日］兴膳宏《论庾信的题画诗》，彭恩华译，《六朝文学论稿》，第351—362页。
③ （清）倪璠：《庾子山集注》上册，许逸民校点，中华书局1980年版，第353页。

响,深谷鸟声春。住马来相问,应知有姓秦!

"秦"本是汉乐府民歌《陌上桑》中的美女秦罗敷,此代指美女。诗中写对美女的追求不是在人群熙攘之处或其他什么场所,而是在高山深谷、悬岩溜泉当中。显然,在贵戚富豪看来,只有在这样的环境和背景下求爱,才更加风流和浪漫,因而也才能更大限度地满足享乐的欲望。

另外,《和春日晚景宴昆明池》等诗歌,像《咏画》一样,也是写富豪贵戚在山水美景中歌舞、游宴的享乐生活,就其对于山水自然景观的描写来看,也不失为山水诗。其中,《和春日晚景宴昆明池》和《奉和赵王美人春日》更为突出。这些诗中的主人公不是《咏画》中所写的石崇、山涛一类富豪贵戚,而是北周王朝中权位显赫、炙手可热的赵王等权贵。赵王是庾信在北周过从甚密的侯王之一,他在山水美景中举行的多次游宴等享乐活动,庾信都是参加者和亲历者。

从性质和内容上看,《咏画》等诗既是山水诗,但又不同于一般的山水诗。说它们是山水诗,是因为这些诗歌都是以山水自然景观的描写为主(或为重点之一),其中有些都是很有特色的山水诗,例如,前面引用的第四、九、十九诸诗,描写环境的清新幽静,深得山水园林之美。尤其是写对绝代佳人追求的第十九首其特色更加鲜明:它不是纯客观地就山水写山水,而是从置身于其中的人的感受出发写山水,不但有声有色,真切具体,而且极富情趣,耐人寻味。又如第二十二首:"今朝好风日,园苑足芳菲。竹动蝉争散,莲摇鱼暂飞。面红新著酒,风晚细吹衣。跂石多时望,莲船始复归。"三四句形容刹那间变化所使用的一连串动词"动"、"争散"、"摇"、"暂飞",造成了强烈的动感,以致整个画面都被激活,生气为之顿生。最后四句写人,人是作为全诗景观的一部分而入诗中:在风和日丽、竹动蝉散、莲摇鱼飞的充满生气的画面中,有人举踵翘望,期盼那莲船迅速归来,直到夕阳西下,晚风吹起他的衣裳……人的活动与自然景观的结合,不但使画面更加美丽,而且为山水自然增添了人间情趣。

另一方面,《咏画》等诗又不同于一般的山水诗:诗中除了重点描写的山水美景之外,还有贵戚富豪的享乐生活,而山水美景仅仅是作为他们寻欢作乐的环境和背景。将这样本来毫不相干的两个方面结合起来形成为一首诗,十分清楚地说明《咏画》等诗与一般山水诗之间在对于山水自然的基本精神和价值取向上的重要区别。贵戚富豪看重山水自然,既不是欣赏山水自然的特殊美质，也不是从中寻求什么幽深旨趣，只不过是把它作为寻欢作乐的天然理想场所而已。"由于自然在这里或者只是这些门阀贵族们外在游玩的对象……并不与他们的生活、心境、意绪发生亲密的关系……自然界实际就并没能真正构成他们生活和抒发心情的一部分"①，这就是说，具有审美价值的山水自然景观，在他们看来，不过是满足感性欲望和要求的享乐对象。《咏画》等诗所歌咏的正是贵戚富豪低俗审美趣味和感性享乐欲望同时得到满足的双重"快乐"。

二 结合对民生功利的关注，具有一定现世关怀特征的山水诗

庾信的这类山水诗，多以季节转换和气候变化为题材，诗中虽包含着一定的民生功利的思想因素，但却是以对自然景观的描写为主，本文据此而将它们归为山水诗。至于那些虽然涉及季节转换和气候变化但却不是以自然景观描写为主的诗歌（庾信写有不少这样的诗歌），则不属于本文的考察范围。

季节转换和气候变化不仅与人们日常生活密切相关，时时处处为人们切身所感受到，而且决定着农作物的生长和年成的丰歉，直接关系到民生之本。庾信关注季节转换和气候变化，并以此为题材创作山水诗正是基于这一原因②。对此，他在《喜晴应诏敕自疏韵》一诗中有明确的说明：

　　河堤崩故柳，秋水高新堰。心斋憨昏垫，乐彻怜胥怨。

《喜晴应诏敕自疏韵》并不是山水诗，但涉及气候变化和水旱灾害对民生的影响以及庾信的态度，为研究庾信有关题材的山水诗提供了重要的思想线索。诗题中的"喜晴"二字说明诗人因造成严重水灾的大雨终于停止而喜，表现出他对气候变化的关注。上述引诗中的前两句是说水灾严重，后两句表达对民生的关怀。"心斋"本是说排除一切杂念和欲望，保持内心清静和纯一，这里可以理解为专心于此。"昏垫"，出自大禹与帝

---

① 李泽厚：《美的历程》，文物出版社1981年版，第98页。
② 庾信山水诗中以季节转换和气候变化为题材的山水诗大约有十几首之多，在其全部作品中所占比重远超过其他诗人。

之间的对话,"禹曰:'洪水滔天,浩浩怀山襄陵,下民昏垫。予乘四载,随山刊木……烝民乃粒,万邦作义。'"① 郑玄注:"昏,没也;垫,陷也。"是说人民被洪水吞没,遭受灭顶之灾。"乐彻"出自《周礼·春官·宗伯下》:"凡日月食,四镇五岳崩,大傀异灾,诸侯薨,令去乐。"② 这两句是说洪水袭来,百姓遭受灭顶之灾,实在悲惨;我无限忧虑和伤痛,停止了一切娱乐活动。

可见,庾信因心系民生而关心气候变化,他的心情也因此而时喜时忧。就是怀着这样的感情,庾信写了《和李司录喜雨》《奉和赵王喜雨》和《对雨》等诗。这些诗歌都以大雨和雨中景象为中心展开浓墨重彩的描绘,充分展示了瑰丽多姿的自然美(详后)。对于一般的山水诗来说到此足矣,无须再写其他什么内容。但这三首诗则不同,在写大雨和雨中景象之后,都写了大雨有利于庄稼生长,反映出对于丰收的期盼。例如《和李司录喜雨》:"嘉苗双合颖,熟稻再含胎。属此欣膏露,逢君摘掞才",嘉禾重颖,两次扬花,是大获丰收的景象。《奉和赵王喜雨》:"厥田终上上,原野自莓莓",是说由于雨露滋润,"不惟田成沃壤,即荒郊之草,俱得生也"③。雨露给万物带来生机,也带来了丰收的希望。《对雨》:"徒劳看蚁封,无事祀灵星。"民谚:"蚁封户穴,大雨将集。"灵星指后稷,"言祀后稷而谓之灵星者,以后稷又配食星也"④。后稷,周民族之始祖,后为谷神,祭谷神正是为了丰收。这两句是说,大雨已至,无须再看"蚁封",只要祭祀后稷,求他保佑即可丰收。

三首诗写大雨对年成的影响,尽管形式不同,但却表现了相同的情志:大雨带来了丰收的希望,庾信为此而感到由衷的喜悦:不仅有两首诗的题目称雨为"喜雨",而且喜悦之情贯穿于全诗,特别是《和李司录喜雨》更为突出。此诗用典很多,但还是简洁有序地再现了从大旱盼虹霓、祈雨、雷电、大雨狂泻、云涌水流以至泥沙冲击,大树漂流,不但过程完整,而且每一个环节都能抓住特点,诗歌形象生动鲜明,喜悦之情浸透于字里行间。《奉和赵王喜雨》也是如此,例如雨中景象:

---

① 《尚书·益稷》,《十三经注疏》上册,中华书局1980年版,第141页。
② 《周礼注疏·春官》,《十三经注疏》上册,第791页。
③ (清)倪璠:《庾子山集注》上册,中华书局1980年版,第293页。
④ 《后汉书·祭祀志》第十一册,中华书局1965年版,第3204页。

白沙如湿粉,莲花类洗杯。惊乌洒翼度,湿雁断行来。

写大雨突降,却不直接写雨,而着力于从其他物象,如白沙、莲花、乌、雁的状态及其变化加以表现。诗中物象的调度极有特点:前两句写地上,后两句写空中;前两句是静态描摹,后两句是动态再现。地上、空中,静态、动态,不仅彼此形成强烈的反差,而且有力地扩展了诗歌的艺术空间。特别是对于暴雨中"惊乌"和"湿雁"形象的把握十分准确,特点突出,很值得玩味:由于雨大雨急,乌、雁来不及躲藏,以致"惊乌"翅膀下垂如洒,"湿雁"溃不成行而飞。寥寥几笔,便真实地再现了大雨中的特有景象。整体看来,诗歌形象绚丽多彩、含蓄生动,引发人们的想象。

以上诗歌的两方面内容,即与大雨有关的自然景观和诗人对于阴晴水旱的喜忧,对于山水诗来说,具有完全不同的意义:前者即与大雨有关的自然景观的描写,本来就属于山水诗的题材范围,摄取它们入诗是对它们审美观照的结果;而后者即阴晴水旱对于年成的影响及其所引起的诗人的喜忧,一般说来并不属于山水诗的题材范围,是庾信突破了传统山水诗的范式,扩大了山水诗选材范围的结果。在这里,庾信注重的不是自然景观的超然玄远的旨趣,而是它对现实利害关系的影响,显然,这是从功利观念和角度看待自然景观的结果。审美观照与功利因素的结合,使本来玄远虚静的山水诗具有了某些现世关怀的特征。

应当指出,对于水旱灾害的关注和对百姓疾苦的同情,本是古代诗歌的重要题材,文学史上的成功之作数不胜数,并没有什么新奇之处,但在远离社会现实生活,以描写自然景观为中心的山水诗中,加上这样的内容并将有关的感情贯穿于具体描写中就非同寻常了。

三 结合日常世俗生活,表现人与自然和谐融洽相处的山水诗

庾信的山水诗,除部分应命、应教和奉和之作外,很少写那些令人惊叹的幽瞑险怪、雄奇超绝的自然景观,而代之以与人们日常世俗生活密切相关的普通景观,如普通村墟、庭园和原野等。由于与日常世俗生活密切相关,所以在写自然景观时往往会自觉不自觉地写到人的活动。人的活动就这样进入诗中,成为与自然景观相结合的重要内容。例如《奉和夏日

应令》:"朱帘卷丽日,翠幕蔽重阳。五月炎蒸气,三时刻漏长。麦随风里熟,梅逐雨中黄。开冰带井水,和粉杂生香。衫含蕉叶气,扇动竹花凉。早菱生软角,初莲开细房……"又如《归田》:"……树阴逢歇马,鱼潭见酒船。苦李无人摘,秋瓜不值钱。社鸡新欲伏,原蚕始更眠……"这两首诗,一写夏日风光,一写秋日风光,其中都有夏、秋季节所特有的日常世俗生活景象和人的活动。自然景观与日常世俗生活景象、人的活动都不是孤立地存在,而是彼此交融在一起,形成了有别于传统山水诗的新意象。

反映春天来临的《幽居值春》也是如此。一般诗歌写春天的自然风光,往往多集中于大自然本身,如山水草木、风雨云天等,偶有人文景观和人事活动也属点缀,不会占多大比重。同样的题材到庾信手上,却完全是另一番景象:

山人久陆沉,幽径忽春临。决渠移水碓,开园扫竹林。欹桥久半断,崩岸始邪侵。短歌吹细笛,低声泛古琴。刀钱不相及,耕种且须深。长门一纸赋,何处觅黄金?

除了写幽径春临的自然景观之外,还写了"决渠移水碓,开园扫竹林"和准备深耕等农事活动以及"短歌吹细笛,低声泛古琴"的迎春歌舞。其中"决渠"、"开园"、"移水碓"、"扫竹林"既不是单纯的自然景观也不是单纯的人的活动,而属于上面所说的二者结合的新意象。这幅具有乡村特色的春景图正是由自然景观、人的活动和日常生活共同组成的,二者可谓"平分春色"。所以,诗题虽是"幽居",并自称"山人久陆沉",但全诗却没有超然虚静的隐逸意趣,反倒是充满了春天到来的繁忙而热闹的气氛,并由于摄入了一些具有地方特色的世俗生活景象而使春天的自然景观别具特色。

在结合日常世俗生活,表现人与自然和谐融洽相处方面,《咏春近余雪应诏》更为突出:

送寒开小苑,迎春入上林。丝条变柳色,香气动兰心。待花将对酒,留雪拟弹琴。陪游愧并作,空见奉恩深。

这是写冬末春近残雪尚存的自然景观，应当说，这个自然景观本身极为普通，但庾信却赋予它以很大的艺术魅力：冬去春来，季节交替本是自然节律，但本诗却不是从季节变化本身的角度着笔，而是把它变成人的主体行为：以"送寒"代冬去，以"迎春"代春来。一"送"一"迎"就像日常生活中送、迎自己的朋友一样。显然，这里的"冬"、"春"已不是与己无关的"外物"，而俨然成为诗人的亲密朋友。接下去第三、四句写柳、兰更为突出，柳和兰不但有外在"动作"，而且有感情变化：柳有"色"而且可"变"，兰有"心"而且可"动"。面对诗人对待自然季节像朋友一样的满腔热情，它们似乎再也按捺不住，而要像诗人一样为迎接春天而有所作为。而自然景观的"情"和"义"反过来又进一步感动了诗人，于是，诗人以第五、六句"待花将对酒，留雪拟弹琴"，对它们予以充满盛情的回应：一"待"一"留"表明诗人决不违背与"花"、"雪"之间的约定，一定要把美酒和琴曲献给它们和美好的春天。

可以看出，在短短的几句诗中，诗人把他与自然景观之间的互动和关系的步步加深极有层次地表现出来。正是在彼此互动和关系步步加深的过程中，自然景观不但被赋予生命和人性，而且与人之间互为朋友，由相知、相亲直至相通，从而不但极有特色地表现出冬去春来之际自然景观之美，而且生动具体地反映出人与自然关系的和谐与融洽。

如果以诗解诗的话，回过头来再看前面提到的《幽居值春》，其中的"决渠移水碓，开园扫竹林"，不正是这首诗中的"送寒"和"迎春"的具体行为和活动吗？而"短歌吹细笛，低声泛古琴"，不也正是这首诗中所说的"待酒"和"弹琴"的具体行为和活动吗？或许，正是因为有了这些具体行为和活动以及对于春天来临的感受作为基础，才可能有《咏春近余雪应诏》一诗中对于人与自然关系的充满盛情和诗意的描绘。

众所周知，表现人与自然关系的和谐融洽，特别是人与自然的融合，向来被视为山水诗的佳境。在庾信以前，即魏晋宋时期对融入山水自然境界的反映主要有两种：一种是玄学家的诗赋，如孙绰的《答许询诗》《秋日诗》和《游天台山赋》等对融入山水自然境界的描绘；另一种是诗人的作品，如陶渊明、谢灵运等诗人的诗歌。陶渊明就是通过田园生活与自然融为一体而获得了人生解脱和精神超越，最终实现了人格理想。在这里，自然是与世俗社会相对而言，所以，融入自然就意味着摆脱了世俗社会所看重的名教、礼法和有关观念的束缚而获得了精神自由，以这样的感受为基础所创作的山水诗自然也就多与人生超脱和世外旨趣相关。但是，庾信的融入自然与上述两种情况完全不同，从前面分析的《咏春近余雪应诏》《幽居值春》等诗可以看出，面对自然美景，特别是冬春季节自然景观的微妙变化，庾信既不是像孙绰那样"心凭浮云，气齐浩然"①，也不是像陶渊明那样采菊东篱，心远地偏，而以"短歌"、"细笛"乃至以"琴"、"酒"相待和回应，人与自然之间的如此"互动"，是以前从来所没有的。这充分说明庾信世俗化的山水诗虽然也力求表现人与自然关系的和谐和融洽，但却与世外旨趣和隐逸情怀毫无关系，而充满了对现世生活的期待和欲求。具体说来，这种世俗性的期待和欲求，就是在与自然和谐融洽相处中享受愉悦、闲适和安乐。

值得注意的是，在庾信的这些诗歌中，结尾往往多续貂之笔，例如《咏春近余雪应诏》以"陪游愧并作，空见奉恩深"作结，《幽居值春》一诗以"长门一纸赋，何处觅黄金"收尾，说明在诗人陶醉于自然胜境之际，并没有忘记侍奉圣上和有愧皇恩，也就是没有摆脱种种世俗观念的束缚。如此深重的物欲、情累，充分体现了庾信的强烈世俗情怀，并直接决定了他对自然"盛情"的特定内涵。当然，庾信面对自然的这种追求还与他后半生人生态度的变化有直接关系②。

此外，属于这一类的诗歌还有《园庭》《寒园即目》等，它们虽着力描写了园林、村墟的隐居环境，但内心所向往的却是包括琴酒在内的散淡、悠闲的世俗生活，而丝毫没有心向物外的隐逸旨趣。

总而言之，结合日常世俗生活和人的活动描写自然景观的《咏春近余雪应诏》《幽居值春》等诗充满了世俗情趣，它们虽然也表现人与自然的融合，但与传统山水诗完全不同。所以，从传统山水诗的角度看，这些诗歌确实显得有些"走题"和"另类"，但从发展的角度看，则应当承认，那恰恰体现了山水诗世俗化的新特征。

---

① （晋）孙绰：《答谢安诗》，逯钦立《先秦汉魏晋南北朝诗》中册，中华书局1983年版，第900页。
② 入北以后，饱受国破家亡、乡关之思和失节之辱折磨的庾信"壮情已消歇，雄图不复申"（《拟咏怀》之五），随着人生理想的破灭，他的人生态度也发生了重要变化："索索无真气，昏昏有俗心"（《拟咏怀》之一），所谓"昏昏俗心"正是指放弃理想抱负，而把生活的闲适和安逸作为追求的目标。

四　世俗情怀导致山水诗的世俗化

以上分别论述了庾信三类不同的山水诗。这三类山水诗都以山水自然景观为中心和描写的重点，体现着对现世生活有所欲求和期待的世俗情怀，区别只是在于欲求和期待的具体对象和内容有所不同而已：把山水自然作为贵戚富豪寻欢作乐环境和背景的山水诗，如《咏画》等诗欲求和期待的是在山水美景中的享乐；具有现世关怀特征的山水诗，如《和李司录喜雨》《奉和赵王喜雨》等诗欲求和期待的是有益于民生的功利；表现在日常世俗生活中与自然和谐、融洽关系的山水诗，如《咏春近余雪应诏》《幽居值春》等诗欲求和期待的是娱情，即愉悦、闲适和安乐。可以看出，这三类山水诗的欲求和期待都属于现世的欲求和期待，而丝毫没有形上的虚幻和神秘性的诉求。实际上，这些世俗性的欲求和期待，不过是庾信世俗情怀不同层面的具体体现。

所谓世俗情怀，是指着眼于现世追求的世俗性情怀，一般是相对于追求彼岸天国的宗教情怀和远离人间烟火的隐逸情怀而言，玄学观念盛行的魏晋时期，则是相对于玄学自然观主导下的超然情怀而言。世俗情怀和"以玄对山水"①的超然情怀之间具有完全对立的价值诉求，例如，同样是面对山水自然，二者会产生完全不同的欲求和期待，彼此格格不入。在"以玄对山水"的士人看来，游赏山水自然是风流潇洒之事，融入自然"体道"、"适性"，使人"神超形越"②，即对于世俗社会和有关观念的超越而达到心灵自由。在他们看来，世俗情怀与山水自然之间横亘着不可逾越的"大限"，是根本无法融入自然的；但摆脱了玄学自然观束缚，具有强烈世俗情怀的庾信却根本无视这个"大限"，而以世俗情怀直面山水自然，并将世俗情怀与对山水自然的审美观照结合起来，将世俗性的欲求和期待融会于对山水自然的具体描写中，从而导致了山水诗性质的根本变化，即山水诗的世俗化。

山水诗的世俗化，从根本上驱散了笼罩在山水自然上面的玄学迷雾，

---

①　《世说新语·容止》刘孝标注，杨勇《世说新语笺注》第三册，中华书局 2006 年版，第 562 页。

②　杨勇：《世说新语校笺·文学》第一册，第 238 页。

使山水自然以其本然的形质呈现于人们面前，从而彻底改变了山水诗与自然冥合为一的发展路向，消解了早期山水诗超然物外的隐逸倾向和玄远虚静的意蕴，而使其明显朝着回归人间，立足现世的方向倾斜，体现出完全不同的基本精神和价值取向。从"以玄对山水"的企慕世外到世俗情怀的现世追求是自然观变化的结果，并反映着价值标准的改变：由神圣而世俗，由世外而现世，具体说来就是人的现世的审美需要、感性欲求和物质利益取代了虔诚的本体信仰和神秘的精神向往，而成为最高的价值。

不过，从玄学观念笼罩下的早期山水诗到世俗化的山水诗，虽然价值标准发生了根本改变，但对于主体与自然融合的追求却没有改变。就是说，无论是"以玄对山水"还是世俗情怀，也无论是玄学观念笼罩下的早期山水诗还是世俗化的山水诗，都是以主体与自然的融合为最佳境界。这一点对于诗歌艺术来说十分重要，直接关系到诗歌艺术的本质要求。因为价值标准的改变仅仅是追求对象的改变，即神圣改为世俗，神秘的向往改为现世的追求，虔诚的信仰改为享乐、娱情和物质的期待等，而不是改变诗歌艺术的本质；事实上，与"以玄对山水"和早期山水诗相比，世俗情怀和世俗化的山水诗不但没有削弱诗歌艺术的本质要求，反倒是进一步凸显了这一要求。这是因为"只有当抽象的玄理落实到个体的日常生活，山水也不再被当作抽象玄理的图像来看待的时候，主体和山水之间的融洽统一才是可能的"①。就是说，随着自然观的改变和世俗情怀的形成，山水自然在人们心目中的性质和面貌发生了根本变化："神"性、"道"性隐然消失，给人的神秘感和敬畏感也不复存在，而变得可亲可近，与人相知相通。正是在此基础上，庾信才有可能写出大量的与日常世俗生活密切相关的自然景观以及诗人与冬、春季节和兰、柳、花、雪之间的呼应和互动，达到主体与自然的融合。

价值标准的改变反映着人生态度的变化，即由神圣的人生态度转变为世俗的人生态度。前者由于具有本体论的神圣依据，超越了个人的现实存在而具有普遍的意义，其价值标准因而具有绝对的统一性和单纯性。后者则不然：由于缺乏本体论信仰的根据，难以形成系统，因而也不具备高度的统一性。"世俗的价值标准不可能像神圣的价值标准那样绝对、普遍，

---

① 李泽厚、刘纲纪：《中国美学史》第二卷，中国社会科学出版社1987年版，第506页。

可作不同解释，赋予不同意义，本身就包含着相互冲突和自我怀疑的因素。"① 世俗价值标准之所以不像神圣价值标准那样绝对统一，根本原因在于世俗情怀本身就包容着各种各样的欲求和期待以及世俗生活的纷纭庞杂状态。这说明，庾信世俗化的山水诗所欲求和期待的享乐、娱情和功利三者各属一脉，彼此之间缺乏直接的联系，其实，正是世俗性特征的突出体现。

五　世俗化标志着山水诗走出了玄学阴影

　　玄言诗向山水诗的蜕变，是一个在自然观发展变化的基础上，对山水自然从玄学体悟到审美感受的渐变过程，是神秘的玄学色彩逐渐减弱，艺术审美特征逐渐凸显和加强，直至完全主导山水诗创作的历史过程。这个过程从魏晋时代即已开始，但直到宋初人们尚未完全走出玄学的阴影，对于山水自然的神秘观念和敬畏心理也未完全消除，诗歌创作当然也不能不深受其影响：以表现对"道"的体悟的玄言诗自不必说，即使是山水诗也多带有玄学的痕迹，以致山水与玄理杂糅，仍是这个时期山水诗创作的重要特征。不只一般诗人是如此，就连这个时期诗歌艺术成就最高的陶渊明的诗歌创作也未能完全摆脱玄学思想的影响。不过，陶渊明的田园诗与一般的玄言诗和与玄理杂糅的山水诗不同，他的诗歌彻底打通了哲理境界与艺术审美境界，把表现朴素的自然美与人生解脱联系起来，使哲理与艺术完美交融，因而能够在普通的田园生活中表现出精神的自由和人格理想的超脱。正是因为如此，陶渊明也就成为中国山水诗历史上"第一个结束了这种对峙（即玄理与艺术审美的对峙——引者）的人……陶渊明……在当下日常的生活中获得一种人生的解脱和感悟。正因为这样，最平凡的农村生活景象在陶渊明笔下都显示出具有一种无穷的意味深长的美"②。陶渊明以后，谢灵运仍深受玄学影响，他流连山水，游心太玄，"一归自然，山水闲适，时遇理趣，匠心独运"③，成为其山水诗的突出特征，所谓"表灵物莫赏，蕴真谁为传"（《登江中孤屿》），"三江事多往，

----

① 赵敦华：《神圣和世俗文化相结合的新启蒙观》，赵林、邓守成主编：《启蒙与世俗化——东西方现代化历程》，武汉大学出版社 2008 年版，第 204 页。
② 李泽厚、刘纲纪：《中国美学史》第二卷，中国社会科学出版社 1987 年版，第 395 页。
③ （清）沈德潜：《古诗源》，中华书局 1963 年版，第 232 页。

九派理空存。灵物吝珍怪，异人秘精魂"(《入彭蠡湖口》)等诗句就是最好的证明。谢灵运、鲍照以后，谢朓、阴铿和何逊多以日常所见的普通自然景观为题材创作山水诗，取得了很大的艺术成就。虽然如此，但从包括他们的诗歌作品在内的有关文献资料中，还找不出直接的证据，足以证明他们的自然观完全摆脱了玄学观念的影响。所以，尽管他们的山水诗中已经基本上看不出什么玄学色彩①，但毕竟还不能就此肯定山水诗摆脱玄学影响的历史过程已经彻底完成。这以后，庾信在彻底否定玄学自然观和继承前人诗歌创作成就的基础上，以山水诗的世俗化才从根本上使之与玄学彻底剥离，并告别神秘，回归人间，立足现世。至此，山水诗才完全走出了玄学的阴影，为这个漫长的历史过程真正画上了句号。

事实证明，山水诗发展的历史是曲折的：对于自诞生以来即被玄学笼罩在狭小天地里的山水诗来说，要彻底走出玄学的阴影，真正面向广阔人间和山水自然，从某种意义上说确实需要一个有力的反拨才有可能成为现实。这就是说，从早期山水诗向唐代山水诗的第一个艺术高峰发展的历史进程中，山水诗的世俗化不仅是重要的，而且也是必要的。

与历代优秀的山水诗相比，应当说，庾信山水诗属于上乘之作的并不多，其总体艺术成就也说不上很突出，但作为玄学影响山水诗创作的终结和一个文学时代结束的标志，却为山水诗创作立足现世，面向广阔的人间开辟了道路。同时，基本精神和价值取向的改变使山水诗创作更加注重从日常生活和个体的具体处境出发抒写对于山水自然的真实感受和体验，反映主体与自然的融合，因而有助于强化山水诗的艺术审美特征。所以，无论是从性质的深刻性上看，还是从其对于山水诗发展的影响上看，都不能不说，山水诗的世俗化是山水诗发展史上具有重要意义的历史性变化。

六　山水诗世俗化的积极与消极影响

关于世俗化对我国山水诗发展的影响，从总的方面看，可以说是既有促进山水诗发展的积极一面，又有不利于山水诗健康发展的消极一面。之所以如此，主要是因为世俗情怀和世俗化本身具有二重性：既有破除玄

---

①　关于谢朓、何逊和阴铿山水诗脱离玄言，多写日常生活中常见的自然景观，请参阅葛晓音《山水田园诗派研究》，辽宁大学出版社1993年版，第48—69页。

理，告别神秘，回归人间，立足现世，面对广阔日常世俗生活的积极和进步的一面，又有追求功名利禄，肯定腐朽没落生活的庸俗和落后的一面。相应地，庾信的三类山水诗虽然都体现着世俗化精神，但其内容和性质却互不相同：既有积极因素，又有消极成分。大体说来，以山水自然景观作为贵戚富豪寻欢作乐环境和背景的山水诗以消极影响为主，而另两类山水诗则以积极的影响为主。

先说积极影响的一面，主要有三点：

1. 极大地开拓了山水诗的发展空间，丰富了山水诗题材的来源：

如前所说，基本精神和价值取向的变化从根本上改变了山水诗的发展路向，使山水诗面向广阔的人间，结合丰富多彩的日常世俗生活反映山水自然，这不仅极大地开拓了山水诗的发展空间，而且由于表现重点由幽暝险怪、雄奇超绝的自然景观转而向与日常世俗生活相结合的普通自然景观敞开了大门，从而极大地扩大和丰富了山水诗题材的来源。庾信以后，在我国山水诗创作的第一个艺术高峰的唐代，山水诗的数量猛增，而其中描写结合日常世俗生活和人的活动的山水自然景观的山水诗占有很大的比重，这是因为山水诗的世俗化，诗人们更加注重捕捉和挖掘与世俗生活和人的活动有关的自然美，如唐代山水诗中常见的田家即事、乡村景象、庭园生活以及闲居访友、羁旅乡思、登临抒怀、舟行夜泊等，都是结合日常世俗生活中的各种具体境遇展开自然景观的描写。山水自然景观与日常世俗生活的结合，既使一般的日常生活充满了无限美好的诗意，又赋予山水诗创作以丰富的人文内涵、人间情趣和蓬勃生机。

诚然，山水诗世俗化出现以后，具有世外旨趣和隐逸倾向的山水诗并没有绝迹，例如，唐代就有王维、孟浩然等诗人写过很多这类作品，其后自宋至清也时有所见，但有一点可以肯定，它们虽然"不绝如缕"，但却始终未能成为山水诗创作的主流。这一点足以说明山水诗的世俗化，特别是它的积极进步的一面体现了山水诗的发展规律，其方向是改变不了的。不过，在立足现世，面向人间的山水诗的主流地位已经确定的前提下，具有世外旨趣和隐逸倾向的山水诗的存在当然也有其积极意义：山水诗不同的思想艺术流派的并存，不仅可以证明各自的特点和价值，而且体现着思想艺术流派的多样性，而这正是一种文学体裁和样式正常和健康发展的具体表现。

2. 山水诗的世俗化所体现的基本精神和价值取向的变化又导致了一

系列的具体变化：就山水诗创作与生活的关系看，由原来的远离生活，充满世外旨趣转而为贴近生活，立足现世；就思想艺术风格的发展看，由追求幽深玄远，神秘虚幻转而为注重朴素平易，亲切自然；就诗歌审美情趣的变化看：富于本色特征的自然美取代了具有神秘色彩的自然美。这一系列的具体变化可谓多种多样，但却有着基本相同的指向，即回归人间，立足现世，贴近日常世俗生活，从而为山水诗走向现实和人们的生活，并为更多的人所接受和欣赏打下了基础。从此以后，由于消除了神秘玄学观念的思想障碍，不但山水诗的作者大量涌现，同时也极大地扩大了读者的人群，为山水诗发展和繁荣提供了广阔的社会土壤，而这正是唐代乃至其后的很长历史时期内山水诗长盛不衰的重要原因。

3. 山水诗的世俗化，不但极大地推动了山水诗的发展，而且也促进了其他有关题材诗歌的进步。如前所说，山水自然景观的描写面向现世和日常世俗生活，必然使之趋于平易化和通俗化，从而为它的普遍运用，即把山水自然景观的描写运用到其他各种题材的诗歌中奠定了基础，从而极大地丰富了这些诗歌的内容。在这方面，庾信本人的创作就是最好的证明，除了山水诗之外，庾信还写了很多其他题材的诗歌，如触物兴感、即事抒怀等。在这些诗歌中往往加入山水自然景观的描写，如《入彭城馆》《从驾观讲武》《和何仪同讲竟述怀》《奉和赵王隐士》《仰和何仆射还宅怀故》等都是；甚至在记事的诗歌中也是如此，如《忝在司水看治渭桥》等。南北朝以后，随着诗歌艺术的发展，这种情况更加普遍。其次，特别应当提出的是，在自然景观与日常世俗生活结合的过程中，还促成了新的诗歌类别的形成，例如，自然景观与风土习俗结合所形成的风土诗或风俗诗，从某种意义上也可以说是山水诗世俗化的产物。

再说消极影响，主要有两点：

1. 《咏画》等诗在客观上真实地反映了贵戚富豪骄奢淫逸、醉生梦死的生活和腐朽没落的本质，具有历史真实性和针对性。但是，由于诗人对于贵戚富豪寻欢作乐抱着肯定和欣赏的态度，实际上是在宣扬这种畸形享乐和腐朽没落的生活方式，迎合统治阶级低级庸俗的审美趣味和享乐欲求，因而引起历代贵戚富豪的强烈共鸣，效仿之作时有出现，而开这种不良风气之先的正是庾信的这些诗歌，其负面影响于此可见一斑。

2. 在《咏画》等诗中，为了适应贵戚富豪寻欢作乐的需要，对自然美的形态和特征自觉不自觉地做了严格的限定和筛选：一般说来，这些诗歌所追求的自然美既不是奇险美，也不是浑雄美，更不是壮丽美，而多是阴柔、秀婉之美。例如前面所引的《咏画》第九首写狎妓的环境和背景，明显具有妩媚、明丽的审美特征。诗人刻意凸显这一点，正是为了与享乐生活协调一致。这不仅是因为这种审美特征与女性之美具有某些内在的一致性，而且还在于这样的环境使人逍遥自在，有助于促发享乐的兴致。贵戚富豪的腐朽没落本质不但使他们醉心于畸形的享乐，而且也严重扭曲了他们的审美趣味：除了使审美趣味粗鄙化之外，还使其狭隘化和单一化，而这正是内心世界空虚、精神贫乏在审美观念和审美趣味上的具体反映。

与此相应的是对诗歌艺术形象和意境的影响。由于贵戚富豪寻欢作乐所选的地方多在宫池苑囿、庭园别墅等幽静场所，如诗中的木兰馆、芙蓉堂、郁金屋以及春台、桂苑、花林等，因而所写的自然景物多为这些地方所常见的芙蓉、莲花、梅、竹、花径、芳林、小桥、春洲以及行云流水、明月清风等。为了缓解和消除这些常见物象所造成的"审美疲劳"，作者特别注意抓住这些自然景观的特征做细节的雕琢，如"水纹恒独转，风花直乱回"、"残丝绕折藕，芰叶映低莲"、"狭石分花径，长桥映水门"、"沙洲两鹤回，石路一松孤"等。显然，诗人就是要通过这样的细节刻画来凸显平常景物中的不平常之美，应当说，由于庾信驾驭语言的高超能力，他确实做到了这一点，但也仅此而已，而根本无法超越其本身固有的局限性：由于选材过度集中于上述局部景观和相同的细节刻画，而造成了艺术形象的纤弱和诗歌意境的狭小，这与庾信诗歌气格卑弱的总体特点倒颇为一致。

当然，一般说来，各种形态的美和艺术风格没有优劣高下之分，我们也不是否定阴柔、秀婉之美以及有关的艺术风格，但如果单单醉心于这种美并片面地把它作为唯一的追求，则就流于"病态"的偏好了。

总而言之，山水诗世俗化的意义和影响，其积极方面和消极方面密切地结合在一起，在整体上呈现着矛盾的状态。对于文学史研究来说，重要的是进行深入具体的分析和鉴别，并在此基础上理清山水诗及其世俗化发展的理路，只有这样，才能正确、深入地把握我国山水诗发展的历史进程。

原刊于《上海师范大学学报》2010年第5期，
《高等学校文科学术文摘》2010年第6期《专题论文》专栏发表详细摘要。

新旧两种观念交汇背景下的南朝爱情诗

　　爱情作为两性个体之间最强烈和深沉的爱慕之情，与人的道德精神、价值取向以及审美观念密切相关，这内在地决定了爱情诗与时代历史和社会文化发展之间的密切联系，爱情诗因而成为文学史上最富于鲜明时代性和民族性特征的作品之一。在社会历史文化发生巨大变化的时代背景下，这一点尤其显得突出。南朝的爱情诗就是如此。

　　时代历史和社会文化背景对于南朝爱情诗影响最大的是以下两点：一个是以儒家学说为核心的传统价值观念以及在此基础上形成的针对妇女和婚姻的礼制，如"三从"、"四德"、"三纲"、"七出"以及《女诫》《女训》等，这些礼制在南朝时代得到了很大的强化，对于妇女的约束和压迫也越来越严苛。另一个是自汉魏以来人的自我意识的觉醒，即对人自身存在价值的反思。魏晋时代玄学的兴起动摇了经学的统治地位，加速了名教危机，并促成了士大夫阶层人生态度和价值观念的转变，使他们"渐渐疏远了那种以群体认同价值为标准的人格理想，转向了追求个人精神的独立和自由"①，以便使生命更加完美，这必然引起对于生命意义和人生价值的深刻反思，并最终促使人的自我意识的觉醒。对于女性来说，则是促使其对于自己在婚姻和家庭生活中的地位开始有所思考，并产生了一些有违于传统观念和有关礼制的新的思想意识的萌芽。

　　在这两方面中，前者，即以儒家学说为核心的传统价值观以及有关妇女和婚姻的礼制属于传统观念；后者，即人的自我意识觉醒和人生价值观念的转变，对于南朝时代的人来说则是时代思想文化的具有重要意义的新发展。传统与时代两种思想观念和文化的交汇，不但从根本上决定了南朝

---

　　① 葛兆光：《中国思想史》第一卷，复旦大学出版社2001年版，第318页。

爱情诗的基本特点，而且在一定程度上也决定了它在文学史上的地位。

一般来说，爱情和婚姻生活可能影响一个人青少年时代以后的全部人生，因此人们对于它的感受和体验往往是刻骨铭心的。这种感受和体验包含生理、心理、审美和道德的多方面的内容，并与人的文化修养、襟怀理想、生活情趣以及性格特征密切相关。爱情诗的全部内容都建立在这种感受和体验的基础上，其情志内涵的丰富性和深刻性在很大程度上也取决于此。在这方面，南朝爱情诗不仅多层面地抒写了对于爱情、婚姻生活的感受和体验，而且写出了这种感受和体验的性别角色差别，即同一种经历和遭遇对男性和女性所产生的不同的影响，从而深刻反映出男女抒情主体不同的内心世界。与以前相比，南朝爱情诗广泛涉及爱情和婚姻生活的各个环节和方面，内容更加丰富和深刻。限于篇幅，本文对一般的内容不作涉及，而只论述传统与时代两种思想观念交汇背景下爱情诗的新内容，也就是那些最能体现南朝鲜明时代特色的作品。从这个角度看，以下几个方面最值得注意：

一、不避礼俗，任情直书，大胆表现缠绵、热烈的夫妻之爱。

自由恋爱以及以此为基础的婚姻，只能存在于男女真正平等的现代社会，而在以男权统治为中心的中国古代，由于封建礼教和婚姻礼制的严格约束和限制，男女青年婚前没有条件接触，因此这样的婚姻根本无由产生。于是，在感情和婚姻生活中，便出现了如恩格斯所说的人类历史上的荒谬颠倒："古代所仅有的那一点夫妻之爱，并不是主观的爱好，而是客观的义务；不是婚姻的基础，而是婚姻的附加物。"① 当然，这只是说，古代一般的婚姻不是以爱情为基础，并不意味着一切夫妻之间都没有恩爱和爱情。实际上，古代有些夫妻之间的爱慕、思念和关切是真挚和强烈的，对彼此相爱的感受和体验也是丰富和独特的。只是由于封建时代的婚姻完全体现着家长的意志和家族的利益，所谓"婚礼者将合二姓之好，上以事宗庙，而下以继后世也"（《礼记·婚义》），对上、对下、对二姓都要负责，唯独不考虑个人的意愿和感情；因此，夫妻之爱从来不被肯定，更不被强调。这说明，夫妻之爱被漠视和忽略绝非偶然，而有其深刻的社会历史原因。也正是因为如此，中国古代的爱情诗（主要是文人的

---

① ［德］恩格斯：《家庭、私有制和国家的起源》，《马克思恩格斯选集》第四卷，人民出版社1972年版，第72—73页。

爱情诗）也就很少直接、具体抒写夫妻之爱，更不会去表现其缠绵悱恻、温情缱绻的那一面。而在中国诗歌史上首先打破这一禁区，不避礼俗，大胆表现缠绵、热烈的夫妻之爱的正是南朝爱情诗。鲍照《梦归乡》：

> ……夜分就孤枕，梦想暂言归。孀妇当户叹，缫丝复鸣机。慊款论久别，相将还绮闱。历历檐下凉，胧胧帐里辉。刈兰争芬芳，采菊竞葳蕤。开奁夺香苏，探袖解缨徽。梦中长路近，觉后大江违。惊起空叹息，恍惚神魂飞……①

诗歌表现对于妻子的殷切思念，但却没有直接写思念，而是想象梦中与妻子久别重逢的亲密情景以及梦后的恍惚和惆怅。这样的写法，除了能够有力地表现思念之外，更突出了对妻子的爱意和深情，这是其一。其二，再看具体描写：诗歌从相见述别写起，经还闱、入帐，直至开奁、探袖、解缨，对整个过程做了细致、具体的铺叙，甚至描写了夫妻之间的亲密动作。这些，在古代诗歌（艳诗除外）中是很少见到的，有的古代诗论家为此惊呼"补叙太详"，"近亵"②，给了否定性的评价。不过，我们从中正可看出夫妻之间的燕婉深情和浓浓爱意以及诗人敢于突破礼俗，正面直视和大胆表现夫妻之爱的勇气。应当指出的是，这里虽是写夫妻闺房之事，但丝毫未涉轻艳、鄙亵之辞，完全是正面严肃的描写。"近亵"的论断，只能说明那位诗论家囿于传统偏见罢了。

鲍照的另一首抒发对于妻子思念之情的《拟行路难》之十三《春禽喈喈旦暮鸣》，是一首以第一人称写成的颇具特色的诗歌："我"当初满怀豪情壮志从军，经过多年的"流浪"征战，已经白发丛生，"从前之荣志溢气尽矣"③，唯有忧愁和对家人的思念："春禽喈喈旦暮鸣，最伤君子忧思情……每怀旧乡野，念我旧人多悲声！"所以，当听到过客述说他的妻子因孤寂、悲愁而"形容憔悴"、"蓬鬓衰颜"的惨状而悲叹不已。本诗通过夫妻离别的悲伤和思念表现了他们之间的真挚的夫妻之爱。

表现思念妻子的主题而突出夫妻之间的爱意和深情，对夫妻之爱做直

---

① 本文引用的诗歌均出自《玉台新咏》（中华书局 1985 年版）和《先秦汉魏晋南北朝诗》（中华书局 1983 年版）。
② 钱仲联：《鲍参军集注》，上海古籍出版社 1980 年版，第 386 页。
③ 黄节：《鲍参军诗注》，人民文学出版社 1957 年版，第 63 页。

接具体的描写，使《梦归乡》等诗与一般的思念诗迥然不同。如果考虑到在封建礼教和传统婚姻观念束缚下，表现夫妻之爱要承受着沉重的道德压力，古代爱情诗对此多是"欲说还休"，表现相思的主题又多是妻子思念丈夫而很少写丈夫思念妻子，因而文学史上多思妇诗而很少思夫诗的情况，那么，对于鲍照抒写夫妻之爱的坦诚态度和突破世俗观念的勇气也就完全可以理解了。

另外，表现夫妻之间热烈而深沉的爱的诗歌，比较突出的还有鲍令晖的《拟客从远方来》："客从远方来，赠我漆鸣琴。木有相思文，弦有别离音。终身执此调，岁寒不改心。愿作阳春曲，宫商长相寻。"对于丈夫从远方赠她鸣琴一事，诗人从伉俪情深的视角作了解读，认为这不但表现了他们夫妻之间互相相思，心心相印，而且宣示不论发生什么变化，都要彼此忠贞不渝，相守到老。诗人为他们之间的美好炽烈的爱情而深感自豪并由此激起了强烈的幸福感。

二、南朝爱情诗不只表现了思妇独守空房的寂寞和相思的痛苦，更抒写了由此引起的女性心理的微妙变化，突出了女性的心理特点。

南北朝时代，由于种种原因，比如追求功名、被迫从役、另有新欢等，丈夫长期不归，思妇不得已而长期独守空房是比较普遍的现象。面对这种现实，南朝爱情诗不是浮光掠影地简单记录，而是抓住思妇的心理特点及其变化从多方面加以表现，从而把这个贯穿自《诗经》至魏晋南北朝诗的普遍主题作了开拓和发展，极大地深化、丰富了思妇诗的情志内涵。

南朝爱情诗不是一般地写思念，而是从思妇的具体处境出发，写其具体情境下的具体感受和体验，不但表现了孤寂和痛苦，而且写出了由此所导致的心理乃至生理的变化。范云的《思归》：

春草醉春烟，春闺人独眠。积恨颜将老，相思心欲然。几回明月夜，飞梦到郎边！

长期独守空房的孤寂和痛苦，竟使思妇由"爱"转"恨"，容颜变老。心理和生理的这种由一个极端到另一个极端的巨大转化，其间要经历多少思绪起伏和反复，承受多少精神折磨和煎熬，是不言而喻的。诗歌写得十分含蓄，给读者留下了广阔的想象空间。

珍惜美好爱情和婚姻的女性，必然也十分珍惜自己的青春年华和美丽容颜，正是因为如此，在夫妻离别，妻子被迫长期独守空房的情况下，她们对于自己的美好青春和容颜也就倍加敏感，并显得十分无奈和感伤。例如，女诗人鲍令晖《拟青青河畔草》以细腻的笔触表现出女性的这种心理特征。此诗塑造的思妇形象与一般男性诗人所写的思妇诗有所不同：一般男性诗人笔下的思妇诗多是写妻子的孤独和痛苦以及对丈夫的思念，本诗的重点却不在此，而在于对自己青春易逝、华颜易凋的"恨"、"怨"和"惭"，这种变态的"恨"、"怨"和"惭"更深一层地揭示了封建时代女性内心世界的奥秘和微妙变化，而处于家庭统治中心地位的男性根本体会不到思妇的这种感情和心理。关于鲍令晖《拟青青河畔草》一诗塑造的思妇形象的特点在《封建时代女性视角下的爱情与婚姻——南朝女诗人鲍令晖诗歌简论》一文中有具体分析，请参阅，这里不再重复①。

柳恽的《杂诗》也是反映思妇的心理变化，但与上面诸诗不同：他先从春天美好的景物写起，在烘托出一片清新、温润的氛围之后，突然改变笔锋方向，转而写情："春心多感动，睹物情复悲。"被美好景物所感动，却产生了悲情。情与景的这种强烈反差凸显了思妇特定的心理状态：长期的相思和孤寂使她的心理发生了微妙的变化并变得敏感起来，面对周围环境的任何变化，哪怕是正面的美好的事物，她也要与自己的遭遇和不幸联系起来，从而使自己陷入痛苦的深渊不能自拔。不止于此，本诗的深刻之处还在于进一步写了思妇思想的变化：经历了长期的精神痛苦之后，她对于自己的不幸遭遇开始产生了怀疑，反映出这位女性对于自己命运的思考（详后）。

总而言之，爱情和婚姻生活对于南朝时期的女性来说，在很多情况下，就是默默的忍耐和无限期的等待以及为此而付出的青春甚至生命。妇女的这种不幸和痛苦，不分阶级和阶层，无论是贵夫人还是"倡家女"都在所难免。南朝的思妇诗，由于抓住了妇女在漫长等待和期盼中的特有心理及其变化，因而真实地表现了她们的无奈和痛苦，敏锐地传达了她们内心的声音，并反映出在以男权统治为中心的社会中，女性悲剧的社会普遍性和必然性，其历史真实性和时代性特征也因此而得到极大的提升。

三、朦胧地感受到男女对于爱情和婚姻的不同态度以及在爱情和婚姻生活中男女地位的差别。

如前所说，封建时代的婚姻完全体现着家长的意志和家族的利益，对

---

① 详本书《封建时代女性视角下的爱情与婚姻——南朝女诗人鲍令晖诗歌简论》。

上、对下、对二姓都要负责，唯独不考虑个人的意愿和感情。在婚姻关系中男性对女性是恩多，要求女性的是礼多，而对女性的情和爱却很少甚至没有，"敬慎重正，而后亲之"（《礼记·婚义》）就是这一观念的反映。不过，鲍令晖《寄行人》却表现了有违于这个传统观念的朦胧意识：丈夫应归不归，是因为他对你没有感情，没有感情的婚姻是不正常的，由此而被嘲笑。所以，这里嘲笑的对象表面上是"妾"，实际却是缺乏感情的不正常的婚姻。鲍令晖的另一首诗《古意赠今人》说明她已经从自己的生活实践中朦胧地感受到男女对于爱情和婚姻的不同态度以及丈夫对于妻子情怀的缺乏理解，并因此而深感无奈和痛苦。实际上，这种"不同"和"缺乏理解"，完全是以夫妻在家庭和社会中的不同地位和所扮演的不同角色为前提，换言之，也就是客观存在的男女不平等的社会现实的反映。这就是说，诗歌主人公的痛苦、无奈以及"被嘲笑"的感觉，实际上已经包含着对于男女地位差别和不正常、不合理婚姻的朦胧感受。这些感受与传统婚姻观念是格格不入的①。

四、对为博取功名而牺牲爱情和家庭幸福的人生道路产生了朦胧的怀疑意识。

对于婚姻、家庭幸福与追求功名二者关系的理解涉及人生理想、人生道路及其所体现的价值观念。传统的人生观，亦即当时一般士人所遵循的人生观属于儒家人生观，这种人生观看重的是人的社会价值，主张通过立德、立功、立言，实现人生理想和人的社会价值。但是，这个作为人生立身之本的大道理在南朝爱情诗中却遇到了挑战，对为博取功名而牺牲爱情和家庭幸福的人生道路提出了怀疑，明显表现出另一种人生价值取向。

吴迈远《长别离》一诗以思妇从青春盛年到容貌衰老，终生独守空房的不幸遭遇为根据，提出了一个带有普遍意义的人生问题：把婚姻、家庭幸福与博取功名放在了天平的两端，权衡其轻重得失，究竟哪一种人生更值得追求？通过历史上的一些具体事例，如醉心于建功立业终不得其死的韩信、项羽的遭遇和结局，诗人给出了有别于传统价值取向的答案。"持此断君肠，君亦且自疑"，思妇恳切地希望丈夫对此作严肃的思考。

前面提到的柳恽的《杂诗》也是如此：长期的相思和孤寂使这位思妇陷入痛苦的深渊，并促使她开始思考造成自己不幸遭遇的根本原因：为

---

① 详本书《封建时代女性视角下的爱情与婚姻——南朝女诗人鲍令晖诗歌简论》。

什么自己会遭受如此深重的夫妻离别之苦？像吴迈远的《长别离》一样，这首诗也提出了对于封建时代妇女具有普遍意义的相同的问题，并从这个角度对只图求取功名而置妻子、家庭于不顾的丈夫提出了严厉的责难：

> 自君之出矣，兰堂罢鸣机。徒知游宦是，不念别离非！

可以看出，妻子与丈夫之间对于什么是人生幸福，宦游求取功名与夫妻相守相爱二者哪一个更值得追求，存在着不同的理解，体现着不同的人生价值取向。不过，对妻子来说，还仅仅是一些想法，而根本没有也不可能将它付诸实践。就是说，思妇对于丈夫的人生道路虽然产生了怀疑和责难，但在男权统治下的南朝，她仍然只能屈从于丈夫，为丈夫人生理想的实现而牺牲自己的青春和幸福。尽管如此，她对于传统价值观念以及相关的人生理想所产生的朦胧的怀疑意识，还是足以表明她的自我意识开始有所觉醒；从某种意义上看，她所提出的问题也是对传统观念的挑战。虽然在男权统治高压下的南朝它显得是那么微弱无力，但毕竟是勇敢碰撞那个黑暗铁壁所发出的声音和闪光，因此应当予以充分的肯定。

特别值得提出的是，吴迈远《长别离》和柳恽《杂诗》所表现的对于传统观念及其人生价值取向的朦胧的怀疑意识，都是通过女性即思妇正式提出来的。这样处理是完全符合历史真实的。因为在以男权统治为中心的古代社会中，男人是压迫者，女人是被压迫者，男女之间的对立超越了个人和家庭的关系，而具有社会历史的内容和意义。由于男性和女性在家庭和社会中处于完全不同的地位，扮演着不同的角色，因而决定了他们对于爱情和婚姻生活的感受和体验也不完全相同。这正是诗中女性提出这一问题的深刻的社会历史原因和根据。

总而言之，南朝爱情诗十分敏感地反映了时代思想发展、观念变化对于女性的影响以及由此而产生的新的思想意识的萌芽，尽管这种萌芽十分朦胧和微弱，但由于蕴含着丰富的时代精神内容，而成为一个中国文学史上从未触及的新问题，即不同价值观念对于爱情、婚姻和家庭生活的不同取向。十分明显，南朝爱情诗的这一特点及其巨大的历史进步性恰恰是时代的使然，也就是说，正是与时代精神的紧密联系使得南朝爱情诗成为文学史上最富于思想特色的诗歌之一。

原刊于《中州学刊》2010年第2期。

不同民族文化融合背景下的北朝爱情诗

本文所说的北朝爱情诗不包括北朝民歌中的爱情诗和对女性出于玩弄和猥亵而笔涉轻艳、格调卑下的艳诗（又称宫体诗），而专指北朝文人所创作的抒写纯真爱情和婚姻的诗歌。

在数量上北朝爱情诗远不如南朝多，在艺术表现上也不如南朝爱情诗来得精致和富于变化，但这些都不能掩盖它的光辉：它以自己鲜明而独特的精神风貌、文化气质和艺术特色，足以补充南朝爱情诗的不足并与之争奇斗艳，从而为南北朝诗坛增添光彩。可惜，由于种种原因，对于北朝爱情诗尚没有进行系统的考察，几部通行的《中国文学史》以及曹道衡先生、沈玉成先生《南北朝文学史》等有关论著，对北朝文学的论述多集中于那些"辞义贞刚，重乎气质……理胜其词"[1]的指斥时事、倾述不平的讽喻性作品，而无暇顾及爱情诗。周建江《北朝文学史》作为第一部北朝文学的专史，对爱情诗虽有涉及，但并没有进行系统考察，因而也未能从总体上揭示其特征和成就，在论述和评价作家时对爱情诗虽作了比较具体的分析，但一些观点值得商榷。鉴于此，本文根据北朝爱情诗的具体情况，拟从作品与时代、历史和社会文化关系的角度，考察其不同于南朝乃至其他朝代爱情诗的基本特征和成就，以展示它的本来面貌。

文学艺术发展的历史证明，时代历史、社会文化和思想观念乃至制度、风俗的发展所导致的环境背景的变化，对于不同门类的文学艺术以及某一门类中不同类别作品的影响，不是均衡和等同的。特别是在时代历史和社会文化发生巨大变化的历史时期，尤其如此。有的门类和类别可能首当其冲，深受影响；有的门类和类别可能受的影响不大，甚至没有受到什

---

[1] （唐）魏征：《隋书·文学传》，中华书局1972年版，第1730页。

么影响。那么具体到北朝时代的诗歌情况又是如何呢？从总体上看，北朝诗歌的数量虽然不是很多，但也包括诸多不同的类别，如山水诗和爱情诗就是其中数量较多的两类诗歌。比较这两类诗歌，可以发现，受当时社会历史文化变化影响较大、较深刻的是爱情诗，而不是山水诗。这当然不是偶然的，而与爱情诗的性质、特点有直接关系。

爱情作为两性个体之间最强烈和深沉的爱慕之情，从主观方面看，与人们的道德精神、价值取向、性格特征以及审美理想密切相关；从客观方面看，爱情和婚姻总离不开具体的历史环境、文化传统和民俗背景等。这两个方面内在地决定了爱情婚姻以及反映它们的爱情诗与时代历史和社会文化发展的关系更加密切，受到的制约和影响也更加突出和深刻，爱情诗因而也成为文学史上最富于鲜明时代性和民族性特征的作品之一。所以，要正确深刻理解某一个时代的爱情诗，就必须深刻认识那个时代的社会历史特征，特别是社会历史文化以及有关的思想观念和民俗背景等。

从这个角度看，时代历史和社会文化对北朝爱情诗发展影响最大的是以下两个方面：

一是北方少数民族文化与以儒家学说为核心的汉民族文化相融合的历史发展趋势：

南北朝时期，多民族的异质文化经过激烈碰撞、相互学习和交流，最后达到相互融合是历史发展的必然趋势，这一趋势在各民族杂居的北方尤其显得突出。少数民族占领中原地区，同时也带来了具有原始风俗余绪的边地习俗，而世世代代在这里生息繁衍的广大汉族人民并没有因为政权的更迭而改变自己的文化传统和习俗。所谓"五方之民各有其性，故修其教不改其俗，齐其政不易其宜"[1]。不同民族的杂居为不同文化习俗的交流和融合提供了物质基础和必要的空间，所以，从少数民族入侵中原，政治上分裂的那一天起，不同民族文化的交流和融合就开始了。到了北魏后期，南北朝之间的关系开始发生了重要变化，民族矛盾逐渐淡化，南北之间的"矛盾性质主要已转变为割据政权间之斗争"[2]。这就是说，除了政治、军事上的对立之外，不同民族在经济贸易、生产生活、宗教活动等诸多方面的联系更加频繁和密切了，这必然会进一步促进并加速不同民族文

---

[1] （北齐）魏收：《魏书·食货志》，中华书局1974年版，第2580页。
[2] 周一良：《魏晋南北朝史札记》，中华书局1985年版，第106页。

化融合的历史发展趋势。

二是北方少数民族原始时代风俗习惯的遗风：北方少数民族原是游牧民族，生产方式落后，社会发展缓慢，直接导致了其思想文化的发展变化也十分缓慢。就历史上曾与匈奴交融的鲜卑族来说，直至北魏、北周王朝建立以后，其婚姻形态还深受野合群婚的原始习俗影响，所谓"俗好淫秽，处女犹甚。将嫁之夕，方与淫者叙离，夫氏闻之以多为贵……"①。鲜卑民族中这种不受礼仪约束、任情而为的习俗和开放的原始性观念不可避免地会影响到生活在北方的汉族诗人，并在其爱情诗创作中反映出来。《北齐书·魏收传》记录了北魏高官魏收的一些逸事："收既轻疾，好声乐，善胡舞……文宣末数于东山与诸优为猕猴与狗斗……"② 这则记载说明"善胡舞"和"为猕猴与狗斗"这些胡人的娱乐方式，已经走入汉族文人生活中。可以想象，包括爱情婚姻在内的其他文化风俗的相互渗透和习染也大致如此。

以上两点可以说明：原始时代习俗的遗风和不同民族文化相融合的历史发展趋势构成的全新的社会历史文化背景，使北朝时代与对立的南朝以及以前的两晋、汉魏乃至先秦时期完全不同。新的环境背景必然孕育出与传统完全不同的全新的文学艺术作品，北朝爱情诗于是应运而生。特定的时代历史背景和社会文化环境，为北朝爱情诗打上了深刻的时代烙印，并决定了它与南朝爱情诗迥然有别的如下内容和特征：

一、追求和向往自由而浪漫的爱情以及和睦、融洽的夫妻关系。

应当说，追求和向往美好的爱情是爱情诗的基本内容之一，在历代爱情诗中多有表现，这本不新鲜，不过，北朝爱情诗不是简单重复这个主题，而是另有新的追求，表现出不同的婚姻观念。卢询祖《中妇织流黄》：

别人心已怨，愁空日复斜。然香望韩寿，磨镜待秦嘉。残丝愁绩烂，余织恐缣赊。支机一片石，缓转独轮车，下帘还忆月，挑灯更惜花。似天河上景，春时织女家③。

---

① （唐）令狐德棻：《周书·异域传》，中华书局1971年版，第897页。
② （唐）李百药：《北齐书·魏收传》，中华书局1972年版，第495页。
③ 本文所引北朝诗歌均出自逯钦立《先秦汉魏晋南北朝诗》。

本诗是以乐府旧题写新事，以织女为比写夫妻离别之怨，从字面上看，仿佛是思妇诗，但其情志内涵却与一般的思妇诗完全不同：由夫妻离别之怨转而为向往、追求自由、浪漫的爱情和幸福、和谐的婚姻。这在封建礼教占统治地位的南北朝时代，可谓超尘拔俗。诗歌是通过"然香望韩寿，磨镜待秦嘉"中的韩寿、秦嘉的典故表现这一点的。韩寿是晋代有名的美男子，他与尚书令贾充之女之间有一段"有情人终成眷属"的不平常经历，《晋书·贾充传》：

> 韩寿，字德真……美姿貌，善容止，贾充辟为司空掾。充每宴宾僚，其女辄于青璅中窥之，见寿而悦焉……女大感想，发于寤寐。婢后往寿家，具说女意，并言其女光丽艳逸，端美绝伦，寿闻而心动，便令为通殷勤。婢以白女，女遂潜修音好，厚相赠结，呼寿夕入。寿劲捷过人，逾垣而至，家中莫知，惟充觉其女悦畅异于常日……充乃考问女之左右，具以状对。充祕之，遂以女妻寿①。

　　韩寿与贾充之女的结合，不是遵循"父母之命，媒妁之言"的封建礼教，而是大胆自主追求的结果，此事因而成为历史上一桩罕见的自由、浪漫的美好爱情和婚姻。"然香望韩寿"，既是诗中女主人公对于贾充之少女深情地望着韩寿的历史画面的美好想象，又是女主人公愿意效仿她大胆突破封建礼教束缚，自主追求美好爱情和幸福生活的写照，从而深刻而又巧妙地表现出她深埋于内心的"隐秘"：要撇开"父母之命，媒妁之言"的封建婚制和礼俗，自己选择和追求意中之人。不止于此，这位抒情女主人公对于婚后的夫妻生活也有自己的想法和期待，即诗中所说的"磨镜待秦嘉"：夫妻之间应当和睦情笃，相敬如宾，就像汉代的秦嘉和徐淑这对夫妻一样。秦嘉和徐淑彼此伉俪情深，曾互相赠诗，表达离别的悲伤和彼此殷切思念、关切之情。由此不难看出，在她的理想所认定的夫妻关系中，妻子不是丈夫的奴仆，而应当互敬互爱，真诚相待。

　　可以看出，这位抒情女主人公对于美好爱情婚姻的追求和对于完美人生的渴望，使她不自觉地背离了"三从"、"四德"、"夫为妻纲"等封建礼教的戒条。

---

① （唐）房玄龄等：《晋书·贾充传》，中华书局1974年版，第1172—1173页。

本诗直接反映了作者卢询祖的思想倾向。《北齐书·卢询祖》说他"自负其才,内怀郁怏……毁谤日至,素论皆薄其为人"①,时人还将他比为古代狂士:所谓"询祖有规检祢衡"②。由此可以知道,诗人具有逾闲荡检、不守传统礼制的思想作风。这一点使他更容易接受北方民族不拘礼仪的风俗习惯,他在诗中对突破封建礼教的自由浪漫的爱情婚姻予以大胆的肯定和赞美,应当说与此不无关系。

二、直面人性的普遍欲求,大胆肯定夫妻之间的燕私之欢,并从夫妻被阻隔的角度批判封建势力和封建礼教违背人性的荒谬和不合理。

我国古代诗歌中对于夫妻的燕私之欢多有回避,偶有所及也是轻轻点到,写得十分含蓄。北朝的爱情诗则突破了这个思想界限,大胆闯入"禁区",直接面对并肯定夫妻之间的这种欲求和欢乐,显示出有别于历代爱情诗的另类特色。这方面最为突出的当数北魏邢邵的《七夕》,原诗如下:

盈盈河水侧,朝朝长叹息。不吝渐衰苦,波流讵可测!秋期忽云至,停梭理容色。束衿未解带,回銮已沾轼。不见眼中人,谁堪机上织?愿逐青鸟去,暂因希羽翼。

南北朝时期,特别是南朝以牛郎织女神话传说为题的诗歌很多,这些诗歌都是写牛郎、织女被阻隔的痛苦和彼此之间的殷切相思以及对于相会团聚的期盼,几乎形成了固定的模式。本诗虽然也是以此为题材,但由于受到北方民族文化习俗的原始遗风和有关观念的影响,没有落入前人的窠臼,而别具特色;其特点除了没有简单地复述故事内容,而是重在抒发内心情怀之外,更主要的是在于以下两点:

一是敢于直接面对并肯定夫妻之间的燕私之欢;

二是对于未尽夫妻燕私之欢即被迫匆匆别离的不幸遭遇表现出深切的同情。

当秋期来临,织女"停梭理容色",兴高采烈地前去与牛郎相会,结果却是"束衿未解带,回銮已沾轼",令人十分懊恼。有人将这两句诗理

---

① (唐)李百药:《北齐书·魏收传》,中华书局1972年版,第341页。
② 同上。

解为牛郎织女相会的时间很短,即匆匆分别,因而无限悲伤,这样理解由于没有注意到"束衿未解带"的具体含义而不完全符合诗意。实际上,"束衿解带"又称为"襟解"或"解襟",在古代典籍中有其惯用的含义。《史记·滑稽列传》:"日暮酒阑,合尊促坐,男女同席,履舄交错,杯盘狼藉,堂上烛灭,主人留髡而送客,罗襦解襟,微闻薌泽,当此之时,髡心最欢,能饮一石。"① 文中的薌泽又称香泽,是指带有香味的润发油,多为女性化妆所用。桓宽《盐铁论·殊路》:"毛嫱,天下之姣人也,待香泽脂粉而后容。"② 可见,"襟解"(即"束衿解带")多与行男女之欢有关。这样看来,"束衿未解带,回銮已沾轼"实际是说:织女未及宽衣解带,与牛郎亲昵温存行夫妻之欢就被迫返程,因而无限悲伤。如果诗歌真的没有这样的意思,而仅仅是表示很快就离别,那么,"束衿未解带"岂不成了赘疣?

细审全诗,可以知道,本诗虽直接触及男女私情,但与流于淫荡浮靡的南朝艳诗根本不同,它完全是把男女之欢作为人之常情,从正面严肃地加以抒写,而没有任何轻薄亵慢之意。事实上,这样从人之常情的角度去写织女,会使织女的形象更加真实和人性化,因而更加富于感人的艺术力量。

总而言之,本诗完全突破了一般"七夕诗"仅仅局限于夫妻之间相互思念的固定模式,而从人性普遍欲求的角度肯定了牛郎织女相会的愿望和对于美好幸福生活的追求,批判了封建势力和封建礼教违背人性的荒谬和不合理,以及诗人从人性欲求的角度出发对于牛郎织女不幸遭遇的同情。

三、北朝爱情诗不受或较少受封建礼仪的约束,在追求爱情,充分享受爱情的欢乐中,任感情自由发展,十分突出地表现了其大胆、真率和热烈的特征。

北朝爱情诗程度不等地表现出这一特征,其中最为突出的当数王德的《春词》:

春花绮绣色,春鸟弦歌声。春风复荡漾,春女亦多情。爱将莺作

---

① (汉)司马迁:《史记·滑稽列传》,中华书局1959年版,第3199页。
② (汉)桓宽:《盐铁论·殊路》,上海人民出版社1974年版,第50页。

友,怜傍锦为屏。回头语夫婿,莫负艳阳征。

　　这是一首写夫妻春游的爱情诗,诗中夫妻关系明确,不属于表现"婚外情"的艳诗是可以肯定的。本诗任感情宣泄的大胆、真率和热烈的特征主要表现在以下三点:首先,诗的题目用"春词"二字,春词即春情之词、怀春之词,亦即男女情欲之词,以此为题,丝毫没有"有伤风化"的顾忌和掩饰,感情色彩十分浓烈。其次,诗中称妻子为"春女"。"春女感阳气而思男"①,是一个带有浓重爱欲色彩的称呼,在诗中用以指称自己的妻子,直接袒露对于妻子的爱欲,同时也是对于妻子女性美特征的欣赏和赞美。更为重要的是诗中对于春情的表达:"回头语夫婿,莫负艳阳征",妻子不但自己春情荡漾,沉醉于爱河当中,而且明确提出要求,希望其夫不要辜负她的一片春情,而与自己共享爱的欢乐和幸福。以上三点,无论是标题和称呼情欲色彩的浓烈,还是夫妻之间对于爱的直接欲求,在封建礼教和传统婚姻观念占统治地位的语境中都是伤风败俗、大逆不道的。

　　可以想象,如果没有谈情说爱的自由和宽松的环境,男女双方的精神和感情还受着压抑和束缚,根本不可能把爱的欢乐和幸福表现得如此淋漓痛快。因此,这样的爱情诗不可能出现于南朝和其他朝代,而只能产生于封建礼教及有关的婚姻观念比较淡泊、原始习俗余绪尚存的北朝。

　　另一首北魏胡太后的《杨白花歌辞》也是如此。杨白花即杨华,系魏名将大眼之子,也是北魏胡太后的意中情人。"华少有勇力,容貌瑰伟,魏胡太后逼幸之。华惧祸"而南逃降梁,"胡太后追思不已,为作《杨白花歌辞》,使宫人昼夜连臂踏蹄歌之,声甚悽断"②,诗歌咏杨花以寄情,诗意双关,特别是结尾"秋去春还双燕子,愿衔杨花入窠里",愿意化作比翼双飞的燕子,共筑爱巢,表现出对于爱情的强烈向往以及对于情人的深切思念。诗歌直白平易,没有任何顾忌而一任真情宣泄,显然具有明显的北朝爱情诗的特征。

　　从以上三个方面可以看出,产生于北方民族文化与汉民族文化相融合历史背景下的北朝爱情诗,具有与"发乎情止于礼义"的南朝爱情诗根

---

① 《十三经注疏·诗·豳风·七月》,郑玄笺,中华书局1980年版,第389页。
② (唐)李延寿:《南史·王神念列传》,中华书局1975年版,第1535—1536页。

本不同的精神风貌、文化气质和艺术特色：由于对人性普遍欲求和张扬人性的肯定以及封建礼教束缚的相应减弱，诗人的感情得以任意宣泄，由此而形成了自由浪漫的情怀以及大胆、真率和热烈的风格特征。造成北朝爱情诗这种独特风貌、气质和特色的根本原因，在于北方少数民族文化中的原始文化成分对于封建礼教以及有关观念的不自觉的冲击和突破。原始文化是建立在人的本性基础上的文化，符合人的本性欲求，具有天然的合理性，与摧残人性、违背理性的封建礼教和封建婚俗可谓水火不容。生活在这样的新的文化环境中的北方作家受封建礼教和儒家传统思想影响和约束自然也比较少，其作品表现出对于"三从"、"四德"、"夫为妻纲"等封建礼教的不自觉背离，对于自由、浪漫婚姻的追求和对人性欲求、夫妻燕私之欢的肯定，等等，也就是必然的了。

以上是北朝爱情诗中明显受少数民族文化影响，思想观念比较开放的诗歌，除此之外，北朝爱情诗中还有受儒家文化影响，保持传统特色的作品。

这方面最有代表性的是高允的《咏贞妇彭城刘氏诗》。本诗是写发生在作者身边的一对异族夫妇封卓和刘氏的真实故事：诗人"念其义高而名不著，乃为之诗"[①]。诗歌虽采用了封建时代表彰"贞妇"的传统形式写成，其中确实也含有封建思想因素，但与一般专事歌颂封建礼教和封建道德的"烈女诗"有所不同，其基本内容还是正面歌颂忠贞不渝的爱情及其所体现的美好品德，而不是封建道德的说教，因而具有了向往美好人生的诗的境界，远远地超越了封建说教的教化诗。

此外，还有些表现思妇的相思痛苦和孤寂的思妇诗，也是北朝爱情诗的组成部分。这方面比较突出的是温子升的《捣衣》，此诗写思妇对于从军在外丈夫的思念，并通过秋天捣衣声烘托其处境的孤独和凄凉。思妇无法改变自己和家庭的悲惨处境，只能在默默忍受痛苦中无奈地期待战争早日结束。诗歌从这个角度反映了战争给劳动人民带来的巨大灾难和他们向往和平生活的强烈愿望。战乱和灾难背景的凸显，赋予本诗以较明显的现实意义，这在思妇诗中是比较突出的。北朝思妇诗中还有裴让之的《有所思》、邢邵的《思公子》等。

[①] （明）张溥：《汉魏六朝诗百三名家集》第五册，江苏古籍出版社 2002 年影印本，第 289 页。

在以上所说的北朝爱情诗的两类作品（即深受少数民族文化影响，思想观念比较开放的诗歌和受儒家文化思想影响较深，保持传统特色的诗歌）中，更能代表和体现北朝诗歌精神风貌、文化气质和艺术特色，因而也更值得重视的，无疑是前者。这些诗歌虽然数量不多，但却有其重要而特殊的价值：不但有助于正确认识和评价北朝爱情诗的文学史意义，而且说明了在特定的历史条件下，少数民族文化曾对中国文学发展产生过影响，而这一点以前总是被有意无意地忽略了。

原刊于《中州学刊》2009 年第 3 期，
复印报刊资料《中国古代、近代文学研究》2009 年第 9 期全文转载。

美学研究

原始宗教与人类早期审美意识
——与邓福星同志商榷

人类审美意识的产生和早期发展是美学史和艺术理论中的一个重要问题，正确认识它对于解决艺术的起源和发展，理解美的本质具有十分重要的意义，所以，从近代特别是从 19 世纪开始，外国不少美学家、艺术理论家和人类学家对于这个问题做了大量的研究，并取得了一定的成就，其中有些至今对我们尚有一定的参考价值。新中国成立以后对于这个问题也做了初步的探索。但是，无论中外，在这个领域的研究中都还存在着许多疑难和空白，同时也存在着彼此尖锐对立的不同意见，这些正等待我们去进一步探索和研究。邓福星同志的《从原始造型艺术看人类早期的审美意识》① 一文在前人研究成果的基础上，利用地下考古资料，对于审美意识的产生、发展及其历史背景、条件和原因以及人类早期审美意识的特征等重要问题，比较全面而明确地提出了自己的看法。这种努力是可贵的，但是，文中也存在着一些需要进一步考虑和商榷的地方。

邓福星同志在文章中反复强调，属于上层建筑范畴的审美意识的产生和发展，仅仅从经济基础和社会物质生产方式去寻找它的根源是远远不够的，应当注意它与其他意识形态和因素的横的联系："在深入研究人类审美意识产生的过程中，是不能排除、也不能忽视作为萌芽状态的人的各种意识……对它的影响的。""作为审美意识，不仅从根本上取决于社会的经济基础，而且受到另两个方面的制约：一是受到包括各种意识形态在内的上层建筑，即称为'中介物'的作用；一是就其本身而言，因具有自

---

① 邓福星：《从原始造型艺术看人类早期的审美意识》（以下简称《意识》），刊于《美术史论丛刊》第一辑。

身发展的承继性，而受其自身发展规律的制约。"这些符合马克思主义关于艺术基本观点的论断，概括了审美意识和艺术发展的某些规律，是完全正确的。可惜，作者在具体论证中却未能完全遵循这些观点，忽略了审美意识产生和发展的复杂性，对于其他意识形态的"中介物"的作用只字未提，而把它的产生和发展简单地归结为直接取决于生产劳动，例如，作者在反复论证了这一点之后，写道："在上述造型艺术中，可以明显地看出社会实践（主要是生产劳动）对于人类审美意识产生和发展的决定作用。"这样，未免把复杂的问题简单化了。

诚然，生产劳动对于审美意识的产生和发展起了十分重要的作用，但是，这仅仅是问题的一个方面，而不是问题的全部；另一方面，其他意识形态的"中介物"的作用也是十分值得注意的。本文拟就后一个方面谈一谈个人看法，就教于邓福星同志和广大读者，并希望能就此展开进一步的探讨。

在人类社会的各种意识形态之间有着密切而复杂的联系，而其中总有一种占据主导地位，并对其他意识形态起着支配的作用。在原始社会的各种意识形态中，原始宗教就具有这样的性质，所以，它对于审美意识产生和发展的影响也最为强大和明显。

由于生产力发展水平和认识能力的局限，人们的精神被原始宗教紧紧地束缚着。同时，原始宗教为加强自己的统治力量，还利用了当时人类文明所取得的一切成就，诸如哲学、历史、艺术和自然科学的萌芽，使自己成为包容各种意识形态和知识萌芽的集合体。这个笼罩在当时全部社会生活上空的巨大阴影，以其虚幻的方式，朦胧而曲折地反映着尚不发达的思维能力所达到的一切结果：既反映了原始人对于世界和人的起源的认识和幻想，也反映了部族、氏族的重大事件和历史；既有关于人们现存关系的解释，也有对于自然万物的认识；既有关于自己与图腾关系的蒙昧的自我意识，也有关于虚幻的神的世界的想象。此外，原始宗教不只是解释世界，在有些方面它也是能动的。神话是借助想象以征服自然力，原始宗教中那些具有生存斗争意义的因素，明显地反映着人们力图对客观世界施加影响，改变客观世界面貌的愿望。所以，宗教世界观支配下的原始文化必然呈现着尚未分化的混沌统一的基本面貌。审美意识产生的途径不止一种，其重要途径之一则是从这种在特定物质生产方式基础上的混沌统一的原始文化中产生、发展并逐渐从中分化和独立出来。这样，审美意识从它产生的土壤和具体发展过程中便决定了它不可避免地与宗教观念和宗教意识联系在一起。

其实,《意识》一文所引资料本身已充分反映出原始宗教在审美意识产生和发展过程中所起的作用,而否定了那种认为它单纯由生产劳动决定的简单化的结论。只是作者囿于流行的成说,对于问题的复杂性未能予以注意。例如,作者曾举出西安半坡出土的人面鱼纹盆等,认为它们是"当时人类狩猎生活的反映"。从艺术与生活关系的一般意义上看,这样说当然是对的,但是,仅仅停留在一般的原则上是远远不够的。应当具体分析在反映过程中经过了哪些"中介物"的折光,它给艺术反映生活带来了什么影响。只有这样,也许才有可能认清这一过程的特殊本质。

首先应当指出,半坡人面鱼纹既不是对于鱼类的简单摹写,也不是对于狩猎生活的单纯回忆,除此之外,更有其复杂的观念意义。它以简练的线条勾勒出圆形或椭圆形的人面轮廓,眼及耳梢以上作黑彩。两眼为两条直线,鼻作倒"丁"字形或垂三角形。特别值得注意的是,耳部和嘴角边各有一条小鱼,鱼身周围有短线或圆点。显然,现实中根本不存在这样的物象,而是原始人虚构的结果。像这种把不同的形象组合起来构成一个人们根本未曾见到过的形象,对于现代人来说是轻而易举的事情,但是对于原始人却是十分困难的,特别是在第一次作这样的构想时,更是如此。要知道原始人的构图和结构能力很不发达,如果不是有其内在的精神上的原因和迫切需要,他们是不会也不可能去作那种奇妙的想象的。

很多考古学家都已肯定人面鱼纹图对于半坡氏族公社的成员来说并非单纯的装饰和审美,而是鱼图腾崇拜的表现。它的非现实的图像具有复杂的观念内容,对于氏族成员来说充满了神圣的含义。

原来,在原始民族看来,主观世界与客观世界之间具有某种神秘的联系。人们的愿望和幻想可以干预和决定事情的成败、收获的丰歉。人面鱼纹图的珥鱼、衔鱼以及半坡鱼图多有鱼纹、网纹共生的现象,正是人们乞求图腾鱼的保护,驱鱼入网,获得丰收愿望的体现。"'同类生同类',是'类似符咒作用'之公理。这样,画出野兽者,就是将它遣来支配它的意思。"① "如果一个人能细腻地描绘出所要猎取的动物,好运气就会不可思

---

① [俄]弗理契:《艺术社会学》,胡秋原译,上海神州国光社1932年版,第119页。

议地降临到他身上。"① 这种带有巫术性质的鱼崇拜是生产斗争的必要手段和补充。另外，出于繁殖和延续后代的迫切愿望，人们羡慕鱼的强大的繁殖能力，希望自己的子孙也能像鱼一样地生生不息。显然，这种乞求繁衍的宗教活动也是人类自身扩大再生产的重要补充。

鱼崇拜的宗教意义还可以从中外历史的众多事例中得到证明：世界不少地区从新石器时代开始，便以雕刻的石鱼、烧制的陶鱼作为丰收和繁衍的象征。我国直到明清时代仍以石鱼的隐现作为能否取得丰收的征兆②。要追寻这种现象的历史根源，显然可以一直上溯到那神秘的人面鱼纹所体现的宗教意义。

作者忽略原始宗教在审美意识产生和发展中的作用，还表现在他对于某些图案纹饰的分析中。例如，把抽象的几何图案和纹饰的产生归为"发挥了认识及创造形式美的能力"，是"最初的思维的抽象概括能力"的结果，这显然是不符合实际的。诚然，对于生活中的物象不断摹写、仿制并逐渐简化、提炼，最后升华为抽象的几何图案，与原始人的抽象思维能力有一定的关系，但却绝不单纯是抽象思维能力的结果。至于对于形式美的感受能力和创造能力，那也不完全是这些图案产生的原因，而恰恰是包括这些图案在内的宗教观念物态化的结果。

原来，抽象的几何图案像前边分析的人面鱼纹图一样，既不是单纯个人的想象的结果，也不是单纯地追求美的结果，这是因为在当时它们首先不是以其形式的意义，而是以其复杂的观念意义而存在。

为了了解这种抽象的几何图案的意义和性质，让我们先来看一看在原始民族那里，首先被简化、提炼并升华为抽象的几何图案的是一些什么形象：1. 澳洲人作图腾仪式用的"止令茄"（churinga）是图腾祖先的寄托之所，上面描绘的图腾动物，就是图腾动物的象征纹样，而不是它的写实形象。澳洲人视它比写实的动物形象更为神秘，"止令茄"的放置之处不言而喻成为整个氏族的圣地；2. 澳洲蛴螬图腾部族也是以抽象的纹样来表现他们的崇拜对象：以一条弯曲的线来象征大蛴螬；3. 大蜥蜴图腾部族也是如此：以波状线表示蜥蜴的长尾，以圆线为肋，以半圆形虚线为肩，以斑点表示皮肤；4. 澳洲的伯尼开阿人描绘他们崇拜的图腾动物袋

---

① 朱狄：《十九世纪以来西方对艺术起源问题的研究》，《美学》第二辑。
② 见（清）姚觐元《涪州石鱼文字所见录》和《太平寰宇记》等书。

鼠时，用两个小圆代表袋鼠的眼睛，一个稍大的圆代表嘴。其他则用几何纹样表示；5. 澳洲大量的岩洞壁画所描绘的图腾动物也有一个"由单彩而复彩，由写实而纹样"① 的演变过程。著名的艺术理论家斯本塞和基伦在他们的有关论著中用当代原始民族的大量事实证明了那首先被简化和提炼成抽象的几何图形正是从图腾动物开始的。

根据以上事实和有关学者的论述，我们认为关于抽象几何图形的以下结论是可信的："由写实的、生动的、多样化的动物形象演化而成抽象的、符号的、规范化的几何纹饰这一总的趋向和规律，作为科学假说，已有成立的足够的根据。同时，这些从动物形象到几何图案的陶器纹饰并不是纯形式的'装饰'、'审美'，而具有氏族图腾的神圣含义，似也可成立。""巫术礼仪的图腾形象逐渐简化和抽象化而为纯形式的几何图案（符号），它的原始图腾含义不但没有消失，并且由于几何纹饰经常比动物形象更多地布满器身，这种含义更加强了。可见，抽象几何纹饰并非某种形式美，而是：抽象形式中有内容，感官感受中有观念。"② 这里，把具有神圣观念意义的抽象几何纹饰由写实的图腾动物形象演化而来慎重地称为"假说"，实际上它已为越来越多的事实所证明，并得到越来越多的人的肯定。不管怎样，否认原始宗教观念的作用，把抽象的几何图形仅仅归结为认识和思维概括能力提高的结果，是不恰当的。

下面我们再就《意识》一文中没有提到的几则资料来进一步考察原始宗教与审美意识的关系。

先看雕塑艺术。

我国的雕塑艺术在距今六七千年之前就已经初步发展起来。从地下发掘情况来看，最初的某些雕塑像早期绘画一样，在性质上也是宗教观念物态化的表现，具有强烈的社会功利特征。甘肃东部出土的陶瓷人头和人头形器口陶瓶都属于仰韶文化时期，是我国早期雕塑的重要发现。它的宗教意义和非实用性已经引起人们的注意："……人头形器口陶瓶的体积较小，器口的人头眼和嘴乃至鼻孔都有孔洞，不可能作水器用。但这些陶塑人头的顶部都有圆孔，有的孔径还较小，而且器形长，因此也不会是贮放谷物之类的贮藏器，有些可能是用来装不经常更换的液体，这或许和原始

---

① 以上均见岑家梧《图腾艺术史》，商务印书馆1937年版。
② 李泽厚：《关于中国古代艺术的札记》，《美学》第二辑。

宗教的某种信仰有关。"① 特别值得注意的是，在这些雕像的人头顶部有黄豆大的小孔，"其实用意义不明"②，事实上，从实用意义上是无法解释通的，它的意义恰恰在于宗教方面，是宗教观念留下的明显痕迹。原来，早在仰韶文化时期之前就产生了灵魂观念，认为人的行为和心理受着它的操纵。灵魂不死：人活着的时候，它藏在人身中，死后钻出身体，继续保护着人。上述雕像的人头顶部留有的小孔，正是给灵魂出入留下的通道，是宗教观念的明显烙印。

此外，地下发掘的一些雕塑与生殖崇拜具有密切关系。在母系氏族社会，由于女性在生产和氏族生活中居于支配地位，她们在氏族成员中享有崇高威信，她们的生殖功能也受到人们的崇拜。地下发掘出来的这个时期的女性偶像，突出的正是她们的生殖特征："这些偶像是一些裸体的妇女，有着非常发达的大腿和胸部，还有一个向前突出的肚子，这是生殖的象征。"③ 这样的雕像在世界其他地方也有发现，并且都具有促进部族繁衍的意义。

再看文身艺术。

文身起源的宗教意义更为突出。我国古代的越人以龙为图腾，为了祈求那具有"魔那"即超现实的法力的龙祖先的保护，越人往往"祝发文身"，所谓"断其发，文其身，以象龙子"（《汉书·地理志下》应劭注），即把自己打扮成龙的样子，证明自己是龙的后代。这样的文身显然是出于一种虔诚的图腾崇拜心理。人们奉龙"为图腾，崇拜它，信任它，皈依它，把整个身体和心灵都交付给它，如果有什么方法使自己也变得和它一样，那岂不更妙？在这里，巫术——模拟巫术便是野蛮人的如意算盘。'断其发，文其身'——人一像龙人便是龙了。人是龙，当然也有龙的法力或'魔那'，这一来一个人便不待老祖宗的呵护而自然没有谁敢伤害，能伤害他了"④。文身在其他原始氏族中也十分普遍：非洲、澳洲和美洲的土著多在躯干、四肢和面部描绘图腾的形象或涂抹图腾动物的颜色以像图腾，都是显著的例证。

---

① 张朋川：《甘肃出土的几件仰韶文化人像陶塑》，《文物》1979 年第 11 期。
② 同上。
③ [法] 安什林：《宗教的起源》，杨永等译，生活·读书·新知三联书店 1964 年版，第 92 页。
④ 闻一多：《神话与诗》，古籍出版社 1956 年版，第 30 页。

以上所举原始社会的造型艺术，无论是人面鱼纹、抽象的几何纹饰，还是雕塑、文身，都以其某些超现实的魔法巫术作用而不同于后代的艺术作品，正是这些作品成为我们研究审美意识产生和早期发展的最好根据。

原始民族的抽象思维尚不发达，在他们对于自然界的神化中，不自觉地形成了感性形象与观念意义的统一，这与他们思维不脱离具体的感性形象的思维具象性特征相一致，所以，在他们那里，客观物象往往成为某些观念意义的符号和象征，正是在这个意义上，可以说"古人在创造神话的时代，就生活在诗的气氛里"①，这种见解实际上敏锐地看到了原始思维方式对于自然界的那种宗教性的观照实质。

原始民族的这种认识事物的方式，从一定意义上可以说已经具有某些审美的性质和因素，因为它把自然存在当作直接观察的感性经验对象，从具体形象出发，同时又不止于感性知觉，而有其复杂、神秘的联想和想象。在这种思维活动中，感性经验的对象同想象的观念意义，具体生动的形式同抽象的内容，感知、感受与对世界的宗教性理解彼此直接结合，互相渗透而不经过概念、判断和推理等逻辑形式，并且始终伴随着强烈的感情活动。

原始造型艺术中那超自然的神奇形象，是客观世界在原始人心目中的映象，那"决定"客观事物发展的无边的法力，则是原始人的愿望和幻想，由此而直接决定了原始造型艺术的二重性特征：它是艺术审美的，又是宗教神秘和功利的；作为艺术作品，它有着不同于一般艺术的超现实的神秘属性和功能，而作为宗教巫术礼仪活动，它又包蕴着一定的审美认识成分，闪烁着人类早期审美意识的光辉。

这种具有审美特征的宗教性观照活动，既不同于合规律性与合目的性的劳动工具（如有一定规则形状的石器）和生活用具（如有一定规则形状的陶器）的制造，又不同于后来的一般的艺术活动。那些在渔猎、捕获、收割之前进行的带有神秘巫术性质的绘画、诗歌、舞蹈等，可以使人熟悉劳动过程，提高夺取胜利果实的信心，从而成为劳动前的不可或缺的精神准备和技术准备，在这个意义上可以说，它们是生产实践活动的必要手段和补充。正因为如此，原始艺术创作才没有像阶级社会中的艺术那样遁入神秘的殿堂或幽深的象牙之塔，而是脚踏实地活跃于生产实践活动和

---

① ［德］黑格尔：《美学》第二卷，朱光潜译，商务印书馆1979年版，第18页。

生存斗争中。

在本质上，美是建立在社会实践基础上的主客观的辩证统一。从主观方面看，人类掌握世界的能力与人的客观对象的丰富是同时并进的，外在世界中总有与人的本质力量相对应和相适应的对象。人类审美意识发展的过程说明，这个对象不仅包括物质生产劳动的成果，同时也包括作为生产实践补充的原始艺术活动及其成果。正如马克思所说："艺术对象创造出懂得艺术和能够欣赏美的大众，——任何其他产品也都是这样。因此，生产不仅为主体生产对象，而且也为对象生产主体。"① 正是艺术同社会生产实践一道培养、磨炼和锐化了人们的感觉和感知能力，使它的动物感性生理特征逐渐演变并具有了越来越丰富的社会性质和内容。从这个意义上可以说，"五官感觉的形成是以往全部世界史的产物"②，即五官感觉的丰富和审美意识的发展，都是在包括艺术活动在内的社会实践中完成。

原始宗教活动对于美和审美意识的产生与发展所起的作用是一个漫长而复杂的积淀过程：复杂的宗教观念内容逐渐积淀和演化为美（包括一般的规范化的形式美），与此同时，对于形象和形式美的感受也逐渐发展起来，而这个过程也是艺术从原始社会意识形态的混沌统一状态中逐渐分化并独立出来的过程。由于积淀和演化是一个长期的由量变到质变的渐变过程；由于意识形态的延续性，新旧观念常常同时并存，所以，我们很难找出一个具体明确的界限，用以标示哪是宗教动机的结束，哪是审美动机的开始。我们可以肯定的只能是：随着社会历史的发展，宗教因素逐渐减弱直至消失，而审美因素则相应地不断增长直至完全成为艺术的本质。

我们认为原始宗教及其物化形态在审美意识的产生和早期发展中起了重要作用，似乎违背了社会存在决定社会意识的历史唯物论的基本原理，实际并非如此："那些表明艺术往往是在宗教强烈影响下发展起来的事实，一点也不能破坏唯物史观的正确性"，因为"如果原始宗教具有社会发展因素的意义，那末这种意义完全植根在经济之中"③，本文所

---

① ［德］马克思：《〈政治经济学批判〉导言》，《马克思恩格斯选集》第2卷，人民出版社1972年版，第95页。

② ［德］马克思：《1844年经济学—哲学手稿》，人民出版社1979年版，第79页。

③ ［俄］普列汉诺夫：《论艺术》（没有地址的信），曹葆华译，生活·读书·新知三联书店1964年版，第105页。

述不过是这个原理在个别问题上的具体化,而不是问题的全部。揭示原始宗教对于审美意识产生和发展所起的作用,是一个复杂而困难的问题,全面详尽地论证这个问题另需专文,非本文所能胜任。

原刊于《美术史论》丛刊 1983 年第 2 辑,
中国艺术研究院美术研究所丛刊编辑部主编,
天津人民美术出版社 1983 年出版。

先秦时代"美"义的发展和演变

人类的审美领域极为广阔，从自然界到社会生活，从物质世界到精神世界，无不在人类的审美感受和审美评价的范围之内：审美对象具有无限的丰富性和广泛性。不过，这种情况并非自古以来就是如此，而是长期历史发展的结果。也就是说，审美对象和审美领域有一个逐渐丰富和不断扩大的发展过程。与此同时，美的性质、价值也在发生变化。在我国古代，这一切无不集中反映在"美"的概念的发展变化中：随着审美领域的扩大和审美观念的变化，"美"的含义和使用范围也在不断发展变化。

"美"的概念是人类审美意识发展到一定阶段的产物，审美意识早在"美"的概念产生之前就已出现了。我国母系氏族制度时期出现的仰韶文化和龙山文化，人们就已经懂得在陶器上涂抹赤铁矿和氧化锰作为颜色，在细泥质的器物上描绘彩画，其中包括各种姿态的飞禽走兽、草木鱼虫以及初具面目的人头；此外，还有用纹饰组成的同心扩散的水波纹、旋涡纹、锯齿纹等各种美丽的图案。这些绘画形象和几何图案，是由图腾形象逐渐简化而成的。到了距今四五千年前的父系氏族社会，陶器有了进一步的发展，玉器、石器、骨器、木器、纺织品也都趋于精细，特别是石器、玉器已经达到一定的艺术水平。从这些不难看出，当时人们不但对于色彩，而且对于造型、线条以及音响、动作、姿态也有了初步的审美能力。其中，"色彩的感觉是一般美感中最大众化的形式"①，而对于造型和线条的审美感受则要复杂和困难得多。但是，无论是色彩、造型和线条，也无论是音响、动作和姿态，对它们的审美都是在具体事物的外观和形式的范

---

① [德] 马克思：《政治经济学批判》，《马克思恩格斯全集》第 13 卷，人民出版社 1956 年版，第 145 页。

畴内进行的，正是它们的外观和形式美激起了人的美感，使人赏心悦目。

随着原始社会审美活动的日益增多，现实生活终于提出了这样一种需要和可能：用一定的抽象的方式来反映和确定那种能够引起人们审美感受的事物的特征，于是"美"的概念产生了，从此以后，"美"就被认为是审美评价的最普遍的标准：某一事物只要被认为是"美"的，那就意味着它与我们发生了审美关系并给我们以审美享受。美的概念的产生使人们的审美意识和审美活动开始摆脱朦胧状态：不但对于客观美的反映趋于明确、清晰，而且开始了更为自觉的美的创造活动，从而极大地促进了美和审美的发展。

"美"是一个有着广泛社会性和鲜明时代性的概念，它从总体上概括了一个时代的各个领域中审美关系的共同的基本内容，反映着那个时代审美判断的共同的基本标准，因此，考察"美"义的演变过程，不但对于研究字义的变化，而且对于研究那个时代审美观念的发展都有一定的意义。当然，相对于丰富而深刻的审美观念的发展来说，这样的考察也许显得过于粗略，但通过它从总体上去捕捉那个时代审美观念发展的大致轮廓，却还是可以的。

下面来考察"美"义的具体发展和演变过程。

前面说过，人类的审美活动开始于对具体事物的外观和形式"美"的感受，因此，"美"的概念的产生，即"美"字的本义，也就只能在这种初步的审美活动的基础上形成，这一点不但可以从文字的构成，而且可以从有关的古代文献得到有力的证明。

"美"字见于甲骨文，由"大"与"羊"组成。《说文》"羌"："大人也。""大"部："大象人形。"是"大"即"人"，所以"羊大为美"也就是"羊人为美"。"美"就是以羊头或羊角为装饰的人①。还有人把"美"解释为"像头上戴羽毛装饰物如雉尾之类的舞人之形"②。二说不一，但结论相近，都可以证明"美"的本义就是美丽、美观，与前边所说的最初的美是就外观和形式而言的说法完全一致。

在先秦古籍中，最早使用"美"字而又用得最多的是《诗经》。《诗

---

① 详萧兵《从羊人为美到羊大为美》，《北方论丛》1980 年第 2 期。
② 详康殷《文字源流浅说》，荣宝斋 1979 年版，第 131 页。

经》中的"美"字都是就其本义使用的,就这一点来看,可以说"三百篇"时代仍保存着原始时代审美观念的基本内容。具体来说,《诗经》中的"美"按意义可以分为两类。第一类如"自牧归荑,洵美且异"(《邶·静女》),"云谁之思?美孟姜矣"(《鄘·桑中》)。这些"美"皆指容貌或外观的美丽悦目,所用正是"美"的本义。第二类如"云谁之思?西方美人"(《邶·简兮》),"予美亡此,谁与独处"(《唐·葛生》)。这些"美"和"美人"是指所爱的人,系由容貌美丽悦目引申而来。以上两种意义,无论是美观、美丽,还是美人、所爱的人,所指都是具体事物。一般说来,"三百篇"时代,"美"还未用来表示抽象的意义。这一点还可以从《尚书》得到进一步的证明。《尚书》有今古文之分,并有伪作窜入,就其可信部分如《周书》来看,"美"字的用法和含义与《诗经》相同。例如,"兹殷庶士,席宠惟旧,怙侈灭义,服美于人"(《周书·毕命》),"美"正是外观的美丽或美好之意。《周书》系周代文诰,与《诗经》大体同时,可见"三百篇"中"美"的意义具有普遍性。

事实上,"三百篇"时代富于审美意义的事物绝不限于事物的外观和形式方面,《诗经》中有些作品从一些侧面所透露的劳动人民的精神美、理想美和品德美就是有力的证明。但是,这些内容在当时的"美"的概念中却未能反映出来,起码从当时的文献中找不出能够概括这些内容的"美"来。这是因为作为反映现实的抽象概念通常总是落后于现实。当然,这种落后只是暂时的,"三百篇"时代以后不久,道德意义和政治意义上的"美"便相继出现了。

审美领域突破外观美、形式美的局限而不断扩大,从春秋末期开始正式在"美"的概念中体现出来。这个巨大变化正是春秋末期社会大变革促进美学思想迅速发展的结果。

用"美"的概念来反映审美领域的扩大,第一步是对于抽象的道德修养和精神美的肯定。因为只有人的道德和精神才能从根本上体现人的本质,因而也才更富于美的属性和特征。用概念的形式肯定这种美,是美和审美观念发展的十分重要的一步。

关于精神美和道德美的概念是由老子和孔子首先提出的。《老子·第六十二章》:"美言可以市尊,美行可以加人。"《论语·里仁》:"里仁为美。择不处仁,焉得知?"《说文》:"美与善同意。"这清楚说明"美"

已具有了道德意义,而"三百篇"时代,"美"是不具备这种意义的。

在春秋时代,像这样以"美"的概念来肯定精神美、道德美的事例虽还说不上普遍,但也并不罕见:《老子》和《论语》中就有几处。而就"美"所表现的道德美好的程度而言,也仅仅是一般的美好,即一般的德行,还不像后来那样表示崇高而完善的道德境界(详后)。《左传·襄公二十九年》所记吴季札至鲁观乐,他用"美"评论乐舞是很值得玩味的:

使工为之歌《周南》《召南》,曰:"美哉!始基之矣,犹未也;然勤而不怨矣!"

见舞《象箾》《南龠》者,曰:"美哉!犹有憾!"

就肯定不同程度的"美"来说,在当时还有一些概念反映的美的程度比"美"更高,其中最为重要的是"至"和"大",如季札用"至"和"大"评论《颂》:

为之歌《颂》,曰:"至矣哉!直而不倨,曲而不屈……五声和,八风平;节有度,守有序。盛德之所同也。"

见舞《韶箾》者,曰:"德至矣哉!大矣!如天之无不帱也,如地之无不载也!虽有盛德,其蔑以加于此矣。观止矣!若有他乐,吾不敢请矣!"

我国古代流行"乐象其德"的思想,认为音乐是政治的象征,所谓"治世之音安以乐,其政和;乱世之音怨以怒,其政乖;亡国之音哀以思,其民困"(《毛诗序》)。有盛德的人为政尽善尽美,其音乐也必然尽善尽美。前文所说"盛德之所同"即是此意。季札对于音乐的评论是兼顾二者而言的。由此不难看出,"美"所表示的道德水平并不是很高,甚至"犹有憾","犹未(善)"也不妨碍成其为"美"。显然,"美"距离"至哉"、"大哉"的"观止"境界就更远了。

如果说春秋时代"美"已具有了道德意义,而使用尚不普遍,并且美的程度也较低的话,那么,进入战国时代情况就不同了:用"美"表示道德意义不但普遍起来,而且其美的程度也越来越高:

  故得士则谋不困，体不劳，名立而功成，美章而恶不生，则由得士也。(《墨子·尚贤上》)
  故势为天子，未必贵也；穷为匹夫，未必贱也。贵贱之分，在行之美恶。(《庄子·盗跖》)
  齐人无以仁义与王言者，岂以仁义为不美也？(《孟子·公孙丑下》)

  在上述诸论断中，以"美"的概念来肯定道德美，特别是肯定仁义，充分表现了道德美的实质，这种情况越到后来越明显。在此基础上，荀子进一步论证了美与道、礼的关系："得道以持之……积美之源也。"(《荀子·王霸》)"礼者断长续短，损有余，益不足，达爱敬之文，而滋成仁义之美者也。"(《荀子·礼论》)荀子提出了合乎道、合乎礼才是美的命题，从而把道德美的实质作了明确的概括。
  再看"美"表示道德美程度的变化：

  浩生不害问曰："乐正子何人也？"孟子曰："善人也，信人也。""何谓善？何谓信？"曰："可欲之谓善，有诸己之谓信，充实之谓美，充实而有光辉之谓大，大而化之之谓圣，圣而不可知之之谓神。乐正子二之中四之下也。"(《孟子·尽心下》)

  孟子按道德修养将人分为六等：最高的是"神"，第二是"圣"，第三是"大"，"美"为第四。"充实善信，使之不虚，是谓美人，美德之人也。充实善信，而宣扬之，使有光辉，是为大人……"(《孟子·尽心下》赵歧注)《庄子·天道》："美则美矣，而未大也。"这些都可以说明在道德意义上"美"次于"大"、"圣"和"神"。与前边所举《左传》的有关记载相比，"美"所表现的道德水平显然是提高了。孟子、庄子均为战国中期人，他们的论断说明战国中期"美"还低于"大"。这种情况，到战国末期又发生了重要变化："美"不但超过了"大"，而且达到了"全"、"粹"，其境界堪称"观止"了：

  君子知夫不全不粹之不足以为美也。(《荀子·劝学》)

> 心枝则无知，倾则不精，贰则疑惑。（壹于道）以赞稽之，万物可兼知也。身尽其故则美，类不可两也。（《荀子·解蔽》）

可见，这个时期道德意义上的"美"表现的是仁义道德修养已经达到了完善、精纯和专一的崇高境界。

这种变化，也突出表现在与荀子同时期的屈原的作品中。屈赋用"美"颇多，一般说来多是在道德修养完善、精纯、专一的意义上使用：

> 纷吾既有此内美兮，又重之以修能……世混浊而不分兮，好蔽美而嫉妒……委厥美以从俗兮，苟得列乎众芳。（《离骚》）

"内美"据王逸注："言己之生，内含天地之美气。"（《楚辞章句·离骚》）《补注》引五臣注云："内美谓忠贞。"（《楚辞章句·离骚》）这些解释并不完全妥当，但他们注意到这里的"美"并非一般的品德美好，却是很有见地的。

"美"由崇高、完善的美德，进而演变为具有这种美德的人，或直接指为君子：

> 众踥蹀而日进兮，美超远而逾迈。（《哀郢》）

"美即指修美之君子。"（蒋骥《山带阁注楚辞》）原诗中"美"与"众"对举，其指为人是十分明显的。

人们的道德修养与政治立场、思想观念密切相关，对于道德修养进行审美评价必然会触及政治立场和思想观念，所以，继道德修养进入审美领域，并在概念上得到反映之后，政治也紧随其后进入了审美领域，并出现了政治意义上的"美"。

政治意义上的"美"并非泛泛指美好政治，而是指以一定的政治思想和主张为基础并具有特定内容的理想政治。关于它的具体内容，可以从当时人们的解释中找到答案：

> 夫美也者，上下内外小大远近皆无害焉，故曰美。若于目观则

美，缩于财用则匮，是聚民利以自封，而瘠民也，胡美之焉？……其有美名也，唯其施令德于远近，而小大安之也。苦敛民利以成其私欲，使民蒿焉忘其安乐而有远心，其恶也甚矣！（《国语·楚语上》）

天子、诸侯、大夫、庶人，此四者自正，治之美也。四者离位而乱莫大焉。（《庄子·渔父》）

可以看出，政治意义上的"美"，主要是指：以礼义治国，行仁义，施令德；追求"爱民"，反对"敛民利以成其私欲"，也就是主张缓和对于人民的过分剥削压迫，防止出现"迩者骚离，远者违距"的犯上作乱局面，从而达到国家富强，民不"瘠"而君得"肥"。这样，就能"四者自正"，上下相安，各守其位，维持正常的统治秩序而使国家长治久安。

以上是"美"的政治内容的一个方面，主要是就一国内部而言；如果就天下而言，那么，政治上的"美"还包括另外一个方面的重要内容：

一匡天下，九合诸侯，美之大者也。（《韩非子·难二》）
功壹天下，名配舜禹，物由（犹）有可乐如是其美焉者乎！（《荀子·王霸》）
圣人备道，全美者也，是县天下之权称也。（《荀子·正论》）
夫美也者，上下内外小大远近皆无害，故曰美。（《国语·楚语上》）

这里"上下内外"是就一国而言。"上下"谓公卿、大夫、士各个等级。《礼·曲礼》："君臣、上下、父子、兄弟，非礼不定。"据《释文》："上谓公卿，下谓大夫、士。""内外"谓宫禁或公室内外。"小大远近"是就天下而言。"小大"这里指小国与大国。《左传·襄公二十八年》："大适小有五美；……小适大有五恶……"这里的"小"和"大"分别指小国与大国。"远近"指国内外。"近"为国内，"远"为国外。《论语·季氏》："……夫如是，故远人不服，则修文德以来之，既来之，则安之。""远人"系指他国之人。总之，"上下内外小大远近皆无害，故曰美"是说公卿子民，国内国外皆无害，亦即整个天下皆无害才是政治意义上的"美"。

可见，在七国争雄的战国时代，政治上的"美"除包含前面说的行仁义、"施令德"等内容之外,还有臣服诸侯,"一匡天下",结束分裂局面等内容。

正是在"美"已经客观、历史地具有了特定的政治内容的基础上,屈原创造了"美政"一词:

既莫足与为美政兮,吾将从彭咸之所居。(《离骚》)

"美政"是新兴地主阶级政治家、思想家屈原的崇高政治理想,是他梦寐以求终生为之奋斗的远大目标。"美政"并非一般的美好政治,而有其特定的时代历史内容,即不但要行仁义,"施令德",达到国家富强,民亦不"瘵"的理想境界,而且要结束分裂局面,澄清天下,实现全国的统一①。简而言之,就是仁爱、富强、统一。可以看出,"美政"是全国统一前夕对新兴地主阶级政治理想的带有强烈感情色彩的高度概括。

先秦时代,"美"义发展至此,可以说已经达到了它的最高的发展阶段。

以上内容可以小结如下:

一、"美"的概念自产生以后,随着时代和社会生活的发展变化,其意义在不断发展和演变,使用范围在不断扩大:形式、外观—内容、实质—道德修养—政治思想和主张;就其反映的对象来看,其发展和扩大的顺序是:日常事物—道德领域—政治生活。

二、就"美"的字义来看,其发展和演变经历了由美丽、美观引申出"美人"——所爱的人;由崇高的道德引申出具有这种道德的人,即君子——所敬的人。由道德的"美"引申为政治的"美",直至发展为"美政"——具有特定内容的政治理想。

在道德"美"方面,它经历了由一般到崇高的过程:由与"大"相差甚远而逐渐接近,进而超过它,达到"全"与"粹"的精纯、完美、专一的境界。

可见,先秦时代"美"的概念发展和演变主要表现在两个方面:一是审美领域的扩大;二是美的价值的提高。前者是美的量的发展,后者是

---

① 屈原"美政"理想的具体内容,可以从他的作品得到证明,详拙作《"美政"探源》,《古典文学论丛》第三辑(《社会科学战线》编辑部编)。

美的质的演变。二者密切相关,都是审美观念发展的具体结果。

以上简要论述了从殷商到战国时代"美"的概念发展和演变的过程,如果把这个过程分为前后两段,就会发现:前一阶段即从殷商到西周一千年左右的时间里"美"的概念的发展和演变比较缓慢,而后一阶段即从春秋时代到战国末期的几百年间"美"的概念发展和演变明显变快。这种情况绝非偶然,而与这段历史时期的社会发展变化密切相关。

从殷商到西周末这段历史时期,我国社会经济、政治和文化思想的发展相对比较缓慢,而从春秋时代开始,围绕社会政治经济制度的重大变革,新兴地主阶级和奴隶主贵族阶级之间展开了激烈斗争,并引起了思想文化领域中新旧观念的激烈冲突。随着现实的深刻变化,涌现出一大批思想家、政治家、科学家、军事家,他们代表不同阶级和阶层阐明对于现实变革的观点,提出自己的政治方案和改革主张。为了扩大影响,他们纷纷聚众讲学,广招门徒,著书立说,形成了许多学派。与此同时,"学在官府"的垄断局面被打破,文化下移,思想活跃。这一切极大地促进了思想的解放:进步的人群摆脱了传统宗教神学观念的束缚,而面向现实,注重人事和实际践行,例如:"夫民,神之主也;是圣王先成民而后致力于神……"(《左传·桓公六年》);"国将兴,听于民,将亡,听于神"(《左传·庄公三十二年》);"天行有常,不为尧存,不为桀亡;应之以治则吉,应之以乱则凶"(《荀子·天论》);等等。这些都充分反映出神秘的宗教蒙昧主义解体,理性主义勃兴已经成为时代思想文化发展的不可阻挡的潮流。

但是,旧的思想观念和旧事物并没有随着时代的前进而退出历史舞台,以致在相当长的时间内善恶杂陈、是非交错,新生与腐朽、进步与落后同时斑驳陆离地呈现于人们的面前。在尖锐复杂的斗争中,腐朽、没落和丑恶的东西为了继续存在往往将真实面貌伪装起来,以蒙混耳目。与此同时,随着政治、经济和文化教育的发展,社会活动的增多,人与人之间接触日渐频繁,以前那种"小国寡民,鸡犬之声相闻,老死不相往来"的局面早已彻底改变。特别是士阶层的兴起使社会生活活跃起来,但也使之变得日趋复杂。特别是一部分士人言行不一,朝秦暮楚,纵横捭阖,耍弄权术,他们的行为和作风给社会生活带来了很大的影响,并使人们开始注意到有的外观美、形式美与内在美并不一致,有些事物虽然有着迷人的华美形式,而实际却非常空虚、丑恶。因此,在社会交往中,人们更加注重实际和品德，而不是单纯听信那些美丽动听的言辞。"始我于人也，听其言而信其行；今我于人也，听其言而观其行。"（《论语·公冶长》）"信言不美，美言不信。"（《老子》）"形相虽恶而心术善，无害于君子也；形相虽善而心术恶，无害于小人也。"（《荀子·非相》）这些言论以及《韩非子》买椟还珠的故事和屈原在《离骚》中所描写的"无实而容长"的现象，都充分说明在当时的历史条件下，形式和内容之间、名与实之间以及外在美与内在实质的矛盾相当突出，并具有一定的普遍性。在这种情况下，道德作为人的内在美以及调节人与人之间的关系和行为的准则受到了人们的空前重视，而以概念的形式来肯定对于道德修养的审美评价也成为一种普遍的社会要求：肯定道德美以规范人们的行为，调节人与人之间的关系，进而达到维系和肯定社会秩序的目的。

同样，"美政"口号的提出也是如此：通过政治领域中的"美"来肯定新的政治理想，集中反映了建立统一的封建国家的诉求。"进行革命的阶级，仅就它对抗另一个阶级这一点来说，从一开始就不是作为一个阶级，而是作为全社会的代表出现的；它俨然以社会全体群众的姿态反对唯一的统治阶级。"① 新兴地主阶级政治理想的核心是建立地主阶级专政，但是这个专政却被冠以"美政"的名称，显然，这正是地主阶级充作"全社会的代表"的突出表现。因为在当时只有这样的口号才更有号召力，更能动员和鼓舞社会全体群众跟随他们去反对奴隶制的罪恶统治。如果在斗争口号里提出赤裸裸的地主阶级专政，那将使它失去大部分群众，而使自己陷于孤立。当然，新兴地主阶级的理想在当时符合历史发展的趋势，是一种进步的政治理想，称之为"美政"也确有其内在的根据。因为政治领域中的"美"，总是与社会正义、进步以及光明、美好的未来联系在一起。

政治意义的"美"像道德"美"一样，由于满足了社会发展的需要，而成为一种促进社会发展的精神力量。事实上，"美政"不仅是我国战国时期最先进的政治理想，同时也是先秦时代美学思想发展的顶点，并将以其所包含的卓越美学思想在我国美学思想史上永放光芒。

原载于《美的研究与欣赏》丛刊第 2 辑，西南师范学院美学研究室等主办，
苏鸿昌主编，重庆出版社 1983 年出版。

---

① 《马克思恩格斯选集》第一卷，人民出版社 1972 年版，第 53 页。

南朝山水诗的美学特征及其贡献

南朝（宋、齐、梁、陈）山水诗在中国山水文学发展史上占有极为重要的地位，这主要取决于以下两个方面：

一方面，从审美观念发展的角度看，以自然为审美对象的山水诗，它的产生和发展完全是建立在对于自然的审美能力发展的基础上，而汉魏六朝恰恰是我国审美观念发展的转折时期："汉魏六朝是一个转变的关键，划分了两个阶段。从这个时候起，中国人的美感走到了一个新的方向，表现出一种新的美的理想。"① 这种转折在集中体现时代审美观念的山水诗中有突出的表现。

另一方面，从山水诗发展历史的角度看，其重要性更为明显：我国"真正意义上的山水诗"出现于东晋时期②，初期的山水诗完全笼罩于玄学的神秘氛围中。进入南朝以后，山水诗才彻底摆脱了玄学的阴影，真正以独立的面貌出现于诗坛，并很快形成了我国山水诗创作的第一次繁荣。这说明，山水诗真正成为一种影响广泛的时代性文学，开创山水诗创作传统，并为山水诗的创作积累了丰富经验的，正是南朝的山水诗。南朝山水诗在我国山水文学发展史上起着承上启下的重要作用：我国山水文学发展史上的第一个高峰——唐代山水诗——恰恰就是在南朝山水诗创作的基础上出现的。

由此不难看出，研究南朝山水诗，不只是对于南朝文学研究，而且对于深刻认识我国审美观念和山水文学的发展历程也都具有十分重要的

---

① 宗白华：《中国美学史中重要问题的初步探索》，《美学散步》，上海人民出版社1981年版，第29页。

② 参阅陶文鹏、韦凤娟主编《灵境诗心——中国古代山水诗史》，凤凰出版社2004年版，第40页。

意义。

作为时代文学代表之一的南朝山水诗,虽然经历的时间较长(有两三百年之久),作者的人数众多,但却具有明显的共同美学特征:

一、美学史证明,中国人对于以山水为主的自然美的集中和大规模的发现开始于魏晋,至南朝而得到充分的发展。由于南朝山水诗对于这一伟大发现做了及时而充分的反映,比较全面地展示了各种不同形态的自然美,因而成为我国历史上对于这一伟大文化成果的最早的形象记录。

魏晋时期流行玄学自然观,提倡"以玄对山水"①,认为道就体现在自然山水中,自然山水是道的具象化,因此能从山水胜境中体悟到道即自然的真谛;同时还认为,山水胜境最适合人的自然本性的发展,人的精神在那里可以获得充分的自由。可见,魏晋时期,自然山水具有哲学与美学的双重意义:既可"体道",又可"适性"②。后来,随着玄学观念的减弱,在人们对于自然山水的态度中,"体道"的哲学成分越来越少,直至消失,而包括"适性"在内的审美成分越来越多,直到彻底摆脱玄学的阴影而完全独立。可见,审美意识的独立和山水诗的发展是突破玄学自然观的结果。"只有当人们不再把自己锁闭在这种神秘的内心世界里从事于虚幻的冥想时,才可能把大自然作为客观存在的物质世界予以重视,从而文学方面才会出现根据自然本身描写自然的作品。"③

当审美意识突破宗教的束缚,人们开始以纯粹的审美眼光审视自然时,立即发现展现在自己面前的竟是这样一个令人愉悦和神往的千姿百态的美妙世界。可以想象,那时人们的惊喜肯定不亚于第一次用显微镜发现另一个微观世界一样。

众所周知,自然美可以分为雄伟美(也就是壮美)和秀婉美(也就是秀美)两大类,而雄伟美又可分为奇险美和壮丽美两种类型,秀婉美又可分为幽静美、流动美、色彩美、音响美等多种类型。可贵的是,在南朝山水诗中,对于如此多的不同形态和类型的自然美都有反映,说明南朝

---

① (晋)孙绰:《庾亮碑文》,见《世说新语·容止》注,杨勇《世说新语校笺》,中华书局2006年版,第562页。
② 李泽厚、刘纲纪主编:《中国美学史》第三编第四章"魏晋玄学与美学",中国社会科学出版社1987年版。
③ 王元化:《〈文心雕龙·明诗〉篇山水诗兴起说柬释》,伍蠡甫主编:《山水与美学》,上海文艺出版社1985年版,第365页。

诗人审美兴趣十分广泛。例如（限于篇幅，各种形态的美只举一例）：

奇险美："悬崖抱奇崛，绝壁驾崚嶒。"（何逊《渡连圻》之一）

绚丽美："松气鉴青蔼，霞光烁丹英。"（江淹《渡西塞望江上诸峰》）

壮丽美："高岑隔半天，长崖断千里。"（鲍照《登庐山望石门》）

清幽美："日没风光静，远山清无云。"（江洪《江行诗》）

秀婉美："昏旦变气候，山水含清晖。"（谢灵运《石壁精舍还湖中作》）

流动美："日华川上动，风光草际浮。"（谢朓《和徐都曹出新亭渚》）

朦胧美："胧胧树里月，飘飘水上云。"（吴均《至湘洲望南岳》）

色彩美："碧沚红菡萏，白沙青涟漪。"（梁武帝萧衍《首夏泛天池》）

以上诸多例证说明，审美观念的发展和审美能力的提高，使得如此多的各种不同形态的自然美第一次成为审美对象而受到人们的欣赏。

"第一次"的喜悦驱使人们怀着极大的兴趣把自己对于"美"的发现用诗的形式记录下来，刘勰所说的"宋初文咏，体有因革，庄老告退，而山水方滋"（《文心雕龙·明诗》）正是这个事实的反映。在那句话的后面，刘勰紧接着说："俪采百字之偶，争价一句之奇，情必极貌以写物，辞必穷力而追新，此近世之所竞也。"通过这些话，不难想象当时人们对于表现自然美这个"新事物"的空前热情和所倾注的心血。这也就是南朝诗坛为什么会异军突起，一时间出现了谢灵运、鲍照、沈约、王融、谢朓、何逊、吴均、阴铿等那么多的山水诗人和山水诗佳作。（不止上面所说的那些诗人，南朝诗人中大多数都创作过数量不等的山水诗。）

南朝诗人正是带着这种历史上第一次的新鲜感真实生动地描绘了千汇万状、美不胜收的大自然。在充分展现山水自然美的多样性和丰富性的同时，南朝山水诗也为自己在文学史乃至文化史上赢得了时代性的重要特征和历史地位。

二、创造了多种多样的符合审美规律的视点移动模式和自然景观的安排方法。

写山水诗与画山水画一样,首先都要对自然景观进行深入细致的观察,然后才能动笔,在这一点上,诗人与画家是完全相同的。"画家的眼睛不是从固定角度集中于一个透视的焦点,而是流动着飘瞥上下四方,一目千里……"① 诗人像画家一样,观察自然景观时也是"飘瞥上下四方,一目千里",但是,如何"飘瞥上下四方"以及在诗中如何安排观察的结果,诗与画彼此就不完全相同了,且各有自己不同的讲究。在这方面,南朝诗人通过诗歌创作实践,在对诗中自然景物的安排和组织方面创造了多种符合审美规律的模式和方法。

大体说来,这些模式和方法可以分为以下三种情况:

(一)诗人不是固定于一地,而是就行进中之所见按顺序叙写,也就是按游览的过程安排自然景物,谢灵运的很多山水诗都是按这样的模式写成的,如《石壁精舍还湖中作》等;

(二)诗人不是处于行进当中,而是驻足于一地从一个固定的基点观察自然景物,诗中自然景物的安排和组织与诗人视点的移动相一致;

(三)自然景物的安排和组织与视点的移动不一致,甚至与视点的移动无关。

在自然景物安排和组织的以上三种模式中,第一、二两种比较简单,但运用较多,特别是第二种运用更为普遍。在这种自然景物的安排和组织模式中,自然景物的安排与诗人视点的移动相一致,也就是按诗人视点移动的顺序安排诗中的自然景物。根据视点移动的顺序,这种模式又可以分为由远至近、由近至远、由上至下、由下至上等不同的类别,而每一种移动方式都有很多作品例证。还有一些诗歌,不是按照一种模式,而是将两种或两种以上的模式结合起来综合运用,如沈约《早发定山》,视点的移动和景物安排就属于由远至近与由上至下两种模式的结合。由于视点的移动有迹可寻且十分明显,所以采用这种模式创作的诗歌脉络清晰,层次分明,可收一目了然之效。此外,还有些作品在此基础上有所发展和变化,如先总写全景或景物给人的总体印象,然后再按上述的视点移动模式和方

---

① 宗白华:《中国美学史中重要问题的初步探索》,《美学散步》,第48页。

法写各局部,这样的作品也很多,如梁代张正见《赋得岸花临水发诗》等。

比较复杂的是第三种模式,即自然景物的安排与视点的移动不一致,甚至与视点的移动无关的一类。这种模式按其对于自然景物的组织和安排又可分为两种情况:

一种是按事实的进展组织和安排景物,如阴铿《江津送刘光禄不及》:

> 依然临江渚,长望倚河津。鼓声随听绝,帆势与云邻。泊处空余鸟,离亭已散人。林寒正下叶,钓晚欲收纶。如何相背远,江汉与城闉?

这是写为友人刘光禄送行,诗人匆匆赶到江边而友人已乘船离开,诗人无限惆怅、感伤,通过描写江边的景物抒发其情。诗中的景物描写既不是按视点的移动顺序,也不是按游览的过程,而是根据事实的发展:因为诗人匆匆赶到江边而友人已经离开,故开篇即"临江""长望",其他什么也"没看到";接着,只听到船桨荡水的声音,故先写船桨,以后才是"与云邻"的船帆。友人既已消失在云际之中,再也看不到,于是收回视线,这才注意到附近"泊处"的"余鸟"和"离亭"的"散人"。离人也散去了,寒林落叶,钓者收竿的画面才得以呈现。可以看出,全诗层次分明,合情合理。至于诗人为什么要采用这样的模式而不采用按视点移动的模式,完全取决于诗人当时所处的特定情境和特定心情。由于选择了完全适合于此情此境的写景模式,因而不但状写景物使人有身临其境之感,而且抒情含蓄深刻,极大地增强了艺术感染力。

另一种是以实景为基础根据诗意的原则(即美的原则)组织和安排想象中的景物,如阴铿的《渡青草湖》:

> 洞庭春溜满,平湖锦帆张。沅水桃花色,湘流杜若香。穴去茅山近,江连巫峡长。带天澄迥碧,映日动浮光。行舟逗远树,度鸟息危樯。滔滔不可测,一苇讵能航?

青草湖在湖南省岳阳市西南,北接洞庭,南邻潇湘,东有汨罗江流入，南与青草山相依。本诗是诗人渡青草湖所作，除写澄明清澈、映日浮动的青草湖的春天景色之外，还写了与青草湖相连或有关的沅水、湘流、桃源（县）以及仙人得道的茅山和神女所在的巫峡。其中，桃源县在洞庭湖西部，沅水从洞庭湖西部流入湖中，湘水从洞庭湖南部流入湖中，与青草湖相距都有数百里甚至上千里之远，根本不可能看到；远在浙江的茅山和在湖北的巫峡则有数千里之远，更不可能看到。显然，这些都是诗人的想象之词，是江湖相连而顺势的想象。就是说，诗中自然景物，不是根据视点的移动顺序，而是根据想象的诗意原则：在实有景物的基础上按审美的规律而安排的。这些景物，即桃花源的桃花、湘江中《楚辞》所写的香草以及美丽而神秘的巫峡和茅山都是最具审美魅力令人神往的。写入这些想象之词更增加和凸显了青草湖之美。

山水诗中是允许想象成分存在的，正如为山水造像的山水画中允许想象的成分存在一样。著名山水画家李可染说："画画不单是依靠'视觉'、'知觉'，更重要的是还必须画'所想'，由'所见'推移到'所知'、'所想'……"① 山水诗与山水画中含有想象的成分是可以理解的，问题在于如何处理二者的关系使诗与画的境界更美。本诗的实景与想象的景物两部分的结合十分自然，可以说是天衣无缝。这是因为：其想象之词不是凭空想象，而是如前所说的有根据的想象，即在眼前实有景物的基础上的想象；再有，想象中的茅山、巫峡与眼前实有的湖光山色具有相同的形象特征，从而保证了全诗形象的完整和统一。

以上情况说明，由于有了想象的成分，在有些诗歌中诗人所追求的空间是"诗意的心理的结构，而不局限于自然的物理的结构"②。虽然南朝诗人这方面的追求还仅仅是初步的，但却为中国诗画的重要的民族特征，即把自然时空转化为心理时空的审美追求奠定了基础。

三、利用诸多对立因素，如远近、明暗、高低、疏密、动静、虚实、局部与整体的相反相生，形成空间、自然物象之间的均衡与和谐，巧妙体现大自然的内在律动。

对于山水诗的创造来说，取景十分重要，直接关系到作品的成败，在

---

① 李可染：《漫谈山水画》，伍蠡甫主编：《山水与美学》，第257页。
② 周来祥：《中国的"诗中有画"与西方的"画中有诗"》，《论中国古典美学》，齐鲁书社1987年版，第191页。

这方面，南朝诗人做了很多探索，提供了很多成功的范例。在视点移动过程中，在某一个视点上，取不取景，取什么景，不但要考虑自身，而且要照顾到与其他视点所取景物之间的关系，如什么景物与什么景物相邻，什么景物与什么景物对称，什么景物与什么景物遥遥相望，什么景物与什么景物之间要拉开距离等，都是必须充分注意的。就是说，局部的取景必须考虑与其他景物之间的关系及其整体的艺术效果，而不能只是"自顾自"，孤立地就自身看自身。

例如，齐梁时代王籍的《入若耶溪》：

艅艎何泛泛，空水共悠悠。阴霞生远岫，阳景逐回流。蝉噪林逾静，鸟鸣山更幽。此地动归念，长年悲倦游。

本诗通过叙写山水之美，表现出对山水的热爱和对仕途的厌倦。一、二句飘荡的小舟与悠悠无尽的天水，形成强烈的对比，不但益显诗人的孤独与渺小，而且隐隐透露出仕途的迷茫与险恶，与结尾"长年悲倦游"遥相呼应。三、四句是说傍晚之际，霞光从远山升起，日光随着曲折的溪水缓缓流动，上句"阴霞生远岫"是远、高和静，下句"阳景逐回流"是近、低和动，多种对立因素叠合，可谓相映成趣。以上四句都是从视觉写，而五、六句"蝉噪林逾静，鸟鸣山更幽"，则是从听觉写，以有声衬无声，闹中取静。合看全诗，则是从远、近、高、低各个不同视角观照下的一幅有声有色、有动有静的"多维"的图画。

再看谢朓《和徐都曹出新亭渚》：

宛洛佳遨游，春色满皇州。结轸青郊路，回瞰沧江流。日华川上动，风光草际浮。桃李成蹊径，桑榆荫道周。东都已俶载，言归望绿畴。

本诗是写齐都建康的春天美好景色。宛洛和皇州（帝王之都）都是指建康。前两句总写建康的整体面貌而突出"春色"，接着只一个"满"字便写尽春意盎然，逗人无限的想象。与前两句总写概貌形成明显对比的是，三至六句作了细致的局部刻画：三、四句的"青郊路"，可见城郊路旁草木繁茂；"沧江流"，状写江水流动清澈见底；五、六句集中写阳光：

明丽的阳光照在江上随着江水涌动，照在草上随着春风闪亮，一"动"一"浮"抓住不同景物的特点描写，极为传神。七、八句写"蹊径"、"道周"是近景，近景突出清荫、繁密，与上两句所写远景的疏朗、明丽格调完全不同。全诗就是在远与近、疏与密、总与分、动与静、虚与实、明丽与清荫、概括与具体的起伏变化中完成。

总而言之，南朝山水诗利用上述诸多对立因素所形成的节奏性变化，形成空间、自然物象之间的均衡与和谐，从而体现大自然的内在律动，使自然美得以更加充分地展现。

四、注意自然山水面貌的时间性特征，不但表现特定时间条件下的山水面貌，而且把空间呈现在流动的时间过程中，写出山水面貌随着时间推移的变化过程，即山水自然的"动态"美。

南朝诗人注意到同一景物在不同时间条件下具有不同的面貌，呈现着不同的美，因此比较重视山水美的时间性特征，并通过认真细致的观察在这方面有很多独特的发现和感受，这使南朝诗人笔下的自然山水，不但更加绚丽多彩，而且更加富于独特性。

为了突出时间性，很多山水诗在题目和诗中往往标明季节和时间。例如何逊《晓发诗》："早霞丽初日，清风消薄雾。水底见行云，天边看远树……"抓住清晨早霞初日，薄雾消散的典型特征，表现其宁静清新之美。谢朓《晚登三山还望京邑》："白日丽飞甍，参差皆可见。余霞散成绮，澄江静如练。喧鸟覆春洲，杂英满芳甸。"表现出黄昏后落日融金，余霞满天的绚丽、辉煌之美。谢灵运《夜宿石门》写石门山夜景之美，云月之外，其他景物都是通过声音反映出来，体现了夜景的特色。

以上特定时间条件下的自然山水之美，都是某一特定时间，甚至某一刹那自然山水所呈现出来的美的定格，也可以说是绘画美的"静态"的表现；而把空间呈现在流动的时间过程中，写出山水面貌随着时间推移的变化过程，则是绘画美的"动态"的表现。

这种绘画美的"动态"表现是其"静态"美表现的进一步发展，在艺术表现方面需要更加细致入微的观察和细腻精致的笔触。写山水面貌随着时间推移的变化过程在晋末宋初谢灵运的山水诗中已初露端倪。例如，《七里濑》写富春江七里濑由秋天早晨到黄昏一天之内的景色变化："羁心积秋晨，晨积展游眺。孤客伤逝湍，徒旅苦奔峭。石浅水潺湲，日落山照耀。"从清晨写起直到日落，可惜虽有时间跨度，但却缺少对于景物时间性特征的具体细致的刻画。谢灵运其他山水诗写景物的时间性变化也多如此。这说明，把握自然景观的时间性变化还处于起始阶段。

在这方面真正取得突破性进展的是其后不久的谢庄，他的《北宅秘园》是很好的例证：

> 夕天霁晚气，轻霞澄暮阴。微风清幽幌，余日照青林。收光渐窗歇，穷园自荒深。绿池翻素景，秋槐响寒音。伊人傥同爱，弦酒共栖寻。

北宅秘园是诗人喜爱的私家园林，本诗不是一般的写园林美，而是重点写它的一个特定的时间段，即从日暮到夜幕降临的景物及其变化过程。按时间的推移，全诗描写园林景色明显分为三个层次：前四句写园林暮色，五、六句写日暮到夜幕降临的变化，七、八句写夜景。而每一个部分都写得准确而传神，再现了此时此刻此景的特定的美：雨过天晴，晚霞映天，霁气澄清，微风中唯有那青林在夕阳照耀下闪亮。值得注意的是，写暮色的四句中有三句都是描写天气及其特点，另一句是写青林，因为暮色中只有天气和树林最为明显和富有特色，因而也最引人注目，所以其他一概不写。五、六句，仿佛诗人站在窗前，真切地感受到夜幕渐渐降临的过程：随着阳光的消失，窗前也逐渐转暗；刚才还清晰可见的园中景物，现在已变得"穷园自荒深"，黑黝黝的一片，什么也看不清了。"穷"，尽，即什么也没有。"穷园自荒深"，是夜幕中对园林的真实写照和感受。七、八句写夜景，更使人有身临其境之感：黑夜中，看不到池塘的轮廓和其他景物，而只见池水闪烁的白光；同样，看不见树林，而只听到林木中发出的"寒音"。描写从视觉转向了听觉，对于写夜景来说，是完全合情合理的。

全诗把空间呈现在流动的时间过程中，惟妙惟肖地描写山水面貌随着时间推移的动态转换，体现着审美观念和诗歌艺术的巨大进步。

五、南朝诗人以其对于自然山水的敏锐而独特的感受，不但精心刻画自然山水的外在美，更着力于把握其内在意蕴和神韵，达到了形与神的统一。

同一处山水，同一的自然美，由于欣赏者的身份、地位、处境的不同，而会有完全不同的感受。南朝诗人多从自己的内心情怀出发，抒写对于自然美的独特感受。晋宋时代的贵族谢灵运由于遭受排挤、打击而深深地陷入了抑郁、忧愤和出处矛盾的痛苦中，他的佳句"池塘生春草，园柳变鸣禽"（《登池上楼》），准确地表达了久病初愈之后对于由冬入春景物变化的感受，其中"实寓世事沧桑之感"①。

范云在赴任途中所写的《之零陵郡次新亭》一诗，表现江上景物颇有独到之处：江上可写的景物很多，但他只写江上旷远、开阔的空间和云烟、远树的朦胧变幻："江干远树浮，天末孤烟起。江天自如合，烟树还相似。"描写中透露了他的淡淡的迷惘和忧愁，反映出对于自己处境和前途的忧虑。

刘孝威《和皇太子春林晚雨》：

云树交为密，雨日共成虹。雷舒长男气，枝摇少女风。

前两句为实写，后两句是比喻。自然实景加上丰富的想象，把春天暮雨中的风日、雷虹、云树写得那样的美丽而充满生气，充分表现出大自然的内在生命和意蕴，反映出诗人对于自然风景发自内心地热爱。另外，他的《望雨诗》写飞雨骤来时的万物变化，《赋得曲涧》写对于涧流"易转"、溪竹"难开"的感受，都能抓住特点，刻画入微，使自然景物活灵活现。

与大谢多是截取自然景物的片断不同，鲍照多是就山水的全貌加以集中、精细的刻画，再现山水场景的完整的画面。如《登庐山》：

悬装乱水区，薄旅次山楹。千岩盛阻积，万壑势回萦。龙岏高昔貌，纷乱袭前名。洞涧窥地脉，耸树隐天经。松磴上迷密，云窦下纵横。

诗歌不但再现了庐山的外在轮廓，更重要的是写出了庐山的内在神韵：三、四句用"阻积"、"回萦"描写"千岩"、"万壑"的状态，并分别以"盛"、"势"加以修饰，从而突出了庐山"千岩"、"万壑"累累重叠、纷乱萦积的特征。接着五至八句又通过"窥地脉"、"隐天经"形象

---

① 曹道衡、俞绍初：《魏晋南北朝诗选评》，三秦出版社2004年版，第195页。

地描写其高和深。这样就从前、后、左、右、上、下六个方位,立体而且极具纵深感地写出了庐山的整体面貌和雄伟壮观的气势,生动地再现了庐山独特的美。

阴铿也是山水诗的高手,他善于抓住自然景物的特征,将死的景物写活。如写潮水回落之快和天际昏暗云气朦胧:"潮落犹如盖,云昏不作峰。"(《晚出新亭》)写黄莺进入庭院和风吹花落:"莺随入户树,花逐下山风。"(《开善寺》)尤其有特色的是《五洲夜发》:"夜江雾里阔,新月迥中明。溜船惟识火,惊凫但听声。"写江上夜景极为真实,完全符合此时此地的情况:因夜色黑暗,只见江水一片,故觉其宽;夜雾朦胧,只有明月高悬,故云"迥中明";行舟隐于雾中,故只见灯火移动;不见鸟的身影,只听其声,故知它受了惊扰在飞。这一切无不体现着江上夜雾的情境。诗人下笔传神,赋予景物以生命,极大地增强了诗歌的艺术感染力。

江淹的山水诗也是如此。《渡西塞望江上诸山》:"石林上参错,流沫下纵横。松气鉴青蔼,霞光烁丹英。"早晨霞光中的山林可闻可见,特别是"青蔼"和"丹英"形成了强烈的对比;"鉴"和"烁"二字,更是突出了朝霞中景物的特征,给人留下强烈的印象,甚至使人感到清晨空气的潮湿和明净。《渡泉峤出诸山之顶》写群山之高耸和奇险,开篇即充满了强烈的动感,使人立即被其气势所折服。

以上所举诸诗,就所涉及的物象,如山、水、日、月、风、云、树、竹等来说,其实都是很平常、很简单的,但就是这十分平常而简单的景观,在诗人的笔下,却是那样的美,那样的富有魅力,令人神往。原因即在于诗人通过自己对于自然景观的认真观察、体验和对物象的选择、提炼、加工,使自然物象升华为诗歌意象乃至优美的诗歌艺术形象。这些艺术形象不但反映了自然景观的外在美,而且凸显了内在美,使大自然的美得以集中地展现在人们面前。由于抓住了自然景观的特征,诗歌形象中浸透着诗人的感悟和情怀,从而使自然景观获得了生命,并呈现出其独特的性格和意蕴。罗丹说过:"对伟大的艺术家来说,自然中的一切都具有性格——这是因为他的坚决而直率的观察,能看透事物所蕴藏的意义。"[①]

[①] [法]罗丹口述,葛塞尔记:《罗丹艺术论》,沈琪译,人民美术出版社1978年版,第26页。

是的，大自然的性格和内在意蕴，只有在具有高度审美能力的人那里才能被发现和表现出来；时代审美观念和审美能力的发展，使南朝诗人成为了我国历史上第一批具有这种能力的人。

总而言之，南朝山水诗人不但在山水诗创作上取得了巨大成就，而且解决了山水诗创作的一系列基本问题，创造出很多符合美学规律和具有鲜明民族性特征的模式、方法和原则，不但为文学史上这个新出现的文学类别积累了丰富的创作经验，推动了山水文学创作的发展，而且开创了我国山水诗创作的优良传统，为我国山水诗的基本美学特征的最终形成打下了坚实的基础。如果考虑到东晋时期山水诗刚刚出现，南朝诗人的山水诗创作一空依傍，无可借鉴，一切都需草创和独立探索，就足以看出南朝诗人的巨大创造精神。就这样，山水诗通过南朝诗人卓有成效的努力，终于走向成熟，其影响也远远地超出了南朝而惠及历代。我国山水文学发展史上的第一个高峰——唐代山水诗——就是直接借鉴了南朝山水诗的成功创作经验而出现的，这足以说明南朝山水诗在我国山水文学发展史上的重要地位和承上启下作用。

原刊于《文学遗产》2009 年第 5 期。

关于研究方法

20世纪《诗经》传注的现代性特征

进入20世纪以后，一向以稳定性和继承性强著称的《诗经》传注和训诂，在现代学术意识的主导下也悄悄地发生了变化，并逐渐呈现出有别于传统的现代性特征。本文即以此为题，系统探讨这门古老的学问在新的时代条件下是怎样重新焕发青春和活力，随着时代的步伐而不断前进的。（本文的评述对象是20世纪中国大陆的《诗经》研究，而不包括海外部分。）具体来说，20世纪《诗经》传注和训诂的现代性特征主要有以下几个方面。

一 体现科学精神

我们说20世纪《诗经》传注和训诂具有现代科学精神，并不意味着传统的传注和训诂完全不具备这种精神。在传统训诂学发展的顶峰——乾嘉学派的治学方法中，就有一定的科学因素[①]。但是，它的整个思想体系却缺乏近代科学的严密逻辑和内在统一性，具体表现为概念模糊、术语含混、立说不周延、缺乏发展观点和宏观视野等。正是这些非科学的因素限制了传统传注和训诂进一步向着更高的水平发展，而不得不停留于前科学的历史阶段。而以现代学术意识为主导的20世纪《诗经》传注和训诂，正是在克服这些非科学因素，在不断超越前人的过程中而走向现代的新的高度。

---

① 乾嘉学派的治学方法，可概括为四点：一、重证据，求古训，不随意下结论；二、不以孤证定案；三、寻求训诂通例；四、引用前人的成果必写明。参阅张岱年《中国哲学史方法论发凡·训诂》，中华书局2003年版，第94页。

(一) 整体统一性和严密逻辑性。

传注和训诂面对的是一字一词，很容易只见个别不见整体，以至一处可通，他处窒碍。在20世纪的《诗经》传注和训诂中，这一流弊虽不能说已彻底清除，但从整体上看，可以说由于现代科学精神的训练和熏陶，整体统一性和严密逻辑性的观念已经普遍建立起来，并成为大家所公认的重要原则："解释古书要注意语言的社会性。如果某字只在《诗经》这一句有这个意义，在《诗经》别的地方没有这个意义，在春秋时代（乃至战国时代）各书中也没有这个意义，那么这个意义就是不可靠的。"① 整体统一性主要包括两方面的内容：一是语言的时代统一性，即一个时代之内的字词基本含义具有一致性；二是在一书之内字词的基本含义也具有一致性。着眼于时代整体、书的整体和篇义整体，使字词解释与时代、全书、全篇之义相一致，是现代传注和训诂学者的共识和努力方向，并在不同程度地实践着。例如，肯定字词的某个义项往往从同一书或同一时代中举出多个例证加以充分论证，《小雅·常棣》"死丧之威，兄弟孔怀，原隰裒矣，兄弟求矣"。裒，《毛传》《郑笺》皆训为聚，但兄弟（或兄弟的尸体）聚于原隰，诗义牵强难通。有的学者提出裒就是抛，是说尸骨抛于原野，兄弟相往求之："裒之正体作捊，捊之或体作抱。《说文》无抛字，新附补抛，弃也。不知古书抱、抛本同一字。《史记·三代世表》：'弃之道中，牛羊避不践也；抱之山中，山者养之；又捐之大泽，鸟覆席食之。''抱之山中'即'抛之山中'，与上文弃下文捐义并一致，《集解》：'抱音普茅反'，正读如抛，一也。《北堂书钞》引曹羲《肉刑论》：'蝮蛇蛰手，则壮士断其腕；系蹄在足，则虎抱其蹯。'断与抱义一致，谓虎抛其蹯，二也。《诗·小星》与《北山》同旨，征人怨诗也。其言'抱衾与裯'即言'抛衾与裯'也。"② 论证逻辑严密，充分有力，有较强的说服力。

此外，闻一多在《诗新台鸿字说》一文中对"鸿"的训释，更是体现致密周严的现代科学精神的突出例证，学者们有很多论述，这里不再重复。

---

① 王力：《诗经词典·序》，向熹编著：《诗经词典》，四川人民出版社1986年版。
② 郭晋稀：《诗经蠡测》，甘肃人民出版社1993年版，第67页。

(二) 紧密结合《诗经》传注和训诂的历史,在批判继承古训和辨析历代各家之说的基础上提出正确的训解。

《诗经》传注和训诂经过两千余年的发展,积累了十分丰富的遗产,并形成了《诗经》学的学术优势。而传注和训诂的继承性很强,不能随便"创新",因此,继承这些学术遗产对于《诗经》学的发展具有重要意义。基于这样的认识,很多学者都非常重视和注意利用这些学术遗产,对前人的成果既不盲目信从,也不随意否定,而是采取具体分析的态度,也就是在批判地继承古训和辨析历代各家之说的基础上提出自己的见解,并把自己的见解和观点放在学术发展的历史中去衡量,体现了实事求是的科学精神。如《唐风·扬之水》"素衣朱襮",一般解为白衣红领,这当然说不上错误,但流于笼统和表面化,对深刻理解诗义有很大的影响。正确的解释应当是:"白色之衣而有刺着斧形花纹的红领"。要达到这样准确而具体的理解,就不是简单地查查词典所能解决的了。请看这段层层深入的论证:"《毛传》解'襮'为'领',则'素衣朱襮'就是白衣红领。今按《尔雅·释器》:'黼领谓之襮。'《说文》:'襮,黼领也。'可见'朱襮'是领为朱色又有黼文。又按《尚书·益稷》篇伪《孔传》:'黼若斧形。'则黼为斧形花纹。那么,'素衣朱襮'应当是白色之衣而有刺着斧形花纹的红领……衣当指中衣,非指外衣。《礼记·郊特牲》:'绣黼丹朱中衣,大夫之僭礼也。''绣黼'说的是'中衣'的花纹,'丹朱'说的是'中衣'的颜色。"① 在这段论证中,每一说法必言出有据,不凭空立说;同时对各家之说深入辨析和比较,广泛吸取了正确的成分。这样得出的结论应当说是可靠的。只有在此基础上,才能深刻理解有关诗句的意义:"此衣本为诸侯之所服,但在礼乐规定已趋崩毁的春秋时代,大夫也分明穿上这样的'中衣'了。"②

(三) 注意探索规律,得出了一些具有普遍性的新结论。

传统传注和训诂以对字词的个别训释为主,而现代传注和训诂则在对字词个别训释的同时,还注意从规律性上加以把握。所谓从规律性上把握是指在"三百篇"的整体范围内对某个字词做全面统一的解释,是在概括多个例证的基础上归纳出的一般性的新认识。"我希望大家对于《诗

---

① 董治安:《〈诗·唐风〉五篇释义》,《先秦文献与先秦文学》,齐鲁出版社1994年版,第91—92页。

② 同上书,第92页。

经》的文法细心地做一番精密的研究，要一字一句把它归纳和比较起来，才能领略《诗经》里面真正的意义。"① 这说明正是现代的科学精神以及语法理论才使现代学者有可能跳出个别的局限而达到普遍性的认识。

在这方面首开先河的正是胡适，他在民国初年所写的《诗"三百篇"言字解》中第一次运用现代科学的方法（即他所说的"以经解经，参考互证"）对"三百篇"的"言"字从整体上做了统一训释，后来又在《谈谈〈诗经〉》中对《诗经》中常见的"于"、"以"、"维"等字做了同样的统一训释。胡适的这些文章，除了推进对某些字词的认识之外，更重要的在于对传注和训诂研究的方法论意义。在他的影响下，吴世昌运用同样的方法先后写了《释〈书〉〈诗〉之"诞"》《诗三百篇"言"字新解》《"即""则""祇""只""且""就"古训今义通转考》《释〈诗经〉之于》等文章，通过严密论证和考释，纠正了很多误释，提出了为学术界充分肯定的新见解。与此相似的是于省吾《〈诗经〉中"止"字的辨释》，从文字发展源流变化的角度对《诗经》中122个"止"字做了全面系统的考察，揭示了"止"字的基本含义及其演变规律。

在一些学者的论著中不乏这样的从整体范围内对字词做统一的系统训释，如黄侃《诗经序传笺略例》对《序》《传》《笺》中一些字词从普遍规律上做了比较系统的总结。又如闻一多对鱼、日、月、风、谷风、凯风的训释；高亨在《诗经今注》中对言、于嗟、谓、足的训释，都是运用参证比较、求同归纳的方法，得出了具有普遍性的结论。

应当说明的是，20世纪《诗经》训诂学所取得的成就，特别是对于具体字词之义的准确理解，离不开对于《诗经》语言特征的整体把握。例如，有的学者从整体上对《诗经》语言的性质、特征和内部规律做了比较系统的探索，广泛涉及《诗经》雅言、方言及其关系以及《诗经》的复音词、通假字、歧义、异文等多方面的问题。解决这些问题，不但有助于训诂研究，正确理解字词的具体含义，如研究异文可以"辨识错误"、"证明字义"和"旁证古音"②，更为重要的是，可以为一般的《诗经》训诂研究提供整体认识的理论参照和前提。

---

① 胡适：《谈谈〈诗经〉》，《古史辨》第三册，上海古籍出版社1982年版，第584页。
② 向熹：《〈诗经〉里的异文》，见《〈诗经〉语文论集》，四川民族出版社2002年版，第157、159、160页。

二 突出文学特征

关于《诗经》的经学观念的破除和文学观念的确立,不但从整体上改变了对《诗经》的看法,而且还深刻地影响到传注和训诂,并使其发生了重要的变化:从发现和训释圣人教化转而为通过训释揭示其文学意蕴;把《诗经》作为文学作品,把求真与求美结合起来,通过对字词的训释来把握诗歌艺术形象和抒情主人公的复杂而微妙的思想感情。具体来说,这方面的变化主要有四点:

(一)既然肯定了"三百篇"的文学性质,把它作为文学作品去解读,那么,作为文学艺术的诗歌,就不单是诗言事,更是"诗言志"、"诗缘情",因此对"三百篇"训释,除了解释字词的一般的意义之外,还要结合字词释义说明它们是如何"言志"和"缘情"的。例如,《邶风·柏舟》"耿耿不寐,如有隐忧"。"四家"、《集传》于"耿耿"、"隐忧"都有训释(隐或训深、训幽、训大),唯独对"如有"均告阙如。当然,如果单纯为了了解字义,这两个字确实浅显易懂,可注可不注;但从塑造形象和表达感情的文学角度看,情况则完全不同,请看俞平伯的解说:"就文章趣味而论,释为'幽''深',较'大'为细密。既曰'如有',则忧思之隐曲可知,否则无所谓'如有'也。王先谦以古'如'、'而'字通,读'如'为'而',义亦可通(见《诗三家义集疏》卷三上)。唯我以为'而有大忧'终逊'如有隐忧'之情旨深厚,不若'如'读本字,'隐'训幽微为佳。"① 为了更好地理解"如有"二字在表达感情方面的作用,俞氏特别把它与王先谦读"如"为"而"之说加以对比:"而有隐忧"则显得平淡肤浅,而"如有隐忧"则突出了忧思深重。这两种不同的训释,虽然意思基本相同,但感情表达却有深浅曲直之分。

从文学角度训释,还特别注意字词表达感情的细微差别,《小雅·沔水》"嗟我兄弟,邦人诸友",对"嗟"字的注释,一般多说明是感叹词。这样注释当然正确,也完全说得过去。但如果从感情抒发的细微处着眼,似乎又有所欠缺。有的注释特别注意到这一点,加了这样一条注释:

---

① 俞平伯:《葺芷缭衡室读诗札记·邶风柏舟故训浅释》,《古史辨》第三册,第479页;又见《论诗词曲杂著》,上海古籍出版社1983年版,第77页,文字稍有不同。

"'嗟'字似应贯二句,意谓:嗟叹我的兄弟和乡人诸友。"① 没有这个说明,读者也许会理解为"嗟"只贯上句,即只贯兄弟,这样就表现出对乡人诸友和兄弟感情的不同——有亲疏之分,而指明"嗟"字贯二句,是强调视乡人诸友如同自己的兄弟一样,从而把乡人诸友与诗人的关系拉近,表达出对于乡友的深厚感情。

对于经学来说,这些细微之处所传达的内在感情的微妙变化,完全可以忽略不计,而对文学作品来说则具有本质的意义。

(二)诗歌中的字词,从语言学的角度看都有其一定的意义,从诗歌艺术的角度看,又是诗歌艺术形象的组成部分,因此,从文学的角度训释《诗经》,就特别注意它们在诗歌形象建构中的作用和意义,揭示它们所蕴含的形象性因素。例如对《王风·黍离》"行迈靡靡,中心摇摇"句中"靡靡"和"摇摇"的注释:《毛传》:"靡靡犹迟迟也。摇摇,忧无所诉。"《集传》释"靡靡"同《毛传》:"摇摇,无所定也。"《诗经原始》同《集传》,《诗经通论》无说。此外,上述各注本对第二章的"如醉"和第三章的"如噎"这样重要的词语注释也很简单。而现代学者的注释则与此不同:"靡靡,慢腾腾,无精打采的样子。""摇摇,无所适从的样子。""如醉,指忧思袭扰,如喝醉酒一般精神恍惚、烦乱。""如噎,指忧思沉重,如咽喉塞物,令人喘不上气来。""摇摇、如醉、如噎递进,表示忧愁与日俱增,愈发沉重难释。"② 将二者加以对比,可以清楚看出传统训释只是着眼于字义,而现代的训释重在通过字义所蕴含的形象性因素来揭示抒情主人公的内心世界和精神面貌,并注意从总体上理出他的感情、心理发展的脉络。

这一切都说明,与传统注释相比,当代的训释有着更高的追求:在正确理解字义的基础上更着眼于它们与诗歌艺术形象的关系,并从诗歌艺术形象的角度说明其意义。

(三)出于把握诗歌艺术形象和抒情主人公内心世界的需要,一般说来,现代学者对字词的训释更加具体和精微,这不只表现在实词的训释上,而且还表现在语气词和助词的训释上。请看现代学者对这些虚词所表现的"感情特质"的辨析:《君子于役》"苟无饥渴":"苟,且、或许,

---

① 袁梅:《诗经译注》(雅颂部分),齐鲁书社1981年版,第84页。
② 褚斌杰:《诗经全注》,人民文学出版社1999年版,第73页。

带有疑问口气的希望之词。"《大叔于田》"抑磬控忌":"抑,发语词,含有'忽而'的意思。"《清庙》"于穆清庙":"于,呜呼,此处含有赞美感叹之意。"《噫嘻》"噫嘻成王":"噫嘻,祈祷时呼叫祝神的声音。"①从训诂学的角度看,在《诗经》所涉及的各类词汇中,语气词和助词比较特殊,它们虽然传神写照,曲折有致地传达着某种语气、感情和心理意向,但却"羌无实意","无迹可求",因此很难把握。在传统传注和训诂中,对于它们一般只是标明其词性,而不做进一步的训释。实际上,凡语助词皆亦有意有情,在诗歌中绝非可有可无。诗句加上了这些助词和语气词,不但有了明确的客观意义,而且被赋予强烈的主观色彩,微妙地传达着来自抒情主人公内心世界的信息,这对诗歌形象的塑造和感情的抒发,当然是十分重要的。"出辞气,斯远鄙倍矣。"② 格调高雅、感情真挚的文学作品是绝离不开这些词的。现代传注和训诂对这些虚词的训释有助于更准确和深入地把握作品。

(四)文学作品的审美特征除表现在思想内容方面外,还体现在艺术方法上,如它所运用的某些修辞和艺术表现方法等。因此,有些现代传注和训诂往往面临着双重的解读任务:既要训释字词之义,又要分析有关字句所体现的艺术特征,指出它们是怎样运用修辞和艺术表现方法,巧妙地塑造艺术形象的。因此,有的现代注释本往往将思想与艺术、内容与方法结合起来,进行统一的解说。例如,在注释《小雅·采薇》"杨柳依依"、"雨雪霏霏"之后还特别指出:"按诗人以杨柳代春,雨雪代冬,以具体代抽象,不自觉地运用了借代修辞,加上摹形迭词依依、霏霏,使读者产生形象逼真的美的享受。"③ 这样既训释了字词之义,又指明了诗歌形象塑造的艺术技巧及其作用。

又《卫风·氓》"三岁为妇"以下几句,一章之内连用六个"矣"字,《毛传》《郑笺》《集传》《诗经通论》《诗经原始》等传统传注皆无说,而现代学者对此却有独到的理解:"诗人连用六个'矣'字叹词,表示她沉痛的心情。"④ 为读者提示了遣词造句的特殊艺术表现力,有助于

---

① 程俊英、蒋见元:《诗经注析》,中华书局1991年版,第8、199、228、934、957、963页。
② 《论语·泰伯》。
③ 程俊英、蒋见元:《诗经注析》,第468—469页。
④ 同上书,第176页。

深刻理解抒情主人公的内心世界。

可以看出，从文学视角出发，十分自然地将字词释义与诗歌艺术方法和技巧的分析统一起来，赋予工具性的字词释义以艺术审美的理趣，从而极大地丰富了传统训诂和传注的内涵。

最后，应当特别说明，从文学的角度对《诗经》做训释，不能不提到钱锺书，他的《管锥编》有关于《毛诗正义》的札记六十则，其中很多涉及训诂。他从中国乃至世界文化的宏阔背景出发，将训诂与历史、文化、风俗、艺术、审美、心理等结合起来，对《诗经》中的一些字词做了新颖独到的训解，其创获颇多，足以启发学人。他的别具一格的训诂，对丰富和发展我国现代训诂学起了一定的推动作用。关于这方面的情况，已有专文，可参阅①。

三　具有文化视野

从文化视野的角度训释《诗经》，是闻一多对《诗经》训诂学的重要贡献，也是20世纪《诗经》传注和训诂的重要特征之一。

在清代乾嘉学派治学方法的基础上，20世纪我国的训诂学有了进一步的发展，"从对词义的个别训释和具体整理，达到对词义的特性和规律进行理论的探讨、从而形成体系，这是旧的训诂之学向科学词义学前进的过渡。这个任务是由章太炎、黄季刚先生完成的"②。章太炎、黄季刚二位先生分别逝世于1936年和1935年，这就是说，在闻一多从事《诗经》研究的时候，我国的训诂学已经开始了科学化的进程。在这种学术背景下，闻一多完全可以充分利用他们的训诂学研究成果，对《诗经》进行一般的训释。但是，闻一多没有停止于此，而是在充分吸收前人研究成果的基础上，根据《诗经》的性质、特点和对《诗经》进行文化阐释的需要，另辟蹊径，从宏观的文化视野出发，挖掘其字面后的特定文化意义。

闻一多认为，要"带读者到《诗经》的时代"③，"用'《诗经》时

---

① 林祥征：《钱钟书对〈诗经〉训诂学的开拓》，《诗经审美价值的探寻》，中国文联出版社2004年版，第78—90页。

② 陆宗达、王宁：《训诂学的复生发展与训诂方法的科学化》，《训诂与训诂学》，山西教育出版社1994年版，第23页。

③ 闻一多：《风诗类钞》，《闻一多全集》第4卷，湖北人民出版社1993年版，第457页。

代'的眼光读《诗经》"①，就必须运用考古学、民俗学、语言学和"注意古歌诗特有的技巧"。这清楚地说明，训诂（包括在闻一多所说的语言学内）是"带读者到《诗经》的时代"，对《诗经》进行文化阐释的重要手段，从而不但赋予训诂学以全新的文化内涵和视野，而且开辟了《诗经》传注和训诂的新途径。

闻一多深谙上古历史文化和民间诗歌艺术，关于如何解读《诗经》中的民间诗歌作品，他曾说过一段十分深刻而重要的话："识名的工夫，对于读诗的人，决不是最重要的事。须知道在《诗经》里，'名'不仅是'实'的标签，还是'义'的符号，'名'是表业的，也是表德的，所以识名必须包括'课名责实'与'顾名思义'两种涵义，对于读诗的人，才有用处。譬如《麟之趾》篇的'麟'字是兽的名号，同时也是仁的象征，必须有这双层的涵义，下文'振振公子'才有着落。同样的，苤苢是一种植物，也是一种品性，一个 allegory。"② 从这段话以及闻一多其他有关著作可以知道，闻一多实际认为，在上古诗歌特别是上古民间诗歌中，有些字词实际具有两种含义，而且是互不相干的两种含义：一种含义是与"实"相对的外在的"名"，另一种则是内在的义。前者即与"实"相对的"名"，也就是闻一多所说的字面的含义，如训麟是兽的名号，苤苢是植物，鱼是动物，食鱼是吃掉鱼等；后者即内在的"义"则是字面后的含义，如训麟是仁的象征，苤苢是"宜子"和繁衍的象征，鱼表示匹偶、情侣，食鱼表示求爱、欢媾等。前者即所训释的兽的名号、植物、动物、吃掉鱼等是词的语言学意义，后者所训释的即仁的象征、"宜子"和繁衍的象征、匹偶、情侣、求爱、欢媾等是它的文化学意义。前人解诗，"但以字面解之……诗之所以为诗者益晦"③。这就是说，只知道字词的语言学意义，而忽略或不了解其文化学意义，是不可能真正读懂《诗经》的。

一般说来，字词的一般意义，即闻一多说的与"实"相对的"名"，通过语言学的方法即训诂学所常用的"以形索义"、"因声求义"和"比较互证"等方法即可以得到解决。但是，字词的文化学意义，既不同于

---

① 闻一多：《匡斋尺牍》，《闻一多全集》第3卷，湖北人民出版社1993年版，第215页。
② 同上书，第203—204页。
③ 同上书，第343页。

其词汇义，与其语源义也没有任何渊源关系，因此前面所说的那些训诂学方法也就无能为力，根本不可能解决这方面的问题。事实上，字词的文化学意义是在特定的文化环境中形成，因而必须从那个特定的文化环境中去寻找答案，而不能只在形、音、义上兜圈子。这样，闻一多的眼光自然也就跃出了文本的局限，突破了传统训诂学的狭隘天地，而放眼于大文化的宏观世界，从《诗经》时代特定的历史背景和文化环境出发，在训诂与文化的统一中去揭示这个秘密。具体来说，他揭示"三百篇"中某些字词的文化学意义的方法主要有二：

（一）通过《诗经》时代的社会文化环境和有关的观念揭示其文化学意义。

这里所说的社会文化环境不但包括历史背景、社会政治、生产劳动，还包括宗教活动、风俗习惯乃至人际关系等，在这样的社会文化环境中形成的观念、思想和精神心理不但支配人们的行为，同时也在不断地创造着包括某些字词的文化学意义在内的新的精神文化。闻一多正是按照这样的逻辑来寻绎某些字词的文化学意义的。

例如，要正确理解《芣苢》一诗的诗义，关键是正确理解"芣苢"二字。在传统传注中，对这两个字的训释不可谓不多，但都止于它的语言学意义，而从没有涉及它的文化学意义。如果不了解这两个字的文化学意义，就只能在作品的表层上徘徊，根本无法进入诗境中。闻一多指出，在《诗经》时代特定的宗教民俗背景下，古代人们心目中的"芣苢"不单是一种草，更与宗教神话有密切联系，有其超现实的神圣内涵。另外，闻一多又分析了采集主体即采芣苢的妇女：芣苢的"宜子"功能对古代妇女具有特殊的意义："宗法社会里是没有'个人'的，一个人的存在是为他的种族而存在的，一个女人是在为种族传递并繁衍生机的功能上而存在着的。如果她不能证实这功能，就得被她的侪类贱视，被她的男人诅咒以致驱逐，而尤其令人胆颤的是据说还得遭神——祖宗的谴责。"①

在此基础上，闻一多指出："芣苢既是生命的仁子，那么采芣苢的习俗，便是性本能的演出，而《芣苢》这首诗便是那种本能的呐喊了……结子的欲望，在原始女性，是强烈得非常，强到恐怕不是我们能想象的程

---

① 闻一多：《匡斋尺牍》，《闻一多全集》第3卷，第205页。

度……这篇《芣苢》不尤其是母性本能的最赤裸最响亮的呼声吗？"①

一首看似简单的诗歌的内涵是如此丰富，表现古代妇女的内心世界是如此深刻！而打开这个世界的钥匙不是别的，恰恰正是"芣苢"一词的文化学意义。

（二）通过上古时代诗歌艺术的特点及其表现方法揭示某些词语的文化学意义。闻一多从上古时代诗歌艺术的特点出发，将《诗经》训释与当时特有的艺术表现方法和手段结合起来，深入挖掘《诗经》中某些字词的特定的文化内涵。他认为要真正读懂《诗经》，除了深刻认识当时的历史背景、社会生活、文化风俗和宗教信仰之外，还应当了解"初期文艺之惯技"②，也就是当时诗歌，特别是民间诗歌所特有的表现方法和手段，诸如象征、禁忌、隐语以及双声、声谐等。这些特殊的表现方法和手段赋予某些字词以特定的文化学含义，并由于意义与方法的结合而取得了非同一般的表达效果，使作品充满了诙谐含蓄的民间情调，所以闻一多称这种表现方法和手段是"一种充沛着现实性的艺术"③。

例如，鱼由于其强大的繁殖功能而成了匹偶、情侣的隐语，"在青年男女间，若称其对方为鱼，就等于说：'你是我最理想的配偶。'"④ 而打鱼、钓鱼成了求偶的隐语。食鱼表示交欢，食表示情欲，饱表示情欲满足，饥表示情欲饥渴等。又如《椒聊》中的椒聊也是隐语，赞美女人多子之义。他说："椒即花椒。草木实聚生成丛，古语叫做聊，今语叫做嘟噜。'椒聊之实，蕃衍盈升'，是说一嘟噜花椒子儿，蕃衍起来，可以满一升。椒类多子，所以古人常用来比女人。椒类中有一种结实聚生成房的，一房椒叫做椒房……正取其多子的吉祥意义。"⑤ 把握"初期文艺"的这些"惯技"，不但可以正确训释某些字词，使诗义贯通，而且有助于理解作品的艺术特色。

从文化视野训诂，开辟了多元化训诂的新途径，赋予它以多维度的文化阐释功能，为《诗经》学开拓了新的研究方向和领域。

---

① 闻一多：《匡斋尺牍》，《闻一多全集》第3卷，第205页。
② 同上书，第343页。
③ 同上书，第232页。
④ 同上书，第248页。
⑤ 闻一多：《风诗类钞》，《闻一多全集》第4卷，第477页。

四　简明、精要的传注风格

　　风格本是文艺学的范畴，指文艺作品的鲜明独特的创作个性和审美风貌，这里借用这个概念表示 20 世纪《诗经》传注和训诂发展的总体趋向、基本风貌和特征。与有关的古代著作相比，20 世纪《诗经》传注和训诂从总体上表现出一种由繁趋简的现代风格。这里的"繁"是指训释的堆砌、烦琐，甚至释事忘义，不得要领；"简"是指训释的准确、融通，简明扼要，以少胜多。显然，这种风格的形成，其实质不过是现代学术意识（包括前面所说的科学观念、文化视野和文学观念）在训释方面的综合性的外在表现。

　　由繁趋简的现代传注风格自 20 世纪 50 年代即已显露端倪，以余冠英《诗经选》为代表的一批注释本即其突出表现。余冠英《诗经选》是 50 年代大力提倡大众文化精神主导下出现的一个面向一般读者的《诗经》选注本，虽属普及性读物，但由于注释者深厚的古典文学修养和功力以及严肃审慎的治学态度，使之具有较强的学术性。他的注释文字不多，但却都是在严格把握字的古义和辨析各家之说的基础上提出的，并从多方面加以验证。他说："无论是选用一条旧说，或建立一条新解，首先应求其可通。所谓可通，首先是在训诂上、文法上和历史观点上通得过去。"[①] 例如《邶风·静女》"自牧归荑"的"牧"，注曰："野外放牧牛羊的地方。"这条注解表面看来很简单、很平常，但却不是随便说出的，而有其充分的根据。《尔雅·释地》："邑外谓之郊，郊外谓之牧。"《邶风·燕燕》"远送于野"，《毛传》："郊外曰野。"从这两条传统训释可以看出余氏的注释不但十分准确，而且与诗义结合得十分密切。《郑风·子衿》"子宁不嗣音"之"嗣"，《毛传》："习也。"《郑笺》："续也。"朱传同《郑笺》。余氏训曰："就是寄。"简明扼要，不但符合诗义，而且有其根据：《韩诗》"嗣"作"诒"，义为贻，嗣、诒古音同，可通用。关于余冠英《诗经选》的评介文章很多，这里不再详述[②]。

　　[①] 余冠英：《诗经选·前言》，人民文学出版社 1979 年版，第 24—25 页。
　　[②] 参阅王长华《余冠英的〈诗经〉研究》，《文学遗产》2000 年第 2 期；李华《余冠英古籍整理成就述评》，《文学评论》1999 年第 2 期。

80年代以后，这种风格得到了普遍的发展和弘扬，其中比较突出的有高亨《诗经今注》，程俊英、蒋见元《诗经注析》，王宗石《诗经分类诠释》和褚斌杰《诗经全注》等。

高亨《诗经今注》是新时期以来的第一个《诗经》全注本，充满了探索和求新精神，他说："我读古书，从不迷信古人，盲从旧说，而敢于追求真谛，创立新义，力求出言有据，避免游谈无根。"① 他的训释极为简明，要言不烦而多有新义。例如，《郑风·大叔于田》"将叔无狃"的"狃"，《毛传》："习也。"《集传》同《毛传》，申其义云："请叔无习此事，恐其或伤汝也。"高亨注云："习以为常，掉以轻心。"② 只此八字却深得诗之神韵，与传统注释相比可谓青出于蓝而胜于蓝。又《邶风·匏有苦叶》"深则厉，浅则揭"之"厉"，《毛传》："以衣涉水为厉。"向无疑义。高亨根据《墨子》和《晏子春秋》的有关记载，断定厉是倮即裸的音变，注云："裸也。脱下衣服渡水为厉。"③ 这样理解于诗义更加顺畅稳妥。又《诗经今注》多采用音训，这也是此书注释简明的重要原因。音训是根据"音同（近）义通"的原理通过字音求字义的训诂方法。例如，《齐风·猗嗟》"抑若扬兮"之"抑"，《毛传》训为"美色"，虽然正确，但不好理解。《诗经今注》："抑，读为懿，美也。"④ 不但简明，而且接受起来很容易。通假音训，可以起到明假借、溯语源、探义根的作用，运用得当，能够收到事半功倍的效果。

程俊英、蒋见元《诗经注析》也是一个简明的注本。表面看来，注释文字较多，是因为包括了题旨、思想内容分析和音韵说明；如果单就字词训释来看，应当说还是很比较简明的。本书除对传统传注"去疵存瑜"吸取其精华外，"还致力于运用《说文》《尔雅》《广雅》等字书，揭示《诗经》中不少字词的本义、引申义或假借义的关系"⑤。对有些重要的字词，既明其本义、引申义，又明其随文义，这有助于读者更深刻地理解文本。虽然注释内容丰富，但其简明扼要的特点仍比较突出。

总体看来，以上几个《诗经》注本可谓各有千秋，但在注释风格上

---

① 高亨：《诗经今注·前言》，上海古籍出版社1980年版，第1页。
② 同上书，第111页。
③ 同上书，第46页。
④ 同上。
⑤ 程俊英、蒋见元：《诗经注析》，第2—3页。

却有一个共同的基本特点：那就是严格避免繁冗，执意追求简明。这些注本从不罗列各家之说，更不多义并存，首鼠两端，而必断以己意；凡立新说，必有充分根据，从不附会臆断。无论是采用旧说，还是自创新义，都力求准确、融通，与全诗相统一。可谓充分吸取传统之精华，但又不囿于传统，而能出新于传统。这些优长再加上行文的执繁驭简，不炫博，不矜奇，力求深入浅出，平正通达，因而自然形成与现代意识相一致的简明、精要的传注风格。

原刊于《中州学刊》2006 年第 5 期，
复印报刊资料《中国古代近代文学研究》2006 年第 11 期全文转载。

关于20世纪学术史的建构模式

——以20世纪《诗经》研究史为例

作为对于学术研究反思和总结的学术史,不是学术研究实例的总和,也不是学者及其论著的简单排列,而是梳理、总结学术发展演化的历史及其发展规律。具体说来,其任务主要有三:一是揭示学术发展的整体逻辑关系和内在的发展理路;二是探讨各家学派的兴废沿革及其原因;三是评价一定时代和阶段的学派、学者及其著作的成就、特点,给它们在学术发展上以恰当的定位。就基本性质而言,学术史比一般的学术研究更需要宏观而深邃的理论思考,应当是用通晓学术内在理路的理论思维对学术发展的观照,以及运用学术史的大尺度对每一位学者及其著作的衡量。

既然如此,那么,任何学术史的建构都必须是在对其基本特征全面把握的基础上,依据一定的学术价值标准,并采取一定的方法,才能实现;学术史的建构模式也正是由此而得以确定。

如果把建构学术史比作建设一座大厦的话,那么学术史的第一个组成部分即学术传统,则是大厦的地基;而第二个组成部分,也就是一定历史阶段内所出现的学者及其论著以及他们所体现的学术发展,则是修建大厦的各种各样的基本构件。而在既定的地基上运用什么方法将这些基本构件组装成大厦,则是学术史的建构模式。没有适当的建构模式,这些基本的建筑构件将永远是一堆杂乱无章的材料,地基也将永远被闲置。学术史像历史一样,那些基本事实不完全是"自在之物",它们之间的内在联系需要学术史研究者去发现和主动建构,这就需要他具备一双"先见"的眼睛和既定的模式。

一般说来,学术史的构建模式主要有两种:

一是"列传式"的建构模式。所谓"列传式"的建构模式是从50年代以来颇为流行的一种模式：以学者为基本单元，以学者生平简介加论著分析评论为研究的重点，以学者及其论著的时间顺序排列形成学术史的历程。由于这种建构模式如同史书中记叙人物行迹的列传，因而有的学者称之为"列传式"的写法①。很明显，这种学术史模式的根本特点在于从学术史内部，以学者为基点去观照学术史的发展。就《诗经》学术史而言，论述古代部分，则是《毛传》《郑笺》《孔疏》、朱熹、姚际恒、方玉润等；论述现代部分，则是胡适、顾颉刚、郭沫若、闻一多、高亨等。这些学者及其论著彼此独立，各自成为一个单元。正是这些大大小小的单元共同构成了全部学术史的流程，或者说全部学术史的流程被分割成这些大大小小的单元。这种"列传式"的构建模式既然能够长期流行，自然有其优长：1. 便于把握每一位学者及其所属学派的总体学术成就、特征、学术渊源关系和影响；2. 将每一位学者及其所属学派的总体学术成就、特征、学术渊源关系和影响总括起来，自然也就形成对《诗经》研究的各个方面进行了全方位的总结；3. 学者与时代的统一，决定了学术史阶段的划分与历史发展阶段的划分天然地具有某种一致性，这一特点为掌握学术史的发展意外地带来很多便利②。已经出版的几部《诗经》学术史（都是自古至今的《诗经》学通史）运用这种学术史的构建模式，充分发挥了其优长，填补了《诗经》学中学术史研究的空白，为现代《诗经》学的发展做出了贡献。

不过，从实际情况看，自 50 年代以来，我国各种各样的专业史，无论是思想史、哲学史，还是学术史、文学史，也不管是古代、近代还是现代以及研究对象的具体内容、性质和特征，不管是否合适，通通都是"列传式"建构模式的一统天下，就成为问题了。由于把"列传式"的学术模式当成以不变应万变的万能武器，最终导致研究模式的僵化，并使其固有的局限性越来越突出地暴露出来：首先，由于以学者为基点从学术史内部考察学术史，必然会从整体上忽略学术研究与时代学术文化思潮之间的内在联系，以至掩盖和割断时代学术文化思潮对学术发展内在理路的制约和影响，而学术发展的内在理路不清，学术史也就失去灵魂。其次，忽

---

① 朱维铮：《话说〈中国思想史〉》，《中华读书报》2001 年 6 月 13 日。
② 详拙著《现代学术文化思潮与诗经研究——二十世纪诗经研究史》中的"《诗经》学术史研究的勃兴"章，学苑出版社 2006 年版，第 191—222 页。

略学术研究与时代学术文化思潮之间的内在联系，不但不能揭示学术发展的驱动力，亦即学术发展的时代历史和文化思想的原因，更为重要的是，无法集中考察学术研究的时代特征。例如，与古代相比，以现代学术意识为主导的 20 世纪《诗经》传注和训诂有其鲜明的现代性特征，这种特征主要表现在四个方面：1. 训诂的科学精神；2. 训诂的文化视野；3. 训诂突出文学特征；4. 由繁趋简的现代传注风格。以上四个方面是 20 世纪《诗经》传注训诂的总的时代特征，也是 20 世纪为《诗经》作传注的学者的共同倾向。但如果就某一位或几位学者的论著来看，很难全部体现出来。即使是 20 世纪的学术大家，如闻一多、高亨的训诂也是如此。事实上，他们也只是某一个或两个方面比较突出，如闻一多第一、三方面更为突出，而高亨则是第一、四方面比较突出。这样，以学者为考察基点的"列传式"建构模式来写学术史，那就很难窥其全貌。还有，"列传式"学术史构建模式，所写的都只是一个个学术"精英"，即一个个的点，是由点到点的跳跃式的历史①，难以连点成线，理清复杂的学术史的发展脉络。最后，由于研究模式、方法和视角的雷同，不但使学术史千篇一律，失去了生机，而且也造成学术创新精神的萎靡和主体性的失落。这一事实再次证明，把任何研究模式和方法定为一尊的做法，都不利于学术研究的发展。

如果一部学术史抛开时代学术文化环境，仅仅是孤立地介绍一些学者及其论著，类似于词条解释或内容摘要，而没有从整体和学术演变关系上有更为深刻的挖掘，以至掩盖学术发展理路及其与时代学术文化思潮之间的关系，那就很难说是成功的学术史。

以上是"列传式"学术史建构模式的大致情况。

如果着眼于学术研究与时代学术文化思潮的关系，那么就可以发现还有另一种学术史构建模式。这种学术史模式完全放弃了那种沿习已久的以学者为基本单元的章节结构和以学者为基点连点成线的通行模式，而是在把握 20 世纪学术文化思潮与学术研究之间内在联系的基础上重构学术史的体系框架，从时代学术文化思潮对学术研究的影响和制约中探寻学术史发展的整体特征和轨迹，理清学术发展的内在理路，评价学者的学术成就。由于这种学术史建构模式彻底打破了学术史的封闭状态，而使之成为

---

① 朱维铮：《话说〈中国思想史〉》，刊于《中华读书报》2001 年 6 月 13 日。

一个彻底开放的体系,姑且称之为"开放式"的学术史建构模式。

近年来,由于20世纪学术史研究的兴起,充分注意并肯定时代学术文化思潮对于学术研究的巨大影响,从时代学术文化思潮与学术研究关系的角度切入,对于把握学术发展逻辑具有重要的意义,正在成为很多学者——不只是文学研究史学者——的共识。以下两位学者的论断可见一斑:

> 无论是追溯学科之形成,分析理论框架之建构,还是评价具体的名家名著、学派体系,都无法脱离其所处时代的思想文化潮流。在这个意义上,学术史与思想史、文化史确实颇多牵连。不只是外部环境的共同制约,更有内在理路的相互交织。想象学术史研究可以关起门来,"就学问谈学问",既不现实,也不可取①。

> 如果学术史研究的是知识在历史中的变化与增长,那么,思想史应当如何与学术史沟通,它应当如何看待和处理知识(knowledge)与思想(intellectual 或 thought 或 idea)的关系?换句话说,就是思想史应当如何表述,在历史过程中,知识背景是如何支持思想的合理性和有效性的,而思想话语又是如何表述人们所掌握的宇宙与社会的知识的②。

学术传统自身和时代学术文化思潮是决定和影响学术发展的两个最重要的因素,正是它们的"相互作用"和"对话",推动着学术史的发展。从这个角度看,学术史实际就是用今天的学术观点和思想来审视昨天的学术,是今天的学术思想文化与昨天的学术之间的交谈,就像历史研究是现在跟过去之间永无止境的问题交谈一样。"学术思潮是学术史的主流、思想史的灵魂、时代的精神"③,所以,离开了时代学术文化思潮,也就失去了"灵魂"、"精神"和"整体性文化视野",建构学术史也就成为一句空话。

---

① 陈平原:《学术史丛书·总序》。
② 葛兆光:《思想史的写法——中国思想史导论》,复旦大学出版社2004年版,第28页。
③ 尹继佐:《别样眼光看历史——关于中国学术思潮兴衰研究的思考(代序)》,尹继佐、周山主编:《中国学术思潮兴衰论》,上海社会科学院出版社2001年版。

在以上两种建构模式中，究竟采用哪一种，唯一的根据只能是学术史本身的基本性质和特征，选择20世纪《诗经》学术史的建构模式而脱离这段学术史的基本性质和特征，那就只能是南辕北辙。而把握这段学术史的性质和特征，最便捷而有效的方法就是把它与古代《诗经》学术史加以比较。它们之所以一个"这样"，一个"那样"，最根本的原因，不正是时代历史性质及其所决定的学术文化的不同吗？所以，建构20世纪《诗经》学术史究竟采取哪一种建构模式，也就是说哪一种建构模式更便于反映这段学术史的性质和特征，关键要看这个时代学术文化的具体内容和性质及其对于《诗经》研究制约和影响的程度。

20世纪《诗经》研究史不同于古代研究史的根本特点，恰恰在于它与时代学术文化思潮之间的联系更加密切，受到的制约和影响更加突出和深刻——我国现代历史上出现的一些重要的学术文化思潮总是很快就被《诗经》学吸纳，并在新的研究成果中反映出来，《诗经》研究因而也成为20世纪古典文学研究中的一个最为开放和活跃的学科。且看以下事实：

"五四"时期及以后的十几年间，胡适和以顾颉刚为首的古史辨派同时也是当时《诗经》研究的一支生力军。他们的《诗经》研究的最突出特点和成就就是第一次把现代意识和现代科学精神引入古老的《诗经》学园地，对传统《诗经》学中荒谬、落后的东西展开了猛烈的抨击，并始终以这种学术批判的精神为自己的研究开路。以顾颉刚为首的古史辨派是从疑古辨伪开始走上《诗经》研究道路的，他们的《诗经》研究不但是疑古辨伪的组成部分，同时也是它的延伸和深化，而疑古辨伪的兴盛正是当时提倡科学和独立思考的"五四"精神的体现。在新文化运动背景下，史学家承担了文学家的责任而从事《诗经》研究，并把现代学术意识和观念引入《诗经》学，绝非偶然，而有其历史必然性。由此不难看出，他们的《诗经》研究成就和特点与时代文化思想的关系。如果不从这里入手，而只是从《诗经》学传统自身找原因，那是根本无法理解的。

从二三十年代开始，唯物史观被引入《诗经》研究领域，这是20世纪全部古典文学研究的最大的变化之一。以唯物史观为指导研究《诗经》才把"三百篇"真正还给了它所隶属的时代和特定的社会生活，使"三百篇"与它的时代和社会紧密地结合在一起，从而为正确认识它的思想内容、性质特征和意义价值找到了客观根据，《诗经》的研究方向、研究重点乃至研究方法也都因此发生了重大的变化。例如，传统《诗经》学研究的强项在于考据和训诂，而从唯物史观引入《诗经》研究的那一天起，即致力于作品的文学解读和阐释，这不但弥补了传统研究的弱项，而且极大地提高了作品研究的科学性和深刻性。又如在研究方法方面，以唯物史观指导研究古代文学，具有很强的整合性，从而为80年代以后兴起的多学科交叉的综合研究打下了坚实的基础。同样，《诗经》研究的这些重要变化，单纯从《诗经》学传统自身也根本无法解释，而只能从时代学术思想文化对《诗经》学的影响寻找原因。

从三四十年代开始，文化人类学的观点和方法把《诗经》学又带入了另一个全新的境界。文化人类学的观点和方法所体现的世界目光使《诗经》研究的学术视野由中国走向世界，由文学扩大到文化，并"带读者到《诗经》的时代"①，"用'《诗经》时代'的眼光读《诗经》"②。新的目光不但带来了大量的新发现，得出了大量的新结论，而且由于打破地域和民族的界限，使中外文化会通，因而形成跨文化、跨学科的比较研究，从而极大地激发了学术创造力，拓宽了《诗经》乃至全部古典文学研究的领域。

50年代末到70年代，极"左"思潮严重干扰下的《诗经》研究有其独特的性质和特点，它的发展大体可以分为三个阶段：（1）初露端倪；（2）形成固定模式；（3）恶性发展。《诗经》学的独立性完全丧失。至此，《诗经》研究彻底割断了与《诗经》学优秀传统的联系，而听凭政治需要胡乱杜撰，把荒谬、愚昧、落后的东西发展到登峰造极的地步。

八九十年代，以对于传统文化反思为先导的席卷整个中国大陆的"文化热"，不但从整体上推动了文化研究的发展，而且也为学术研究提供了新的观念和方法论的支持。由于文化意识的普遍建立，学者们注意从文化的心理层面（如思维方式、宗教观念、审美情趣、民族性格等）和有关的观念、制度、风俗、习尚与文学关系的角度研究《诗经》，形成了《诗经》的文化批评模式或《诗经》文学的文化解释。这种全新的研究模式引起了对于作品的新一轮阐释，有力地丰富和充实了《诗经》研究的内容。

开放意识促进了80年代以后《诗经》研究的海内外学术交流，交流

---

① 闻一多：《风诗类钞》，《闻一多全集》第4卷，湖北人民出版社1993年版，第457页。
② 闻一多：《匡斋尺牍》，同上书，第3卷第215页。

的深度和广度都远远超过了历史上的任何一个时期。来自不同国家和地区的学者提交了大量的学术论文，为我们送来了一股清新的异域之风，为中国大陆学者审视自己的《诗经》研究提供了多种宝贵的参照，促进了《诗经》学的发展。

此外，20 世纪考古学的发展以及在此基础上所提出的"二重证据法"，全方位地促进了《诗经》研究的进步，现代学术意识主导下 20 世纪《诗经》传注和训诂的现代风格特征以及大众化观念主导下《诗经》白话文译本的繁荣等，也都无不生动地反映着 20 世纪《诗经》研究历史性进步以及鲜明的时代特征。

通观 20 世纪《诗经》学术史，可以发现，这一百年的研究历史与封建时代两千年的研究历史相比，《诗经》学术研究的发展变化实在是大大地加快了：随着 20 世纪社会历史的发展和新的学术文化思潮的不断涌现，《诗经》研究也"与时俱进"，异彩纷呈，每隔二三十年就出现一个巨大而深刻的变化。而引起这种变化的原因无不起于时代学术文化思潮的巨大冲击和影响以及《诗经》学传统与时代学术文化思潮的结合。这种结合使《诗经》学在保持自身传统积极因素的同时，又融进了大量的具有时代特征的新观念、新方法、新视野和新眼光，从而最终决定了 20 世纪《诗经》学的新的研究方向和特点，并使其充满生机和活力，富于时代特征和创新精神（50 年代中期至 70 年代除外）。

比较而言，在超稳定状态的封建社会，以孔子为代表的儒家学说一直居于主导地位，成为千古不变的统治思想，社会历史以及学术文化思想发展非常缓慢：两千余年间，无论是社会性质，还是学术文化，基本上都没有什么根本性的变化。由于缺少强烈的思想文化冲击，在漫长的《诗经》研究史上除毛、郑异同，汉学、宋学之争以外，在总体上一直保持着比较平稳而缓慢的发展状态。撰写在这样的社会历史和文化环境中形成的学术史，如从春秋时代至清代的《诗经》学术史，当然是采用"列传式"的学术史建构模式更为适宜。而 20 世纪则完全不同，无论社会性质还是学术文化思想都一直处于激变和飞跃的状态，《诗经》研究也因受其影响而不断发生如上所说的深刻变化。在这样的时代条件和学术文化思想环境中，做学术研究而想超然物外是根本不可能的。事实上，20 世纪的《诗经》学已经彻底抛弃了封闭保守的一面，而确立了科学求真的现代学术品格，并一直保持着活跃和开放的状态：在不断地从与时代学术文化思潮的"对话"中获得前进的动力。不顾时代历史、学术文化的重要变化以及20世纪《诗经》研究的基本性质和特征，以不变应万变，仍然采用"列传式"的学术史建构模式，是否合适是很值得考虑的。

学术发展与其时代学术文化环境的统一，具体的学术研究与宏观的整体的学术文化视野融合以及不同学科之间的相互渗透和吸纳，是学术发展的总体趋势。在这种条件下，传统学科也不可能保持自我封闭，而只能在与时代学术文化思潮以及其他学科的相互"对话"中求得发展。这个学术发展的客观规律，如果说在古代学术史中表现不甚明显的话，那么在现代学术发展中则表现得十分突出。（实际上，古代的《诗经》学术史也不单单是学术史的"自语"，同样也是学术传统与时代学术文化思潮"对话"的结果，只不过社会历史和文化思想不像20世纪那样的激烈动荡和充满变化，对学术研究的影响和制约也不像20世纪那样的明显和突出罢了。）

鉴于以上原因，我们认为撰写20世纪《诗经》学术史当然是采用时代学术文化思潮与《诗经》学传统"相互作用"和"对话"的"开放式"的学术史建构模式，更为适宜。具体来说，就是从时代学术文化思潮的视角切入，以时代学术文化思潮对《诗经》研究的制约和影响为主线，在时代学术文化思潮的大视野与《诗经》学自身传统结合的框架内把握传统《诗经》学在现代条件下的嬗变过程。

采用"开发式"的学术史建构模式，当然不是仅仅作《诗经》研究与20世纪学术文化思潮之间关系的外缘考察，而放弃学术研究的内在考察。实际上，"开放式"的学术史建构模式不过是提供一个把时代学术文化思潮与《诗经》学自身传统结合起来的理论框架，在这个框架结构内，主要还是作《诗经》学自身的研究，理清发展脉络，总结嬗变规律。比如关于古史辨派的《诗经》研究，除分析疑古辨伪思潮与"五四"新文化运动的关系和以顾颉刚为首的古史辨派为什么要研究《诗经》等问题之外，重点是论述古史辨派《诗经》研究的现代性特征、古史辨派《诗经》研究取得的重要成就和存在的问题与不足。关于唯物史观给《诗经》研究带来的变化，除分析唯物史观及其尚待挖掘的学术史意义之外，重点是论述郭沫若《中国古代社会研究》在《诗经》学史上的贡献和教训、唯物史观与《诗经》的解读和阐释等。关于文化人类学与《诗经》研究，除分析文化人类学学科和方法论意义之外，重点是论述《诗经》文化人类学研究的两个发展阶段、《诗经》文化人类学研究取得的主要成绩、存在的问题和不足等。关于现代学术意识主导下的《诗经》传注训诂，除分析训诂在我国文化传承中的特殊意义之外，重点是论述现代学术意识主导下的《诗经》传注训诂的新特征：如前所说的训诂的科学精神、训诂的文化视野、训诂突出文学特征以及由繁趋简的现代传注风格等。关于大众化意识与《诗经》的白话文翻译，除分析《诗经》白话文翻译产生的文化思想前提之外，重点还是论述《诗经》白话文翻译的开创、《诗经》白话文翻译的讨论和探索（1926年—20世纪30年代）、《诗经》白话文翻译的提高（50年代—60年代中期）和《诗经》白话文翻译的多样化（80年代—20世纪末）。关于20世纪末"文化热"与《诗经》研究的关系，除说明"文化热"与《诗经》研究的文化批评模式的特点之外，重点是论述《诗经》"生态环境"的文化还原、文化视野下《诗经》研究的新特点、新见解以及存在的问题和不足等。总而言之，"开放式"的学术史建构模式，是指研究观念的开放，而不是放弃本文开头所说的学术史研究的那三项基本任务。

尽管"开放式"的学术史建构模式有如上所说的诸多优长，但毕竟是一种全新的东西，不像"列传式"学术史建构模式经过了那样长时间的"完备"过程，运用起来易于得心应手。何况，它本身也不是没有局限：从总体上说，它善于从整体上把握学术研究的时代特征、发展过程和内在的学术发展理路及其与时代学术文化思潮之间的关系，在时代思想文化与学术的统一中考察学术研究的成就与不足，而不便于对学者的全部学术研究做完整而集中的评价。既然两种不同的学术史建构模式各有长短，如何扬长避短，或取长补短，使学术史研究更加科学化和系统化，从总体上提高学术史研究的水平，也许是今后较长时间内学术史研究的一项重要任务。

包括《诗经》研究在内的中国学术史随着时代历史和思想文化的发展变化而不断演变，决定了它的明显的动态性和嬗变性特征，并以其深邃而丰富的内容，形成了一个巨大的阐释空间，而永远期待着后人参与理解和建构。从不同视角，运用不同建构模式撰写学术史，有助于加深对于学术史内容、性质和总体特征的把握。学术史研究反对千篇一律和因袭雷同，而提倡研究模式、体例和视角的多元化和独特性，以凸显其学术主体性和创造性。因此，面对广大的学术史世界，研究者应当带着他的学术个性和"先见"的眼睛走进去，而带着他的独特发现和收获走出来。学术的主体性不同，发现和收获也必然有所区别。

本文原题《20世纪〈诗经〉学术史研究的两种模式和方法》，刊于《贵州社会科学》2004年第4期，2006年改写，并在此基础上写成《现代学术文化思潮与诗经研究——二十世纪诗经研究史》（学苑出版社2006年版）一书的"绪论——关于学术史的一些思考"。文中所涉及的问题，请参阅该绪论。

关于综合研究的几点体会

编辑部周立波先生来函让我介绍治学经验，根据我的具体情况，我想就古代文学的综合研究谈谈自己的一些体会，与读者朋友交流。

我从20世纪70年代末开始发表学术论文，1987年出版第一部专著《兴的源起——历史积淀与诗歌艺术》（中国社会科学出版社出版），2006年出版最近的一部专著《现代学术文化思潮与诗经研究——20世纪诗经研究史》（学苑出版社出版），二三十年来，综合研究一直贯穿着我的全部研究历程。

所谓综合研究，是指以大文化为背景，运用多种学科知识对文学作品进行综合性的考察，以揭示其演变规律、总体特征、内在精神和感情心理乃至艺术审美及其与各种意识形态的复杂联系，力求在与文化的统一中对作品做多层面的解读。显然，综合研究不但超越了传统的字句解读和50年代以后的历史社会学分析，而且通过揭示作品"生态环境"的文化还原，把作品与它所属的时代真正结合起来。这极大地提升了研究方法的适应力和穿透力，为深化古代文学研究提供了方法论的保证。

例如，赋比兴，特别是兴，是《诗经》学乃至古代文学理论研究的重要课题，古今论著不可胜数，但从来没有人从发生学的角度考察兴的起源。事实上，这是一个存在很多疑问且具有广阔前景的重要论题：朱熹说："兴者，先言他物以引起所咏之词也。"既是咏其"所咏之词"，为什么不去直咏，偏要绕弯子来先言"他物"？有人从审美或实用的角度来解释这个问题，都不符合实际，因为在兴起源的原始时代，先民根本就不具备那样的审美能力和表现能力。事实上，原始先民以"他物"起兴既不是出于审美动机，也不是出于实用动机，而是出于一种深刻的宗教原因。不同的原始兴象具有不同的宗教根源，80年代初期发表的《鸟类兴象的起源与鸟图腾崇拜》《鱼类兴象的起源与生殖崇拜》《树木兴象的起源与社树崇拜》和《虚拟动物兴象的起源与祥瑞观念》等论文（这些论文都是《兴的源起——历史积淀与诗歌艺术》一书的章节），就是专门研究这个问题的。可以看出，研究兴的起源实际就是研究那具有审美特征的"他物"的前身的历史性质，这不但有助于认识兴起源的本质、早期艺术与宗教的关系，而且促进了文学的文化研究的发展。

又如，战争诗本应描写双方战斗的场面，但《诗经》中的战争诗却一无例外地只写兵强马壮、仪仗威严以及对于文德教化的宣扬，而从不直接描写厮杀格斗的场面，这只要与希腊史诗《伊利亚特》的战斗场面描写做一对比，就会看得十分清楚。局限于文学自身是根本不可能解决这个问题的，而必须从周代的政治、军事思想寻找答案。我在《诗经研究反思》一书和有关论文中指出我国古代理想的政治是崇德尚义，垂裳而治，理想的战争则是"胜残去杀"，战胜于庙堂。这一思想在《尚书》《周易》和《论语》以及两汉典籍中多有反映，《诗经》战争诗正是以这一思想为灵魂。这样从大文化的背景下去审视《诗经》战争诗，会有更深刻的认识。

再如《诗经》中的宴饮诗，20世纪50年代以来，有关论著多以反映统治阶级的腐化享乐生活，没有任何进步意义和价值而予以彻底否定，显然这是一种简单的形而上学的批评方法。如果从综合研究的角度深入到当时社会的意识形态，将宴饮诗与周代礼乐文化联系起来，就会看到其巨大的文化价值。我在《诗经研究反思》和有关论文中指出，宴饮诗通过表现宾主从容守礼的道德风范与和谐融洽的人际关系，不但突出反映了礼乐文化的道德实质，而且活生生地展现了礼乐文化的外在风貌和内在之美，以及古代东方人际关系特有的"人情味"。宴饮诗这方面的价值是任何其他诗歌都不能代替的。

综合研究方法之所以能够提出和解决一些重要的难题，深化和拓展古代文学研究，与它的独特的优长有直接关系。大体说来，综合研究的优长主要有以下几个方面：

一、以大文化为背景的综合研究，充分注意文学作品与其文化环境的统一，从而较好地解决了文学与其产生的环境、背景之间的关系。

文学作品与其历史背景的关系问题，表面看来似乎很简单，实际不然，我们在很长的时间内没有解决好这个问题。问题的关键在于对于环境、背景的理解，质言之，也就是究竟是环境、背景中的什么因素在制约和影响着文学的性质和特征。

20世纪50年代以前，人们对于文学产生的环境、背景的认识很狭隘，认为就是围绕作者的小天地，即作者的生活范围，如家庭环境、社会关系，等等。这种观点把文学产生的原因仅仅归结为偶然的个人因素，而彻底否定了文学的社会性和历史性。50年代以后，庸俗社会学盛行，认为文学是社会政治、经济的集中反映，而政治、经济又被简单地归结为阶级矛盾和阶级斗争。这两种观点表面看来恰好相反，实际却具有共同的基本特征：根本忽略和否定文化对于文学发展的制约和影响。

事实上，真正对文学产生巨大而深刻影响的是文化，特别是文化通过历史积淀而形成的文化传统。因为恰恰是文化及其传统影响和决定着人们的行为习惯、思维方式和价值取向，如哲学观念、宗教信仰、生活理想、伦理道德和审美趣味以及有关的制度、风尚、习俗，等等。所谓社会环境和背景对于文学的制约和影响，实际上正是这些因素起着关键的作用。

以大文化为背景的综合研究正是基于这样的认识，即从文学与其文化环境的统一去把握作品的。例如，《诗经》中的祭祀诗一般认为共有17首，通观这17首诗歌会发现两个有趣的问题：一是这17首诗歌以祭祀祖先的为最多，共13首，约占76%；二是在祭祀祖先的13首诗歌中又以祭祀文王和武王的为最多，共有9首，约占69%。如何理解这两个问题？我在《关于〈诗经〉祭祀诗祭祀对象的两个问题》一文中运用综合研究的方法，从文学与文化的统一中寻找原因：原来在周人的各种宗教信仰，如自然崇拜、图腾崇拜、生殖崇拜和祖先崇拜中，以祖先崇拜最为发达和盛行，《诗经》祭祀诗中祭祀祖先的诗歌最多，正是高度强化的祖先崇拜的反映。关于第二个问题，即在祭祀祖先的祭祀诗中为什么又以祭祀文王、武王的诗歌为最多，则是因为在他们身上集中了更多的观念内容和价值。原来，文王、武王是周代新的天命观念（相对于殷商时代的天命观念而言）的最早的实践者和体现者，祭祀他们固然是缅怀他们的丰功伟绩，更重要的是通过祭祀他们来肯定和强化天命观念，而肯定和强化天命观念也就是肯定周人代商的现实，强化新王朝的统治。

当然，我们并不否认社会政治、经济因素以及个人家庭、环境对文学创作的影响，但它们都是通过文化的中介在起作用，一般说来，文学作品的内容绝不是它们在作品中的简单投影。

二、以大文化为背景的综合研究，由于多学科的交叉容易形成广阔的学术视野，因而便于从宏观上把握研究对象的性质特征。学术视野是否广阔不只是知识含量多少的问题，也不只是论题大小的问题，在本质上是长期学术积累所形成的知识系统和学术空间的纵深感，有了这种纵深感才可能有学术的深度和广度。从宏观上深刻把握研究对象的性质特征，只有在这样的基础上才有可能。

近三四年来，我在做20世纪《诗经》学术史研究。在正式动笔之前，曾反复考虑这样两个问题：一是学术史为什么会发展，也就是学术史发展的原因和动力是什么；二是20世纪《诗经》学术史的根本特点是什么，也就是20世纪《诗经》学术史与古代《诗经》学术史的根本区别是什么。对这两个问题有没有正确认识和深刻理解，在很大程度上决定着这个课题能否较好地完成。

作为对于学术研究反思和总结的学术史，不是学术研究实例的总合，也不是学者及其论著的简单排列，而是梳理和总结学术发展演化的历史及其发展规律。学术史的性质决定了它本身即带有某种综合性，文学研究史也是如此，也就是说，解决文学研究史的问题必然要涉及其他诸多学科，局限于某一学科自身的狭隘范围，是不可能真正解决该学科研究史的问题的。从这个意义上可以说，只有运用综合研究的方法才有可能完成学术史的研究任务。

从综合研究的角度出发，在考察不同历史阶段的一些学科的学术史之后，认识到任何时代、任何学科的学术史之所以不断发展，都是该学科的学术传统与时代学术文化思潮"对话"的结果，也就是说，时代学术文化思潮才是学术史发展的原因和动力，是它通过学术传统推动着学术史的发展。无论是古代还是现代的学术史都是如此，只不过由于古代社会发展缓慢，学术文化思潮的变化不像现代社会那样剧烈和迅速，因而也不太引人注目罢了。

处于社会历史和学术文化思潮激变背景下的20世纪《诗经》学术史，不同于古代学术史的根本特点，恰恰在于它与时代学术文化思潮之间的联系更加密切，受到的影响和制约更加明显和深刻——我国现代历史上出现的一些重要的学术文化思潮总是很快就被《诗经》学吸纳，并成为其发展的动力。根据20世纪《诗经》学术史的这一重要特点，在《现代学术文化思潮与诗经研究——二十世纪诗经研究史》一书中，我没有采用那种学者生平简介加论著分析评论的"列传式"的学术史建构模式，而采用了从现代学术文化思潮对《诗经》研究影响的视角切入的"开放式"的学术史建构模式，从而打破了多年来"列传式"学术史建构模式一统天下的局面，这当然有助于学术史研究的深入发展①。

三、以大文化为背景的综合研究的上述两大优长的结合，形成了它的第三个优长，即增加了对于考察对象的审视视角和研究的切入点，因而有助于形成更多的论题。这无论是对于开拓新的研究领域，还是加强研究的深度，都有重要的意义。

从事研究工作的人多有这样的体验：有时，面对研究对象一片茫然，不知如何下手。这种情况的出现，原因在于找不到合适的视角和切入点。寻找和确定研究视角和切入点的目的就是深入到研究对象的内部，寻找它们之间的内在联系。因此研究者应当主动去发现，这就要求他必须有一双"先见"的眼睛。而给人这种"先见之明"的恰恰正是他的学识和知识积累。综合研究所涉及的学科多，知识范围广，因而找到的视角和切入点也就相对较多。

例如，20世纪50—70年代运用历史社会学的方法研究屈原，一般都局限于文学研究的范围（今天看来，那时对于文学的理解也很片面和狭隘），很难再有其他的发现。而运用大文化背景下的综合研究方法，则有很多的视角和切入点可以选择：我在80年代进行屈原研究的时候，除了从文学的角度写了《屈原在诗歌艺术史上的地位和贡献》之外，还分别从美学、思想史和神话学的角度考察屈赋，写出《屈原的美学思想和创作主张》《屈原思想与中国思想史上的"儒法合流"》以及《屈原在神话思想史上的地位和贡献》等论文，这些论文后来都成为《屈赋研究论衡》一书中的重要章节。

又如，文学史在讲神话的时候，往往涉及它与哲学的关系，讲寓言的时候往往会涉及它与神话的关系。如果没有必要的学识和知识储备给你的"先见"的眼睛，这个问题很可能一带而过，不会引起特别的注意。其实，这里就隐藏着很好的切入点。我在《庄子哲学观念的神话根源》一文中从神话与哲学关系的角度考察了庄子哲学的性质和特征，指出庄子的

---

① 关于20世纪《诗经》学术史的重要特点和学术史建构模式的选择，详本书《关于20世纪学术史的建构模式——以20世纪〈诗经〉研究史为例》。

一些哲学观念，如时间观念、生死观念和主客观关系的观念，都直接继承了原始神话，与原始神话所体现的原始哲学观念具有明显的渊源关系和某些一致性。庄子从建立自己哲学体系的需要出发，把蕴含于神话故事中的原始哲学观念加以提炼和概括，使之升华和哲学化，成为自己哲学观念的一个组成部分。关于寓言与神话的关系，一般文学史和有关论著中都认为寓言起源于对于神话的继承，这个观点很片面、笼统，是错误的。我在《试论中国寓言的起源》一文中通过对于"画蛇添足"、"鲁侯养鸟"和"叶公好龙"等寓言的分析，指出这些寓言都是把往昔的那些以传统的宗教观念为基础的行为和心理，如为蛇添足使其成龙，祭祀图腾神灵和刻画图腾形象，等等，放在春秋时代的新的历史背景下，用实践理性的观点予以否定和批判，使宗教的荒谬和传统的乖违充分暴露在人们面前，从而彻底否定了传统宗教的世界观。所以，寓言的起源在本质上正是先秦时代理性精神对于神话、巫术所体现的宗教观念批判的结果，而不是对于它们的简单继承。

总而言之，以大文化为背景的综合研究使我摆脱了学术研究中的局促、狭隘的局面，凭借着更多的视角和切入点，开拓出较为广阔的阐释空间。

最后，再说一说在具体论证过程中，应当注意的几个问题：

一、注意宏观考察和微观剖析的结合：

有些问题，如兴的规范化的形式的形成、神话的历史化、神话向物占和寓言的转化等问题，都是长期历史发展的结果，甚至是跨时代的产物。要考察这类问题，必须放眼宏观，把握整体，把不同历史时期、不同文化背景下的有关现象贯通起来，揭示其内在的联系和特征，这是一方面；另一方面，还要把具体问题放到宏观历史背景下进行局部透视，如对于某些原始兴象、寓言以及庄子哲学中的"无待"的分析，都是如此。又如，对于20世纪《诗经》学术史发展规律的探索，也是建立在大量的实证研究的基础上，具有充分的事实根据，并注意观点与材料、理论与历史（学术史）实际的统一。力争做到既有宏观的视野和理论概括，又有典型例证的微观证明。

二、注意历史发展的动态考察：

对于研究对象，重要的是把它放在具体的历史进程之中，"瞻前顾后"、"左顾右盼"，进行全方位的动态考察，努力避免孤立静止和简单化的方法。同样一个问题，从动、静两种不同的角度去考察，会得出完全不同的两种结论。例如，屈原在《天问》中大胆怀疑和抨击神话的荒诞和乖谬，对神话作了彻底的否定。如果孤立地就此一点来看，对神话的发展似乎是不利的，但如果把它放到人类认识神话的整体进程中，就会看到这种怀疑和否定是人类认识神话本质的必经历史阶段（世界各民族在认识神话的历史过程中都经历过对于神话否定的历史阶段），是人们后来肯定神话价值的前提，因此，屈原对于神话的怀疑和否定，是对人类认识神话的重大贡献，在神话思想发展史上具有重要意义。

三、注意从时代历史和民族文化的特殊性出发，对问题进行具体的历史分析：

研究中国古代文学问题，必须结合中华民族的历史、文化和具体的时代特征，有针对性地进行具体的研究。例如，对于中国古代神话的分类，《先秦神话思想史论》一书没有采用通行的西方神话学理论的分类原则，而是根据中华民族早期历史发展道路以及由此形成的中国神话的特殊性进行分类。西方神话学理论以神话所体现的人类意识和精神成长历程为根据的神话分类原则，适用于在自然崇拜基础上产生并有主神和内在统一的普遍神系的希腊神话，而不适用于主要是在祖先崇拜基础上产生并缺乏主神和内在统一的普遍神系的中国神话。所以该书从中国神话的特点出发，按主要内容和基本精神对中国神话进行了分类。又如，寓言的起源，不同的民族有不同的途径，中国古代寓言的起源不同于古希腊和古代印度寓言的起源，不能照搬它们的理论。该书从春秋时代理性精神对于传统宗教、巫术观念的批判和否定，催生了神话向寓言的转化，是符合中国古代历史和文化发展的实际的。

原刊于《古典文学知识》2007年第2期，本文系应编辑部之约而作。

郭璞《游仙诗》研究历史的教训与启示

综观郭璞《游仙诗》研究的历史，一个首当其冲，也是最为令人困惑不解的问题就是：自它诞生的一千七百年来，虽然历代研究者络绎不绝，但对作品来说一个最为重要的基本问题，即作品的主题思想却一直未能得到正确把握，以致至今仍是迷雾一团。这种情况，在我国浩如烟海的古代文学作品中是比较罕见的：一般说来，古代文学作品研究中长期得不到解决的问题多是一些具体性的问题，诸如名物训诂、典章制度、作者生平、作品背景以及有关的历史、地理等具体问题，而在作为作品灵魂的主题思想方面即使是存在问题，往往也多是对主题思想理解的深浅、全面与否和评价的高低，等等，而不会出现认识上的重大偏差，更不会像《游仙诗》一样，对主题不但众说纷纭，而且始终未能做出正确的阐释。严格说来，这就意味着《游仙诗》对于我们来说还是一篇陌生的作品，没有达到把握它的最低要求。

一个重要的问题长期得不到解决，而错误观点却广为流传，必有其深刻的内在原因。《游仙诗》研究的历史给我们提出了很多值得思考的问题，其中的教训和启示正殷切召唤着人们予以评说。

大体说来，《游仙诗》主题思想始终未能得到正确把握的原因主要有两个方面：一是作品本身方面的原因；一是研究者方面的原因。

从作品本身来说，《游仙诗》的内容比较复杂和特殊，给正确把握它确实造成了较大的困难：

一、《游仙诗》题材和思想内容的特殊性：

自周秦至魏晋的一千多年间，诗歌作品的关注对象和题材多集中于社会、家庭和个人出处等方面，诸如政治黑暗、社会动乱、民生疾苦、家庭婚姻乃至日常生活以及个人理想、抱负和经历、遭际，等等，总之，多是一些具有较强社会性的现实问题，反映的多是对于美好未来的向往，对于不合理现实的不平和理想抱负不能实现的痛苦、悲哀，等等。《游仙诗》虽然也是从人的生存状况出发，但所关注的却不是这些问题，而是人在宇宙中即在时间和空间方面的局限性所造成的悲剧性命运及其所带来的焦虑和痛苦，以及为了摆脱这种焦虑和痛苦而学道修仙的历程。可见《游仙诗》写的不是社会、家庭和个人的悲剧，而是人所不可避免的生命悲剧以及如何摆脱这种悲剧，这说明《游仙诗》已经超越了世俗性的理想和追求，而具有明显的终极关怀的特征。总之，正是郭璞的强烈生命悲剧意识使他在前人关注和惯用的题材范围之外，从另一个角度聚焦人的生存状况和命运，从而赋予《游仙诗》以全新的思想内涵和主题；在艺术表现上，诗人没走前人的老路，而是大胆创新，另辟蹊径，这些都不为人们所熟悉。

二、《游仙诗》思想内容复杂，表面看来头绪纷繁：

《游仙诗》不但题材和内容为我国古代诗歌中前所未见，而且内容繁富，思想性质复杂，涉及广泛，表面看来头绪纷繁。《游仙诗》作为诗人学道修仙历程的"自叙"①，是从学道修仙的原因和思想基础"自叙"起，经过方术修炼和修德悟道最终修炼成仙，这个漫长而纷繁的过程广泛涉及不同范畴、不同时空和不同境遇的各种各样的事物，诸如现实生活、神仙世界、历史场景、山林隐逸、生命悲剧、生命意义、人生道路、方术修炼、修德悟道、宗教信仰、成仙仪式，等等。除此之外，还有内心世界的种种状态，如生命悲剧带来的痛苦、焦虑，对于神仙世界的向往和追求，宗教情绪控制下的存想、幻视以及挣脱世俗罗网以后，得道直进的轻松和自如，等等。由于在十分有限的篇幅内（除了序诗只有九首诗），要摄取如此广泛的题材，衔接如此大的跨度，安排如此繁复的内容，必然造成神界、人间时空的迅速转换，历史、现实场景的彼此交汇乃至叙事的中断、抒情的穿插，景物环境（包括仙境和"人境"）的描写，如此不同范畴的内容、多种多样的场景和复杂感情的集中，不可能完全按照一般的顺序展开抒写，特别是由于诗歌体裁的限制对这些转换、穿插和交汇等无法做直接说明，致使不同内容之间的关系和转换比较隐蔽，所以，表面看来

---

① 详本书《郭璞〈游仙诗〉是学道修仙历程的"自叙"——试论郭璞〈游仙诗〉的主题及其思想特征》。

显得头绪纷繁难以理清，通篇走势难以把握。正是因为如此，迄今为止，连作品的经纬脉络尚未理清，遑论思想内容和主题！难怪有人认为《游仙诗》是十首诗的无序集合，根本没有完整统一的主题和结构。

三、在题目运用上的创新：

作者在题目运用上的大胆创新，完全突破了"游仙诗"的本意，所以，从传统的观点，即"游仙诗"的本意看，内容与题目之间不一致，从而容易引起认识的混乱。

我们知道，"游仙诗"是我国古代的一种常见的诗歌类别，本是指通过描写神仙世界以寄托主观情思的诗歌，但是，郭璞却以"游仙诗"为题，旧瓶装新酒，写了包括信仰和追求神仙道教原因在内的自己的学道修仙的具体历程，确实是从根本上颠覆了"游仙诗"的本意，其创新之举可谓前无古人。也就是说，郭璞的《游仙诗》题目虽为"游仙诗"，但其思想内容却与以嵇康、阮籍和曹植等为代表的所谓"正格的游仙诗"[①] 完全不同，而是容纳了全新的内容，形成了新的特点，甚至完全失去了"游仙诗"的本意（详后）。无视"游仙诗"在郭璞笔下已经有了重要发展的客观事实，一味拘泥于"游仙诗"本意而"按图索骥"，即按照题目"游仙诗"的定义去"寻绎"作品的思想内容，必然会坠入迷雾中而难有所获。这说明，如果不能正确认识诗人不受传统定义和现成"规则"的约束，扩大了传统"游仙诗"题目的容纳范围而赋予其以全新的意义，那么，不但不能理解诗人的创新之举，反而很容易被题目"误导"。

看来，作品本身带来的困难确实不少而且比较特殊，但《游仙诗》研究历史的教训和启示告诉我们：造成《游仙诗》研究长期停滞不前的根本原因不在作品本身，而在研究者的主观方面。具体说来，这些教训和启示主要有以下几个方面：

一、传统思维定式严重削弱了实事求是的研究精神和对材料的敏感性，在《游仙诗》研究中不能提出新问题和新见解。

长期以来，《游仙诗》研究的视野和思路十分狭窄并趋于模式化，形成了牢固的思维定式，这突出表现在就《游仙诗》思想内容所提出的问题上。众所周知，在学术研究工作中从什么角度提出什么问题作为考察和

---

① 关于"正格的游仙诗"及其代表诗人，参阅张海明《魏晋玄学与游仙诗》，《文学评论》1995年第6期。

研究的对象，在很大程度上决定着研究成果的学术含量和水平以及创新的程度，其重要性是自不待言的。然而，多年来《游仙诗》思想内容研究所提出的问题却很少变化，基本上都是就《游仙诗》中的神仙世界提出问题，而所提的问题一无例外都是关于神仙世界的描写"是否有所寄托"这一源自古代的老问题。

神仙世界是否有所寄托主要是着眼于有关描写的目的和意义，对于游仙诗研究，特别是对认识其思想内容和社会意义来说当然是十分必要的。但是，任何研究都有其特定的适应对象和范围，考察游仙诗中神仙世界是否有所寄托也是如此：例如，对于所谓"正格的游仙诗"来说，这样的研究可谓抓住了问题的症结；但是对于郭璞的《游仙诗》来说，如果研究的问题和范围也仅仅局限于此，就未免削足适履了。因为郭璞的《游仙诗》与一般所谓的"正格的游仙诗"根本不同。比如，仅就诗中所描写的神仙世界的来源途径看，郭璞的《游仙诗》与所谓"正格的游仙诗"二者之间就有根本区别。

一般所谓的"正格的游仙诗"，其神仙世界的来源途径多为古代神话传说基础上的艺术想象和虚构，这样的艺术想象无论多么离奇荒诞，终究是植根于现实生活土壤中，有其直接或间接的现实原因和根源，因而具有一定的现实性。郭璞《游仙诗》中有五首诗（即第二、三、六、九、十首）描写了神仙世界，但这五首诗中神仙世界的来源途径除了常见的现实生活基础上的艺术想象和古代神话传说的移植之外，还有另外一个途径：道教方术修炼所诱发的宗教存想幻视，如第三、九两首诗中的神仙世界就是如此①。《游仙诗》中这些来源于不同途径的神仙世界，其思想性质和意义也完全不同，分别反映着诗人在学道修仙历程中所处的不同阶段的不同内心状态，具有完全不同的意义。第三、九两首诗说明诗人对于神仙道教的信仰和追求不止于精神的层面，还体现在具体行动上，即神仙道教的方术修炼上。由此可见，正确认识神仙世界的来源途径和思想性质对于把握《游仙诗》思想内容和主题的重要意义。

然而，面对《游仙诗》中思想内涵如此丰富和复杂的神仙世界，研究者却不去考察其不同的来源途径、思想性质和在诗中的不同意义，而一概以研究"正格的游仙诗"的方法和视角，即神仙世界"是否有所寄托"

---

① 详本书《郭璞〈游仙诗〉中的神仙世界与宗教存想》。

的标准予以衡量。这实在值得深刻反思：对待来源途径和思想性质完全不同的神仙世界，为什么不加区别和辨析，而一律以神仙世界是否有所寄托的同一把尺子来衡量？为什么不能根据作品的实际情况和特点提出新问题，以理性精神和批判性思维进行实事求是的研究？其实，诗人对于第三、九两首诗中神仙世界的思想性质和来源途径已经做了明确的说明：在这两首诗中在神仙世界出现之前都是先写方术修炼，如第三首的"静啸"和第九首的采药服食、服炼津液、行气，等等，然后才写神仙世界。这就十分明确地表现出后面的神仙世界正是方术修炼所诱发的存想幻视的结果，而绝不是一般的艺术想象。尽管如此，但研究者还是偏偏要走老路，完全按照研究"正格的游仙诗"的路数对待之！

看来，传统思维定式的束缚已经严重削弱了学者的实事求是的研究精神和对于材料、问题的敏感性，并使眼睛有了"选择性"：只能看见那些想看见的，其他则一律视而不见。如此下去，所谓的研究也就只能是为预先设定的见解寻找根据，其结果不但距离正确答案越来越远，而且徒然增加了混乱。显然，这正是多年来《游仙诗》研究始终停留在"是否有所寄托"的传统视域而未能扩大视野，发现新问题，进行新探索，提出新见解，进而正确阐释《游仙诗》思想内容和主题的一个重要原因。

二、对古人的观点和见解缺乏批判精神和理性分析，丧失了问题意识和创新精神。

关于《游仙诗》的创作主旨自古以来就存在"列仙之趣"说和"非列仙之趣"说的争论，直到今天这场争论还在继续。这说明，像古代一样，很多当代学者还是把这两种观点作为《游仙诗》的主题思想看待。事实上，这种认识存在着很多似是而非和模糊不清的认识，直接妨碍了《游仙诗》研究的顺利发展，而我们对此竟浑然不觉。

关于"非列仙之趣"说：后世学者奉钟嵘为《游仙诗》创作主旨"非列仙之趣"说的开创者，根据是钟嵘《诗品》中论述《游仙诗》的如下一段话：《游仙诗》"辞多慷慨，乖远玄宗。而云'奈何虎豹姿'，又云'戢翼栖榛梗'，乃是坎壈咏怀，非'非列仙之趣'也"[1]。他们根据钟嵘所说的"坎壈咏怀"与一般游仙诗所写的"飧霞倒景，饵玉玄都"[2]

---

[1] 《诗品》卷中。
[2] （唐）李善：《游仙诗》注，见《文选》，中华书局1977年版，第306页。

等具有神仙思想和色彩的内容大异其趣,便认为这是钟嵘对《游仙诗》创作主旨的"非列仙之趣"说的阐述。事实上,这样的认识并不符合钟嵘论述的本意:钟嵘做出上述论断的根据仅仅是就他所引证的"奈何虎豹姿"、"戢翼栖榛梗"① 这两句诗。那么"奈何虎豹姿"和"戢翼栖榛梗"究竟是什么意思呢?"虎豹姿"而冠以"奈何",飞鸟栖于榛梗而不得不"戢翼",正是以"虎豹姿"而无从伸展,飞鸟栖于榛梗而难以翱翔的形象喻俊杰之才仕途阻塞不通,济世报国之志难酬的现实困境。十分明显,这正是现实生活中诗人境遇的真实写照,同时也是他"坎壈咏怀"的中心情结。但这只是《游仙诗》思想内容的一个方面。这就是说,即使宽泛地看,钟嵘的论述也只是针对他所引用的诗句和与之思想性质相同的内容而言,而根本没有涉及其他内容,更不是对作品主题思想的概括。

关于"列仙之趣"说:与《游仙诗》创作主旨"非列仙之趣"说对立的是"列仙之趣"说,此说被后世学者认为起源于刘勰的《文心雕龙》。同样,这也是对刘勰有关论述的严重误读。

《文心雕龙》中共有两处论及《游仙诗》:一是《明诗》:"景纯《仙篇》,挺拔而为俊矣。""仙篇"指《游仙诗》;俊,俊杰,杰出之士,此指杰作。这句话的大意是说:郭璞《游仙诗》刚健超拔,为时代之杰作。二是《才略》:"景纯艳逸,足冠中兴……《仙诗》亦飘飘而凌云矣。"大意是说:郭璞的诗赋作品华美超逸,确为中兴诗赋之冠……而《游仙诗》仙气弥漫读来令人飘飘凌云。可以看出,《文心雕龙》关于《游仙诗》的两处论述,其意都在说明《游仙诗》的艺术风格特点和所取得的杰出成就,《才略》虽指出了"飘飘而凌云"的特征,但充其量也只是说明其题材的神仙性质,而没有涉及主题思想。这样理解《明诗》和《才略》关于《游仙诗》的论述,完全符合刘勰这两篇论文的主旨:《明诗》主要是阐明诗的意义在于"言志"并从这个角度评价了历代作品;《才略》主要论"九代之文":以"征圣"和"宗经"为标准评论各家的才略和成就。可以看出《明诗》和《才略》的论述主旨并不在作品的主题思想。这说明,把刘勰的上述论述作为《游仙诗》创作主旨的"列仙之趣"说起源于他的根据,不但是对这些论述的误读,而且也不符合《明诗》和《才略》的论述主旨。

---

① 这些都是《游仙诗》的所谓"残诗"、"残句"。

虽然把钟嵘奉为《游仙诗》创作主旨"非列仙之趣"说的开创者，把刘勰奉为"列仙之趣"说的远祖，是对他们有关论述的严重误读，根本不符合其本意，但这种观点却广有影响，历代都有学者相从。特别是"非列仙之趣"说，从者更多。他们认为《游仙诗》主要是抒写诗人在现实中的困顿、失意和不得志，所谓"坎壈咏怀，其本旨也"①。直至现代，这两种观点的影响仍广泛存在。

既然后代学者的观点违背了钟嵘和刘勰有关论述的本意，那就应当把二者，即钟嵘、刘勰的有关论述和作为《游仙诗》创作主旨的"非列仙之趣"说、"列仙之趣"说区别开来并分别进行评价：钟嵘、刘勰就《游仙诗》部分内容和个别问题所做的论断本身没有任何问题和不当，而后人把它们作为《游仙诗》创作主旨的"非列仙之趣"说和"列仙之趣"说，却明显存在以下问题：

一是其观点笼统泛泛，缺乏明确、具体的思想内涵。

就"列仙之趣"说看，如前所说，一般认为此说主张《游仙诗》表现了追慕神仙世界的旨趣，那么，其思想内涵究竟是什么：是把神仙世界作为独立于人间之外的真实存在去追求，还是把神仙世界作为象征用以寄托对于现实的不满和对美好未来的向往②？诸如此类的不同见解都可以被这个观点所容纳，这本身就足以说明问题。同样，"非列仙之趣"说也存在思想内涵笼统、过于泛泛的问题，如认为《游仙诗》"题曰游仙，实是歌颂隐居生活，表现忧生愤世的心情"③，或认为《游仙诗》"非列仙之趣"部分表现了"身世之感"和"世俗之累"④，等等都是如此。

二是作为《游仙诗》的创作主旨，无论是"非列仙之趣"说还是"列仙之趣"说，其观点都十分片面，不能涵盖作品整体。

稍有文学常识的人都知道，文学作品的创作主旨是指根据作品整体即

---

① 沈德潜：《古诗源》，中华书局1963年版，第179页。
② 曹道衡、徐公持认为《游仙诗》中的神仙世界"表现了对于神仙世界的向往和追求，并非寄托之言"，见曹道衡《中国历代著名文学家评传·郭璞评传》，山东教育出版社1983年版，第385页；徐公持：《魏晋文学史》，人民文学出版社1999年版，第481、483页。而以黄侃、程千帆为代表的学者，认为《游仙诗》中所表现的仙道内容属于寄托之言，见黄侃《文选平点》上册，中华书局2006年版，第210页；程千帆：《古诗考索》，上海古籍出版社1984年版，第299页。
③ 程千帆、沈祖棻：《古诗今选》上册，上海古籍出版社1983年版，第73页。
④ 张海明：《魏晋玄学与游仙诗》，《文学评论》1995年第6期。

作品全部内容归纳出的中心思想而言，而根本不存在根据部分内容归纳出的所谓"创作主旨"。但是，"列仙之趣"说和"非列仙之趣"说都只是根据作品的某一部分内容归纳出的思想认识："列仙之趣"说只是针对"列仙之趣"部分的内容，"非列仙之趣"说只是针对"非列仙之趣"部分的内容，除此之外，其他所有内容都被忽略掉。不仅如此，还有一个更为重要的问题，即"列仙之趣"部分和"非列仙之趣"部分之间的关系也被不知不觉地化为乌有：因为对于这两种相互对立的所谓"创作主旨"来说，这个问题根本就不存在。在把如此多的重要内容和问题都被排除在视域之外的情况下，这样归纳出的所谓"创作主旨"究竟还有什么意义呢？

可以看出，源于对刘勰和钟嵘有关论述的误读而形成的"列仙之趣"说和"非列仙之趣"说这两种相互对立的基本观点，作为《游仙诗》中部分内容的概括尚有其值得借鉴的价值，而作为《游仙诗》的创作主旨却存在着严重的问题和缺失，以致完全丧失了作为主题思想的基本条件。

作为《游仙诗》创作主旨的"列仙之趣"说和"非列仙之趣"说不仅影响到对于刘勰和钟嵘有关论述的正确理解，更为重要的是，严重妨碍着对《游仙诗》主题思想展开实事求是的研究：既然关于作品创作主旨的两种对立观点都有其作品的根据与合理性，那就意味着《游仙诗》是由题旨完全不同、没有任何联系的两部分内容构成："既有借游仙题材以发坎壈情怀的'非列仙之趣'的作品，也存在表达其倾心仙道的'列仙之趣'的篇什。"① 正是在此基础上终于形成了近年来以几部通行的文学史为代表的一种颇为流行的观点：《游仙诗》可以分为题旨不同的两部分（有的学者认为不只是两部分，而是几部分），而根本没有完整统一的主题和结构②。至此，在这一错误观点的遮掩下，《游仙诗》主题研究的道路被完全堵塞了。

这说明，当代颇为流行的这种错误观点，可以一直追溯到古代学者对钟嵘和刘勰有关论述的误读并"发展"为"非列仙之趣"说和"列仙之趣"说。换言之，从作为作品主题的"非列仙之趣"说和"列仙之趣"

---

① 陈道贵：《东晋诗歌论稿》，安徽教育出版社 2002 年版，第 29 页。
② 如徐公持《魏晋文学史》，人民文学出版社 1999 年版，第 481、483 页；章培恒、骆玉明主编《中国文学史》上卷，复旦大学出版社 2007 年版，第 308 页；袁行霈主编《中国文学史》第二卷，高等教育出版社 2005 年版，第 50 页。

说出现的那一刻起，就已经埋下了将完整统一的《游仙诗》人为肢解的错误基因。

总而言之，《游仙诗》主题思想之所以至今尚未得到正确揭示，与作为《游仙诗》创作主旨的"非列仙之趣"说和"列仙之趣"说的影响有直接关系，但是，导致这种影响不断扩大并延续至今的原因，却完全在于研究者的主观方面：对于古代流传下来的观点和见解缺乏批判精神和理性分析，以致完全丧失了问题意识而唯古人是从。这样，思想既被古人的观点和见解套牢，也就不可能对作品展开独立思考和实事求是的研究，而只能习惯于从古人的观点和见解，如"列仙之趣"说、"非列仙之趣"说出发提出问题和解决问题，其结果只能是重复前人而难以有所开拓和进步。相反，如果我们在"非列仙之趣"说和"列仙之趣"说面前，能够保持清醒的头脑，以批判的精神对它们进行实事求是的分析，既看到其正确的一面，也充分注意所存在的问题，那么，我们就绝不会全面照搬、原封不动地拿来作为自己思考的基础，而是集中力量深入作品，从作品的内容及其特点出发，并在判定古人观点和见解的意义和价值的基础上汲取其有益的养分，这样，也许就不会重蹈前人的覆辙，而不断推动《游仙诗》研究的深入发展。

以上我们指出了古人观点和见解存在的问题和不足，并不意味着不重视和随便否定它们。一般说来，古代学者的观点和见解历经时间的检验流传下来，为我们提供了十分宝贵的参考和借鉴，自有其独特的价值，是非常值得珍惜的。不过，古人的观点和见解往往有其具体的针对性和历史局限性，不注意他们是从什么角度出发，针对什么具体问题及其结论的正误得失以及他们的观点与前人之间的关系等，而把它们作为普遍性的结论到处生搬硬套，那就只能适得其反，不但不能促进，反而会妨碍研究的健康发展。

三、片面"重视"有关作品主旨的大问题，而忽略局部性的具体问题，在很多具体问题都没有弄明白的情况下就力图一举破解主题。

这里所谓的局部性的具体问题，是指关于《游仙诗》局部和个别方面的具体问题，相对于形式结构、主题思想等涉及《游仙诗》整体的全局性问题而言。例如，在《游仙诗》研究中，往往不是首先解决局部性的具体问题，而是一开始就直奔主题：关于《游仙诗》的创作主旨究竟是"列仙之趣"说正确呢，还是"非列仙之趣"说正确？从而把注意力完全集中在所谓"解决"主题的问题上。对《游仙诗》研究历史稍有了解的人都会知道,这种情况可谓司空见惯。

《游仙诗》研究的历史说明,这种完全忽略或不屑于解决局部性的具体问题,在很多局部性的具体问题没有解决的情况下就直奔主题的做法,与揭示《游仙诗》主题思想的复杂任务相比,显得未免过于草率了。这种违背研究规律和正常程序的做法给我们留下了十分深刻的教训:由于很多重要的具体问题没有解决,各部分之间的关系没有搞清楚,这些"障碍"横亘路上,通往主题的道路是根本走不通的。因为只有解决了那些局部性的具体问题才能从各方面为正确认识主题思想提供可靠的根据,从而正确把握主题,否则就只能流于凭空臆断,亦即仅凭一些表面的印象和肤浅的感想而提出不着边际的论断。这样的"研究"无异于猜谜,与实事求是的研究和科学严谨的论证相距何止天壤?迄今为止,《游仙诗》的主题思想仍然没有被正确把握就是最好的证明。

作为作品思想内容集中概括的主题,是深藏于作品构架内部的灵魂和中心思想,而不是浮在表面的思想泡沫,主题涉及作品整体和全部内容的方方面面,因此,要正确把握它首先必须正确认识它所涉及的所有局部性的具体问题,只有把这些具体问题搞清楚以后才有可能真正进入主题研究。撇开这些问题,直接面对主题是不可能的;任何一个局部性的具体问题没有解决好,都将影响到对于主题思想的认识。而对于思想内容比较复杂的作品来说,这种解决局部性具体问题的"基础性工程"尤其显得重要,郭璞的《游仙诗》就是如此。要把握《游仙诗》的内容构成和主题,除了认识一般作品所必须首先了解的作者生平思想和所处的历史时代以及字词训释和其他有关问题之外,还必须首先认真解决以下具体问题:如第一首即序诗所肯定的人生价值取向的意义及其与正文之间的关系;"列仙之趣"部分和"非列仙之趣"部分的思想内容及其相互关系①;《游仙诗》中神仙世界的来源途径和思想性质及其与方术修炼之间的关系。对于《游仙诗》主题研究来说,解决这三个问题最为重要;除此之外,还必须正确解决以下一些更为具体和细碎的问题:作为学道修仙的开始,即第二首为什么先写山林隐逸,也就是山林隐逸与学道修仙之间有什么关

---

① "列仙之趣"部分一般指第二、三、六、九和十首,"非列仙之趣"部分一般指第四、五、七首。

系？在学道修仙的原因和思想基础部分中为什么要插入抒写古代帝王出海寻仙的历史往事（即第六首所写）？在第八首中为什么要写修德悟道，修德悟道与学道修仙有什么关系？学道修仙的原因和思想基础部分为什么不是放在学道修仙的实际践行之前，而是放在学道修仙实际践行的初始阶段与继续阶段之间？这样非同一般的安排，有什么根据？第十首中怎样描写成仙的仪式，这一仪式与道教经典有关成仙仪式的记载是否一致？在学道修仙的原因和思想基础部分中，除了直接抒写生命悲剧所带来的焦虑和痛苦之外，又通过什么方式抒写为了超越生命悲剧所做的反复探索（即第四首所写），等等。正确回答上述这些局部性的具体问题，才能正确认识每一首诗的诗义，各首诗之间的关系，进而把握全诗内容的构成、段落划分以及有关的问题，而这一切都是总结主题思想所必需的前提条件。只有具备了这些条件，主题思想才有可能像深藏闺中的美女鲜花绽放般地显露出来。

四、《游仙诗》研究与郭璞的宗教信仰研究严重脱节。

长期以来，关于郭璞的宗教信仰问题，即郭璞是否信仰神仙道教的问题一直被束之高阁，这不仅影响到对于郭璞生平和人生态度的认识，而且直接制约和影响《游仙诗》研究的深入发展。

魏晋时代神仙道教盛行，很多士大夫都有濡染，郭璞是否具有神仙道教的宗教信仰，对于神仙道教持有怎样的态度和观点，是郭璞《游仙诗》研究中不可回避的重要问题。信仰构成了一个人精神世界的核心，在很大程度上决定着他的人生态度和人生道路；对于诗人来说，则是决定和影响其创作的最主要的因素之一。而对于作为学道修仙历程"自叙"的《游仙诗》来说，把握诗人的宗教信仰更是正确解读和评价它的一把钥匙，脱离诗人的宗教信仰而孤立地研究《游仙诗》无异于是抽掉了灵魂。然而，《游仙诗》研究的历史说明，自古至今很少有人重视诗人的宗教信仰问题，更没有展开过系统研究，致使《游仙诗》研究与诗人的宗教信仰严重脱节而完全处于孤立的状态。这种不正常的情况是很值得深思的。那么，这种情况究竟是什么原因造成的呢？

就我国古代一般士人的精神世界的构成看，各家思想特别是儒家、道家和法家思想对士人精神世界的影响远大于宗教信仰，很多士人多以各家思想主张作为立身行事的准则，即使具有宗教信仰，也多是儒释双修或儒道双修，而占主导地位的仍然多是各家思想，宗教信仰往往处于从属地位。但是，这只是就一般情况而言，并非没有例外，郭璞就是如此。我们知道，郭璞具有明显的二重身份：既是具有神仙道教宗教信仰的企慕世外的神仙家，又是具有鲜明济世志向的官吏和幕僚①，而在他人生的某些阶段，特别是在他母亲去世，辞去朝中官职以后任王敦参军的几年，对神仙道教的宗教信仰更占了上风。不仅如此，在他人生的最后时刻还特别按神仙道教的有关规定主动争取践行"尸解"，为成为神仙赴神仙世界而慷慨赴死②。同时代的道教思想家葛洪据此而将他列入《神仙传》更可以证明他的信仰。

可以看出，郭璞对于神仙道教的信仰有其特定的时代性和个人特征，对此应当予以特别重视，绝不能根据古代一般士人人生观的特点做简单推论，而忽略宗教信仰对他人生道路和诗歌创作的巨大影响。其实，在当代的古代文学研究中我们一向非常重视作家的思想立场和思想倾向，比如某一位作家的思想属于儒家还是道家，或受到哪一家思想的什么影响等，从来是研究工作中不可或缺的重要内容，同样，对于宗教信仰，特别是其宗教信仰的时代的和个人的特征也完全应当予以充分的重视。

或许认为，关于郭璞宗教信仰的资料没有流传下来，根本无法展开研究。事实上，这是一个很大的误解：无论是郭璞的学术著作，还是赋作都保存了有关他的宗教信仰的大量可靠的资料。我们知道，神仙道教的基本教义主要有两条：一条是神仙世界是独立于人间之外的真实存在；另一条是神仙可学，即通过学道修仙的实际践行凡人也可以成为神仙。相信并实际践行这两条教义就是信仰神仙道教。而这些在郭璞的学术著作和赋作中都可以得到充分的证明：郭璞不但是我国历史上为出土文献《穆天子传》第一个作注的学者，而且也是首先将有关材料用于《山海经》研究的人。他对神仙道教基本教义的肯定即反映在他的《穆天子传注》《山海经注》《山海经叙》和《山海经图赞》等著作中。而他对神仙道教的向往和追求

---

① 关于郭璞的神仙道教的宗教信仰，详拙作《关于郭璞的神仙道教信仰看〈游仙诗〉》，《中州学刊》2011年第5期。

② 郭璞因为卷入东晋上层统治集团内部斗争而被叛将王敦杀害。他虽然是因政治斗争而慷慨赴死，但是支撑他临危不惧、视死如归的精神力量却不是杀身成仁、舍生取义的儒家政治理念和道德精神，而是摆脱人间苦难，成为快乐神仙的宗教信仰和宗教理想。正是在宗教动机的支配下，使他面对屠刀从容自若、视死如归。郭璞的被杀，既是统治阶级内部矛盾斗争发展的必然，也是他在宗教理想鼓舞下主动追求"尸解"的结果。详拙作《驾鹤仙游——郭璞之死解读》，《北京师范大学学报》2012年第1期。

则反映在他的赋作《流寓赋》和《客傲》等赋作中。这些充分说明，郭璞不但有神仙道教的宗教信仰，而且终生追求神仙世界，实际践行了这一信仰。

  如果把握了郭璞的神仙道教的宗教信仰，再看《游仙诗》时与以前就会大不一样：审视《游仙诗》时便多了一个宗教学的视角，新的视角必然会带来新的发现，看到很多原来看不到的东西。事实证明，在魏晋时代神仙道教成为人们共同的价值取向的历史条件下，忽略郭璞的宗教信仰就不可能正确认识被重重误解和臆断掩盖着的《游仙诗》的本来面貌。

原刊于《天津社会科学》2015 年第 2 期。

文化人类学：从学科到方法

在现代中国学者的心目中，《诗经》与文化人类学似乎有着天然的缘分：这门产生于19世纪后期的新的人文学科还没有正式传入中国，运用它研究《诗经》的著作就已经在西方问世，这就是法国著名汉学家葛兰言于20世纪初期完成的《中国古代的祭礼和歌谣》（又称《中国古代的节日与歌谣》）。这部著作的正文分为两大部分：一是《古代的祭礼》；二是《诗经的情歌》。葛兰言运用神话学、宗教学和民俗学的理论，在确定这些诗歌与古代祭礼关系的基础上，对它们提出了全新的解释。他的研究具有明显的开创性，立即在西方汉学界引起了轰动，其影响不断扩大并逐渐传到中国。或许是由于有了这部著作开路，文化人类学在中国才得以比较迅速地传播。相当多的中国学者也正是通过这部著作才认识这门学科的。至于葛兰言为什么要把在当时还属于新兴学科的文化人类学大胆地用来研究这部遥远东方的古老的诗歌总集，那只能说是他独具慧眼，同时也说明《诗经》的内容和性质在某些方面比较适合于文化人类学的要求（详后）。

对于《诗经》研究来说，文化人类学不单单是一种方法，更是一种观念——综合式的研究观念；一种目光——世界性的文化目光；一种态度——开放式的思想态度。所以，文化人类学引入《诗经》研究以后，必然引起一系列认识和方法的变化，对它的发展产生深刻的影响。20世纪运用文化人类学研究《诗经》已经取得了一定的成就，不但增加和丰富了研究方法和手段，而且在一些具体问题上提出了全新的解释，特别是对《诗经》的整体性质和特征，也得出了很多颇具启发性的新认识。这一切都在一定程度上推动了《诗经》学的前进。可以说，文化人类学引入《诗经》研究以后，在这个学术领域引起的巨大而深刻的变化，足以与唯物史观引入《诗经》研究领域相比肩——它们都是 20 世纪《诗经》学术发展史上的重大事件。

任何新方法的运用都不会是一帆风顺的,《诗经》文化人类学研究也经历了很多曲折和坎坷,出现了很多问题和不足,其中有些甚至涉及运用文化人类学研究《诗经》的重要原则和方法,涉及有关《诗经》和《诗经》学的一些根本性问题。例如,20 世纪 90 年代以后,运用文化人类学研究《诗经》得出了很多新观点①,向公认的结论提出了挑战。当然,大家承认的结论也可能存在错误,不是不能讨论。如果这些新论断基本正确,那么包括文学史在内的有关《诗经》的所有论著就要全部重新改写;如果这些新论断是错误的,那就证明这样运用文化人类学研究《诗经》,在认识上和方法上都存在问题,应当认真对待,吸取教训。

所以,回顾《诗经》文化人类学研究一百年来所走过的路程,总结成绩,纠正缺点,回应挑战,是《诗经》学健康发展所必须面对的课题。

文化人类学最初又称民族学,是人类学的一个重要分支,与一些传统学科相比,它的历史并不长。人类学的概念出现于 16 世纪之初,而学科基础则奠定于 19 世纪前一二十年。像很多学科在其诞生前后都有一段与其他学科相纠缠的历史一样,初期的人类学在其胚胎时期也多与其他学科相粘连,直到 19 世纪中叶,人类学才"逐渐脱离博物学的附庸地位而成为一门独立的科学"②。这种与其他学科相粘连的历史对于人类学来说具有特殊的意义,因为它本身就包容了不同的学科,具有明显的综合性,所以摆脱与其他学科的纠缠与粘连,更是一个严格的学科选择和整合过程。

由人类学到文化人类学是学科不断深化、具体化和研究对象逐渐集中的结果。著名人类学家威斯勒在《纳尔逊百科全书》中为文化人类学下过定义,他认为文化人类学就是"社会生活的自然史。换言之,便是关于各民族的文化的现状及其演进的研究"③。著名文化人类学家林惠祥认为在关于文化人类学的诸多定义中这个定义最好,可以采用。林氏之所以

---

① 详拙作《文化人类学与〈诗经〉研究》,《诗经研究丛刊》第六辑,学苑出版社 2004 年版。

② 杨堃:《论人类学的发展趋势》,《民族与民族学》,四川民族出版社 1983 年版,第 179 页。

③ 转引自林惠祥《文化人类学》,商务印书馆 1991 年版,第 12—13 页。

认为这个定义最好，大概是由于它强调了文化人类学研究对象的以下两个特点：一是强调"各民族"，即所有的民族，也就是全人类；二是强调社会生活和文化。林氏正是根据这样的理解来解释这个定义的，他说文化人类学就是"探讨人类的生活状况、社会组织、伦理观念、宗教、魔术、语言、艺术等制度的起源、演进及传播"① 的学问。与威斯勒的定义相比，林氏之说有两点主要变化：一是直接提出了人类，而不是局限于某一个民族；二是把社会生活和文化具体化，指出具体包括哪些内容。二者措辞虽有不同，但精神实质是完全一样的，即都是强调要打破民族和地域的局限，而放眼全人类；强调文化的多方面内容，而不是某一个方面。文化人类学研究对象的这些特征同时也决定了这门学科的鲜明特征。

可以看出，无论是强调全人类，还是强调文化的多方面内容，文化人类学的这些特征除限定研究对象的性质和范围之外，都还体现出一定的观念、目光和方法。例如，研究对象不限于某一个民族和地域，则体现了世界性的目光；研究对象不限于文化的某一方面内容，则必然形成多方面文化的会通和整合。因此，对于其他人文学科研究来说，文化人类学的这些特征已经具有了方法论的意义，并最终演化成为一种方法——文化人类学的研究方法。所谓《诗经》的文化人类学研究，实际上已经超越了学科的具体内容，而成为一种特定的《诗经》研究模式。由一门科学或一个学科的本质特征而演化或促进形成一种方法，在科学发展史上也是很有意义的。

作为一种研究方法和研究模式，文化人类学的基本特征主要有三：

第一，世界性的学术视野：文化人类学给人以世界性的目光，使他有可能摆脱狭隘民族和地域的局限，而把研究的问题放到世界文化和历史发展的平台上，在不同文化的会通和比较中进行审视。这种世界性的学术视野、全人类的文化参照，有利于一些学科特别是古老学科突破传统的束缚，而呈现出新的面貌。

第二，多学科交叉的综合性：从前边的论述可以知道，文化人类学的研究对象本身就不是单一的，而是包括了与社会行为有关的各个方面，诸如语言文化、宗教信仰、风俗习惯、艺术创作以及行为方式和社会状况，等等，具有十分突出的综合性，因而决定了文化人类学的知识和学科结构

---

① 转引自林惠祥《文化人类学》，商务印书馆1991年版，第12—13页。

也完全不同于一般的学科,而广泛涉及宗教学、神话学、民俗学、语言学、考古学、心理学和民间文艺学等诸多学科,具有明显的跨学科特征。显然,这正是作为文化人类学核心内容的文化综合性的直接反映。所以,运用文化人类学方法研究文学问题时,同时也就把这诸多学科的特点和研究成果带到新的研究领域,自然形成以大文化为背景的多学科交叉的综合性研究。

第三,指导原理的普遍性:所谓指导原理的普遍性,是说作为推论根据的文化人类学的原理必须是从诸多个别事例归纳出来,必须具有真理性和普遍的指导意义,这样的原理绝不是仅凭个别例证就能得出的。由于文化人类学是面对全人类的文化,而文化现象千姿百态、纷纭复杂,个别的情况极多,因此,这一条所强调的原理的普遍性具有特殊的重要意义。

然而,实际上人们对于前面两点即学术视野的世界性和多学科交叉的综合性更感兴趣,并引起高度注意,而对第三点即归纳原理的普遍性,却多有忽略。一些学者在进行跨民族、跨文化的比较研究时,只根据个别特例便做类比推理,不但没有选择更多的例证,而且也很少考虑个别特例是否具有普遍性和代表性。显然,与前两点相比,第三点更为重要,因为前两点只是涉及视野的宽窄和综合的广狭,而第三点却关系到原理是否具有科学性,因而直接涉及甚至决定了研究成果是否正确和具有真理性。

其实,指导原理的普遍性是文化人类学研究方法的最基本要求,在文化人类学在中国的起始阶段就已经被明确提出,只是没有引起普遍注意而已。例如,前面说到的林惠祥先生在解释文化人类学的定义之后,接着特别指出:

> 这种研究始自一个原始民族的探讨,终则合众民族的状况而归纳出些通则或原理来使我们得借以推测文化的起源并解释历史上的事实及现代社会状况,然后利用这种知识以促进现代的文化并开导现存的蛮族[1]。

林氏的这段话是非常有见地、非常重要的,他认为:文化人类学的"通则"和"原理"必须是从一个原始民族开始,通过"众民族的状况而

---

[1] 林惠祥:《文化人类学》,商务印书馆1991年版,第13页。

归纳出",也就是从众多的个别例证归纳出一般的原理。只有这样的"通则"和"原理",才具有真理性和普遍的指导意义,才能作为"推测文化的起源并解释历史上的事实及现代社会状况"的根据。舍弃对众多例证的归纳过程,仅仅根据个别事例得出的所谓"通则"和"原理",根本就不具备普遍的真理性,因而根本不能作为"推测"和"解释"的根据。十分明显,这种违背科学精神的做法,林氏是十分反对的。

林氏的著作1935年出版,此后不久,人类学大师弗兰兹·博厄斯在为一本文化人类学著作所写的序言中,开宗明义特别提出:

> 本世纪出现了许多研究社会人类学问题的新方法。以往那种从各个时代、各个地域搜集了一些欠缺自然联系的、零散的例证,就来构造人类文化史的旧方法已经越来越不行了。随之而来的是一个艰辛探索的时期……人们试图重新建构历史的联系①。

博厄斯反对那种"欠缺自然联系的、零散的例证",与林氏的见解是完全一致的:例证必须反映事物的本质,具有普遍性特征。他还针对随便选取例证进行类比推理的做法,认为很多现象的雷同只是表面现象,实际彼此的本质并不相同,不能进行类比和比较。博厄斯对西方文化人类学发展的这种尖锐批评具有很强的针对性,他的《人类学比较方法的局限性》也贯穿着这一思想。后来很多人类学家都对那些旧的方法提出过批评②,甚至涉及包括马林诺夫斯基、弗雷泽、泰勒等大师在内的诸多人类学家的著作③。

然而,发生在西方的这个人类学关于自身的深刻反思和批评并没有在中国引起更多的注意,所以,一般的中国学者对文化人类学的兴趣主要仍是集中在世界性的目光和多学科的综合研究上,而对指导原则的普遍性并没有给予更多的重视,以至多年来对林氏所提出的正确主张熟视无睹,在研究实践中多有违背:不去搜集更多的事实和例证进行必要的归纳,也不

---

① 弗兰兹·博厄斯为露丝·本尼迪克特《文化模式》一书所写的序言,《文化模式》,王炜等译,生活·读书·新知三联书店1988年版,第2页。
② 参阅[英]埃文斯-普理查德《原始宗教理论》第五章"结论",商务印书馆2001年版,第119—145页。
③ 参阅[美]露丝·本尼迪克特《文化模式》第三章"文化的整合",第47—58页。

鉴别所选例证是否具有普遍性和代表性，仅仅通过个别例证的简单类比就下结论。由于"通则"和"原理"缺乏"归纳"的支持，本身就不可靠，由此得出种种稀奇古怪的结论也就不足为奇了。而这正是20世纪《诗经》文化人类学研究出现严重的失误和问题的最主要的原因。

方法作为客观规律的反映，有其特定的适用范围和研究对象。前面说过，西方学者运用文化人类学的方法研究中国文学作品首先选择了《诗经》，紧随其后，中国学者运用文化人类学的方法研究文学作品也是从《诗经》开始，这绝非偶然。它充分说明，与其他文学作品相比，特别是与后代的文学作品相比，《诗经》的多方面的内容和所积淀的丰厚的文化底蕴及其特点在某些方面比较适合于文化人类学研究方法的要求，能为这个新的方法提供大显身手的平台。

《诗经》作为我国第一部诗歌总集，收录了公元前11世纪至公元前7世纪前后五百余年的诗歌作品，但它的内容却远不限于这个时间范围，而大量保存了此前社会乃至原始时代的痕迹，诸如思想观念、生活习俗、宗教礼仪，等等。前代文化经过历史的筛选、转换和变异，被整合在新的文化中，成为新文化的组成部分，是常见的历史现象。宗教文化学者泰勒把这些保存下来的前代文化的产物称为"文化遗留"①。从历史发展和文化性质的角度看，可以说《诗经》是保存"文化遗留"最多的典籍之一。从文学反映现实生活的角度看，《诗经》反映社会和人生的范围十分广泛，涉及社会生活的方方面面和各个角落，被誉为中国上古时代的百科全书。历史与现实的交会，文化"遗留"与意识形态的融合，再加上直面现实，深入社会，共同铸就了《诗经》的博大的精神气度和丰富的文化底蕴。这使得《诗经》研究绝不是仅凭一般的文学知识就能驾驭得了的，而必然运用其他诸多学科，如历史学、宗教学、神话学、民俗学、心理学乃至自然科学，等等。这就要求把《诗经》放到世界性的学术视野中，在大文化的总体背景上进行多学科交叉的综合研究。

本文是拙作《文化人类学与〈诗经〉研究》（刊于《诗经研究丛刊》第六辑，学苑出版社2004年版）的第一部分，全文共19000余字，分为四部分，因篇幅较长，这里只选了关于研究方法的第一部分。

---

① 参阅［英］泰勒《原始文化》第三章"文化遗留"，广西师范大学出版社2005年版，第56—88页。

后　记

　　本书的编选工作既告结束，有几个问题有必要向读者朋友做简要说明。

　　关于编选这本论文集的想法，大约萌生于五六年前，即 2010 年初开始着手研究郭璞之前。后来因忙于郭璞研究，此事一直未能顾及，直到 2013 年 9 月《郭璞诗赋研究》一书完稿之后，才开始着手编选。由于不时有其他工作，如论文写作、《郭璞诗赋研究》一书校样的校改等，编选工作一直处于时断时续的状态，直至 2015 年 6 月才基本完成，持续时间长达一年又九个月。

　　本书所选论文共 45 篇，大约占我近四十年（1978—2014）所发表的 160 余篇论文的四分之一。从时间上看，所选论文可谓"前少后多"：1978 年到 1998 年我退休这二十年所写的论文约占三分之一，1998 年退休以后到 2014 年这十六年所写的论文约占三分之二。从论文的内容和所涉及的领域来看，这些论文大体上涵盖了我大半生的主要研究范围，其中：神话传说和寓言研究 6 篇；《诗经》研究 8 篇；《楚辞》研究 5 篇；诸子研究 5 篇；八代三朝文学与文化研究 12 篇；美学研究 3 篇；关于研究方法 5 篇。前言 1 篇。

　　其中 3 篇美学论文和 5 篇关于研究方法的论文都是就上、中古文学与文化中的有关美学和研究方法问题展开论述，在时间上并没有超出上、中古文学与文化的大限。

　　再说本书的书名。

　　关于"重读"：我第一次比较系统地阅读我国古代文学经典是在大学期间，即 20 世纪五六十年代，正是机械唯物论和庸俗社会学盛行时期；而第二次开始比较系统地阅读已是 70 年代末，正值粉碎"四人帮"以后改革开放之初。当时,文学观念和文学研究正经历着历史性变化:随着理论领域中人的地位和价值的提升,文学研究走出了极"左"时期的误区而复归了文学本位,逐渐把揭示人的感情世界和心路历程作为基本任务;而我的阅读和研究工作正是从这个时期开始,本论文集收入的这些论文即这次重读的收获。书名中的"重读"二字,是就那次初读而言。不过,极"左"时期的那次初读根本不可能正确理解作品,其原因正如当代美国文学理论家哈罗德·布鲁姆所说:"为了服膺意识形态而阅读根本不能算阅读"①。因此,严格来说,书名中的"重读"不如说是"初读"更为合适。

关于副标题中的"上、中古":众所周知,"上古"这一概念在史学界一般是指秦汉以前;在文学研究中,一般多指夏商至汉,本书也是如此。对于"中古",学者认识不一,比较普遍的说法是指魏晋南北朝隋唐,但在文学研究中所说的"中古"有时是指魏晋南北朝和隋,而不包括唐,如刘师培《中国中古文学史讲义》,讲的就是八代三朝文学,而根本没有涉及唐代文学。本书副标题中的"中古"所指时代也是如此,也就是说,全书所论的正是先秦八代三朝这段历史时期即先秦至隋代的文学与文化。

再说副标题中的"文化":以这段文学为研究对象,而副标题却是"文学与文化论集",加入"文化"二字是基于以下事实:

一、从研究的视角看,本书研究上、中古文学,除了文学的视角之外,还有文化的视角,也就是通过文化去探究某一时代文学内在精神的本质和具体的生成过程,具体说来即从文化的视角切入,对作品进行全方位的文化观照,多角度、多层面,特别是从文化的心理层面(如价值观念、思维方式、审美趣味、道德情操、宗教情绪、民族性格等)和有关的制度、风俗、习尚与文学关系的角度研究文学。

二、从研究方法看,有些文章采用了综合研究方法,所谓综合研究是指以大文化为背景,运用多种学科知识对文学作品进行综合性的考察,以揭示其演变规律、总体特征、内在精神和感情心理乃至艺术审美及其与各种意识形态之间的复杂联系,力求在与文化的统一中对作品做多层面的

---

① [美]哈罗德·布鲁姆:《西方正典——伟大作家和不朽作品》,江康宁译,译林出版社 2011 年版,第 23 页。

解读。

三、从文章所属的学科看，本书所选的文章除了文学研究的论文之外，还有哲学、宗教学和美学等方面的论文，这些文章都已越出了"文学研究"的范围，非"文学研究"四字所能涵括。如有些文章虽在一些学报、学刊的"文学研究"栏目发表，但转载的中国社会科学网和人大复印报刊资料却不是《中国古代、近代文学研究》，而是《中国哲学》《无神论宗教》等，就足以说明这一点。

最后应当说明的是，前言中关于如何阐释文学经典和阐释者应当具备的主观条件问题所提出的几点看法，只是对于这段研究工作实践的体会，并非是说自己已经做到；在此特别写出这些体会，不过是表示愿以此作为努力方向与诸同道，特别是青年学者共勉。

本书所选的论文，观点和认识方面没有任何改变，在语言表述上个别之处有所改动。

在编辑这本书，回顾自己学术历程的时候，特别想到几十年来我所接触的学术刊物。自序中说过，对于学术研究来说我是"半路出家"，20世纪70年代末期开始涉足学术界，两眼一抹黑，一家学术刊物和出版社也不认识。好在那时人与人之间的关系比较单纯，不讲究"关系"，也不是凭学历、资历取人，对投稿就是看你的稿件，没有附加其他的考虑。本书所选的45篇文章分别刊登在24家学术刊物上，如果算上没有选入的120余篇文章，刊登的学术刊物估计有五六十家之多。其中有不少刊物的编辑对于我这样一个素不相识的无名小卒给了很多的帮助和鼓励，记得有的编辑就文章的修改问题密密麻麻写满了两页纸；有的刊物根据我的文章的内容和性质主动向更合适的刊物推荐；还有的刊物，即使是退稿，也特别指出文章的特点和优长以及存在的问题和不足。这些信函有的具名，有的不具名，只是以编辑部的名义寄给我。我从这些信函中学到很多东西，受到很大鼓舞，因而成为我心中的美好记忆：编辑这本书的时候，我常常会想起昔日收到那些信函的温馨时刻，并由衷地感谢他们。我想，如果没有这些学术刊物编辑对于学术新苗的爱护、帮助和扶持，我就不会有今天，当然，也更不可能有这本书。学术刊物的编辑具有敬业精神，既对刊物负责，也对作者负责，是良好学术生态环境的必要条件，对于初上路的青年学者成长来说，更是不可或缺的及时雨。可惜，自20世纪90年代以后，这种宝贵的及时雨越来越少了。

在我几十年的研究工作中还得到过海内外很多学术前辈和学术同行的信任、鼓励和帮助，这对我获得信息，扩大视野，提升见识，从而不断开拓新的研究领域和提高研究水平起了很大作用。与此同时，我们之间也建立起友谊。人生多一分友谊，就多一分美好，如今在我步入耄耋之年后，越发感到这种在共同追求中建立起来的友谊之珍贵。在此书即将出版之际，谨向这些朋友表示衷心的感谢，并祝我们之间的友谊地久天长！

感谢中国社会科学出版社的领导对于此书出版的大力支持，感谢责任编辑刘艳女士付出的辛勤劳动，她认真细致的工作给了我很多具体帮助，表现出很强的敬业精神。

最后，特别应当提到的是，从我进入天津社会科学院工作到今天，近四十年来我的研究工作始终得到我院领导、科研处各位同人的鼓励和支持，得到我院图书馆在图书资料方面的大力帮助。这些鼓励、支持和帮助不仅为我的工作提供了很大的方便，而且增强了我的工作信心和力量。在此谨向他们表示衷心感谢！

所选文章涉及面比较广，学力或有所不逮，缺点和不足在所难免，希望有关学者和广大读者批评指正。为方便学术交流，将我的电子邮箱公之于此：zhpL381@163.com

2016 年 3 月 29 日于天津